U0909755

陈永正 主编

岭南文学史（上册）

岭南文库编辑委员会 广东中华民族文化促进会 合编

南方传媒
广东人民出版社·广州

图书在版编目（CIP）数据

岭南文学史／陈永正主编. —广州：广东人民出版社，2023. 12

（岭南文库）

ISBN 978-7-218-17127-2

Ⅰ. ①岭…　Ⅱ. ①陈…　Ⅲ. ①地方文学史—广东—古代　Ⅳ. ①I209. 965

中国国家版本馆 CIP 数据核字（2023）第 247932 号

Lingnan Wenxueshi

岭南文学史

陈永正 主编

出 版 人：肖风华

丛书策划：夏素玲

责任编辑：谢　尚

责任技编：吴彦斌

装帧设计：亦可文化

出版发行：广东人民出版社

地　　址：广州市越秀区大沙头四马路 10 号（邮政编码：510199）

电　　话：（020）85716809（总编室）

传　　真：（020）83289585

网　　址：http://www.gdpph.com

印　　刷：恒美印务（广州）有限公司

开　　本：640mm × 970mm　1/16

印　　张：74. 25　**插　页：**1　**字　数：**886 千

版　　次：2023 年 12 月第 1 版

印　　次：2023 年 12 月第 1 次印刷

定　　价：390. 00 元（上下册）

如发现印装质量问题，影响阅读，请与出版社（020－85716849）**联系调换。**

售书热线：（020）87716172

ISBN 978-7-218-17127-2

岭南文库编辑委员会

《岭南文库》前言

广东一隅，史称岭南。岭南文化，源远流长。采中原之精粹，纳四海之新风，融汇升华，自成宗系，在中华大文化之林独树一帜。千百年来，为华夏文明的历史长卷增添了绚丽多彩、凝重深厚的篇章。

进入19世纪的南粤，以其得天独厚的地理环境和人文环境，成为近代中国民族资本的摇篮和资产阶级维新思想的启蒙之地，继而成为资产阶级民主革命和第一次国内革命战争的策源地和根据地。整个新民主主义革命时期，广东人民在反对帝国主义、封建主义和官僚资本主义的残酷斗争中前仆后继，可歌可泣，用鲜血写下了无数彪炳千秋的史诗。业绩煌煌，理当镌刻青史、流芳久远。

新中国成立以来，广东人民在中国共产党的领导下，摧枯拉朽，奋发图强，在社会主义物质文明建设和精神文明建设中卓有建树。当中国社会跨进20世纪80年代这一全新的历史阶段，广东作为国家改革开放先行一步的试验省区，被置于中国现代化经济建设发展的前沿，沿改革、开放、探索之路突飞猛进；历十年艰辛，轰轰烈烈，创造了中国经济发展史上的空前伟绩。岭南大地，勃勃生机，繁花锦簇，硕果累累。

际此历史嬗变的伟大时代，中国人民尤其是广东人民，有必要进一步认识岭南、研究岭南，回顾岭南的风云变幻，探寻岭南的历史走向，从而更有利于建设岭南。我们编辑出版

《岭南文库》的目的，就在于予学人以展示其研究成果之园地，并帮助广大读者系统地了解岭南的历史文化，认识其过去和现在，从而激发爱国爱乡的热情，增强民族自信心与自豪感；高瞻远瞩，继往开来。

《岭南文库》涵盖有关岭南（广东以及与广东在历史上、地理上有密切关系的一些岭南地域）的人文学科和自然学科，包括历史政治、经济发展、社会文化、自然资源和人物传记等方面。并从历代有关岭南之名著中选择若干为读者所需的典籍，编校注释，选粹重印。个别有重要参考价值的译著，亦在选辑之列。

《岭南文库》书目为350种左右，计划在五至七年内将主要门类的重点书目基本出齐，以后陆续补充，使之逐渐成为一套较为齐全的地域性百科文库，并作为一份有价值的文化积累，在祖国文化宝库中占一席之地。

岭南文库编辑委员会

一九九一年元旦

再版说明

岭南文学是中国文学有独特价值的一部分。在已出版的多种《中国文学史》中，岭南文学往往受到忽视。《岭南文学史》是国内第一部地方文学史，对于研究中国文学有着重要的意义，故特具价值。

《岭南文学史》所涉及的内容相当广泛，较全面地介绍及评价岭南文学家及各种文体的情况，可以反映出岭南文学的一些重要问题及发展线索。《岭南文学史》的出版，对《中国文学史》的重新建构应起到一定的作用。本书题材宏阔，资料充实，真切地反映了各个时期的岭南社会状况，对研究岭南历史文化也有意义。此外，本书行文中较多引录原文，故亦可作一部各体选本来读。

本书出版后，即被学界认同。如区鉷教授曾撰《宽广的历史襟怀——评〈岭南文学史〉》一文，发表在学术刊物中，他认为《岭南文学史》“选材兼收并蓄，以一部区域性文学史而表现出宽广的历史襟怀，实在难能可贵”。“作为一部区域文学史，《岭南文学史》确实具有浓郁的地方特色。这一点不必赘述。值得指出的是，该书编者的目光并不囿于岭南，而是把岭南文学放在全国甚至世界的坐标系来考察，这也是宽广的历史襟怀的具体表现。”“有专章评介岭南俗文学，在其他章节也有介绍歌谣之类民间俚俗作品的文字。这是还文学以本来面目的第一步。”

本书强调岭南文学继承了中华文化优秀传统，表达了岭南人民的爱国思想感情。曾大兴教授说："我们看《岭南文学史》，每到抗元、抗清、抗倭、抗法、抗英、抗日的关键时刻，岭南文学的生命意识，岭南文学的悲歌慷慨，岭南文学的雄直之风，总是让我们热血沸腾！"

《岭南文学史》在编写过程中，搜集了大量的文献材料。本书出版后，中山大学中国古文献研究所的编写人员，以本书作为研究成果，向全国高校古籍整理委员会申报重大课题《全粤诗》，《岭南文学史》得到古委会评审人员的认可。《全粤诗》获批准立项。

本书已成为高校教研人员及岭南文化工作者必备的参考用书，不少有关著述都会直接或间接采用本书的内容。

本书初版至今已三十年，其间新材料不断发现，电子文库亦日益完善，无论从弘扬中华优秀传统文化或市场需求的角度来看，出版此书修订本是很有必要的。

本书作了如下的修订：

一、《岭南文库》的编辑对《岭南文学史》中的引文，尽可能检索原著，逐句逐字校对，改正了其中不少失误，本书的编校质量得到进一步完善。

二、修订本中补充了一些以往资料欠缺或未被注意到的作家、作品。如明末清初的遗民诗人谢元汴，其《霜山草堂诗集》，清代被列为禁书，以至几近不传，今从钞本中录出，并在本书中作评述。

三、修订本对个别章节编次作了调整，增删了一些内容。在俗文学，如粤剧、粤曲等增补较多。

2023 年 12 月

编写说明

岭南，本泛指五岭以南地区，也称岭外、岭表、岭峤、岭海。唐代曾分全国为十道，岭南道为其中之一，范围约为当今广东、广西大部和越南北部地区。后人沿用岭南为广东地区的代称。

广东地区，周代属楚国，秦、汉时称南越（粤），置南海郡，唐代属岭南道，宋代为广南东路，简称广东，元代以后正式称为广东。本书名《岭南文学史》，即广东古代、近代文学史。岭南，此处是以清末民初的广东省所辖范围为准，包括当今广东省、海南省及广西的钦州地区（北海市）。

古代的岭南文化，是在岭南地区的本土文化——百越文化的基础上，逐步地融合荆楚文化、中原文化而形成的。它是中国文化的重要组成部分。随着海上贸易的发展，对外文化交流日益频繁，近代的岭南文化，还吸收了外来文化的精华，而形成别具特色的本地区文化。

岭南文学，是能充分体现岭南文化地方特色的语言艺术。尤其是岭南俗文学，有着浓郁的乡土气息，更为岭南人民喜闻乐见。

岭南文学的发展，大约可分为四个时期。第一个时期，从周代至唐初，是岭南文学的萌芽期。由于文献散佚，这个时期的文学作品流传甚少，最早见于载籍的文章是《汉书·西南夷两粤朝鲜传》中的南粤王赵佗报汉文帝书。诗歌则只有东汉杨孚以及陈朝刘删的寥寥几首。第二个时期，从唐代至元代，是岭南文学的成长期。唐代是我国诗歌空前繁荣的时代，出生在粤北山区寒门庶族的张九龄，是一位贤相，也是杰出的诗人，他为岭南诗歌的发展奠下基石。晚唐还有邵谒、陈陶等诗人，都留下有价值的作品。北宋的余靖、南宋的崔与之和李昴英，可称名家。由于前两时期有关资料较少，所以在本书中把它们放在“明以前文学”论述。第三个时期，明、清两代，是岭南文学的成熟期。以孙蕡为首的“南园五先生”和被称为“岭南三大家”的屈大均、陈恭尹、梁佩兰，其诗作对当时和后世的影响很大，形成具有地方特色的“岭南诗派”。清代的黎简、宋湘更卓然自树于中国诗坛。这时期的词和散文都有长足的发展，戏曲和小说也不乏佳作。第四个时期，从鸦片战争开始至民国初年。近代，是岭南文学的更新期。为抗御外侮、改革内政，进步作家写了大量充满政治热情的作品。清末，以黄遵宪、康有为、梁启超为代表的维新派人物，还发出了“诗界革命”、“小说界革命”、“文界革命”的呼声。他们自觉地创作“新派诗”，熔铸新理想以入旧风格，表现时代的新精神、新面貌。小说家如吴沃尧、黄小配等，都写了暴露社会黑暗或是同情革命的作品。民主革命诗人廖仲恺、黄节、苏曼殊等更用诗文鼓吹革命，有很大的社会影响。

本书由中山大学古文献研究所岭南文献研究室组织编写，陈永正任主编。全书分为二编，第一编为岭南古代文学，第二编为岭南近代文学。在本书编写过程中，搜集和整理了大量的岭南文献，希望能比较全面系统地介绍岭南文学的发展过程，并给岭南历代作家和作品以较恰当的评价。但由于编者的能力和水平有限，编写地区性的文学史也无先例可循，缺点错误难免，期待读者提出宝贵意见，以便再版时修正。

中山大学古文献研究所
《岭南文学史》编写组
1992 年 6 月

本书撰稿人及撰写分工

（以姓氏笔画为序）

仇　江　一编概说五，二编概说三。

吕永光　明以前四、五、六章，八章二节；清代一、二、三章。

张小莹　维新时期一章，七章一节；附录。

张解民　清代十一章；维新时期六章；民主革命时期二章二节部分、五章二节。

陈永正　一编概说一、二、三、四、六。明以前二章四节，三章；明代八章，九章三、四节；清代五章，八章四节，九章，十章，十三章四节。二编概说一、二、四；鸦片战争时期三章四节，五章；维新时期一、三、四、五章，七章二、三、四节；民主革命时期二章一、二节，五章三节。

林　建　明代十章；清代四章，十二章一、三节，十三章一、二节。民主革命时期六章一节。

欧阳世昌　明以前二章一、二、三节。

郑力民　明代二、三、四章，九章一、二节。

黄国声　明代七章；清代七章，八章一、二、三节，十三章三节。鸦片战争时期一、二章，三章一、二、三节。

郭培忠　明以前一章；明代五、六章。鸦片战争时期四章。

梁守中　明以前七章；明代一章，九章一节部分；清代六章，十二章二节。维新时期五章三节部分；民主革命时期

一、三、四章，五章一节，七章。

谭步云 明以前八章一、三节。维新时期八章；民主革命时期六章二、三节。

目　　录

第一编　岭南古代文学

岭南古代文学概说 …… 3

明以前文学

第一章　岭南文学的萌芽 …… 27
　第一节　古代神话传说 …… 27
　第二节　汉代的诗文 …… 31
　第三节　六朝的文学 …… 38
第二章　张九龄 …… 42
　第一节　张九龄的生平和思想 …… 42
　第二节　张九龄诗歌的思想内容 …… 44
　第三节　张九龄诗歌的艺术特色 …… 48
　第四节　张九龄的散文 …… 51
第三章　唐五代诗文 …… 55
　第一节　邵　谒 …… 55
　第二节　陈　陶 …… 59
　第三节　唐代诗文 …… 63

第四节　五代诗歌 …………………………………………… 68
第四章　北宋诗文 …………………………………………… 73
第一节　余　靖 …………………………………………… 73
第二节　北宋诗人诗作 ……………………………………… 84
第五章　南宋诗文 …………………………………………… 93
第一节　崔与之 …………………………………………… 93
第二节　李昴英…………………………………………… 100
第三节　葛长庚…………………………………………… 107
第四节　南宋其他诗人…………………………………… 113
第六章　宋末爱国诗人…………………………………… 121
第一节　区仕衡及其他爱国诗人………………………… 122
第二节　赵必瑑及宗室诗人……………………………… 128
第三节　东莞籍诸诗人…………………………………… 133
第七章　南宋的词………………………………………… 145
第一节　崔与之　刘镇　李昴英………………………… 145
第二节　葛长庚…………………………………………… 152
第三节　宋末的爱国词人………………………………… 156
第八章　元代的诗文……………………………………… 161
第一节　罗蒙正…………………………………………… 161
第二节　黎伯元…………………………………………… 165
第三节　元代的诗歌……………………………………… 168
第四节　元代的散文……………………………………… 180

明代文学

第一章　明初诗人………………………………………… 187
第一节　孙　蕡…………………………………………… 187
第二节　王佐　赵介　李德　黄哲……………………… 192

第三节　黎贞及其他诗人…………………………………………202
第二章　理学家的诗……………………………………………209
第一节　丘　濬……………………………………………………209
第二节　陈献章……………………………………………………212
第三节　黄　佐……………………………………………………217
第三章　明中后期诗人…………………………………………224
第一节　欧大任……………………………………………………224
第二节　黎民表……………………………………………………227
第三节　梁有誉……………………………………………………230
第四节　李时行　吴旦……………………………………………233
第五节　区大相……………………………………………………236
第四章　明末爱国诗人…………………………………………243
第一节　邝　露……………………………………………………243
第二节　黎遂球　陈邦彦…………………………………………249
第三节　其他爱国诗人……………………………………………255
第五章　屈大均…………………………………………………262
第一节　屈大均的生平和思想……………………………………262
第二节　屈大均的诗歌……………………………………………269
第三节　屈大均的散文……………………………………………277
第六章　陈恭尹…………………………………………………280
第一节　陈恭尹的生平和思想……………………………………280
第二节　陈恭尹的诗歌……………………………………………284
第三节　陈恭尹的散文……………………………………………290
第七章　明代遗民诗人…………………………………………293
第一节　张穆　王邦畿……………………………………………294
第二节　方外诗人…………………………………………………303
第三节　其他遗民诗人……………………………………………310
第八章　明代的词………………………………………………326

第一节　明代的词人词作…………………………………… 326
第二节　屈大均的词………………………………………… 332
第九章　明代的散文……………………………………… 339
第一节　明初的散文………………………………………… 339
第二节　明中叶的散文……………………………………… 342
第三节　明后期的散文……………………………………… 345
第四节　明末的散文………………………………………… 352
第十章　明代的戏曲……………………………………… 357
第一节　丘濬的剧作………………………………………… 358
第二节　韩上桂及其《凌云记》……………………………… 361

清代文学

第一章　清初诗文………………………………………… 367
第一节　程可则……………………………………………… 368
第二节　方殿元父子………………………………………… 373
第三节　仕清诗人…………………………………………… 386
第四节　布衣诗人…………………………………………… 396
第五节　其他诗人诗作……………………………………… 404
第二章　梁佩兰……………………………………………… 417
第一节　梁佩兰生平、思想及其诗………………………… 417
第二节　梁佩兰的文章……………………………………… 425
第三章　岭南诗派…………………………………………… 430
第一节　岭南诗派的形成…………………………………… 430
第二节　岭南三家对岭南诗歌的贡献……………………… 433
第三节　中原等地区对岭南文学的影响…………………… 439
第四章　廖　燕……………………………………………… 445
第一节　廖燕的生平和思想………………………………… 445

第二节　廖燕的散文…………………………………………………… 449
第三节　廖燕的诗…………………………………………………… 453
第五章　清中叶诗文…………………………………………………… 458
第一节　张锦芳　冯敏昌…………………………………………… 458
第二节　雍正、乾隆年间的诗人………………………………… 463
第三节　清中叶的散文……………………………………………… 473
第六章　黎　简…………………………………………………………… 479
第一节　黎简的生平………………………………………………… 479
第二节　黎简诗的思想内容………………………………………… 480
第三节　黎简诗的艺术成就………………………………………… 487
第七章　宋　湘…………………………………………………………… 498
第一节　宋湘的生平………………………………………………… 498
第二节　宋湘诗的内容……………………………………………… 501
第三节　宋湘诗的艺术特色………………………………………… 506
第八章　嘉庆、道光间诗文…………………………………………… 514
第一节　李黼平……………………………………………………… 514
第二节　谭敬昭　黄培芳…………………………………………… 522
第三节　其他诗人诗作……………………………………………… 534
第四节　嘉庆、道光间的散文……………………………………… 555
第九章　清代的词……………………………………………………… 562
第一节　清初的词…………………………………………………… 562
第二节　清中叶的词………………………………………………… 567
第三节　吴兰修　仪克中…………………………………………… 578
第十章　清代的女作家………………………………………………… 585
第一节　清代的女诗人……………………………………………… 585
第二节　清代的女词人……………………………………………… 593
第十一章　清代的小说………………………………………………… 600
第一节　黄岩及《岭南逸史》　………………………………………… 600

第二节　《蜃楼志》 …… 607
第十二章　清代的戏剧 …… 614
第一节　廖燕的杂剧 …… 614
第二节　黎简的杂剧 …… 617
第三节　梁廷枏的杂剧 …… 619
第十三章　清代的文学批评 …… 623
第一节　廖燕的文学主张 …… 625
第二节　梁廷枏的戏剧理论 …… 632
第三节　清代的诗话 …… 639
第四节　清代的词学著作 …… 643

第二编　岭南近代文学

岭南近代文学概说 …… 649

鸦片战争及太平天国时期文学

第一章　鸦片战争时期的诗文 …… 663
第一节　鸦片战争时期的诗 …… 663
第二节　鸦片战争时期的文 …… 672
第三节　民间反帝歌谣 …… 676
第二章　张维屏 …… 679
第一节　张维屏的生平、思想 …… 679
第二节　张维屏的诗 …… 683
第三节　张维屏的文 …… 691
第三章　道光、咸丰间诗文 …… 698
第一节　陈　澧 …… 698
第二节　朱次琦 …… 707

第三节　其他诗人诗作 …… 715
第四节　道光、咸丰间的散文 …… 737
第四章　太平天国诗文 …… 743
第一节　太平天国的文学主张 …… 743
第二节　洪秀全的诗文 …… 749
第三节　洪仁玕的诗文 …… 756
第四节　太平天国歌谣 …… 764
第五章　道光、咸丰间的词 …… 770
第一节　陈澧的词 …… 770
第二节　“粤东三家”的词 …… 776
第三节　道光、咸丰间其他词人 …… 785

维新运动时期文学

第一章　黄遵宪 …… 793
第一节　黄遵宪的生平和思想 …… 794
第二节　黄遵宪诗歌的思想内容 …… 797
第三节　黄遵宪诗歌的艺术特色 …… 807
第二章　康有为 …… 817
第一节　康有为的生平和思想 …… 817
第二节　康有为诗歌的思想内容 …… 823
第三节　康有为诗歌的艺术特色 …… 829
第四节　康有为的散文 …… 833
第三章　梁启超 …… 837
第一节　梁启超的生平和思想 …… 837
第二节　梁启超的散文 …… 840
第三节　梁启超的诗 …… 845
第四章　同治、光绪间的诗文 …… 851

第一节　梁鼎芬的诗…………………………………………… 851
第二节　曾习经的诗…………………………………………… 858
第三节　其他诗人诗作………………………………………… 868
第四节　同治、光绪间的散文………………………………… 882
第五章　同治、光绪间的词………………………………… 890
第一节　梁鼎芬　曾习经……………………………………… 890
第二节　潘博　麦孟华　梁启超……………………………… 896
第三节　其他词人词作………………………………………… 904
第六章　吴沃尧……………………………………………… 914
第一节　吴沃尧的生平和思想………………………………… 914
第二节　《二十年目睹之怪现状》 ………………………… 917
第三节　《九命奇冤》 ……………………………………… 922
第四节　历史小说和写情小说………………………………… 928
第七章　维新派的文学理论………………………………… 933
第一节　黄遵宪的文学思想…………………………………… 933
第二节　康有为的文学主张…………………………………… 937
第三节　梁启超的文学革命理论……………………………… 939
第四节　吴沃尧的小说理论…………………………………… 944
第八章　岭南地方戏曲……………………………………… 948
第一节　地方戏曲概说………………………………………… 948
第二节　粤剧的源流和发展…………………………………… 956
第三节　粤曲及“八大名曲” ……………………………… 965
第四节　潮剧、琼剧和广东汉剧……………………………… 967

民主革命时期的文学

第一章　民主革命时期诗人………………………………… 981
第一节　廖仲恺　朱执信……………………………………… 981

第二节　胡汉民及其他诗人 …… 986
第三节　其他革命诗人 …… 999
第二章　黄　节 …… 1013
第一节　黄节的生平和诗歌 …… 1013
第二节　黄节诗的艺术成就 …… 1020
第三章　苏曼殊 …… 1029
第一节　苏曼殊的生平和思想 …… 1029
第二节　苏曼殊的诗 …… 1032
第四章　清末民初的词 …… 1039
第一节　潘飞声 …… 1039
第二节　陈　洵 …… 1045
第三节　易孺　叶恭绰 …… 1049
第四节　其他词人词作 …… 1055
第五章　清末民初的小说 …… 1062
第一节　苏曼殊的小说 …… 1062
第二节　黄小配 …… 1076
第三节　近代其他小说 …… 1082
第六章　清末民初的戏曲 …… 1085
第一节　罗瘿公的戏剧创作 …… 1085
第二节　清末民初的粤剧 …… 1087
第三节　民初的粤曲 …… 1094
第七章　岭南的俗文学 …… 1099
第一节　竹枝词 …… 1099
第二节　招子庸与粤讴 …… 1109
第三节　南　音 …… 1119
第四节　木鱼和龙舟 …… 1122

附录：岭南古代、近代作家著作要目 …… 1127

第一编

岭南古代文学

岭南古代文学概说

一

岭南地处僻远，唐、宋以前，文献散佚，诗歌流传甚少。岭南诗人见于载籍最早的是汉初番禺人张买，据欧大任《百越先贤志》载，他在孝惠帝时“侍游苑池，鼓棹能为越讴，时切规讽”，可惜其诗已不传。东汉番禺人杨孚，著有《南裔异物志》，文中的“赞”都是四言韵语，优美生动，富有诗味，被认为是粤诗之始。两晋、六朝时，史籍载有东晋高州刺史冯融“汲引文华士相与为诗歌”；梁朝曲江人侯安都所为五言诗“亦颇清靡”，这些诗都已散佚无考。陈朝时被誉为“岭左奇才”的南海人刘删，传世的只有被收进《艺文类聚》的九首诗。唐朝以前，尽管流传下来的岭南诗歌不多，但也可以看到岭南文化和中原文化的密切关系，岭南诗歌是在中原诗歌的影响下发展起来的。

唐代是我国诗歌空前繁荣的时代。唐代以诗赋取士的科举制度，使一些出身贫寒的读书人能有机会置身统治阶层，这直接促进了唐诗的发展。唐玄宗初年，出生在粤北山区的一位寒门庶族之士张九龄登进士第，接着又以“道侔伊吕科”策高第，累官至中书侍郎同平章事，迁中书令。这位贤明正直的宰相，也是一位杰出的诗人。他是陈子昂所倡导的诗歌革新运动的同盟者，在扭转齐、梁以来“彩丽竞繁”的不良诗风方面作出了贡献。他的名作《感遇》十二首以及他被贬到荆州后写的一些五言古诗，思深力遒，兴寄风雅，继承了汉、魏风骨的优良传统。

他的写景抒情的小诗，往往运用浪漫主义的手法，以《离骚》中“美人香草”式的比喻，寄寓对美好理想的热切追求。

这些诗歌对后来的王维、孟浩然、储光羲、常建、韦应物等诗人都有过影响。明代胡震亨就说张九龄“首创清淡之派”，也有人把他看作是“岭南诗派”的创始者。

张九龄以后，直至晚唐，才有邵谒和陈陶两位较著名的诗人。邵谒出身贫苦，年轻时当过县吏，因被县令羞辱，发愤向学。他对人民疾苦有切身体会。其诗亦多讽刺时事，有较高的思想性。名作如《岁丰》、《寒女吟》等，揭露了社会中不平等情况，沉痛深刻，可称衰世的实录。陈陶生于丧乱之际，写下不少哀生念乱的诗作，其代表作《陇西行》有谓“可怜无定河边骨，犹是春闺梦里人”，惊心动魄，为千古传诵的名句。

唐、五代岭南诗人还有黄损、孟宾于等，他们都有感愤时事的作品。如孟宾于的《公子行》，写王孙公子糟蹋农田的罪恶，表现了对上层统治阶级腐朽生活的不满。

唐代岭南诗作湮没甚多，如柳宗元曾盛称廖有方诗“有大雅之遗”，今廖诗仅存一首；岭南第一位状元莫宣卿，现存诗只有三首；其他诗人诗作的命运更可想见了。清人黄子高大力网罗遗亡，成《粤诗搜逸》四卷，除张九龄、邵谒、陈陶外，所得唐、五代岭南诗人仅二十人，完整的诗三十三首，这在多达二千余作者，近五万首唐诗中所占的比例毕竟是极少的。

何藻翔《岭南诗存》指出：“广东宋诗存者尤鲜，崖门后燹，版籍荡然，元、明均尚唐音，无人收拾。”宋代岭南诗人只有余靖、崔与之、李昴英等少数几位有诗文集流传下来。

北宋初年，朝廷中流行着艳丽晦涩、内容贫乏的西昆体诗时，岭南诗人余靖以他骨格清苍、幽深劲峭的诗歌，给宋初诗坛带来了一些新鲜的气息。后来欧阳修发动诗文革新运动，主张“变体复古”，余靖也是这次革新运动的同盟者。他的诗“弃华取质”，五言尤佳，其早年诗作《山寺独宿》的语言风格也跟梅尧臣的很相似。

南渡前后，岭南传世的诗歌较少。南宋后期，始有崔与之、李昴英二人可称名家。这时宋朝国势衰落，民族危难日益严重，他们写下了不少诗篇，抒发对国事的深切忧虑。诗中表现了个人与国家休戚与共的思想感情，在沉郁中仍有高昂的气概。

南宋末年，抗元斗争的前线转移到南方，向来平静的岭南地区成了兵戈扰攘的战场。文天祥、张世杰、陆秀夫等在这里率军抗敌，终于慷慨赴死。这期间，岭南地区涌现了一批爱国诗人，如袁玧、陈纪、赵必瑑、李春叟、马南宝、何文季等。他们多曾积极参加抗元的军事斗争，有的毁家纾难，投笔从戎；有的奔走呼号，发愤恢复，用他们慷慨悲壮的诗歌抒发爱国激情，鼓舞义军的士气。

厓山之变后，遗民诗人们隐居山中，彼此以名节相励，拒绝出仕元朝。长歌当泣，他们的作品中充满着凄怆、愤懑之情，表现了坚贞的气节。这些诗人中以赵必瑑最为突出，他早期的诗歌壮怀激烈，颇近文天祥《指南录》之作，晚年归隐乡中，饱经忧患，愤世嫉俗，诗意更为沉郁深厚，蕴含着亡国遗臣极大的悲痛。

总的来说，宋代岭南著名的诗人虽然不多，但这个时期的岭南诗歌还是有它的价值的。岭南诗人继承了现实主义的优秀传统，作品题材宏阔，内容充实，真切地反映了当时的社会矛盾，表达了诗人的爱国主义的思想感情。岭南宋诗重视体格，苍劲有骨，多慷慨雄直之气，实际上已开了岭南独特的诗风。

元代岭南诗坛沉寂。元初的诗人大都是南宋遗民，尔后作者寥寥。直到元末，才有罗蒙正出，以盛唐为宗，开了南园五子的先河，可惜他的诗作也大多散失了。

二

明王朝结束了蒙古贵族奴隶主在中国的残酷统治，生产得到恢复和发展，经济也日趋繁荣。可是，明代的文学，除了戏曲、小说等方面取得较大的成就外，其余如诗、词等都显得萧条冷落。明代专以经术取士，轻视诗赋，文人把写诗作为余事，加以明代诗歌创作长期以来有摹拟唐诗的习尚，使得明诗失去了唐、宋诗那活泼的生命力。不少的文学史家都认为，明代是中国诗歌的衰落时期。

值得注意的是，就在这个中原诗歌的衰落时期，岭南诗歌却得到迅速的发展，其成就甚至超过了唐、宋两代。

元末明初，岭南诗坛上有一支异军突起，以孙蕡为首的五位青年诗人，在广州的南园（即抗风轩）组织诗社，名为“南园五子”。他们为诗，力矫元代诗歌创作上纤弱委靡之风，以上追三唐，使岭南诗风为之振起，南园诗人以其具有特色的诗作，在元末明初的诗坛上放出异彩。南园五子中，以号称“岭南儒宗”的孙蕡成就为最高。他的诗歌既有气象雄浑的一面，又有清圆流丽的一面。他能写各种诗体，清人朱彝尊说他“五古远师汉魏，近体亦不失唐音，歌行尤琳琅可诵”。如他的名作《下瞿塘》，描写在瞿塘峡中行舟滩险流急的情景，笔意矫健，形象生动，很有气势。南园五子开创有明一代岭南诗风，使岭南诗歌能沿着比较正确的方向发展，他们的功劳是应该肯定的，在中国诗坛上也应有一定的地位。南园五子由于僻处岭南，少与中原文士相接，故在文坛中未被重视，历来文学史著作也很少提到他们的名字。然而，如同委置于尘土中的明珠那样，其晶光莹彩是掩盖不了的。更令人惋惜的是，明初文网森严，朱元璋对文人尤为猜忌，南园五子中的孙蕡、黄哲都无辜被株连，惨遭杀害，赵介也被逮赴京，途中病死。他们所写的大量诗歌也因而散落。明嘉靖年间陈暹辑得《南园五先生诗》五卷，已不足二百首了。

明中叶的诗人丘濬、陈献章、黄佐，都是著名的学者。丘濬诗法度谨严，典雅清丽；陈献章诗超妙自然，清新美秀；黄佐诗雄伟奇丽，壮浪恣肆，三家各有特色。陈献章的七言绝句，写景优美，别具理趣，一位哲学家淡远的襟怀、澄明的心境都在诗中表现出来了。被称为“粤中昌黎（指韩愈）”的黄佐，诗歌题材多样，境界宏阔，表现了诗人激昂的志节和豪迈的气概。自永乐、成化以来，浮靡空洞、粉饰太平的“台阁体”垄断诗坛，而这几位学者的诗作却能令人耳目一新。

嘉靖年间，欧大任、黎民表、梁有誉、李时行、吴旦等五人，继南园五子之后，又聚会于抗风轩，重创南园之风，世称“南园后五子”。他们在青少年时大都曾师事黄佐，受过较系统的封建文化教育，后来都当上中央和地方的中小官吏，诗名远播中原，其中梁有誉更是“后七子”之一。明代中后期，正值前、后七子发动文学复古运动的时候，学诗的人无不以李梦阳、何景明以及李攀龙、王世贞等为圭臬，南园后五子也不免卷入诗界的潮流中，在“文必秦汉、诗必盛唐”的拟古主张影响下，他们的作品或多或少都有摹拟古人之迹。但南园后五子毕竟继承了前五子开创的比较健康的诗风，其所为诗重视反映社会现实，艺术风格也较雄直。即使是复古运动中的人物梁有誉，清人朱彝尊也认为他“所得于师友者深。虽入王（世贞）、李（攀龙）之林，而未受其习染”，能部分摆脱复古主义的陋习，在当时总算是难得的。如欧大任的《三河水》、黎民表的《癸亥十月书事》等诗，记述了当时重要的政治军事事件，语言质朴，感情深沉。又如梁有誉的《崖门吊古》诗雄深悲壮，句律精严，比起同时中原诸子来说，是更有真情至性的。

万历年间，复古主义的文风还笼罩着整个诗坛，岭南诗人区大相“力祛浮靡，还之风雅”，写了不少内容充实、感慨深沉的诗歌，有的在风格上逼近杜甫乱离之作。区大相诗有着鲜明的倾向性和现实主义内容，反映了明王朝日渐衰落过程中的社会面貌。如他的名作《南行感怀》诗四十首，对封建国家的重大问题，如宦官专权、横征暴敛、媚事强敌、经济崩溃等都作出深刻的揭露和评论，表现了诗人对当时社会危机的洞察力。屈大均认为“明三百年岭南诗以海目（大相之号）为最”，是有根据的。自区大相后，广东诗派向着更健康的道路发展，终于出现明末岭南诗坛中奇特的繁荣局面。

明末天启、崇祯年间，岭南诗坛上涌现了一大批优秀的爱国诗人，其中包括著名的爱国将领袁崇焕以及在抗清斗争中牺牲的烈士黎遂球、邝露、梁朝钟、陈子壮、陈邦彦、张家玉等。这些诗人为了挽救民族危亡，勇赴国难，经过艰苦卓绝的奋斗，最终献出自己宝贵的生命。诗人的“耿耿孤忠”，发而为诗，表现了汉族人民在民族斗争中坚贞不屈的精神和强烈的爱国主义思想。这些作品无论从内容上或艺术形式上都达到当时的最高成就，在明末诗坛上放射出夺目的光彩。他们当中以黎遂球、邝露、陈邦彦三人最为杰出，清人温汝能编辑《粤东诗海》，把黎称作粤中李白，邝称作粤中屈原，陈称作粤中杜甫。

黎遂球与陈子壮等十二位诗人，在崇祯年间修复南园旧社，被称为“南园十二子”。黎遂球的诗歌的确能继承南园诗社的传统，在雄直痛快中又有沉着之意，有不少反映明末社会动乱和人民苦难生活的好作品，表达了诗人强烈的爱憎之情。

邝露是一位很有个性的诗人，身世遭遇也很奇特。青年时曾只身深入广西少数民族聚居的地区，并当上瑶族女首领云亸娘的书记。他的诗多感时伤乱之作，得《楚辞》的遗意，在慷慨悲歌中别有一种幽艳凄婉的情调，形成独特的艺术风格。邝露向被称为“旷世未易之才”、“旷代仙才”，在岭南诗坛上有很高的地位。他的名作如《浮海》、《后归兴诗》等风格遒劲苍凉。南明小朝廷已土崩瓦解，残局再难收拾，诗人已预感到国家最后的命运，在他的作品中表现了极度的沉痛和忧愤。

陈邦彦诗笔力老健，气魄宏大。作战失败被俘后，他以古代烈士的高风亮节自励，在狱中步文天祥《过零丁洋》诗说：“泉路若逢文信国，不知双眼可谁青?”表明自己效法先贤、以身殉国的决心。

还值得一提的是爱国诗人张家玉。他在东莞起兵时写了著名的《军中遗稿》诗集，他的诗雄壮豪迈，慷慨淋漓。火热的军事斗争生活，使诗人强烈的诗情喷薄而出，血热满纸，不假修饰，“率皆贯虹喷碧之语”。如《自举师不克与二三同志快快不平赋此》诗，表现了诗人凛然的民族气节。这些岭南爱国志士的诗歌，都是我国诗史中的瑰宝，是值得珍视的。

陈遇夫《岭海诗见序》对明代岭南诗作出总结：“有明三百年，吾粤诗最盛，比于中州，殆过之无不及者。其体大率亦三变。明初南园五先生倡之，轻圆妍美，西庵（孙蕡）为首；嘉靖七子建旗鼓于中原，梁公（梁有誉）与焉，所尚高丽庄重，名“馆阁体”；驯至启、祯，政乱国危，奇伟非常之士，抚时感事，悲歌当泣，黎、邝诸君发为慷慨哀伤之音，而明祚亦遂终矣。”

明朝灭亡后，不少具有气节的中下层知识分子，为了反抗敌人压迫，维护民族尊严，继续进行秘密的抗清活动。他们面对征服者的屠刀和囚笼，英勇顽强地用武器和文学坚持战斗。当斗争失败后，他们蛰处山林，拒绝跟清政权合作，孤芳自赏，别有怀抱。诗人张穆、函可、陈子升、王邦畿、陶璜、张家珍、屈大均、陈恭尹等就是其中的佼佼者。这些遗民诗人，以他们大量的悲壮激昂、沉郁感愤的诗歌，反映出当时尖锐复杂的社会矛盾，揭露和控诉清朝统治者残酷的民族压迫，表现了汉族人民抗击征服者的决心和勇气。他们时而引吭高歌：“亦知匕首无成事，只重荆轲一片心。”（王邦畿《燕台怀古》）他们时而低首微吟：“世乱微躯珍晚节，尘空老眼极秋毫。”（陈子升《阁夜》）无论在怎样艰难困苦的情况下，诗人对国家和民族的信念始终是坚定的：“莫叹无成当此日，从来正气本山川！”（张家珍《送李成宪还零丁山》）是的，正是这浩然正气充满了诗人的胸怀，使他们长葆忠贞坚毅的志节。

屈大均、陈恭尹两位遗民诗人以及同时的梁佩兰，被称为“岭南三家”。他们的作品不仅在岭南，而且在全国都享有令誉，在文学史上也有一席重要的地位。

屈大均早年的诗歌慷慨豪迈，奇情郁勃，表现了诗人为国家民族建功立业的理想。如他在二十七岁时写的一首五律《鲁连台》，气势雄阔，笔力奇横，可以看出李白积极浪漫主义诗风的影响。诗人热情地歌颂抗清英雄：“地下多吾友，皆为殇鬼雄。夜来梦雪窦（即雪窦山人魏耕），长啸战场中。”（《梦》）屈大均中年以后，事业失败，壮志未酬，他的诗歌更为深刻沉痛、苍凉悲慨，表现了遗民志士对故国深切的怀念。屈大均诗的艺术语言也很有特色，如“风助群鹰击，云随万马来”（《云州秋望》）、“白刃若春风，功名非所求”（《过涿州作》)、“三军矢刃尽，北首皆死敌。腐肉委沙场，乌鸢不敢食”(《从军曲》)等，皆戛戛独造之语。

陈恭尹继承了其父陈邦彦郁勃沉雄的诗风，更益以深刻悲慨，表现了遗民心中的难言之恫。他的作品以七律成就最高，如《厓门谒三忠祠》通过凭吊古迹的方式来表达故国之思，被誉为“大气磅礴”、“卓绝千古”之作。

明末清初岭南诗坛上以屈大均、陈恭尹为代表的诗人，他们的作品虽遭清朝禁毁，却依然能流传下来，并对当时和尔后的诗人产生较大的影响，形成具有地方特色的诗歌流派。诗人朱彝尊、王士祯等称之为“岭南诗派”、“粤东诗派”。可以这样说，在明代，特别是岭南三家出后，岭南诗派已成为我国诗坛中的一个重要的流派了。

三

清朝，是我国封建社会的最后一个王朝。清初顺治、康熙年间，国势强盛，经济迅速恢复和发展，学术和文艺都出现了一时繁荣的局面。岭南诗坛中程可则、梁佩兰、吴文炜、方殿元等，都是自明入清的诗人。他们的思想行为是复杂矛盾的：对故国既未能忘怀，又出仕于清朝；与明遗民继续诗酒往还，又奔走于达官贵人门下。他们的诗歌间杂以兴亡离乱之感，反映出易代之际的民生疾苦，但又对当时重大的社会矛盾采取回避的态度，甚至有意无意地粉饰太平。他们的诗集中充塞着吟咏景物和酬赠之作，思想内容就远不如同时的遗民诗了。梁佩兰是“岭南三家”之一，工力深厚，颇有才华，诗歌艺术成就较高。他早年的诗中每有感时之语，如《养马行》、《采珠歌》等名作，抨击了当时黑暗政治和不合理的社会现象，表现了对人民疾苦的同情。

乾隆、嘉庆期间，中国诗坛上又出现了拟古主义的倾向。沈德潜主“格调”说，要求诗歌为政治服务，一归于“温柔敦厚”；稍后的袁枚又提出“性灵”说与之相抗，而其诗往往流于轻佻滑易。在这个时期，广东出了冯敏昌、黎简、宋湘三位优秀的诗人，他们摆脱了“格调”、“性灵”两派的笼罩，沿着张九龄以来逐渐形成的、由南园五子和岭南三家加以发扬的岭南诗派的道路前进，卓然自树，屹立于中国诗林之中。

冯敏昌当时号称大家，其诗被认为是“昌明博大”、“力追正始”之作。他尤善于用朴素的语言写深挚的感情。如《高廉道中作寄晚堂弟》诗，语语直写心事，不加修饰，不求工而自工。

黎简是位奇士。他鄙薄功名，洁身自好，足不逾岭而名震中原。他为诗刻意求新，喜欢使用奇特的语汇和创作手法，以图创造出曲折幽深的意境。其诗风格峻拔清峭，很有特色，“令人目遇而眩，耳遇而悦”，像孟郊、李贺那样，使用别具特色的词语，描绘出怪异的形象，烘托阴森的气氛，表现了“摄魄勾魂”的意境。然而，黎简集中也有不少语淡情深之作，如《大夫冈怀石帆》诗，以轻淡清新之笔，写苍凉悲慨之情，被誉为“自辟畦径”的佳作。

宋湘的诗，更是岭南“雄直”诗风的代表作品。雄浑奔放，峻爽豪健，有着鲜明的个人风格。宋湘反对摹拟，自言“作诗不用法”，努力突破正统樊篱，“拔戟自成一队”。这一点对晚清“诗界革命”巨子黄遵宪等人影响颇大。宋湘诗中不少明白如话的作品，抒怀述事，委曲尽情。如《湘居后十首》等诗，语言简洁生动，笔调自然，写出诗人和自食其力的劳动者间亲切的交往。宋湘晚年之作，渐趋沉郁深厚，如《永昌道中度澜沧江铁索桥谒武侯祠》、《题昆明池大观楼壁》等诗，气韵沉雄，骨格劲健，真是大笔淋漓之作。

嘉庆、道光年间，岭南诗人继出，号称“粤东三子”的谭敬昭、黄培芳、张维屏驰突于诗坛之上。谭敬昭之诗“超妙自然”，写岭南风物的作品尤清新可诵。黄培芳诗格高浑，特别是晚年在海南岛任上，有不少歌咏当地风土人情的诗歌，如《琼岛》、《咏陵水黎境》等，都是情景新异、笔力老成的作品。

四

岭南的词，也是随着各代词运的发展而发展的。唐、五代、北宋时期，文献散佚，词作流传极少。岭南词人见于载籍最早的是五代连州（今连县）人黄损，现存的词仅有《望江南》（“平生愿”）一首。又有南汉曲江人何成裕“尤工小词”，但词不存。直至南宋时期，岭南词家才稍著称于世。光宗时的名臣崔与之，向被称为“粤词之祖”，他的名作《水调歌头·题剑阁》词，笔力老健，感情深挚，表现了词人忧国爱民的思想感情和守边御敌的决心，风格豪放雄浑，纯属辛弃疾一派。崔与之此词，对后来的岭南词人影响颇大，开创了以“雅健”为宗的岭南词风。南宋后期的岭南词人葛长庚、李昴英、赵必瑑、陈纪等，便是这种词风的直接继承者，他们的词作高华伉爽、沉郁苍凉，自成格调，完全摆脱了南宋后期盛行的姜夔、吴文英的格律词派的影响。如李昴英的《贺新郎·赋菊》一阕，以秋菊设喻，表现了自己高尚的节操：“至老枝头犹健在，笑纷纷、红紫尘沙汩。香耐久，看晚节。”又如他的名作《水调歌头·题头南楼和刘朔斋韵》，写珠江口雄阔壮丽的景色，“情致超迈，气韵生动”，表现了词人旷远的胸怀和豪迈的气概，近人有谓其“可与柳永西湖之词，东坡赤壁之咏，鼎足而三”者（周笃文《宋百家词选》）。南宋末年，国势衰落，祸乱频仍，词人的作品中，充满了末世的哀感：“叹英雄虚老，凄其一吷。回首百年歌舞地，胥涛点点孤臣血。问长江、此恨几时平？茫无说。”（赵必瑑《满江红·和李自玉蒲节见寄韵》）“岁晚凄其诸葛恨，乾坤只可渊明酒。忆坡头、老菊晚香寒，空搔首。”（陈纪《满江红·重九登增江凤台望崔清献故居》）总的来说，宋代岭南的词家虽然不多，但已有可观的建树，他们的作品反映了当时风云万变的时代，表现了词人真切的忧乐之情，其雅健的词风更给后世的岭南词人以巨大的影响。

元代岭南词人的作品俱已无传。明王朝推翻了蒙古贵族奴隶主的残酷统治，生产得到恢复和发展，经济日趋繁荣。可是，明代的文学，除了小说、戏曲等方面取得较大的成就外，其余如诗、词等都显得萧条冷落。明代是中国诗歌的衰落时期，词坛更是一片荒芜，当时号称名家的词人如杨慎、王世贞、汤显祖、马洪等，“一味逞才恃博，未免浅露芜杂，于格律亦多不合”，“气骨轻浮，了无新意”。（夏承焘、张璋《金元明清词选·前言》）以曲入词，满纸纤巧仄媚之语，词格就愈趋卑下了。然而，在明词衰落之时，岭南的一些不以词名世的词人，却能摆脱流俗的影响，承袭着南宋以来岭南雅健的词风，写出了不少好作品。如著名的学者丘濬、陈献章，大臣霍韬等，都有一些刚健清新的佳作。

值得大书一笔的是，在明末清初之际，岭南词坛上出现了一颗辉煌的巨星，那就是番禺人屈大均。屈大均身世奇特，他早年曾积极投身抗清斗争，失败后削发为僧；中年还俗后北走中原、边塞，联络各地有志之士，力图恢复。在这期间，他写了大量的爱国主义词作，屈大均词，当为有明一代殿军，其比兴要眇之旨，实与屈原为近。无论其思想内容与艺术上的成就，均超过同时中原江左的词人，可惜他的集子在清代曾被列为禁书，未得广为流传，王昶《明词综》所录七首（只署屈氏的法名一灵），亦仅为屈词中二三等之作。屈大均生长于明清鼎革之际，目睹当时的社会变乱，故其词多悲慨之音。早年之作，奇情郁勃，表现了词人反抗民族压迫、坚持对敌斗争的决心，也流露出对抗清事业屡经挫折、壮志难酬的苦闷。如《紫萸香慢·送雁》词，“声情激楚，喷薄而出”（叶恭绰《广箧中词》），以归雁自况，有感于身世漂泊，前途艰阻，故其声厉而情哀，明季诸家词中，实无与伦比者。屈氏之词，每用比兴，言近旨近，以寄其拳拳故国之思。如《梦江南》词：“悲落叶，叶落落当春。岁岁叶飞还有叶，年年人去更无人。红带泪痕新。”“悲落叶，叶落绝归期。纵使归来花满树，新枝不是旧时枝。且逐水流迟。”况周颐《蕙风词话》评云：“明屈翁山（屈大均之号）落叶词，余卅年前即喜诵之。”并谓次章“末五字含有无限凄婉，令人不忍寻味，却又不容已于寻味”。屈大均晚年之作，渐趋平淡，而骨子里却含着孤臣孽子绝望的悲凉。

明末清初，广东著名的词家还有陈子升、梁佩兰、陈恭尹、今无、梁无技、易弘等。他们的作品，或雄直痛快，或幽深要眇，均能反映明清易代之际社会的动乱和人民的痛苦，堪称时代的实录。如今无的《满庭芳·出山海关》词，悲劲苍凉，回肠荡气，表现出一位志士在家国倾覆、人民遭难时无限怆痛的情怀。又如易弘的《清平乐·春草》词：“东风已遍园林，故根有恨难禁。一任烧痕灰尽，谁怜未死芳心？”《踏莎行·春恨》词：“目断天涯，魂销故国。思量往事真成错。昨宵一梦入罗浮，醒来不见梅花落。　雨湿重帘，香飘绣幕。当时尚怯罗衫薄。风风雨雨几多情，如今风雨思量着。”皆是亡国遗民内心世界的真实写照。

清代，是词的复兴时期。岭南的词坛也一片兴旺。据叶恭绰编纂的《全清词抄》所录，有清一代岭南词家就有一百四十余人，远过于宋、明各代。值得注意的是，清初词坛中，朱彝尊开创的浙西词派和陈其年开创的阳羡词派，争镳竞逐，左右一时词风，“嘉庆以前为二家牢笼者十居七八”。（《箧中词》二）而岭南的词家却较少受到江左习气的熏染，保持岭南词特有的本色。如东莞词人李继燕，擅长咏物写景，奇情丽采，炫人眼目。

雍、乾年间，词坛几被浙派笼罩，肤廓饾饤，流弊益深，“降至乾隆中叶，颓靡更甚，一片荒芜”（《全清词抄序》）。岭南词人张锦芳、黎简、黄丹书等，为词峻爽豪迈，一扫当时词坛上庸滥之风。如张锦芳的《满江红·木棉花》、黎简的《海天秋·题画》等词，都是格高调响的佳作。

嘉庆以后，词学“中兴”，张惠言、周济拈出“意内言外”之旨，以“寄托”为宗，创立了常州词派，开拓了词的领域。可是，在嘉、道年间，岭南的词人却开创了另一条道路，大异于江左诸人，其中最值得一提的就是著名番禺学者陈澧。陈澧泛览群籍，著述甚丰，余事为词，亦卓然为一代大家。谭献《箧中词续》评其词云：“填词朗诣，洋洋乎会于风雅，乃使绮靡、奋厉两宗，废然知反。”陈氏为词，不主故常，不傍门户，述事抒情，一以风雅为归，纯粹清高，表现了一位学者的胸襟修养。如他的《水龙吟》登粤秀山看月词，感慨深沉，意境幽峭，何须寄托然后言工！又如《百字令·夏夜过七里泷》词，字字清俊，壮浪幽奇，兼而有之，炼字炼句，极见工力，较诸厉鹗同调之作，似更胜一筹。与陈澧同时的名家还有吴兰修、仪克中等，他们的词作也清美可诵。

五

岭南散文萌芽于汉代，其发展历程大致可以分为从汉到元、明代、清代这样三个阶段。

现存的第一篇文章《报文帝书》，是靠《史记》的引录而得以流传下来的，它是目前能看到的最早的岭南文献。《报文帝书》的作者南越王赵佗曾在岭南称帝，与中原抗衡。由于汉文帝以德服人，以诚相召，赵佗亦能审时度势，放弃帝号，归附中央政府，从而化干戈为玉帛，使南越大地免除一场战争的浩劫，也为岭南地区的进一步开发提供了有利条件。屈大均很欣赏赵佗“明哲炳于机先”，把《报文帝书》作为自己所选编的《广东文选》的首篇。“重其文，亦重其智也。”（《广东新语·文语》）

汉代的陈元是岭南历史上最早的知名学者，他在把中原的先进文化学术传播到岭南方面作出了很大的贡献。他的《请立〈左传〉疏》，对于确立《左传》的学术地位起了决定性的作用。

到了唐代，贤相张九龄既是著名的政治家，又是岭南杰出的诗人。他的《请诛安禄山疏》，鉴事知人，指出“安禄山狼子野心”，“稍纵不诛，终生大乱”。料事于未然，充分表现了政治家的敏锐的洞察力。张九龄曾主持开凿大庾岭路，使崎岖险径变为宽阔通途，大大地促进了岭南与中原的交流，推动了岭南政治、经济、科技、学术的发展。《开凿大庾岭路序》一文记述了岭南开发史上这件大事的始末，成为岭南一份重要的历史文献。

宋代，余靖、崔与之、李昴英都是当时名声卓著的大臣，也是广有影响的文人。余靖的《正瑞论》，以渊博的学识，列举了大量的事实来证明凤鸣、鹤舞等所谓“祥瑞”的不足恃，指出要治理好国家，只能靠“德施于民”，“赏不僭，刑不滥”。这对迷信“天意”的最高统治者，无疑是一声发聋振聩的棒喝。崔与之在《论人才用舍行政得失疏》中，以岭南人特有的耿直与坦率，批评了皇帝对敢于进谏的忠臣“任之不专，信之不笃”，“言未脱口，斥逐随之”。他感慨“人才岂易得而轻弃如此!”对当时朝廷上存在的重大问题他旗帜鲜明地表达了自己的看法。而《重修南海志序》一文，则表明了李昴英对于修撰地方志的观点。他认为，修志应该达到“扶持世教”的目的，要大力表彰当地贤良人物，使之成为后人学习的楷模，而不能光是记述当地的山川地理、气候风物、兵役赋贡。这种观点，对于今日的修志工作，还是有积极意义的。余靖等人的文章，博引旁征，雍容典雅，表达了清醒的政治家对各类社会问题的卓越见解。

宋末，元军南侵，宋朝社会激烈动荡。在这汉族人民抗击异族入侵的战斗年代，岭南的文坛涌现出一批反映时代的文章，其中有代表性的作者是赵必瑑和梁起。

南宋爱国诗人赵必瑑，曾积极参加抗元战争，宋亡后，隐居草野，坚决不与元朝统治者合作。他《祭赵北山文》以沉痛的笔调悼念同为南宋遗民的老朋友，感情真挚，悲壮苍凉，具有强烈的感人力量。

作为岭南一支抗元义军副统帅的梁起，兵败后改名隐匿，元朝统治者征召梁起和他的挚友——著名的抗元将领出来做官，梁起在《与谢枋得书》中，表明了自己誓死不仕元朝的决心，与好友相勉，共保志节。这封信深沉凝重而又饱含悲壮的激情，是当时这类题材文章的代表作。

由于岭南是抗元斗争的最后战场，战斗最为惨烈，所以元代统治者对岭南的压制摧残特别严峻。整个元代，岭南的文坛显得颇为寂寥。

明代，随着经济、文化的发展，岭南的散文进入一个繁荣的阶段。这不但表现在作者增多，风格各异，还表现在文章质量的提高。

明朝初年，岭南散文的杰出代表是孙蕡和黎贞。孙蕡是有明一代岭南著名的诗人，居“南园前五先生”之首，水平最高，成就最大。新会的黎贞是孙蕡的学生，是当时著名的学者，世称秫坡先生。大学者陈献章曾赞许说：“吾邑以文行诲后进，百余年来，秫坡一人而已。”朱元璋建立明朝之后，对朝臣疑忌日深，动辄加以杀戮，并残酷地株连无辜。孙蕡、黎贞都是这种高压政策的受害者：黎贞被诬告，远戍辽东；孙蕡则不但被流放边地，更受株连而无辜被杀。孙蕡的《夜游栖禅寺纪事诗序》，清丽流畅，形象生动，幽深的笔调流露出作者在当时严峻的社会环境中彷徨苦恼、孤独凄冷的心情。黎贞的《溪隐记》，把隐士的居处描写成恬静优美的世外桃源，曲折地表达了作者对现实世界的不满，以及对宁静、美好社会的向往、追求。

明代中后期，岭南文坛上出现了丘濬、霍韬、海瑞、袁崇焕等一批作者，他们都是政治人物，所作的文章以奏疏为主，谈的是国家大计、社会发展、民间忧患等。其特点是议论纵横，征引繁博，论证严密，虽然欠缺抒情散文的闲雅优美，而别有严整明畅的风格。更值得注意的是，他们的文章往往真实、准确地反映了当时复杂、尖锐的社会矛盾，给后人留下可贵的史料。霍韬的《禁讹言疏》，揭露了明代中叶皇帝出巡对民间的扰害，严斥各级官员利用皇帝出巡的谣言乘机搜刮民众的可耻行径，勾画出一幅封建社会的官场百丑图。海瑞是中国历史上著名的清官，其《治安疏》一文，直斥嘉靖皇帝昏庸迷信、刻薄寡恩，义正辞严，文如其人，既揭示了明代深刻的社会矛盾，又体现出作者刚直不阿的崇高品格。潘濬的《题减粤东税银疏》，反映出从皇帝到地方各级统治者对广东民众敲骨吸髓的掠夺，准确地记录下万历朝十多年间广东上缴给中央的赋税的银两数目，这是研究明代岭南经济史的极为珍贵的资料。

还应提到黄佐、郭棐这两位卓有成就的地方文献学者。黄佐是与丘濬、陈献章齐名的明代岭南的大学者，他学识渊博，著作甚丰，所编撰的地方文献著作有《广东通志》七十卷、《广州人物志》二十四卷以及《香山县志》、《罗浮山志》等。郭棐少时曾师事著名学者湛若水，所撰有《粤大记》、《岭海名胜志》、《四川通志》、《右江大志》等地方文献。黄佐的《周宪使传》、《六祖传》与郭棐的《广州太守周公传》都能以极简洁生动的文字，刻画出传主的性格特征及鲜明形象，是记述人物很成功的作品。这些文章，充分地表现出黄佐、郭棐两位文献学大师观察、刻画人物及驾驭文字的深厚功力。

明末，岭南又一次成为汉族王朝最后抗战的战场，许多岭南人士激于大义，奋不顾身，积极参加抗清战斗。在这挽救国家危亡的战斗环境中，产生了不少可歌可泣的热血文章，为岭南文坛增添了一抹异彩。

被誉为“岭南三忠”的张家玉、陈邦彦、陈子壮都能诗文，而文章中的书札一体最能表达出他们强烈的爱国主义精神。面临强大敌军节节进逼，张家玉在《与杨司农书》中表明心迹：“我辈做人，正于患难处做好题目，正于患难处见好文章。譬之雪里梅花，愈香愈瘦，愈瘦愈香。譬之霜林松叶，愈茂愈寒，愈寒愈茂。”黄公辅、林际亨等广东民众抗清义军的领导人，在身陷重围的危殆形势下，断然拒绝清军的招降，表现了坚贞不屈的崇高气节。林际亨在致清军将领的《答黄梦麟书》中，指斥身本汉人的对方“心迹不足白于天下”。并凛然宣示：“若天命已定（指明朝灭亡），亨即草野孤愤，不忘故主，亦将自蹈东海而没耳。”他在兵败后投崖自杀殉国，实践了自己的誓言。以上这些慷慨激昂的血性文字，虽在百代之下，读之犹令人肃然起敬。

总的说来，有明一代，岭南散文得到很大的发展。不过与岭北先后出现的“前七子”、“后七子”、“唐宋派”、“公安派”、“竟陵派”等文学流派所取得的成就和造成的影响相比，还是有一定距离的。

清代，是岭南散文得到长足发展的时期，作品精采纷呈，繁花似锦，而作者之多，又大大超越了前代。这个时期，又可以细分为清初、清中后期、清末三个阶段。

明末清初，屈大均、陈恭尹、梁佩兰被合称为诗坛的“岭南三大家”，他们的文章也很好，尤其是屈大均，被公认代表了当时岭南散文的最高成就。

屈大均是杰出的遗民诗人、词人、文章大家。他学识渊博，才气横溢，在诗、词、文诸方面都取得令人瞩目的成就。《广东新语》是屈大均晚年完成的一部重要著作，他在该书序文中说：“是书（指《广东新语》）则广东之外志也。不出乎广东之内，而有见乎广东之外。”“知言之君子，必不徒以为可补《交广春秋》与《南裔异物志》之阙也。”显然，屈大均正是利用编写《广东新语》，借古讽今，指物喻志，揭露统治者的种种苛政。细读此书，不难体味作者赞美家乡，不满异族统治的深心。《广东新语序》字不足五百，而气势磅礴，高屋建瓴，言简意赅，寄托深远，正是作者诗文风格的集中表现。屈大均在记述岭南各地风物之时，用他诗人的敏锐目光、深刻的观察力，写下许多赞美家乡的优美篇章。《请恤疏》是陈恭尹向南明朝廷上的一份奏疏，详细叙述了其父陈邦彦组织义军抗击清兵最后壮烈殉国的事迹，这也是研究南明历史的一份重要文献。文章深沉博大，蕴藉含蓄，很能表现作者的文风。

梁佩兰少时曾就学于陈邦彦门下，通经史、善文章，尤长于诗。清初著名的文学家王士祯、朱彝尊、潘耒等人对他都很推重。《与王瑶湘女史书》是梁佩兰写给世交王隼的女儿王瑶湘的一封信，行文亲切而优雅，体现了长者对于后辈的真挚关怀与殷切期望。

由于清初文网空前严酷，而屈大均、陈恭尹都曾参与反清斗争，所以在文章结集时，难免有所顾忌而删去不容于当时的作品。纵使如此，屈大均的作品后来仍然遭到禁毁，几致失传。可以想象，他们的佳作必不止现存的数量，现今所传者亦未必能够反映出他们的最高水平，这是令人遗憾的。不过，即使就“岭南三大家”现存的作品来看，屈大均的朴茂渊古，陈恭尹的深沉凝炼，梁佩兰的驯雅典重，各擅胜场，蔚为清初岭南散文之大观。

稍后，则有粤北的廖燕异军突起。廖燕是清初岭南颇有成就的文人，他的文章疏隽而有真意，识见甚高，能发前人所未发，令读者耳目一新。他的《二十七松堂集》中好文章颇多，《明太祖论》尤称杰作。这篇文章一针见血地指出：“明太祖以制义取士，与秦焚书之术无异，特明巧而秦拙耳，其欲愚天下之心则一也。”所论透辟之极。正如作者在《选古文小品序》中所设之喻：“匕首，寸铁耳，而刺人尤透。”《明太祖论》正是这种“匕首”，直透朱元璋的要害，把他以科举取士的险恶用心昭揭于天下。此文堪称古代议论文中的精妙之作。

清代散文，由“岭南三大家”及廖燕开拓于前，流风所被，到清中后期，岭南文坛上遂名家辈出，佳作纷呈。林明伦、谢兰生、黄丹书、邵咏、吴应逵、张维屏、黄培芳、吴兰修、邓淳、曾钊、温训、陈在谦等，都是这个时期有成就的作者。其中值得提出来的有吴应逵与张维屏。

吴应逵是乾隆时人，字鸿来，别字雁山。著有《雁山文集》。著名的清代古文家姚椿选编的全国性文集《国朝文录》，所选的岭南作家仅有吴应逵一人，可见姚氏对他的推重。该书选录吴应逵的《哭杜雪斋丈》，写的是日常小事，朴实无华而真情洋溢，感人至深，在平凡的题材中显现出作者过人的艺术功力。

张维屏是嘉道年间著名的诗人、学者，又善文章。清代著名的散文家、“阳湖派”的创始人恽敬南来广州，曾称誉张维屏为“岭南柳仲涂（柳开，字仲涂，北宋散文家）”。《复龚定庵书》是张维屏给龚自珍的一封回信，文中阐明了作者在文学创作方面的一些看法，对当时文坛流行的模仿剽窃的作风、陈言泛滥的现象，逐一加以剖析和批判。作者认为写文章应“本诸身以立其诚，准诸经以定其则，考诸史以验其迹，……不执成见，不囿偏隅，随感而通，因物以付。如风行水，如水行地”。这些观点对当时甚而现今的文学创作，还是有参考价值的。

六

岭南古代文学创作，主要成就还是在诗、词、散文方面，而小说、戏曲等就显得比较薄弱。明代丘濬的杂剧《五伦全备记》、韩上桂的杂剧《凌云记》，在中国戏曲史上有一定的地位。唐代刘轲写过一篇小说《牛羊日历》，尔后作者寥寥，直到清代，才有黄岩的《岭南逸史》和署名禺山老人的《蜃楼志》两部稍可寓目的长篇小说。

岭南的古代文学批评也发展缓慢。清代以前，只有一些作家偶然在文章中发表其文学见解，直到清初的廖燕，才有较完整系统的文学主张，在中国文学批评史上有较高的地位。清道光初年梁廷枏的《藤花亭曲话》，则是戏曲理论的重要著作，作者强调创新意识，反对雷同因袭；评论各代戏剧，亦多独得之见。

岭南的诗话、词话，自明代邓云霄的《冷邸小言》始，至清末民初陈洵的《海绡说词》止，约共三十种，其中较重要的有张维屏的《国朝诗人征略》、梁九图的《十二石山斋诗话》、何曰愈的《退庵诗话》、李文泰的《海山诗屋诗话》、潘飞声的《在山泉诗话》、《粤词雅》以及张德瀛的《词征》等。

明以前文学

第一章　岭南文学的萌芽

第一节　古代神话传说

2014 年 4 月—8 月抢救发掘的云浮市郁南县“磨刀山遗址”第 1 地点，是广东目前确认年代最早的古人类文化遗传，岭南人类活动历史由距今 13 万年左右提前至数十万年前。该发现入选“2014 年度全国十大考古发现”。从“磨刀山遗址”那时起，岭南的先民食于斯，生息于斯。在漫长的原始社会里，人类的生产力极其低下，生活十分贫困，他们在与大自然作斗争的时候，对于各种自然现象，例如狂风暴雨、电闪雷鸣、森林中的大火、日月的运行、云霞的变化，等等，无法理解，无能为力，于是，便把这种自然物人格化，赋予它以超自然的力量，并企求这种力量给自己以帮助，这就产生了各种各样的图腾崇拜和神话。

上古时代，岭南地区的土著民族越族，把一些神化了的自然物认作自己的亲属和祖先，这些神化了的自然物便成为他们所崇拜的图腾（保护者和某种超自然物的象征），蛇就是他们主要的图腾。汉刘安《淮南子·原道训》云：“九疑之南，陆事寡而水事众，于是民人被发文身，以像鳞虫，短绻不绔，以便涉游；短袂攘卷，以便刺舟，因之也。”九疑即今九嶷山，在湖南南部，是南岭的一部分。所谓九疑之南，是指包括广州在内的岭南地区。许慎《说文解字·虫部》“蛮”字条下释：“南蛮，蛇种。”《太平御览》卷七九○引汉代杨孚《异物志》：“雕题国，画其面及身，刻其肤而青之，或若锦衣，或若鱼鳞。”这说明越人的蛇图腾与南蛮的蛇图腾是一致的。考古工作者在出土的印纹陶中，也发现越人有过蛇图腾崇拜。他们认为陶器上的云雷纹，“可能就是蛇的盘曲形状的简化”，“S 纹可能是蛇身扭曲的简化”，“波状纹更有可能是蛇爬行状的简化”，曲折纹“也是蛇身上花纹的简化”，叶脉纹“是蛇身的花纹或者是蛇脊骨的模拟”，编织纹“在蛇皮身上虽找不到完全相同的图案，但它仍和蛇的花纹有关”，蓖点纹“很可能从蛇身上找到原型”，圈点纹“可能是蛇眼睛的简化”，方格纹“可能是前述菱纹、回纹的简化，也有可能是蛇皮鳞纹的模拟及简化”。古越人在日常使用的陶器上饰以各种各样与蛇有关的花纹，“其原因是由于陶器主人（古越族）对蛇图腾的崇拜”。[①] 越族的后裔僚、蜒也保留这种习俗，据唐张鷟《朝野佥载》记载，广州化蒙县（治所在今广宁县南、绥江北岸）县丞胡亮跟随都督周仁轨征讨僚人，俘虏一个首领的妾，其妻贺氏烧钉烙妾双目，妾自缢死。后贺氏产下一蛇，双目无睛，问禅师，知此蛇乃僚妾所变，养好此蛇可免于难。过了一二年，蛇渐大，藏在衣被中，胡亮不知，拨被见蛇，大惊，砍杀此蛇，贺氏因此双目俱枯。这说明岭南僚族曾流行着人死化为蛇的传说，与其他民族的图腾崇拜一样，存在轮回信仰。清代吴震方《岭南杂记》载：“潮州有蛇神，其像冠冕南面，尊曰游天大帝，龛中皆蛇也。欲见之，庙祝必致辞而后出，盘旋鼎俎间，或倒悬梁椽上，或以竹竿承之，蜿蜒纠结，不怖人，亦不螫人。长三尺许，苍翠可爱。闻此自梧州而来，长年

① 陈文华：《几何印纹陶与古越族的蛇图腾崇拜》，载《考古与文物》1981 年第 2 期。

三老尤敬之。凡祀神者，蛇常游憩其家，甚有问神借贷者。”又载“陆义山棻有《神蛇说》：‘戊戌之岁，余入粤，游于东莞，偶行市中，见有门施彩幔，内作鼓乐者，叟童男女，杂沓于门，……随众而入，见庭中铺设屏幛，几案樽俎甚备，香烟郁郁，灯火荧荧，执乐者列两旁，鼓吹迭奏。几上供一磁盎，盎中小树数株，有小青蛇蜿蜒升降于树间，长不及尺，大不逾小指，一身两头，项相并，颈相连，四目，二口，两舌并吐，绿质杂扰。主人鞠躬立案左，出入者以次膜拜，苟越次不整，主人正色约束，皆唯唯惟命”。邝露《赤雅》载：“蜒人神宫画蛇以祭。”李调元《粤风》疍歌题后注解：“（疍人）或曰蛇神，故祀蛇于神宫也。”《广东新语·舟语》则载：“（疍人）昔时称为龙户者，以其入水辄绣面文身，以象蛟龙之子，行水中三四十里，不遭物害。”他们甚至自称龙人或龙户。甲骨文“虹”字像两头龙。《说文解字·虫部》：“虹，螮蝀也，状似虫，从虫，工声。”这说明虹、蛇、龙是相类相通的。在我国传说中的龙，一般是指现实生活中的蛇，闻一多先生在《神话与诗》中这样写道：“龙是蛇类，龙的基调是蛇。”龙被视为中华民族的祖先，并成为文学艺术的题材，人们根据龙的神话，创造出丰富多彩的文学样式。龙蛇同类，蛇在文学艺术中同样得到表现。

广州有许多别名，如羊城、穗城、仙城、楚庭等，这些别名的由来，都和五羊的神话传说有关。屈大均《广东新语·石语》载：“周夷王时，南海有五仙人衣各一色，所骑羊亦各一色，来集楚庭。各以谷穗一茎六出，留与州人，且祝曰：‘愿此阛阓，永无荒饥。’言毕腾空而去，羊化为石。今坡山有五仙观，祀五仙人。少者居中持粳稻，老者居左右持黍稷，皆古衣冠。像下有石羊五，有蹲者、立者，有角形微弯势若抵触者，大小相交，毛质斑驳。观者一一摩挲，手迹莹然。”另晋顾微撰、元陶宗仪辑《广州记》云："广州厅事梁上，画五羊像；又作五谷囊，随像悬之。云昔高固为楚相，五羊衔谷萃于楚庭，故图其像为瑞。六国时广州属楚。"后世关于五羊神话的记载多本此二说。

这个神话反映了岭南人民率先从事水稻的种植。考古工作者在距今4500年左右的"石峡文化"遗址中出土的人工栽培稻种，以籼型稻为主，也有粳型稻，还有谷物加工工具石磨盘和磨棒等。①这表明原始社会晚期，广东已经有了水稻的种植，在某种意义上印证了这个神话。五羊的传说反映了古代广州人民对美好、幸福生活的向往。

稍后，广州还有珠江的传说。宋代方信孺《南海百咏·走珠石》附记："旧传有贾胡自异域负其国之镇珠，逃至五羊，国人重载金宝，坚赎以归，既至半道海上，珠复走还，径入石下，终不可见。至今此石往往有夜光发，疑为此珠之祥。"诗云："底事明珠解去来，当时合浦已堪猜。贾胡不省何年事，老石江头空绿苔。"此石为"会城三石"（另二石为海印石和浮丘石）之一，旧址在今广州长堤海珠花园内，原为珠江中一石岛，岛上有座慈度寺，为南汉时所建，宋代李昴英读书其上，后李氏由科举进身仕途后，捐资重建，改名海珠慈度寺。岛上还有许多建筑物，如向阳台、得月台、文溪祠、文昌阁等，明清以来是广州游览胜地之一。因石下潜珠，夜有祥光，因而得名为海珠石（或称海珠岛），江亦因之得名为珠江。该岛附近古代江面很阔，宋代仍称"小海"，也名"珠海"。该岛原来偏于珠江南岸，但由于珠江北岸淤积速度远较南岸为快，该岛逐渐接近北岸。1931年，人工扩筑新堤（即今广州沿江路）把它和北岸连成一片。海珠花园内仍有一株

① 杨式挺：《谈谈马坝栽培稻的发现》，载《文物》1978年第7期。

老榕树，枝繁叶茂，它是往昔海珠岛仅存的遗物。现广州尚有海珠区、海珠路、海珠桥、海珠广场、迎珠街等地名，可见这个神话传说影响很大。

在广州，五羊的传说和珠江的传说流传久远，家喻户晓，它那浪漫主义精神启发诗人的想象力，历代诗人据此创作出许多作品，如唐代李群玉《登蒲涧寺后二岩》诗："五仙骑五羊，何代降斯乡。涧有尧时韭，山余禹日粮。楼台笼海色，草木发天香。浩啸烟波里，浮生兴更长。"清代陈坤《五仙观》诗云："六出祥徵秉穗来，楚庭曾见五云开。重熙累洽唐虞盛，戬谷诗赓遍八垓。"明代海瑞有一首《海珠寺》诗，写的则是海珠石的景色，诗云："南海骊龙不爱珠，水心擎出夜明孤。云流上下天浮动，月浸空濛地有无。两岸交花摇彩槛，千艘横渚散飞凫。即看佛宝连金界，全胜仙人弄玉壶。"

古代的神话、传说自然不止上述这些，在广州，还有浮邱神话、广州城的神话；在肇庆，有羚羊峡的神话、悦城龙母的神话，等等。鲁迅曾经在《中国小说史略》中说过："神话不特为宗教之萌芽，美术所由起，且实为文章之渊源。"岭南地区在古代产生过许许多多的神话，是岭南文学萌芽的标志。

第二节　汉代的诗文

秦平南越，岭南进入一个崭新的时代。五十万军民南来，不仅给岭南地区带来先进的生产技术，还带来先进的科学文化。此后，中原人民不断南移，与越人杂处。由于历史的原因，秦代以前，岭南越族没有自己的文字；秦代以后，岭南越人直接使用汉字，岭南文化从此进入一个新的时期。

岭南文学，见于载籍最早的是赵佗的《报文帝书》：

蛮夷大长老夫臣佗昧死再拜、上书皇帝陛下：老夫故粤吏也，高皇帝幸赐臣佗玺，以为南粤王，使为外臣，时内贡职。孝惠皇帝即位，义不忍绝，所以赐老夫者厚甚。高后自临用事，近细士，信谗臣，别异蛮夷，出令曰：‘毋予蛮夷外粤金铁田器；马牛羊即予，予牡，毋予牝。’老夫处辟，马牛羊齿已长，自以祭祀不修，有死罪，使内史藩、中尉高、御史平凡三辈上书谢过，皆不反。又风闻老夫父母坟墓已坏削，兄弟宗族已诛论。吏相与议曰：‘今内不得振于汉，外亡以自高异。’故更号为帝，自帝其国，非敢有害于天下也。高皇后闻之大怒，削去南粤之籍，使使不通。老夫窃疑长沙王谗臣，故敢发兵以伐其边。且南方卑湿，蛮夷中西有西瓯，其众半羸，南面称王；东有闽粤，其众数千人，亦称王；西北有长沙，其半蛮夷，亦称王。老夫故敢妄窃帝号，聊以自娱。老夫身定百邑之地，东西南北数千万里，带甲百万有余，然北面而臣事汉，何也？不敢背先人之故。老夫处粤四十九年，于今抱孙焉。然夙兴夜寐，寝不安席，食不甘味，目不视靡曼之色，耳不听钟鼓之音者，以不得事汉也。今陛下幸哀怜，复故号，通使汉如故，老夫死骨不腐，改号不敢为帝矣！谨北面因使者献白璧一双，翠鸟千，犀角十，紫贝五百，桂蠹一器，生翠四十双，孔雀二双。昧死再拜。以闻皇帝陛下。

赵佗，真定（今河北正定县）人，秦时为南海郡龙川县令。南海尉任嚣死，佗行南海尉事。秦亡，自立为南越武王。赵佗在位期间，采取了一系列措施，加速岭南经济的发展，推动岭南社会的封建化。他的“和辑百越”的民族政策，有效地促进了汉越民族团结和汉越文化的融洽，其功绩是不可磨灭的。公元前 196 年，汉高祖派遣陆贾南来，说服赵佗归汉，赵佗顾全大局，称臣入贡，使岭南兵不血刃，这是非常可贵的。赵佗归汉的第二年，汉高祖病死，他的儿子汉惠帝继续奉行汉高祖的政策，使赵佗有时间治理他的王国，从中原地区输入大量的牛马羊和铜铁兵器，发展生产，扩大对外贸易，促进经济文化的繁荣。公元前 188 年，汉惠帝死，吕后执政，由于臣僚的挑拨，她下令禁止“金铁田器”输入南越，牛马羊只准出售雄的，不准出售雌的，妨碍了生产的发展。赵佗先后派遣三位使臣带着奏章到长安谢罪，但吕后不予理睬，还把使臣扣留下来，这便激怒了赵佗，他在臣下的拥戴下自立为帝，表示与汉朝分庭抗礼。吕后闻知大怒，便令大将周灶率军南来讨伐，双方在五岭对峙了一年多，吕后病死，汉朝撤兵罢战，赵佗也下令收兵。公元前 179 年，汉文帝刘恒即位，他采纳丞相陈平的意见，抚慰赵佗，一边重修赵佗先人坟墓，“召其从昆弟，尊官厚赐宠之”。一边派陆贾再次出使南越，并给赵佗写了一封亲笔信，声明不再出兵攻打南越，劝告赵佗不再骚扰长沙国，去掉帝号，希望彼此和好如初，并且让陆贾给赵佗带来礼物。汉文帝的诚意使赵佗大为感动，他诚恳地给汉文帝写了上面那封回信，还在广州城北“筑台以朔望升拜，号为朝拜台，傍江构起华馆以送陆贾，因称朝亭”（《太平御览》卷一九四引）。清人屈大均说：“南越文章，以尉佗为始，所上汉文帝书，辞甚醇雅。”（《广东新语·文语》）

西汉时期，岭南出现了杰出的经学家陈钦、陈元父子二人。陈钦专门研究《春秋》、《左传》，并以所学传授王莽，著有《陈氏春秋》一书（已佚），成一家之言。陈元继承父业，对《左传》进行广博而又缜密的考证和注释，写成《左氏异同》（已佚），成为汉代著名的经学家，与桓谭、杜林、郑兴等并为学者所宗。汉初正处在秦始皇“焚书”之后，《春秋》、

《左传》并没有得到学术界的承认，陈元独具慧眼，上书皇帝，主张以《左传》为国学，这就是有名的《请立〈左传〉疏》：

陛下拨乱反正，文武并用，深愍经艺谬杂，真伪错乱。每临朝日，辄延群臣讲论圣道。知丘明至贤，亲受孔子，而《公羊》、《谷梁》传闻于后世，故诏立《左氏》博询可否，示不专己，尽之群下也。今论者沉溺所习，玩守旧闻，固执虚言传受之辞，以非亲见实事之道。《左氏》孤学少与，遂为异家之所覆冒。夫至音不合众听，故伯牙绝弦；至宝不同众好，故卞和泣血。仲尼圣德，而不容于世，况于竹帛余文，其为雷同者所排，固其宜也。非陛下至明，孰能察之！

臣元窃见博士范升等所议，奏《左氏春秋》不可立，及太史公违戾，凡四十五事。案升等所言，前后相违，皆断截小文。媟黩微辞，以年数小差，掇为巨谬，遗脱纤微，指为大尤，抉瑕擿衅，掩其弘美，所谓“小辩破言，小言破道”者也。升等又曰：“先帝不以《左氏》为经，故不置博士，后主所宜因袭。”臣愚以为，若先帝所行而后主必行者，则盘庚不当迁于殷，周公不当营洛邑，陛下不当都山东也。往者，孝武皇帝好《公羊》，卫太子好《谷梁》，有诏诏太子受《公羊》，不得受《谷梁》。孝宣皇帝在民间时，闻卫太子好《谷梁》，于是独学之。及即位，为《石渠论》而《谷梁氏》兴，至今与《公羊》并存。此先帝、后帝各有所立，不必其相因也。孔子曰：纯、俭，吾从众；至拜下，则违之。夫明者独见，不惑于朱紫，聪者独闻，不谬于清浊，故离朱不为巧眩移目，师旷不为新声易耳。方今干戈少弭，戎事略戢，留思圣艺，眷顾儒雅，采孔子下拜之义，卒渊圣独见之旨，分明白黑，建立《左氏》，解释先圣之积结，洮汰学者之累惑，使基业垂于万世，后进无复狐疑，则天下幸甚。

臣元愚鄙，尝传师言，如得以褐衣召见，俯伏庭下，诵孔氏之正道，理丘明之宿冤，若辞不合经，事不稽古，退就重诛，虽死之日，生之年也。

陈元提议研究《左传》，设立《左传》博士，遭到范升等的激烈反对。他列举大量的历史事实，痛斥范升“疑先帝之所疑，信先帝之所信”，“先帝所行而后主必行”的陈词滥调，提出“先帝后帝各有所立，不必其相因”的卓越见解，论点鲜明，说理透彻。后来明帝终于采纳陈元的意见，诏立《左氏》学，从此以后，《左传》在学术上的地位日益显著。因陈元之子陈坚卿在经学上也有很高的造诣，后人称其祖孙三人为“三陈”。

汉代广东的何丹、郭苍、姚文式等，都以博学能文，举茂才而致仕。欧阳修《集古录》引《韶州图经》，谓郭苍撰《汉桂阳太守周府君碑》碑文，文辞优美。这里节录郭苍描写六泷山水的一段以见一斑：

其水源也，出于王禽之山，山盖隆崇，峻极于天；泉肇沸涌，发射其颠，分流离散，为十二川。弥陵隔岨，峦阜错连，隅陬壅遏，未由骋焉。尔乃溃山钻石，经营沟畛，激扬争怒，浮沉潜伏，蛇龙诘屈，澧陵郁浥，千渠万浍，落聚沿涧。下迄安聂，六泷作难，湍濑潘潘，沄沄潺湲，虽《诗》称百川沸腾，高岸为谷，深谷为陵，盖莫若斯，天轨所经，恶得已哉！故其下流注也，若奔车失辔，狂牛无縻，击楫忽舻，陆不相知。及其上也，则群辈相随，缠挽提携，唱号慷慨，沉深在前。其或败也，非徒丧宝玩，陨珍奇，潜珠贝，流象犀也。往古来今，变其终矣。

描写山势隆崇险峻，水流激扬湍急，船夫纆挽唱和，形象生动，行文简洁，结构严谨。屈大均评价说：“六泷山水之胜，形容殆尽，其才亦扬雄之亚。”（《广东新语·文语》）

东汉时，番禺人杨孚所著的《异物志》，是一部岭南特有的风物志，它精确地描写了广东特有的动、植物特征，文字生动优美，历来为研究岭南历史地理和物产的学者所重视，北魏郦道元引用此书称《南裔异物志》，唐初欧阳询等编纂的类书《艺文类聚》称《交趾异物志》，唐徐坚编辑的《初学记》则称之为《临海水土记》，新、旧《唐书》均作《交州异物志》，可惜这部著作宋代以后失传。清代广州人曾钊曾从一些类书和史籍中辑出一卷，仍称《南裔异物志》，现节录其中四段：

鸬鹚，不生卵而孕雏于池泽间；又吐生，多者八九，少者五六，相连而出，若丝绪。水鸟而巢高树枝，或在窟穴之间。

孔雀，形体既大，细颈隆背似凤凰。自背及尾皆作员文，五色相绕，如带千钱文，长二三尺。头戴三毛长寸以为冠。足有距，栖游冈陵，迎晨则鸣相和。

椰树，高六七丈，无枝条，如束蒲在其上，实如瓠，系在于巅，若挂物焉。实外有皮，如胡卢；核里有肤，白如雪，厚半寸，如猪肤，食之美于胡桃味也。肤里有汁升余，其清如水，其味美于蜜。食其肤可以不饥，食其汁则愈渴。又有如两眼处，俗人谓之越王头。

甘蔗，远近皆有。交趾所产甘蔗特醇好，本末无薄厚，其味至均；围数寸，长丈余，颇似竹，斩而食之既甘，迮取汁如饴饧，名之曰糖，益复珍也。又煎而曝之，既凝而冰，破如砖，其食之入口消释，时人谓之石蜜者也。

无论动物或者植物，作者描写它们的形态特征，功用价值，具体细致，生动逼真，毫无枯燥乏味之感，极富文采。《异物志》既是岭南的动、植物志，又是一部优秀的文学著作。

岭南诗人，见于载籍最早的是汉初番禺人张买，他在孝惠帝时“侍游苑池，鼓棹能为越讴，时切规讽”。（欧大任《百越先贤志》）惜其诗已佚。杨孚《异物志》中的“赞”均为四言韵语，优美生动，富有诗味，是我们今天见到的广东最早的诗歌，现选录三章：

榕树栖栖，长与少殊。高出林表，广荫原丘。孰知初生，葛藟之俦？（《榕》）

鸟象雌鸡，自鸣鹧鸪。其志怀南，不思北徂。（《鹧鸪》）

乃有大贝，奇姿难俦。素质紫饰，文若罗珠。不磨而莹，采耀光流。思雕莫加，欲琢匪逾。在昔姬伯，用免其拘。（《贝》）

作者描写岭南各种奇珍异物的形态和功用，具体生动，耐人寻味，屈大均谓广东之诗始于杨孚，当是指此诸“赞”而言。

第三节　六朝的文学

从三国经两晋到南北朝，史称六朝，这三百六十余年间，除西晋五十多年（265—316）全国有暂时的统一局面外，其余三百年都处于南北分裂的状态，中原地区战争频仍，北方城市多遭破坏，南方地区比较安定，汉族人民大量南迁，促进了南方经济和文化的发展。

六朝期间，岭南文士，代有其人，较为突出的是三国广信（今封开）人士燮（137—226），字威彦，专攻《春秋左氏传》，为之注解，受到中原学者的推重，陈国袁徽写信给尚书令荀彧，盛赞他的学问，说他“既学问优博，又达于从政，……官事小阕，辄玩习书传，《春秋左氏传》尤简练精微，……又《尚书》兼通古今，大义详备。闻京师古今之学，是非忿争，今欲条《左氏》、《尚书》长义上之”。（《三国志·吴书》）著有《春秋经注》、《公羊传注》、《谷梁传注》（均佚）。士燮与其弟士壹、士䵋、士武都是从政的学者，时有“四士”之称。又如晋代南海（今广州）人王范，读书有识鉴，搜罗百粤典故，写成《交广春秋》（已佚），明代黄佐称其书“事赡词工，昔称之，而今不传”。与王范同时代的黄恭，也是南海人，他搜辑王氏《交广春秋》，补其遗漏，写成《十三州记》。黄恭族子黄整，博洽工文词，有集十卷（已佚）。

南朝梁时，新会人冯融“汲引文华士相与为诗歌，蛮中化之，蕉荔之墟，弦诵日闻”。（黄佐《广州人物传》）桂阳人廖冲“博学，能文辞，于经术无所不通，……时武帝好儒学，招徕天下名士，冲与焉。尝命赋诗，称上意，嘉赏之”。（同上书）曲江人侯安都所作五言诗“声情清靡”，他曾多次招收文士，如阴铿、张正见等吟诗作赋，可惜这些诗歌现在都失传了。陈朝南海人刘删，被誉为“岭左奇才”，其诗流传下来的只有收进《艺文类聚》的九首，现选录其中三首：

回舻乘派水，举帆逐分风。滉瀁疑无际，飘扬似度空。樯乌排鸟路，船影没河宫。孤石沧波里，匡山苦雾中。寄谢千金子，安知万里蓬！（《泛宫亭湖》）

奉使穷沙漠，抆泪上河梁。食雪天山近，思归海路长。系书秋待雁，握节暮看羊。因思李都尉，还汉不相忘。（《赋得苏武》）

孤鸣思沧海，矫翮避虞机。怨别凄琴曲，凌风散舞衣。五里虽回顾，千年会欲归。寄语雷门鼓，无复一双飞！（《独鹤凌云去》）

梁、陈时盛行宫体诗，把诗歌作为宫庭的装饰品和消遣品，诗人多半脱离社会现实，生活在宫庭和贵族周围，“不虞外难，荒于酒色，不恤政事。……江总、孔范等十人预宴，号曰狎客。先令八妇人襞采笺，制五言诗，十客一时继和，迟则罚酒。君臣酣宴，从夕达旦，以此为常”。（《南史·陈后主本纪》）他们依附宫庭，夸耀辞藻，无病呻吟，格调低下。刘删现存的作品却没有染上堆砌典故和描写色情的恶习。像上录三首诗，熔情于景，情景交融，内容健康，语言也清新可喜，实在是可贵的。

广东现存最早的民歌，是在广州出土的晋砖上所刻的一首：

永嘉世，天下灾；但江南，皆康平。永嘉世，九州空；余吴之，盛且丰。永嘉世，九州荒；余广州，平且康。

这首民歌，反映了西晋“永嘉之乱”，北方动荡不安，南方局势稳定，人民安居乐业的真实情况。此诗语言简练、流畅，在艺术上采用传统的民歌表现手法，重叠、对比，使北方的动乱与南方的安定更加鲜明。

六朝期间，岭南文士多集中在广州或广信等地，这并非偶然：广州自秦汉开始，一直是岭南的政治、经济中心。《史记·货殖列传》：“番禺亦其一都会也，珠玑、犀、玳瑁、果、布之凑。”《汉书·地理志》：“处近海，多犀、象、毒冒、珠玑、银、铜、果、布之凑，中国往商贾者多取富焉。番禺其一都会也。”六朝期间，中原人民不断南迁，广州的经济继续发展，海上贸易十分兴旺，地方官吏往往插手商业，经营翡翠、明珠、犀角、象牙等买卖，每致巨富。传说广州石门北面有一眼清泉，饮过这眼泉水的人，便产生贪婪之心，即使最廉洁的官吏也是如此。东晋时有一官吏，名叫吴隐之，为广州刺史，他酌贪泉水而饮，并赋诗云：“古人云此水，一歃怀千金；试使夷齐饮，终当不易心。”吴隐之在广州做官果真清廉朴素。这首诗遂成为千古传颂的名篇。其时，广州和南洋、西亚等地交通频繁，促进了中外文化交流。广州开始兴建佛寺，如仁王寺、王园寺（即光孝寺）、西来庵、宝庄严寺（即今六榕寺）等。许多诗人、学者也南来，例如南朝宋文帝时，著名旅行家和诗人谢灵运曾被朝廷流放到广州，他在来广州途中，写过《岭表赋》，可惜这位才华横溢的诗人被诬为谋叛，惨死广州街头，临刑前还写了一首诗，诗的前四句是：“龚胜无余生，李业有终尽。嵇公理既迫，霍生命亦殒。”表达了他对刘宋统治者的愤恨。南朝陈代诗人江总避乱广州，依附他舅父萧勃，居十余年，他写的《秋日登广州城南楼》一诗，描写广州风物，抒发家国之思，清新自然，颇有情致，为他所写的宫体艳诗注入一股清新的空气。当时，广州的对外交通已经很发达，中原人士不断南来，人才荟萃，自然有相当的文化艺术表现。

广信在汉代就是岭南与中原的交通要冲，这里气候高爽，台风、瘴气的威胁较少，自然条件优越，政治安定，老百姓安居乐业。自汉至隋，苍梧郡的首府始终在广信，来到这里办学和交流学术的人络绎不绝；东汉末年，北海郡人刘熙，往来苍梧、南海两地，教授生徒多达几百人；南海郡人黄豪，精通《论语》、《毛诗》，寓居广信，教授生徒；交趾太守士燮，礼贤下士，在任内接纳上百个中原人士研讨经学，盛况空前。汉末，中原扰乱，学者多来避难。《后汉书》载：沛国桓晔避地交趾，越人化其节，至闾里不争讼。《蜀志》载：汝南许靖走交趾以避乱，陈国袁徽时亦寄寓。《吴志》载：汝南程秉事郑玄，后避难走交趾，与刘熙考略大义，博通五经。沛郡薛综，少依族人，避地交州，从刘熙学。刘熙乃北海人，尝注《孟子》，作《释名》，一说注《孝经》（参见《经典释文》）。中原多故，交州成为避乱之地，南来学者很多，对于交州学术文化的兴起，有着极大的推动作用，而作为交州首府的广信，自然成为“中原学术文化与外来学术文化交流的重心”。（罗香林《世界史上广东学术源流与发展》）

第二章　张九龄

作为我国历史上第一个岭南籍的贤明宰相，作为开创岭南一代诗风的著名诗人，张九龄的名字是不可磨灭的。

张九龄（678—740），字子寿，一名博物，韶州曲江人。据唐代徐浩的《文献张公碑铭》及徐安贞的《张九龄阴堂志铭并序》所记载，张九龄生于唐高宗仪凤三年，卒于唐玄宗开元二十八年，享年六十三岁。

第一节　张九龄的生平和思想

张九龄早慧，《新唐书》说他“七岁知属文”。王方庆出任广州刺史时，年方十三岁的张九龄便能“上书路左”，为王方庆所叹赏，认为是“致远之器”。开元宰相张说对九龄也十分器重。《新唐书·张九龄传》：“会张说谪岭南，一见厚遇之。”因为他们是同姓，张说便与九龄论谱叙辈，还称誉他是“后来词人之首也”。燕公张说的赏识与提拔，开始了张九龄一生所走的政治道路。

张九龄是唐玄宗开元年间的名相，他的政治生涯也主要集中于唐玄宗在位期间。他虽然只任了三年宰相就被奸人陷害排挤而贬为荆州大都督府长史，但纵观他长达十三年的从政生涯，其贡献及影响是不容忽视的，尤其是他那直言敢谏、守正不阿的精神，更值得称颂。

唐玄宗开元初年，正在任左拾遗的张九龄，针对时弊，不避利害，上书宰相姚崇，指出他“自居侯职相国之重，持用人之权，而浅中弱植之徒，已延颈企踵而至”。并以此敦促姚崇用人应该唯贤是举而不徇私情。张九龄的“封章直言，不协时宰”，招致了姚崇的不满意，九龄遂于开元四年秋天以秩满为辞，拂衣去官归养。

开元时代，君权鼎盛。可是，以耿直见称的张九龄，却敢于犯颜直谏。《新唐书·张九龄传》载：武惠妃为了篡政，图谋陷害太子瑛，想为自己的儿子寿王瑁夺皇储之位。她密遣宦奴牛贵儿向九龄示意“废必有兴，公为援，宰相可长处”。企图以此贿赂收买张九龄，却遭到张九龄的斥责：“房帏安有外言哉！”并马上面奏玄宗。他又上《谏废三太子奏》说：“太子，天下本也，不可动摇。……陛下必欲为此，臣不敢奉诏。”他既任其职，则尽其责，为了国家的安定，敢于违背君主的诏令，不肯作阿媚邀宠的奸佞之臣。开元二十二年，玄宗以李林甫为相，张九龄极力反对，认为宰相关系到国家的安危，而李林甫并非社稷之臣，如果李林甫做了宰相，恐怕日后会成为国家的祸患。玄宗听了很不高兴。张九龄虽然多次得罪唐玄宗，但他那“直气耿词，有死无二，彰善瘅恶，见义不回”的精神，却丝毫没有减弱。

与“尚直”的精神相一致，九龄用人十分注重“正官邪，防滥渎”。对那些有才能而又正直的官吏，他不仅为他们的提拔重用而呐喊，而且尽自己之力去选拔，如他用为人耿直的严挺之为尚书右丞吏部选，擢著名诗人王维为右拾遗等。而对于心怀不轨之人，则据理力谏，弹劾李林甫是一例，请诛安禄山又是一例。安禄山早在作范阳偏校时就已显露出叛逆之野心，开元二十四年，安禄山对奚、契丹作战时恃勇轻进，挫败军威，被范阳节度使张守珪执送朝廷请斩。而玄宗爱安禄山之才，要赦免他。九龄上奏说，安禄山狼子野心，面有逆相，大臣们都主张诛杀之，如果陛下赦免他，“虽陛下之弘仁，恐奸徒之漏网”。“稍纵不诛，终生大乱。”显示出九龄用人方面的卓绝识鉴。但玄宗依然网开一面，放走了安禄山，致使日后酿成安史之乱，唐朝从此一蹶不振。

安史之乱后，唐玄宗逃到四川，“每思曲江则泣下，遣使韶州祭之，兼赍货币以恤其家，其诰辞刻于白石山屋壁间”。（李肇《唐国史补》）每有人荐相，玄宗必问：“风度得如九龄否？”他于危难之后的后悔之心、思念之情，可算是对九龄的终结肯定，虽然悔之已晚，忆之亦无奈矣。《四库全书总目提要》对张九龄有比较中肯的评价：“九龄守正嫉邪，以道匡弼，称开元贤相。而文章高雅，亦不在燕、许诸人下。”

第二节　张九龄诗歌的思想内容

纵观张九龄的一生，在政治上，他以苍生为谋，而且傲骨铮铮，堪称一代贤相；在文学上，他以自己的创作实践为诗坛树立了良好的典范，成为促进诗坛风气改变的一个关键人物。

唐朝自贞观至开元期间，国力强盛，经济繁荣，可是，诗坛上却仍然笼罩着六朝以来的那股绮靡诗风。《新唐书》卷二〇一说：“唐兴，诗人承陈隋风流，浮靡相矜。”当时的虞世南、上官仪等人，就以写宫廷诗或艳情诗闻名。即使是诗名甚大的沈佺期、宋之问，也未能摆脱六朝诗风的影响。这种积习极深的风气，曾遭到不少有识之士的批评，也有部分诗人试图摆脱齐梁诗风的影响，如魏徵有几首回忆峥嵘岁月、戎马生涯的诗作，王绩也有一些描写田园风光的佳篇，甚至初唐四杰还提出要使“积年绮碎，一朝清廓”的主张，他们也积极开拓诗歌的新领域，在诗歌中抒发真挚的生活感受，而且也确实写出了“不废江河万古流”的成功之作。可是，从总体上说，要从根本上“矫正末流”的条件还未成熟，诗坛上也就未能真正摆脱浮靡颓风的影响。直至初唐后期的陈子昂出现，诗坛面目才为之一新。陈子昂“奋发自为，追古作者”（纪昀语），他以独具特色的感遇诗、抒情诗和咏史诗，抨击时政，抒发豪情，把汉魏风骨和风雅兴寄结合在一起，使靡艳的诗风受到很大的冲击，成为反对齐梁颓风的先驱者。可是，由于他仕途坎坷，政治地位比较低微，因而无法成为改革诗坛风气的领袖人物。而张九龄是当朝重臣，以他的社会地位和文化素养，足以左右诗坛的风气。于是，历史的重任就落在张九龄的肩上。

从明代开始，不少诗评家都把张九龄和陈子昂并称，如明人胡震亨《唐音癸签》说：“唐初承袭梁、隋，陈子昂独开古雅之源，张子寿首创清澹之派。”清人沈归愚在《唐诗别裁》中说：“唐初五言古渐趋于律，风格未遒，陈正字起衰而诗品始正，张曲江继续而诗品乃醇。”清代《四库全书总目提要》更明确地说张九龄“可与陈子昂方驾”。确实，张九龄与陈子昂在诗歌理论方面有着一致的美学理想，陈子昂提倡诗歌革新，标举“兴寄”、“风骨”，张九龄也提倡“意得神传”，“见其风骨”。张九龄不仅在诗歌革新路线上与陈子昂一脉相承，而且在诗歌创作方面也受到陈子昂的影响，其诗歌艺术成就也较高于陈子昂。

张九龄的诗歌现存二百多首，它们真实自然地表现了诗人自己的人生历程和心态轨迹。早年的张九龄，对前途充满着憧憬，希望通过读书入仕来实现匡君报国济世的理想。所谓“致君尧舜，齐衡管乐”，就是张九龄与当时大多数知识分子的共同心态。他在《叙怀》诗中曾追忆自己早年的志向：“弱岁读群史，抗迹追古人。被褐有怀玉，佩印从负薪。”表现了他追慕前贤的怀抱。但他又怕自己生于僻远的岭南地区，未必能获得当道者的赏识，于是他生出了感慨：“惜此生遐远，谁知造化心。”（《浈阳峡》）他在初次上京应吏部试途中写的《初发道中寄远》甚至产生了岁月不居，虽怀抱壮志，却虚度光阴，报国无成的忧虑：“壮图空不息，常恐发如丝。”张九龄确实是很希望能实现自己匡时济世的壮图的，他入仕以后所作的种种努力都说明了这一点。可是，官场的明争暗斗、尔虞我诈，政敌的炙手可热、口蜜腹剑，使秉性耿直的张九龄无法按照自己的理想去描画壮图；更兼唐玄宗听信谗言、疏远贤臣，使张九龄壮志难酬，而且产生了忧谗畏讥的抑郁情结。这股思想上的潜流，在他的诗中屡有反映。

遇恩一时来，窃位三岁寒。谁谓诚不尽？知穷力亦殚。……内讼已惭沮，积毁今摧残。胡为复惕息，伤鸟畏虚弹。（《荆州作二首》其二）

纷吾婴世网，数载忝朝簪。孤根自靡托，量力况不任。多谢周身防，常恐横议侵。岂匪鹓鸿列，惕如泉壑临。（《出为豫章郡途次庐山东岩下》）

这种在朝时的孤立自危之感是官场上的险阻艰难造成的。仕途的坎坷波折，使张九龄在出处行藏的人生抉择问题上不时出现反复，早年追求立朝辅政、兼济天下之心有时被归隐独善的思想所替代。开元四年秋，他在辞官归里之时，就曾产生“扁舟从此去，鸥鸟自为群”（《初发江陵有怀》）的脱离官场过隐居生活的轻松感。但是，这毕竟与他实现“壮图”的愿望相悖，所以他又“征骖稍靡靡，去国方迟迟”（《道逢北使题赠京邑亲知》），表现出一种既想排解仕途世俗的烦扰，又留恋和企望在仕途中有一番作为的矛盾心情。后来，张九龄虽然再度入京任官，并且曾经居于宰相之位三年，但唐玄宗已是耽于安乐，欲终老于温柔之乡，朝中更是奸臣当道，张九龄终于遭到疏远、受到排斥，最后罢相离京。“鱼游乐深池，鸟栖欲高枝”，张九龄是很有一番政治抱负的，但到头来却“流芳日不待，夙志蹇无成”，最后不得不退出朝廷，去过避世隐居的生活。“盛明今在运，吾道竟如何?”在太平盛世之时，张九龄已经对避世抑或出仕表现出一种犹疑的态度；当唐王朝走向衰微之际，当朝中奸佞之臣炙手可热之时，张九龄只得从廊庙转入山林了。“今我游冥冥，弋者何所慕。”唯有鸿飞冥冥，才可以免受中伤。《论语》有云：“天下有道则见，无道则隐。”避世也就成了张九龄的最后归宿。这是张九龄的个性使然，更是时代使然。

岭南的民风，向来偏于豪迈亢直。张九龄的性格，尤为显得耿介不阿。地方的风习，个人的性格，加上张九龄在诗歌创作方面自觉地继承了汉魏风骨的优良传统，所以在张九龄遗留下来的全部诗作中，我们嗅不到一丝儿“六朝金粉”的淫靡气息。清管世铭《读雪山房唐诗序例》说：“张曲江……应制诸作，雄厉振拔，见一代君臣际会之盛。”施补华《岘佣说诗》也这样评价：“唐初五古，犹沿六朝绮靡之习，唯陈子昂、张九龄接汉魏，骨峻神竦，思深力遒。”“雄厉振拔”、“骨峻神竦，思深力遒”等语，很能概括说明张九龄的诗所具雄直之气。兹举几例：

家受专门学，人称入室贤。刘桢徒有气，管辂独无年。谪去长沙国，魂归京兆阡。从来匣中剑，埋没罢冲天。(《眉州康司马挽歌词》)

平生去外饰，直道如不羁。未得操割效，忽复寒暑移。物情自古然，身退毁亦随。悠悠沧江渚，望望白云涯。露下霜且降，泽中草离披。兰艾若不分，安用馨香

为。(《在郡秋怀二首》其一)

……众口金可铄，孤心丝共棼。意忠仗朋信，语勇同败军。古剑徒有气，幽兰只自薰。高秩向所忝，于义如浮云。(《荆州作二首》其一)

这些诗，不管是悼友自伤、托物寄情，抑或是借事寓意，都有感而发，显得雄浑劲健，别有一腔牢落抑塞之怀抱，诗人那忧国忧民、匡时济世之情跃然纸上。

第三节　张九龄诗歌的艺术特色

张九龄的诗，固然时有表现世道炎凉的感情，排解心灵隐痛的郁闷，也有不少忧谗畏讥的诗句，但还没有达到愤世嫉俗的程度。位极人臣之时，其诗句并不显得词锋逼人；受到贬谪或迁徙，他虽然感到冤屈，但也没有强烈的怨言。因此，从总体上说，张九龄诗歌艺术的主要特点是清淡蕴藉，寄兴讽谕，深得风骚比兴之旨。《感遇》十二首就是其中的代表作。如《感遇》之四：

孤鸿海上来，池潢不敢顾。侧见双翠鸟，巢在三珠树。矫矫珍木巅，得无金丸惧？美服患人指，高明逼神恶。今我游冥冥，弋者何所慕。

诗人以孤鸿自喻，以翠鸟喻政敌。诗中描写一只孤独高飞的鸿鸟在饱受磨难之后忧谗畏讥、惕然自警的心理，并表达了诗人远走高飞、独善其身、不愿与那些乘时得势的小人争高下的情操。诗歌借物喻人，寄托深远，又意存双关，浑然一体。

又如《感遇》之一："兰叶春葳蕤，桂华秋皎洁。……草木有本心，何求美人折！”《感遇》之七：“江南有丹橘，经冬犹绿林。岂伊地气暖，自有岁寒心。可以荐嘉客，奈何阻重深。……徒言树桃李，此木岂无阴。”诗歌以春兰、秋桂和丹橘设喻，表达了诗人清操自守、秉性高洁，以及不畏严寒的节操。

张九龄的诗，善用比兴手法，大多写得含蓄蕴藉。刘禹锡《读张曲江集作》云：“今读其文，自内职牧始安，有瘴疠之叹；自退相守荆门，有拘囚之思。托讽禽鸟，寄词草树，郁然与骚人同风。……”事实上，张九龄的诗歌除去那些应制酬酢诸篇什外，都写得冲淡蕴藉，比兴深微。方东树《昭昧詹言》评“兰叶春葳蕤”篇说：“言物各有时，人能识此意，则安命乐天。”刘大櫆认为“汉上有游女”篇是“为君臣间托意，犹屈子美人之旨”。这些评论都说明张九龄的诗歌确实写得雅正冲淡，委婉深曲，韵味无穷。以下两首就很能说明上述特点。

> 海上生明月，天涯共此时。情人怨遥夜，竟夕起相思。灭烛怜光满，披衣觉露滋。不堪盈手赠，还寝梦佳期。(《望月怀远》)
>
> 海燕何微眇，乘春亦暂来。岂知泥滓贱？只见玉堂开。绣户时双入，华轩日几回。无心与物竞，鹰隼莫相猜。(《咏燕》)

《望月怀远》一诗写望月而怀念远人，瞻眺徘徊，光华离合，以风人之旨，兴寄迁谪之思，在清丽的辞藻下，蕴含着多少哀婉委曲难以言传的情意。姚鼐称之为“五律中《离骚》”，谓此诗以“美人香草”式的比喻，寄寓对美好理想的追求。后世不少评论家都把它看作一首政治抒情诗。《咏燕》写于张九龄反对唐玄宗重用李林甫之时。据《全唐诗话》载，李林甫请见玄宗，“屡陈九龄颇怀诽谤。于时方秋，帝命高力士持白羽扇以赐，将寄意焉。九龄惶恐，因作赋以献。又为《燕诗》以贻林甫”。此诗以海燕自喻，说自己出身寒微，在朝廷任官也只是暂时的，并无心与别人竞逐，请鹰隼们不要猜疑。整首诗表现了诗人见几远祸、不与物竞的恬退心情，也表现了清和自守、虚怀容物的政治风度。它以“横断不即下，欲说又不直说”（方东树《昭昧詹言》）的掩抑顿挫的笔法，作出了淡薄功名、退出政坛中心的表白，以释李林甫忮害之心。果然，“林甫览之，知其必退，恚怒稍解”。翁方纲在《石洲诗话》中说“曲江公委婉深秀，远出燕、许诸公之上”。厉志《白华山人诗说》云：“读张曲江诗，要在字句外追其神味。”所评皆深中肯綮。

明人高棅在《唐诗品汇》中评论说：“张曲江公《感遇》等作，雅正冲淡，体合风骚，骎骎乎盛唐矣。”在绮靡诗风弥漫的初唐，张九龄能够挺身摆脱这种靡丽的风气，“首创清淡之派”，并取得了显著的成就。其《望月怀远》等诗堪与后来的盛唐大家相匹敌。在唐代，岭南尚属“蛮荒”之地，诗人虽众，而能自成一家者寥寥无几。明人黄佐在《邵谒传》中就曾说过：“五岭以南，当开元盛时，以诗文鸣者，曲江公张九龄一人而已。”张九龄正是凭着他那“思深力遒”、“雅正冲淡”的诗歌创作成就，开创了岭南一代诗风，给当时及后辈的优秀诗人以极大的影响，对岭南诗派的开创、形成和发展壮大，起了启迪作用。后起的广东诗人，如宋代的余靖，明代的孙蕡、屈大均、陈恭尹，清代的黎简、宋湘等，不管是直接还是间接，是有意抑或无意，大都受到张九龄的影响，从而逐步形成了岭南诗派的独特风貌。

第四节　张九龄的散文

张九龄向有文名，为时所重。《张曲江集》中，录其文二百六十余篇，多为应制之作，亦有一部分书札、记序体文，皆能体现张九龄文章“如轻缣素练，实济时用”（刘肃《大唐新语》引张说语）的特色。

初唐文章，沿袭梁、陈旧习，崇尚浮华，多作骈体，格律细密，辞采艳丽。张九龄则从实用出发，力求平易畅达，风格自然，在唐文中自有其地位。柳宗元在《杨评事文集后序》中，列举了初唐三大文豪：陈子昂、张说、张九龄，盛称陈而对二张略致不满，但毕竟远胜于碌碌余子。

张九龄文集中，代皇帝所拟的“敕”多达一百一十四篇，虽为应制，亦每有至情真意流露。如《敕金城公主书》：

> 敕金城公主：异域有怀，连年不舍；骨肉在爱，固是难忘。彼使近来，具知安善，又闻赞普情义，是事叶和，亦当善执柔谦，永以为好。前后所请诸物，其中色种不违，仍别有条录，可依领也。春晚极暄，想念如宜，诸下并平安好。今令内常侍窦元礼往，遣书指多不及。

金城公主为继文成公主后嫁到吐蕃的一位皇室女子，在吐蕃生活了三十年。唐玄宗时唐与吐蕃时有战事，金城公主上《乞许赞普请和表》，希望唐、蕃修复旧好。唐玄宗因命九龄作敕，文中写出皇帝对远在吐蕃的公主的骨肉亲情，诚挚真切，叮咛思念，拳拳再三，语言平易朴质，是一篇以情见胜的小品美文。

张九龄最著名的文章还是《请诛安禄山疏》。文中先指出皇帝要掌好“罚罪赏功”的巨柄，而安禄山“失律而逃，更当惩戒”。接着细数安禄山之罪：“狼子野心，兽面逆毛，既非类而偷生，敢恃勇以轻进，为贼败衄，挫我锐气，必正法乎军中，庶章威于阃外。”再驳斥对安禄山缓刑免死的主张。张九龄不惜“犯颜”直谏：

禄山不宜免死！况形相已逆，肝胆多邪，稍纵不诛，终生大乱。夫阳者发生之道，阴者肃杀之义，必肃杀而后能发生者，势也。苟秋肃不行，适为姑息之惠。欲发生而必须肃杀者，时也。惟春恩欲遍，无存养奸之弊。系非细故，臣切大忧，是以率直犯颜，望行天怒，深听守珪之奏，立斩禄山之叛！

料事于未然，充分表现出政治家的敏锐的洞察力。唐玄宗时的名相姚崇，由于在用人方面有些失当，引起非议，张九龄出于公心，作《上姚令公书》，略云：

任人当才，为政大体，与之共理，无出此途。而曩之用才，非无知人之鉴，其所以失，溺在缘情之举。夫见势则附，俗人之所能也；与不妄受，志士之所难也。……自君侯职相国之重，持用人之权，而浅中弱植之徒，已延颈企踵而至，谄亲戚以求誉，媚宾客以取容，情结笑言，谈生羽翼，万事至广，千变难知。其间岂不有才，所失在于无耻！……为君侯之计，谢媒介之徒，即虽有所长，一皆沮抑；专谋选众之举，息彼讪上之失；祸生有胎，亦不可忽。

文中强调用人必须通过正常途径来选拔，杜绝私人请托，以摈斥谄媚无耻之徒，只有这样，才可以止谤息祸。文章骈散杂用，气势甚劲，议论与抒情结合，理直而情真，使对方不得不服。姚崇在接到信后，即作答书，表示接受，并诚恳地说："持当座右，永为身宝。"

张九龄曾主持开凿大庾岭路，使原来崎岖险径变为宽阔通途，不仅促进了岭南与中原地区的交通，还加强了中外商业贸易和文化交流。工程结束后，张九龄写了《开凿大庾岭路序》一文，记述岭南开发史上这件大事的始末，成为岭南地区一份重要的历史文献。《开凿大庾岭路序》可分三段：先写修筑新路的背景。当时海宇升平，而岭东废路峻极，转运艰难，又不利与海外诸国通商。次写九龄亲来踏勘，修成此路后交通的盛况。末段写本文写作的缘由，进一步写拓路的重大意义。全文简洁明快，层次分明，是一篇较好的记事文章。

张九龄还有一篇《白羽扇赋》，序云："开元二十四年夏，盛暑，奉敕使大将军高力士赐宰臣白羽扇，某与焉，窃有所感，立献赋曰……"时唐玄宗已日趋昏庸，李林甫等暗操国柄，经常向玄宗进谗，说九龄"颇怀诽谤"，故九龄忧谗畏讥，傀傀然不可终日。《白羽扇赋》是一篇有寄意的文章，作者企图借以探明皇帝对自己的态度：

> 当时而用，在物所长。彼鸿鹄之弱羽，出江湖之下方。安知烦暑，可致清凉。岂无纨素，采画文章。复有修竹，剖析毫芒。提携密迩，摇动馨香。惟众珍之在御，何短翮之敢当？而窃思于圣后，且见持于未央。伊昔皋泽之时，亦有云霄之志，苟效用之所得，虽杀身而何忘！肃肃白羽，穆如清风，纵秋气之移夺，终感恩于箧中。

九龄此时已有"秋扇见捐"的悲感了。唐玄宗读到此赋后，即作批答："朕顷赐扇，聊以涤暑，卿立赋之，且见情素。词高理妙，朕详之久矣。然佳彼劲翮，方资利用，与夫弃捐箧笥，义不当也。"墨迹未干，九龄旋被罢相，可见赋中的感慨绝不是无病呻吟。

还有一篇《荔枝赋》，歌咏岭南珍果荔枝，除了描述荔枝的形相美味之外，赋中还写到：

> 灵根所盘，不高不卑。陋下泽之沮洳，恶层崖之崄巇，彼前志之或妄，何侧生之见疵？……夫其贵可以荐宗庙，其珍可以羞王公，亭十里而莫致，门九重兮曷通？山五峤兮白云，江千里兮青枫，何斯美之独远，嗟尔命之不工！每被销于凡口，罕获知于贵躬。

这就完全是"夫子自道"了。张九龄作为一个岭外寒士，孤根无托，只凭自己的才华跻身朝中，常受小人谗毁。他内心世界的孤独和痛苦，都在诗赋中流露出来了。

第三章　唐五代诗文

盛唐的岭南诗人，只有张九龄可称大家。晚唐，亦只有邵谒和陈陶两位较著名的诗人。其余的诗人诗作，多已湮没无闻，只剩下零篇断简流传于世。清代学者黄子高辑有《粤诗搜逸》四卷，除张九龄、邵谒、陈陶外，所得唐五代岭南诗人仅二十家，完整的诗作三十三首。

第一节　邵　谒

邵谒，韶州翁源人。出身贫苦，少年时曾当过翁源县衙小吏，被县令羞辱，逐去。遂截髻挂在县门上，发愤读书。在县东十余里江心石上筑起书堂，刻苦攻读。平时双鬓蓬然，乡里儿童亲友多笑之，邵谒泰然自若。他博通经子百家，束发苦吟，尤工古调。为有司所举荐，于咸通七年（866）抵京师，入国子监。时温庭筠主试，悯擢寒苦之士，以邵谒诗三十余篇榜送礼部，榜文中极力表彰："右前件进士所纳诗篇等，识略精微，堪裨教化，声词激切，曲备风谣。标题命篇，时所难著。灯烛之下，雄词卓然。试宜榜示众人，不敢独专华藻，并仰榜出，以明无私，仍请申堂，并榜礼部。"邵谒于是不久释褐、赴官。后不知所终。

邵谒诗现存三十二首。最早编定邵诗的是宋初学者胡宾王，以温庭筠所榜示的诗编为《邵谒集》，并为作序。其后历代均有著录。《全唐诗》卷六〇五收入邵谒诗一卷。

邵谒生活在晚唐大中、咸通年间，当时国势日衰，士气日丧，诗人们“嘲云戏月，刻翠黏红”，而邵谒与于濆，刘驾、曹邺等，“能返棹下流，更唱暗俗。置声禄于度外，患大雅之凌迟。使耳厌郑、卫，而忽洗云和，心醉醇浓而乍爽玄酒”。（辛文房《唐才子传》）这些诗人多以五言古诗见长，形成了一种“洗剥到极净极真”（胡震亨《唐音癸签》卷八）的艺术风格。

邵谒诗的内容充实，涉及的社会面较广，如朱汝珍《邵太学逸诗集序》云：“凡朝野理乱，居游欣戚，骨肉之离合，遭遇之穷通，靡不绵邈寸衷，流行腕底。”其中尤以有关“朝野理乱”的诗歌最有价值。

邵谒诗集中第一首诗是《论政》：

> 贤哉三握发，为有天下忧。孙弘不开阁，丙吉宁问牛。内政由股肱，外政由诸侯。股肱政若行，诸侯政自修。一物不得所，蚁穴满山丘。莫言万木死，不因一叶秋。朱云若不直，汉帝终自由。子婴一失国，渭水东悠悠。

唐代末年，朝政混乱，内有宦官专权，外有藩镇抗命，皇帝昏懦无能，宰相形同虚设。诗人希望能有贤相直臣如公孙弘、丙吉、朱云等扶助君主，实现理想政治。诗末还以秦王子婴作衬，警告当权者不要自取灭亡。

邵谒诗还揭露了豪门贵族的骄奢淫逸。唐人重门望，唐太宗颁布《氏族志》，定下士族的家教。当朝的勋贵名臣、豪门巨族的子弟，富贵生成，骄纵不法，故寒士出身的邵谒尤感愤懑不平。如《轻薄行》：

> 薄薄身上衣，轻轻浮云质。长安一花开，九陌马蹄疾。谁言公子车，不是天上力？

轻薄，是写公子身上华贵的衣裳，也是写公子的思想品质和言谈举止。末句指出公子依靠朝廷之力，作威作福。以问语作结，发人深省。再看《长安寒食》：“但看平地游，亦见摧辀死。”由怨怒而转为咒骂了。

唐代朝野上下，均崇奉道教，炼丹服食，以求长生。唐武宗亦因服金丹而暴死。邵谒对妄求神仙之事予以批判：“仙骨若求得，垄头无新坟。”（《览张骞传》）“炼药养丹田，变性不变形。”（《学仙词》）

邵谒集中最有价值的还是他那些同情民间疾苦，表露封建社会底层人物不满情绪的诗篇。如：

> 皇天降丰年，本忧贫士食。贫士无良畴，安能得稼穑？工佣输富家，日落长太息。为供豪者粮，役尽匹夫力。天地莫施恩，施恩强者得！（《岁丰》）

历来文人的“悯农”诗，多写灾荒饥馑时农民生活的惨状，而本诗却别出机杼，从岁丰着笔，写出没有土地的雇农怨愤的心情，用意更为深刻。诗歌随口而出，感情真朴，可称是唐诗中的名篇。

诗人还关心劳动妇女的命运，如《寒女吟》，描述一位贫家女子，终年辛苦，养蚕织素，仍过着困穷的生活，年长了也无人聘娶：“家贫人不聘，一身无所归。养蚕徒苦心，蚕熟他人丝。织素徒苦力，素成他人衣。”诗人还借这女子的口向最高统治者责问：“他人如何欢，我意又何苦？所以问皇天，皇天竟无语。”诗人还同情那些被侮辱和被损害的女子：“浮云易改色，衰草难重芳。”（《金谷园怀古》）“炫耀一时间，逡巡九泉里。”（《妓女》）“露滴芙蓉香，香销心亦死。良时无可留，残红谢池水。”（《古乐府》）

描写处于社会底层的读书人的思想和生活，抒发个人失意之情的诗歌，在邵谒集中占了较大的分量。如：

> 我心如蘖苦，他见如荠甘。火未到身者，痛楚难共谙。但言贫者拙，不言富者贪。谁知苦寒女，力尽为桑蚕。（《春日有感》）

人们无法理解一位寒门贫士内心世界的痛苦，只有苦寒的蚕女与自己有共同的命运。诗人的伤痛是刻骨铭心的：“谁知失意时，痛于刃伤骨！”（《下第有感》）“恶命如漏卮，滴滴添不满。”（《秋夕》）“我命独如何，憔悴长如一。白日九衢中，幽独暗如漆。”（《自叹》）这些诗歌忧伤愁悴，自怨自艾，心中充满了无法排释的酸苦：

> 我心岂不平，我目自不明。徒云备双足，天下何由行！（《瞽者叹》）

借一位盲人的口，控诉人间的黑暗，世路的难行。“我心”二句，正言若反，是极怨愤语。“徒云”二句，谓自己有才能而得不到施展，正见“不平”之意。

邵谒还有小部分作品是写闺中思妇之情的，笔触较为细致，可算是集中的别调，如《望行人》：

> 登楼恐不高，及高君已远。云行郎即行，云归郎不返。嗟为楼上人，望望不相近。若作辙中泥，不放郎车

转。白日下西山，望尽妾肠断。

写思妇登楼望远，极力刻画。“若作”补二句，想象奇特，确是孟郊一派的至情至苦之语。此外如《苦别离》“愿为曲木枝，得作双车轮。安得太行山，移来君马前。”皆深得六朝乐府遗意。黄培芳《香石诗话》评《望行人》诗云：“深于风旨。”

邵谒诗的艺术渊源，无疑出自孟郊，集中绝大多数是五言古诗。胡震亨《唐音戊签》引徐献忠语，谓邵诗“虽质木盈馀，缋藻乏缺，要之，泗石未雕，终非俗品”。屈向邦《粤东诗话》称其诗“辟奥哀感”，与张九龄的“雅正浑厚”蔚然两大宗，并谓邵诗“屏弃浮词，独标真义，足令吟风弄月之徒，箝口结舌而惊愧不已”。

邵谒诗“洗剥到极净极真”，所谓“浮华剥落尽，唯有真实在”，不用任何彩绘的言辞，不用过多的修辞手段，语语从肺腑中流出，唯以真切来感动读者。《唐音癸签》又谓邵诗“初看殊难入，细玩亦各有意在”，并称其诗“多有惬心句堪击节”。可见邵谒这种朴实无华的诗歌，是值得读者细细去玩味的。

第二节　陈　陶

陈陶（812？—885？），字嵩伯，岭南人。或云剑浦（今福建南平）人，或云鄱阳（今江西鄱阳）人。或谓有两陈陶，一为唐宣宗时人，一为南唐时人，两人事迹多相混。今从《全唐诗》定为岭南人。陈陶自称“三教布衣”，举进士不第，即不求仕进，而畅游大江南北，遍历名山。曾以诗投献赵綮、桂仲武、罗让、周墀、韦廑等。又与任畹友善。约在宣宗大中三年（849），隐居于江西洪州（今南昌）西山，与蔡京、贯休往还。令山童卖柑以为山赀，日以读书艺兰吟诗饮酒为事。卒，方干、曹松、杜荀鹤均有诗哭之。

陈陶工乐府，著有《文录》十卷，已佚。后人辑有《陈嵩伯诗集》一卷。《全唐诗》辑录陈陶诗二卷。

陈陶兼修儒、释、道三教，故其“歌诗中似负神仙之术，或露王霸之说”。（孙光宪《北梦琐言》）他曾参加进士试，常欲建功立业，在他的古风中常流露出强烈的入世思想：“异代草泽臣，何由树勋庸？尧阶未曾识，谁信平生忠？恨不当际会，预为执鞭童。”（《涂山怀古》）“丘壑非无人，松香有私志。三朝倚天剑，十万浮云骑。可使河曲清，群公信儿戏。沧溟用谦德，百谷走童稚。御众付深人，参筹须伟器。他年蓬荜贱，愿附鹓鸾翅。”（《赠江西周大夫》）他在《避世翁》一诗中，描写一位在海上垂钓的老人，无妻无儿，有着高尚的怀抱，在努力地修养自己，准备一朝能致身青云之上。陈陶在诗中以帝王之师自许：“兹焉乃磻溪，豹变应须时。自古隐沦客，无非王者师。”可见其宏伟的政治抱负。在《续古》诗中更写道：

> 范子相勾践，灭吴成大勋。虽然五湖去，终愧磻溪云。（其十五）
>
> 学古三十载，犹依白云居。每览《班超传》，令人慵读书。（其二十五）

他的理想人物是在磻溪垂钓、待时而动的姜子牙：“一顾成周力有馀，白云闲钓五溪鱼。中原莫道无麟凤，自是皇家结网疏。”（《闲居杂兴》之一）可惜他始终等不到赏识自己的周文王，那只好在西山中默默终老了。

陈陶诗最为人传诵的是《陇西行》四首：

汉主东封报太平，无人金阙议边兵。纵饶夺得林胡塞，碛地桑麻种不生。（其一）

誓扫匈奴不顾身，五千貂锦丧胡尘。可怜无定河边骨，犹是春闺梦里人。（其二）

上一首写君主骄横、臣下谄佞，开边黩武，无益国家。次首写将士英勇作战，牺牲惨重，然征夫已成枯骨，闺中少妇犹在梦中与之团聚。末二语为千古名句。王世贞《艺苑卮言》谓："用意工妙至此，可谓绝唱矣。"沈德潜《唐诗别裁》亦云："作苦语无过此者。然使王之涣、王昌龄为之，更有馀蕴。此时代使然，作者亦不知其然而然也。"

《水调词》十首，写征戍之苦与思妇之哀怨，刻画细腻，幽婉动人。如其七：

长夜孤眠倦锦衾，秦楼霜月苦边心。征衣一倍装绵厚，犹虑交河雪冻深。

陈陶的七言古诗，风格特异，意境奇诡，色彩斑斓，颇似李贺。如《空城雀》：

古城蒙蒙花覆水，昔日住人今住鬼。野雀荒台遗子孙，千年饮啄枯桑根。不随海燕柏梁去，应无玉环衔报恩。近村红粟香压枝，嗷嗷黄口诉朝饥。生来未见凤凰语，欲飞常怕蜘蛛丝。断肠四隅天四绝，清泉绿蒿无恐疑。

这是一首寓言诗。它描述废城中鸟雀的生活和遭遇，抒写在乱世中人们的种种不幸和艰辛。又如《巫山高》、《钱塘对酒曲》、《赠别离》、《殿前生桂树》、《古镜篇》诸首，写神仙鬼魅的题材，时而奇幻谲诡，时而幽怪阴森，可惜摹拟李贺的痕迹太露，未臻上乘之境。如《小笛弄》：

> 一尺玲珑握中翠，仙娥月浦呼龙子。五夜流珠粲梦乡，九青鸾倚洪崖醉。丹穴饥儿笑风雨，娲皇碧玉星星语。蛇蝎愁闻骨髓寒，江山恨老眠秋雾。绮席鸳鸯冷朱翠，星流露泫谁驱使？江南一曲罢伶伦，芙蓉水殿春风起。

岭南诗歌中甚少这类风格，直到清代才有黎简力学李贺，自成一体。

陈陶长期生活在岭南，集中不少诗歌描述唐代岭南地区的风土人情，瘴雨蛮烟，珍禽异兽，很有地方特色。如《番禺道中作》：

> 博罗程远近，海塞愁先入，瘴雨出虹蛛，蛮江渡山急。常闻岛夷俗，犀象满城邑。雁至草犹春，潮回樯半湿。丹丘凤皇隐，水庙蛟龙集。何处树能言，几乡珠是泣？千年赵佗国，霸气委原隰。龌龊笑终军，长缨祸先及。

唐末动乱，藩镇各据一方，国家长期处于分裂状态，故诗人深感忧虑，借咏古事以寄慨。《南海石门戍怀古》亦写同类的题材：

> 汉家征百越，落地丧貔貅。大野朱旗没，长江赤血流。鬼神寻覆族，宫庙变荒丘。唯有朝台月，千年照戍楼。

诗中热情地赞美汉王朝为统一中国，大军南征，覆灭地方割据政权的行动，诗人的目的也许是要警告唐代藩镇势力，使其认识朝廷的“天威”，可是，陈陶所处的已不再是汉、唐盛世了，他只有徒然地感怀悲愤而已。

陈陶的五言绝句亦饶有意味。《续古》二十九首，拉杂而成，或咏古事，或怀古人，皆以表现平生的政治理想，寄托个人的身世感慨为目的。寓意深刻，每须于诗外求之：“吴洲采芳客，桂棹木兰船。日晚欲有寄，徘徊春风前。”（其七）此诗情思要眇，纯是“楚骚”遗意。含情未申，心曲难寄，日晚徘徊，若有不得已而然者。又如：“战地三尺骨，将军一身贵。自古若吊冤，落花少于泪。”（其十七）前两句意虽习见，然当时尚未至烂熟。末二句大笔振起，惊心动魄。

第三节　唐代诗文

唐代的岭南文学是从一位七岁的小女孩写起的。据《唐史遗事》载，武则天如意元年（692），南海（今广州）贡女子，方七岁，则天令赋诗，应声而就：

> 别路云初起，离亭叶正飞。所嗟人异雁，不作一行归。

女子的哥哥陪她到长安后，准备返回故乡，女子口占这首《送兄》诗，情真意深，借雁作比，自嗟不得与兄同归。

张九龄之后，岭南唐诗流传甚少。天宝、至德年间，九龄族孙张俑，稍有名于时，曾作《辞房相公》诗：

秋风飒飒雨霏霏，愁杀恓遑一布衣。辞君且作随阳鸟，海内无家何处归！

写出身居下位的读书人落寞失意之情，诗虽不甚佳，然凄苦动人。

廖有方，南海人，及第后改名游卿。元和十年（815）下第游蜀，至宝鸡遇一垂死举子，以残骸相托，未及言姓名而逝。廖有方为之卖马营葬。后乡老以义事申州，州以丧表，中朝大臣目之为“皇唐义士”。廖遂于次年登进士第，授校书郎。柳宗元曾作《送诗人廖有方序》，略云：“今廖生刚健重厚，孝悌信让，以质乎中，而文乎外，为唐诗有大雅之道。夫固钟于阳德者邪？是世之所罕也。”这位受柳宗元称赏的岭南诗人，今仅馀《葬宝鸡行路士人》诗一首：“嗟君没世委空囊，几度劳心翰墨场。半面为君申一恸，不知何处是家乡。”诗虽质朴无华，亦可见作者蔼然仁人之心。

刘轲（？—867 以后），字希仁。曲江人，原籍安徽彭城。少年在韶州曹溪习佛典，一度出家为僧，法名溢纳。唐宪宗元和初居庐山，从茅君受史学。十三年（818）登进士第。文宗大和九年（835）官尚书膳部员外郎兼史馆修撰。历磁、洛等州刺史，仕终侍郎。著有《刘希仁文集》一卷，小说《牛羊日历》一卷。《全唐诗》录刘轲《玉声如乐》诗：

玉叩能旋止，人言与乐并。繁音忽已阕，雅韵诎然清。佩想停仙步，泉疑咽夜声。曲终无异听，响极有余情。特达知难拟，玲珑岂易名。昆山如可得，一片伫为荣。

此为典型的试帖诗，工致典雅，终无深意。

卢宗回，字望渊。南海人。善学不倦。同舍生嫉其文，借故殴辱之，宗回逊谢，恬不与较，由是为乡党所重。元和十年（815）登进士第。官终集贤校理。沈括《梦溪笔谈·艺文》云："长安慈恩寺塔有唐人卢宗回一诗颇佳，唐人诸集中不载，今记于此。"诗云：

> 东来晓日上翔鸾，西转苍龙拂露盘。渭水冷光摇藻井，玉峰晴色堕阑干。九重宫阙参差见，百二山河表里观。暂辍去蓬悲不定，一凭金界望长安。

此诗高华壮丽，颇有盛唐气象。它写慈恩塔身的高耸和登塔所见的山光水色，写唐代长安宫阙和秦地山河的壮美，一扫前人登临诗的感伤俗调。即此一本，亦足传世。

郑愚，番禺人。唐文宗开成二年（837）进士。曾任监察御史、左补阙。历西川节度判官、商州刺史。懿宗咸通二年（861）擢为桂管观察使。次年，改岭南西道节度使。八年，任礼部侍郎知贡举。翌年，出为岭南东道节度使，官终尚书左仆射。郑愚博洽强记，少时曾以诗谒崔彦昭，大受叹赏。又有《醉题广州使院》诗云："数年百姓受饥荒，太守贪残似虎狼。"可见他对人民疾苦是关心的。《全唐诗》存其诗四首，《全唐诗外编》补诗一首。

《泛石岐》诗，当为其少年未第时之作：

> 此日携琴剑，飘然事远游。台山初罢雾，岐海正分流。渔浦飏来笛，鸿逵翼去舟。鬓愁蒲柳早，衣怯芰荷秋。未卜虞翻宅，休登王粲楼。悠然怀伴侣，徒尔赋离忧。

此诗工稳妥贴，格律谨严。“台山”数语，《广东通志》谓“隐然有济川之志”。

《诗人玉屑·灵异》载：“番禺郑仆射，尝游湘中，宿于驿楼，夜遇女子诵诗云：‘红树醉秋色，碧溪弹夜弦。佳期不可再，风雨渺如年。’顷刻不见。”郑愚复作《湘中怨讽》诗云：

> 青鹢苦幽独，隔江相对稀。夜寒芦叶雨，空作一声归。

所谓女子诵诗，疑为文人狡狯之事，特托灵异以耸人心目，或亦郑愚所作。

莫宣卿，字仲节。封州开建（今封开）人。幼颖悟，手不释卷，时人目为神童。曾与群儿嬉戏，题云：“我本南山凤，岂同凡鸟群。”人大奇之。宣宗大中五年（851）应制科，以第一名登第。岭南人为状元，自莫宣卿始。初仕于翰林院，后以母老表请外任，授台州别驾，未抵任所而卒于故里。懿宗咸通九年（868），封州刺史李邦昌奏其事于朝，敕谥孝肃，祀以庙食。时人白鸿儒《莫孝肃公诗集序》，称其诗文：“如真金美玉，不落形迹；如化工生物，不事妆点而生气宛然如在。”可惜其诗集已佚。《全唐诗》仅存其诗三首，断句一联。其《答问读书居》诗，最为岭南人所传诵：

> 屋角倚麒麟，不同牛马路。床头万卷书，溪上五龙渡。井汲冽寒泉，桂花香玉露。茅檐无外物，只见青云护。

此亦其未第时所作。“麒麟”山名，在封开境。诗中用此，语意相关。亦暗示诗人的大志。

唐代岭南的文章家，除张九龄外，稍可称道的只有刘轲。《唐摭言》称刘轲“文章与韩、柳齐名”，可惜其集已不传，惟《全唐文》搜辑得其文十余篇，南海伍氏采入《岭南丛书》中，名《刘希仁文集》。

刘轲未第时曾作《上崔相公书》，提出自己对国事的忧虑。崔相公，即崔群，历任翰林学士、中书舍人、同平章事，有“谠直”的名声。刘轲在书中先指出：

> 犬戎新逐，三晋四战之地，无枭雏狼子，是宜徼福者争归贺于相国，某独不敢以是心同众人之唯唯……今属凶孽新夷，泰阶初平，天下之悬悬其心，复魏文贞、房梁公、姚梁公、宋开府致太宗、玄宗故事，若啼婴儿待哺，塞是望者独相公，是以闻相公以是为心，即房、宋不死，二宗之道，尽得施于上矣。

元和年间，平定藩镇之后，唐宪宗及群臣颇有骄矜之心，刘轲上崔群书，指出不能“徼福”，并要任用贤臣。后来宪宗问崔群：“玄宗之政，先理而后乱，何也?”崔群即回答，用贤臣则理，用奸臣则乱，结果触怒了皇帝，被罢相。

宪宗元和元年（806），岁大饥，长江中下游地区尤甚。次年，刘轲作《农夫祷》文，对受灾农民表示深切的同情：

> 曩者，仍岁荐饥，人为鳏嫠，田无耕夫，桑无蚕姬，疠疫疮痍，一方尤危。踵以吴蜀弄兵，吏呼其门，殴荒余之人，挟弓持戟，女子生别，行啼走哭。王师有征，群盗继诛，乃归其居，乃复室庐。庐坏田芜，亦莫蠲其租。今之收合余烬，人百其力，幸大成于秋。诚虑旱而不雨，既

> 雨而潦，必不为潦，又虑其苗而不秀，秀而不实，又虑为螟蝗，又虑夫厩马之夺其食，赃吏之厚其敛焉。

文中可见农民遭受兵乱、苛政、天灾之苦，终日辛劳，不得一饱；表现了作者对民生疾苦的深切同情。

赵德，潮州海阳（今潮安）人。大历十三年（778）进士。韩愈被贬潮州时，延摄海阳尉为衙推官、勾当州学事。愈离潮州，授以平生所作文，赵德编为《昌黎文录》，并为作序曰：

> 昌黎公，圣人之徒欤！其文高出，与古之遗文不相上下。所履之道，则尧、舜、禹、汤、文、武、周、孔、孟轲、扬雄，所授受服行之实也；固已不杂其传，由佛及聃、庄、杨之言，不得干其思，入其文也。以是光于今、大于后，金石燋烁，斯文灿然，德行道学，文庶几乎古。蓬茨中手持目览，饥食渴饮，沛然满饱，顾非适诸圣贤之域，而谬志于斯，将所以盗其影响，僻处无备，得以所遇次之为卷，私曰《文录》，实以师氏为请益依归之所云。

岭南韩愈之学，实自赵德始。“韩潮苏海”（指韩愈和苏轼），灌溉了岭南百代英才，赵德传播之功，自不可没。

第四节　五代诗歌

五代十国，战乱相仍，岭南地区偏于一隅，少遭兵燹蹂躏之苦，中原人士避乱南来，加速了岭南文化发展。五代时岭南虽无杰出的诗人，但也有一批质量不低的作品。

张鸿，连州桂阳（今连县）人。哀帝天祐二年（905）进士，见唐祚式微，遂归乡隐居不仕。晚年，乡人孟宾于曾以诗投之云：“自怜成事攀仙桂，谁似投闲向草莱。”张鸿有集十二卷，已佚。其《贞女石》诗云：

当时非望夫，亦不采蘼芜。自化为贞质，因兹入画图。风恬潭镜朗，云散石房孤。寄语郴江妇，初心相似无？

序云：“相传秦时有数女游，卒遇风雨，一女化为石。”此诗当有寓意。世间相传不少所谓“贞女石”，或为怨妇望夫，或为烈女殉节，而诗中秦时贞女，却因“风雨”而化为石，也许是诗人的自况吧。

邓洵美，连州人。后汉乾祐元年（948）进士。曾上笺湖南节度使周行逢，辟为馆驿巡官。性迂僻，同年李昉出使湖南，两人谈论终日，周行逢疑其泄己阴私之事，遂贬其为易俗场官，寻使人诈为山贼杀之。《江南野史》及《十国春秋》、《诗话总龟》皆载其事，谓其才思敏捷，工诗善赋，惜所作多佚。其《和李昉学士》一诗中，以“岁寒终不改当年”。与李昉互勉，可见其志。

周渍，连州人。《直斋书录解题》卷十九收其集一卷，已佚。《全唐诗》存其诗四首。另《永乐大典》卷二八〇九亦存其诗一首。周诗七绝颇佳。如《重门曲》：“憔悴容华怯对春，寂寥宫殿锁闲门。此身却羡宫中树，不失芳时雨露恩。”写宫中怨女的心情，亦暗以自喻。又如《逢邻女》：“曰高邻女笑相逢，慢束罗裙半露胸。莫向秋池照绿水，参差羞煞白芙蓉。”写村姑野女的情态如绘。最佳之作当为《废宅》诗：

牢落画堂空锁尘，荒凉庭树暗消春。豪家莫笑此中事，曾见此中人笑人。

末二语冷峭，写人事盛衰无常，亦乱世中不正常心态的反映。

五代最优秀的岭南诗人当数孟宾于（约897—983）。宾于字国仪，自号群玉峰叟。其先太原人，后为连州（今连县）人。少时以诗百余篇，编成《金鳌集》，献工部侍郎李若虚，大受称赏。后诣洛阳献诸朝达，由此大有诗名。后晋天福九年（944）登进士第，后为楚马希范辟为永州军事判官，历阳山县令。楚亡，归南唐，授水部员外郎，旋归玉笥山。复起为丰城令。又曾任滏阳令，官至水部郎中，分司南都。宋太平兴国年间致仕，后还连州。卒年八十七。著有《孟宾于集》一卷、《金鳌集》二卷、《湘东集》、《金陵集》等，均佚。现存诗十首，断句若干。

孟宾于当时诗名颇著。宋陈尧佐《金鳌集序》评孟诗云："如百丈悬流，轰轰洒落苍翠间，清雄奔放，望之竖人毛骨，自五季诗人以来，未有过宾于者也。"王禹偁《孟水部诗集序》亦称其诗具"雅淡之体，警策之句"。

孟宾于青年时多次自湖湘赴洛应举，均不第，每年下第皆有诗，第四举下第诗云："失意从他桃李春，嵩阳经过歇行尘。云僧不见城中事，问是今年第几人?"其失意沦落之感，露于言表。然而最感人的还是《献主司》诗：

> 那堪雨后更闻蝉，溪隔重湖路七千。忆昔故园杨柳岸，全家送上渡船头。

写这首诗时已是第六次应举了。亲人们怀着热切的期望，全家到渡头送船，可是，一次又一次铩羽而归，并带着深深的灰歉和痛苦。

宾于长期生活在粤北山村，对民间的疾苦有切身的体会。如《公子行》：

锦衣红夺彩霞明，侵晓春游向野庭。不识农夫辛苦力，骄骢踏烂麦青青。

晚唐诗人如聂夷中、贯休等均有同题之作，内容多是描述贵家子弟的生活，讽刺他们的骄奢和愚蠢。而此诗写王孙公子春日野游时糟蹋庄稼的罪恶，在祸患频仍、人民生活困苦的五代，更有其深刻的意义。

萧瑟的秋天，诗人在原野上徘徊瞻眺，那天边的去雁、渡口的归人，都触起他怀乡的心绪：

倚仗残秋里，吟中四顾频。西风天际雁，落日渡头人。草色衰平野，山阴敛暮尘。却寻苔径去，明月照村邻。(《晚眺》)

这是一幅衰世的图景。唐末和梁、后唐、后晋、后汉四朝，中原广大地区遭到严重的战争破坏，而南方诸国内部比较稳定。如南汉刘氏政权任用士人为诸州刺史，不让武夫作地方官，岭南经济得到一定的发展。诗人故乡远在偏僻的连州，更不啻像桃花源了。《怀连上旧居》一诗，实为归隐不得而作：

闲思连上景难齐，树绕仙乡路绕溪。明月夜舟渔父唱，春风平野鹧鸪啼。城边寄信归云外，花下倾杯到日西。更忆海阳垂钓侣，昔年相遇草萋萋。

海阳，湖名，为连州古代胜景。诗人浮沉宦海，又曾在南唐时犯法当死，被赦放还，故所感尤深。

黄损，字益之。连州人。少时隐于连州静福山，又曾从匡庐处士陈沆学。后梁时曾以诗文投于公卿间。龙德二年

(922) 举进士第。会兵乱，遂家居。后依南汉高祖幕府，累官至左仆射。晚年退居永州，诗酒自娱。著有《桂香集》，已佚。现存诗五首，断句十余联。

黄损有文名，工诗赋，遇佳山水辄留题，郑谷称其诗“殆夺真宰所有也”。(《南汉书》) 又曾与郑谷、齐已厘定近体诗诸格，为湖海诗人所宗，其咏鹧鸪词“而今世上多离别，莫向相思树下啼”一联，尤为当时传诵。现存诗中有揭露唐五代时贵族公子骄奢淫佚的《公子行》：

> 春草绿绵绵，骄骖骤暖烟。微风飘乐韵，半日醉花边。打鹊抛金盏，招人举玉鞭。田翁与蚕妇，平地看神仙。

又有《读史》诗云：

> 逐鹿走红尘，炎炎火德新。家肥生孝子，国霸有余臣。帝道云龙合，民心草木春。须知烟阁上，一半老儒真。

南汉自称继“火德”而王。作者提醒统治者要注意民心，要用文人治国。在军阀混战的五代十国中，这主张还是正确的。

南汉诗人有作品传世的还有王诩、钟允章、林楚材、张瀛、赵损等人。张瀛，至元代尚有《张瀛诗集》传世，辛文房称其诗“尚气而不怒号，语新意卓，人所不思者，辄能道之”。(《唐才子传》卷十) 今《全唐诗》存其七古《赠琴棋僧歌》，把琴、棋和禅意同论，甚有意味：“我又听师琴一抚，长松唤住秋山雨。弦中雅弄若铿金，指下寒泉流太古”，深得弹琴的神理。

第四章　北宋诗文

第一节　余　靖

余靖（1000—1064），初名希古，字安道。曲江人。生于仕宦之家。“为人质重刚劲，而言语恂恂，不见喜怒。自少博学强记，至于历代史记、杂家、小说、阴阳、律历，外暨浮屠、老子之书，无所不通。”（欧阳修《赠刑部尚书余襄公神道碑铭》）天圣二年（1024）举进士，任赣县尉。八年，试书判拔萃科为冠，改将作监丞，知新建县，迁秘书丞。屡上书建言，受命与王洙并校司马迁、班固、范晔三史，充集贤校理。

景祐三年（1036），吏部员外郎范仲淹以直言触犯宰相，被贬饶州。谏官、御史不敢言。余靖慨然越职陈言，谓仲淹“竭忠奉国”，不当谴谪。又批评宋仁宗即位以来多次贬逐谏臣，恐“亏玷太平之政，钳天下之口”。疏入，夺职贬监筠州酒税。尹洙、欧阳修亦以仲淹故，相继被放谪，余靖由此益知名。次年，徙监泰州税。

赵元昊反，僭号大夏皇帝，天下震动。朝廷复用范仲淹，因仲淹之故被贬斥者亦召还。余靖独以便亲请知英州，迁太常博士。值母丧，服除后复任集贤校理，同判太常礼院。

庆历中，宋仁宗思振颓弊，于庆历三年（1043），特命余靖与欧阳修、蔡襄、王素四人并为谏官，使论天下事，以靖为右正言。靖愈奋励，言事无所回避，奸谀权诈之人俱屏息畏之。曾犯颜直谏重修佛塔，仁宗入内宫后云：“被一汗臭汉熏杀，喷唾在吾面上。”余靖在谏官任内，又论夏竦奸邪，不可任枢密使；王举正不才，不宜在政府；张尧佐不当以国戚之故委以提点府界公事。他还提出了宽租赋以安民御盗，以及择将帅、选循良、宽民力、足国用等政治主张，其说多被采纳。

余靖又是一位善于应变的外交长才。真宗时，宋朝与北方辽国交战屡败，被迫签订“澶渊之盟”，每年向辽输纳“岁币”，以换取苟安。至仁宗宝元元年（1038），元昊在西北方建立西夏国，时时攻扰宋朝，宋、辽、夏形成鼎峙格局。余靖分析时势，为了避免陷入“二境受敌”的被动局面，而提出了使辽与西夏互为牵制的对策。庆历四年（1044），辽攻西夏，元昊恐两面受敌，即向宋朝称臣。朝臣议增“岁赐”，余靖二上奏书，剖析利害，极言不可。朝廷欲册封元昊，而辽国派兵要挟阻止。余靖又提出“逊词以谢北敌，缓词以款西戎”之策。朝廷命其使辽，靖出居庸关，于九十九泉见辽兴宗，据理力辩，终使辽人不了了之。归国后，余靖又分析敌情，建议朝廷利用辽夏矛盾，速行册封元昊。其后，辽夏交战，两败俱伤，在较长时间内再无力攻宋。是年，余靖受命知制诰、史馆修撰，仍知谏院。

余靖三次出使辽国，熟习蕃语，竟被怨家以作蕃语诗，失使者体劾奏，于庆历五年（1045）出知吉州。同年，又被怨家中伤，再贬将作少监，分司南京。靖以养亲请归，居乡六年，其间转光禄少卿。后授左神武军大将军、雅州刺史、寿州兵马钤辖，都辞而不就。皇祐二年（1050）再迁卫尉卿，知虔州，历父丧而离任。

皇祐四年（1052），僮酋侬智高陷邕州，连破岭南州县，围攻广州，企图建立割据政权。朝廷震惊，就丧次起用余靖为秘书监、知潭州，改广南西路经略安抚使、知桂州，复经制广南东西，与狄青、孙沔协同作战。翌年事平，迁任给事中，再迁尚书工部侍郎，留守邕州。靖遣人擒智高母、弟及二子，押赴京都。朝廷命加靖为集贤院学士，徙知潭州，又徙青州，再迁吏部侍郎。

嘉祐五年（1060），交趾人申绍泰入寇邕州，杀五巡检。朝廷命余靖为广西体量安抚使，率荆湖兵讨之。靖至，召交趾用事臣费嘉祐责问，斩交趾所送首恶五人，迅速平定了骚乱。次年，余靖以尚书左丞知广州，兼管内劝农市舶使，提点铜银场公事。在任尤以廉节闻，人称“为帅十年，不载南海一物”。

英宗即位，拜余靖为工部尚书，代还道中卒。特赠刑部尚书，谥曰“襄”。

余靖为北宋名臣，在文、史、哲等方面也有较深造诣。他的著作甚丰，今存《武溪集》二十卷，及近人重辑《余襄公奏议》上、下卷。约有诗歌一百四十首，文章四百篇。

在岭南文学史上，若说唐代张九龄是开一代风气的大宗师，至宋代，则当推余靖为第一人。后世岭南坛坫，亦奉张、余为二宗。

北宋初年，西昆派所倡绮丽浮靡风气曾盛行一时，余靖以其清劲朴老之作，给当时的文坛带来一股清新气息，成为欧阳修诗文革新运动的同盟者。在《孙工部诗集序》一文中，他提出了自己的论诗观点。他追述诗歌的起源和发展过程，主张“哀乐之所感，情性之所发”，“有美必宣，无愤不写”，从而阐明了诗歌来源于生活，以及诗歌反映生活的功能。他认为：“（世谓）诗人必经穷愁，乃能抉造化之幽蕴，写凄辛之景象。盖以其孤愤郁结，触怀成感，其言必精，于理必诣也。”其说与欧阳修“穷者而后工”的论诗观点略同。他又提出为诗之法云；“取譬引类，发于胸臆，不从经史之所牵，不为文字之所局。如良工饬材，手习规矩，但见方圆成器，不睹斧斤之迹。”在他看来，只有自然发露，不假雕饰之诗，才是言精理诣的佳作。他的诗论，是对西昆派诗风的有力批判。由于余靖为诗多“发于胸臆”，故其诗多具有鲜明的个性风格。

余靖虽生于“蛮荒”，而心志高远。其《寄题宝峰山玩云亭》诗有云：“遥思一雨润，能使六尘清。”表达了经邦济世之志。另一首《留题龙潭》云：“存身此蟠蛰，得时扶造化。何当岁大旱，移湫救函夏。”更以潜龙自况，透露出拯救华夏的远大抱负。

宋仁宗时，朝中长期存在着朋党之争。余靖时时秉公直言，亦往往以此招致嫉恨。他深知政事艰难，而“怀忠事君，不敢自爱”。其《双松》诗云：

> 自古咏连理，多为阳艳吟。谁知抱高节，生处亦同心。风至应交响，禽栖得并阴。岁寒当共守，霜雪莫相侵。

托物言志，以傲对霜雪的松树自喻，表明了自己怀抱高洁，愿与忠节之士共扶正道，而决不屈服于恶势力的凛凛气节。他如《和胡学士馆中庭树》所云：“休羡井梧能待风，凌霜坚守岁寒心。”也表现出同样坚贞的志节。

然而，他的忠贞并不能使仁宗感动，反而屡遭贬斥。早年，他仗义言救范仲淹而自己亦遭放谪，后来重被召用，而志行未改，所写《回雁》诗云：

> 暗随春力起冥冥，微物宁知造化情。律变渐逢冰雪解，风和应助羽毛轻。塞云空阔归犹远，鱼网稀疏意尚

惊。不学鹰鹯因肉饱，背人飏去恣飞鸣。

诗中所表达的思想感情很复杂。他既为政治风云的变幻莫测而叹息、哀伤、惊惧，又为自己的得脱网罟，再“沐皇恩”而庆幸。然而，此时他还是不愿效法那些追逐利禄的“鹰鹯”们，而勉励自己要学那些志行高远的“鸿鹄”，继续搏击长空，追求理想。

余靖虽屡屡有功于国，却总是不受重用。但是他的一片愚忠，还是一如既往。庆历年间，他又被诬外调，即乞归曲江故里。居乡六年间，游历山水，自肆于文学，虽屡被召用而不赴。直到皇祐二年（1050），才出知虔州。此时，他写了一首诗以和友人，诗云：

六载心闲类死灰，岂期朝奖念粗材。凤衔君命从天降，鹊喜邮音度岭来。恩重乍惊三采绶，使专仍咏一枝梅。切磋甫得依贤检，疾恶刚肠愈不回！（《恩守赣上谢和叔见寄次韵》）

直抒胸臆，掷地有声。其秉忠持节，嫉恶如仇的情态，简直是跃然纸上了！“吾道本将忠许国，世途休叹老登朝。”（《送任秘丞知长兴县》）余靖一生就是这样，为国竭智尽忠，不计个人利害得失。虽然这带有时代和阶级的局限性，但较之那些不恤国事，而专门结党营私，作奸犯科，鱼肉百姓的奸佞贪黩之流，其品格还是有高下之分的。

余靖为人刚直不阿，忠心许国，他的诗，也体现出幽峭傲兀、苍劲朴老的风骨。温汝能《粤东诗海》云：“襄公《武溪》一集，骨格清苍，吾粤宋诗无出其右。”推许至高。

武溪诗尤以五言律为胜，梁善长《广东诗粹》谓之“有晚唐风致”。其感时抒怀之作，幽深宛曲，在清苍萧疏的景物描写中往往透出缕缕忧思苦调。如：

> 闻鸡已行迈，策马更徘徊。月色依山尽，秋声带雨来。自堪悲玉璞，谁复筑金台？薄宦空羁束，西斋长绿苔。（《桂源早行》）

诗为被贬江南西路任上所作。瑟瑟秋雨秋声，引发了诗人的无限感触：古时卞和以献玉被刑，今日自己亦受“薄宦”的羁困，既不能尽大用于朝，亦不能赋闲居于家。悲慨之情，自然流露。又如：

> 柴车走县封，穷途秋耿耿。急雨带溪声，残灯背窗影。驱驰下士身，凄凉旅人景。山寒梦不成，愁多知夜永。（《山寺独宿》）

凄凄秋景、漫漫寒夜，烘托出了驱驰旅途的“下士”的怨苦之情。细致宛深，动人心弦。《岭南历代诗选》称为“颇有《诗·邶风·北门》‘出自北门，忧心殷殷’的情味”。

余靖生平坎坷，故其诗特多感秋之语。如：

> 野馆萧条晚，凭轩对竹扉。树藏秋色老，禽带夕阳归。远岫穿云翠，畬田得雨肥。渊明谁送酒？残菊绕墙飞。（《山馆》）

描写山村秋日景致，意境恬静幽美，表现了诗人清高脱俗的品格。论者谓其风格略近王维辋川诸作。又如：

日暮倦行役，解鞍初息肩。雾昏临水寺，风劲欲霜天。蓼浦初闻雁，人家半在船。思君正怊怅，黄叶更翩翩。(《晚至松门僧舍怀寄李太祝》)

这是一首客中怀友之作，写景形象精警，言情真切深挚，情景交融，尤为世人称赏。

武溪诗中咏古之作，往往充溢着愤世嫉俗之激情。如《读车千秋传》“世乱谗人胜，奸谋多造饰”、“臣心无以明，野死不容息”，表现了诗人对时政的强烈不满和对忠臣被逐的悲慨。又，《端午日寄酒庶回都官》云：

龙舟争快楚江滨，吊屈谁知特怆神！家酿寄君须酩酊，古今嫌见独醒人！

诗极哀婉沉痛。古时楚国伟大的爱国者屈原以“众人皆醉我独醒”而“见放”，可叹历史悲剧于今竟又重演。诗歌借吊屈以明志，悼古而伤今，一腔悲愤，尽在“古今嫌见独醒人”一句中。

武溪诗值得注意的还有那些吟咏故乡山水，具有鲜明南国特色之作。他往往借赞美岭南山水的雄奇壮美以抒写自己的不凡胸怀。其五古诗《游韶石》云：“韶山南国镇，灵纵传自曩。双阙倚天秀，一径寻云上。长江远萦带，众峦疑负襁。千里眇平视，万形罗怪象。”生动地描绘了韶石一带山水的高峻奇丽景象，气势颇雄迈。诗末云：“肤寸起成霖，崇高一方仰。跻之佐衡霍，无惭公侯享。”他认为，像韶石那样的肤寸之地，亦可起云以成甘霖，为一方所仰，跻身于名山之列而并无逊色。这体现了岭南人自强不息、勇于进取的精神。他如《游大峒山诗》、《和董职方见示初到番禺诗》、《题庾岭三亭诗》诸作，亦都饶有岭南乡土气息。

在诗歌的创作上，余靖继承了唐代张九龄所开创的雄健遒直风格，以其“坚炼有法”（吴之振《宋诗抄》评语）之诗，力扫西昆派之艳丽靡曼风气，使岭南诗歌沿着健康的道路发展。

晚唐、五代以来，盛行浮艳颓靡的文风。至北宋，西昆派杨亿诸人不仅为诗继续倡导形式主义的艳冶诗风，而且为文也竭力模仿李商隐的“四六文”。欧阳修起而力倡学习韩愈“文从字顺”、“务去陈言”的文风，发起古文运动。余靖也是这场古文运动的有力支持者之一。他“为文不为曼辞”（吴之振《宋诗抄》语），论文颇重视文章的社会功用。在《宋太博尤川杂撰序》中，他提出“夫文者，经世之具也”的观点，主张文章应“究当世利害，著之篇牍”，又引述司马迁“人意有所郁结，不得通其道，故述往事、思来者、论书策以舒愤，乘空文以自见”之言以作补充。他又进一步提出“君子之道，行之当世以为范，言之后世以为稽。词章之作，寄谋赏而明教化也……朋游独处，悲欢荣悴，未尝不发于文”（《宋职方忧余集序》）的文学主张。他认为，作为君子，其言其行应该是并重的。余靖的一生，正是切实践履着他的这个人生观和文学观的。宋人周源云：“天禧、天圣之间，文尚华侈……穆伯长、欧阳永叔起文复古，公亦变体，弃华取质，以道理相交，与欧阳、蔡诸公埒名价。”（《余少师襄公武溪集序》）这是对武溪文的高度评价。

余靖的散文，按其内容可分为政论文、史论文、哲学论文、诗文论文、记事文、杂文等。他的文章尤长于议论，内容充实，气势旺健，说理透彻，章法严密有致，表现出浑朴峭劲、质重深茂的风格。明人刘稳有云：“襄公博物洽闻，驰骋今古，多有补于斯世，成一家言，盖所谓大雅卓尔不群者矣。”

余靖是朝中铁骨铮铮的直臣，作为一个刚正有为的政治家，他的政论文观点鲜明，词锋雄健，具有很强的说服力。庆历三年（1043），金星（太白）与木星（岁星）相交。时人迷信，对星象变化怀有恐惧。余靖特进《论太白犯岁星》之章，借分析异象之机，劝谏仁宗皇帝厉行整饬政治。他沉痛地指出“自近岁以来，西戎不宾，契丹恃强，人心动摇，战守不足”的可虑情况，愤激地批评“残忍之吏”乘机拼命征夫催科，“朝索暮办”“以希恩荣”，而朝廷实质上听之任之。他又指出宋朝潜伏的危机，说：“况今州郡空虚，无守御之备。官吏猥滥，无抚御之术。一夫大呼，莫敢当者。”而“伏望陛下责躬修德，以谢天变”，批评的锋芒直指仁宗。接着，他提出为政之策云：“中外之政，安民为本。凡州郡之兵，不足守者，急备其阙；守宰之官，不足任者，速择其代；器甲之材，出于农者，颇缓其期；米盐之运，伤于财者，稍宽其力；皮铁之工，拘于官者，裁减其役。”这些整兵备、慎任官、宽赋役的措施，是针对当时的政治弊病而提出来的。为了落实这些政治措施，他又提出：“百官叙进，必责其实，使明陈所职，以考功能。外官必求息民之绩，在朝必视勤官之效，则庶事尽理，天下安矣。至于省声色之娱，杜奢淫之好，绝畋游之乐，节台榭之观，顺四时而安玉体，亲万物而奋宸断。陛下日虞外难，固当力行自致。”不但对内外百官，而且对皇帝提出了厉精勤政的要求。固然，这些要求实际上是难以落实的，但是文中所体现出来的“民本”思想和直谏精神，却是具有一定进步意义的。其他如《乞宽租赋防盗贼》、《论御盗之策莫先安民》、《论当今可行急务》诸文，亦体现了他忧国恤民，要求以宽待民、改革吏政、整顿军事的一贯政治主张。《论元昊请和当令权在我》、《论元昊求和》、《论敌人求索不宜轻许》、《论契丹请绝元昊进贡事》诸文，则以战略家的姿态，分析形势，提出对策，精辟入微，而及时得体，体现了余靖积极主动，敢于坚持原则，维护国家利益，而又灵活善于应变的外交思想。

余靖深通史学，其史论文《秦论》分上、下两篇，上篇针对前人有关秦国据河山之险而得天下之论，列举历史上秦国以任百里奚、孟明、由余、公孙鞅、范雎、蔡泽诸贤而国强，以殉葬三良而国衰的事实，论证了秦得天下之根本原因在于能任贤。下篇针对世人有关赵高谗邪、胡亥蔽愚以亡秦之说，指出丞相李斯为政失当，导致赵高、胡亥得势，才是秦亡的根本原因。他的分析善于抓住要害，不拘守旧说，以事实反驳前人的错误立论。见解独到，严谨精当。

《正瑞论》是余靖哲学论文的代表之作。文章针对“今之郡县，时报祥瑞”，以附会政治，粉饰升平，掩盖矛盾和弊端的现象，提出“国之兴也，在乎德不在乎瑞；国之亡也，在乎乱不在乎妖”的观点。他从历史的角度，考证了古代的文献，指出：“《三皇坟》、《五帝典》，记言之史也；楚《梼杌》、鲁《春秋》，记事之史也。训诰誓命之词，得失存亡之迹，发简可见，未闻祥瑞之言焉。”直到两汉，才有“赤芝、白雁、醴泉、甘露、卿云、宝鼎之应”。并指出，这是后之史家“失为史之本意”的做法。他征引古史有关治乱的记载，以阐明国家兴亡的真正原因：“尧以敦九族、和万邦而兴，舜以举十六相、去四凶则又兴，禹以平水土兴，汤以行仁政兴，周人以积行累德兴。夫是者，虽无祥瑞，可不谓圣且治乎？癸以侈奢亡，辛以暴虐亡，厉王以聚敛亡，幽王以女色亡。夫是者，虽无妖怪，可不谓昏且乱乎？”运用例证法，把正反两方面的史实进行对比，有力地论证了自己的论点。他又运用反证法，再次指出：“桑谷生朝，高宗复商；荧惑守心，景公安宋。此则明君在上，妖不为害矣。鲁获麒麟，哀公出奔；汉鸣凤凰，平帝失国。此则暗主在上，瑞不为美矣。”以铁的事实，更证实了所谓“瑞”、“妖”的不足为据。最后，他进一步指出：“若德施于民，效易其俗。赏不僭，刑不滥，则四灵为畜，日游于君之宫沼郊薮矣，又何用索异传怪惑天下之耳目哉?”从而画龙点睛地道出文章的主旨所在。这篇文章，富有朴素唯物主义的无神论思想，体现了作者独立思考，勇于探索的精神。他如《乞罢迎开宝寺塔舍利》及《论灾异实由人事》三章，也具有鲜明的无神论思想，并把这种思想运用到当时的政治现实中。虽然，余靖的无神论思想远不够彻底，但在当时的历史条件下，还是难能可贵的。

余靖富有实事求是精神。由于对唐时卢肇“日入海而潮生”的传统学说产生怀疑，他亲临海滨考察，“东至海门，南至武山，旦夕候潮之进退弦望，视潮之消息”，而取得大量数据，写成《海潮图序》一文。文中提出了“潮之涨退，海非增减，盖月之所临，则水往从之”的正确观点，订正了前人之谬误，成为后人常常引据的海洋学论文。

《韶州新修望京楼记》描写了韶州望京楼周围的山光水色：“飞轩缭砌，一望四野。重峦复岫，周遭万形。烟颜雨态，远近异色。溪流浼浼，逗碧洄清。鸟声渔唱，出入杳冥。”清宛幽杳，饶有诗情画意。句式整齐而有韵律，与前后文的散文句式交错使用，使文章显得错落有致，富于变化。他如《同游沩溪石室记》、《韶亭记》、《涌泉亭记》诸文，描写故乡胜景，文字平实流畅而有法度，写景不乏文采。与其议论文相比，余靖的这些文章更有文学韵味。

《四库全书总目》评余靖之文云：“狄青讨平侬智高，靖摩崖作记，以旌武功，当时咸重其文。尝奉命使辽，作《契丹官仪》一篇，颇可与史传参证。他如论史、序潮诸作，亦多斐然可观。以方驾欧、梅，固为不足。要于北宋诸人中，固亦自成一队也。”其论是公允的。

余靖的文学观点富于革新精神，所为诗文朴老遒健，卓然自成一家。清初陈廷策云：“襄公文则遒劲而意远，诗则苍古而格高。”可谓的评。余靖其人其诗其文，对后世影响深远，不愧为岭南文学的一代宗匠。

第二节　北宋诗人诗作

北宋岭南人的诗，有专集留传至今的，仅余靖一人而已。其余少者一首，多者数首，亦不过十余人。然而吉光片羽，自有足观。

古成之，字亚奭。本惠州河源人，五代末，避地寄籍增城。结庐罗浮山，力学不倦，淹通群籍，文誉动四方。宋初恢复取士，岭南文风未振，合一路仅以一人荐，众推成之。雍熙二年（985），赴礼部试，有司奏以梁灏第一，成之第二。有人嫉妒岭南人居于其上，暗投哑药于食中邀成之夜饮。次日胪唱，成之喑不能应，于是落第，而略无憾色，人服其量。端拱元年（988）再举进士，初任真定府元氏县尉，改调青州益都知县，为政以惠爱为本。淳化三年（992），召试馆职，授秘书省校书郎。张咏出知益州，荐成之知绵州魏城县，时值兵燹，境内凋敝不振，成之勤加抚慰，运米济饥，发药疗疾，民得安生。又立学校，课农桑，俗为之一变。咸平五年（1002），蜀又有兵警，张咏以成之长于抚恤，再荐知汉州绵竹县，为政如官魏城时。卒于任。著有《删易注疏》、《古成之集》，都已亡佚。

成之以文章为宋代南粤首唱，尤工于诗。有《贪泉》诗云：

贤良知足辱，为尔戒贪名。一酌不能惑，千年依旧清。深涵秋汉色，冷浸古松声。珍重荒碑在，何人曾泪倾？

贪泉，在广州西北石门下游。广州物产富饶，古时赴任地方官者，多贪黩无厌。石门，为北江入广州的门户，粤人特标“贪泉”之名于此以讽诫。晋时吴隐之出任广州刺史，至贪泉，饮水赋诗曰：“古人云此水，一歃怀千金。试使夷齐饮，终当不易心。”而在任间“清操越厉”。后人又书其诗，立碑石门，以作表彰。成之诗即用此典故，盛赞隐之清节。《岭南历代诗选》评云：“语势峻健，含意深微，方诸同时西昆堆砌之作，格调自高。”

明代黄佐《广州人物传》称成之“（诗）有风骞霞举，脱略尘土之态。置之唐律中，殆不可辨。又雅意林壑，每访名景，攀跻猿鸟之宅，竟日忘归。久官于蜀，未尝携妻子，居常裕如也。人见其闲澹类此，遂诬以为仙也”。成之任绵竹知县时，曾作《忆罗浮》诗云：

忆昔罗浮最上峰，当年曾得寄仙踪。凭栏月色出沧海，欹枕秋声入古松。采药静寻幽涧洗，寄书闲仗白云封。红尘一下拘名利，不听山间午夜钟。

罗浮山，为道教名山。此诗闲逸恬澹中含有隐忧追悔，诗人怀念昔时避地增城读书罗浮山的生活，嗟叹当日误入仕途，以致终为名利拘束，不得自由，实在是有感而发。成之官蜀前不久，蜀境内爆发了历史上著名的王小波、李顺领导的大规模农民起义，义军以暴风骤雨之势横扫官军，建立大蜀政权。宦官王继恩奉命镇压，把大批义军战士和当地人民驱赶入江溺死。义军虽然失败，而余部继续坚持斗争数年之久。世事纷乱，当时官吏多不愿赴蜀上任，上任者亦不敢带家属。古成之同样也不敢携眷赴蜀，他一生多遭忧患，时时企望一个安定自在的生活环境，而借求仙为寄托。其五古《坡山》，七律《五仙观旧题》、五律《怀石楼友人》诸诗，亦澹逸有出尘之想。后人讹传成之化仙，称为紫虚先生，立祠祀之，也是事出有因吧。

许彦先，字觉之。始兴人。天圣三年（1025）进士，累宫殿中丞，熙宁间权任广东转运副使。深明《易》学，工书法，素有文名。又善诗，与王安石交游，安石《临川文集》卷一七有《诗奉送觉之奉使东川》，及《次韵奉酬觉之》各一首。

彦先《舜井断碑》诗云：

> 一千二百余年外，万古消磨不可寻。舜子井泉谁记古，随人闾巷只如今。隶书字杂科虫体，氏爵名存乐石阴。登贤时来醒醉眼，也胜俗物在园林。

舜井，又称虞泉，在韶关皇冈山南边旧舜祠侧，“味极甘洌，冬夏不竭”，传为古时虞舜南巡时所凿。许彦先当年参加韶州举行的取解试，得题名。他寻访古迹，缅怀古人伟绩，策励自己不要为一试报捷，而像流俗之辈那样恣纵园林，自我陶醉，而应当效法帝舜，勤劳民事，遗德世人。此诗沉稳苍健，言微意深，抒发了诗人青年时期的不凡抱负。

写于熙宁七年（1074）上巳日的《药洲》诗云：

> 花药氤氲海上洲，水中云影带沙流。直应路与银潢接，槎客时来犯斗牛。

诗写宋代广州城南药洲的景致：浮现在珠江水面上的药洲鲜花氤氲，水中云影似在牵引着江底流沙徐徐而动，江面望去浩渺无际，水天相接，游客简直可以泛槎银河去摘星弄月。诗人通过奇丽的想象和丰富的联想，从陆上，至水面，到水底，到天上，虚实相生，动静互映，把药洲周围景物巧妙地融合起来，再创造出一个壮阔绚丽的意境，令人回味无穷。较之唐人佳作，亦不必多让。

熙宁十年（1077）八月，许彦先离任广东转运副使职北上，途经英德，游碧落洞胜迹，写下《被召北归，舣舟琅石，游碧落洞》诗二首：

崖卷层霄阔，溪穿碧玉横。银河一派水，终日泻天声。

玉峰刳不尽，满室碧琅玕。太始藏灵气，寥寥五月寒。

二诗皆幽峭奇丽，气格不俗。至于同年四月留题阳春铜石岩的《通真岩》诗，则略嫌朴拙。

罗孟郊，兴宁人。生于景德年间。“生而颖异”，幼年丧父，事母孝。弱冠结庐罗岭为学馆，乡中子弟多从之。天圣八年（1030）举进士第三，累官谏议大夫、翰林学士。乞归养母。卒年七十。

其《京中怀归》诗云：

一自题名后，思归何日归？虽然着宫锦，不及舞斑衣。故里桑榆晚，他乡雨雪霏。庭前停玉轸，目送雁南飞。

此诗感情深挚，朴实的叙述中始终贯穿着游宦者真切的思乡之情。“雨雪霏霏”而不得归去，较之《诗经·小雅·采薇》，其情更含凄伤，尤能拨动读者的心弦。

李渤，字子文。乐昌人。嘉祐三年（1058）进士，官至朝奉郎，知白州。郡人尊称李夫子。曾试南昌，作《闻伯夷之风顽夫廉赋》夺魁，时人称为李伯夷，有诗云：“岭北尝闻夫子号，江西曾振伯夷风。”他留有吟咏乡邑山水的两首诗：

嶙峋峭壁武溪东，耸起昌文叠秀峰。空谷流声浑管籥，断云出岫倚崆峒。依稀玉韫含辉晓，烂熳花飞点翠融。自是山灵开淑气，遥看拱壁郁青葱。（《昌山》）

翩翩初泛入泷船，隐约乘槎上汉年。岸狭束成三级浪，山高分得一毫天。扫开盘石那无酒，流出桃花恐有仙。青史若能留姓字，直须来此钓溪烟。（《武溪》）

二诗描写乐昌境内昌山和武溪的幽美峭拔景色。前诗不乏遒健气，而过于堆砌词藻。后诗颔联颇精警，诗中流露出向往闲逸和追求功名的思想矛盾。

李岩，字子章。乐昌人。李渤之弟，文章节义与兄齐名。皇祐四年（1052）以上书召见于崇政殿，特赐同进士出身，官至朝奉郎，知象州。曾随余靖平侬智高。他的《冬宿别业》诗云：

移榻三冬暮，联床半夜寒。不眠霜瓦晓，细语壁灯残。雁泽栖何定，鸰原且自宽。鸿飞非所羡，聊托一枝安。

诗为未出仕时所作，抒写兄弟间的挚爱。寒夜联床细语情形，尤刻画入微。所云“鸿飞非所羡”，可见他对名利较为淡泊。

谭粹，字文叔。始兴人。嘉祐三年（1058）乡贡。熙宁初知惠州，有惠政，曾辑《罗浮志》序之。累官朝散大夫，元祐间先后知韶州军州事、循州军州事。诗文皆有时名。现存其游英德所写山水诗三首：《建中靖国辛巳八月十日独游碧落洞，遂成拙句》、《望仙亭成，再书一绝》、《重建南山亭榭，辄成小诗，乃建中靖国元年孟冬五日也》。其中《望仙亭成，再书一绝》诗云：

一亭新构耸崔嵬，水墨屏图四面开。洞口白云无锁钥，州人寻胜任频来。

描写英德碧落洞望仙亭的秀拔开豁景色，笔格爽健。其余二诗，风格亦近之。

张渐，字子正。始兴人。熙宁九年（1076）进士，累官朝散大夫，崇宁间知端州军州事。有《崇宁乙酉元祀率同僚修禊七星岩》诗，诗云：

妙意其谁运大钧，玲珑奥室辟天真？斗临平地精初结，龙去丹霄穴未堙。洪造故教虚待物，良辰赢得乐同民。我来禊有自然兴，岂羡兰亭曲水滨！

诗写肇庆七星岩中石室岩的天然幽奥景致，抒发与民同乐的情愫，较之晋时王羲之等文人雅士兰亭修禊，自有一番真趣。

石汝砺，字介夫，号碧落子。英德人。少颖敏。曾往江西从闻人游。通五经，尤精于《易》。晚年进所著《易解易图》

于朝，受王安石所抑。苏轼谪惠州，经英德时遇汝砺于圣寿寺，与谈《易》，又谈罗浮之胜，至日暮方散。汝砺又通乐律，有《碧落子琴断》行于世，颇受郑樵称重。其《竹浦渔归》诗云：

钓罢收纶日既残，扁舟一叶解登湾。长歌欸乃乘风去，鸣橹咿哑趁月还。翡翠跃飞红蓼内，鸳鸯惊起白蘋间。奔驰马足车尘者，回首烟波羡尔闲。

恬淡自然，饶有野趣。通过描写渔舟晚归的情景，反映了诗人悠闲自得的隐居生活。这位被苏轼称为“隐者”的布衣诗人，目睹朝中云倾雨覆的新、旧党争，他是再也不想踏入政途了。

陈希伋，字思仲。揭阳人。元丰间两冠乡书，肄业太学，声誉甚著，士人目为广南夫子。曾上书陈利害数万言，皆切中时病。元祐六年（1091）举经明行修科，赐进士第一，知梅州事。时朝廷诏下，着诸州取黄砂、牛皮，及出内库钱买珍珠以备国用。各州郡俱供应，独希伋不忍剥取于民，上封章奏免，州人均感其德。卒于官。所著《揭阳集》，已佚。今存《题凤栖楼》七绝一首，诗云：

千载传闻孰是非？高梧修竹晚风微。欲知古寺曾栖凤，楼殿今无燕雀飞。

笔格老健，发人遐思。凤栖楼，在潮州府城金山上。诗人感念古今盛衰变化已无踪迹可寻，留下来的只是一个令人迷惘的美丽传说，从而发出深深的慨叹。

刘允，字厚中。海阳（今潮州市）人。绍圣四年（1097）

进士。初任循州户曹，改知程乡县。值岁旱，而州中督交租赋如故，允力争，得免。后权知化州，革宿弊，决难狱，有恩德于民。再调知新、循二州，不赴，致仕卒于家。著有《刘厚中文集》，今佚。其《韩山》诗云：

惆怅昌黎去不还，小亭牢落古松间。月明夜静神游处，三十二峰江上山。

唐时韩愈被贬任潮州刺史，重文教，有德政，甚受潮人爱戴。诗人游访故迹，写下这首小诗，以寄托对伊人的深沉追怀。

冯安上，字康国。英德人。政和二年（1112）进士。官吉州别驾，改广州通判，权知梧州军。累官朝请郎，知郴州。安上有七律《留题南山圣寿寺》诗一首，至今字多漫漶。又有《凌烟嶂》诗云：

南山山下多佳石，过眼欣逢诗思得。最怜小嶂隔窗前，透出烟光露秋碧。

诗咏英德南山凌烟嶂小景，朴质中有清雅之气。

冯晦，字文显。英德人。冯安上之族兄弟。有诗《南山留题》云：

南山之景幽且清，台亭上下知几层？王吴妙手写不得，若非造物其谁能？

赞叹南山优美的景致是大自然的奇妙杰作，并非人工斧凿所能，亦非丹青妙手可以描画，表现了诗人对故乡景物的由衷热爱。

以上北宋岭南诗人诗作，或未足称名家名篇，在海内诗坛的影响也不算很大。这些诗人的诗，或描写身边生活，或感慨人生遭际，或抒发情怀，或吊古怀人，或吟咏岭南山水景物，反映社会生活的广度、深度，都不如岭南唐五代之诗，气格亦不如唐五代诗高浑深远。然而，其中多寄托性情，较之当时流行的西昆诗派的纤巧浮艳诗风，以及江西诗派的奇僻瘦硬诗风，北宋岭南诗更多地表现出一种深朴遒健风格。它继承了岭南以前历代诗歌的优良诗风，走着自己健康发展的道路。它作为南宋岭南爱国诗人诗作的先声，对岭南诗派雄直诗风的形成起了推波助澜的作用。

第五章　南宋诗文

第一节　崔与之

崔与之（1158—1239），字正子。增城人。家贫早孤，发奋苦学。少卓荦有奇节，不远数千里游读太学。宋光宗绍熙四年（1193）举进士，授浔州司法参军。历淮西检法官、知建昌之新城、通判邕州、守宾阳，皆有持正爱民之声。转授广西提点刑狱，时岭海官吏多贪黩，用刑惨酷，与之力为申论痛惩之。召为金部员外郎。特授直宝谟阁，权发遣扬州事，主管淮东安抚司公事，力阻和议，急修守战之备，遣精锐、布要害，以防金人入侵。升秘书监兼太子侍讲，权工部侍郎。以选加焕章阁待制、知成都府、本路安抚使。其先，蜀地军政不立，将帅不和。与之至，戒以同心体国的大义，协力御敌，金人不敢犯，蜀得以安。召为礼部尚书，不拜。轻舟出峡，径归岭南。蜀人思之，绘其像于成都仙游阁，以配张咏、赵抃，名为"三贤祠"。与之归里后，筑室"菊坡"以居，刻韩琦"老圃秋容淡，寒花晚节香"句以明志。理宗即位，授充显谟阁直学士、知潭州、湖南安抚使，辞。提举西京嵩山崇福宫，迁焕章阁学士、知隆兴府、江西安抚使，又辞。授徽猷阁学士、提举南京鸿庆宫。端平初，理宗亲政，御笔起召为吏部尚书，皆力辞不就。继而授端明殿学士、提举嵩山崇福宫，亦辞。后授广东经略安抚使，兼知广州。值广州摧锋军士兵叛乱，与之时家居，慨然带病受命，即家治事，运策抚平之。拜参知政事、右丞相，皆辞。帝召益切，与之十三次上疏力辞。嘉熙三年（1239），终于获准致仕，以观文殿大学士提举洞霄宫，封南海郡公。自领乡郡，不受廪禄。恬淡无欲，官至显贵而不蓄声妓，不置园池产业。家法清严，亲故有倚势妄为者，必斥绝。致仕当年卒，享年八十二。遗戒不得作佛事，子侄俱不得求官阶。谥“清献”。著有《菊坡集》，佚于兵火。其后人辑其遗事、诗文，编为《崔清献公全录》。

崔与之为南宋名臣，他所处的时代，是南宋统治日趋腐败，政局江河日下之时。他深知事势难为，却力图扭转颓局，以尽人事。其诗多抒发政治理想之语，沉郁深挚中不乏苍劲激昂之气。崔诗感情丰富，语言精练，情况乎辞，工力老到。既有宋诗直抒胸臆的艺术、特色，但又力避直露浅显，兼得唐诗深沉、含蓄之造诣。梁善长《广东诗粹》云：“七言古体，宋崔菊坡与之高华壮亮，犹有唐人遗音。”诗如：

> 青牛老仙紫云旄，函关西度天风高。手携柱下五千卷，来擅一时文章豪。玻璃江头梅欲蕾，蟆颐山麓寒方鏖。飙车羽轮下霄汉，从以万鹤如云涛。参天挺特有乔才，大地负荷须巨鳌。百斛篆鼎笔端干，五色瑞茧胸底缫。笑谈更化定大计，乾机坤轴回钧陶。苍生脱险诞登岸，沙觜闲此杭州艘。雁湖风物午桥似，满引凿落歌《离骚》。酒酣耳热自击缶，世间万事轻鸿毛。涂炭未苏兵未洗，云雷可使屯其膏。玉堂昨夜进麻草，延英趣对猩红袍。太平事业有所属，北卷燕蓟西临洮。扶持世极寿国脉，突兀一柱擎天牢。五羊仙客起为寿，安期大枣东方桃。（《寿李参政壁》）

虽为祝寿诗，却非虚与应酬之作。诗中述说当前“涂炭未苏兵未洗”的危机，指出“大地负荷须巨鳌”，国家民族急需雄才大略之士挺身而出挽救危亡，以“扶持世极寿国脉”。他厚望当时官任参知政事的朝中大臣李璧能为国家筹划良策，拯救苍生，成为“定大计”、“回钧陶”的擎天一柱。忧国爱民，其情殷殷。

说到风格的“高华壮亮”，与之的五古诗绝不逊于七古。如：

> 玉立蓬山巅，声望高一世。清秋玉壶露，耿耿无纤翳。中流屹砥柱，愈激而愈厉。平生学古胸，非为资身计。中边事万殷，命脉实关系。忧世危明主，谁流洛阳涕？直谏逆批鳞，言言皆献替。胡为厌承明，退飞勇且锐？有山郁而孤，雄踞虎头势。民贫困科扰，椎剥已无艺。猩獠丛篁中，跳梁无虚岁。弄印无以易，要起百年弊。西风吹马耳，新凉雨初霁。尺札闻先声，远氓已怀惠。旌旗簇小队，画戟森兵卫。一方覆盂安，中原谁共济？顾我亦漫仕，空山老松桂。倦悔作归梦，乞身尚濡滞。着鞭公已先，脂秣以相继。（《柴秘书分符章贡，同舍饯别，用蔡君谟“世间万事皆尘土，留取功名久远看”之句分韵赋诗，得“世”字》）

诗为饯送秘书监柴中行出知赣州之作。他称赞中行在朝时能学古人以忠义为重，不为自身之谋，勇于直谏。谓中行出知赣州必能安一方之民。又嗟叹中行一去，朝中更少了一位能共济危难之臣。拳拳国事之心，深挚感人。

菊坡近体诗，亦多感时抒怀之作，风格沉郁老健。五律如：

> 议论方前席，功名早上坡。去帆瓜蔓水，遗爱竹枝歌。同志晨星少，孤愁暮雨多。倚风穷望眼，碧色渺平莎。(《送夔门丁帅赴召》二首选一)

> 棋于观局易，药到处方难。休戚君眉睫，安危我肺肝。别来年事晚，病起面华寒。东望强人意，天风送健翰。(《送范漕赴召》)

二诗均为送人赴召之作，诗中表现了对国事的关切和忧心，而寄厚望于同人，深婉动人。

七律如：

> 碧幢红旆白貂裘，去踏西风万里秋。要得处方医坏证，便须投矢负全筹。百年机会真难遇，一线光阴更易流。早辨《出师》诸葛表，祁山斜谷郁绸缪。(《送聂侍郎子述》)

诗为与之嘉定九年（1216）官扬州时送淮东帅聂子述赴蜀之作。诗人期望子述能效法三国时诸葛亮六出祁山故事，早建奇功。言辞殷切，尤催人振奋。与之平生念念国事，为官尽心竭力，政声昭著，又善知人，曾为国家荐引了家大酉、游似、李性传、李心传、度正以及洪咨夔、林略、魏了翁、李庭芝、刘克庄等一批贤能，后来都成为朝中名臣。他的诗，亦多赠勉同人之作，都以国事励之。

与之为官，清正爱民。他曾节录处士刘皋之语为座右铭云："无以嗜欲杀身，无以货财杀子孙，无以政事杀民，无以学术杀天下后世。"他律己甚严，为政清简，民受其惠。他任官岭海时，人曾刻《海上澄清录》、《岭海便民榜》，以表彰其政绩。与之有《扬州官满辞后土，题玉立亭》诗云：

天上人间一树花，五年于此驻高牙。不随红药矜春色，为爱霜筠耐岁华。四塞风沉天籁寂，半庭月冷市尘赊。临行更致平安祝，一炷清香十万家。

扬州地近宋、金对峙的淮河，与之抚淮时，大修战备，使淮左金人不敢深入进犯，扬州人民得以安居。数年后奉命调任，扬州军民遮道垂涕，尽力挽留。与之于是力辞召命，毅然还扬州。后朝廷催召不已，方成行，此诗即为辞任时所作。诗中回顾五年守淮的艰难生涯，以经霜不改志节的竹树自况，为自己的不辱使命告慰，而衷心祝颂十万扬州百姓再得平安。矜护下民的一片苦心，当可深味。

吟咏岭南景物之诗，如：

万里星槎海上旋，名山今喜得攀缘。猿挥孙恪千年泪，月照维摩半夜禅。磴长荒苔人迹少，厓攒古树鹊巢悬。江流上溯曹溪水，时送钟声到洞前。（《峡山飞来寺》）

此诗幽杳深峭，别是一种风格。

另一些抒写仕与隐的矛盾心态的诗歌也值得注意。

现存的崔诗全是他退隐家居前的作品，从中可见他长期存在的仕与隐的矛盾心态。嘉定癸酉，以广西宪赴召，路经江西吉水时写的《题吉水鼋潭李氏仁寿堂》诗云：

拙直多忤物，孤根徒自危。祈闲三扣阍，天远不我知。尺书趣入觐，君命其可违。火云正烧空，短篷气如炊。修途久困顿，病骨尤支离。奄奄尚残息，舣棹江之

> 湄。来登三元山，炎歊顿无威。徘徊古亭上，好风吹客衣。聊为三日留，食斯眠于斯。涧泉滮滮鸣，四山翠屏围。夜深松桂寒，朝溦生林霏。李君亦达士，与我真忘机。……触目此境界，陡悟昔者非。更作首丘想，行色应迟迟。还游仁寿庵，细玩渊明诗。寓形复几时，皇皇欲何之。富贵非吾愿，帝乡不可期。自怜一身孤，蒲柳先秋衰。百念尽灰冷，故园劳所思。我有石壁山，亩计十有奇。归去营一窟，曲肱送斜晖。培植先人树，投老长相依。清泉白石盟，甘心天一涯。

诗的开篇，开门见山，直道“孤根自危”的身世与感受，继叙行程，在长途困顿之余，处静境，见隐士，随即触发起不可遏止的隐逸之思。

在《张进武善风鉴谓予豸骨日耸早晚入台求诗赠之》诗中写道：

> 荧荧碧眼照人寒，一别重逢岁又残。老去但求闲处乐，君来尚作向时看。谁将伏豸夸颇骨，我有盟鸥托肺肝。坎止流行随所遇，何须觅梦到邯郸。瘦插秋山耸两肩，荒寥不值半文钱。孤山放鹤林和靖，风雪骑驴孟浩然。万事转头浑是梦，一身安分总由天。烦君束起前途事，我欲沧江买钓船。

这些，是他入仕前期的作品。这时期，在行动上他积极从政，部分诗作也曾一再抒发壮志豪情，但引退之思却已一而再地倾泻在诗章里。

帅扬州，是崔与之显示军事政治才能的一个重要阶段。他在金人弃巢南奔，官僚们不愿履险之时，临危受命，使局势转危为安。但当权者妄生侥幸，在准备不足的情况下，派都统刘倬渡淮取泗州，结果全军覆没。兵败即拟匆匆议和（为崔所阻）。当权者举措失当，进退失据，给国家带来莫大的损失。因此，由扬州调升秘书监时的崔与之，在失望痛心之余，引退之思更累见篇什。如“要把封疆安社稷，谁教轩冕换山林。殷勤招隐知深意，五老朝来露玉簪”（《谢山神诗》）。“送君怅望云帆别，顾我凋残雪鬓蓬。戢羽孤栖怜鹤病，脱身高举羡冥鸿。”（《送袁校书赴湖州别驾》）“荣途竞奔逐，砥柱回澜倒。自顾孤危踪，归意尤浩浩。”（《陈秘书分符星渚，同舍饯别，用杜甫“老手便剧郡”之句，分韵赋诗得老字》）“梅花纸帐扁舟梦，但觉归心长羽毛。”（《嘉定庚辰正月二日杨尚书率同年团拜于西湖，因为游湖之集，适湖水四合，乘兴凿冰泛舟，如所约也。杜侍郎赋诗，和之》）累牍连篇，归思浩浩。

五年蜀中之戍，是崔与之事业成就的顶峰，但也是对政坛失望的顶峰。由于辛勤以及措施得当，蜀由乱而治，兵精粮足，境靖民安。但一旦被调走，继任者郑损不仅把崔历年积存的库币用以结交权臣，更一改行之有效的防御措施，使蜀中形势一落千丈。崔的痛心，自不待言，他在决然离职返乡时，悲吟道：

> 九重天上别龙颜，万里江南衣锦还。圣主有怜双鬓白，老臣长抱寸心丹。短篷疏雨春听浪，瘦马轻寒晓度关。何处好寻幽隐地，长松流水白云闲。（《嘉定甲申以礼部尚书得请便道还家作此诗》）

诗人忠而无所用，只好退隐。祈求在人世间寻找到一块幽隐的处所，在长松白云的簇拥中抚平心头的伤痛；在潺潺流水的荡涤中洗尽宦途的扰攘与污浊。这是他当时心情的真实写照。

人称菊坡之文“明白谨严”，其《论人才用舍行政得失疏》，勉力带病进言，陈述辨人用人之道，劝以爱惜人才，用正人，防小人。严正平实，用心良苦。据说理宗“览奏嘉叹”，一时亦为之感动。从文学角度看，与之的文不如其诗。

菊坡诗文，内容充实，感情深挚，骨格苍劲，继承了岭南文学的现实主义优良传统，真实地反映了南宋中后期的社会矛盾，表现了爱国忧民的思想感情。文天祥曾高度评价与之云：“菊坡翁盛德清风，跨映一代。”（《跋崔丞相二帖》）而与之的诗文，同样也给岭南文学的发展以较大的影响。

第二节　李昴英

李昴英（1201—1257），字俊明。番禺人。生于为官之家。自幼隽颖过人。弱冠之年以《春秋》举乡试第一，深受崔与之器重。宋理宗宝庆二年（1226），考取进士第三名。初任汀州推官，迁太学正。值母丧，服阕，转授武学博士。端平二年（1235），摧锋军戍卒叛乱，由惠州进迫广州城，时崔与之家居，带病受命治事，命昴英缒城下抚谕叛兵。昴英不畏兵刃，从容以祸福谕之。事平，以赞画有功，召任太学博士。赐进对策，昴英犯颜直言理宗纵情声色饮宴，玩物丧志，行事与治国之道相逆；纪纲不立，意向未明。又云：“上之好恶或偏，下之趋向必异。平居习为顽钝无耻之风，临难必无仗节死义之士，国何利焉？”理宗嘉赏其切直。不久，召试馆职，授校书郎，兼沂王府教授，迁任著作郎，兼屯田郎官。后理宗拜崔与之为右丞相，以昴英曾从游于与之，授以直秘阁、知赣州。与之力辞不行，昴英亦不拜赣州之命。迁任大宗丞，权兵部郎中，以亲老请外任便养。授福建提举，贪吏望风而遁。值饥荒，昴英捐俸赈贷，救活百姓甚多。崔与之卒，昴英请归持心丧，不准。不久，服父丧归里，屡召不起。淳祐初年，杜范为相，首荐昴英为监司，召任吏部郎官。昴英性刚直，在朝时先后弹劾权臣史嵩之、陈韡等，“直声动天下”。理宗曾谓：“李昴英，南人，无党，中外颇畏惮之。”其后以言事逆理宗，辞归。命知赣州，再授福建宪，改知漳州，俱辞而不赴。时赵汝腾有“三老八士”之荐，昴英被列为八士之一，称为国之干将、莫邪。淳祐十二年（1252），以徐清叟力荐，授直宝谟阁、江西提刑，兼知赣州。昴英慨然以洗冤泽物为己任，劾贪吏，决滞冤，济饥民，薄征赋，民受其惠。升直宝文阁。宝祐二年（1254），召授大宗正卿，兼国史编修实录院检讨。累官至龙图阁待制、吏部侍郎，加中大夫，封番禺开国男。屡抗疏力谏理宗勿玩乐敛财，而应忧虑时事，卧薪尝胆，力消外患。宝祐三年（1255），以劾奏董宋臣、卢允升二巨阉窃弄威福不报，与御史洪天赐俱辞官归里。时国家多事，有诏授端明殿学士、佥枢密院事，辞而不赴，澹然无复仕进意。家居文溪之上，因以自号。享年五十七。卒谥“忠简”。著有《文溪存稿》二十卷，为其门人李春叟所辑，录诗词一百二十五首，文一百二十二篇。

昴英为崔与之门人，仕于理宗朝，正当南宋政权日薄西山之际。他学宗与之，正直忠信，骨鲠敢言。“平居温然，接物宽而有容。至于临大节，处大难，毅不可夺，虽鼎镬在前，不慑也。”（黄佐《广州人物传》）朝中洪咨夔、徐清叟诸人皆重之，称为“南方间气”。文天祥亦称之为“菊坡样人”。昴英之诗，亦如其人，颇具刚正遒劲的风格。

其《题石室木》诗云：

似屈才伸蛇解蛰，似断还连龙蜕骨。天河失却古槎

> 橛，落在人间撑突兀。若非胸中磊块洒浇出，老死画工无此笔。

托物言志，峭劲有骨，隐隐透出胸中奇杰之气。

理宗之朝，宠用佞臣，朝政腐败。秘书郎高斯得以弹劾朝中奸邪，受群小合力排摈，遂求补外任，调知严州。昴英以诗送之云：

> 从来直气劲摩空，又吐忠嘉忤九重。指斥分明人所忌，去留谆复上能容。清风慨慕桐江钓，异渥新疏竹使筒。熊轼一行聊复尔，羽仪禁路要夔龙。（《送高礼部不妄知严州》）

诗中盛赞斯得“直气摩空”，秉忠敢言，指斥佞臣，不以一官为念，饶有古人清风。并云国家正需要如此直臣，朝廷终当召还斯得。发辞正大激昂，凛然逼人。此诗亦为昴英生平思想行为的真实写照。

黄佐《广州人物传》赞云：“孔子称叔向曰‘古之遗直’，于子产曰‘古之遗爱也’，李昴英信兼有之。”昴英《闻褫阁职免新任之报二首》云：

> 远民冤甚草菅芟，抗论公庭出至缄。且喜一方全性命，何妨三字减头衔。机关平地藏深阱，仕宦伶人视戏衫。五逊州符今免矣，幅巾藜杖可松杉。
>
> 狂妄孤臣罪有余，三年三度卦丹书。群儿过计愁郎罢，外物浮名总子虚。只是儒酸真面目，不题道号混樵渔。亲朋欲语浇教醉，休与时人定毁誉。

诗为昴英居乡间以被诬且夺阁职所作。诗人直抒胸臆，表现了奋起为民请命，而不以一己之得失毁誉为念的无私无畏精神。诗中重大义、淡名利的思想，是颇值得称道的。他如："平生不被利名锁，半掩柴扉听晚樵。"（《碧霄》）"老来一任添霜缕，寒暑难磨只寸丹。"（《八月骤寒》）"士须卓尔名当世，好取前修节行看。"（《司法曾子美新第荣归，欲得余诗，不敢效世俗谀语》）亦表现了诗人慷慨节烈、清高绝俗的品格。昴英曾云："士处沉郁顿挫之极，不能无酸楚愤激之辞。""羁穷重困，吐不平之气于诗。"（《代李守作柳塘诗序》）昴英之诗，正是此二语的最好说明。

昴英诗又善于借景抒怀，如：

> 眼前无限往来舟，射利干名不肯休。少见人心如此寺，屹然砥柱在中流。（《灵洲》）

以议论写景，借题发挥，朴直中含有精辟的人生见解。

文溪诗较多吟咏岭南景物之作，雄奇壮遒，用笔老健，富有特色。五律如：

> 树合疑山尽，攀缘有路通。远鸦追夕照，低雁压西风。瀑势雷虚壑，松声浪半空。凭栏僧指似，涨雾是城中。（《景泰寺》）

诗写广州北郊白云山栖霞岭景泰寺胜景，旧为羊城八景之一，诗的意境幽苍凄迷，而气势劲厉。颔联、颈联，皆精警而富于韵致。"追"、"压"、"雷"、"浪"，俱为生动传神的诗眼。

七律如：

长风吹裂碧云堆，卷取银河泻下来。雨搅犀潭千尺浪，烟遮龙窟一声雷。松翁偃盖岩隈立，猿女穿萝洞里回。旧事兰亭好拈出，婆娑溪曲共流杯。（《登峡山疾风甚雨》）

广东清远峡素以险峭闻名，历代诗人多有吟咏。昴英此诗，描写登峡山时骤遇风雨的情景。首联写“疾风”，颔联写“甚雨”，均极有气势。颈联以拟人手法写“松”、写“猿”，一静一动，相映成趣。尾联以“兰亭旧事”轻轻收转，表现了诗人处变不惊，自得其乐的情性。《岭南历代诗选》称之为“境界宏阔，笔调奔放奇丽”之作。

七绝如：

浓岚四合冻云痴，水墨连屏斗崛奇。冲雨此行风景别，满山翠滴水帘垂。（《雨行梅关》二首选一）

描绘粤北梅岭如画的雨景，静中充满动感，奇丽清新。

又如：

恰重阳日到南山，小摘黄花供绿樽。钟叩一声萧寺晚，移舟载月过前湾。（《重九日游南山峡觉海寺》）

酒壶无尽春无限，一叶江湖万里天。明月满篷风荻响，醉眠正在白鸥边。（《夜梦渔父求诗，觉能记其全，书赠梁弥仙》）

淡远萧逸，清雅绝俗，别具韵味。亦是名家手笔。

较之菊坡诗的高华壮亮、深挚苍劲，文溪诗更多地表现出刚直激昂、奇崛遒健的风格。二家诗同属岭南传统的“雄直”

诗风一路，而又各具特色。如同双子星座，在南宋岭南诗坛上先后辉映。

历来论者甚推重李昴英之文。昴英门人李春叟有评云："刚方正大之气，蟠郁胸次。泄而为文，光芒自不可掩。大者中圭瓒，小者锵珮环。奇峭者如怪石之倚断崖，清丽者如明星之炯秋汉。进而立朝，则论奏丹青，言言药石，皆足以裨主德、格君心；而深衣独乐，则嬉笑怒骂，字字箴规，皆足以植民彝、垂世范。"（《重刻李忠简公文溪集序》）另一位门人陈大震云："其文隆崛崔崒，渊沦喷瀑，千态万状，皆气节之所充也。"（《文溪李公文集序》）明代陈献章则云："今观其先世文溪先生遗稿，初涉其流，渺弥汪洋，若江河之奔驶；而又好为生语，险怪百出，读者往往惊绝，至或不能以句，以为文溪直文耳。"（《李文溪公文集序》）

昴英之文，尤长于议论。其《游忠公鉴虚集序》有论文之语云："君子立言，不独以书传也。苟于世教无关，于人国无裨，不过组篇镂句，落儒生口耳。虽或可托姓名以不朽，而萎然无复生意矣。"他认为，文章选材，须与治国之道密切相关，并从中提炼出正确的主题以"立言"，方为有利于民生国计的好文章。否则只是堆砌雕凿而了无生气的文字。又云："尚论古人大节为先，不专在言语文字间也。"他指出，文章最重要的是立意要高，要能体现出"大节"，即"其言用舍系当时安危，千载下犹使忠臣谊士闻风而兴起"。而要使文章立意高远，平时就必须注意培养胸中浩然正气，"遇大事敢言，临大变不怵，死生祸福不入胸次。盖爱君爱国，发于至诚，无一毫邀誉之心，谅乎其为忠也"。这样，为文时自然就能体现出这种浩然之气。"窃谓文以气为主，犹林茂而影稠，钟巨而声迴，非可强而致。……浩然，可塞天地，笔下流出，自无软腐语。"李昴英这种积极参与当时的现实斗争，反映社会矛盾的论文观点，体现了他的忠君爱国思想，这固然有其时代和阶级的局限性，但在南末后期的特定历史条件下，这种文学观还是具有进步意义的。他如《题章公权进论稿》、《题郑上舍玠大学策稿》诸文，亦体现了同样的文学观。

政论文《宝祐甲寅宗正卿上殿奏札》，起首即痛心地指出当时国家的危殆之势云："甚矣！东南舆图，寖非全璧之旧。吾国事力，何异垂罄之虚？外侮内攻之多虞，百孔千疮之毕露，如居败屋，东撑西拄于疾风苦雨之中；如驾漏船，左支右吾于汪洋惊涛之上。"他认为，导致当时颓局的原因是君王荒政、纵声色、殖货利，"迷而不复，讫无幡然改易之良图，遂致圮坏"，"北司窃弄，藉势招权，掖庭嬖妮，凭宠干请，倖门四辟，贿径多蹊。前者得而后者慕。名藩巨镇，视如探囊。好官美职，争欲染指。无耻之顽，因应澜倒；尝自爱者，亦复效尤"。最后，他严正地提出告诫说："臣愿陛下思祖宗付托之不轻，念国势阽危之已极。克己如胜敌，窒欲如防川。戒谨恐惧，无一息之间断；精粹纯白，无一毫之瑕疵。痛惩前失，猛刬宿弊。如人之久病，力救幸而有瘳，多方防其复作。陛下悔过之心既坚，上天悔祸之心必速。则外患潜消，天下事可以渐就吾之条理矣。不然，君臣不悛，以乐玩忧，将有如唐晋季世之叹，可不惧哉?"这篇奏札议论激烈剀切，语言质实条达，表现了强烈的爱国主义思想。《淳祐丙午侍右郎官赴阙奏札》、《论史丞相疏》、《贴黄论史丞相》、《列奏史丞相疏》、《再论史丞相疏》诸文，尖锐指斥权相史嵩之种种奸恶罪状，云："嵩之包藏祸心，……自其漏我师期，于是乎有京洛之败；假挟北使，于是乎有邀索之辱；导敌入寇，于是乎有淮甸之祸。是为卖国之贼臣。席卷部内之帑藏，囊括诸路之利源，借国用匮乏之名，鹾贩贸易，笼归私室，富且数倍于国，是为蠹国之盗臣。给谏宰掾，朋分杂布，以障蔽人主之耳目，以窃弄人主之威柄，是为擅国之强臣。科抑太繁而民怨，券给不均而兵怒，扼遏摧沮之过甚而士大夫怨，是为误国之奸臣。抽移江上之军，入补周庐之额用，意殊叵测。”又云：“嵩之谲诈贪婪，狠愎残忍，罪浮于四凶前后”，是秦桧、李林甫、卢杞、郑注、元载、杨国忠、李定、宗楚客之流的权奸。这些文章，仗义执言，慷慨刚直，表现出嫉恶如仇的战斗精神。昴英之文在当时就有较大的影响，黄佐云：“昴英天性劲直，议论高迈。其文简而有法，婉而成章。一时同馆名流，如江万里、文天祥，皆推服之。”（《广州人物传》）

李昴英的诗文，反映了南宋中后期的社会现实，充溢着爱国主义的积极进取精神，劲健奇崛，力去陈腐，可称名家。《四库全书总目》评云：“其文质实简劲，如其为人。诗间有粗俗之语，不离宋格，而骨力遒健，亦非靡靡之音。盖言者心声，其刚直之气有自然不掩者矣。”论者以为确当。

第三节　葛长庚

葛长庚（1194—1229），[1] 字如晦，一字白叟。祖籍福建闽清，祖父任琼州教官，长庚即生于琼。天资聪敏绝伦，七岁能诗赋，背诵九经。幼应童子科。父亡，母改嫁，长庚弃家从陈楠学道，游海上，号海琼子。至雷州，继白氏母后，改姓白，名玉蟾，云游闽、赣、江、浙、荆湖、西蜀等地，自号海南翁、琼山道人、嫔庵、武夷散人、神霄散吏、紫清真人。陈楠死后，复走罗浮、武夷、龙虎、天台诸名山。时而古冠儒服，时而破衣草鞋，时而蓬头赤足；或狂走，或兀坐，或终日

---

① 据当代学人谢金良考证，葛长庚的生年应为1134年，而非1194年。其卒年亦可能晚于1229年。详见谢金良《白玉蟾的生卒年月及其有关问题考辨》一文，《世界宗教研究》2001年第4期。

酣睡，或长夜独立；或豪饮饱饭，或辟谷断荤；时哭时笑，如癫似狂。收彭耜、留元长为弟子。长庚为全真道南五祖之一，有人称之为南宗的实际创始人。其以精、气、神为核心的内丹理论，对后世道教修炼方术影响甚大。他“参受大洞法箓，奉行诸家大法，独于雷法尤著验”。常在民间为人“驱邪”治疾。又长于斋醮科仪。嘉定十一年（1218）游南昌西山，值宋宁宗降御香，建醮于玉隆宫，长庚“为国升座”。后又于九宫山瑞庆宫主国醮。嘉定十五年（1222）孟夏，赴临安，伏阙上书言天下事，沮不得达，因醉被执逮送京尹府，一宿而释。后隐居，埋头修道著述。卒后，诏封海琼紫清明道真人。

长庚著述甚丰，生前已有《上清集》、《玉隆集》、《武夷集》诸书行世。卒后，其徒彭耜辑其诗文为四十卷行世，明人朱权重编为《海琼玉蟾先生文集、续集》八卷，清人又编为《白真人集》十卷。并有多种道教方术著作传世。

葛长庚生当南宋中后期，时国势积弱，边事不断，统治者赋敛苛重，土地兼并加剧，民力困乏，民生艰难。长庚亦目睹“淮西兵马起，枯骨排数里”（《云游歌》）的惨况。既在现实生活中找不到出路，他转而修习道教，以寻求精神上的寄托。他本习儒业，又曾研究禅学，故其思想带有典型的“三教合一”的色彩。他被宋人神化为“仙”，然其诗文，虽有较多寻仙访道、修炼方术的内容，并融有禅学思想，却更多地表现了活脱脱的凡人的所见所闻所感，折射出当时的社会矛盾，带有鲜明的个性特色。若说唐代惠能为岭南文学史增加了一点佛教色彩，那么葛长庚作为道教文学家，更以“雄博瑰奇”的诗文，给岭南文学史添上了奇丽的一笔。

长庚诗风格多样。古风深雅苍凉，颇有汉魏乐府的情韵。如：

丹枫陨叶纷堕飞，撩拨西风尽倒吹，云外飘飘呼莫回。四方沉冥雁为悲，辞柯一去遐不归，已判此秋长别离。生者有尽死有期，凭高望远深相思，手挥丝桐送斜晖。(《枫叶辞》)

又：

男儿铁石肠，遇秋多凄凉。节物遽凋变，今古堪悲伤。西来白帝风，暗惊万叶黄。拼与舞零落，此意付夕阳。堪叹远行子，只影天一方。佳人去不返，苍烟冥入荒。对此一黯然，两鬓沾吴霜。自顾蒲柳姿，眇在烟水乡。晚汀慨鸿雁，夜浦羞鸳鸯。何当从宋玉，问路游高唐？(《黄叶辞》)

同为悲秋之作，西风夕阳之下，《枫叶辞》伤枫叶之陨堕，发生死别离之凄思；《黄叶辞》则惊黄叶之零落，而生怀古伤今之悲慨。二诗均为诗人有感于南宋乱世的哀歌。

诗人在其《悲风曲》中创造了一种甚为凄冷幽峭的意境，但主题却较为隐晦朦胧。诗云：

山风凄冷山木悲，虎不敢啸鬼夜啼。溪声暗绕苍苔路，翠羽丝毛寒不栖。幽人此时楼上立，叶照松梢露珠泣。有酒欲饮饮不成，月华缥缈烟光湿。

此诗宛曲地表现了诗人对现实生活的伤感。长庚近体诸作，或深雅，或雄健，或淡逸，或朴拙，究亦宋人诗格。

五律《述怀》，为感时抒怀之作：

吊影自怜孤，消愁得酒壶。客悰迷晓夜，梦事付江湖。雨壁琴弦润，风窗砚水枯。晚蝉知此意，为我噪高梧。

这位被人称为“古仙”的“白真人”之诗，往往带有现实生活沉重压抑的阴影。

而写求仙生涯之诗，风格甚恬淡闲逸。如：

一味逍遥不管天，日高丈五尚闲眠。溪鱼村酒别般味，野蔌山肴不用钱。瓮牖荜门关小径，干柴白米煮清泉。有时挂杖青松畔，便是人间快活仙。(《清贫轩》)

昔日寻师到海涯，手中常袖一青蛇。随身风月长为伴，到处溪山总是家。玉笥岩前曾结草，金华洞里独餐霞。有人问我长生事，默默无言指落花。(《题迎仙堂》)

时人谓长庚诗饶有仙气，“浩浩乎如冯虚御风，而不知其所止；飘飘乎如遗世独立，羽化而登仙”。（林桂《重校白真人文集跋》）但《清贫轩》诗中所谓“快活仙”，不过是清心寡欲的隐士；《题迎仙堂》兼有仙佛之气，而对于道教修为中所追求的长生之术，也只是“默默无言指落花”，颇有禅宗旧典“拈花微笑”之只可神会、不可言传的玄奥味。

长庚的一些歌行体诗风格迥异，略近民间俚诗。前后《云游歌》叙述云游各地“寻师访道”，历尽百般艰辛苦楚、世态炎凉，最后得翠虚真人陈楠一语点破，方顿悟真道。前后《快活歌》、《必竟恁地歌》叙述以精、气、神为根本的内丹修炼原理，以及得道后解脱烦恼、大彻大悟的快活自在境界。这些歌行体诗，是所谓“弄翰戏语，无非发明性命之学”（何继高《琼琯白真人集序》）之作，剔去其宗教成分，也有不少反映当时社会矛盾的内容。风格谐谑恣肆，通俗畅晓，句式灵活变化，似信口道来，却蕴含着玄机奥语。宋代释、老二教，还有儒家中人，都喜欢在著述中使用俚俗易懂的语言去“说教”，以争取信徒。葛长庚的这些诗，也反映了当时流行的风气。

长庚早年使气任侠，其诗亦间有慷慨不平之作。如：

> 剑法年来久不传，年来剑侠亦无闻。一从袖里青蛇去，君山洞庭空水云。逸人习剑得其诀，时见岩前青石裂。何如把此入深番，为国沥尽匈奴血！(《剑》)

壮怀激烈，豪气逼人。身为道士，却不忘报国，反映了诗人深明民族大义，富有爱国主义精神的一面。据说嘉定十二年长庚由赣入浙，有释者孤云曾率众僧来迎。以长庚“博极群书，贯通三氏，昔究禅樾，欲求其为僧，以光丛林”。并制衣钵，物物备具。长庚笑曰：“吾中国人也。生于中国，则行中国之道，理也。若以夏变夷，背天叛道，吾不忍也。”（彭耜《海琼玉蟾先生事实》）同是出家，却宁当“国产”的道人，不当“舶来”的僧人，也反映了葛长庚的爱国思想是鲜明而坚定不移的。

又有贬恶扬善之诗，如：

> 人其禄士为齑盐，溪壑民财饱未厌。不识隐之心与口，酌泉依旧只清廉。(《酌贪泉因吊吴隐之》三首选一)

诗中引用晋时广州刺史吴隐之饮贪泉而守清廉之典故，表彰其高风亮节，并针砭那些贪黩之官，爱憎分明。可见这位“白真人”并非不管人间是非的糊涂“神仙”。

时人谓长庚“自幼能为文”，“又好酒任性，所作不皆合法度”，“顷刻数千万言。取而读之，放言高论，闳肆诡奇，出入三氏，笼罩百家，有非世俗所能者”。（潘昉《海琼玉蟾先生文集原序》）长庚云游名山大川，阅历丰富，其文长于写景状物，尤以记叙散文为胜。意境宏阔，气势雄放。文字不求甚工，却时有精彩之笔。

《涌翠亭记》写嘉定十一年（1218）与友人游武城涌翠亭事。文中描述武城、柳山、修江、涌翠亭景致及游人活动，条理井然，甚见法度。其中写涌翠亭一段云：“观其风物，披其景象，如章贡之郁孤台，如浔阳之琵琶亭者，涌翠亭也。飞翚际天，倒影蘸水。天光水色，上下如镜；烟柳云丝，高低如幕。绿窗漏蟾，朱檐咬雨，华椽跃凤，鳞瓦铺鸳。四榻无尘，一间如画。玉栏截胜，银海凝清。鸥鹭不惊，龟鱼自乐。”“山光浩荡，江势澎湃。松声如涛，月华如水。荧火万点，俯仰浮光。禽簧一声，前后应和。飞青舞碧，凝紫流苍。于是而曰‘涌翠’。”以四言句式为主，杂以六言、七言、八言，跌宕顿挫。又采用直陈、比喻、映衬、对偶、排比等手法，远近、上下、前后、周围，天上地下，山光水色，动物植物，一一铺叙。或动或静，有声有色。文采纷呈，引人入胜。他如《游仙岩记》、《云窝记》、《驻云堂记》诸篇，状写山水胜景之乐，亦各有可观之处。

《琴乐序》写在杭州西湖听琴的情形。文章是这样描绘琴声变化的：“琼山闻之，如春风鸣条，黄鹂有声，云寒雨暝，在乎远汀。倏而声回，十指俱暖，花神入弦，林鹤婉婉。复转一腔，声如南风，暮天归燕，呢喃帘栊。忽忽拈抹，其韵虚豁，如在池亭，莲花灿发。移宫换羽，变入姑洗。七弦凄凉，使我眉茧。或详顿促，如秋空云。千林暝合，孤尖啼猿。飞弦舞轸，意在霄汉。群树乌号，万山烟断。黯然凛然，如霜如冰。又如竹屋，霏霏雪声。琼山惊叹而且谓曰：‘观子之琴，如登昆仑之巅，千岩万壑，云屏烟障。飞奋跳蹙，紫翠青红。一日所收，五官欣舞。又如泛渤澥之面，十洲三岛，涛山浪屋，奔驮鼓荡。鲲鲸鼋鳌，万变在目，双耳如聋。今子之琴倏忽万象，顷刻四时。能使枯木寒泉之士，斗然长啸；酥珠琼翠之女，戚然颦眉。在子之心，上契太古，内合无为，何其乐哉！’”闻琴声如见四时景物交替变化，而令人有登山泛舟，饱览河山之感。生动形象地描绘出柔和、热烈、凄清、凛冽的琴声给人的种种奇妙感受，使人好像亲身领略了音乐的神奇力量。

葛长庚是“有宋以来谈道者罔不推为正宗”（许玉珩《白真人集序》）而带传奇性的道教大师、文学家。他集道、儒、释于一身，学识宏博，“文思汪洋，顷刻千言立就”，“出言成章，文不加点”。诗文若“无心而得，率尔而成”，雄奇瑰丽，光怪陆离，富于浪漫主义色彩，又带有现实主义的沉重烙印。他是位七情俱备的“真人”，诗文亦真情流露，个性鲜明。集中虽有粗率陋朴之作，而富有才气的典雅之作亦令人目不暇接，可谓“瑜瑕互现”。他的诗文气格高远，绝少卑弱之作，可称岭南文学史上一奇葩。

第四节　南宋其他诗人

南渡以来，宋朝国势日渐衰落，民族危难也更为加剧。岭南地区虽然处于抗金的后方，但这个时期的岭南诗歌，亦随着时势的变化，表现出忧国忧民、感时伤乱的内容。即使是写景赋物之作，也蕴含着忧虑失落的情调。南宋岭南诗人之作，存世者较北宋岭南诗人为多。除崔与之、李昴英、葛长庚等有专集流传外，还有一些诗人也留下了若干零篇散帙。

陈焕，字少微。博罗人。宋高宗绍兴五年（1135）特奏名，官高要主簿。安贫乐道，四壁萧然，秩满不仕。著有《陈少微诗集》，今佚。据说他的《梅花村咏梅作》一诗，“时争传诵”。诗云：

雪里溪桥独树春，客来惊起晓妆匀。试从意外看风味，方信留侯似妇人。

以外柔内刚，辅助刘邦夺天下的汉留侯张良比况欺霜傲雪的梅花，写出梅花艳洁而坚强的风骨。以人喻物，似抑实扬，手法颇为新颖别致。又如：

脚底晴雷殷殷过，浮山四面布干戈。枪旗不染阴山血，留与人间战睡魔。（《茶庵观茶》）

诗写在岭南名胜罗浮山的茶庵观看茶树所感。诗中别有寄托，慷慨之气流溢难掩，不纯为咏物之作。人称“焕诗清劲，传于世者几百篇”，可惜现存不过寥寥数首了。

曾跃鳞，字子龙。南恩州（今阳江市）人。幼警敏，博通经史，为诗文立挥即就。宋孝宗淳熙五年（1178）进士，官至监察御史。著有《曾子龙集》，不传。其《游王母冈》、《闻西浦渔歌》二诗“为世传诵”。诗云：

冈空云散净如银，石磴层层接九宸。翠竹影摇湘浦夜，碧桃香蔼武陵春。但看此日烧丹灶，不见当年驾鹤人。游遍瑶池归去晚，一声长啸月华新。（《游王母冈》）

西浦鸣榔下钓矶，歌声欸乃送斜晖。扣舷互答惊鸥梦，拍手欢呼看鹭飞。山接素琴仙子过，洲连青草使君

归。海天空阔家长在，一任芦花雪点衣。（《闻西浦渔歌作》）

二诗皆为写景之作，意境清幽远阔。引入晋时陶渊明故事，宛曲地反映了诗人对时政腐败的不满和失望，以及对现实无可奈何而意欲归隐的心态。

刘镇，字叔安。南海人。宋宁宗嘉泰二年（1202）进士。以诖误谪居福建三山三十年，为诗词益工。真德秀帅闽，言于朝，得自便。因自号随如，学者称随如先生。与二弟镕、铎俱有文名，相继而显。镇尤长于诗，明白清润，造语典实，为时人所推重。曾与崔与之交游，与之卒，镇有诗吊曰："始终无玷缺，出处最光明。"人称为实录之语。著有《随如集》。今存《随如百咏》词一卷，收入《全宋词》。

他的《春暮》诗云：

春至又春暮，闲心成古心。花光随雨薄，草色共烟深。粉蝶稀狂影，黄鹂送好音。馀芳留不得，还共夕阳沉。

由眼前之景生出无限心事，隐隐流露了诗人对时势的感伤。又如：

汉业重恢百战间，君王侧席叹才难。故人可是擎天手，肯放桐江把钓竿？（《严子陵钓台》）

借写东汉高隐严光旧事，委曲地抒泄自己怀才不遇，空有报国之心的怨怼不平之气。

梁文奎，号钝庵。东莞人。宋宁宗开禧元年（1205）进士。廷对本拟首选，时韩侂胄当政，以其策语切直，抑置乙科第一。性不喜干谒显贵，授朝散郎，监左藏十余年不调，处之自若。因直谏得罪当政。史弥远矫诏废皇子竑，立理宗。文奎乞归，筑迎翠楼，讲学其中，四方学子多来就教。所作《迎翠楼自赋》诗云：

> 江山诗兴动，宇宙画图开。风卷软红去，云迎霏翠来。行藏身老矣，临眺意悠哉。倚遍阑干曲，残阳入酒杯。

凭栏远眺，世事如烟云，“江山无限好，只是近黄昏”，诗人“悠哉”之意不觉带有几分悲凉了。诗亦反映出南宋间士大夫阶层人士惆怅失落的心境。

梁该，字如佳，号石峰。东莞人。文奎兄子。宋宁宗嘉定七年（1214）进士，官钦州通判。长于记问，世号“书笥”。与叔文奎、弟诩都因直谏触犯当政。其《月夜怀林叔刚》诗云：

> 凉生秋雨霁，华月上疏林。因听落叶响，稍知秋意深。芳岁倏已徂，白发鬓边侵。故人渺何许？日夜怀徽音。无由亲兰藻，何以慰冲襟？云中徒矫首，露下空长吟。

萧索凄清，“芳岁倏已徂，白发鬓边侵”二句，写尽诗人心中无限感慨。

陈应辰，字清沟。东莞人。宋宁宗嘉定十二年（1219）领乡荐。历任南恩司法、龙川丞、连州推官兼署佥判，有德于民。升任通直郎，为官廉介自守。致仕家居，年八十余卒。著有《清沟集》，已佚。

其《青紫峰亭》诗云：

> 铁壁嶙峋构小亭，萧然云栋接风棂。烟光横抹半峰紫，山色不磨千古青。老去久无金马梦，归迟应愧草堂灵。明经拾芥成何事，得似朝来对翠屏？

青紫峰在东莞石鼓山之南。应辰告归后，筑青紫峰亭，触景生情，回首仕宦生涯，大有归来嫌晚之感。峰名“青紫”，而取《汉书》“经术苟明，其取青紫如俯拾地芥耳”语入诗，巧妙天成。梁善长《广东诗粹》有评此诗云：“好句得之现成，不费思力。”

陈昌言，海阳（今潮州市）人。宋理宗淳祐间进士，仕由宣教郎至制佥。他的《邺都》诗云：

> 山势崔嵬望太行，星轺迢递过临漳。华林园废花争发，铜雀台空草自芳。何必三分夸霸业，独怜千古擅文章。生逢乱世终非幸，疑冢累累挂夕阳。

吊古伤怀，苍凉慷慨。遥想三国曹魏霸业，亦曾喧赫一时，可叹眼前只剩夕阳下的累累疑冢了，麦秀黍离之哀，不独悼古，亦为伤今。尾联二句，辞气尤为悲壮。

郑玠，字太玉。浈阳（今英德县）人。幼博学通经史，工诗文，入太学。嘉熙初以上舍对策，极言天下事。李昴英颇称重之。淳祐四年（1244）知博罗县，为政清严不苟，人称有“曹参之风”。官至太府寺丞。玠有《白云庵》诗云：

> 罗浮山头老松树，中夜长吟送风雨。病夫幽独枕书

眠，静听松声默无语。壁间画像对书灯，耿耿残油下饥鼠。梦觉跏趺不成寐，要伴禅和听粥鼓。

诗为郑玠官博罗时所作。尾联从范成大《华山寺》“魂清骨冷不成眠，彻晓跏趺听粥鼓”二句脱出。南宋时局日下，士大夫所作往往带有释老虚无消极思想。玠诗于禅默中直透出孤峭傲兀性情，可谓诗如其人。

蔡蒙吉（1248—1277），程乡（今梅县）人。宋理宗宝祐四年（1256）进士，授迪功郎。再试铨衡，复中第一，授从政郎、韶州司户兼司法。未赴任而值世变，郡守檄权梅州佥书事、义兵总督。宋端宗景炎二年（1277）正月，元军陷梅州，执拘蒙吉，蒙吉骂曰：“吾知尽忠报国耳，宁肯从人奴苟生哉！”元人怒而杀之。文天祥收复梅州时，嘉其志，题谥“忠节”，并为文祭之。

蒙吉《梅江晚泛》（二首）云：

罢读出江岸，江波滚滚来。呼舟闲打桨，载月二更回。

何处吹横笛？萧萧荻苇丛。徐看钓艇出，蓑笠一渔翁。

苍凉幽凄，宛曲地反映出诗人对宋末时事的孤愤心境。

又有《游王寿山》诗云：

王寿山头石径斜，不知何处有仙家？烟霞踏遍芒鞋破，一路春鸠啼落花。

王寿山在梅县东北，相传羽客王敬修炼于此。蒙吉诗于伤春中隐寓对国事日非的悲凄。近人陈融有诗云："荻苇萧萧一钓舣，凄音呼月出梅江。自从正定阴那后，识得人奴始愿降。"（《读岭南人诗绝句·蔡蒙吉》）高度赞扬了蒙吉及其诗。

苏良，字尧臣。番禺人。宋理宗宝祐四年（1256）进士，宋度宗咸淳间任肇庆知府。其《咸淳乙丑良月同张、彭二寅契游七星岩，因以纪胜》诗云：

杖履追随入翠蓬，玲珑一窍彻心胸。山罗斗宿英灵萃，地镇龙潜气势雄。碑藓犹涵周子泽，涧松仍有老包风。岁寒共约吾三友，要把清规踵二翁。

诗写肇庆七星岩雄奇玲珑胜景。诗中表达了要学习包拯、周敦颐二先贤的廉正风节，其志可嘉。

又有《再咏星岩》诗云：

曾闻娲氏补天漏，也记春秋石陨星。却讶端岩星错落，何时漂坠数峰青？

把女娲炼石补天的优美神话传说与星岩鬼斧神工般的美景联系起来，可见诗人想象的瑰丽新奇。而在南宋王朝摇摇欲倾之际，慨然欲得补天之术以救之，尤见诗人用心之苦。

李肖龙，字叔膺。增城人。宋度宗咸淳七年（1271）登进士，初授赣州司户，改调循州兴宁主簿，摄长乐县事，后任太社司令，累迁朝请大夫。入元不仕。有《便民诗上颜正叔宣慰》，诗云：

枯苗一著雨，田畴绿芊芊。蛰虫一逢春，窟穴声阗阗。余民望小定，甚于饥渴然。昔何好弄兵，今何知服田。急流无住鱼，晴空有飞鸢。干戈未肯息，百里无人烟。去年科徭重，剜疮在眼前。父子不相保，悲泣空自悬。新官榜往催，观者塞市廛。全活数万众，此恩大如天。人生能几何，饥啄皆前缘。聚水盈科进，缺月及时圆。惟谋官职高，未必子孙贤。有意行王道，愿言书七篇。

此诗揭露元初兵乱未定，民力衰竭，而元政权反而加重赋役，残酷盘剥压榨百姓的黑暗现实，鞭挞元朝官吏惟求升官，不顾人民死活的丑行。这是现实主义的力作。

南宋岭南诗人经历国家变故，他们的诗歌或直抒胸臆，或吊古伤今，或写景赋物，直接或间接地反映了当时的社会生活和他们的思想感情。较之北宋岭南诗人的清苍健朴之作，更增加了沉郁苍凉的风骨，同时，也开拓了宋末岭南爱国诗人诗歌的悲慨激昂的诗风。

第六章　宋末爱国诗人

宋理宗端平二年（1235）和宝祐六年（1258），北方新兴起的蒙古先后两次大举进攻宋朝，使南宋国力更加衰弱，南宋统治摇摇欲坠。宋恭宗德祐二年（1276），蒙古所建立的元朝乘着宋度宗病卒不久，年仅六岁的恭宗与谢太后孤儿寡妇当政之时，第三次向南宋发动猛烈的进攻，攻陷了临安。恭帝投降，偏安江南一百五十馀年的南宋王朝宣告灭亡。但是，南宋不少地区的军民仍然坚持抗元斗争。文天祥、张世杰、陆秀夫等爱国官兵先后拥立度宗的幼子益王昰、广王昺为帝，继续号令抗元兴宋。岭南地区的众多爱国军民也奋身投入了这场抗击北方少数民族征服者的激烈斗争，涌现了大批慷慨节烈、可歌可泣的抗元志士。如，抗敌殉国的广东制置使兼经略安抚使南海张镇孙，宁死不屈的摧锋军将南海黄俊，举义死节的东莞人熊飞、新会人伍隆起，献粟捐宅的香山人马南宝等等。在国家危亡之际，也涌现了一批爱国诗人，他们有的投笔从戎，殒身不恤；有的奔走呼号，以笔代戈；有的倾家纾难，罄力救援；有的引领乡邑，蓄而待发。所为诗或壮怀激烈，或苍劲深沉，饱含着爱国热忱。鼎革之后，他们隐居山林，以名节自励，拒绝出仕元朝。所为诗以歌代泣，沉痛悲愤，千载之下，读来犹令人欷歔泣下。宋末岭南爱国诗人有诗文集存世者有区仕衡、赵必瑑等，馀者或数十首，或一、二首不等，其中不乏卓然可观者。

第一节　区仕衡及其他爱国诗人

区仕衡（1217—1277），字邦铨。南海（今佛山市顺德区）人。幼颖异，强记博闻。宋理宗淳祐间以乡贡入太学，为上舍生。与刘黻、邹沨为莫逆之交。生平慷慨有智略，以天下为己任。曾上书乞罢丞相史嵩之、参政李鸣复等职。景定初率三学诸生伏阙上疏，论贾似道专政误国，不报。归筑九峰书院讲学授徒，人称九峰先生。德祐二年（1276），元兵渐逼，俘获宋恭宗和太皇太后谢氏、太后全氏，张世杰等拥立护送端宗航海幸闽、广，仕衡上书丞相陈宜中，进恢复策，不报。元人令宋太皇太后下手诏命举国投降，仕衡闻而愤闷，出万金纠集乡兵为郡邑声援。时宋端宗舟次惠州，元军合攻广州，宋军曾逢龙、熊飞等先后战败，仕衡知势不可为，于景炎元年病，遂不食，曰："吾得为宋家完人，幸也！"翌年而卒。仕衡诗文沉蔚婉雅，不落宋人齿颊。孙蕡等人称其"有嘉祐风"。著有《九峰先生集》十卷，佚去大半，其九代孙大任辑得三卷。又有《理学简言》一卷，并存。

南宋朝政的黑暗腐败，其突出特点之一就是权臣专政擅权。如高宗朝的秦桧、宁宗朝的韩侂胄及宁宗、理宗朝的史弥远等，即为其中的恶名昭著者。至宋理宗后期和宋度宗朝，又出现奸臣贾似道当道的局势。仕衡时为太学生，曾上《奏宰臣矫诏行私朋奸害正疏》，弹劾贾似道"专权秉政，中外朋奸"，及买公田、滥发纸币等种种罪状，不获报，愤而为诗云：

> 褐衣曾替衮衣愁，肉食谁知藿食忧？斩马尚方无可借，夜深灯下看吴钩。（《萧、叶二子夜过》）

国家兴亡，匹夫有责。诗人对朝中君臣不恤国事，只顾寻欢作乐，而草野小民却为“肉食者谋之”的国家安危问题担忧的现象，实在愤愤不平。他恨不能借来尚方宝剑，斩尽那些弄权误国的权奸，唯有在夜灯下看着手中的利剑发出深深的叹息。激愤之情，跃然纸上。

国事如此，诗人只好无奈而归。

> 刍荛计已非，戆直得全稀。久病畏风露，深居思蕨薇。豹藏宁是隐，鸟倦早知归。但有黔娄妇，犹堪老布衣。（《还家》）

“盘辟分斋日，流涕伏阙时。”（《送刘声伯赴南安军羁置》）可叹草野小民报国无门，而自己刚直激烈、勇批逆鳞，竟能全身而退，也是诗人始料不及的。早归故里本是夙愿，尤令诗人自慰的是家有深明大义的糟糠之妻。写来感慨深沉，宛曲动人。

诗人虽然身在岭南，却时时关切着国家民族的命运：

> 南渡衣冠废蒯缑，中原尽载向湖游。胡尘不谓飞滇海，鬼火何因暗鄂州？竟使兵家劳策画，到今国是计恩仇。草茅死未忘哀愤，岂但燕云恨白沟！（《书事》）

诗中揭露贾似道私自与忽必烈议和，谎报鄂州战功，独擅朝纲而置朝政和边警于不顾，整日恣纵淫乐于杭州西湖，又实行“打算法”，打击迫害异己，使将官无法策划抗元军事行动，而导致西南及鄂州兵败的罪行。对国事的不堪表示沉痛和悲愤。

随着时局的急转直下，仕衡不禁有所感发：

岂少安危事，柴门独倚楼。溪才通舴艋，林已叫钩辀。归鬓霜俱落，冥心水不流。荆轲何用咏，剑术转堪羞。(《柴门》)

诗人萦挂着国家的安危之事，华发早脱，愁思百结。他深深叹惜自己亦空有古时荆轲捐躯报国之胆气，而无置敌死地之良术。沉郁苍凉中夹有豪迈激昂之气。

宋恭帝既已降元，忽闻端宗即位于福州，改元景炎。仕衡心中不禁又升起一线希望，他深挚地写道：

多难兴邦海舰移，忽逢祀夏配天时。小臣不死留双眼，东向行都望六师。(《读景炎福州诏书》)

他迫切期望王师早日报捷，重振国家大业。拳拳之心，尤可矜悯。

仕衡之文，如《论奸臣误国疏》、《上陈丞相书》、《纠集乡兵书》诸篇，也都刚正遒劲，慷慨激昂，耿耿有报宋之心。

仕衡身遭亡乱，而始终把自己与国家民族的命运连系在一起。其诗文真实地反映了宋末的重大社会矛盾，充满爱国热忱，气格劲厉，淋漓尽致地表现出岭南传统的雄直诗风和简劲文风，对后世岭南文学具有一定影响。

赵善璙，字德纯。南海人。宋太宗七世孙。以进士授任德清县主簿，迁大理评事，端平中尝知江州，累官尚书郎。宋亡后隐居不仕。著有《自警编》，见《四库全书·杂家类》。

其《送陈匝峰之濂泉》诗云：

桃源渺何处？梦短到家难。不办一丘费，犹为九品官。鹤嫌新俸薄，鸥讶旧盟寒。附翼攀鳞事，书生不敢干！

匜峰，江西人，宋末任官于粤，宋亡不能返乡，隐居于广州白云山濂泉。善璙诗赞扬其高尚风节，更以坚守志节相勉。末二语表明决不攀附权贵，营求名利之志，尤见力度。

张镇孙（1235—1278），字鼎卿，号粤溪。南海（今广州市）人，自幼刻苦读书，博学强记，十二岁时有“神童”之称。宋度宗咸淳七年（1271）举进士第一。时权相贾似道欲示恩结纳，而镇孙不为谢，人服其不阿。初授秘书监正字，迁校书郎。以不附权势，出判婺州。宋恭宗德祐元年（1275），元兵至，相臣请和，太后纳降，百官奔散，镇孙即弃官奉亲归粤。次年宋端宗立，建号景炎，航海幸闽、粤间，广州海上溃军奉镇孙为帅，又纠结乡兵，与都统凌震分东西二路，誓图恢复。诏以镇孙为龙图阁待制、广东制置使兼经略安抚使，出兵收复广州。元兵复至，镇孙率战船二千馀艘迎战于珠江，兵败被擒。景炎三年（1278），押解北上，至大庾岭，自杀身亡。文天祥闻而作诗悼之。镇孙著作有《见面亭集》十六卷等，多散佚。清朝道光间，其后人重辑遗篇付刻，名《见面亭遗集》。

镇孙考取状元日，曾作《谢恩诗》云：

> 当宁宵衣务得贤，草茅何足副详延。天人要语垂清问，仁敬陈言上奏篇。愧乏谋猷裨乙览，忽惊姓字首胪传。乾坤大德知难报，誓秉孤忠铁石坚！

“天人”关系及“敬行仁政”，为镇孙《廷对策》中所论内容。文中又提出“天下国家以民为命脉，圣人以仁而寿斯民之命脉”，“用循良，屏奸黠”，“虏情不可玩”，“思祖宗之天下，尺寸不可以与人”等政论，可见镇孙忧国爱民思想。诗末二语，尤铮铮有声。虽不脱“愚忠”的历史局限性，然观其临危受命，知难而上，尽忠死节，不应仅视为“忠君”思想所驱使，当为爱国精神及民族气节的体现。宋端宗敕命云：“今国家多难，元贼入寇，尔学士张镇孙退居休养，犹能奋义捍贼，誓图恢复。文经武略，兼而有之，自足以安抚中华矣。”托望可谓甚重。

镇孙不以诗名，然所存写景诗清新可诵。如：

岧峣仙境倚层丘，百尺泠泠瀑素流。春长绿莎成绣幕，夜留新月作琼钩。涧边云护千年韭，岩底凉生六月秋。欲访安期何处觅？药炉丹灶且追游。(《水帘洞》)

万山飞翠映瑶空，一抹晴霞淡复浓。何意海风吹不断，归鸦飞带过前峰。(《白云对月》)

二诗分别描写广州白云山蒲涧濂泉和栖霞山景色，意境优美，文辞清奇，饶有新致。另有《夜过白云话别》四首，笔格亦自不凡。

陈融《读岭南人诗绝句·张镇孙》云：“第一胪传天下知，孤忠先见谢恩辞。遗诗博得文山泪，洒落梅花庾岭枝。”较好地概括了镇孙其人其诗。

马南宝（？—约1284），香山（今中山市）人。家饶于财，而读书好义，尤工诗。宋景炎二年（1277），端宗避敌自潮州航海过邑境，南宝献粟千石以饷军，拜权工部侍郎。时元军追迫帝船，张世杰等奉帝避居南宝家。南宝竭力保卫，元人无知者。数日后，元兵陷广州，诸将召募里民数百以行，南宝敬酒曰：“痛饮黄龙府，在此行也！”遂歌岳飞《满江红》词以相激励，闻者莫不壮之。端宗舟遇飓风，惊悸而卒，还殡南宝家。南宝为设疑冢五处以惑元人。宋亡，逃匿不降。后传闻帝昺犹在占城，南宝遂与黎德等起兵运粮往迎，战败被执，不屈而死。

厓山之败，宋丞相陆秀夫负幼帝昺投海殉国，同死官兵十馀万人。南宝闻讯，悲愤作诗云：

> 翔龙宫殿已蓬飘，此日伤心万国朝。目击厓门天地改，壮怀难与夜潮消。
>
> 黄屋匡扶事已非，遗黎空自泪沾衣。众星耿耿沧溟底，恨不同归一少微！（《吊祥兴帝》二首，诗题一作《感赋》）

诗中充满了沉痛悲愤之情，鲜明地体现了岭南士民坚贞不渝的民族气节和爱国精神。元代杨玉仲有《沙涌题丈人马侍郎故宅》诗云："祥兴驻跸旧行宫，献粟军前表素衷。泪洒硇洲成往事，歌传信国说流风。一星争瞰少微碧，三月先炎荔火红。西望厓门心渺渺，残篇终古气摩空。"高度赞扬了南宝倾家纾难的高尚风节。诗中"祥兴"，当作"景炎"。相传端宗临幸南宝宅时，丹荔方熟，曾摘一枝，其后经摘处风味独殊，人以为异。故诗中第六句其语云云。近世粤人陈融亦有绝句咏南宝及其诗云："直捣黄龙慷慨歌，人生痛快此行多。少微终解同归恨，清浅蓬莱无弱波。"（《读岭南人诗绝句·马南宝》）可谓精当之语。南宝有《游元兴寺》诗云："坐阅人间几劫灰，试从清浅问蓬莱。此山此水自古有，是佛是仙何处来？"似为有所寄托之作。此亦陈融先生诗末语出处。

宋末元军追迫南下，在国家存亡即分的危急关头，岭南人民慷慨共赴国难，出现了青壮年义无反顾奔赴抗元军队，老弱妇孺送励亲人卫国杀敌的动人情景。如东莞学者李用之送婿，李春叟之送内兄弟，许国泰之送侄，等等。又有妇女送夫，且有诗作存世的。如：

陈璧娘，潮州人。南宋都统张达之妻。景炎元年（1276）宋端宗舟次潮州，驻跸红螺山。次年正月迁惠州甲子门，张达率义勇护送，璧娘送至南澳海中洲上，勉励张达勤王。后张达之弟赴厓门，璧娘赋《平寇曲》寄达云：

> 三年消息无鸿便，咫尺凭谁寄春燕？何不归我张郎西，协义维舟同虎帷？无术平寇报明主，恨身不是奇男子。倘妾当年未嫁夫，愿学明妃献西虏。元人未知肯我许？我能管弦又能舞。几回闻难不欲生，未审张郎能再睹。

宛曲悲怆中透出慷慨激昂，义烈之气不让须眉，体现了岭南妇女深明大义、舍身报国的爱国主义高尚品格。此诗寄送后不久，宋亡，张达亦死难。璧娘得达尸，下葬之日，慨然曰："吾夫能死忠，吾独不能死节乎？"遂闭门不食而死。璧娘其人其诗，确实是非常感人的。

第二节　赵必瑑及宗室诗人

南宋末年，有几位宗室后裔，落籍东莞，这些宗室诗人，生当宗国沦亡之时，诗多家国身世之悲，所发尤凄宛悲慨，深挚动人。

赵必瑑（1245—1294），字玉渊，号秋晓。宋太宗十世孙，祖父任粤盐官，遂落籍东莞。必瑑幼颖悟，读书辄通解，工词赋。咸淳元年（1265），与父崇试同登进士。授高要县簿尉，摄四会令，升南康县丞，谢病归养。德祐二年（1276）

夏，惠州守文璧（天祥弟）召为郡从事，一月后以亲病告归。时值邑人熊飞勤王兵败退归，而元军先入广州据守，必瑑劝飞举宋朝旗号攻城，元军逃，即迎宋使入广州。熊飞欲尽取邑民财谷以作军需，民情怨沸，必瑑出钱米助军，视百姓贫富而征输，地方得以不扰。景炎三年（1278）三月，文天祥收复惠州，必瑑往谒，相与论时事，慷慨泣下。天祥敬重其忠义，授朝散郎，签书惠州军事判官兼知录事。当年十二月，天祥兵败五坡岭被执，必瑑见文璧无坚守意，不得已遁归。入元后，授将仕郎、象州儒学教授，不赴任，隐居邑中温塘村。每望厓山，则伏地大哭，又设天祥画像于厅堂上，朝夕泣拜。必瑑为人才识俊迈，多慷慨，仗大义，喜济人之急。国变后益纵饮，时或凭陵大叫，以纾其卓厉不平之气。晚岁与李春叟、陈庚、陈纪、张登辰、黎献等故宋遗民交往，自署居室曰："诗人只宜住茅屋，天下未尝无菜羹。"其寄托可知。著有《覆瓿集》六卷，今存。

必瑑"上下世变，词多感慨，尤有楚骚左史遗态，读之令人三叹"（林永年《覆瓿集引》）。在国家民族危难之际，他心情沉重，时而感喟"风雨一庭愁思多"（《和尹叔宰见访韵》），时而慨叹"未能范蠡浮轻舸，且学灵均赋落英"（《和黄秋韵》）。早在高要任官时，他就在《游濂泉》一诗中预感到宋朝的将亡，表示了"我欲采薇隐此山"的意愿。后慨然赴惠州谒文天祥，受命佐天祥之弟文璧守惠州。文璧的人品志节均不及其兄，必瑑失望之馀，为诗云：

> 壮志曾期捋虎须，中年跛鳖困泥途。糟醨富贵几场醉，卢雉功名一掷呼。世事看来真塞马，吾才只可比黔驴。客游倦矣归休去，三径可松园可蔬。（《和黄秋三衢舟中韵》）

抑郁沉闷中隐隐透出早年的雄心壮志，抒泄当时的怨愤之气，不免带有几分消沉之意。

必瑑身遭国变，“故其发为诗歌，多愤懑激烈、黍离麦秀之致，诗见言外，读之令人凄其而不能已”。（陈向廷《覆瓿集叙》）如：

> 收拾当门破敕黄，山中蕙帐梦魂香。风供松叶暖茶灶，云卧茅窗冻笔床。一雨鸣蛙乱深夜，数声啼鸟怨斜阳。风尘浩荡愁如海，怎得山中醉酒方？（《避地惠阳鼓峰同徐心远韵》）

诗为文天祥抗元兵败，文璧欲降元，必瑑逃隐惠阳鼓峰时所作。诗人对国家濒临危亡表示深切的忧愤，并尖锐地讽刺了那些丧失民族气节、改事元朝的投机者。颈联比兴深婉，尤为人所推赏。又如：

> 山藏皇恐色，溪诉不平声。落叶啼猿怨，危枝宿鸟惊。林疏风四面，霜冷月三更。酒醒愁无寐，烧松炙到明。
>
> 浮生等萍泛，前事总花虚。橘外访四皓，林间逢二疏。溪山数茅屋，天地一蘧庐。怕有桃源路，相期更卜居。（《避地山中和杨推夜寒韵二首》）

感慨深沉，表达了诗人对现实痛苦而无奈的心情，以及隐居终老的意向，中间迸出胸中不平之气。

归隐故里后，必瑑感怀时事，诗多愤世嫉俗之语。如：

> 何处著诗豪？白云高更高！山中别天地，门外自波

涛。夜雨荒园菊，春风媚观桃。归来怀故宇，招隐愧无《骚》。

一我独栖栖，相逢又解携。惊鱼依乱藻，忙燕垒新泥。亦有种桃者，独无芳草兮。买舟欲乘兴，风雨黯前溪。(《和朱水乡韵》四首选二)

孤隽清迥，表现了诗人的爱国气节，以及对变节者的讽刺。何藻翔《岭南诗存》特举此诗，谓赵诗“体格清劲，足为有宋一代之殿”。

必瑑晚年隐居乡间，与李春叟等诸遗民往还。所为诗犹时带“卓厉不平”之气。如：

兀兀规规铁限门，须眉妾妇冠吾冠。蜀南见日犬群吠，井底观天蛙自尊。守望谁为乡里助？典型藉有老成存。书生唇齿久荆棘，气不能平又一言。(《和李梅外韵以伤邑士之无朋》)

作为故宋遗民，本欲忍隐避世，但现实中毕竟有令诗人忍无可忍之事。他不禁对气节之士孤立无助，愚妄群小猖披张狂的现象，抒泄愤慨难平之言。

必瑑又与邑中遗民结诗社，诗酒往还，以志节相励。其《和同社饯梅》诗云：

花开春意动，花谢春意静。逋仙余诗魂，梦断孤山境。飘零万斛香，冷落一枝影。玉笛声声愁，月浸阑干冷。吟翁饯梅行，诗句真隽永。持螯醉酒船，呼童涤茶皿。欲调宰相羹，且归状元岭。《离骚》不知音，激楚鄙鄢郢。惟有广平翁，心肠铁石劲。无花实更奇，此意要人领。桃李儿女曹，眼底纷蛙井。酒醒动微吟，心下快活省。

古来诗人多以芳洁的梅花以况志行高洁之士。必豫诗中所咏梅花形象，正是诗人自己及其遗民诸友的写照。

《四库全书总目》云："必豫治邑有惠政，属宗邦沦丧，慷慨从军，其志可取。沧桑以后，肥遁终身，其节亦不可及。诗文篇帙无多，在宋末诸家中未为颖脱。然体格清劲，不屑为靡靡之音。如'一雨鸣蛙乱深夜，数声啼鸟怨斜阳'诸句，固未尝不绰有情韵也。"语颇推重，而不无掩抑。张其淦《吟芷居诗话》有按云："南宋人诗多沿江湖流派，写景琐碎，边幅狭窄，人遂谓诗教视世运为转移。吾邑诸遗民诗格不高，然以骚屑哀音，寓黍离麦秀之感，皆可宝也。秋晓古体诗若霜天鹤唳，清气往来；近体诗寓意遥深。……如'一雨鸣蛙乱深夜，数声啼鸟怨斜阳'，'蜀南见日犬群吠，井底观天蛙自尊'，纯属寓感之作。《四库提要》谓'斜阳'诸句绰有情韵，未为深识也。昔人谓诗品、文品之高下，往往多随其人品，斯言不诬。秋晓志节高超，宜其诗之清矫拔俗也。"温汝能《粤东诗海》云："（粤）宋诗多苍劲有骨"，"自余襄公外，若崔清献、李忠简诗，力持气格，济以葩华，皆有本之学。而季世赵玉渊以诗文名世，与陈景元、蔡西野、马南宝诸公值厓山之变，悲歌当泣，慷慨激烈，颇近文文山"。二子之言，当为的评。

赵东山，佚其名，号野仙。宋宗室。东莞人。性高古不谐流俗，遇谈故宋之事，则掩耳不闻。志行广远，视世事常不当意，游山水以寄情。每登高瞻望厓山之云，则慷慨悲歌，涕泪潸然。其《题海月岩》二首云：

踏尽崔嵬倚石门，海风山月满岩峦。自然仙室依蓬岛，不觉人寰变广寒。千载扬尘安可测，一杯对景且为欢。崖前浴日皆诗境，唤醒东坡仔细看。

架岩凿石有规模，不学桃源旧画图。亭豁人稀林鸟乐，锡飞天老野云孤。雨馀石井泉深浅，烟淡虎门山有无。说与山灵莫分别，从今仙窟着浮屠。

清淡萧逸中隐隐流露出世事沧桑之叹。山水自娱，借酒为欢，且掩其难言之恫。

赵时清，号华巅。宋宗室。东莞人。宋末官修职郎、连州桂阳主簿。宋德祐后，兵戈交乱，幕府命时清摄东莞县丞。宋亡，与赵必瑑、陈纪等偕隐。必瑑卒，时清作《哭赵秋晓》诗云：

诸老凋零不忍闻，奈何天又夺斯人！汉初贾谊曾前席，晋后渊明耻屈身。尚想醉归松路月，可堪梦断草池春？同宗闻讣尤伤感，老泪无多暗损神。

入元后，时清伤其宗国之亡，效陶渊明高隐东莞乡间，惟与赵必瑑及陈庚、陈纪兄弟等二三逸民交游唱和，以名节相励，并寄故国之思。奈何岁月流逝，挚友们亦相继辞世，后死者岂不黯然伤神？陈纪亦有《挽赵秋晓》诗云：“每嗟岭海无英特，况失斯人重可悲！”又《哭月桥（陈庚之号）兄》诗云：“端为吾道恸，不但哭吾私。”并为凄其同感之语。

第三节　东莞籍诸诗人

国家多事之秋，亦是诗人多所感发之时。宋末之际，岭南各地诗人以诗抒发兴亡离乱之感、慷慨不平之气，而诗多感人之作。可惜屡经兵燹，诗人的许多诗集或诗篇已是仅存其目，至今存世者寥寥无几了。地处广州近邻的东莞地区，不仅涌现了大批抗元义士，而且涌现了为数不少的爱国诗人。由于历代邑人学者对乡土文献的整辑和保存甚为重视，仅有清一代，就有邓淳的《宝安诗正》六十卷以及罗嘉蓉、苏泽东分别辑录的《宝安诗正续集》二种，还有张其淦的《东莞诗录》六十五卷等等，故莞籍诗人的诗作，存世者独多，对岭南诗歌的发展的影响亦较大。除了上节所述的赵必瑑和其他宗室诗人外，还有以下的一些作者：

刘宗，东莞人。宋理宗淳祐三年（1243）特奏进士，官封州司法，秩迪功郎。宋亡，与从弟刘玉退隐员山，互相唱和。著有《埙篪偶咏》，今佚。

其《致喜亭咏怀》二首云：

> 经年衰病少逢迎，投老归来称野情。闭户且教防俗客，拥书终自笑浮生。怪人鸿雁呼群起，浴水鸡鹄傍母轻。几点疏萤独来往，鬓丝禅榻落花声。
>
> 天末凉风吹白云，渐看长昼少炎氛。满庭慈竹秋阴合，夹岸枯荷夜雨闻。漂泊乡关新避寇，荒唐客梦旧从军。起来极目西山望，故里松楸怅夕曛。

诗中借景抒情，悲凉萧索，反映了宋遗民惆怅失落的心境，表现了诗人清高绝俗的品格，和耿耿不忘恢复故国的心愿。

刘玉，东莞人。学士刘继曾之子。景炎间熊飞兵败，玉避乱乡曲。入元不仕。自以家世仕宋，不忘故君，酒酣赋诗，一字一泣。所作《赠内》一诗，世传诵之。诗云：

春风休记旧繁华，举案林园乐事赊。月引池光归座榻，云含花气入窗纱。鹿门本是庞公宅，栗里谁寻陶令家？相对勿论终岁计，酒狂诗癖是生涯。

写得沉郁宛曲，以汉末庞德公、东晋陶潜自况，表明不仕新朝的志节。而沉醉诗酒，正为强掩其故国之恫。

李用，字叔大，号竹隐。东莞人。少孤，奉母孝爱尽礼。性凝重，举止得体。初攻科举，后杜门潜心研究周程理学，近三十年而学成，士子登门就教无虚日。李昴英慕名拜访，用与谈终日无懈色。昴英称为“有道君子”。所著《论语解》，学者传习，刻行天下。昴英献书于朝，诏授用校书郎。用不受而归。又授承务郎以旌表。宋理宗特赐书“竹隐精舍”。用安贫乐道，无求于世。教徒严肃顺和，亹亹有序，人乐从游，多所造就。宋恭宗德祐二年（1276），命女婿熊飞起兵勤王。宋亡，渡海至日本，以诗书教授，日人多被其化，尊称“夫子”。年八十一卒，日本人以鼓吹一部送丧归葬。后东莞人沿其俗，称送丧鼓吹为“过洋乐”，吹鼓手都穿日本衣帽。用墓在交趾，因其丧归后，其子春叟尊嘱往葬。生不食元粟，死不葬元土，用心可谓良苦。

用有《题画》四首，诗云：

春水满四泽，浪暖鱼龙化。呼吸成风云，霖雨遍天下。（《春景》）

夏云多奇峰，翠屏高列耸。瑞气负钟灵，群低皆仰拱。（《夏景》）

秋月扬明辉，芙蓉开朵朵。卷起水晶帘，明月清风我。（《秋景》）

冬岭秀孤松，松柏傲霜雪。不同桃李春，永抱岁寒节。(《冬景》)

借咏景物以明志，格高骨清。题春景而见德泽被世之志，题夏景而见轩昂伟拔之志，题秋景而见清高绝俗之志，题冬景而见欺霜傲雪之志。张其淦《吟芷居诗话》曰：“竹隐近则为濂洛之纯儒，远则效西山之义士，已足千古……翁婿冰清玉润，以草莽之遗黎，明君臣之大义，顽廉懦立，千载后如见英灵。”李昴英有《寄赠竹隐李聘君》诗，称李用为“隐君子”。读竹隐之诗，如见其人。

李春叟，字子先，号梅外。东莞人。李用长子。天资颖悟，曾从师于李昴英。宋理宗嘉熙四年（1240）以《春秋》举乡贡，宝祐四年（1256）及开庆元年（1259）两度应省试中选，都因别故下第。以荐授惠州司户，有贤能声。景定间任肇庆府司理，曾辨冤狱，当政不从，即辞归。后任德庆教授，秩满归。家居著书授徒，岭海名士多出其门。朝廷授任军器大监，辞不就。赐号“梅外处士”。宋端宗景炎二年（1277），元兵欲剿东莞，春叟乘扁舟往谒其帅，以死争得止。命春叟任邑令，力辞不就。从此绝意仕进，讲学论道，辑整地方文献。晚年隐居，年八十而卒。

宋恭宗德祐二年（1276），元军南进，春叟的姻兄弟熊飞以布衣起兵勤王，闻文天祥师出江西，率兵前往投奔。春叟作诗以送云：

龙泉出匣鬼神惊，猎猎霜风送客程。白发垂堂千里别，丹心报国一身轻。划开云路冲牛斗，挽落天河洗甲兵。马革裹尸真壮士，阳关莫作断肠声。(《送熊飞将军赴文丞相麾下》)

以舍家报国为勉，慷慨壮烈，足令热血男儿意气奋发，至今读来，犹觉激荡人心。

宋端宗景炎二年（1277）八月，元军于江西兴国突袭文天祥部，天祥退集散兵于循州，春叟寄诗天祥云：

> 手持兵甲挽天河，铁石心肝尚枕戈。宾客三千毛遂少，将军百万李陵多。风波如此子焉往？天道不然人奈何！岭海书生今已老，天涯无石为君磨。（《文丞相兵挫循州，诗以迓之》）

直抒胸臆，激赏天祥的忠节，感叹世事的变迁，表同仇敌忾的心志。沉雄劲健，深挚感人。《吟芷居诗话》亦称此诗“语尤悲壮”。

春叟身历兴亡离乱，而登山临水，每每有所感发：

> 宇宙皇图远，山川霸气收。唯馀汉时月，犹照越台秋。天迥明城树，云空敛海楼。清光对尊酒，莫作古今愁。（《登粤秀山》）

> 谁把渔竿老渭滨，拨开尘鞅对清熏？乾坤浩荡台非旧，湖海凄凉我接君。有客携家来上冢，无人载酒共论文。山阴兴尽空归去，何处天风落五云？（《钓鳌台》）

怀古伤今，悲慨苍凉，诗酒中寄托无尽的故国之思。

春叟之诗，气格苍劲遒上，语多精警，戛戛独造。清代道光间阮元《广东通志·艺文略》载其著有《咏归集》二卷。

陈纪，字景元，号淡交。东莞人。宋度宗咸淳九年（1273）以《周礼》中乡举，官至通直郎。宋亡，不仕，与兄陈庚偕隐家居，以赋咏自娱。又与赵必瑑、赵时清等遗民唱和，尤受必瑑敬重。著有《越斐吟稿》、《秋江欸乃》，今佚。清人张其淦《东莞诗录》选录其诗二十余首。

淡交诗每每借景抒怀，寄托亡国之痛、遗民之恨。风格或雄浑悲慨，或沉郁苍凉，或淡远宛深，多深致可诵。

其《早秋有怀寄赵华颠》诗云：

一叶井梧落，微凉生瘦藤。老兼秋共至，衰与病相仍。砌近虫号枕，檐疏雨翳灯。熏炉对经卷，清似住山僧。

诗为寄怀遗民诗人赵时清所作。清苍深蕴，宛曲地表达了宋遗民隐居生活的凄清感伤情调。《吟芷居诗话》谓此诗“力追少陵”。

淡交诗又有遒健放旷者：

屋角鸡声一岁分，起搔吟鬓惜芳辰。江山有恨英雄老，天地无私草木春。柏叶又倾新岁酒，梅花同是去年人。东风着物能多少？写入清诗句句新。(《甲辰元日》)

抒写故国之悲，感喟良深，而笔格雄浑，并无消沉意。

诗人的生活贫穷落寞，可是他坚守民族气节始终不渝，故国之心耿耿犹在：

穷吟之外百无功，鬓发萧萧渐已翁。自枕书眠听夜雨，偶披襟去纳雄风。男儿未死身难量，豪杰虽贫气未穷。缓步短筇谁会得？野花啼鸟夕阳红。(《穷吟》)

雄浑老健。颈联出语铿锵，掷地有声，抒发胸中豪迈激昂之气。

淡交为诗，尤其善于捕捉周围景物特色入诗，以烘托当时的思想感情，深得《国风》比兴之旨。如：

> 唾壶壮气已休休，呼酒田翁与劝酬。九十日春长是雨，三千丈发总缘愁。棱棱颜面尘埃满，渺渺山河岁月遒。谷饮芝餐皆可饱，人生何必稻粱谋！(《春感》)

以愁人的绵绵春雨映衬山河之悲，表明自甘淡泊，坚决不仕新朝的志节。又如：

> 梅子黄时雨又晴，春衫未脱暑犹轻。天横远岫半眉绿，云漏斜阳一眼明。野树晚风清蝶梦，曲池芳草乱蛙声。浮生嚣寂何穷已，搔首蓬窗感慨生。(《初夏》)

黄梅雨，为最有特征的初夏天气现象，颔联写远岫、晚云，本亦平常景物，而所用比喻颇清新别致，别有意在。颈联写景中寄托感慨，嗟叹世事人生，讽刺变节事元者。又如：

> 书剑飘零学稼迟，吾侪舍此欲安之？愁怀惯对寒灯语，老态惟应晓镜知。中散不堪长忤俗，陶潜所好每违时。西风落日蘋花岸，独立苍茫自咏诗。(《秋怀》)

怀古伤今，以刚肠忤俗的三国魏末诗人嵇康和独爱秋菊的晋末诗人陶潜自况，表明自己在“西风落日”之下“独立苍茫”，坚守大节的决心。

陈纪之诗，四时之感，俯仰所发，皆感慨遥深，吟讽入微，真实细致地反映出故宋逸民痛苦而悲愤的复杂感情，在岭南宋末爱国诗人中可谓卓然自成一家。

何文季，字子友。东莞人，少以孝友闻名，重节义，志尚卓特。从师李昴英，学行宏正，甚受学者尊敬。宋末曾出仕，后弃官归。值厓山之变，恸哭成疾，隐卧不出。闻人谈故宋之事，则慷慨扼腕。临终时犹告诫子孙不得出仕元朝。著有《兰斋集》，不传。《东莞诗录》录其诗二十馀首。

宋元鼎革后，文季隐居乡间，惟与赵东山、陈大震等逸民相吟咏，以寓黍离之感。其《寄姚达泉》诗云：

> 鹏程九万尽天宽，刚被西风铩羽翰。四海车书新宇宙，几家门户旧衣冠？园花灼灼酣春梦，涧竹亭亭傲岁寒。正气莫教销铄尽，典型留与后人看！

在众人争相投效新朝营求荣华富贵之时，诗人却与友人共勉要学“傲岁寒”的“涧竹”，不改其高节。诗中尾联，高亢激昂，正气凛然，直可震烁千古。文季又有诗云：“好把汗青传久远，莫将朱紫裹愚痴。”（《秋堂弟自赣归建安作别》）语亦慷慨感人。

又有《寄彭府教》诗云：

> 食薇已愧首阳人，肯学扬雄作美新？满目山河长是泪，穷崖草木不知春。狂来只有天堪问，世异空怜迹已陈。湖海论交无久近，相逢同是汉遗民。

抒发亡国的深切悲痛，表示绝不学汉时扬雄为王莽新朝作颂，而将效法古时不食周粟的伯夷、叔齐的高风亮节，不事元朝。颔联以无情之山河草木烘托有情之人，尤为深刻沉痛。张其淦《吟芷居诗话》称此诗为“杰作”，并谓文季“志节凛然，诗多激昂慷慨变徵之音”。

文季诗感情深挚，尤多兴亡离乱之慨：

英雄有恨泪沾襟，千古兴亡感慨深。岩壑袖间医国手，弓刀消尽读书心。容身天地生何补？刺骨风霜老不禁。我向红尘知退晚，输君早计已山林。（《寄赤嵌陈五上舍》）

此诗哀宛悲愤，尤以情胜。梁善长《广东诗粹》有评云：“读至第四语，令人掩卷太息。”而颈联则更当催人泣下。

被张其淦称为“杰作”的另二首《写怀》诗云：

白发萧萧壮气衰，垂头兀兀董生帷。饥虽煮字将焚砚，语不惊人懒作诗。昔日卞和常泣玉，今时墨子更悲丝。自从梦笔风流后，枯朽那能出菌芝？

衣冠不忍坠家声，风雨潇潇鸡自鸣。身类孤蓬随地转，家无长物带书行。凄凉松竹乡心在，淡泊齑盐世味轻。幸有田畴堪料理，何如买犊且归耕。

沉郁悲凉，亦是带泪之作。抒写诗人国破后悲愤绝望、万念俱灰的心态，以及在变乱中动荡流离，身如飘蓬的凄凉生活，表明归耕故里之愿、固守清节之志。

文季为诗充满故国之悲，沉郁宛深而不乏慷慨凛烈之气。诗多情词俱佳之作。亦是宋末岭南爱国诗人中的佼佼者。

张迓衡，一名衡，号小山。东莞人。与兄登辰俱有诗名。肄业太学，曾建敲月庵以交湖海名士。宋亡后隐居不出，惟与赵必瑑、李春叟等遗民唱和。时而感愤欷歔，长歌短文以寄亡国之痛。著有《小山吟稿》、《敲月集》，今不传。《东莞诗录》辑其诗仅九首，有七绝《杜鹃》诗云：

猛为春归苦口嘶，桐花满地绿阴齐。自从康节先生后，孤汝天津故意啼。

借杜鹃啼血旧典，抒写对宋朝覆亡的哀痛，“其黍离之感深矣”。(《吟芷居诗话》)

蔡郁，字西野，理学家蔡元定四世孙。原籍福建建阳，移居东莞。南宋咸淳九年（1273）任雷州司理。景炎年间，闻文天祥来粤，作诗奉寄。宋亡，以归路梗塞，落居东莞。人称西野先生。子孙俱不出仕元朝。著有《西野诗集》，已佚。所写《奉寄文丞相》诗云：

嗟哉此纲常，一朝已散失！臣岂无贤良，君岂有惭德？君臣义未明，大道致闭塞。谁实笃忠贞，矢志不可屈？先生真英豪，提戈呼叱咤。一心收桑榆，戎行瞻黼黻。间关五岭南，誓师存百粤。有仍田一成，足以张征伐。南阳戴真人，足以兴汉室。天道岂无知，为此冠裳恻？昨闻战城南，王师奋铁钺。万马似群羊，斗败鼓声竭。百年养士恩，报之在朝夕。多惭迟暮身，涕泪望乡国。

伤悼宋朝的败亡；赞扬文天祥忠贞不屈，奋起率师抗击元人的爱国行为，并勉励他尽忠报国，再兴宋室。拳拳国事，深挚而高亢，读之令人感奋。近人陈融有诗云：“人人西野先生后，将见胡元仕籍空。奉寄文山百馀字，英雄所见略相同。”(《读岭南人诗绝句·蔡郁》) 对蔡郁及其诗都给予较高的评价。

袁玧，字廷玉。南宋时官任修正庶尹、防团推官、从军郎。因见朝廷偏安一隅，奸臣当道，国势日蹙，与其弟瑨相与弃官，携家同隐于东莞乡中。所写《伤乱》二首云：

> 龙蛇风浪起空潭，苍莽山河泣坠簪。乱向十年馀史笔，贫无一字到诗函。心惊塞马过淮北，梦逐关鸿度岭南。肉食何人司重鼎，等闲挥麈事清谭？
>
> 轰轰烈烈一乾坤，北马南船日夜奔。野老有怀悲故国，孤臣无泪哭中原。浮生似我仍留寓，季世何人不闭门？独惜两湖归隐后，枕戈谁是晋刘琨？

诗为袁玧归隐前所作。南宋理宗、度宗间，奸臣贾似道秉国政，对元军日益加紧的进攻置若罔闻，闭口不谈兵事；只顾与一群无聊文人整日沉湎于诗酒声色，粉饰太平。因而导致频频丧师失地，国势危殆。袁玧有感时事，于是作此二诗。二诗沉郁悲愤，对国家民族的命运表示深切的忧虑。《吟芷居诗话》称为“悲壮”之作。

袁瑨，字廷用。玧弟。南宋间曾官协正少尹、承务郎。值权奸当政，歌舞湖山，遂与兄玧并隐东莞。其《卜居》诗云：

> 宦海茫茫阔，幽栖洵远图。折腰原为米，搔首却思鲈。笳鼓深秋动，田园旧梦无。干戈方满地，吾辈尚穷途。

抒写对时势的深忧，以及离乱之慨、退隐之愿。《吟芷居诗话》曰：“廷用有《卜居》诗。盖是时权奸柄国，歌舞湖山，有心人蒿目时艰，幽栖卜居，宜其以宝安为乐土也。”

殷彦卓，号陶庵。原籍不详。由进士授官惠州通判。宋亡后，隐居罗浮山，结陶庵精舍于宝积寺。元朝征聘为官，不就。后定居东莞。所作《陶庵精舍》诗云：

静结罗浮屋，邻鸡远不闻。秋到屋下田，井井皆黄云。草堂久无梦，甘与麋鹿群。我闻彭泽令，耻为二姓臣。一朝任去来，柴桑漉酒巾。披图长叹息，古今多逸民。

屋名“陶庵”，以明其逸民之志。“耻为二姓臣”一语，正气凛凛。此诗淡逸幽远中不掩其清高坚毅风节。

许国泰，东莞人。诗有《之鉴侄偕熊飞起义勤王，同赴文丞相麾下，赋此送行》一首：

汝怀报国心，忠义剧纯恪。敌忾思勤王，提戈时奋跃。幸有熊义士，同袍与偕作。期汝立战功，英姿迈褒鄂。

许之鉴为东莞城西人。与熊飞共同起兵赴义。榴花村之战，之鉴战功为多。熊飞牺牲后，之鉴投奔文天祥，于汀州力战。后于五坡岭被执，不屈死节。国泰此诗，以报国大义励之，以功迈唐初名臣褒国公段志玄、鄂国公尉迟恭期之，慷慨激昂，正气凛烈，强烈地体现了中华民族的爱国主义传统精神。

宋末岭南爱国诗人之作，反映了宋元之交动荡变乱的社会现实，以及尖锐激烈的民族矛盾和阶级矛盾，充满深挚的爱国之情。雄浑刚劲，悲慨激昂，鲜明地体现了岭南诗歌传统的雄直诗风。而东莞赵必瑑、李春叟、陈纪诸人，在乡间结吟社往还，以寄故国之恫、离乱之哀，且以名节相励，其诗尤多苍劲之作，为文献所载岭南诗人结诗社之始。所谓岭南诗派，实际上已在此时开始形成。在岭南诗史中，应占有较重要的一席。

第七章　南宋的词

词，本称曲子词，是唐代兴起的一种合乐歌唱的新的文体。它在宋代进入全盛时期。两宋之际，涌现出许多杰出的词人，并形成各个不同风格的艺术流派，产生了大量的优秀作品。由于岭南地处僻远，唐五代、北宋时期，文献散佚，词作流传极少。岭南词人见于载籍最早的是南汉连州（今连州市）人黄损，现存的词仅有《望江南》一首：“平生愿，愿作乐中筝。得近佳人纤手子，研罗裙上放娇声。便死也为荣。”此词格调低下，黄损虽有直谏之名，也被后世所讥。黄损之外，尚有曲江人何成裕“尤工小词”，但词不存。北宋年间，岭南能诗者不少，但不见有词。被《粤东诗海》誉为“吾粤宋诗无出其右”的余靖，其《武溪集》中亦不见收有词作。直至南宋时期，崔与之、刘镇、葛长庚、李昴英、赵必瑑、陈纪等人出，岭南词家才稍著称于世。

第一节　崔与之　刘镇　李昴英

崔与之为南宋名臣，词笔老健，向被称为“粤词之祖”。他在出任成都知府兼本路安抚使时，曾登临剑门关，写下一首传世名作《水调歌头·题剑阁》：

万里云间戍，立马剑门关。乱山极目无际，直北是长安。人苦百年涂炭，鬼哭三边锋镝，天道久应还。手写留屯奏，炯炯寸心丹。　　对青灯，搔白发，漏声残。老来勋业未就，妨却一身闲。梅岭绿阴青子，蒲涧清泉白石，怪我旧盟寒。烽火平安夜，归梦到家山。

崔与之写这首词时，淮河、秦岭以北的大片土地，早已沦于金人之手。词人立马剑门，北望中原，不胜浩叹。此词上阕写作者决心抗敌守边、报效国家的一片丹心，下阕抒发老来功业未就的感慨。全词豪放劲健，充满家国之思，风格属辛弃疾一派。潘飞声在《粤词雅》中，称誉此词深具雄直之气，并盛赞“起四句雄壮极矣，虽苏、辛亦无以过之”。麦孟华在梁令娴辑编的《艺蘅馆词选》中，对此词亦大表称赏，赞道：“此词豪迈，何减稼轩！”给予很高的评价。《题剑阁》以叱咤风云的刚毅之气，在中国词史上，堪称“岭南边塞词之祖”。

崔与之尚写有一首《贺新郎·寿转运使赵公汝燧》。这首寿词虽是一般应酬之作，但正如潘飞声所指出的，它能“出以典雅，亦复不易”。不过，与前面忧国忧民的《水调歌头》相比，就远为不及了。

崔与之存词极少，仅得二首，但却开创了以“雅健”为宗的岭南词风，对后世岭南词人影响甚大。南宋后期的李昴英、赵必瑑、陈纪等人，便是这种“雅健”词风的直接继承者。

刘镇，性恬淡，有贤名。工于词，以新丽见称。著有《随如百咏》，今《全宋词》仅辑得其词二十六首。

刘镇虽存词不多，但颇得当时和后世的称赏。与他同时的江湖派领袖刘克庄称其词“丽不致亵，新不犯陈，周、柳、辛、陆之能事，庶乎兼之”（见《古今词话·词评》）。明人杨慎则在《词品》中誉之为“南渡填词巨工”。刘镇词以写时令物情的内容居多，亦以此见长。如赋咏茉莉的《念奴娇》，就写得非常出色：

> 调冰弄雪，想花神清梦，徘徊南土。一夏天香收不起，付与蕊仙无语。秀入精神，凉生肌骨，销尽人间暑。稼轩愁绝，惜花还胜儿女。　　长记歌酒阑珊，开时向晚，笑浥金茎露。月浸栏干天似水，谁伴秋娘窗户？困殢云鬟，醉欹风帽，总是牵情处。返魂何在？玉川风味如许。

此词描写细腻，深能写出茉莉洁白清香、夏夜开花的特色。开头以“调冰弄雪”比喻花色之白，出句便是不俗。结尾以唐人卢仝（玉川子）品茶的典故，写茉莉花谢后，仍能把清香留在茶中，使人有回味不尽之意。词中提及稼轩（辛弃疾）惜花，因稼轩集中亦有赋咏茉莉的《小重山》词。杨慎极赏此词，谓“评者以为不言茉莉，而想像可得，他花不能承当也”。刘词中多立春、元夕、七夕、清明等节令之作，情思婉妙，时有新意。如《蝶恋花·丁丑七夕》，一反常调，不写团圆重会，却从别意着笔，情味更觉深永：

> 谁送凉蟾消夜暑？河汉迢迢，牛女何曾渡！乞得巧来无用处，世间枉费闲针缕。　　人在江南烟水路。头白鸳鸯，不道分飞苦。信远翻嗔乌鹊误，眉山暗锁巫阳雨。

又如《清平乐·赵园避暑》：

> 柳阴庭院，帘约风前燕。着雨荷花红半敛，消得盈盈绿扇？　　竹光野色生寒，玉纤雪藕冰盘。长记酒醒人

静，暗香吹月阑干。

此词不写暑热炎威，扣紧“避暑”二字，逼出园中“寒”意，使人有清凉的感觉。结尾二句转写夜间园里情景，更添远致。“暗香吹月”四字尤佳，充分写出月下风送花香的怡人景象。

刘镇有几首寄远怀内之作，写得感情深挚，颇为动人。如《水龙吟·庚寅寄远》：

> 老来惯与春相识，长记伤春如故。去年今日，旧愁新恨，送将风絮。粉泪羞红，黛眉颦翠，推愁不去。任琐窗深闭，屏山半掩，还别有，愁来路。　　回首画桥烟水，念故人、匆匆何处。客情怀远，云迷北树，草连南浦。离合悲欢，去留迟速，问春无语。笑刘郎，不道无桃可种，苦留春住。

词人老来尚作客他乡，纵是满眼春光也了无欢趣。此词上阕主要写伤春，下阕主要写怀远，“旧愁新恨”，“离合悲欢”，交织在一起，堪称情文并至。他如《汉宫春》之“人去后，庭花弄影，一帘香月娟娟”，写对旧游的美好追忆；《庆春泽》之“客里情怀，伴人闲笑闲吟”，写客居他乡的百无聊赖；《水龙吟》之“前度桃花，去年人面，重门深闭”，写追怀前事的怅惘之感，均情真意切，耐人寻味。

刘镇性淡泊，故词中多见其旷达的襟怀，如“尘外闲寻行乐地，任旁人歌舞喧台榭”（《贺新郎》），“襟怀静吞八表，莫登山临水易惊秋”（《木兰花慢》），“物象搜奇，风流怀古，消得文章万丈虹”（《沁园春》）等句，“不以物喜，不以己悲”，闲适宁静，颇见高格。潘飞声在《粤词雅》中盛赞道：“其词格高气远，情致绵邈，而才足以运之，为宋代词家特出。”给予很高的评价。

李昴英是南宋名臣，性耿介，直言敢谏，不畏强暴，被宋理宗誉为“南人无党”。他这种孤直节操，在词中也有反映。如《贺新郎·赋菊》，托物自喻，就是极佳的一首：

> 细与黄花说：是天教、开遇重阳，玉裁金屑？老行要寻松竹伴，雅爱山翁鬓雪。任满插、追陪节物。惟有渊明吾臭味，傍东篱、盘薄芳丛撷。便无酒，也清绝。　　芒寒色正孤标洁。惯平生、餐霜饮露，倚风迎月。不比芙蓉偏妩媚，不比茱萸太烈。似隐者、萧闲岩穴。至老枝头犹健在，笑纷纷、红紫尘沙汩。香耐久，看晚节。

此词通首咏菊而寓有作者品格。上阕写与松竹作伴，与渊明同味，以见词人高致；下阕以妩媚的芙蓉和浓烈的茱萸作比，反衬菊花似隐者一般冲淡平和，又以众花萎落而菊花至老犹健，逼出“香耐久，看晚节”二句。这结尾二句，也正是作者一生品格的概括。

李昴英节操高尚，故与力主抗金、反对和议的王埜（子文）十分相得。当王埜即将到太平州赴任时，他写了一首《摸鱼儿·送王子文知太平州》赠别。词中多以国事为念，有惺惺相惜之意：

> 怪朝来、片红初瘦，半分春事风雨。丹山碧水含离恨，有脚阳春难驻。芳草渡，似叫住东君，满树黄鹂语。无端杜宇。报采石矶头，惊涛屋大，寒色要春护。　　阳关唱，画鹢徘徊东渚。相逢知又何处？摩挲老剑雄心在，对酒细评今古。君此去，几万里东南，只手擎天柱。长生寿母。更稳坐安舆，三槐堂上，好看彩衣舞。

太平州在长江南岸，临近抗敌前线，地位相当重要。王埜出知太平州，正是被委以国防、江防的重任。此词上阕借景传情，抒写惜别之意。末尾“采石矶头”三句，则由惜别而写及局势的艰危。下阕主要写临别赠言。“摩挲老剑”二句，写二人同抒壮怀，细评今古。“君此去”三句，写作者对友人的殷殷属望，希望他做撑持大局的擎天一柱，肩负起捍卫东南的重任。此数句语极雄壮，有很强的艺术感染力。只惜结尾四句后劲不继，跌入祝寿俗套，出语陈腐，乃是败笔。

李昴英在广州期间的活动，有不少都与广州的风景胜地有关，如登越台、游景泰小隐、避暑白云寺等，其中写得最好的要数《水调歌头·题斗南楼和刘朔斋韵》一首：

> 万顷黄湾口，千仞白云头。一亭收拾，便觉炎海豁清秋。潮候朝昏来去，山色雨晴浓淡，天末送双眸。绝域远烟外，高浪舞连艘。　　风景别，胜滕阁，压黄楼。胡床老子，醉挥珠玉落南州。稳驾大鹏八极，叱起仙羊五石，飞佩过丹丘。一笑人间世，机动早惊鸥。

斗南楼旧在广州府治后城上。于此观山览海，极饶胜概。此词视野开阔，想象奇特，既想到烟波万里之外的异域，又想到广州别称羊城的神话传说，胸襟旷远，气概豪迈，有着鲜明的地方特色，堪称是描绘广州形胜的佳制。特别是“绝域远烟外，高浪舞连艘”二句，触景遐思，写出了中外通商贸易的繁忙景象，为宋词中所仅见。

李昴英词继承了崔与之的“雅健”风格，常常在凌云健笔中透出一股清雅之气。除前面提到的三首词外，他另有一首《水调歌头·题登春台》，也同样可以看到这种风格：

野趣在城市，崛起此台高。谁移蓬岛，冯夷夜半策灵鳌。十万人家甃碧，四面峰峦涌翠，远岫拍银涛。插汉笔双塔，簇两叶轻舠。　　我乘风，时一到，共嬉遨。江山无复偃蹇，弹压有诗豪。宝剑孤横星动，铁笛一声云裂，寒月冰宫袍。沧海一杯酒，世界眇鸿毛。

登高临远，游目骋怀，豪情胜概，聚于笔端。上阕侧重写眼前所见，下阕着意抒发“诗豪”弹压山川的气势。末尾“沧海”二句，化大为小，语极豪壮，俱见作者的襟抱不凡。

宋词中写闺怨春恨，多有美人香草的寄托。李昴英的《兰陵王》亦属此类。他在淳祐六年（1246），因上疏弹劾枢密院陈韡等人，触怒了皇帝，被免官南归。《兰陵王》一词大约写于这个时候。此词缠绵悱恻，寄慨深沉，与前面数首雅健之作不同，使用了另一副笔墨：

燕穿幕。春在深深院落。单衣试，龙沫旋熏，又怕东风晓寒薄。别来情绪恶。瘦得腰围柳弱。清明近，正似海棠，怯雨芳踪任飘泊。　　钗留去年约。恨易老娇莺，多误灵鹊。碧云杳渺天涯各。望不断芳草，更迷香絮，回文强写字屡错。泪欲注还阁。　　孤酌。住春脚。便彩局谁恢，宝轸慵学。阶除拾取飞花嚼。是多少春恨，等闲吞却。阑干猛拍，叹命薄，悔轻诺。

此词工于比兴，言近旨远，借写闺中春恨，抒发“信而见疑，忠而被谤”的情绪，词中流露出深沉的失望和怨愤，寄托着对君国安危的深切忧虑。杨慎在《词品》中极赞此词，谓“《兰陵王》一首绝妙，可并周（邦彦）、秦（观）”。李调元则在《雨村词话》中独赏“阶除”三句，以为拾嚼飞花、吞却春恨，句意生新可喜，是“前人所未经道”。

李昴英词以长调居多而短调甚少，擅长铺陈事物，写景言情，在当时和后世都有一定的影响。比他稍后的黄升在编选《花庵词选》时，就选入他那首送王子文赴任的《摸鱼儿》词，并誉之为“词家射雕手”。明代毛晋辑编《宋六十名家词》时，更收入他的《文溪词》，把他列为其中一家。在宋代的岭南词人中，李昴英是唯一享有这种殊遇的一个，足见他的名声不弱，在词坛上占有一席地位。

第二节　葛长庚

葛长庚，又名白玉蟾。自幼好道术，常往来罗浮、武夷、天台诸山。能书画，尤善诗词，著有《海琼集》。葛长庚驱灾辟邪的传说颇多，甚至有传他已得道成仙的。他曾有诗自赞道：“千古蓬头跣足，一生服气餐霞。笑指武夷山下，白云深处吾家。”可见其学道之自得其乐。《海琼集》中存词二卷，甚多“金公姹女”、“离龙坎虎”之类道士呓语。此类呓语意在为道家修炼作宣传，毫无艺术价值，读之使人生厌。下面试举一首《满庭芳》，以见一斑：

> 鼎用乾坤，药须乌兔，恁时方炼金丹。水中虎吼，火里赤龙蟠。况是兑铅震汞，自元谷、上至泥丸。些儿事，坎离复垢，返老作童颜。　　五行，全四象，不调停火候，间断如闲。六天罡所指，玉出昆山。不动纤毫云雨，顷刻处、直透三关。黄庭内，一阳来复，丹就片时间。

作者在词中摆弄了一大堆修道炼丹的名词术语，得意洋洋，自我陶醉；读者却如听梦呓，兴味索然。此类呓语为数不少，约占《海琼集》的五分之一，是词中的下品。但葛长庚确是虔心的修道者，长在山中生活，因此对修道者的心态及周围的环境，都很了解和熟悉，写及这些内容时，笔底常带感情，显得清隽飘逸，颇为动人，与前面所述的那些炼丹呓语情趣大异。如《行香子·题罗浮》：

满洞苔钱。买断风烟。笑桃花流落晴川。石楼高处，夜夜啼猿。看二更云，三更月，四更天。　　细草如毡。独枕空拳。与山麋野鹿同眠。残霞未散，淡雾沉绵。是晋时人，唐时洞，汉时仙。

上阕写山中修炼的自然环境和夜半静坐行炁的修炼生活，下阕写修道者侣麋鹿、眠白云的超然自得。如此写道家生活，便写得洒脱而富有野趣。又如《水龙吟·采药径》：

云屏漫锁空山，寒猿啼断松枝翠。芝英安在，术苗已老，徒劳屐齿。应记洞中，凤箫锦瑟，镇常歌吹。怅苍苔路杳，石门信断，无人问，溪头事。　　回首暝烟无际，但纷纷、落花如泪。多情易老，青鸾何处，书成难寄。欲问双娥，翠蝉金凤，向谁娇媚？想分香旧恨，刘郎去后，一溪流水。

葛长庚词中常常描写“记忆”中的仙家旧事，这种“记忆”，实是一种梦境。梦境中的仙家生活是美好迷人的，但梦醒后却仙路杳茫，一无所有。两者反差强烈，更加深了梦醒时的悲哀。这首以“采药径”为题的词，正是写作者重游旧地时人事全非的失落之感。词中虚实结合，冷热交作，时而陷于狂热的幻想之中，时而跌入冷落的现实之内，将仙境与人间、幻想与现实融为一体，创造出一种凄艳而神奇的境界，别有一番迷离恍惚的味道。

但葛长庚写得最好的，并不是那些飘飘仙举、修道遁世的作品。他虽然向往仙家的生活，但却又未能一下子抛掉对人间生活的留恋，所以在他的词作中，有不少仍然散发出情意缠绵的人间烟火气息。正是这些有人情味的作品，才是《海琼集》中的佳制。陈廷焯在《白雨斋词话》中，就极喜他那首“无方外习气”的《水调歌头》：

> 江上春山远，山下暮云长。相留相送，时见双燕语风樯。满目飞花万点，回首故人千里，把酒沃愁肠。回雁峰前路，烟树正苍苍。　　漏声残，灯焰短，马蹄香。浮云飞絮，一身将影向潇湘。多少风前月下，迤逦天涯海角，魂梦亦凄凉。又是春将暮，无语对斜阳。

这首词把离情别意写得如此浓烈，正见作者对世情的执着。陈廷焯以“风流凄楚，一片热肠”评之，是十分精当的。

葛长庚不少佳作豪放劲健，情辞俊朗，颇近苏、辛的风格。如《酹江月·武昌怀古》一词，感慨淋漓，读之使人神旺：

> 汉江北泻，下长淮、洗尽胸中今古。楼橹横波征雁远，谁见鱼龙夜舞？鹦鹉洲云，凤凰池月，付与沙头鹭。功名何处，年年惟见春絮。　　非不豪似周瑜，壮如黄祖，亦随秋风度。野草闲花无限数，渺在西山南浦。黄鹤楼人，赤乌年事，江汉亭前路。浮萍无据，水天几度朝暮。

一个方外人，写出如此感慨深沉的怀古词，足见他对世事尚未能忘情。在葛长庚的佳作中，确是时见“一片热肠”的。如下面一首《贺新郎》，陈廷焯就誉之为“意极缠绵，语极俊爽，可以步武稼轩（辛弃疾）”：

> 且尽杯中酒。问平生、湖海心期，更如君否？渭树江云多少恨，离合古今非偶。更风雨、十常八九。长铗歌弹明月堕，对萧萧、客鬓闲携手。还怕折，渡头柳。　　小楼夜久微凉透。倚危阑、一池倒影，半空星斗。此会明年知何处？蘋末秋风未久。漫输与、鹭朋鸥友。已办扁舟松江去，与鲈鱼、莼菜论交旧。因念此，重回首。

此词别意甚深，也友情甚深，脱尽方外习气，饱含着人间烟火的芳香，远非那些仙气弥漫的呓语所及。又如《水调歌头·丙子中元后风雨有感》一词：

> 一叶飞何处，天地起西风。夜来酒醒，月华千顷浸帘栊。塞外宾鸿来也，十里碧莲香满，泽国蓼花红。万象正萧爽，秋雨滴梧桐。　　钓台边，人把钓，兴何浓。吴江波上，烟寒水冷剪丹枫。光景暗中催去，览镜朱颜犹在，回首鹫巢空。铁笛一声晓，唤起玉渊龙。

此词起句奇兀，结句豪壮，词笔老健，境界雄阔。《历代词话》所引的《词统》认为，此词与苏轼同调之“明月几时有”一词，同属“画家大斧皴，书家擘窠体”，“足与匹敌”。所评虽有溢美之嫌，但葛词实在写得雄健隽逸，情辞双美，堪称佳作。

葛长庚词以长调居多，短调较少。短调中的“山衔初月明疏柳，平野垂星斗”（《虞美人》）、“沙头三两雁相呼，萧萧风卷芦”（《阮郎归》），写江边秋景如画，颇为不俗；“柳絮欲停风不住，杜鹃声里山无数”，“醉里寻春春不见，夕阳芳草连天远”（《蝶恋花》），景中有情，深见缠绵不尽之意。被潘飞声称誉为“壮游中饶有仙气，自成一格”的《霜天晓角·绿净堂》，虽不脱方外习气，但却写出了广州的风土特色，值得在这里一提：

> 五羊安在？城市何曾改？十万人家阛阓，东亦海，西亦海。　　年年蒲涧会，地接蓬莱界。老树知他一剑，千山外，万山外。

词中提到的“五羊”，有一个仙羊衔穗下临广州祝愿此地永无饥荒的美好传说。“东亦海，西亦海”，则写出当年广州几面环海的地理特点。下阕的“蒲涧”在广州城北的风景胜地白云山上，相传为秦代郑安期隐居及成仙之地。此词虽亦有仙气，但却能写出广州的地方特色，与寻常的仙家呓语有别。

综观葛长庚词，入世之作胜于出世之作。他写得最好的，是那些带有人间烟火味的作品；泛写道家山中生活的则次之；最为下劣的便是那些专意描述炼丹之作。总之，葛长庚佳作既多，劣作亦不少，是个优点与缺点都同样明显的词人。

第三节　宋末的爱国词人

南宋末年，广东成了抗元斗争的最后战场。抗元英雄文天祥、张世杰、陆秀夫等都曾在这里率军抗敌，先后兵败就义。这期间，岭南地区一批爱国诗人积极参加了抗元斗争，写下了不少充满激情的爱国诗篇。如袁玧、赵必瑑、陈纪、李春叟、马南宝、何文季等人，诗多慷慨苍凉，充满家国之感；体格清劲，深具雄直之气。其中赵必瑑和陈纪二人，除诗之外，尚有少量词作传世。

赵必瑑是宋室王孙，曾随文天祥抗元。宋亡后则退隐于家，足迹不入城市。他年青时甚喜周邦彦（美成）词，颇受其影响，词句工丽，多有绮思。如《风流子·别赣上故人用美成韵》一词，写春日离情，流丽自然，温婉可诵：

> 春光才一半，春未老，谁肯放春归？问买春价数，酒边商略；寻春巷陌，鞭影参差。春无尽，春莺调巧舌，春燕垒香泥。好趁春光，爱花惜柳；莫教春去，柳怨花悲。
>
> 春心犹未足，春帏暖，炉薰香透春衣。说与重欢后约，春以为期。记春雁回时，锦笺须寄；春山锁处，珠泪长垂。多少愁风恨雨，惟有春知。

词中重复用了十六个“春”字，虽无深意，却亦自成一格。又如《华胥引·舟泊万安用美成韵》：

> 沧浪矶外，小舣兰舟，旋沽竹叶。雨过溪肥，波心荡漾鸥对唼。烟晚欸乃渔歌，和橹声咿轧。要泛五湖，只恐西施羞怯。　　年少飘零，鬓未霜，底须轻镊？江南归雁，寄来鸳笺细阅。盟言誓语，满鲛绡罗箧。撩弄相思，琴心寸寸三叠。

此词上阕写泊舟的情景，下阕写对情人的眷念，可谓善写羁旅情怀。在赵必瑑《覆瓿集》所存的三十一首词中，有九首是“用美成韵”写成的。这九首词均写艳情与羁愁，格调极似周邦彦，足见他早年对周词是下过功夫的。他三十岁后，目睹南宋覆亡，忧患馀生，愤世嫉俗，词风为之一变。如《满江红·和李自玉蒲节见寄韵》一词，由端午佳节，想起耿耿孤忠的屈原，进而倾诉亡国孤臣的难平之恨：

> 如此风涛，又断送、一番蒲节。何处寄、黍筒彩线，龙馋蛟啮。已矣骚魂招不返，兰枯蕙老馀香歇。俯仰间、万事总成陈，新愁结。　　梅子雨，荷花月。消几度，头如雪。叹英雄虚老，凄其一吷。回首百年歌舞地，胥涛点点孤臣血。问长江、此恨几时平？茫无说。

南宋覆亡是一段极为惨痛的历史。作者经历沧桑巨变，无力回天，故有“问长江、此恨几时平？茫无说”的末世哀感。此后他一直隐居不仕，以遗民终老。他在一首《念奴娇·饯朱沧洲》中，就表达了这种“高卧林壑”的归隐心境：

> 中年怕别，唱阳关未了，情怀先恶。回首西湖十年梦，几夜檐花清酌。人世如萍，客愁似海，吟鬓俱非昨。风涛如许，只应高卧林壑。　　菊松尽可归欤，叹折腰为米，渊明已错。相越平吴，终成底事，一舸五湖差乐。细和陶诗，径寻坡隐，时访峰头鹤。罗浮咫尺，春风寄我梅萼。

作者曾奔走抗元，力图恢复，但大事不成，英雄已老，他已经无所作为了。“相越平吴，终成底事，一舸五湖差乐”，是自慰，也是自嘲，充分写出作者百无聊赖的痛苦心境。

赵必瑑诗多遗民意识，充满忠愤之气，而词则不类。词中除《满江红》等几首有遗民之痛外，其他词作则甚少反映这方面的内容，成就远不及他的诗歌突出。至于那些祝寿贺娶的应酬游戏之作，就更是等而下之，平庸无味了。

陈纪，亦为南宋遗民。宋亡后退隐于家，与赵必瑑等人诗酒往还，唱酬自乐。著有《秋江欸乃集》，不传。《粤东词钞》仅辑得其词四首。

陈纪存词虽少，但质量较优。不论登临怀古，抑或咏物抒情，均见高格。如《满江红·重九登增江凤台望崔清献故居》，写他在重阳节追怀南宋名臣崔与之。词中以凤凰和老菊相喻，表达自己对前贤的景仰；又借登台的观感，诉说沉痛的家国之恨：

> 凤去台空，庭叶下、嫩寒初透。人世上、几番风雨，几番重九。列岫迢迢供远目，晴空荡荡容长袖。把中年、怀抱更登台，秋知否？　　天也老，山应瘦。时易失，欢难久。到于今惟有，黄花依旧。岁晚凄其诸葛恨，乾坤只可渊明酒。忆坡头、老菊晚香寒，空搔首。

词中深能写出南宋遗民饱经世乱、伤于哀乐的中年怀抱，词笔清挺，颇有雅健风致。他的《念奴娇·梅花》，托物寓意，也同样可见这种雅健词风：

> 断桥流水，见横斜清浅，一枝孤袅。清气乾坤能有几？都被梅花占了！玉质生香，冰肌不粟，韵在霜天晓。林间姑射，高情迥出尘表。　　除是孤竹夷齐，商山四皓，与尔方同调。世上纷纷巡檐者，尔辈何堪一笑。风雨忧愁，年来何逊，孤负渠多少。参横月落，有怀付与青鸟。

此词句句咏梅，句句见逸民身份。亦花亦人，融为一体。词人赞美梅花，正是以花自况，表达自己隐居不仕的高洁情怀。此外，如《倦寻芳》写乱离愁绪，《贺新郎》写听琵琶的感受，也都清婉可诵，富有情韵。

总的来说，宋代岭南的词家不多，存词也较少，但这少量的词家词作，却已有可观的建树，在岭南文学史上占有重要的地位。崔与之和李昴英为南宋直臣，故词中见其凛然正气；赵必瑑和陈纪生于末世，故词中深含遗民之恨；葛长庚词多学道之语，刘镇词多闲适情味。他们都以自己的作品，从不同方面，反映了南宋时期的社会状况和历史面貌，表达了各自不同的思想感情。他们的雅健词风，对后世的岭南词人影响巨大。

第八章　元代的诗文

中国文学史册翻至元代卷，尽管雅文学的代表——诗歌和散文仍占有相当的篇幅；然而，俗文学——戏剧、杂曲毕竟已经异军突起，其灿烂的光辉丝毫不逊于唐风宋韵。

元杂剧是在北方戏曲的基础上发展起来的。据史料载，岭南唐代即有戏剧活动。可是，元代岭南文学作品流传至今的只有诗歌和散文，而未见杂剧散曲。

可喜的是，在元代纤巧颓靡的诗风中，岭南诗歌仍保留了唐诗沉郁的现实主义传统。尤其是罗蒙正，像天南一柱屹立在诗坛之上。

第一节　罗蒙正

罗蒙正（1300？—1367？），字希吕，“其先庐陵人，父稽叔游学新会，遂家焉”。罗蒙正天赋异禀，勤学强记，诸史百家均能成诵，二十岁时，从肇庆罗斗明习诗，一年后即大有诗名。后来，县尹沈寿建“古冈书院”，礼请罗蒙正为师。一时间学者云集。不久，罗蒙正被任命为高州学正（顾嗣协《冈州遗稿》作化州学正）。任期届满后，罗蒙正仍回古冈书院任教。

至正七年（1347），罗蒙正赴省试，适逢遴选武官的考试同时举行。元代文人地位低下，有人劝他趁机跻身军政界。罗蒙正表示极其厌恶，赋诗道："儒冠不是将军具，只作当年措大看。"

元朝末年，罗蒙正避乱迁居至郡城，任教于宪吏赵式家。赵式向宪司举荐罗蒙正为南恩州教授。当时的州判吴元良仰慕罗蒙正的才学，欲聘他为幕宾，以便兼并一方。罗蒙正洞察其谋，托病坚辞不就，并致诗云："愿赐一廛闲养病，简编灯火伴青衿。"保持了文人洁身自好的气节。不久，罗蒙正便与世长辞了。

据《广东通志·艺文略》载，罗蒙正的创作有五卷之多，名曰《希吕集》。清初，《希吕集》便已不存。顾嗣立所编《元诗选》也只收入罗蒙正二十一首诗作。温汝能《粤东诗海》比《元诗选》多收了一首题为《题画》的七绝。

对于罗蒙正的诗歌，前贤多有赞誉。

顾嗣立云："希吕诗格调颇高，五言律句音响尤工。"（《元诗选》三集）

欧大任云："希吕诗专工近体，不矜才，不使气，自有冠裳佩玉之风。"（《粤东诗海》引）

温汝能云："元人诗多以丽缛为病，刻翠剪红，或近晚唐小令。独吾粤罗希吕圭臬盛唐，元气浑然，调高字响，亍南园后五先生之派。"（《粤东诗海·例言》）

堪称的评，并不为过。

我们不妨列举一二以证之。如《登圭峰怀苏长公》：

> 久向风尘厌薄游，到来象外且淹留。溪边石枕和云卧，岩畔山茶带雨收。古寺老僧非旧主，疏林晴色又新秋。坡仙题咏今残剥，词客登临诵未休。

诗中描写新会圭峰的秋景，表现了作者闲适的心情，并缅怀苏轼。

又如：

> 独秀峰前鬼磷青，战尘未洗血痕腥。城扉寒掩平川月，烽火明连远戍星。汀雁失群愁漠漠，树乌无梦夜冥冥。莲花柏树多材俊，早晚山林见太平。（《独秀峰即事呈都阃诸公》）
>
> 原头铁骑气如云，妖祲西来白昼昏。千里腥风吹战血，半营残月照城军。灶寒尚认飞仙迹，骨冷难招猛士魂。盛代怀柔资辅治，两阶干羽已敷文。（《甲子年九月二十五日西寇犯高凉战于坡山》）
>
> 梅花又发去年枝，游子天涯未授衣。旧友别来书满箧，新居兵后草生扉。青霄有路凌风到，紫水无槎溯月归。岁晚望乡心最切，太行东北白云飞。（《高州寄友人》）
>
> 落日关河笛一声，感时怀抱若为平。燕台已朽千金骨，秦塞虚防万里城。大火西流金有令，长江东去水无情。故园回首干戈满，空负沧浪白鸟盟。（《初秋》）

这些诗流露了厌恶战乱，向往和平生活的强烈情绪。作为一个封建时代的知识分子，罗蒙正已敏锐地察觉到社会的种种弊端。他一方面欲凭才学跻身官宦阶层，另一方面却又想洁身自好。这种矛盾的心境便不自觉地暴露于诗歌中：

> 尚书昔日弦歌地，芳草萋萋满讼庭。上界仙题丹桂籍，南州人诵瑞兰铭。黄云覆垄秋尝稻，铁键长歌夜不扃。离乱如今那可说，荒郊过雨髑髅腥。（《寄黄尚书》）

此诗非常直截了当地向黄尚书反映社会的日益衰败，曲折地吐露了对在其位不谋其政者的微刺。

当然，罗蒙正主要还是具有那种置身世外的隐士思想，表现出难得的超然：

> 修竹千竿屋数椽，白云寒瀑挂岩边。就中若许添尘客，愿借山翁一榻眠。（《题画》）
>
> 萧萧白发映童颜，尘世千年邂逅间。三十六陂明月夜，许骑仙鹤过缑山。
>
> 秾绿溪桥烟树树，残红池沼雨家家。游蜂不悟青韶去，犹抱虚庭荠菜花。（《和白石马教授二首》）

这是罗蒙正晚年隐居白石村时与马桂逊相唱和的作品。第一首写与马桂逊的交往，情真意切。第二首写残春景色，婉丽清新，可以一诵。末二句疑有寄托，不过也不必妄为比附，赏其情致足矣。后来，罗蒙正还写了《怀马教授》七绝二首，也很可一读：

> 陈编落落韦三绝，浮世茫茫海九环。经济功成疏傅老，汉庭前日得身还。
>
> 水生白石渡头湾，念子携书共往还。今日相思不相见，越南残照海门山。

尤其是第二首，语浅情深，足见二人的交谊。

前人说罗蒙正的“五言律句音响尤工”，遗憾的是，我们只能凭藉《粤东诗海》仅存的两首五言去体会了：

> 旭日明台榭，微风散绮罗。树阴凉翠合，莺啭落红

多。阒寂怀人处，间关奈尔何。岭南天气好，二月已清和。(《春日闻莺》)

故人违我久，千里慰相思。樽酒成山瓮，笼鹅到墨池。青山荒草径，暮雨落花时。赖有春洲雁，南来可寄诗。(《寄谢何东道》)

就结构而言，倒也工稳，但内容泛泛。第二首写故人远去，诗书也荒废久了，读来使人平添几分闲愁。这两首五言恐怕都不是罗氏的代表作。

罗蒙正诗秉承了盛唐沉郁的现实主义风格，艺术上追求冲和平淡而不事雕琢，既有气象雄浑的一面，又有清圆流丽的一面，在元代诗坛是有一席之地的。

第二节　黎伯元

黎伯元（约元末明初），字景初，号渔唱，东莞人。岁贡生，由连山教谕，历官德庆、惠阳儒学教授，所至文风以振，甚受学子尊敬，著有《渔唱稿》传世。张其淦《东莞诗录》选录其诗三十四首（邓淳《宝安诗正》录入其中三十三首）。《全宋诗》卷一收入《挽赵秋晓》一诗：“一榜科名萃此门，当时盛事诧衣冠。文章尔雅向歆上，标致风流晋汉间。泪洒铜驼已荆棘，眼看华屋又邱山。贞元朝士今谁在，些罢招魂泪雨漫。”似乎把他当宋人。事实上，黎伯元在元时历官德庆、惠阳儒学教授，应为元人。因此，黎伯元可能并未写过挽赵必瑑（号秋晓）的诗篇。

元末惠宗时，奸佞专权，政治腐败，连年的天灾和瘟疫，再加上元朝政府滥发交钞和征夫修河这些人为之祸，更使民不聊生。广东各地或水灾，或旱灾，或风灾，或火灾，祸患连连，紧接而来的是严重的饥荒。岭南人民早就难以忍受元人的繁苛赋役和沉重的民族压迫，至此也和国内各地一样，奋起举事，反抗元朝，一时战乱频频。在黎伯元曾任教职的连山、德庆、惠阳等地，亦先后爆发了被统治者诬之为“盗贼”、“造反”的民众起义。黎伯元身遭变乱，飘零他乡，饱经忧患。这些，都表现在他的诗作中。黎伯元诗作深沉悲慨，略近少陵。《风火径有警纡道陟崇而行》即其例。诗歌记述了登高陟险，仓皇走避兵燹的经历：

> 叱驭上险巇，披葺入蓊翳。向来轻车路，豺虎有吞噬。王事何能安，劳形心孔悸。前登崖壁峻，下陟石路细。羸马付仆夫，蹉跌忧困弊。蛇蟠尚回转，猱度姑少憩。梯凳迹暂离，荆棘牵衣袂。出山见樵牧，相见如相慰。及兹履康庄，巅崖悯劳瘁。平山方寸地，坦坦无拘系。艰难有时遭，浇漓嗟季世。人心甚太行，所遇尤可畏。念此夜达晨，归田宜早计。

黎伯元身为元朝教官，自然萦心“王事”，希望元政权能够安稳。这是他的阶级局限性。但是诗人凭着直觉，感到改朝换代已是势所必然之事。他嗟伤“季世”，尤叹息世路之艰、人心之险，并为此夜不能寐，决计要遁世归田了。此诗通过切身经历，反映了战乱给人民带来的无尽痛苦和惊恐，感触极为深沉。

在兵荒马乱的日子里，诗人常常辗转避难，他哀伤离乱：“囊衣来避寇，终夕话酸辛。”（《至正丙申端月避寇竹州冈梁家二首》）又忧心时事，渴望安定：“阴暝望开霁，世运定何如?”（同上）然而，他看到的只是“号狐舞蟮乘海暝，射工含沙伺人影”（《神符山乡避寇效杜少陵同谷七歌》）的险恶世情，以及“苍生无数遭兵死”（同上）的惨象。生当乱世，自是不幸，他不禁呵问：“水中鲛鳄陆豺虎，坐此困厄谁驱除?”（同上）他知道，元政权已是大厦将倾，谁也无力回天了，还是应该早作抽身之计。“扁舟江海合早计，蒿目世路多奸凶。”（同上）身世之感，情见乎词。黎伯元迫于形势而弃官还乡，心情极其沉重复杂：

满眼莺花欲发吟，四方戎马正关心。农归渤海家如寄，人恨桃源路不深。夜月啼鹃空惨怆，朝阳鸣凤遂消沉。三年枉作莼鲈梦，采蕨惟应入翠岑。（《三月自端泮还乡》）

黎伯元既关心时局，又欲隐居于和平安定的“桃花源”，心情是很矛盾的。然而，时势的发展使他不能不归去，既已归去，又难觅绝世的“桃源”。一“恨”，一“空惨怆”，道尽缠绵悱恻心事。黎伯元虽归隐家居，但是心境并未安静，而时时有所感发：

雁泽秋风入浅斟，商歌激烈夕阳沉。青山犹是古人面，白水不同今日心。食肉有谋当报国，封侯无相盍投簪？草庐未必名湮没，何用栖栖梁父吟？（《感兴》）

在一派萧索寥落的景象中，眼见日落西山，诗人迎着瑟瑟秋风，对酒慷慨悲歌。山河依旧，而心境全非。触景生情，诗人不禁感慨万千。尾联二句，可见其功名之心尚未泯灭。

渔唱诗又时有悲慨愤激之语。如：“百蛮风气嗟时变，一代英雄肯陆沉?”（《寄区鲁卿聘士》）又如：“乾坤谁有千间厦？河汉今无八月槎。”（《寄崔德卿郡正》）再如：“劳生无地求如愿，何处有乡居莫愁?”（《别后寄陈默甫》）或嗟时局世风的变迁，或矜悯百姓的流离失所，或伤感乐土之难求。这些感甚深而后发的诗句，都源自诗人身欲归隐，而心终未能出世。严酷的现实生活，总是使他忧愤难平，往往只能借酒消愁：

> 入髓无声春风骄，填胸幽愤赖渠消。玉山此际何妨倒，坟土他年不用浇。北海坐宾常故满，少陵社日岂辞邀？惊秋客意偏宜饮，得句还堪慰寂寥。(《饮后》)

黎伯元以充满感情之诗，真实地反映了元末岭南动荡纷乱的社会现实，深挚沉着而苍凉悲慨，感人至深。张其淦《吟芷居诗话》云：“黎渔唱生当元季，苜蓿盘飧，避寇竹洲之冈，纡道风火之径。躬逢丧乱，效少陵《同谷七歌》。近体尤多沉着语。……沉郁苍凉，所造甚深。比诸丁鹤年诸诗，未遑多让。”可谓确当之论。近人陈融《读岭南诗绝句》有评黎伯元七绝三首，其三云：“朝阳鸣凤久消沉，人恨桃源路不深。如此江山如此句，百年棋局颇关心。”对黎伯元其人其诗是个很精辟的概括。

第三节　元代的诗歌

除了罗蒙正和黎伯元，据《全粤诗》第二册（中山大学中国古文献研究所编，岭南美术出版社 2008 年版）所载，元代的岭南诗人尚有七十五家之多，诗作存一百三十九首。他们当中，有关心民间疾苦，敢于抨击弊政的，王景贤便是其中的佼佼者。

王景贤，字希贤，号愚谷，海康人，由邕州路教授升庆远天河县尹，仕至靖江路推官。王景贤工文学，善诗，与王元恭、钱惟善等时有酬唱。至治癸亥年（1323），“文宗潜邸时出居海南，道经雷，景贤以诗进览之，甚喜，手书愚谷二大字赐之，天历中（1329）复赐以六花宫袍”。（《（万历）雷州府志》卷十七乡贤志）王景贤引以为荣，赋诗云：“今日所蒙稽古力，自天而下拜恩荣。”从这个侧面也可窥王氏的才学。《岭南诗存》云：“希吕受诗学于王景贤。”今天我们看王诗，也确乎读出点杜味：

狗监无人荐子虚，无端岁月叹居诸。遍观历代无穷事，读尽平生未了书。早梦科场嗟已矣，晚从学校赋归与。清晨口授儿孙罢，时向窗前剔蠹鱼。（《老儒》）

萧萧夜雨泣金疮，梦过交河古战场。醉误臂鹰呼走卒，闲思调马扈先皇。黑山戍后田园废，青海归来岁月长。日旰西京初试猎，犹存矍铄一分狂。（《老将》）

这些诗表现出对有才学的知识分子和能征惯战的将士的同情，从另一个角度反映出社会的不公。他的另一首《清贫》，则显示了知识分子自甘澹泊，清高孤直的气质：

错骑黄鹤出烟梦，借得容身燕一窝。仁义中天行日月，是非平地起风波。黄齑有味轻红脍，紫绶无功愧绿蓑。金坞铜山招祸败，清贫两字值钱多。

面对黑暗，有的诗人想努力作出闲适的样子，却又不免徒呼无奈。譬如张翥的《初夏》和《厓门怀古》就是典型的例子：

何事愁春去，微薰生日斜。梅黄初着雨，莺老未残花。便汲悬泉水，闲烹废寺茶。逢僧谈五乘，摩诘已无家。（《初夏》）

渔翁知我闲无事，拉我乘舟访鼎湖。野草闲花春寂寞，蛮烟瘴雨昼模糊。磨厓共说张弘范，把酒惟浇陆秀夫。兴废由来总天命，临风何必更长吁。（《厓门怀古》）

张扚，字彦谦，新会人，是罗蒙正的弟子，因而诗风近罗氏，“以典雅为本，不事巧琢”。（《（道光）广东通志》卷二百七十一列传四）张氏“屡荐不起，留心经籍”，以致终生不仕。以他“性敏强记”（《（道光）广东通志》卷二百七十一列传四）的天赋，却自甘寂寞，一个封建时代的知识分子，做到这一点也够洒脱的了。他的另一首《飓风》，似乎有颇深的含意：

火云夹日已西驰，骤雨惊风此一时。万里怒涛泛断梗，千家矮屋失疏篱。悬炊破釜侵飘屋，护圃柘楱压嫩枝。最是畲田收未得，不堪狼戾子离离。

张扚到底是一个正直的儒生，民间疾苦总关情。

抒写个人情怀是历代诗歌中不可或缺的题材。元代的岭南诗坛也不例外，或欢欣，或忧伤，或愤懑，或痛楚，无不可借诗以出之。这些诗作反映了诗人们立身处世的态度，也间接反映了当时知识分子生存的状况。例如以下这一首：

高咏三秋夜，飞鸿和远音。悠然乐无极，山月照幽林。（杨仲玉《漫赋》）

诗人愉悦的心绪，于诗句中自然流露：能够自由地吟咏，那高飞的鸿鹄仿佛也在和唱，孤寂，落寞，失意，又算得了什么？

再读读这一首：

> 抠衣步入轩辕界，身世翩翩物外游。自是尘嚣隔天堑，高唐莫惜翠钿收。（单县君《题壁》，女诗人，自号绿原道人）

据说诗人写下此诗后不久便“无疾而化”，无怪乎字字皆蕴涵大彻大悟之意！显然，面对暴政，无奈的诗人只好选择出世的道路。

咏史，是中国古代诗人们的重要题材之一。或借古以喻今，或借古以抒情致，或托古人以立言。例如：

> 岭海几千年异事，祠兴祠废数应关。丹青正想官三太，香火未应僧半间。景仰当时皆愿见，萧条异代信多难。夜窗细读辞荣表，邈矣清风不可攀。（何芝凤《崔清献公祠》）

借史上崔公的耿介高洁，嗟叹当下“清风”不再。又如：

> 目击慈元事已非，山河亦悔改为夷。君臣母子恨犹在，泪湿朝衣天亦悲。（赵嗣焕《厓门烟雨》）

咏《潮居八景诗》之一，与其说是写景，不如说是写史，抒怀。表达了诗人对宋亡于元的那段历史的惨痛情怀。再如：

诸葛风流举世希，纶巾羽扇凯歌归。将军倘遂明农愿，依旧隆中一布衣。（杨仲玉《怀诸葛武侯》）

像诸葛亮那样赢得身前身后名固然令人艳羡，不过，也许卧龙先生倒宁愿躬耕隆中呢！诗人分明借怀前贤之题，咏出世之实。

现存的元代岭南诗，为数最多的是寄情于山水田园的篇章。这些诗是写实主义的状物摹形，还是意在言外？是苦闷的发泄，还是颓唐的流露？是消极的逃避，还是积极的抗争？我们且来看看以下的作品：

青山历历水粼粼，望眼空明诗料新。鸦背日妍初过雨，马蹄风软不惊尘。馔无肉味知城远，邻有书声爱俗淳。明日江头重问渡，野人笑我是知津。（吴正卿《山村即事》）

柳暗溪桥路，云封古洞门。牧童村外笛，驱犊下黄昏。（黄仲翁《邑八景诗·长洲烟雨》）

这类诗歌，有的是应酬之作，有的是“急就章”，稍欠美感和馀味。

事实上，大多数岭南诗人创作的田园山水诗颇可一诵。像麦澂写的几首就相当不错：

桃花浪暖锦鳞肥，白发渔翁罢钓归。柳底系船篷底坐，溪前鸥鹭已忘机。（《藤江》）

中流乱石水交加，滚滚寒声带雪花。霜月不随流水去，只将秋色伴渔家。（《鸭滩》）

东山云敛碧天开，月色苍茫海上来。风露满空清似

洗，一庭花影转瑶台。(《龙骧山》)

千尺丹崖削石屏，波光倒树碍云行。何当借我烟霞榻，卧听泉声看月明。(《石壁山》)

水气初升云气浮，山林不辨鸟声幽。天风吹入三竿日，草木依然水绕州。(《赤水峡》)

层峦叠翠瘴江湄，水色林光云起时。云鹤自闲春自老，个中风月几人知。(《谷山》)

如果没有对大自然的眷恋，是无法勾勒出山山水水的神韵的。麦澂的山水田园之咏已臻情景交融的化境。

麦澂是南雄人，至正年间曾担任过藤州知县。以上诗歌，大概是他在任内写的。

另一位作家程文表，所作南雄八景组诗，也展现了诗人很深的写景功力：

岁暮江南意若何，琼瑶枝上觉春多。罗浮有梦啼青鸟，玉宇无尘倚素娥。自古松筠同节操，由来鼎鼐待调和。可人怀抱清如许，楚调应裁白雪歌。(《庾岭寒梅》)

江云散尽雨痕收，夜色婵娟映碧流。玉斧修成三万户，金波摇动一轮秋。镜中毫末分蟾兔，河畔寻常见女牛。酒醒梦回楼阁静，恍疑身在广寒游。(《凌江秋月》)

层峦叠嶂紫霞堆，中有飞泉百道来。白昼无云晴喷雪，青霄不雨时惊雷。夏炎雅称调冰盎，秋冷尤宜荐菊杯。千古匡庐同此景，品题谁继谪仙才。(《灵岩龙瀑》)

忭腾浑似角雌雄，势卷岩峦几万重。焦尾曾经雷电掣，修鳞多历雪霜封。枝头挂月珠光射，叶底流云翠沫浓。我有丹心怀补报，功名何日梦相逢。(《官道虬松》)

水碧沙明分外奇，渔舟泊处日忘机。桃花雨暖红鳞从，芦叶霜晴紫蟹肥。乱石嵯峨栖断岸，沧波清浅映斜晖。一川胜景犹存迹，璎珞千年傍水涯。(《璎珞渔洲》)

何年仙斧凿山开，满室烟霞护石台。圭窦有天通日月，瑶阶无地着氛埃。金华谩叱群羊去，辽海终期独鹤回。几度登临访遗迹，恍然身在小蓬莱。(《玲珑仙室》)

江湖消长去来频，满眼浮花烂若银。瘴海飘摇惊贝母，炎州仿佛降滕神。春风芳草斜阳渡，秋月芦花浅水滨。几处乘流舣舟楫，不知谁是济川人。(《晦朔潮痕》)

马桂逊的《暮春吟》也有唐人风味，幽美清新，末二句情韵特佳，可谓得天然真趣者。

青山去郭六七里，绿树拂檐三两家。山静冲寒幽鸟起，金樱藤上有残花。

颇能上接山水田园诗派馀绪的是以下这一首：

两岸青山翠欲流，天涯萍迹便堪游。层峦倒影藏仙窟，一水新潮荡客舟。系石藤萝常伴月，穿云猿狖自鸣秋。凝眸未尽寻幽兴，直欲高飞最上头。(梁士楚《过清远峡》)

诗人浪迹天涯，无意中自层山叠嶂之间发现仙境般的景色，杳无人烟中听到猿猴的啼叫，一时使诗人忘却飘零的孤寂而沉浸在美景之中，愉悦不能自已乃至希望尽览胜景的心情呈露无遗。诗作自然流畅，情景交融而不着痕迹。

更多的诗人是竭力以出游览胜、纵酒狂歌来转移那一份失落感，可是，字里行间却有不自觉地流露出来：

暮天凉雨急霏霏，涧谷重重拂翠微。醉魂不受风飘断，只恐浮云自湿衣。（郑大玉《登东山》）

秋风此日洒衣裳，与客登临载一觞。好景不妨终日度，黄花犹胜去年香。泉飞涧石声何响，步入松关路转长。览胜凭高清兴发，洗歌一曲羡高强。（梁全《重阳登香山》）

不过，也有些诗人觉得置身于山水田园间，倒是免却尘嚣烦扰的妙策。例如以下几章：

到处摩崖探白云，小山花鸟度深春。秦皇空有坑儒计，不及岩泉打坐人。（陈文瑶《石穴洞天》）

地尽南天涌翠岑，仙人偏向此弹琴。无人难和阳春曲，有客静听流水音。石鼎尚馀丹九转，龙潭常注水千寻。萧然世事空尘迹，寂寂江山自古今。（李梅国《罗琴山》）

几泛仙舟访洞关，弱流原不隔尘寰。书台露冷人何在，丹灶烟消鹤自还。洞口碧桃春烂漫，崖边瑶草日斑斓。我来检点浮生事，顿觉壶天日月闲。（戴贞甫《三洲岩》）

显然，诗人们为自己能在乱世中存身而庆幸。

咏物诗中最为有趣的是以下一首：

瑰然片石长苔痕，谁种先天太极春。欲向花神问消息，疏枝无语自黄昏。（陈野仙《题石梅》）

把僵硬冰冷了无生气的石头写得活灵活现，很难不让我们揣测这是诗人的自况：天赋异禀，却处于如此的环境，惟有默默地保持那份高洁吧。

也许这诗实在出色，明代罗洪先的《念庵文集》竟然出现了它的身影："块然片石长苔痕，谁种先天太素根。欲酹花神问消息，疏枝无语又黄昏。"（卷二十）只换了几个字，题目却作《洞中石梅》。陈作最早载于雍正九年的《惠来县志》，如果从时代上考虑，罗作采自陈作是可能的。当然，这得取决于史志撰作者没有张冠李戴。

如果从体裁方面考察，与唐、宋二代相比较，元代诗作多为近体，鲜见五、七言古体以及杂言体诗歌；作品多篇幅短小，少鸿篇巨制。兹录一二，读者也可从中得窥元代岭南诗人的长调之一斑：

> 夫何一佳人兮，入南汉之后宫。靓新妆之婉婉兮，淡颜色其丰容。奚锡名之特异兮，曰既素而且馨。苟昭质其或亏兮，曷斯名之称情。既承恩于非望兮，纷独有此姱节。焚椒兰而荐芳兮，濯温泉以自洁。丘墟忽其零落兮，顾原野其青青。袅奇葩以擢秀兮，枝叶袅娜而敷荣。留芳华于宝奁兮，翠蔓郁于罗裙。比蔓草之虞姬兮，类青冢之昭君。贮万斛之天香兮，散菲菲其满室。莹玉雪之无瑕兮，扬倾城之国色。想英灵之未泯兮，岂以生死而异心。忍为人而作春妍兮，期奉君之玉音。傥薰衣而一试兮，犹有曩昔之故态也。誓一白而不濡兮，洗六宫之粉黛也。彼竞美于生前兮，香唾碧而成花。睡海棠之未足兮，羌败国而亡家。览环燕之遗姿兮，具已成乎尘土。孰若此花之尚神兮，竟留馨于万古。嗟何繁列于众芳兮，独见遗于简

编。岂托身于非所兮，蔽厥美而无传。窃独悲夫此花之不幸兮，犹流落乎人间。彼冶容而倚市兮，咸妥鬓而堆鬟。岂知修洁之可慕兮，馨香之不可亵也。绚素衣之缟缟兮，恨缁尘之见涅也。呜呼！故宫废兮烟树苍，疑冢凄兮秋草黄。独花田兮千载，纷愈久而弥芳。（区子美《素馨花赋》）

瞻箕尾兮概光，爇沉水兮奠桂浆。悄清风兮穆穆，公欲下兮回翔。扬之宫兮益之阁，终非吾土兮不能以乐。锵剑佩兮归来，故居兮如昨。俎腯兮洁尊，春秋兮公有孙，无时往兮不复，公逍遥兮盘桓。（龚焕文《庙乐辞·迎神》）

府潭潭兮庙奕奕，公端委兮閟侐。鼓奏兮佚愉，炙芬兮肹蚃。分命兮祝厘，利成兮降墀。送公兮何许？灵在天兮无不之。无不之兮奈何？云八荒兮山之阿。傥眷眷兮莫适，公平生兮菊坡。（龚焕文《庙乐辞·送神》）

翳泉源之福地，历晋宋而至今。乡郑葛兮何处？谩追蹑而空寻。若有人兮山之阿，碧萝翠蔓延幽深。流水以为带，列峰以为簪。松风兮响金奏，竹泉兮鸣玉琴。恍惚眇莽不可见，但睹万木森郁罗翠林。夜残忽疑鸾凤鸣，静听细思山鸟吟。遥想仙驭飞猋来玉岑。（赵孟杰《明福观》）

以上作品，无论是创作手法，还是遣词造句，明显深受骚、赋的影响。

至于七言古体，仅见五题，为郭贞顺《上指挥俞良辅引》、刘应雄《潮阳县东山张许庙辞》、区子复《公署述怀》、赵孟杰《寄郭参寥》及张文斋《读敲月集》，而区、赵、张三作稍胜：

龙津士者白沙客，几载流离归未得。何时回首理田园，底事匆匆走南北。缅思先世本儒林，诗礼箕裘绍簪笏。传家一卷鲁麟经，直上青云登仕籍。一官佐邑理武仙，翩翩遽捧毛生檄。吴楚山川揽辔看，淮水河流经历历。中原风俗犹存古，前代名贤有遗迹。父老争迎少府车，士夫快睹文章伯。琴堂日永公事简，案牍纷纷多委积。持心廉谨务律己，处事公勤思称职。戴星出入不辞劳，朝履东郊暮南陌。春风郁郁长桑条，夏陇芃芃多秀麦。数家破屋困征求，几户编氓瘐力役。救时先务赋役均，生聚终斯田野辟。民风旧习拟丕变，吏弊多端思尽革。上副吾君旰食心，下使群黎均感德。要追卓鲁歌善政，罔俾龚黄嘉异绩。素志长怀报国丹，苍髯早为忧民白。回思故里数亩田，比似成都桑八百。大儿耒耜可躬耕，小女辛勤足供织。岁时伏腊尽优游，不向他人仰衣食。先庐风雨待重修，故冢松楸欠封植。每逢寒食倍思亲，翘首东云长叹息。蒲涧清泉想旧盟，庾岭梅花寻故识。他时解印赋归来，社里徉狂会亲戚。款段车乘马少游，柴桑酒醉陶彭泽。锦水溪山依旧好，白沙风月今犹昔。我来渡此一镜平，楼台夹岸相峥嵘。乘风高步临江亭，亭前碧水通蓬瀛。水上云山罗翠屏，水流富贵千年恨。山锁兴亡万古情，流传奕叶世相承。举国入觐乡邦宁，宋朝牧守多名卿。宦游英俊皆诗鸣，翰墨挥洒天人惊。湖山草木增欣荣，画桥丝柳翠烟轻。十里珠帘卷暮晴，隔花临水自娉婷。中流荡桨扬歌声，一从南渡失经营。君臣对此忘旧京，倒戈戮将罢远征。权奸窃柄乱国经，致使戎马窥南溟。衣冠文物染膻腥，荣华富贵如浮萍。百年宇宙仍分争，东南贡赋来扬荆。风波浪泊绵远汀，瞬息千里无留情。南金大辂具镂琼，仓廪丰溢府库盈。我来越国且暂停，一场吊古酹江灵。岳王坟前秋草青，苏公堤上碧波澄。古今豪杰同凋零，惟有忠臣贤士千载留高名。（区子复《公署述怀》）

上界真人足官府，璚玦霞裾萃瑶圃。光垂天阙日趋班，云绕丹墀联步武。岭南欻忽瘴雾开，昂昂一鹤从天来。峰头谪仙故居士，要叫青精共徘徊。师雄何事罗浮梦，不解凌风候鸾凤。好风笑语在人间，吹香已满桃花洞。愿言寄赠春一枝，天涯未见心相知。涉尘独立万里思，浩歌起舞舒心期。（赵孟杰《寄郭参寥》）

小山先生信英杰，蚤岁穷经诣丹阙。太学游歌姓字香，京华旅食乡心切。一朝拂袖辞金门，归隐山林计非拙。乐道能存颜子风，干时肯掉苏秦舌。筑庵喜延湖海士，大书华匾名敲月。花晨露夕多胜事，对饮豪吟未尝辍。长篇短句每惊人，律吕和鸣珠玉洁。建安七子当并驾，唐室诸贤可同列。才名奕奕闻海隅，家世遥遥在南越。倏然竟赴玉楼招，西风吹老岩阿蕨。我疑先生列仙侣，一段情怀尽冰雪。暂来林壑学巢由，不向朝廷随稷契。嗟我胡为生较晚，不得抠趋受诗诀。几回窗下读遗篇，敲碎唾壶歌激烈。（张文斋《读敲月集》）

除了上引黎伯元所作外，五言古体迄今仅见四题，分别为陈亮的《夏日过石首简天石老禅》、《龟石》、洪必元《省官命诸生为守城马发挽诗欲为申奏立庙》和杨仲玉的《书怀》，而杨氏所作略可一观：

旷怀何所成，惋愤雄心生。力学厉粹精，中和见性情。道脉接周程，张朱撷其英。剥复辨分明，乾建卜元亨。孝弟切躬行，恻隐非沽名。义重利维轻，防意乃如城。圣贤即莫京，黾勉无将迎。守谦而持盈，长此质穆清。

抒发了诗人穷而独善其身的情愫。

排律作品仅一见：

笑卧乾坤里，超然世外身。门无车马客，径有竹松邻。梦上三竿日，醉来几度春。昼长时听鸟，风静漫投纶。得趣猿甚狎，忘机鸥共亲。羲皇馀一枕，高卧乐天真。（梁旷宗《闲居自咏》）

此外，四言也偶有二三。其中以莫肃震所作《谢郡守王宁轩》最得古法：

泮水溶溶，新庙有颙。飞柳罗星，栋梁揭虹。黝垩丹青，百堵皆崇。东西从祀，有睟其容。冠佩裘舄，几几雍雍。千古万古，圣道尊隆。

泮水漪漪，芹藻其碧。青青子衿，斯游斯息。顾谓余言，伊谁之力。曰我王侯，丰功硕德。可镌可镵，彝鼎金石。与庙齐休，垂之罔极。

从这些作品，也可以进一步理解为什么岭南文坛“尚存古风”了。他们崇尚古奥典雅，宁愿模拟古体，却鄙夷俚俗的文体。杂剧散曲之所以没在元代岭南文坛上占一席之地，也许是岭南文人不愿为吧。

第四节　元代的散文

与诗歌比较，元代岭南散文越发显得凋敝。屈大均《广东文选》只选了五家五文，温汝能《粤东文海》只收录了四家四文，吴道镕《广东文征》只选了九家。汰其重见者，只得十家十三篇作品。而在这十三篇文章中，竟有五篇为歌功颂德者，满纸谀词。譬如阮泳的《香山县署记》和谢应子的《新州宣慰使阿里元帅平猺碑》就是典型的例子。不过，也有给人留下深刻印象的，唐古台的《登山记》就很值得一诵：

余因分治惠阳，获睹天南仙境。有望儒徐心远约之同行，如期而至，至梅花村，心远不能从。余遂摄衣而上，由邝仙石历伏虎岩，盘礴八仙石上，穷一日之力，履飞云之巅。是日也，宇宙澄清，沧海一碧，瓣香致敬，须臾云生足下，雾霭天低，倏有双凤翔舞。于是编竹为庐，席地一宿，次早披蓑带雨而下，木客长啸，彩禽来集，望石楼，漱水帘，憩梅屋，寻仙杖，观药槽，出松关，遇心远，惠予以诗，披云一啸而回。元贞乙未仲冬二十日。

当然，作为游记，文章实难望《钴鉧潭西小丘记》、《小石城山记》、《黄冈竹楼记》诸作项背，但也隐隐有唐宋之风。

简祖英的《辞拜建平县知县表》，则表现了一个知识分子耿直的个性。不过，读来总觉得仿佛李密《陈情表》的影子，无怪乎贺复徵《文章辨体汇选》径直题为《陈情表》。虽然如此，文章毕竟道出了元末世乱的情况和作者的亲亲之情：

臣祖英九岁失怙，惟慈亲鞠育，逮长知训，冀或用世以酬罔极臣之志也。向叨食元禄，为何左丞参佐。适值三山强寇剽掠广城，一门妻女，死节五人，而老母陈氏为所拘囚。臣祖英隐忍不能即死，其有愧石苞徇国也多矣。兹遇圣朝维新，征讨不服，率土效顺，咸蒙嘉休乃者。三山逆寇，悉婴铁锁。臣母得以生还。虽臣祖英不孝之罪固所难逃，而得以展区区乌哺情私者，陛下之赐也。臣母子离散复完，白骨复肉，铭感圣德，彻于肝肺，虽九死其能报邪？陛下又复甄录，寄以民社，此正臣殒首效命之秋也。而臣俯顾自惭，不敢拜命者，以罪戾已深，不宜职在民牧，钦惟圣朝以孝道治天下，禄秩不容及不孝之徒，以仁心怀远人，匹夫无有不获之愿。况臣事元朝，叨为元臣，幸已逃诛，母年逾耄孤苦特甚，尤宜恻怛而钦恤者也。伏望圣慈收回成命，矜其爱日之短，俾遂归养之图，则母子拭目清平，讴歌德泽为赐多矣。今臣年四十有九，老母年八十有一，鹤发垂堂，西山之日已薄，弃亲赴任，不孝之罪弥深。苟违亲而事主，陛下安所用之？果尽奉欢之期，然后复求仕进，以尽忠罄节，非惟遂人子之私，亦圣朝孝理之道也。

文章作于明初，因简祖英元时曾任“江西都省员”（《名山藏》卷八十七《俘贤记·简祖英》，又《（光绪）广州府志》卷五十，选举表十九），视之为元代作家也未尝不可，所以他的作品也移至元代一章里讲述。

侯圭的《廉泉亭记》虽稍嫌冗赘，却也不乏精彩之笔：

凡并海之水皆咸，惟此独甘冽。是众浊之中而独清也。众浊而独清，廉者之事也。

泉者，水之始达也。物始生也，无有不善；其不善者，或混之也。水始达者，无有不清，其不清者，或溷之也。公能以赤子之心为心，更能以龙骧公不易心为心，则无愧此泉矣。

嗟乎！泉之食不食，井无得丧也。水之治不治，泉无得丧也。而况于亭之兴废乎？而况于记之有无乎？可无记也。

以泉喻人、喻政，匠心独运，点出一“清”字，无为之道跃然纸上！所论精当，使人叹服。

元代的阶级矛盾、民族矛盾空前尖锐，但在岭南作家的笔下却得不到充分的反映。虽然有好些作品从一两个侧面展现了社会的黑暗，但更多的作品则只是体现作者孤高率直的品格。就表现时代精神而言，显然是很不够的。在艺术上，岭南作家的作品“尚存古风”，与中原作家“刻翠剪红”、“巧事雕琢”的作品形成鲜明的对照。也许，这就是岭南作品值得称道的地方。然而，无论从数量上还是质量上，元代岭南的文学创作都不那么尽如人意。尤其是没有出现杂剧散曲创作的繁荣景象，相当令人遗憾。

明代文学

第一章　明初诗人

在明初诗人中，比较有成就的是“南园五先生”。“南园五先生”又称“南园五子”，指岭南诗人孙蕡、王佐、赵介、李德、黄哲五人。他们在广州的南园抗风轩共组“南园诗社”，开岭南结社之始。五先生为诗，上追三唐，力矫元代诗歌创作上的纤弱萎靡之风，使岭南诗风为之振起，对岭南诗歌的发展，起过积极的作用。《四库全书总目提要》赞道：“粤东诗派，数人实开其先，其提倡风雅之功，有未可没者。”给予很高的评价。

“南园五先生”与以高启为首的“吴四杰”和以林鸿为首的“闽十子”同时，共开有明一代风雅之宗。由于五先生僻处岭南，故在文坛中未被重视，历来文学史著作也很少提到他们的名字。更令人惋惜的是，明初文网森严，朱元璋对文人尤为刻忌，五先生中的孙蕡、黄哲都无辜受戮，赵介也在被逮解京师途中病死。除了孙蕡有诗文集传世外，其余四人的诗作大多散佚，仅在明嘉靖年间陈暹所辑的《南园五先生诗》中保留下一百多首。然而，他们这些作品，如同委置于尘土中的明珠那样，其晶莹光彩是掩盖不了的，在中国诗坛上应该占有一定的地位。

第一节　孙　蕡

孙蕡（1337—1393），字仲衍，号西庵，顺德人。南园五先生之首。早年为广东行省右丞何真幕僚。元末避乱乡间。洪武三年（1370）中进士，授工部织染局使。不久出任虹县主簿。时遭兵燹，十室九空，经他加以抚慰，民多复业。一年后，拔为翰林典籍。洪武八年（1375），参预编修《洪武正韵》。洪武九年监祀西川。后出为平原主簿，因事被累系狱，送往京师修筑城墙。洪武十一年罢归乡里，潜心学问，所见益深。洪武十五年为苏州府经历，赞画有方，政用大和。洪武二十二年又因事被诬，谪戍辽东。洪武二十六年，大将军蓝玉因谋反罪被诛。孙蕡曾为之题画，遂受株连处死。卒年五十六岁。孙蕡才华横溢，“性警敏，书无所不窥，诗文援笔立就，词采烂然”。(《明史·孙蕡传》）他的诗既有“气象雄浑”的一面，又有“清圆流丽”的一面。明清以来，人们对孙蕡诗作评价颇高。胡应麟《诗薮》谓“岭南诗派昉于孙仲衍”，“足雄据一方，先驱当代”。李时远誉其“七言古体不让唐人”，汤先甲推为“岭南明诗之首”。朱彝尊在《静志居诗话》中更盛赞道：“自蕡以下，世所称南园五先生也。仲衍才调杰出四人，五古远师汉魏，近体亦不失唐音，歌行尤琳琅可诵。”孙蕡的七言古诗，确实十分出色。如他的名作《下瞿塘》，写舟行险滩急流的情景，笔力遒健，很有气势：

我从前月来西州，锦官城下十日留。回船正值重九节，巫山巫峡风飕飕。人言滟滪大于马，瞿塘此时不可下。公家王事有程期，敢惮微躯作人鲊？人鲊瓮头翻白波，怒流触石为漩涡。长年敲板助船客，破浪一掷如飞梭。滩声橹声历乱聒，紧摇手滑橹易脱。沿洄划转如旋风，半侧船头水花没。船头半没船尾高，水花作雨飞鬓毛。争牵百丈上崖谷，两旁捷走如猿猱。停船把酒酹苍昊，因笑吾生真草草。吟诗未解追谪仙，万里经行蜀中道。巴东东下想安流，便指归州向峡州。船到岳阳应渐稳，洞庭霜降水如油。

孙蕡《西庵集》中舟行诗不少，如《发忠州》、《过瞿塘》、《次李阳河》、《阻风雷港》等，能从不同的角度去描述，形象生动，各具特色。

孙蕡有一首长达一百七十六句的《骊山老妓行》，自称“补唐天宝遗事，戏效白乐天作”，有意识地模仿白居易《长恨歌》和《琵琶行》的写法，写了一个天宝年间的老歌妓的沧桑之感。在内容上，此诗可以说是《长恨歌》的延伸；在音乐的描写上，则很明显是受《琵琶行》的影响的。整首诗跌宕多姿，音调谐婉，与唐人七言歌行相较，确是未必远逊；其刻画唐宫之盛衰变化，堪与元稹的《连昌宫词》相媲美。如下面一段“唐姬搊筝”的描写：

琵琶横笛空聒耳，唐姬搊筝妙无比。请弹一曲久含羞，呼唤百回方强起。移柱相参雁成列，调弦未就人先喜。俯首斜拖珠步摇，向人高露春纤指。楼高韵发响泠泠，急管悲歌一霎停。初听乍如风雨至，再弹还作凤凰鸣。清如玉女钧天奏，壮似雕戈出塞声。涧水带冰时哽咽，春雷震石忽凭陵。凭陵未已旋清悄，清悄渐凝声渐小。四座无言俱寂寥，馀音已断犹萦绕。溶溶宛宛复悠悠，切切凄凄还窈窈。深闺断蚓怨寒宵，浅谷娇莺破春晓。缠绵万恨与千愁，婉意柔情不肯休。蔡琰胡笳悲紫塞，班姬团扇掩清秋。楼前皓月明如练，天外行云凝不流。促拍未终南内曲，新腔忽过小梁州。梁州一折月向午，唐姬此时心独苦。银甲悲深不忍弹，哀肠断尽无由语。低笼翠袖揾香泪，翻使欢娱变凄楚。诉尽平生富与贫，可怜人世今成古。

上面这段描写，既细腻地写出了唐姬弹筝的过程，又用多种生动的比喻，形象地写出筝声的高低变化与悲欢相接，如泣如诉，声情并茂，堪称是摹写音乐的佳制。孙蕡七言歌行佳作甚多，如《湖州乐》写江南水乡人家的生活；《次归州》，写归州城的地理形势和居民习俗；《南京行》写京城的堂皇气象与富丽奢华；《广州歌》写广州风物与繁华盛况；《白云山》写南国春游的景象，都笔意矫健，形象鲜明，值得一读。其中“木棉花落鹧鸪啼”、“四时风气长如春”及“丹荔枇杷火齐山，素馨茉莉天香国”等句，尤能写出广州的地方特色，常为后世所称引。

孙蕡笃于友情，诗集中酬赠友朋之作不少。如《南园怀李仲修》、《寄王给事佐》、《南园赠王给事彦举》、《罗浮歌寄洛阳李长史仲修》等诗，追怀昔日南园宴游雅集之乐，深能表达“相思岁晚结愁心，长风万里碧云远”的思忆之情。孙蕡在京城任翰林典籍时，春风得意，却不忘南园旧友，他在《寄王彦举》一诗中写道：

绿杨阴下玉骢嘶，丝络银瓶带酒携。梦入南园听夜雨，不知身在蒋陵西。

此诗明秀俊爽，颇具唐人七绝的风华。末二句写梦中思忆之情，更是充满诗意。孙蕡路过山东东阿县时，想起曾在这里任过知县的诗友黄哲，写下了《过东阿怀雪篷》一诗：

故人今不见，孤客悄谁怜？事业清时困，名声旧邑传。紫髯风猎猎，纱帽月娟娟。傥遂幽园约，琴樽共晚年。

首联点题，写黄哲已离开东阿，自己到此却成了寂寞的孤客；颔联慨叹黄哲的事业虽在太平盛世中受到挫折，但他美好的名声却依旧在东阿久久传诵；颈联以“紫髯”、“纱帽”写黄哲的非凡风采；末联则表达欲与黄哲共隐幽园、同度晚年的愿望。但可惜诗人这个愿望却未能实现。后来，黄哲被无辜处死，孙蕡也同样难逃劫运。才人命蹇，可发浩叹！

孙蕡《西庵集》中，怀古咏史之作不少，时有创见，不落俗套。如《昭君》一诗：

> 莫怨婵娟堕朔尘，汉宫胡地一般春。皇家若起凌烟阁，功是安边第一人！

历代咏昭君诗不少，多为其远嫁匈奴而惋惜。孙蕡此诗，一扫古来的陈词迂论，热情赞美王昭君在促进民族和好上的杰出贡献。诗中第二句“汉宫胡地一般春”已是见解不凡；末句“功是安边第一人”更给予崇高的评价。六百年前能写出这样的诗，足见作者的识见过人，决非流辈所及。在《西庵集》中，近体诗的分量颇多。其七言律诗，每取法盛唐高华壮阔之作，典雅有馀而情韵稍逊；《驾游钟山应制》之类作品，更是了无诗味。但一些以白描笔法写景抒情的七律，却写得清丽可喜。如《江上》一首：

> 江上青枫初著花，客帆和月宿蒹葭。过云疏雨数千点，临水小村三五家。风起渔船依钓石，潮回归雁认平沙。秋怀已向南云尽，又是沧洲阅岁华。

此诗格调颇似杜牧的《商山麻涧》诗。中四句写景如画，尤有情致。他的五古甚多模仿汉魏乐府之作，其中《拟古诗十九首》及《杂诗五首》，写相思、离别、客愁以及慨叹人生等题材，摹拟之迹最为明显。他的七古则笔力雄健，意态横肆，题材多样，各具情韵。除上面提到的《下瞿塘》和《骊山老妓行》等诗外，如《过隋宫故址》、《捕鱼图》、《次武昌》、《题钱叔昂潇湘图》、《题苏名远画竹图》、《飞仙归来词题武林朱以方招鹤轩》、《送翰林典籍张敏之官西土》等诗，怀古抒情，写景状物，都极见匠心。孙蕡作诗，讲究音韵之美，多琅琅可诵；下笔灵动多变，不拘一格，时有新意跃出。《粤东诗海》以“炉锤独运，自铸伟词”评之，诚非虚誉。《四库全书总目提要》把孙蕡与“吴四杰”之首的高启及“闽十子”之首的林鸿作比较道：“蕡当元季绮靡之馀，其诗独卓然有古格。虽神骨隽异不及高启，而要非林鸿诸人所及。”综观孙蕡传世之作，这个评价是颇为恰当的。

孙蕡著述甚丰，除《西庵集》外，尚著有《通鉴前编纲目》、《孝经集善》、《理学训蒙》、《和陶集》、《集古句律诗》等，均多散佚不传。

第二节　王佐　赵介　李德　黄哲

王佐（1337—?），字彦举，人称听雨先生，南海人。南园五先生之一。元末与孙蕡一起，受广东行省右丞何真礼聘，共掌书记事务。洪武六年（1373），应征至京师，拜给事中。议论规谏，甚得朱元璋欢心。由于不乐枢要，居官二载，即乞返故里，得其善终。著有《听雨集》和《瀛洲集》，惜已散佚。《南园五先生诗》仅辑得其诗十四首。王佐“才思雄浑，体裁甚工”，当时与孙蕡齐名，时谓“构辞敏捷，王不如孙；

句意沉着，孙不如王”，“评者比之高适、岑参”。（见《听雨先生传》）

王佐先世本河东（今山西永济蒲州）人，元末随父至广东，遂占籍南海。他的《戊戌客南雄》一诗，很能写出他随父客宦南雄时的愁苦心境：

> 寂寞江城晚，依依独立时。回风低雁鹜，返照散旌旗。家在无人问，愁来只自知。几回挥涕泪，忍诵北征诗！

诗题的“戊戌”年，即元顺帝至正十八年。此时天下大乱，群雄并起，徐寿辉、张士诚、韩林儿等反元义军，纷纷据地称王。王佐目睹当时社会混乱、民不聊生的凄凉景象，故有“几回挥涕泪，忍诵北征诗”的慨叹。他的五律仅存二首，均写得不错。另一首《忆舍弟彦常》，把“年光随水去，事业与心违”的感慨，与兄弟之思结合起来，颇为真挚感人。

王佐现存的七律和七绝比较一般，无甚可观；几首七古倒写得较好。如《题桑直阁江山胜概图》，由咏赞图中的水色山光而生归老林泉之思，抒发“才名用世果何有？赢得归来双鬓斑”的感慨。《醉梦轩为钱公铉赋》一诗，借倾吐醉生梦死之乐而发泄对现实的不满。诗中写道：

> ……问君醉梦缘何事？君言不解其中意。但知痛饮复高眠，即此悠悠是生计。……人皆掉舌谈臧否，君方默坐糟丘底。人皆明目辨妍媸，君独瞢腾黑甜里。君不见汨罗江边人独醒，捐躯博得千载名。又不见王戎钻李执牙筹，昼夜营营算不休。人生适意此为乐，何须苦觅扬州鹤？竹叶杯中阅四时，芦花被底舒双脚。钱公钱公真我师，平生此意君得之……

诗中推崇钱铉不谈臧否、不辨妍媸的处世哲学，漠视“捐躯博得千载名”的屈原和“昼夜营营算不休”的王戎，只求人生适意，寄情于醉梦之中，是怀有很大的牢骚与愤激的。《唐仙方技图》一诗，则借题画以咏史，谴责唐玄宗“万机日少乐事多”，导致“延秋门外羽书飞，却驾青骡向西避”的局面，并点出这幅《唐仙方技图》是“画者传之有深意”的。孙蕡也写有一首《题唐仙方技图》诗，对该图画面描绘得较为具体，但讽刺的笔触却不及王佐此诗尖锐。在王佐现存的四首七古中，《应制赐宋承旨马》一诗最为下劣，其中“须知君恩如海深，臣骑黄马当赤心”等句，大拍朱元璋马屁，肉麻之极。明人徐泰在《诗谈》中评孙蕡诗“清圆流丽，如明珠走盘，不能自定”，说王佐诗“雄俊丰丽，殆敌手也”。但从王佐现存的作品看，他是远不能与孙蕡匹敌的。《四库全书总目提要》称王佐诗“气骨稍卑，未能骖驾”，倒是比较符合事实的。

赵介（1344—1389），字伯贞，番禺人。南园五先生之一。平日以陶潜自比，植二松于所居之处，名为临清轩，人称临清先生。赵介不乐仕进，虽屡为有司所荐，均不就，终生为布衣之士。洪武二十二年（1389），因事被诬，逮赴京师。不久事白南还，卒于南昌舟中。后儿子赵纯贵显，被追赠为监察御史。

据《广州人物传》载：“（赵介）博通六籍，虽星官、医卜之说，浮屠、老子之书，靡所不究。气宇豪迈，与物无芥蒂，兴至即挥毫赋诗，人莫测其涯也。”赵介著有《临清集》，陈琏曾为之作序，盛赞他“出入汉魏盛唐诸大家阃奥，而尤究心三百篇之旨”，“气充才赡，发为诗歌，实肖其人”，“更唱迭和，往往度越流辈，非特人品之高，才华之俊，亦由气之盛也”。惜《临清集》已佚，赵介存诗不足十首。从现存的赵介诗看，似不当陈琏之誉。但赵介也确实写过好诗，如《听雨》就是极佳之作：

> 池草不成梦，春眠听雨声。吴蚕朝食叶，汉马夕归营。花径红应满，溪桥绿渐平。南园多酒伴，有约候新晴。

首二句写春眠听雨，不能成梦，故不能得到梦中的佳句，巧妙地运用了谢灵运梦中得“池塘生春草”诗句的典故；三四句分别以吴蚕食叶和汉马归营来比喻雨声的细密和急骤，写得极其警炼传神；五六句是想象之词，想象一番春雨之后，花径上也许已铺满了红花，溪中的绿水大概也涨得与小桥相平了；末二句表示期待雨晴之后到南园与友人们文酒相会。古来咏雨的名篇不少，赵介此诗着重在“听”字上落笔，想象丰富，比喻新警，颔联“吴蚕”、“汉马”二句，尤其形象生动，置于古人名篇之中，也不见逊色。他如《寓山家留壁》写山家“青山出屋上，修竹当坐隅。好鸟时一鸣，景寂心亦虚”的恬静境界；《南楼对月》写诗人“夜上南楼看月色”，浮生起“万里凉风满襟袖，洞庭七泽涵清秋”、“试吹玉管遏行云，曲中仿佛霓裳舞”的壮阔情思，都怡人心目，饶有诗趣。赵介现存的唯一一首七绝《瑶池》，也写得颇有情致：

> 宴罢瑶池暮雨红，碧桃花落几番风。重来八骏无消息，拟逐青鸾入汉宫。

此诗乃摹拟李商隐同题之作。末二句写西王母思念周穆王的心情，较之李诗“八骏日行三万里，穆王何事不重来”，犹进一层。但李商隐《瑶池》一诗，意在讽刺帝王求仙之虚妄；赵介此诗，讽刺之意并不明显。相形之下，其思想深度便有所不及。

在南园五先生中，赵介是唯一以布衣终老的一位，被誉为“广之高士”。《临清集序》称其诗“非世之绚彩色、调声响者所能及也”。惜存诗甚少，未能显其此貌。陈暹也曾称赵介诗“刻厉奇崛”，但从他的存诗看，也未能看出他具有这样的风格特点。

李德，字仲修，人称易庵先生，自号采真子。番禺人。南园五先生之一。洪武三年（1370），应荐至京师，授洛阳长史。继迁济南、西安二郡幕，历十余年。后自言不能吏，改就湖广汉阳教谕。时当兵革初息，学舍荒凉，生徒既少且野。李德遂罗致民间子弟之俊颖者，尽心加以训迪，自此人知向学。后改任广西义宁知县。该县旧俗甚陋。李德乃立法约束乡党，不得为恶。习俗日美，科贡渐盛。晚年倦游南归，卒于家中。

李德博览群书，精研《毛诗》、《尚书》，晚年更潜心理学。其为诗多效李白、李贺，力追古作，有《易庵集》行于时。时人称其诗能“跨晋唐而跞宋元”，评价颇高。如《青楼曲》、《天上谣》、《秋情》、《王彦举南雄省亲》、《十二月乐章》等诗，遣词命意，都甚似二李之作；而想象的离奇荒诞与造句的险拗奇崛，则与李贺更为接近。其中《天上谣》一诗，写诗人神游天上的所见所想，具有浓厚的浪漫气息。诗中提到的人和事，大都来源于神话传说，经过诗人的想象加工，编织成诗，便创造出一个神异奇幻的天庭境界：

> 玉楼琼宇晓玲珑，云軿电毂辗回风。自从羿射九日落，帝遣羲和驱六龙。六龙奔属成今古，海水生尘变桑土。瀛洲花发几番春，误杀秦皇并汉武。桂宫珠露滴秋香，仙仗徘徊朝紫皇。凤吹纷纷九成奏，羽衣金节韵琳

琅，金河流水连云注，织女牛郎在何处？淋漓元气浩茫茫，白鹤千群驾烟雾。女娲炼石良可嗤，此事荒唐奚足疑？直怜世上人心改，至理浑仑那得移！

此诗与李贺的同题作品内容相近，其中有些句子明显是从李贺那里化用而来的。如“海水生尘变桑土”、“金河流水连云注”二句，就脱胎于李贺的“海尘新生石山下”和“银浦流云学水声”。《十二月乐章》亦是与李贺同题之作，诗中扣紧每个月的特色进行描写，表现了诗人对大自然的细致观察和感受。其中“白日河庭泣鱼鳖”、“湘神抱瑟愁波涛”、“壑底惊蛇挽不留”、“官街力兽驮寒去”等句，就深具李贺诗笔奇崛之气。

李德除了刻意摹拟李贺风格的古体诗之外，一些抒写个人襟抱情怀的近体诗，亦写得清新可诵。如《社后谩兴》：

社燕西飞节物过，年华世事两蹉跎。晴天白鸟来无数，落日浮云看渐多。黄菊何人归短棹？红蕖秋水淡洪波。寂寥多恨凭谁遣？摇落无心奈尔何！

诗中所写的内容虽然也是常见的秋节之悲与蹉跎之感，但却能把自然景物与个人感受巧妙地结合起来，表现了诗人淡泊旷远的襟怀。又如《立秋日登汉阳朝宗楼怀乡中诸友》：

湖山兴不浅，而我亦淹留。得罪缘微禄，怀君属早秋。淡云乡树远，孤月旅情幽。借问衡阳雁，何时到广州？

此诗写于诗人任汉阳教谕之时，“乡中诸友”当指广州的南园诗友。整首诗写客居异地的孤苦之感与怀念朋友的深挚之情，颇为真切。相传雁至衡阳而止，遇春北还，不会飞到更南的广州去。诗中末二句如此发问，怀友之情显得更为深切。《岭表诗传》评此诗“飞动变化，五先生近体应推上乘”，称誉甚高。另如《济南寄孙仲衍》、《金陵逢赵汪中》、《寄妻弟郑子玉》等怀亲念友之作，也都同样写得感情真挚，颇有韵味。

《岭南诗存》谓李德诗“短篇炼气归神，静穆而淡远”。这些短诗，与他“雕锼肺肝”、着力摹拟的仿作，格调大异。模仿之作，虽也可见功力，但大多只是形似，而缺乏真情。只有纯乎出自性情之作，才称得上是上乘的作品。从李德现存的六十余首诗看，一些费尽心力的仿古之作，往往反不及那些随意写来，不假雕饰的小诗，便是这个道理。

黄哲（？—1375），字庸之，番禺人。南园五先生之一。世为荔湾著姓。性好山水，遍游岭南名胜后，便度庾岭，过吴楚，游燕齐，与湖海文士畅游吟咏，声名大著。他首次北上时，曾倚篷听雪，认为“天下奇音妙响，出自然者莫是过也”，归筑一轩，名为“听雪篷”，故人称雪篷先生。朱元璋为吴王时，黄哲被李善长、汪广洋等人所荐，拜为翰林待制，入侍太子读书。不久兼翰林典签。洪武初，出任山东东阿知县。他关心民情，不事缴绕苛察，民乐其宽。原先流徙外地的百姓，也纷纷回来复业。洪武四年（1371），升任东平府通判，东阿士民遮道哭别。赴任后，适值黄河决堤，黄哲在境内发民疏浚，经画有方，民不告劳。后上疏陈时务数十事，触怒朱元璋。朱元璋欲治其罪，适逢山东分省奏哲有政绩，始释不问。黄哲自请南归，领郡校事，授徒数百人。洪武八年，终以“在郡诖误”的罪名，被朝廷召回山东处死。郡邑人士感其大德，家为奠祭。黄哲在山东任上颇有政声，此“在郡诖误”之罪，到底是什么？史书亦不见载。明初之滥杀无辜，于此可见一斑。

黄哲诗以乐府和古体居多，多模拟魏晋六朝，胡应麟认为其七古“气骨”胜于孙蕡。如《白苎词》、《乌栖曲》、《战城南》、《过梁昭明太子墓》、《东平谒尧词》、《曲阜里谒庙》等诗，刻意仿古，虽无新意，然功力颇深。而一些酬赠友朋的作品，却颇见才情，不乏佳作。如《王彦举听雨轩》就是比较突出的一首：

> 辋川给事才且奇，自我相亲童冠时。高谈甚爱风雨夕，世上闲愁都不知。几回共酌东轩里，正值萧萧满人耳。当窗涤笔写黄庭，凉声散落鹅池水。竹外淋漓芳砌寒，檐端飞洒落花残。先生掷笔向予笑，如此宫商真可欢。况复交游尽文雅，倾倒对之情不舍。银觥夜酌凉蒲萄，琵琶嘈嘈急如泻。先生醉坐银烛低，行云入帘花气迷。喈喈屋角闻朝鸡，出门只见花成泥。当时雄笔谁更好？孙公狂歌君绝倒。横眠三日醉复醒，梦见池塘生春草。一别凄凉十二年，关河风雨隔幽轩。怀乡泪逐灯花落，隐几晴忘春漏喧。君入蓬莱献三赋，我践泥涂走中路。归来相见头总白，坐上逢人半新故。西窗旧话谁与传？思君昨日空回船。绿蓑青箬重来访，莫厌连床终夜眠。

此诗回忆昔年在听雨轩中文酒雅会的情景，怀念王佐，兼及孙蕡，颇能写出南园五子间的深厚情谊。当时孙、王齐名，从此诗中可得一佐证。其他如《行路难为洪都义士杨安赋》、《醉歌行为邝复初雄飞昆仲赋》、《短歌行与蓝山陈彦中》等诗，也都诗笔清健，饶有感慨，值得一读。

洪武四年夏，黄河决堤，泛滥成灾。黄哲时任东平府通判，目睹灾变惨状，写成《河浑浑》一诗以记其事。诗中有道：

> 河浑浑，发昆仑。渡沙碛，经中原。喷薄砥柱排龙门，环嵩绝华熊虎奔……葱岭三时积雪消，流沙万派从东决。东州沃壤，徐豫之墟。怀山襄陵，赤子为鱼。夕没巨野，朝涵孟诸。茫茫下邑皆涂污，民不粒食乡无庐。桑畦忽变葭苇泽，麦垄尽化鼋鼍居。

真是水势惊人，为祸惨烈！“怀山襄陵”以下八句，写尽当时洪水泛滥时，村庄被淹、人畜为鱼的惨况，有很强的艺术概括力。类似的作品，还有两首写“祷雨获应”的古诗。虽然这两首诗带有迷信色彩，不足为训，但“沛然感敷施，霡霂济多难，淅淅在林畹，冥冥被冈峦。焦原幸沾濡，庶类同忻欢。鸣鹳集穹窒，翔鳞跃纹澜。郊垌悦童耄，庠塾庆衣冠”等诗句，却比较真切地反映了人民群众久旱得雨的喜悦心情。这类具有人民性的作品，在南园五子的诗作中并不多见。黄哲不但在任上能关心民生，在作品中也有一定的反映，这是十分可贵的。这就难怪他在无辜被杀时，“郡邑人士，家为奠祭”了。

黄哲除古体诗较多之外，近体诗也写了不少，数量仅次于孙蕡。其所作律、绝，用笔清劲，不乏佳作。如《赠刘仁仲昆季还浙东》：

> 沉忧自多绪，复此送归人。昨夜淮南雨，不知芳树春。揭来持别酒，相与慰兹晨。日暮行舻渺，东南弥越津。

此诗音节奇拗，善用虚字，是一首古律体诗，风格颇似韩愈的《落叶一首送陈羽》。三四两句，一写昨夜在淮南不眠听雨，一写清晨见路树开满春花，时间过渡得天衣无缝。整首诗别意甚浓，颇堪回味。黄哲写有多首酬赠孙蕡的七律诗，其最佳者当推《舟泊龙湾寄孙仲衍》一首：

吴樯楚柁十年间，又度秦淮虎豹关。眼底故人成寂寞，梦中尘业负高闲。九州风雨东南会，七泽波涛日夜还。江上思君云路杳，掀篷愁对蒋陵山。

黄哲的七律大多语奇笔重，意境阔大，有“盛唐格局”。此诗八句一气呵成，雄直深厚，堪称佳作。首二句扣题，点出“舟泊”之地；三四句写自己寂寞矛盾的心境；五六句写南京城雄阔壮观的气势；末二句回应题目，归结“寄孙仲衍”之意。通篇格高气朗，诗笔老健，在写景中融入深沉的感慨，允推佳构。黄哲的七绝也写得很有情致。如“淡月斜窗夜气清，禅栖无梦客灯明。山中万籁俱岑寂，惟有松风答磬声”。（《小塘山居》）颇能写出山居夜静之趣；又如“金风瑟瑟吹明河，锁窗时见流萤过。谁家玉笛生离怨，知是吴侬子夜歌”。（《秋夜杂兴》）诗句不拘平仄粘对，很有竹枝词的民歌韵味。

黄哲现存诗七十余首，在五先生中数量位居第二。他的五古“祖述齐梁”，较少自己面目。如《过梁昭明太子墓》一篇，前人就说可混于《文选》诗中而难分甲乙。七古则笔墨酣畅，较有才情，可自成格调。近体力学盛唐，有一定的内容和感情，非一味拟古的“明七子”所及。《广州人物传》称黄哲诗已“造晋唐奥域”，评价可谓不低。

总的看来，南园五先生诗以古体为多，近体较少；但孙蕡《西庵集》中，近体却不少于古体，可见其余四先生大概也写了不少近体，可惜现在都难于寻到了。南园五先生结社于元末明初，开有明一代岭南诗风，其流风馀韵，影响甚远。嘉靖年间，欧大任、梁有誉等五人，继南园五子故事，于南园重结诗社，称为“南园后五先生”。明末崇祯年间，黎遂球、陈子壮等十二人，又重开南园诗社，被称为“南园十二子”。迨及清末光绪年间，梁鼎芬、黄节等八人，又结社于南园抗风轩，称“后南园诗社”，与会者一百多人，为一时诗坛盛事。六百年间，南园诗社几经兴废，风雅不绝，始创诗社的南园五先生是功不可没的。

第三节　黎贞及其他诗人

明初除南园五先生外，黎贞、陈琏、邓林、罗亨信等人，亦以诗文著称于时。

黎贞（1346？—1405？），字彦晦，号秫坡，新会人。曾学于孙蕡门下。部使者以其有学行，署为新会县学训导。他推辞不就，退筑钓台于所居宅前，以诗酒自乐，故又号陶陶生。洪武年间，因事被诬，远戍辽东十三年。在辽时，孙蕡因蓝玉案被株连处死。黎贞抱尸哭，典衣营葬于安山之阳。后又辑编其诗文成集。洪武三十年（1397）被赦南归，一直在乡间讲学著述。卒年五十九岁。著有《秫坡集》、《古今一览》、《家礼举要》等。陈献章极推许黎贞，谓“吾邑以文行诲后进，百余年来，秫坡先生一人而已”；黄佐亦盛赞黎贞诗文“滔滔自胸中写出，无斧凿痕”，给予很高评价。

黎贞远戍辽阳十多年，故《秫坡集》所存诗，多写流放时的痛苦生活，其中思乡思亲之作特多。如《寄诸弟》一诗，写诗人谪戍辽阳时深情思念故乡与亲人，在浅白平淡的语言中蕴含着刻骨铭心之痛：

几载音书绝，乡关梦寐多。愁来悲骨肉，老去事干戈。路杳红尘暗，天长白雁过。无由问慈母，康健近如何？

又如《夜宿南津》：

夹岸丛芳涌翠痕，寒江烟火数家村。云连野色生离思，风激湍声入梦魂。时把香醪消永日，愁闻戍鼓报黄昏。缘知老母遥相望，华发萧萧独倚门。

此诗由景及情，写北行途中的愁绪。结尾二句写老母亲倚门盼归的感情，尤见深挚。黎贞有弟彦器，病死南宁。黎贞时在辽阳，闻讯甚悲，仿效杜甫《同谷七歌》，写成《哭弟彦器七歌》一诗，以表哀悼。下面是该诗的第三、四首：

南宁万里关山隔，地角天涯杳南北。劲雪颠风向几何，昨日讣音报消息。穷眸空逐暮云凝，飞泪暗随秋雨滴。呜呼三歌兮歌转伤，魂招不来到辽阳。

汝兄汝兄徒自切，万斛愁怀向谁说？雁行相分终有期，岂意今为生死别。南望关山未得归，梦入南宁泪成血。呜呼四歌兮不忍听，太空失色云冥冥。

真是一字一泪，感人肺腑。黎贞这组诗在抒写感情方面，颇为出色。整首诗悲伤沉痛，具见手足之情。与杜甫《同谷七歌》相较，也未为远逊。

黎贞对故居钓台极为眷念，在诗中时有反映。他在远戍辽阳期间，便写有《思归》一诗，发出“何时归到文溪上，自坐鱼台弄钓竿”的慨叹。当他赦归抵家，已是夜半，即登钓台吟啸，写下《午夜还乡，呼酒先登钓台，书于壁》一诗以遣兴：

> 十年戎马不离鞍，沙漠长城万里寒。今日归来浑未老，青山还许白头看。

诗人历经忧患，仍自觉“未老”，心境是颇为旷达的。此后他便长伴钓台，潜心学问，以著书讲学终老。他在《钓台》诗中，便表达出一种寄情“水色山光”鄙薄“执鞭富贵”的洒脱情怀：

> 云根几尺枕清流，水色山光物物幽。堂上倦归同海燕，阶前分食与沙鸥。春潮风动涛翻雪，夜浦波澄月在钩。自有江湖烟景在，执鞭富贵亦何求？

陈琏，字廷器，东莞人。洪武二十年（1387）举人。初为桂林府学教授，后升国子助教。永乐年间，召试优等，擢知许州，改滁州，累擢扬州知府、四川按察使。宣德年间召还，改南京通政使。正统年间，调为南京礼部侍郎，后致仕南归。历仕四朝，卒年八十五岁。陈琏为滁州知县时，轻徭薄赋，禁奸戢暴，颇有政绩。滁人感其大德，把他与欧阳修、王禹偁并列，共祀一祠，号为三贤祠。著有《琴轩集》及《归田稿》。

陈琏近体诗长于写景，颇为平稳工致。如《多景楼》：

> 独倚栏干久，凉风满客衣。树从京口断，山到海门稀。雁影横秋色，蝉声送夕晖。芜城才只尺，楼堞望中微。

诗写登楼纵目，由京口（镇江）而及芜城（扬州），视野颇为阔大。又如《开平道中》：

> 自入开平道，西风一夏凉。饥驼鸣石碛，老马放沙场。雾起连山黑，尘飞障日黄。不因亲扈从，安得到毡乡？

开平，即开平卫，地在今内蒙古境内。诗写开平道中所见，颇能写出塞外的风光特色。他北上时，从水路经过江西万安的五云驿，写下《过五云驿》一诗：

> 倚篷镇日看云山，回首俄惊过万安。草色绿迷春雨细，花枝红怯晚风寒。乡关迢递三千里，客棹夷犹十八滩。遥念倚庐亲望切，此身无计托飞翰。

诗写旅途所见所感，前半首写景，后半首抒情，两者衔接自然，颇为紧凑。在他的近体诗中，五律警炼传神，语多俊爽，胜于他的七律。如“霜月窥窗小，天河映户低”（《宿尉氏县乾明寺》）、“路小缘崖上，云低傍马飞”（《度关山》）、“鸟归烟外树，人上水边楼”（《房村驿》）等句，就写得天趣盎然，饶有画意。

陈琏的古体诗亦写得不错，如《姑苏台》、《戏马台》、《铜雀台》、《鸿门宴》等七古，怀古咏史，诗笔健朗，颇有感慨。其中《观岳鄂王像》一诗，咏赞岳飞“壮志誓拟清中原”；《战韶阳为义士熊飞作》一诗，写东莞义士熊飞在宋末起兵勤王，率师隶文天祥麾下，后于韶州力战而死；均笔力雄健，充满忠愤之气。张其淦《吟芷居诗话》称陈琏诗“泽古甚深”，又说他的七古“风格遒上”，评价是比较恰当的。

邓林，原名彝，又名观善，字士齐，新会人。洪武二十九年（1396）举人。曾任贵县教谕，后入京参与编修《永乐大典》，不久出为南昌教授，继迁吏部主事。宣德年间以事忤旨谪杭州，后放归。著有《退庵集》。大学士杨士奇颇赏其诗文，誉之为“岭南一代文人”。

邓林诗多平淡浅近，有乐府遗意。如《采莲曲》、《秋夜吟》等诗，写妻子思念远行在外的丈夫，颇为哀婉有致。其中“郎在寒江千里外，莲叶莲花不成采。无因折藕被丝牵，惹起春愁深似海”（《采莲曲》）数句，因藕丝而牵出春愁，“丝”与“思”谐音相关，甚得乐府之神。他有一首《题耕乐堂卷后》的诗，较为真实地描写了田家生活苦与乐两方面的情况：

> 人羡田家乐，我悯田家苦。火云彤彤日卓午，陇上锄禾汗如雨。我悯田家苦，亦羡田家乐。百谷登场蚕上箔，鸡豚社酒村村酌。田家苦，苦有时；田家乐，乐无涯。但愿五风十雨常如期，公无负租私无饥。咏歌勳苦乐雍熙，万年上祝吾皇釐！

邓林此诗虽然只是旁观者的咏叹，但可看出他对民生是比较关心的；诗末的祝福虽仍不脱“万年上祝吾皇釐”的封建统治阶级老调，但“五风十雨常如期”却是广大田夫所日夜翘盼的。

罗亨信（1377—1457），字用实，号乐素，东莞人。永乐二年（1404）进士。曾任工科、吏科给事中。因事所累，谪交阯九年。后起为监察御史。先后任右佥都御史、通议大夫、右副都御史、左副都御史等职。在任期间，兴利除弊，颇有政声。正统十四年（1449）发生“土木之变”，明英宗在土木堡被瓦剌所俘。亨信时正巡抚宣府，乃坐镇该城，设策捍卫，据力死守。外御强寇，内为京师屏障，强虏不敢南犯。著有《觉非集》。

罗亨信与陈琏同乡同僚，互有诗文往还。其为诗不事雕饰，明白如话。如《古意》：

> 傍石蒲草瘦，傍湖蒲草肥。因依各已定，不愿更相移！

古乐府诗中多写妇女坚贞之辞，后人的拟作亦每以“古意”为题。此诗写一位贫家少妇，甘愿过着困穷的生活，对丈夫怀着深厚的爱情。末尾一句，尤见坚贞之意。又如《戍妇词》：

> 去年戍桑乾，今年戍交河。书来浑不定，教妾梦如何？

诗写征夫戍守的地点变动不定，使得戍妇作梦也难寻去处。句浅意深，言外殊多怅怅。

罗亨信诗，时见自抒怀抱之作。如《题墨梅写怀》：

> 玉骨冰肌铁石肠，相逢几度月昏黄。别来京国无知己，独抱孤贞傲雪霜。

既是咏赞梅花品格，亦是自写襟抱，亦花亦人，融为一体。在《自题小影》一诗中，更直抒胸臆地写道：

> 霜鬓萧萧七秩馀，豸冠绣服竟何如？忝为宪职粗知律，空负儒名少读书。修竹寒梅娱晚节，清风明月称幽居。等闲有问襟怀事，湛湛灵台点翳无。

这是诗人在晚年回忆自己一生时写下的诗作。前四句说自己身居高官而年事已老；后四句以“修竹寒梅”和“清风明月”相衬，咏出自己的襟怀是“湛湛灵台点翳无”的。语极自豪，全无愧色。丘濬极赏罗亨信诗，评道：“其诗不喜锻炼，用眼前语，写心中事，讽咏之可知其心中之洞达明白无城府町畦也。”可谓的评。

第二章　理学家的诗

明代中叶，随着社会经济的繁荣和文化统制政策的放宽，岭南诗坛出现了前所未有的活跃气象。一百多年间，诗人辈出，佳作如云。其中最有特色的作家，当推世称明代广东三大学者的琼山丘濬、新会陈献章和香山黄佐。

第一节　丘　濬

丘濬（1420—1495），字仲深，号琼台，别号深庵、玉峰、海山老人，卒谥文庄。琼山（今属海南省）人。七岁丧父，家贫无法入学，到处求人借书，细录精抄，发愤苦读。正统九年（1444）中广东乡试解元，入国子监就读。景泰五年（1454）成进士，授翰林编修，参与修撰《寰宇通志》，学问渊博为同僚所叹服。后进侍读、侍讲学士，历迁国子监祭酒、礼部右侍郎。弘治年间，迭升礼部、户部尚书，加太子太保兼文渊阁、武英殿大学士，入参机务。七十六岁卒于任上。

丘濬毕生勤奋好学，晚年右目失明，犹读书不辍。《明名臣录》称："丘文庄公颖悟绝伦，无书不读……国朝大臣律己之严，理学之博，著述之富，无出其右者。"丘濬的重要著作《大学衍义补》一百六十卷，洋洋数百万言，对政治、经济、军事、法律各方面提出了不少有价值的见解。在文学方面，他也颇具才情，著有诗文集《琼台会稿》二十四卷。相传他十二岁时，即以一首《题五指山》七律驰誉遐迩：

> 五峰如指翠相连，撑起炎洲半壁天。夜盥银河摘星斗，朝探碧落弄云烟。雨馀玉笋空中见，月出明珠掌上悬。岂是巨灵伸一臂，遥从海外数中原？

虽是少时之作，过于粘皮着骨，如清人温谦山《粤东诗海序》所批评的“形容尽相，寓意关合，为后来试律滥觞”，然形象生动，颇见情趣巧思与不凡抱负。果真是十二岁便有这般诗作的话，实在够得上神童的称号了。

丘濬是一位饱学之士，为诗每裹挟浓厚的学者气质，“格律精严，不失矩度”（《静志居诗话》卷七引程克勤语）。如《送王给事中使安南》：

> 中原才子称华簪，万里翱翔快壮心。谕俗好传司马檄，归装宁载尉佗金？川原辽邈荒唐县，父老依稀说汉音。莫过遗墟问前事，鹧鸪啼处乱山深。

景泰六年（1455），作者的友人、礼科给事中王豫与侍读学士钱溥一起出使安南册封新国王。丘濬以此诗相赠，勉励王豫完成辑睦藩属的使命，并回顾了千百年来中国对越南的影响，诗写得法度谨严而雍容典雅。《岭表诗传》谓此诗“字字坚响，神来之候”，不为过誉。在丘濬一些写景抒情的佳作中，亦可看到类似的风格特色。如《秋思》：

> 水落浅滩石出，霜冷疏林叶丹。天外数声过雁，人在高楼倚阑。

六言绝句极难措笔。宋人如王安石、黄庭坚等每好用此体，下笔力求劲挺，内气潜转，不用多余的虚字。此诗亦颇简括凝炼，寥寥数笔，刻画出一幅深秋念远的生动图景。又如《庐山瀑布》：

何处飞泉好？庐山自昔闻。悬空一水立，蓦地两山分。直泻崖前月，平沾树杪云。源头如可到，乘兴访匡君。

写景气势飞动，清丽可喜。颔联“立”、“分”二字，尤为新颖贴切。但全首读来终嫌刻意锤炼，比较起来，作者另一些纯任自然、不事雕饰的篇什，更显得亲切感人。试看下面这首《都下逢友人问讯》：

京国忽相见，苍茫问起居。如何三载别，不寄一行书？共讶鬓毛改，自怜生计疏。故人应迟我，未得赋归欤。

亲切自然，一气流走，确是好诗。明人五律多摹拟王维、孟浩然，故作高华阔大之语，其实内容浅薄，缺乏真情。丘濬此诗从淡处写来，不作一景语，自见深情厚意，力逼宋人陈师道的佳作。又如《客中对月》：

万里思归客，伤心对月华。愿凭今夜影，回照故园花。

丘濬长期游宦京师，思乡之情老而弥切。此诗虽化用李白《静夜思》意境，然不落窠臼，别具机杼，故能异曲同工。

丘濬曾在一首论诗的绝句中说："吐语操持不用奇，风行水上茧抽丝。眼前风物口边语，便是诗家绝妙词。"可看作是他这一类作品的绝佳注脚。可惜的是，在丘濬集中，纯任自然之作毕竟不多见，大多数作品都失于锤炼过度，缺乏自然真趣。他明白诗贵自然的道理，但在创作中却未能实践其理论主张。这与长期高居庙堂是有一定关系的。《全粤诗》录其诗六卷。

第二节　陈献章

陈献章（1428—1500），字公甫，号石斋，晚号石翁，卒谥文恭。生于新会圭峰山下的都会村，后徙居江门附近的白沙村，世称白沙先生。献章自幼读书敏悟，正统十二年（1447）二十岁中举后，进京就读于国子监，两赴会试均不获售。二十七岁到江西抚州拜著名学者吴与弼为师，受吴氏"静时涵养，动时省察"的思想影响。其后，回乡闭户读书十载，从陆九渊和佛学禅宗的理论得到启发，摆脱程朱理学的框框，自创"学贵乎自得"、"以自然为宗"的思想体系。三十八岁重游京师，学问文章为国子监祭酒邢让所激赏，誉为"真儒复出"，自此名声大振。四十一岁三赴会试，仍然落第，遂绝意科闱，南归设帐讲学，四方士人从学者日众。五十四岁被荐赴京，特授翰林院检讨，他无意宦场，坚辞而归。自后屡荐不出，专意治学。著有《白沙子全集》九卷。

陈献章是有明一代的著名哲学家，其学说外以人格伦常为准的，内以自得乐天为指归，不像宋儒的迂阔拘缚，压抑真情至性。他日常生活力求处处契合自然，洒然自得其乐。后人评价他"寓言兴于风烟水月之间，有舞雩陋巷之风"（《续藏书》卷二一）。他富于艺术才华，工书法，束茅草为笔，号为"茅龙”，书法刚健豪纵，自成一体。又性喜吟咏，其自得之趣，悉发于诗文。《白沙子全集》存诗约两千首，风格超妙冲淡，清新秀美，富于韵味，迥异于宋代理学家邵雍等人头巾气十足的道学诗。他曾在《示湛雨》诗中对所谓“自得”作过形象化的描述：

……天命流行，真机活泼；水到渠成，鸢飞鱼跃。

这也正是献章诗的艺术特色。和思想上的突破相一致，陈献章在诗学理论上的创建即认为诗歌是诗人自我性情的表现，由重“心”而重“情”。他论诗首重性情，次及风韵，认为无风韵则无诗。在创作上，他是认真实践这一主张的，特别是七言绝句，情思缠绵，不作半句道学语，亦不像明初“闽十子”、“前七子”辈，守定盛唐，专拟李白、王昌龄之作，一味捃摭他们的语词及口气，故读来自觉风致宛然。试看《和林子逢至白沙》：

一样春风几样花，乾坤分付各生涯。如今着我沧江上，只有秋香扑钓槎。

写景优美，情韵俱佳。末二句大笔逆转，非深情者不能道。又如《初晴》：

初晴楼上燕飞飞，楼下人歌白纻衣。一曲未终花落去，满林啼鸟送春归。

写暮春初晴，没有局限在景物的摹写上，从淡处着笔，情韵更胜。

献章也有一些作品纯用白描手法，细腻逼真而不失自然真趣。如《赠别伴》：

> 短短蒌篙浅浅湾，夕阳倒影对南山。大船鼓枻唱歌去，小艇得鱼吹笛还。

又如《访山家次韵》其二：

> 清泉煮蕨爱山家，夜饮西岩望月斜。涧底白云留不住，半随红雨落天涯。

献章是一位饶具诗人气质的哲学家，不少寄寓哲理或议论艺事的作品，也同样写得奇瑰跌宕，情理交融，一点也不平淡乏味。被何藻翔评为“一片化机”的《偶得示诸生》其一，便是其中的佼佼之作：

> 江云欲变三秋色，江雨初交十日秋。凉夜一蓑摇艇去，满身明月大江流。

此诗的本意，殆在阐发“以静应变”、“万化自然”的哲学观念，但最令人叹赏的，还在于末两句的情景。诗人淡远的襟怀，澄明的心境，尽在诗中充分表现出来了。《四库全书总目》称献章“如宗门老衲，空诸障翳，心境虚明，随处圆通”，当指这一类作品而言。再看他的《得萧文明寄自作草书至》其一：

> 束茅十丈扫罗浮，高榜飞云海若愁。何处约君同洗砚？月残霜冷铁桥秋。

诗人收到弟子寄来的草书，是用自己所创制的茅龙笔书写的，非常高兴，写了这首诗回报。谈书法的诗能够写得这样气魄宏伟，刚健有力，实在是十分难得的。

七绝而外，献章的古体诗，也多有可观。如《戏题张千户画松》：

> 张侯画松人不识，松不画横唯画直。上干青霄下盘石，倒卷苍龙二千尺。神物安可留屋壁？变化虚空了无迹，不然恐遭雷斧辟。左手执弓右持戟，取胜无过万人敌，侯莫画松费笔力。

描述一位爱好绘画的武官的作品，褒美之余，别具婉讽深意，殆在奉劝他不要因业余爱好而耽误了本职工作。全诗开阖有度，写张千户画松笔力强劲数句尤有气势，显从杜甫《古柏行》化出。又如组诗《卧游罗浮》中《登飞云》一首：

> 马上问罗浮，罗浮本无路。虚空一拍手，身在飞云处。白日何冥冥，乾坤忽风雨。蓑笠将安之？徘徊四山暮。

飞云，即飞云顶，是罗浮山的主峰。诗人身居卧室而神游于山水之间，驰骋想象，不专以写景为工，重在表现胸襟怀抱，一片神行，自然超妙，比一般模山范水之作更有神味。

梁启超在《儒家哲学》一书中说过：“白沙心境与自然契合，一点不费劲……常常脱离尘俗，与大自然一致，其自处永远是一种鸢飞鱼跃、光风霁月的景象。”在这点上面，与晋人陶渊明颇有相通之处。献章不少诗作，明显可以看到陶诗的影响痕迹，试看下面这首《题新村书斋壁》：

> 茅栋依岩静，柴门斫竹通。桑榆巷南北，烟火埭西东。一径渔樵入，孤村井臼同。邻家得美酒，吹笛月明中。

冲淡静谧，与陶渊明《归园田居》诸作何其神似！前人称献章诗“源出柴桑”（《静志居诗话》卷七）、“有靖节遗意”（《明诗综》卷二四引杨慎语），不是没有道理的。白沙诗又得苏轼行云流水般诗歌风格的沾溉。如《和林子逢至白沙》、《初晴》、《赠别伴》等诗，即便至于东坡集中，亦不失为上乘之作。

旧时对陈献章诗歌的评价，以《四库全书总目提要》为最有代表性，云：“史称献章之学以静为主，其教学者但令端坐澄心，于静中养出端倪，颇近于禅，至今毁誉参半。其诗文偶然有合，或高妙不可思议；偶然率意，或粗野不可向迩，至今毁誉亦参半。王世贞《集》中有《书白沙集后》曰：公甫诗不入法，文不入体，又皆不入题，而其妙处有超出法与体、题之外者，可谓兼尽其短长。盖以高明绝异之姿，而又加以静悟之力，如宗门老衲，空诸障翳，心境虚明，随处圆通，辨才无碍。有时俚词鄙语冲口而谈，有时妙义微言应机而发。其见于文章者亦仍如其学问而已，虽未可谓之正宗，要未可谓非豪杰之士也。”虽然献章为诗往往喜欢寄寓哲理，一些作品（如《白沙子古诗教解》中诸作）议论成分太重，显得枯燥乏味，但相比之下，重自然、重韵趣的作品仍然是大多数。《粤东诗海》评云：“理学名儒，多不以诗见长，而本性原情自然超妙，朱晦翁（按：即朱熹）后推吾粤白沙一人。论者谓白沙蜚英腾茂，黎秫坡（贞）有以倡之。顾秫坡质实近理，白沙美秀而文，不可同日语也。”这一评价是比较恰当的。而实际上献章诗比朱熹还要高出一筹，可以说，古往今来，哲学家中的诗人，陈献章是最杰出的一位。陈献章比较深刻地解释诗歌理论及创作的重要问题。在其四上京师的经历中，以一个岭南人清醒的目光，发现了当时北方诗坛专注于形式技巧的作诗弊端。针对明初“台阁体”形式主义诗风泛滥的局面，他思想中固存的儒家诗说无形中起了抵制的作用，他提出了“诗之工，诗之衰也”（《认真子诗集序》）的理论命题，以为当时应酬唱和的北方诗坛，虽然工于技巧，琢磨于声律、法度，但缺乏《诗三百》经世致用的功能，无补于世，诗体愈工，愈说明诗体的衰落。这一富有辩证思想的看法，表明他对《诗经》以来传统儒家诗说的认同，对当时离本逐末的诗学风尚的离异。似乎可以说，陈献章是晚明重自我、重个性的文学思潮的发轫人物，是从理学在实质上与文学对立，到心学通向文学的转折人物之一。他的创作实践与文学批评，揭开了晚明文学的序幕。《全粤诗》录其诗七卷。

第三节 黄 佐

黄佐（1490—1566），字才伯，号泰泉，卒谥文裕。广东香山县（今中山市）人。自幼以奇隽知名。正德五年（1510）中广东乡试解元，十六年成进士，选庶吉士，授翰林编修。嘉靖六年（1527）在广西督学任上以母病弃官归，家居九年，专心治学。嘉靖十五年复出为翰林编修兼左司谏，历迁侍读、南京国子监祭酒、詹事府少詹事兼侍读学士。因与首辅夏言不合，辞官南归，改白云山景泰寺为泰泉书院，日与诸生讲学其中，人称泰泉先生。“南园后五先生”多出其门下。黄佐博通经籍、乐律和词章，著有《泰泉集》十卷。《四库全书总目》称赞他在“明人之中，学问最有根柢”。他又是一位很有成就的广东文献学者，撰有《广东通志》七十卷、《广州人物传》

二十四卷及《香山县志》、《罗浮山志》等。

祖黄瑜，世称双槐先生；父黄畿，世称粤洲先生，皆为一代鸿儒。黄佐继承家学，被认为是丘濬、陈白沙以后，岭南儒学的又一崛起者。《四库全书总目·泰泉集》称："佐少以奇隽知名"，"生平著述至二百六十余卷，在明人之中，学问最有根柢，文章衔华佩实，亦足以雄视一时。岭南自南园五子以后，风雅中坠，至佐始力为提倡，如梁有誉、黎民表等皆其弟子。广中文学复盛，论者谓佐有功焉。"

黄佐之学，主要得力于读书，一方面力图从孔孟儒家的本旨中修正程朱理学之失，另一方面则是主要对王阳明"塞源拔本"、以"知"代"行"理论的批判。他的"博文"、"约礼"之论，归根到底是强调使圣人之旨在心中一以贯之，以此修养己德，指导实践，达到视、听、言、动均"不逾矩"的境界。这显然是深得程朱所谓"至于用力之久，一旦豁然贯通"（《四书集注·大学》第五章补）之意的。同时他又通过"博文"、"约礼"极力沟通程朱理学与白沙心学的关系。认为"盖从事经书，质问师友，反身而诚，服膺勿失，则此乐得诸心矣。乐善不倦，绝无私欲，天爵在我，不为人爵所困役，天地万物与吾同体，更无窒碍，随时随处，无入而不自得。然则寓形宇宙之内，更有何乐可以代此哉！"（《与何燕泉书》）他是极力把白沙"养性"、"自得"之学融汇到"博文"、"约礼"之中，在沟通程朱理学与白沙心学的同时，构造"读书"、"内省"、"明理"、"养性"、"动静得宜"的理论体系。

黄佐生活在明正德年间，其时理学之风正盛，而岭南白沙之学又正崛起。黄佐以其深厚的孔孟儒学功力，游刃于理学与心学之间，立足于程朱理学，又补充、修正了程朱理论的不足；批判、扬弃了心学，尤其是王阳明的错误，吸收、融汇了白沙“自得”之学的合理成分，在理论体系上力图另辟蹊径。笔者认为，说黄佐是一个头脑清醒、眼光独具、不随波逐流的思想家，乃绝非溢美之辞。发掘、研究黄佐的思想，不唯在岭南的学术园林中有重要意义，对了解明代的学术走向，理解理学的真义，尤其是“关学”一脉的发展，是很有启发意义的。

在岭南诗歌发展史上，黄佐是一位很有影响的诗人，作品的思想性和艺术性都达到相当高度。与许多同时代的诗人相比，他的诗内容充实，题材也多样化，不被一己的生活圈子所局限。跟陈献章静观自得、纯任自然的处世方式不同，黄佐的人生观是儒家积极入世的思想占了上风，眼光常常不离生活现实。翻开他的诗集，随处可以听到忧国忧民的深沉歌唱。如《忧旱词》，诗人面对“火旻何硉兀，赪霞倏舒敛。阳崖卉渐腓，阴畛穗犹懦”的苦旱，不由得“蹙啸起长叹”，尖锐指出天灾始于人祸：“氛祲未讵销，霖泽自为阻；燮调付茂宰，陶钧自明主”，吁告君王宰辅解苏民困。在《感雨》一诗中，他又这样感叹雨涝之害：

> 去年优诏下明光，拜赐蠲租喜欲狂。岂意春农归浩荡，遂令生事转凄凉。护持松菊欣无恙，点检琴书湿不妨。野哭陆沉俱在眼，可能图画献君王？

虽然个人损失无几，但“野哭陆沉”的凄凉景象却使他怵目惊心，恨不得绘成图画给皇帝亲眼看看。在《秋怀》一诗中，他更是大声疾呼为民请命：

> ……野庐尽县磬，飞挽犹开边；初月张虚弓，流火无炊烟……吾民亦劳止，旻天胡乃然！

有时候，批评的锋芒，甚至直指至尊无上的皇帝。他指责明武宗借南征反王朱宸濠为名，行淫乐扰民之实：“长鲸已堕黄石矶，大将犹搴龙虎旗。”由于徭役繁重，致使收获季节田无丁壮，“腰镰翁孺愁相依”（《临江道中》）。他进一步讽谏道：“何如穆天子，空赋白云谣！”（《南征词》）

这些作品，都以深厚的同情，揭露了统治者对人民大众的沉重压榨，暴露了明朝中叶严重的社会矛盾。诗人显然继承了杜甫以来的现实主义优良传统，这在明人的诗作中是不多见的。黄佐的怀古之作也相当出色。他在这些作品中，不光表达了对历史上的忠臣义士的景仰与同情，而且寄寓了对眼前国事的忧虑和报国无门的感喟，写来大都言之有物，感慨深沉。如《横州伏波庙》：

> 高滩危石锁崔嵬，长夏风烟午未开。南海楼船从此去，中原冠冕至今来。武陵一曲风尘静，铜柱双标日月回。千载伏波祠宇在，汉朝何事有云台！

赞美汉伏波将军马援开发岭南的业绩，为马援还朝后受到不应有的冷遇表示愤慨，全诗情景相生，一唱三叹，富于感染力。在《虎丘怀古》中，则借春秋时吴越争雄的故事，揭示物腐出虫、淫逸亡国的历史规律：

> 寂寞吴王国，笙歌入海云。夫椒先自败，于越遂能军。月落苎萝冷，花深麋鹿群。千年金虎去，谁守阖闾坟？

借咏史曲折表达对时政腐败的忧虑，《岭表诗传》称许为“咏虎丘者从未经道”，从中可见黄佐咏史诗不落窠臼的特色。对历史上为国家民族而献身的忠志之士，他表示由衷的钦仰，如《宋行宫》：

> 沙涌清夜月，曾照宋行宫。未抵黄龙府，空悲白雁风。丹心思蹈海，正气化成虹。若遂厓门愿，吾乡有大忠。

所咏为与诗人同县的一位宋末爱国士人的遗事。南宋景炎三年（1278），宋大臣张世杰、陆秀夫等拥端宗赵昰航海至香山县沙涌乡，宿于乡人马南宝家（诗中的“宋行宫”，所指即南宝故宅）。南宝献粟千石劳军，其后，更起兵抗元，失败被俘，不屈而死。黄佐在诗中追忆史事，高度评价这位不见于史传的爱国士人。有时候，历史上的盛衰兴废，又会引起诗人对人生和社会更为深入冷静的思考。在《登越王台》一诗中，他这样写道：

> 精庐展良晤，胜地纡玄览。舍舆蹑风磴，联袂度云埯。粤台一以陟，远翠纷可揽。潇潇雨初霁，冉冉日欲晻。川光溢寥廓，野色开黤惨。长谣出金石，英论照肝胆。于焉谢羁束，何必理铅椠！沉冥圣所珍，傲睨吾岂敢？凭林悟荣悴，步壑玩流坎。霸图有遗迹，因之动遐感。

越王台，又称粤王台，在广州城北越秀山上，相传是南越王赵佗治事处。本诗取法六朝宋诗人谢灵运的山水诗，以洗练古奥的语句，表达领悟人生穷通阻达之理、甘愿淡泊自处的思想感情，用意还是比较深刻的。

在艺术风格上，黄佐诗突出的特点是雄直恣肆，不傍门户。这与他的“理气”学说不无关系。他不赞成程朱理学“理在气先”、“由理生气”之说，认为应当是理气一体，“理在气中”。基于这种哲学思想，他为诗亦每能任气而行，自具精神面目。在这方面，《春夜大醉言志》一首堪为代表：

> 拔剑起舞临高台，北斗插地银河回。长空赠我以明月，天下知心唯酒杯。门前马跃萧鼓动，栅上鸡啼天地开。倦游却忆少年事，笑拥如花歌落梅。

此诗当为黄佐归乡后所作。一首五十六字的七律，好像李白的长篇歌行，长江大河般奔泻而下，中途又曲折盘旋，含不尽之意于言外，备见豪迈气概。何藻翔《岭南诗存》评此诗“倜傥不群，神来气来”。谭敬昭亦云：“此诗直是徐、庾乐府，在王、杨、沈、宋而上。”（《香石诗话》卷二引）明代的诗坛是陈陈相因的，但僻处南疆的广东，却出现了这样的诗人，写出这样的诗篇，真是件奇事。

另一首五律《雨》，也写得神气毕现：

> 肤寸云初起，弥天雨正狂。鱼龙空窟宅，草木各辉光。爽气连南纪，愁阴接上方。故山青未了，归梦此宵长。

不重描写雨的情状而着重写其气势，在古来为数极多的咏雨诗中能别出机杼。屠应埈说黄佐“近体雄深丽逸，旨远格精”（《明诗综》卷四二引），此作可以当之。

总的看来，黄佐诗风格雄直奇丽，壮浪恣肆，后人因尊为“吾粤之昌黎（指韩愈）”。其诗风亦确实受韩诗影响甚深。如《碧梧丹凤图为黎侍御一卿题》：

凤兮凤兮尔来当何时，知尔之德万古长不衰。不然上天纵尔九苞羽，安用毰毸为。君不见桃虫当日飞为雕，脊令原上啼鸱鸮。舄几几，音哓哓，室家恐为阴雨漂。偃禾风定杲日出，冈上碧梧寒不凋。尔于此时来，和鸣叶箫韶。成王优游君奭喜，卷阿为尔歌且谣。凤兮凤兮披图对尔起三叹，久矣不梦周公旦。咸阳宫前多枳棘，何用屑屑悲秦汉。

即纯用韩诗之法。其《春夜大醉言志》一诗，则吸取韩诗特色而自具个人风格。黄佐诗作题材多样，境界雄阔，意蕴深厚，给明代中叶以后的广东诗人以很大的影响。朱彝尊云："岭南诗派，文裕实为领袖，功不可泯。"（《明诗综》卷四二）《粤东诗海》则称其诗"言皆有物，可以措施"，"旗鼓振发，群英竞从"。这些评价还是比较公允的。《全粤诗》录其诗十一卷。

第三章　明中后期诗人

自黄佐出，明初南园五先生以后“风雅中坠”的岭南诗坛重新活跃起来。嘉靖年间，欧大任、黎民表、梁有誉、李时行、吴旦五人继南园五先生故事，聚会于南园抗风轩，重振南园风雅，后人称为“南园后五先生”。

后五先生早年曾先后师事黄佐，颇受黄佐诗风影响，在当时浓厚的拟古主义氛围中，能够或多或少地摆脱“文必秦汉，诗必盛唐”的陋习，比较自觉地继承发展南园前五先生所开创的雄健诗风及现实主义传统。他们作诗重视反映社会现实，风格也比较雄直刚健，不仅在岭南诗坛上高张大纛，在中原也蜚声一时，传世之作甚多。清人檀萃认为：“岭南称诗，曲江（指张九龄）而后，莫盛于南园；南园前后十先生，而后五先生为尤盛。”（《南园后五先生诗》序）不为溢美之辞。

第一节　欧大任

欧大任（1516—1595），字桢伯，号仑山，顺德人。因曾官南京工部虞衡郎中，别称欧虞部。著有诗集《思玄堂集》、《旅燕集》、《浮淮集》、《轺中集》、《游梁集》、《南翥集》、《北辕集》、《 馆集》、《西署集》、《秣陵集》、《诏归集》、《蘧园集》等，并有文集多卷，后人汇刻为《欧虞部诗文全集》。

大任出身书香之家，少时即负诗文名，在功名方面却不顺遂，八次乡试均落榜。直至四十七岁，才以贡生资格入京应试，名列第一。此后七年，大任留京待官，与李攀龙、王世贞等著名诗人“同盟结社，过从甚暱”（《顺德县志·欧大任传》），被王世贞誉为“广五子”之一。隆庆四年（1570），五十四岁的欧大任得授江都（在今扬州市）训导。不久，奉命进京参加纂修《世宗实录》。事竣，历迁河南光州（今潢川县）学正、福建邵武府教授。万历三年（1575），迁国子监助教。寻迁大理寺评事，不受权贵嘱托，平反冤狱颇多。万历九年迁南京工部屯田司主事，翌年转虞衡郎中。十三年，以老乞归，在家乡赤花洲筑清朗阁收藏典籍，手不释卷，直至八十岁去世。

大任幼受儒学熏陶，立志治国平天下，曾放言吟咏：“虽然邹鲁诸生学，半似幽并游侠儿……志将百万振寒馁……直谓公卿能自致……”（《今昔篇送陈梦庚》）“功名恐卑薄，不得铭旗常。”（《长歌行》）尽管后来仕途蹇滞，夙愿难酬，亦未尝消极遁世，但对国事的热情一直不减，写出不少真切感人的作品。如《三河水》：

> 三河水，万军泪，泪滴三河水不流。胡笳吹落蓟门秋。河水流不住，胡笳过何处？谁使十年来，移营两屯戍？君不见胡骑已驰墙子关，汉军尚哨熊儿峪！

记述嘉靖四十二年（1563）冬鞑靼军进犯京畿的时事，谴责朝廷兵备废弛造成的严重后果，具见忧愤之情。欧大任这类作品温柔婉转，长于讽谕，风人之遗。

又如《于少保坟》：

> 己巳蒙尘日，延秋啼白乌。功能存社稷，死不恨头颅！往事题旌泣，恩深奉俎趋。夫君河岳气，萧飒更愁胡。

诗人在北京亲历鞑靼入侵的巨痛，感愤甚深。南归途经杭州时，特地拜谒了在“土木之变”中击退瓦剌入侵的民族英雄于谦的墓地，对于谦作了高度的评价，抚今追昔，慷慨苍凉中，具见炽热的爱国情怀。

欧大任的咏史诗也多有沉郁深厚之作，如《镇海楼同惟敬作》：

> 一望河山感慨中，苍苍平楚入长空。石门北去通秦塞，肄水南来绕汉宫。虚槛松声沉暝壑，极天秋色送征鸿。朔南尽是尧封地，愁听樵苏说霸功。

在格调上虽未摆脱七子的影响，但全诗内容充实，感慨深沉，清人檀萃《楚庭稗珠录》在历代众多吟咏镇海楼的作品中，独标举此诗，谓其“气韵沉雄，固当以此章擅场”，是有一定见地的。他如《朱仙镇岳王庙》、《刘王郊台》诸首，均言之有物，朗朗可诵。

欧大任意气溢发，甚有才华，诗作在当时很负重名，但由于受拟古主义影响，在创作上力求诗歌的“词气温厚”，“一归雅驯”，以成所谓“治世之音”，故而不少作品都貌似雄阔而内容单薄。如《九日同黎秘书李黄门吴冯二侍御登宣武门楼》：

> 百二山河控上游，郁葱佳气满皇州。风驱大漠浮云出，天转滹沱落日流。双阙金茎连紫极，万家红树动高秋。佩萸泛菊俱恩泽，不是荆南独倚楼。

着意摹拟盛唐高华之作，诗中“山河”、“皇州”、“大漠”、“紫极”、“万家”之类，皆明七子借以撑大门面的惯用词汇，徒具形表而空泛无物。明人朱多煃曾称道欧大任诗云：“乐府近太康（指陆机、潘岳等），古诗师邺下（指曹操、曹植等），歌行准嘉州（指岑参），间出青莲（指李白）语，近体羽翼盛唐，七言佳境颇类龙标（指王昌龄）。”而今天看来，虞部集中的佳作多为自抒胸臆、不依傍古人者，而不是那些“近太康”、“师邺下”的仿古董。历代选家必录的欧诗名作是《除夕寓九江官舍九江官舍除夕》：

> 饯岁浔阳馆，羁愁强笑欢。烛销深夜酒，菜簇异乡盘。泪每思亲堕，书频寄弟看。家人计程远，应已梦长安。

这首诗的好处在于一个“真”字。它虽然在艺术形式上明显受杜甫诗的影响，但内容和感情还是诗人自己的，与亦步亦趋的摹拟之作有着本质上的区别。《全粤诗》录其诗四十九卷。

第二节　黎民表

黎民表（1515—1581），字维敬，自号瑶石山人，从化人。其人学识广博，能文善诗，著有《瑶石山人诗稿》十六卷及《梅花社稿》、《北游稿》、《谕后语录》等，并曾参与修撰《广东通志》、《从化县志》及《罗浮山志》。他的书法也颇负时誉，人称“超品”。

民表自幼聪颖，好学不倦。十九岁中举后，屡试不第，直至四十四岁才获授翰林院孔目。两年后，迁吏部司务，办理内阁制敕房事。因工作之便，得阅内府藏书，熟悉三朝掌故。嘉靖四十四年（1565），迁南京兵部职方员外郎。隆庆年间任户部员外郎，监通州仓，转饷云中郡。继而奉召回内阁掌制敕事，先后参与修纂《世宗实录》和《穆宗实录》。万历七年（1579）于河南布政司使参议任上致仕，南归广州，筑清泉精舍于越秀山麓，读书著述终老。

黎民表未仕时，与欧大任、梁有誉、吴旦、梁孜及胞弟民衷、民怀同在广州结社吟咏；进京后，复与中原诗坛名流王世贞、李攀龙、文徵明等交往唱酬，诗名颇著。王世贞把他与王道行、朱多煃、石星、赵用贤合称“续五子”。民表的古体诗结体严谨，用笔沉着，最为时人所称道。王世贞谓其“和平尔雅，出入建安、齐、梁间”。如《出郭十里望白云山》：

> 伊余霞外心，夙协沧洲想。芳春戒簪朋，青溪肃徂两。㴑㴑清露溥，英英白云上。旭日熹阳崖，暄风散林莽。栈道既萦纡，窥川亦沆漭。干吕气多奇，建木影殊状。陟云胆已捐，览胜心逾壮。玄圃非冥设，丹丘岂外象？愿矫凌风翰，永恣山泉赏。

描写山景，抒发逸兴，笔墨、神韵均逼肖六朝名家典雅之作。有的篇什则以朴素的语言径直道来，情深语挚，真切感人。如七古《运丁行》，反映服役民工“不值泥涂即风雨”的苦况，揭露“大车小车输上仓，官家却用大斛量。拣成颗粒明如玉，复以风轮扬去糠。仓中鼠雀尽张喙，片言不合辄笞捶”的不合理现象，表达了作者对民生疾苦的深切关怀。

不过，总的看来，黎民表古体诗拟古痕迹终嫌过重，不少篇什亦步亦趋，令人生厌。相比之下，他的近体诗风格清劲深远，显得更有特色，胡应麟《诗薮》谓其“五七言律，深靓庄严，类梁公实而老健过之”。如《粤台山怀古》：

京台聊暇日，四望柳条春。象郡元吞楚，龙川自隔秦。英雄无窟宅，战伐有埃尘。汉文宽大诏，犹自感遗民。

粤台山即越秀山，黎民表暇日登临，追怀南越王赵佗保境安民和维护祖国统一的功绩，笔触雄劲，境界宏阔，铿锵可诵，颇得其师黄佐的神韵。

又如《歌风台》：

万乘威灵远，千秋伏腊思。古墙阴薜荔，寒雨湿旌旗。汤沐山河在，光华日月垂。竖儒逢世难，流恨大风词。

歌风台在汉高祖刘邦故乡沛县，刘邦晚年回乡，宴饮父老，亲自击筑高歌："大风起兮云飞扬，威加海内兮归故乡，安得猛士兮守四方?"黎民表南归途经此地，有感于国家积弱，不能安边守民，故对刘邦《大风歌》的内容有更深刻的体会。末二句大笔逆转，感慨殊深，如朱彝尊所谓"沉着坚韧"者。

又如《癸亥十月书事》其三：

汉家本自惜天骄，饮马年来到渭桥。五夜妖氛缠大角，七陵王气上丹霄。军中选士皆穿札，幕府谋臣尽赐貂。扆阁儒生惭献赋，燕然终拟勒岧峣。

癸亥即明世宗嘉靖四十二年（1563）。是岁冬十月，鞑靼军进犯北京，大掠而还。黎民表在诗中忧时感事，仍表现了昂扬乐观的精神，颇具感人力量。

前人评论"惟敬近体深秀庄严"（胡应麟《诗薮》），"和平典雅，沨沨乎盛唐遗响”（《明诗综》卷五二引李时远语），虽嫌过誉，而朱彝尊说“元美（王世贞）所取‘续五子’，无愧大小雅材者，仅此一人（指黎民表）而已”（《静志居诗话》卷一四），黎民表却是当之无愧的。《全粤诗》录其诗十六卷。

第三节　梁有誉

梁有誉（1521—1556），字公实，号兰汀，顺德人。出身仕宦之家。父世骠为正德进士，做过监察御史和按察佥事。有誉于嘉靖二十九年（1550）登进士第，官刑部主事，在任三年，“决狱务平反，时称长者”（欧大任《梁比部传》）。因不屑与权臣严世蕃交往，称病告归，筑拙清楼，杜门读书。嘉靖三十五年（1556）夏，与友人同游罗浮山，遇飓风得寒疾而卒，年仅三十有六。著有《兰汀存稿》（又名《比部集》）。《全粤诗》录其诗五卷，存诗二百余首。

有誉少时秀颖深思，“童时日诵数千言”（欧大任《梁比部传》）。稍长，诗才秀出。进京后，受李攀龙、王世贞、徐中行、宗臣、吴国伦、谢榛激赏，相与结社为声诗，合称“七才子”（即所谓明“后七子”）。有誉的古诗多摹拟“选体”（指梁昭明太子《文选》中的五言诗），而近体诗却清新婉美，颇有情致。朱彝尊《静志居诗话》评云：“兰汀学诗于泰泉（黄佐），又与乡人结社，号‘南园后五子’，所得于师友者深。虽入王（世贞）、李（攀龙）之林，而习染未甚。诵其古诗，犹循选体。五七律亦无叫嚣之状，四溟（谢榛）而下，庶几此人。度越徐（祯卿）吴（国伦），奚啻十倍。”这与诗人继承岭南诗派的现实主义传统、比较重视诗歌内容充实和感情真挚的创作态度是分不开的。在他的诗集中，反映现实、直抒胸臆的佳作不在少数。如《夜宿清远江口》：

> 短棹依依系晚风，壮怀离思浩无穷。荒村夜急菰蒲雨，远戍秋悲鼓角风。白雁影斜江树暗，青猿声断岭云空。更堪处处征输急，深箐休论战伐功。

为祖国遭到外敌入侵而深深忧虑（嘉靖二十九年，鞑靼军南侵京畿，史称“庚戌之变”），更为老百姓被横征暴敛而怨愤不平，感慨深沉，具见忧国忧民之情。又如《厓门吊古》其二：

> 谁悟当年谶已真？汴杭回首总成尘。愤无勾践三千士，死恨田横五百人！海上乾坤春梦短，厓前风雨客愁新。贞魂若作啼鹃去，葛岭山头哭万巡。

追怀宋王朝覆亡于异族的史事，全诗风格雄深悲壮，句律精严。胡应麟《诗薮》评有誉的七律云：“公实于诸子最早成，律尤温厚缜密，但气格微弱。”像这首诗，何“气格微弱”之有？比起同时中原诸子来，有誉的诗实则更有真情至性。无论感事伤时，抑或思亲怀友，都不乏佳作。他进京后，写过一组五律《于鳞、子与、子相、元美过访，共怀谢山人茂秦》，写“七子”之间的情谊，真挚感人。其中第二首道：

> 如何千载意，不见一书回？白日风骚短，青山鬓发催！世情终汩没，贤达几蒿莱？狂忆羊何侣，应登铜雀台。

惋伤谢榛的困穷失意。直言道来，不假雕饰，同志之情，溢于言表。末两句振起，具见笔力。

梁有誉还写了一些咏史诗，寄寓对时世的深慨。如《汉宫词》：

云匝蓬莱迎玉辇，星连阁道闪朱旗。仙娥引烛祈年夜，内使催词礼斗时。赤雁新传三殿曲，青鸾多集万年枝。蕊宫别有欢娱处，春色人间总未知。

此诗婉曲深讽。嘉靖帝是一个荒淫的君主，迷信道教，为炼长生不老金丹，大肆搜求少女，在民间造成极大的骚扰。有誉在京城目睹黑暗腐朽的现实，写成此作。又如《喜归述怀留别李于鳞、徐子与、宗子相、王元美四子一百韵》长篇五言排律，工力深厚，诗中描述当时外扰内患的形势："中秋入虏骑，内郡卷戈铤。岂谓建瓴地，俄惊饮马川。……西南犹战垒，春夏更烽烟。"表现了对国事深切的忧虑。

在表现手法上，梁有誉的近体诗往往借鉴初唐，以朴素的语言和兴寄笔法表现清新可人的情致。如《北山访梁思伯诸子不遇》其一：

竹坞无尘日已曛，数声啼鸟隔花闻。平芜一望凉风起，吹落江城万树云。

有誉绝句所传不多，均有情趣，非同时专宗盛唐者可及。读此诗可见一斑。

又如《游罗浮阻风大唐田舍》其一：

曾闻汉鲍靓，海上阻秋风。我亦罗浮去，飘飘烟雨中。鱼龙舟子惧，鸡黍野人同。暂憩茅檐下，沧洲兴不穷。

表现游逸之兴，格调清新，平白如话，颔联不作对偶，一气直下，纯是初唐句法。

总的看来，梁有誉在拟古主义盛行之际，能部分摆脱拟古主义陋习，给当时的诗坛带来了清新气息，总算是难得的。可惜他英年早逝，未尽其才，不能不说是岭南诗坛的一个损失。

第四节　李时行　吴旦

李时行（1514—1569），字少偕，广东番禺县（今广州）人。少时读书于罗浮山青霞谷，自号青霞子。二十八岁登进士第，授浙江嘉兴知县。为官刚直，不畏权贵，叙绩迁南京兵部车驾司主事。因遭同僚谗言，飘然弃官，“与吴中诸名士结为方外之交”，遍游吴、越、燕、越、齐、梁之故墟，度蓟门，过塞北。晚年南归广州，在西郊筑浮丘草堂读书，“逍遥六籍，渔猎百家”（《广东通志》卷二八　本传）。卒年五十六。著有《驾部集》、《青霞漫稿》等。《全粤诗》录其诗四卷。

李时行遍游南北，为诗多得益于山水灵气，集子中多有格调高昂之作。如《听张使君美人弹琴》：

> 玉指理瑶琴，含情不自任。一弹一惆怅，岂是为知音！夜静月在水，秋高风满林。相如方燕好，莫奏《白头吟》。

古来听琴诗多以形象化的语言描写琴声，以唤起读者的想象。本诗力扫窠臼，着意写听琴时的情境和韵味，故能深得琴之神理。五、六句以夜月照水表现琴意的“静”境，以秋风吹林表现琴意的“动”境，格韵俱高，倘非长期寄情山水，是很难用自然景色把琴音意境衬托得如此贴切传神的。美中不足的是末二句吐属凡近，未离俗调。

又如五绝《台夜》：

> 登台不见月，空有列星光。北斗涌地出，西风吹众芳！

这是时行晚年登广州越王台的绝笔之作，寥寥二十个字，寄托深微，有风人之体，骨力骞举，意境苍莽。“西风”句颇见《离骚》“哀众芳之芜秽”之慨。

在“栖踪霞外”的另一面，时行并未忘情内忧外患交织的社会现实。他不少诗作，都本着现实主义精神，作出深刻的反映。如《感咏·十七》：

> 连年事兵革，继之以凶荒。十户九萧索，贫者焉能全？口腹既不充，蔽体常不完。京租输未足，加派复临门。吏胥下穷乡，欲避无处藏。伐木通山垄，死者不得安。白日岂无光，讵肯照覆盆！官家政愈急，催科宁暂宽？欲诉谁相怜？吞声不敢言！

矜悯民生疾苦，指斥时政腐败，真切反映了明世宗嘉靖年间的社会情况，充满忧愤之情，可见诗人的同情是在广大劳动人民这一边的。

又如《登宣武城楼时有北□（当为“虏”字）之报》：

> 呜呜画角语城头，四野风烟动客愁。露下星河双阙曙，月中砧杵万家秋。上书自愧冯唐老，去国空怀贾谊

忧。赖有北门诸将在，早将戈甲护神州。

嘉靖年间，鞑靼军屡次入侵，有时甚至直抵北京城外。正要离京远游的诗人登上宣武城楼眺望，想到战事频仍，而自己又报国无门，不禁勾起深深的忧虑。全诗感慨深沉，笔力遒劲。清人檀萃在《楚庭稗珠录》谓时行“七律格高调逸”，此诗足以当之。

吴旦，字而待，号兰皋。生卒年已难确考。南海县沙头乡人。父吴章为正德进士，官至都察院副都御史。其少时师事黄佐，嘉靖十六年（1537）中举，后授官归州（在今湖北秭归县）知州，以治行第一擢山西按察司佥事。著有《兰皋集》，惜已失传。《全粤诗》仅录得其诗二十三首。朱彝尊称其“诗格清新俊逸”。如《文衡山山水画》：

路入云林一径斜，红尘飞断即烟霞。江南小隐无多地，杨柳阴中只数家。

这是一首题画诗，诗的内容与画境相配，三、四句尤佳，诗情画意，浑然一体。

又如《秋夕城闉纳凉》：

同游冠盖晚相招，泽国山川正泬寥。官阁迥临秦代垒，女墙斜带越江潮。流萤草短风先入，绕鹊枝长露易飘。多少高楼人不寐，碧天凉月夜吹箫。

描摹深秋晚景，细腻逼真，富于生活情趣。他如《姑苏道中》、《刘仙岩》、《心远亭探梅》等，均写得婉曲有致，清逸可喜，不落拟古主义窠臼。

总的说来，南园后五先生在诗歌创作上各有成就，他们对于岭南诗坛的贡献是不容抹杀的。但同时应该看到，由于这五位诗人生活在复古习气浓厚的时代，不免受到不同程度的影响。清人温汝能在《粤东诗海》例言中评论说：“五古必师《文选》，今体必效盛唐，矩度有馀，未极变化。其游览及赠送诸诗，五先生如出一手，颠倒名字，难以猝辨。”这正指出了五先生诗的严重缺陷。对此，我们是应该予以正视的。

第五节 区大相

万历年间，复古主义文风笼罩诗坛，诗家们陈陈相因，几等于万喙一响。岭南诗人区大相“力祛浮靡，还之风雅”，写下大量内容充实、感慨深沉的作品，反映了明王朝日渐衰落过程中的社会面貌。一时间，“粤东诗派皆宗区海目（即大相）”（王士祯《香祖笔记》）。此后，广东诗派摆脱复古主义的影响，向着更健康的道路发展，终于出现了明末诗坛奇特的繁荣局面。

区大相（？—1612），字用儒，号海目，高明人。出身书香世家，父益、兄大枢、弟大伦俱能诗。大相自幼“为文有奇气，援笔数千言立就”（阮元《广东通志·人物传》）。万历十七年（1589）成进士，选庶吉士，授翰林检讨。历官赞善、中允，掌制诰。居词垣十五年，自给谏调南太仆丞，以疾告归，家居八年而卒。有《区太史诗集》传世，存诗1500余首。《全粤诗》录其诗成二十五卷。

区大相在诗歌创作上的主要贡献，是把岭南诗歌的现实主义传统推向一个新的高度。他强调诗歌应当“观国俗”，“补于时政”（《后使集自序》），诗家创作必须深入生活，“郡国政俗利病，非询访不能备”（《前使集自序》）。他出仕之时，明王朝正迅速走向没落。对于百孔千疮的社会现实，大相甚为关切，“土风遗迹，民瘼国计，咸著篇咏”（《高明县志·人物传》）。作品具备鲜明的倾向性和现实主义内容，完全摆脱了前后七子的影响。他在万历二十三年、二十九年两次奉命分册藩邸，途经山东、山西、河南、江苏、浙江、湖南各省，亲眼看到生活于社会底层的老百姓的深重苦难，写了大量诗歌，编成《前使集》和《后使集》。这些作品内容充实，感慨深沉，颇似杜甫乱离之作。如《黄河》、《渡河》、《将至淮阴泊清河县》诸作，写了洪水为患、民无衣食的惨状；《入罗滂水》、《舟行杂咏》等篇，则揭露赋役繁重，官吏扰民。而组诗《田家吟》，更把讽刺的锋芒直指皇帝及其身边的人：

农务虽闲未敢安，近来生事日艰难。旧租未了新租急，又责金钱供内官。（其一）

海内传闻有赐酺，醵钱相就醉枌榆。诏书又报天南下，不是宽租是索租！（其四）

至于诗人万历三十三年（1605）自京南归广州时写的《南行感怀》四十首，更是历来为人注目的名篇。这组五律“触时感事”，对封建国家政治的重大问题，如宦官专权、横征暴敛、媚事强敌、经济崩溃、民生凋敝等，都作出深刻的记述和评论，表现了作者对社会危机的洞察力，如其诗序所云：“其于忠君爱国，忧时怀士，兴寄则一。”艺术风格亦深厚雄奇，耐人观赏。兹选录数首，以反映一斑。

闻道貂珰辈，由来为扫除。先朝停镇守，近日典方

舆。贡采山川竭，征输井邑虚。明明皇祖训，宫府意何如！（其七）

此诗陈述宦官监税之害。万历十年以后，神宗皇帝不顾明太祖“内臣不得干预政事”的禁令，派出大批宦官到各地充当矿监税使。一时间，“大珰小监纵横绎骚，吸髓饮血，以供进奉。大率入公帑者不及什一，而天下萧然，生灵涂炭矣”（《明史·宦官列传》）。诗中五六两句，把矿税为害之烈指揭无遗，尽见作者的愤懑之情。

驿小欺凌易，财殚供亿难。虽疲邮宰力，犹失上官欢。鼓吹连樯动，闾阎疾首看。传言来往使，慎勿念加餐！（其十二）

官员的船上鼓乐齐作，一船接一船地驶来，城邑中的老百姓却极其痛恨地在一旁怒目而视。诗人忍不住在诗中大声疾呼：“我想告诉往来的使者，你们别老是想着大吃大喝了！”大相曾在《后使集自序》中记载：“畿辅大饥，道上所见，林木皮几尽。问之，皆饥民所采。于是传舍具餐，予为停箸不能食。”这次南行，复睹人民困苦，官吏奢靡，感受更为深刻。

乱端不可匿，愁绪更难寻。边计无朝夕，河流变古今。群公徒仰瓦，谋士但沾襟。切恐呼庚癸，谁能救陆沉？（其二十五）

边患频仍，灾歉连年，赋役繁重，民不聊生，观察力敏锐的诗人，已预感到明王朝土崩瓦解的命运为期不远，在诗中对国家民族的前途表达了深切的忧虑和痛心。比起前后七子僵化了的作品来，这样的诗，情动于中，奔涌而出，显得充实深挚得多了。

> 书剑身将老，纵横学未成。年随秋叶暮，心与夏葵倾。社稷烦三顾，朝廷用五更。异时论出处，天远重含情。(其二十八)

诗人年老致仕回乡，仍念念不忘朝廷，希望在有生之年还能够再为国家多做些事情。韩上桂《祭区海目先生文》云："陈诗讽微，援易惰隐，节抗权珰，不惧虎吻。"可为大相一生的总结。

在诗歌艺术上，大相突出的特点是继承和发展了岭南诗派的雄直风格，不少作品都写得境界宏阔，气势豪迈，颇具阳刚之美。上得韩诗之神髓，下开明末邝露、黎遂球诸家慷慨悲歌的先声。如《东征从军行》其二：

> 朔风吹征裘，边马鸣不止。烈士怀古心，拔剑四顾起。东方羽檄急，海气昏千里。幽并多健儿，吴越多君子。共是报恩人，各言雪国耻。万骑出渔阳，三军度辽水。搴旗山雪高，吹角海波[illegible]。朝鲜救兵至，日本夷王死。功名何足论，要自酬知己！

万历十九年（1591），日本军队大举入侵朝鲜。次年五月攻陷汉城。明廷应朝鲜要求，派大军援朝。经过七年的艰苦战斗，终于把侵略军驱逐出境，粉碎了丰臣秀吉征服朝中两国的狂妄计划。本诗写中国的豪杰志士为了支援友邦、共雪国耻而奋身赴难的英雄气概，语意豪迈，艺术风格颇近曹植的名作《白马篇》。

《谒张文献祠》：

> 一代孤忠在，千秋大雅存。诗才推正始，相业忆开元。曝日陈金鉴，蒙尘想剑门。更吟《羽扇赋》，摇夺不堪论。

此诗赞美张九龄在政治上和文学上的成就，更为他的忠告不被皇帝接纳而深表惋惜。寥寥四十字，综述了一代名人的辉煌业绩，可见作者高度的艺术概括力。而词气恢宏，大处着墨，情调亦较一般怀古伤今的篇什显得积极。

《崖门吊古》：

> 遗恨前朝事，吾来向水滨。乾坤存一旅，社稷有三臣。惨澹勤王志，间关护主身。至今崖畔石，风雨洗凝尘。

此诗着重表现宋末志士的慷慨志节，不专注于沧桑陆沉之哀，给人们以激励前行的力量。清人梁善长《广东诗粹》评此诗谓“不过作感伤语，更高”，是颇有见地的。

区大相有些诗作，则表现为真率自然，不事雕琢，于平淡中见真情，别具感人的艺术魅力。如《以诗代书寄张羽王》：

> 所思在桂林，欲往隔湘阴。岁暮书仍阻，春来水更深。无由展言宴，何以托飞沉？不见倾城色，空传绝代音。

登山临水，感旧怀人，历来诗家好以为题材。寄某君、怀某友的诗题，在古人集中触目皆是。尤其是那些生活内容贫乏的诗人，本来就没多少东西可写，只好抓住这“永恒的题材”，抒发一通廉价的感情，往往写得愈迫切，就愈觉做作。区大相此诗从淡处着笔，不事渲染，诗味转觉隽永。清人黄培芳《香石诗话》谓区诗“纯乎唐音，亦无习气，即此一家，已可贵矣”，此诗堪以为证。又如《家人初至京，置酒庭中对雪作》：

> 庭霰今朝集，家筵此日开。不知燕地雪，犹讶故园梅。玉袖承花出，珠帘卷絮回。瑶华虽可赠，留赏上春来。

写南方人初次见雪的感受，淡淡道来，自见妙趣。沈德潜《明诗别裁集》评云：“中允（指区大相）南海人，南海无雪，故颔联特妙，颈联亦秀艳。”

又如《初归故园》：

> 祇役在淮都，事已返旧疆。旧疆八千里，乡路杳何长。清晨至里门，车徒不敢张。邻里闻我至，老稚走相望；亲族闻我至，斗酒各自将。劳慰未云毕，仓卒叙炎凉：问我何官爵？谬登著作郎。问我何职业？石渠典秘藏。问我何所就？低首不能昂。去家事明主，遭世本虞唐。出入金闺里，昕夕铜龙傍。优游文墨职，咫尺独靡遑。兹辰承嘉命，持节还故乡。故乡多密亲，谁存复谁亡？存者咸会斯，亡已归山冈。寄言宦游子，故乡安可忘？

描述与乡亲久别重逢的欣喜之情，娓娓如话家常，真挚感人。

总的说来，区大相的诗歌，以充实的思想内容，率直的艺术风格，为岭南诗歌增添了一份宝贵遗产，对明末岭南诗歌的健康发展起了较大的推动作用。尽管当时的复古派诗人不把区诗放在眼里，甚至入选诗人多达两千的明诗总汇《列朝诗集》，也置区诗于不顾，但区诗的强大生命力是不容抹煞的。后人评价区诗道："掩欧（大任）、梁（有誉）之前轨，开陈（恭尹）、屈（大均）之先声。"是恰如其分地反映了区大相在岭南诗史上的地位的。

第四章　明末爱国诗人

明末天启、崇祯年间，政乱国危，岭南诗坛涌现了一大批优秀的爱国诗人。他们为了挽救民族危亡，勇赴国难，献出宝贵的生命。这批忠志之士，在艰苦卓绝的斗争中，发耿耿孤忠而为诗，写下大量悲慨感人的作品，抒发国破家亡的悲愤，揭露清军入侵的暴行，表现汉族人民坚贞不屈的斗争精神和高尚的爱国主义情操。这些作品，无论思想性、艺术性，都达到当时的最高成就，在明末诗坛上大放异彩。他们当中，以《粤东诗海》所称的"粤中屈原"邝露、"粤中李白"黎遂球和"粤中杜甫"陈邦彦三人最为杰出，后人称他们为"岭南前三家"（与稍后的屈大均、陈恭尹、梁佩兰等清初"岭南三家"区别）。此外，影响较大的诗人，还有陈子壮、张家玉、梁朝钟、谢元汴等。

第一节　邝　露

邝露（1604—1650），字湛若，号海雪，南海人。生于一个世代书香之家，少年时代负才不羁，十五岁补南海诸生，督学使者以"恭、宽、信、敏、惠"为题考试，邝露故意用真、行、隶、八分、行草五种书体作文于卷上，督学大怒，黜置五等，邝露大笑而出。后来几次应试都名落孙山，"于是任诞纵酒，或散发徜徉于市中，傲然不屑"（薛始亨《邝秘书传》）。

崇祯七年（1634）元宵节，邝露与友人联骑遨游广州五仙观灯市，路遇南海县令黄熙出巡仪仗。邝露酒醉不避，并吟诗讥讽，终至惹祸，被迫离家出走广西。他在瑶民聚居的山区生活了几个月，给瑶人女首领云亸娘当书记，历游岑、蓝、胡、侯、槃五姓土司境，著有记述瑶区风土人情的《赤雅》三卷，“奇怪若《山海经》、《齐谐》，华藻若《西京杂记》”。（屈大均《广东新语》）约于当年夏秋之交，邝露度桂岭，入湖南，泛洞庭，出九江，东至江浙，北上京师，复南行至安徽，沿途历览山川，广交朋友，意欲共纾国难。他目睹社会的种种不平现象，愤懑郁结，借诗遣怀，写了不少优秀作品，诗名震于中原。崇祯十二年（1639），黄熙因受贿获罪，流亡了五年之久的邝露才得以重返家园。清兵入关后，他赴南京献陈光复之策，行至江西九江，因南京陷落而折回。清顺治三年（1646），清兵首次攻陷广州，在守城激战中，邝露痛失长子。第二年，南明永历政权相召，举为中书舍人。顺治七年奉使还广州，与城中诸将戮力守城十月余。城破时，他整肃衣冠，怀抱古琴，环列古玩图书于身旁，端坐居室海雪堂中从容就戮，时年四十七岁。

邝露是热血男儿，平生敢笑敢怒，出处行藏迥异世俗。为诗亦如其人，意境深窈，词采华茂，向被称为“旷世未易之才”、“旷代仙才”，在岭南诗史上有着很高的地位。他著有诗集《峤雅》，作品明显继承楚辞的优秀传统，充满积极浪漫主义精神，表现了对祖国、对人民的炽热情怀。清人王士祯《论诗绝句》云：“海雪畸人死抱琴，朱弦疏越有遗音。九疑泪竹娥皇庙，字字离骚屈宋心。”（《带经堂集》卷一四）写出邝露诗的主要特色。如诗人晚年的力作《浮海》：

玉树歌残去渺然，齐州九点入荒烟。孤槎与客曾通汉，长剑怀人更倚天。晓日夜生圆峤石，古魂春冷蜀山鹃。茫茫东海皆鱼鳖，何处堪容鲁仲连？

清顺治二年（1645）五月，清兵渡长江，陷南京，福王出逃，明大臣王铎、钱谦益等马首迎降。诗人渡海南还，赋此诗以悼念南明弘光政权的覆灭，悲愤沉痛而寄兴遥深，非徒以捶胸顿足为能事。前人谓邝露为诗“好诙谐大言，汪洋自恣以写其牢骚不平之志”（《广州府志·人物传》），实则正是继承了屈原、宋玉的艺术特色。在《莫愁湖酌酒与刘使君》中，诗人就明确以屈原自况：

憔悴行吟落照时，莫愁湖上与君期。五噫一赋梅花国，三黜重逢柳士师。吴苑旧游淹越鸟，楚裳今雨裛江蓠。姑苏烟月长相待，萎绝芙蓉白露滋。

感伤时世，以美好德行相砥砺，无论造意、用语，都可见到《楚辞》的影响痕迹。《峤雅》集中的佳作，首推这一类哀时伤事的篇什。这些作品在悲劲苍凉中别有一种幽艳凄绝的情调，感染力特强。脍炙人口的作品，还可举出：

南北神州竟陆沉，六龙潜幸楚江阴。三河十上频炊玉，四壁无归尚典琴。蹈海肯容高士节？望乡终轸越人吟。台关倘拟封泥事，回首梅花塞草深。（《后归兴诗》）

隋宫访古惟衰柳，楚泽伤秋况落英？痛哭嗣宗千日醉，乱离王粲十年情。目穷沙界参龙象，手挽银河洗甲兵。五见梅花归未得，故园频有蟪蛄声。（《吴楚倦游》）

前一首的写作背景与《浮海》相同，诗人在记述这段非常历史时期中的切肤之痛的同时，更表现出凛然不屈的崇高志节。后一首写于吴楚流寓之时，当时明王朝虽然还未覆亡，但已是乱机四起、岌岌乎可危了，当道者却如聋如聩，诗人枉有救国之志而无从施展抱负，失望、愤懑和无奈之情，充溢字里行间。

邝露的五律也很有成就。在艺术上，以孟浩然、李白为宗，一片化机神行。沈德潜《明诗别裁集》评云：“湛若诗原本《楚骚》，五言尤胜。”“五言佳处，全在气韵，不求工于语言对偶之间。得此意，可与读湛若诗。”如《人日登粤王台》：

> 登台试人日，此日谓宜人。日照高台色，台非故苑春。青山白云路，绿水流花津。醉欲呼鸾去，遥遥芳杜邻。

王士祯《香祖笔记》甚赏此诗，谓能得“骚人之遗音”，大概是它特具“神韵”吧。诗似不经意写来，如行云流水，舒卷自如，前四句尤为清隽。《岭南诗传》云：“绝去笔墨痕迹，必如此乃为超脱。”又如《登九子》：

> 朝参九华雪，暮宿九华钟。言寻金舍利，行傍玉芙蓉。雨脚移春殿，云衣挂乱峰。悠然秋浦月，来对海门松。

描写九华山的景色和登山的兴致，亦如《人日登粤王台》一样，“不求工于语言对偶之间”，多用顺承句法，一气直下，气机流畅而饶具远韵。他如“落日洞庭霞，霞边卖酒家”（《洞庭酒楼》），“开琴待明月，月向清溪生”（《道明水望三十六峰》），“弹琴劝君酒，君去少知音”（《巴陵琴酌送羽人游青城》)，“相逢彭蠡月，相失蒋陵钟”(《蒋陵送孙枝游华岳时余将南还》)，写来都“不拘格律”而“逸气凌云”，“神韵自高”。

善于托物咏怀，是邝露诗另一个重要特色。在他的笔下，草木虫鱼鸟兽风云雷电，都带有浓厚的感情色彩。除了在一般的诗作中喜用比兴手法外，他还写过不少咏物诗，借咏物以表达对社会人生的看法，或抒发一己的襟抱。这与楚辞寄情于物、以美人芳草奇珍异宝象征高尚品格的表现手法也是一脉相承的。如七律《赤婴母》其一：

> 冶服微言宫里稀，金栊香篆隐朱扉。摛文绝代还憎命，弱羽三年不假飞。陇首秋云淹远梦，芳洲春草吊斜晖。谁裁半幅江郎锦？会向华清换雪衣！

这是邝露的成名之作，写于流寓吴楚之时，一时士人传诵，有“邝鹦鹉”之誉。婴母，即鹦鹉。诗人借写笼中鹦鹉抒发自己才命相妨、空有美才而不见用于世的感慨，兴寄深厚，非寻常的咏物诗所能企及。

又如《九咏寄从兄湛之塞垣·边马》：

> 天马应星辰，金羁虎豹茵。骄盘春草短，叱拨桃花新。窟冻长城雪，蹄穿大漠尘。百战交河道，功成还与人。

以边马喻广大守边将士。末二句揭示边将身经百战，建立功勋，而功成受赏的却是他人，在封建社会中，这种情况比比皆是，故引起诗人的感慨。意义比杜甫《高都护骢马行》“此马临阵久无敌，与人一心成大功”句更为深刻。

邝露的古体诗成就不如近体，不少篇什徒以辞藻、声律和典故为工，但也有“华实合一”的佳作，如下面这一首，就不是一般剿袭古人皮毛的仿古董所能企及的：

> 弃繻出国门，遥望界垣树。上连苍梧云，下荫漓江渚。华叶辨丰凶，巢穴识风雨。有似英雄人，龙蛇争割据。周周啼衔羽，猩猩语人语。抚此琼枝树，娑婆慰离旅。

这是组诗《述征》的第四首，写于崇祯七年由广州入桂避祸之时。当时明王朝已败象显露，诗人借咏粤桂两省的分界树，曲折反映风云变幻的社会现象，表达对国家前景的隐忧，读之可见晋人阮籍《咏怀》诗的遗意。他如《君子有所思行》揭露世家豪猾的骄奢横暴，反映明末社会的阶级矛盾，《花田饮陶十一白郎》写一位爱国志士的忧国情怀。而《赵夫人歌》尤其值得注意，此诗所记载的是南明的一件重要史实。李成栋本明将，降清后入粤，任提督，其妾赵夫人劝成栋反正，自刎死以激之，成栋终于下决心在广东投明。诗中写道：“将军高阁临江起，湘帘一派珠江水。羌篴胡笳沸绮城，美人一见心先死。婉转蛾眉毳幕边，霜摧杨柳风打莲。李陵胡服不报汉，申胥泪出玉婵娟。脱先解珮重乌邑，哀鸾半映菱花立。就桀阿衡负鼎干，兴周吉甫山龙缉。自古英雄畏失时，将兴将废女红知。奉春既衍留侯策，陶侃休回温峤旗。将军沉吟目如电，手捉长戈日轮变。讵肯阴谋及妇人，任佗死后开生面。”讴歌一位为挽救国家民族危难而勇敢捐躯的奇女子，用典虽多，然写得有血有肉，真切动人。《全粤诗》录其诗二卷。

第二节　黎遂球　陈邦彦

黎遂球（1602—1646），字美周，番禺人。自少好学，工诗文，能书画，人称绝代才子。曾获县学童子科考试第一名，天启七年（1627）中举，以后屡试不第。崇祯初自北京落第南归，路经扬州，参加江淮名士举办的“黄牡丹会”，即席赋诗十首，十首之一云：“一朵巫云夜色祥，三千丛里认君王。月华蘸露扶仙掌，粉汗更衣染御香。舞傍锦屏纷孔雀，睡摇金锁对鸳鸯。何人见梦矜男宠，独立应怜国后妆。”钱谦益将其名列第一，被誉为“牡丹状元”，诗名大噪。其后，与陈子壮等11位诗人倡复南园诗社，世称“南园十二子”。甲申之变后，遂球积极投身抗清大业，清顺治三年（1646），任南明隆武政权兵部职方司主事，率两广水陆义师驰援江西赣州，与清兵苦战三日，入城与督师阁部杨廷麟会师，合力拒守。城破时，率师巷战，中箭牺牲。桂王朱由榔即位后，诏封兵部尚书，谥忠愍。广州人民为了纪念他，把他的出生之地濠弦街改名为“豪贤街”，沿用至今。黎遂球有《莲须阁诗集》六卷。《全粤诗》录其诗十二卷。

他的诗继承南园诗社的传统，在雄直痛快中又有沉着之意，艺术性较高。如邝露一样，他的眼光从不专注于个人生活的小圈子，集子中多有反映社会动乱和人民苦难的好作品。天启年间，魏忠贤、客氏一伙擅权祸国，迫害朝野正直人士，政治极其黑暗，年轻的遂球对此深为愤慨，写过一些感情色彩强烈的任侠诗，描述结交慷慨志节之士，大有刺仇报国之意。如《结客少年场行》：

生儿未齐户，结客少年场。借问结交人，不数秦舞阳。泣者高渐离，深沉者田光。醉者名灌夫，美者张子房。感恩思报仇，相送大道傍。白面坐桃花，匕首光如霜。男儿无意气，何用七尺强。一啸向竖儒，侠骨违故乡。

又如《古侠士磨剑歌》：

十季磨一剑，绣血看成字。字似仇人名，难堪醉时视。旧仇剑边鬼，新仇眼中泪。倚啸复悲歌，啮断长虹气。不得语公孙，阿世斯其志。

唐人贾岛《剑客》诗云："十年磨一剑，霜刃未曾试。今日把似君，谁为不平事?"遂球此诗更刻意描述，发露无遗，当为魏忠贤一伙奸佞而发。诗人鞭挞的锋芒，有时甚至直指最高统治者。崇祯初年，思宗朱由检屈斩蓟辽督师袁崇焕，自坏长城，天下称冤，遂球频频为诗鸣不平，在《湖上同胡小范夜饮，坐中听其家元戎敬仲与房都护占明盛谈往事》一诗中，他愤怒地写道：

……坐中髯客复何为？犴狴曾同袁督师。令箭初飞缒城出，骤裹牵来只让骑。罪案相寻连内阁，壮士何妨委沟壑。煅炼严刑死不招，督师磔肉如花落……

诗中除了表达对英雄的钦仰之情外，也严厉指责了皇帝的昏庸残暴。类似题材的作品，还有《周蔚宗将军铁如意歌》、《陆将军行》、《留都赠梁非馨》等，无不写得悲愤交加，催人泪下。不是正义感特别强烈的人，是不可能写出这样的作品来的。

对于当时北方日益深重的边患，诗人在作品中也有所反映。其中《拟古》一首，描述守边将士抗敌阵亡的惨烈情形，具有撼人心魄的艺术力量：

醉卧仰视天，天星亦胡然？卷舌能食人，一卷百祸连。壮士血如漆，气热烧九边。大地吹黄沙，白骨为尘烟。鬼伯舐复厌，心苦肉不甜。生季只满百，见此良忧煎。不如且行乐，乐意谁能宣？陌上多游魂，纷来缠竹弦！

此诗深刻反映明末社会的动乱和苍生的苦难，表现了一个正直的知识分子痛苦的心情。据说作者以职方司主事监广东军守赣州，临危时击剑扣弦，高吟此诗，将士闻之，皆为之袒裼争先，淋漓浴血，视死如归。世乱出诗人，遂球这类作品，比之他早年字面华丽而缺乏深刻思想内容的黄牡丹诗之类的酬应之作，不可同日而语。俗人每津津乐道遂球获"牡丹状元"的佚事，而忽略此等以血书写的作品，实属本末倒置。屈大均认为："《莲须阁》一书，遂与日月并悬矣！"（《翁山文外·黎太仆集序》）殆指这类忧国忧民的佳作而言。可惜诗人入守赣州以后一诗无存，是由于戎马倥偬无暇命笔，还是诗稿散佚于乱军之中？那就不得而知了。

遂球是一位富有才华的诗人，诗作风格多样，而以高华俊爽为基本特色，清人温谦山称他为"粤中李白"，当缘此而发。试看《送李烟客出塞》两首五律：

万里欲何之，行营望将旗？我正怜烟客，人疑是药师。谈兵奋髯戟，骑马策杨枝。为试登楼啸，胡雏满眼悲。

丈夫宁惜别？一路笑桃花。下水流澌劲，临关怒木芽。春情违蛱蝶，酒态在琵琶。莫动将归思，风前有暮笳。

李烟客名云龙，广东东莞县人。崇祯元年慷慨请缨，北行入辽，赴袁崇焕幕中。遂球赋诗相送，有称美意，有勉励意，一片深情，流布纸上，格调高华壮丽。明七子如李攀龙、何景明辈，每好作送别之诗，摹拟盛唐之作，虽铺排典雅，语句精工，而终乏真情至性。如本诗“丈夫宁惜别？一路笑桃花”等语，豪迈俊爽，情性毕露，只懂得斤斤形似于古人的李、何辈，是写不出来的。

遂球的写景咏物篇什，也多有情辞并茂、新意迭出之作，如七律《闻鹧鸪》：

乱竹蒙茸水帝祠，行时不唤唤归时。阴云断峡流千尺，急雨孤篷烟万枝。半载鲤鱼频失信，连天芳草不相思？何如飞过黄茅岭，啼与高楼少妇知？

鹧鸪，是南方常见的禽鸟，古人咏岭南景物时每每提到它。据说它的鸣声如唤“行不得也哥哥”，故征人思妇闻之生悲。唐人郑谷《鹧鸪》诗云：“雨昏青草湖边过，花落黄陵庙里啼。”烘托出鹧鸪啼时的环境气氛，情景交融，为人传诵，郑谷因得“郑鹧鸪”的美名。本诗在意境创造和情态刻画方面，当不让于郑诗，特别是“阴云”两联，神韵俱佳，《岭表诗传》谓“与郑谷作同一空际传神”，当指其渲染气氛之妙，能烘托出旅人的心理。

陈邦彦（1603—1647），字会份（一作会斌、令斌），顺德人。在县城大良锦岩岗下授徒为业，人称“岩野先生”。邦彦“性刚正果毅，慷慨喜任事，识见通敏”（《顺德县志·人物传》)。南明弘光初北走南京，上《中兴政要书》三十二策，不为所用。隆武时为大学士苏观生所荐，授监纪推官，未赴，旋中广东乡举，晋兵部职方司主事，监粤西“狼兵”入赣抗敌。隆武政权倾覆后，返回广东，在高明、顺德一带重组兵马，与南海陈子壮、东莞张家玉等共为犄角，抗击清兵。清顺治四年（1647）七月，约陈子壮会师围广州，失利，转战三水、高明、新会、香山，一月十余捷。复应驻守清远的南明卫指挥使白常灿之邀，合兵拒守。九月，清将李成栋大军破城，邦彦巷战负伤被俘，解至广州，绝食拒降，英勇就义。临刑，慷慨长吟《临命歌》：“天造兮多艰，臣也江之浒。书生谩谈兵，时哉不我与。我后兮何之，我躬兮独苦。厓山多忠魂，后先照千古。”第二年，南明永历帝追赠兵部尚书，赐谥“忠烈”。后人把他与陈子壮、张家玉合称“岭南后三忠”。陈邦彦著有《雪声堂诗文集》。《全粤诗》录其诗二卷。

他的诗师法杜甫，笔力老健，感慨深沉，在明清之际影响颇大。代表作如五律《丁亥仲春，余归自岭右，暂憩乡园，读杜工部秦州杂咏，怅然感怀，因次其韵》二十首，揭露清兵杀掠的暴行，抒发山河沦丧的悲慨，表达效忠明室抗战到底的决心，风格慷慨苍凉，为诗人极意之作。兹选录其中第一、第十五、第十八首，以见一斑：

故国还春色，逋人此倦游。闭帘门内影，兼辆客中愁。鼙鼓连三月，车书隔九秋。奋飞如可达，儿稚谩相留。

物产川原尽，生涯寇盗间。无愁应岸柳，不改是春山。古戍饥乌集，江村乳燕还。未须愁远道，多恐泪痕斑。

漫道驰驱苦，翻疑览胜归。雨窗寒对瀑，海日夜生

> 辉。地迥临蛟穴，峰高碍鸟飞。颇闻骁果在，谁为畅皇威。

这组五律写于诗人牺牲当年的春天。时邦彦自高明县山区潜返顺德，策动甘竹滩绿林豪强余龙举义。诗中充满家国之痛，逼肖杜甫原作。他如“中原半已成鱼烂，草野宁当恋鹿群!”(《次答大参区几蘧先生》)“难将幽愤填沧海，剩有悲歌贯白虹。”(《次答家琋赤兄》)“弱骨自缘忧国瘦，旅魂时逐故园飞。”(《答黎恭甫伟长》)均写得透骨沉痛，非对国家民族感情浓厚者不能道。

邦彦性格刚毅豪雄，以一介书生奋起草莱统兵与强敌周旋，百折不挠，愈战愈勇。在诗作中，随处可见这种英雄本色，不少作品都写得气势豪迈，情调高昂，富于鼓舞人心的力量。如《舟发珠江承诸子携酒饯送次韵赋别》:

> 扬舲挝鼓发江干，变徵声高七月寒。夜竹可能知大汉，日边何处是长安。杯因惜别兼贤圣，策为忧时杂管韩。燕石自惭仍跃冶，归来休笑旧儒冠。

此诗写于启程赴南京上《中兴政要书》之时，诗中慨然以管仲自命，表达匡扶明室却敌中兴的大志，笔墨颇为酣畅飞动。广州初次失陷后，诗人在极其险恶的环境中四出联络志士以谋恢复，南达新会崖门，写下《崖门吊古》一诗，诗中忧愤国事，然仍充满胜利的信念:

> 往事苍茫不可寻，东风吹雨昼阴阴。精魂拟共湘波怨，遗恨长留越客吟。赖是圣朝回汉甸，只今邦计仗南琛。春陵佳气中兴日，借取当年义士心。

诗中抒发了追效宋末三忠（文天祥、陆秀夫、张世杰）舍身卫国的豪情壮志，读之令人感奋。迄至负伤被俘，诗人依然没有沮丧，他在绝笔之作《狱中自述》中镇定如常地写道：

> 去岁承恩桂海滣，何期国步倍多迍！室中自起金戈衅，天外俄飞铁骑尘。入梦翠华频想象，招携乌合每逡巡。经年辛苦惭何补？应识皇明有死臣！

回顾起兵一年来的斗争历程，决心以死保全民族大节，词气严正，不假雕饰，浩然之气扑人眉宇。温谦山《粤东诗海》指出："吾粤诗笔老健，无逾陈岩野。先生身著大节，诗亦力企大家。感时之作，气啮长虹，骨凌秋隼，直摩少陵之垒而拔其帜。"形象道出邦彦诗的特色。

第三节　其他爱国诗人

陈子壮（1596—1647），字集生，号秋涛，南海九江人。明万历四十七年（1619）进士，廷对第三，授翰林编修。其父陈熙昌时为吏科给事中，天启四年（1624）抗疏弹劾魏忠贤，阉党摭拾子壮文学以为诽谤，父子同日夺职归里。崇祯初，子壮复出，官至礼部右侍郎，以言事下狱除名，减死放归。明亡后，桂王朱由榔立于肇庆，授子壮东阁大学士，总督广东、江西、福建、湖广四省军务。清兵入粤，子壮与陈邦彦、张家玉起兵抗敌，兵败被执，不屈而死。追赠南海忠烈侯，谥文忠。所著《练要堂集》和《秋痕》诸集，后人汇刻为《陈文忠公遗集》十一卷。《全粤诗》录其诗五卷。

陈子壮晚年的诗作散佚无存，遗集中的作品大都写于统兵抗清以前，其中不乏忧国忧民的佳作，如七律《答欧子建》：

多年散木成劳薪，每羡文园卧病身。龙泉太阿知我者，历落嵚崎可笑人。宗国亦忧漆室女，高天乃吊湘累臣。无端重下苍生涕，不愿君王问鬼神。

这是子壮的早期作品，忧愤朝政，伤念民生，已颇有老成之气。又如五律《欲将》：

海国春无旱，连春旱不任。举天云汉咏，匝地桔槔心。繁露皆儿戏，重溟有盗侵。欲将双泪眼，洒作一朝霖。

表达对连年春旱、海盗侵扰、民生艰难的深忧，语意恳挚感人。子壮的忧国忧民，并不光表现在诗歌中。崇祯初年，皇帝为建立其封建贵族的世家统治，下诏援祖训，郡王子孙文武堪任用者，得考验授职。陈子壮认为这会导致宗室子弟横行不法，马上抗疏反对，提出“五不可”，触怒皇帝，除名下狱。在狱中，他写下《狱中杂咏》十四首，表现了一个封建时代直臣的志节。兹选录第七、第十三首：

木脱天高永巷斜，朝喧干鹊暮喧鸦。春来墙上寄生草，偏笑玄都旧种花。

瓶粟无多搅夜声，东方劳傍气楼明。而今鼫鼠穿墉惯，三尺花猫黯自行。

两诗俱用比兴体，讥讽朝中小人横行，为无力驱除奸臣而感到痛心，言近旨远，颇具幽默感。

张家玉（1616—1647），字玄子，号芷园，东莞人。崇祯十六年（1643）进士，选庶吉士。李自成入北京后，他曾留在农民军中一段时期，后出走杭州，与旧臣黄道周、苏观生等拥立唐王朱聿键于福州，擢翰林侍讲，兼兵科给事中，监郑彩军。清顺治二年（1645）十一月，率军败清兵于许湾，解抚州之围。次年，在广东潮州、惠州立武兴营。朱聿键政权败亡后，家玉回乡暂居，拒绝清两广总督佟养甲的招降。顺治四年，清军向广西推进，家玉在乡中起兵，与陈邦彦、陈子壮等友军配合，收复了龙门、博罗、连平、长宁等县，一时声势大振。同年十月克复增城，旋遭清军精锐部队反扑，坚守十昼夜，城破，投水殉国，年仅三十三岁。南明永历朝谥“文烈”。《全粤诗》录其诗一卷。

张家玉的诗风雄壮豪迈，慷慨淋漓，尤以东莞起兵后的《军中遗稿》最为著名。火热的军事斗争生活，使得诗人的激情喷薄而出，热血满纸，不假雕饰，“率皆贯虹喷碧之语”（罗应垣《军中遗稿序》）。如七绝《自举师不克，与二三同志怏怏不平，赋此》：

> 落落南冠且笑歌，肯将壮士竟蹉跎？丈夫不作寻常死，纵死常山舌不磨。

举师不克，当指收复东莞失败之事。张岱《石匮书后集》载，家玉“于三月举兵复东莞，称制以原任儒学训道张珦为东莞知县。家玉身整舟师，拟走省会，而清兵疾至先攻，万家租水师来援，战围溃，东莞复陷。……清移攻家玉，相持者六七日，战不利，败走虎门。祖母陈、母黎、妻彭，俱烈死”。诗人在兵败家破之余，仍然壮志不衰，在诗中表示要效法唐代民族英雄颜杲卿的志节，表现了豪迈的气概和宁死不屈的斗争精神。

又如《感遇》其一：

> 颠倒苍苍亦可怜，江山何地得安然？宵行秣马传餐食，夜宿连营抱鼓眠。雪骨寒梅真我瘦，冰心皓月为谁圆？从今一斗孤忠血，总化春山哭杜鹃。

描述艰苦的军旅生活，表达了对国家民族的忠贞志节。王夫之《永历实录·二张传》评价家玉诗说："家玉诗材亢爽，于军中作悲愤诗百余首，……其节操可睹矣。"实则，如本诗之沉郁悲壮，慷慨淋漓，岂独"亢爽"而已！

又如《丁亥重阳悼亡将士》：

> 回首天涯忆故乡，忽惊节候又重阳。断肠何处啼猿月？警梦当阶唳鹤霜。击楫几时清海浦？枕戈犹未扫欃枪。可怜多少英雄骨，空照黄花吐烈香！

此诗作于家玉殉难前一个月。他在诗中回想起沦陷了的故乡，更伤悼追随自己作战牺牲的将士，感慨万千，直抒胸臆，真挚自然，纯以至情感人。

梁朝钟（1603—1647），字未央，号车匿，番禺人。崇祯十五年（1642）中举。平生博学多才，为人倜傥豪迈，好奇计，有大志。顺治三年（1646），官南明绍武政权的国子监祭酒，改授国子监司业。同年，清兵陷广州，朝钟殉国。著有《喻园集》四卷，其中诗一卷。《全粤诗》录其诗不满一卷。

其诗亦如其人，风格高昂俊爽，多感时语。如《送区启图入京补官》三首其一、其三：

> 祖帐及秋风，谈兵语未终。且将三户政，再集九边功。桑土宽民力，鹑责待诘戎。故山收将士，相约蓟门东。

> 出门家计轻，此念尚难平。四塞满烽火，中原无重兵！闾阎添岁尽，泉石讳时清。独有栖栖者，风霜万里行。

区启图是诗人区大相之子，参加南园诗社，为“南园十二子”之一，明末与黎遂球、邝露等奔走国事，后遇害。此二诗描述当时的严峻形势，勉励启图杀敌立功，于雄健的体格中作沉郁之语。《岭南诗存》评曰“炼语奥峭，深入无浅语”，亦仅皮相之言。朝钟的五律气格甚高，用笔亦老健，如下面这首《赠刘乃运》，虽为酬赠之作，但全去熟套，不作一陈腐之语：

> 之子有奇尚，何能老一丘？客边寒暖夜，生计短长筹。意气孔文举，精神李邺侯。春宵三月梦，一半到循州。

第一二句便大笔振起，劈头道来，气势不凡，断非前后七子所能摹习得到。

最后要谈及的是谢元汴。谢元汴（1605—?），字梁也，号霜崖。澄海人。性颖异，口讷寡言笑，读书过目成诵，博通六经子史。明思宗崇祯十六年（1643）进士，主试者奇其才，拟馆选，以母老辞，南归。旋闻李自成破北京，北向恸哭。南明隆武元年（1645），赴福州投唐王，授兵科给事中。以直忤郑芝龙，革职归里。南明永历二年（1648），至肇庆谒桂王，复授兵科给事中。次年，奉命募兵平远。桂王西奔不返，遂奉母隐居丰顺大田泥塘。乱定，还居潮州郡城。母卒，披缁入台湾，不知所终。有《烬言》、《放言》、《霜崖集》、《霜山草堂诗集》、《和陶》、《霜吟》诸集。谢元汴存诗在岭南诗家中数量不算多，且诗歌价值一向不为众人所认识，以至于其别集几近不传，然其质量绝可称上品。《全粤诗》录其诗二卷。

元汴诗皆亡国之音，语涩而辞晦，中含极大的悲愤。集中以五律尤为出色，在艺术上得之于韩、杜最多，而浸淫楚骚最深。《阅表弟陈克棐近诗与订同异》即云：

> 作诗无定例，高者不因人。奇险宜深稳，孤清欲峭新。有如鷩雁鸨，何必别荪莼。韩杜吾师也，问谁狎主臣。

诗中尚有《寄题韩祠》二首于韩公再三致意。《放言》三十八首，其序云："吁！此霜崖既放之所作也。十月至三月，时不一；蘅溪至韩山，地不一；为谷至为陵，事不一。触往述今，迁错零乱，无绪理可寻。《风》、《雅》、《颂》俱亡矣，后之读此者，其柳、竹枝词乎？非律也，强律之，霜崖之罪也。"其中《畸人》：

> 捐士自当捐，畸人岂必畸。已痴勿下种，不俗谁能医。作问青天下，沉碑碧水涯。荃蒌不改洁，惟有星辰知。

《庸态》：

> 众贱有君子，能无庸态诽。世之罪我是，人敢曰天

> 非。自此见蜚笑，偶然闻虎譩。虫冰不可语，鳐以夜而飞。

此类虽稍嫌刻削，然字字可矗立纸上，孤臣孽子之心，见于言外，为粤中三大家而外之奇崛者。又，《哭先民部贞穆先生》诗，其序云：“先生且死，擘一纸相遗曰：‘子必以序序吾诗。’元汴马上读之，对山失声。噫！玄石而修轼，有如予之于先生哉！……作不一时，感不一事，或告于山，或招于水，上下恸哭，离骚不伦。以笔之先后为叙言。”又有《哭林非斋师师与羊城争立督战三水赴汨罗之召》八首、《为石丈招魂歌》等，可称楚辞体的代表之作。

第五章　屈大均

第一节　屈大均的生平和思想

屈大均（1630—1696），明末清初广东著名诗人，为“岭南三大家”之冠。初名绍隆，字翁山，又字介子，自号冷君、华夫。广东番禺县人。其父屈宜遇是位喜爱读书的民间医生，对大均教育督责甚严，“日诵不问何书，必以数千言为率，亲为讲解，弗以诿之塾师也。家贫，每得金，必以购书”（《先考澹足公处士四松阡表》）。大均天资聪颖，读书过目成诵，十四岁能文，十五岁能诗，与同里诸子结为西园诗社。十六岁补南海县学生员，并得到同乡函昰的介绍，从陈邦彦（陈恭尹之父）读书于粤秀山。这时，大均学到的不仅是词章之学，而是兼有经世致用的军事政治常识。他在《秋夜恭怀先业师赠兵部尚书岩野陈先生并寄世兄恭尹》一诗中，回忆当时读书的情形，倾吐了自己的远大抱负：“忆昔从师粤秀峰，授书不与经师同。捭阖阴谋传鬼谷，支离绝技学屠龙。……小子生年方十五，意气飞腾思食虎。……”

顺治三年（1646）十二月，清兵陷广州。其父告大均曰：“自今以后，汝其以田为书，日事耦耕，无所庸其弦诵也。吾为荷篠丈人，汝为丈人之二子。昔之时，不仕无义，今之时，龙荒之有，神夏之亡，有甚于春秋之世者，仕则无义。洁其身，所以存大伦也，小子勉之。”（《先考澹足公处士四松阡表》）同年春，陈邦彦起兵高明山中，以水军先攻顺德，约陈子壮起兵南海，张家玉起兵东莞，黄公辅起兵新会，互为犄角。四月，邦彦出兵攻高明。屈大均从兄士煤、士煌激于义愤，破产从军，初入罗浮，纠合数千壮士，往来相约。这年，大均十八岁，身怀捐躯报国之志，参加邦彦发动的军事斗争，“予时当一队，矢尽犹争先”（《维帝篇》）。未几，合攻广州，不克。子壮走高明。邦彦走清远，据城死守，城破后，犹率师死战，身被三刃，投池自杀未果，被执送广州，不屈而死。子壮、家玉也先后遇害。国难师仇，在大均的心灵里影响至大，遂坚志不仕。他在《死事先业师赠兵部尚书陈岩野先生哀辞》中云：“有弟子兮后死，曾沙场兮舆尸。抱遗弓兮哽咽，拾齿发兮囊之。愤师仇兮未复，与国耻兮孳孳。早佯狂兮不仕，矢漆身兮报之。”

顺治五年（1648）5月，清将李成栋反正，派员联络永历政权，共商抗清之举。不久，永历帝朱由榔由广西桂林迁回肇庆，抗清形势，遂见好转。翌年，大均赴肇庆行在，上《中兴六大典书》，经大学士王化澄引荐，将授以中秘书之职，大均值父病笃，仓卒辞归。是年冬，父病逝。顺治七年（1650），清兵再陷广州。大均为逃避清廷压迫，乃削发为僧，事函昰于番禺县雷峰海云寺，法名今种，字一灵，又字骚余，以所居为“死庵”。其《死庵铭》云：“日死于夜，月死于昼。吾如日月，以死为寿。昼夜之死，非日月之否。欲昼夜之生，须昼夜之死。”表示其誓死不为清廷所用之意。实际上，大均投身佛门，是为了隐蔽行藏，等待时机，东山再起。

顺治十四年（1657），朱彝尊至粤，北归时持大均诗遍传吴越间。秋，大均度岭北游。明年春，至京师，求明崇祯皇帝自缢所在，痛哭失声。东出榆关，周览辽东西形势，吊抗清名将袁崇焕故垒，赋出塞及塞上曲而还。又流连齐鲁吴越间，冀有所作为。顺治十七年（1660）抵会稽，读书祁氏山园，时魏畊亦客祁氏，大均与魏畊等共谋匡复大计。畊有大志，曾秘密致信郑成功，谓海道甚易，南风三日可抵京口。后郑成功和张煌言合兵攻入长江，围南京，收复江南四府三州二十四县，北方人民闻风而动，抗清斗争呈现出一派大好形势。惜成功后来轻敌失利，退回厦门，清廷侦知这次事变，魏畊和大均都曾参与，指名搜捕。魏畊被杀，大均避居桐庐。顺治十八年，缅王为讨好清廷，执永历帝及其眷属于吴三桂军前。明年，永历帝和太子被杀于云南昆明城内，永历王朝覆亡。然大均仍奉永历正朔，以表抗清之志。是年，大均谒宋谢皋墓于富春山麓，为文《粤谢皋先生墓表》以寄兴亡之痛。归抵番禺，蓄发还儒。

康熙四年（1665）春，北上至南京，由南京再度北游。在秦晋，他会见了顾炎武、李因笃、朱彝尊、王弘撰、王弘嘉、颜光敏、沈荃等名士，在这些人中，最著名的是顾炎武、李因笃、朱彝尊三人。顾炎武，字宁人，号亭林，江苏昆山人。明末清初著名的思想家、文学家和音韵学家。当清兵南下时，曾与归庄、吴其沅起兵抗清，失败后流寓四方，六谒孝陵、思陵，遍游华北，考察山川形势和边防地理，最后卜居陕西华阴，垦田集资，为匡复大计做准备。大均于康熙五年春在太原会见了他，此时他将与李因笃集资垦荒于雁门之北，与大均同行。他俩从小都受到爱国主义的思想教育，同时经历家国破灭的巨痛，志趣相投，奔走于绝塞千山，倾杯痛饮，同为十日之欢，结下了深厚的情谊。顾炎武写了《屈山人大均自关中至》一诗，记叙了与屈大均太原之会的欣慰心情，鼓励屈大均学习屈原爱国爱人民的高尚情操。

顾炎武死后，大均曾经写诗，表达他对炎武深沉的怀念："苍松岁晚孤生苦，白鹭天寒两鬓华。"（《哭顾征君宁人》）这不仅是赞扬顾炎武自始至终能够保持民族气节，也是屈大均自己怀抱和经历的真实写照。顾炎武的志向、人格和学问，对大均的影响至深，故顾炎武死后，大均反复为诗，致其哀慕之情。

李因笃，字天生，更字子德，陕西富平人。在明末清兵入侵时，曾走塞外求访勇士，共谋报国。朱彝尊，字锡鬯，号竹垞，浙江秀水人。是当时著名诗人，曾与大均参加魏畊之谋，共图恢复。虽然，李、朱两人晚节不保，但他俩早年也为抗清事业奔走过，与大均有共同点。朱彝尊对屈大均也是了解的，他在《九歌草堂诗序》中说："……予友屈翁山为三闾大夫之裔。其所为诗，多怆恍之言，皭然自拔于尘壒之表。盖自二十年来，烦冤沉菀，至逃于佛老之门，复自悔而归于儒。辞乡土，跻塞上。走马射生，纵博饮酒。其傥荡不羁，往往为世俗所嘲笑者，予以为皆合乎三闾之志者也。嗟夫！三闾悼楚之将亡，不欲自同于混浊，其历九州，去故都，登高望远，游仙思美人之辞，仅寄之空言，而翁山自荆楚吴越燕齐秦晋之乡，遗圩废垒，靡不揽涕过之。其憔悴枯槁，宜有甚焉者也……翁山归自雁门，将筑室南海之滨，题曰九歌草堂，而先以名其诗集。予与翁山相遇南海，嗣是往来吴越，十年之间，凡所与诗歌酒宴者，今已零落殆尽！至窜于国殇山鬼之林，散弃原野。翁山吊以幽渺凄戾之音，仿佛乎九歌之旨。世徒叹其文字之工，而不知其志之可悯也。予故序之，以告后之君子诵翁山之诗者，当推其志焉。"这说明朱彝尊对屈大均有着深刻的了解。"当推其志"四字十分中肯。大均诗歌处处洋溢着强烈的民族精神，闪耀着爱国主义的光辉，这与朱彝尊青少年时代强烈的民族意识是一致的。惟其如此，大均把朱彝尊引为至交，赞美过他的高节。顾炎武、李因笃、朱彝尊等的言行，特别是顾炎武坚持民族大义、抗清报国的精神对大均的影响是相当大的，大均的诗文中也反复谈到他们之间的友谊。

李因笃盛赞屈大均的才华，把他介绍给代州参将赵彝鼎，大均因此得以娶故榆林都督王壮猷之女为妻，因字之华姜，自号华夫。康熙七年（1668），携妻出雁门，历大同、宣化，再游京师，谒十三陵。翌年至南京，淹留吴越之间，八月归故里。康熙十二年（1673），吴三桂率所部抗清，大均上书言兵事，以广西按察司副司监督孙延龄军于桂林。大均从军目的，在于匡复故国，而吴三桂却另有野心，无匡复大志，大均大为失望，写了《松上兰》一诗，抒发其矛盾和忧郁的心情。不久托病辞职，回归故里。三桂兵败，大均恐受牵连而遭迫害，携家避地南京。康熙二十一年复归番禺。次年八月，成功之孙克塽以台湾降清，大均作《感事》诗四首抒发其心中悲愤。自此以后，过着半隐居的生活。康熙二十四年，两广总督吴兴祚招屈大均与王士祯等饮于端州石室岩时，吴、王欲疏荐屈大均，屈大均以著书未竟婉拒。当时清朝统治已经巩固，恢复已经无望，在他的朋友中，像顾炎武等志同道合的爱国志士已经去世，而朱彝尊、李因笃等都先后投降了清朝，能否一如既往，保持民族气节，这对他来说，是一个严峻的考验。他不为吴、王的疏荐而动摇，很能说明他是矢志不移的。“兴废久知他日事，清高终立故人朝。”（《夜泊大滥作》）他始终保持高度的民族气节。

屈大均还致力于广东的文献、方物和掌故的收集与编纂工作，他在其编纂的《广东文选》“自序”中说：“嗟夫，广东者，吾之乡也。不能述吾之乡，不可以述天下。文在于吾之乡，斯在于天下矣。惟能述而后能有文，文之存亡，在述者之明，而不徒在作者之圣。吾所以为父母之邦尽心者，惟此一书。于先哲之文如桑与梓，存者为先哲显其日月光华，删者为先哲藏其珠玉瑕类，是吾之所以为恭敬也云尔。”一颗炽热的爱国爱乡之心，由此可见。屈大均时刻思念报效乡邦，以收集和整理乡邦文化典籍作为己任，他花了几年时间，编成《广东文选》，后又在此基础上扩大篇幅，增加内容，编纂《广东文集》，使岭南文化发扬光大。他撰写的《广东新语》，通过实地考察，博采见闻，掌握大量的第一手材料，同时“考方舆、披史乘，验之以身经，征之以目睹”，内容翔实，通俗生动，不愧为乡邦文化的瑰宝。

屈大均晚年生活穷困，靠卖文、务农以及朋友的接济度日。著有《翁山文外》、《翁山诗外》（含《骚屑词》）、《翁山易外》、《皇明四朝成仁录》，以及上述的《广东新语》，合称“屈沱五书”。

屈大均是一位有民族气节、有高度文化修养的知识分子，他处在民族灾难深重的时代里，面对清兵入关之后的焚烧杀掠，心中无比悲愤，立下抗清报国的志愿。他的父兄、老师和朋友都给他以深刻的影响，当清兵攻陷广州之际，他的父亲告诫他要洁身自好，他的从兄士煤、士煌都积极投身到抗清斗争中去，以身报国。大均曾说：“予沙亭屈氏，举宗千有余人，然道同志合，穷苦不移，在兄惟白园（士煤）、铁井（士煌），在弟惟予。兄为有鬲之遗臣，弟亦青盲之义士。三人者，旦夕相依，靡间生死。”（《仲兄铁井先生墓表》）他的老师陈邦彦，奋勇抗清，死事壮烈，他在《陈岩野先生哀词》里，淋漓尽致地描述其老师为国捐躯的情形，充分表现了要把国耻师仇一起申雪的凌云大志。他的朋友顾炎武等的高风亮节对他也有很大的影响。为了实现自己的抱负，他一边积极从事反清的政治活动，一边运用诗文揭露清朝统治者的罪恶，抨击其种族迫害的政策，如《菜人哀序》：“岁大饥，人自卖身为肉于市，曰菜人。有赘某家者，其妇忽持钱三千与夫。使速归，已含泪而去，夫迹之，已断手臂悬市中矣。”又如《自代北入京记》：

“日未暮已趋店宿，店旁颇有土窑，民居其中，所食者苦菜燕麦窝窝，所爨者沙蓬，贫妪以石炭御寒，有生长不识布者”；“其手顶一柳筐、以盛马粪及石炭者，皆中华女子，皆盘头跣足垢面，反被皮袄，人与牛羊相枕藉，腥膻之气百余里不绝”。描述在满族贵族的血腥统治下，人民极端痛苦的生活。《猛虎行》、《大同感叹》、《雷女织葛歌》、《民谣》等诗作对满族贵族的残酷统治作了无情的揭露。面对满族贵族的暴行，作者坚持民族立场，满怀激愤，誓死与清朝统治者作斗争。“戎马平生志，如何怨苦辛。”（《边思》）“苟能拯水火，何辞七尺躯。”（《赠友人》）表示作者决心驰骋沙场，为国捐躯。其他如《登潼关怀远楼》、《同杜子入秦初发滁阳作》等诗作都表示誓不降清，要为抗清事业奋斗到底。作者自己积极参加抗清斗争，对抗清志士大力褒扬，在他的诗文中，有许多是记叙抗清志士的英雄业绩的，如在《吴端烈先生哀辞》中歌颂在海南起兵抗清的吴履泰志士；在《周秋驾六十寿序》中赞扬夏存古“忠而且孝，天地之所赖以长存，日月之所赖以不坠，江河之所赖以无穷，乃在一成童之力”。至于他的老师陈邦彦，更是备极推崇。此外，顾炎武、黎美周等，是他平生景仰的抗清志士，在他的诗文中多次表示其仰慕之情。他的《皇明四朝成仁录》一书，更是集中颂扬抗清死节的人士。

屈大均生活在明清交替之际，正是我国封建社会阶级矛盾和民族矛盾十分尖锐、复杂的时代，他的少年时代，是在腥风血雨中度过的，他目睹清兵的暴行，身历家国破灭之痛，种下了爱国主义的思想根苗。“予少遭变乱，沟壑之志，积之四十余年。”（《屈沱记》）慨然以身报国，至死不改初衷，表现出坚定的民族气节。

作为封建时代的知识分子，大均的思想也是复杂的，既有同情劳动人民、反抗民族压迫的积极一面，也有受封建正统思想的影响，盲目效忠明王朝的消极一面。他以遗民自居，对明王朝的覆亡充满痛悼之情，称农民起义为“流贼”或“流寇”而深怀憎恶。在民族斗争的立场上，常常把满族贵族和满族人民混同起来，这些都是不足取的。

第二节 屈大均的诗歌

屈大均作品中抗议种族迫害，揭露清朝统治者的暴行，反映民生疾苦的诗作，占有一定的分量。这些诗作体现作者嫉恶如仇的性格，以及对劳动人民疾苦的关注和同情。他的《猛虎行》一诗写道：

> 边地不生人，所生尽奇畜。野马与骆驼，駒駼及驼鹿。羱羊千万头，人立相抵触。上天仁众兽，与以膏粱腹。变化成猛虎，食尽中土肉。哮吼一作威，士女皆觳觫。广南人最甘，肥者如黄犊。猛虎纵横行，餍饫亦逐逐。朝饮惟贪泉，暮依惟恶木。人皮作秽裘，人骨为箭镞。人血充乳茶，脂膏杂红曲。子狗有爪牙，攫搏苦不速。恶性得自天，牝牡日孳育。在天为贪狼，在地为荤粥。人类日已尽，野无寡妇哭。隆冬不患饥，髑髅亦旨蓄。多谢上帝仁，猛虎享天禄。为兽莫为人，牛哀得所欲。

这是作者早年的诗作，描写清军在南方的血腥暴行。诗中把清军比喻为吃人的猛虎，他们四出掳掠，鱼肉百姓，“人血充乳茶，脂膏杂红曲”，面对清军的野兽行径，作者发出了“为兽莫为人”的悲愤呼号。作者的另一首诗《大同感叹》描写的是北方人民在清朝统治者压迫底下的情形，诗云：

杀气满天地，日月难为光。嗟尔苦寒子，结发在战场。为谁饥与渴，葛屦践严霜？朝辞大同城，暮宿青燐傍。花门多暴虐，人命如牛羊。膏血溢槽中，马饮毛生光。鞍上一红颜，琵琶声惨伤：“肌肉苦无多，何以充君粮？”踟蹰赴刀俎，自惜凝脂香。

作者康熙七年（1668）经过山西大同时写下的这首诗，描写清朝统治者的屠杀和掠夺给大同人民带来的巨大不幸：男人强征上战场，妇女被杀充军粮。倾吐了作者对清军血腥暴行的愤慨之情。《绥德城下作》、《大都宫词》、《边词》等从不同的侧面反映了劳动人民在战乱中饱受的痛苦。他写的《民谣》：“白金乃人肉，黄金乃人膏！使君非豺虎，为政何腥臊！”运用接近民间的口语，深刻地揭露了贪官污吏的豺狼本性。《瑶歌》则在描写瑶族人民生活习俗的同时，揭露了清朝统治者对他们的掠夺：“官催刀税到兰和，绝嫩鹿茸先纳贡！”

屈大均一方面揭露清朝统治者对汉族人民的残酷剥削和压迫，另一方面又讴歌反抗民族压迫，维护民族尊严和自由而抗清死节的仁人志士。徐嘉炎在《道援堂诗集序》中云：“翁山少值流离，方袍圆相，走燕、秦、齐、晋诸地。所历残墟遗垒，重关古戍，有可慨于中者，徘徊凭吊，长歌当哭，识者知其有托而逃。……酒酣耳热，纵谈古今兴衰治乱忠孝节烈之事，往往吟情勃发，千言会赴。……忆自辛丑岁，翁山……偕竹垞同年访余南州草堂，……语及甲申来死事诸公，烛花红泪，与目睫交映。……”凭吊故垒，纵谈忠烈，发为长歌，其《旧京感怀》云：

羽翼秋高未奋飞，移家偏向帝王畿。文章总为先朝作，涕泪私从旧内挥。燕雀湖空芳草长，胭脂井满落花肥。城边亦有阴山在，怪得风沙暗翠微。

内桥东去是长干，马上春人拥薄寒。三月风光愁里度，六朝花柳梦中看。江南哀后无词赋，塞北归来有羽翰。形势只余抔土在，钟山何必更龙蟠！

他目睹燕雀湖上到处是荒草，胭脂井里填满了落花，而胡骑骄纵，天昏地暗，回忆昔日京城的繁华，黯然神伤！自己空有一副热血心肠，对着一抔黄土，报国无门，何等悲伤！他的《过硐州崖山吊永福陵》诗，对南宋死难的君臣，极表哀悼之情。面对匡复无成，前途渺茫，怎不百感交集？然而作者并未因抗清斗争的失败而消沉下去，他的抗清意志非常坚定。纵使抗清事业不成功，而自己的铮铮骨气，千古永存。《春山草堂感怀》（之八）就表现了他不顾个人安危，用诗文和清朝统治者作殊死斗争的坚强意志：

慷慨干戈里，文章任杀身。尊周存信史，讨贼托词人。素发垂三楚，愁心历九春。桃花风雨后，和泪共沾巾。

作者一生中写下大量的充满强烈反清情绪的诗文，抒发了他的爱国情思。为此，是会招来杀身之祸的。但是他无所畏惧，仍然坚持以明朝为正统，拿起笔杆子和敌人作斗争。

屈大均自己坚决抗清，把抗清的志士引为知己。其中最突出的要数顾炎武：

雁门北接尝山路，尔去登临胜概多。天上三关横朔漠，云中八水会浑河。飘零且觅藏书洞，慷慨休听出塞歌。我欲金箱图五岳，相从先向曲阳过。（《送顾宁人》）

这是屈大均在太原会见顾炎武，临别时的赠诗，诗中表现了他俩为实现匡复大计而奔走绝塞千山之间的壮阔情怀。顾氏死后，大均又写了《哭顾宁人徵君炎武》等诗，充满了同志间的深厚感情。无他，顾氏有着远大的抱负，崇高的人格，对大均影响很大。故顾氏死后，大均反复为诗，备致哀慕思念之情。

大均不断抨击清军的暴行，而对于南明弘光政权的昏庸腐败，也是深恶痛绝的，如《扬州感旧》：

> 往日芜城困，君臣总不知。频飞丞相疏，不遣靖南师。蓟北天崩后，江南穴斗时。血书三四纸，读罢泪如丝！

弘光政权内部矛盾重重，极度混乱，清军乘虚而入。作者在揭露弘光政权同室操戈的同时，禁不住流下悲酸的泪水。

屈大均有着强烈的爱国主义热忱，他对西方殖民主义者的侵略阴谋保持着高度的警惕性，如《澳门》：

> 广州诸舶口，最是澳门雄。外国频挑衅，西洋久伏戎。兵愁蛮器巧，食望鬼方空。肘腋教无事，前山一将功。
>
> 南北双环内，诸番尽住楼。蔷薇蛮妇手，茉莉汉人头。香火归天主，钱刀在女流。筑城形势固，全粤有余忧。
>
> 山头铜铳大，海畔铁墙高。一日番商据，千年汉将劳。人惟真白氎，国是大红毛。来往风帆便，如山踔海涛。

诗中描述当时澳门的情况，对澳门可能被西方殖民主义者作为侵略中国的跳板表示深深的忧虑，表现了作者的远见卓识。此外，《廉州杂诗》、《白鹅潭远眺》等诗，多次指出殖民主义者对我国的威胁，这在当时，是极其难能可贵的。

屈大均生长在岭南，对岭南有着特殊的感情，他遍游岭南各地，把爱国的情思寄寓于山山水水，用如椽的大笔，讴歌岭南的奇山异水，多姿多采的风俗，其中不乏优秀之作，如《夜上飞云顶》：

天鸡未唤沧溟日，海蜃先衔若木霞。独上罗浮最高顶，一声长笛月光斜。

这是一首描写罗浮山顶夜眺日出的诗作。罗浮山在增城和博罗两县之间，绵延一百多公里，层峦叠嶂，山奇水奇，树奇鸟奇，风景迷人，为粤中名山之一。作者26岁时曾隐居于此，在这里读书、吟唱，尽情享受大自然的美景。又如《珠江春泛作》：

珠水烟波接海长，春潮微带落霞光。黄鱼日作三江雨，白鹭天留一片霜。洲爱琵琶风外语，沙怜茉莉月中香。斑枝况复红无数，一棹依依此夕阳。

珠江是一条美丽的江，热闹的江，在春天的一个傍晚，作者驾着一叶扁舟，泛游这条大江，深深地陶醉在黄鱼、白鹭、月色、花香之中……

作者热爱岭南秀丽多姿的风景，热爱岭南聪明勤劳的人民，他的一些诗篇，描绘岭南寻常百姓的生活，如《蕉布行》：

> 芭蕉有丝犹可绩，绩成似葛分絺绤。女手纤纤良苦殊，余红更作龙须席。蛮方妇女多勤劬，手爪可怜天下无。花练白越细无比，终岁一匹衣其夫。竹与芙蓉亦为布，蝉翼霏霏若烟雾。入筒一端重数铢，拔钗先买芭蕉树。花针挑出似游丝，八熟珍蚕织每迟。增城女葛人皆重，广利娘蕉独不知！

诗里热情颂扬在岭南这片神奇的土地上巧施才智、辛勤劳作的织女。《蛋户》一诗则给我们展现了一幅水上人家的生活画面，饶有情趣。《刈稻》描写边海地区收获季节的情形，带有浓郁的乡土气息。《秋日自广至韶江行有作》歌颂劈波斩浪、勇敢无畏的船夫。《韩烈女祠》颂扬不畏强暴、甘洒热血的岭南儿女。作者描写岭南风情的诗篇，带有鲜明的地方特色，洋溢着他对故乡故土的深厚感情。

大均的诗歌，在当时颇负盛名，清人毛奇龄称其“廓然于天地之间，独抒颢气”。“超然独行，当世罕俦。”（《道援堂集》序一）王煐又云：“翁山之诗，如万壑奔涛，一泻千里，放而不息，流而不竭。”（《岭南三大家诗选》序）钱谦益、朱彝尊、王士祯等名家都对屈诗给以很高的评价。大均曾自负地说：“吾尝欲以《易》为诗，颠倒日月，鼓舞雷风，奔五岳而走江淮河汉，使天地万物皆听命于吾笔端。神化其情，鬼变其状，神出乎无声，鬼入乎无臭，以与造物者同游于不测，其才化，而学亦与之俱化。”（《六莹堂集序》）他的诗纵横恣肆，笔力矫健，气韵沉雄，寄托深远，如五古《咏怀·鸿鹄何苍茫》通过景物、声响以及一些象征性的行为，把一派静谧、神秘的气氛烘托出来，抒发其匡复无成、壮志难酬的苦闷心情。七古《南海神祠古木棉花歌》运用比喻的手法，真切生动地描绘了木棉花盛开时的壮丽景象，带有浪漫主义色彩。七律《望云州》则是作者于康熙七年带着失望、惆怅的心情凭吊长城古塞写下的，在苍凉沉郁之中透出一股雄深刚健的气概。其诗各体俱佳，尤以五律为特出，兹引《鲁连台》一诗以见一斑：

一笑无秦帝，飘然向澥东。谁能排大难，不屑计奇功？古戍三秋雁，高台万木风。从来天下士，只在布衣中！

这首诗作于顺治十五年（1658），时值作者离开广东北游，行至山东茌平县，登鲁连台旧址，不禁对鲁仲连建立的勋业产生深深的敬慕之情。此诗雄健豪迈，气势纵横，内容和形式都达到高度的统一，因而称颂一时。他如《秣陵》、《摄山秋夕作》、《江皋》等，都是脍炙人口的诗作。

大均的诗论，多散见于序、跋和书翰中，而以《西蜀费锡璜数枉书来自称私淑弟子赋以答之》四绝句较为集中地体现了他对诗歌的艺术见解：

诗歌岂敢作人师，私淑如君乃不疑。风雅只今谁丽则？不才多祖楚骚辞。

古诗源向汉京寻，十九情同三百深。唱叹泠然清庙瑟，朱弦疏越有遗音。

少陵家学本昭明，文选教儿最老成。君向六朝中取法，休裁伪体逐时名。

开元大历十余公，总在高才变化中。谁复光芒真万丈？谪仙犹让浣花翁。

四绝句作于康熙三十四年（1695），这一年大均已经六十六岁，翌年，大均病逝于广州，因此可以说，四绝句是作者毕生从事诗歌创作的经验总结。第一首表白诗人继承屈原，屈原是我国古代伟大的爱国诗人，在大均的著述中多次提到屈原，他自称是屈原的后裔，并字之曰“骚余”，平素自谓“吾宗本楚人，宜以楚辞为专家，世相传授”（《三闾大夫祠碑》）。他叫人学习屈原，一则楚骚上承风雅，另则屈原有着强烈的爱国主义精神，而后者更是大均引以为自豪的。他在诗歌创作中继承了屈原的传统，许多诗篇采用《楚辞》中比兴讽谕的手法，如《有所思》、《美女篇有赠》等。第二首赞美汉诗，他认为《十九首》可以与《诗经》媲美，是古诗的本源，要认真学习。第三首是说提高诗的艺术技巧，杜甫在《宗武生日》诗中云“熟读《文选》理”，就是教导他的儿子要领会《文选》中的精髓，以提高自己的写作技巧；叫人学习六朝的创作方法而不要将其剔为“伪体”以投向时尚，学习《文选》，效法六朝的目的是加强技巧的修养。第四首是学习杜甫，以杜甫为榜样。在开元、大历间的诗人中，以李白和杜甫最为突出，作者强调学习杜甫是因为杜甫的诗歌在反映现实、揭露黑暗方面更为深刻，作者那些反映民生疾苦的诗篇，确实是继承了杜甫的精神。《颙园诗话》说：“翁山之《猛虎行》、《橐驼行》，几可置之少陵集中。”作者对李白也是非常倾服的，他说过：“仆平生好嗜太白，以太白为师。薰以水沉之香，浣以荼蘼之露，而后敢开卷帙。三十年来，非太白不存乎耳目，非太白不留于心思。见于羹墙，形诸梦寐，故所为诗，多有似太白声音笑貌。”（《复石濂书》）大均对李白备极推崇，他的诗歌继承了李白的浪漫主义精神而又紧紧地与现实结合在一起，描写现实，反映现实，把浪漫主义和现实主义熔铸在一起，自成面目。

第三节　屈大均的散文

屈大均又是一位卓越的散文家，他的散文高雅古洁，沉浸秦汉，不同凡响。他没有一套完整的文论，他的论文主张在《黄太史文集序》和《无闷堂文集序》里有所表露，在《黄太史文集序》里，提出文以自然为主，“文之至者莫妙于自然，自然之至者，不见其气，并不见其理。如日月之光，然光可见也，而其所以光不可见也，光气也。理者，所以光者也，不见其所以光而理化，理化而其气与之俱化，……盖用力之久，穷极变化，故能曲折纵横，无不如其意。体与格，百出而不穷。子瞻所谓‘行乎其所不得不行，止乎其所不得不止。’”在《无闷堂集》里，他又强调文要尚实，他说：“吾友超然张子，所为《无闷堂集》，其文一一尚实。无所待于辞华，无所假于事物，文从字顺，惟其理之所之然，理足而气益以生焉。孟子所云‘配义与道’，是集义所生，张子其知之矣。惟如此而后文乃纯。孟氏之醇乎，醇以是也。”大均论文主张“自然”、“尚实”，他不受前人框子所束缚，力求文章鲜明、生动、自然，言之有物，这就远远高出当时“复古派”的水平，大均的创作实践就是一个很好的注脚。其《书西台石》云：

> 予也生遭变乱，家国破亡之惨，与皋羽同。而吾乡先达陈文忠、张文烈，及吾师岩野陈先生愤举义旗，后先抗节，其光明俊伟、慷慨从容，亦皆与文丞相同。而皋羽之事文丞相，予之事文忠、文烈、岩野三公，或执鞭弭于沙场，或奉血衣于空谷，其艰难险阻之状，哀痛思慕之怀，历久不衰，亦无有而不同者。今登斯台也，吾将以皋羽之所以哭文丞相者，而哭文忠、文烈、岩野三公，复以哭夫

皋羽。子陵有知，其不笑予为愚耶，狂耶。虽然，皋羽与予所遭，乃生民之至不幸，使子陵处此，忠愤所激，抢地呼天，亦不能已于不哭。

屈大均对于陈文忠、张文烈，尤其是他的老师陈岩野十分景仰，在他的诗文中，多次表彰他们抗清的英雄业绩，尤其是他的老师陈岩野，死事极为壮烈，使他刻骨铭心。本文非常自然、真实，是大均发自肺腑之声，读来真切动人，毫无雕饰的痕迹。他的《陈岩野先生哀词》、《黎太仆集序》等都体现了这一特点。

屈大均晚年的力作《广东新语》是一部优秀的散文集，她备载广东的历史、地理、物产、名胜、文艺、风俗习惯以及畸人节士等，共二十八卷，每卷为一语，语之下分若干篇目，是一部广东的百科全书，其事博而文约，其物繁而言精，史料价目很高。正如清人潘耒在这本书的序里所说："以山川之秀异，物产之瑰奇，风俗之推迁，气候之参错，与中州绝异。未至其地者不闻，至其地者不尽见，不可无书以叙述之，于是考方舆，披志乘，验之以身经，征之以目睹，久而成新语一书。其察物也精以核，其谈义也博而辨，其陈辞也婉而多风，思古伤今，维风正俗之意，时时见于言表。游览者可以观土风，仕宦者可以知民隐，作史者可以征故实，摛词者可以资华润，视《华阳国志》、《岭南异物志》、《桂海虞衡》、《入蜀记》诸书，不啻兼有其美。"这个评价可谓得当。兹摘录《山语·罗浮》里的一段以见一斑：

天晓时，云如万箭从崖石隙飞出，遇风则彼此相射，如战斗状。山大，故气盛，盛而其势怒发不可御，为石所压，故缕缕触之而出。大抵云出于石不于土。石刚，故云必触之乃出，出时，四山摇荡，惟闻风雨驰骤声，岩岫漂流，乍远乍近，乱峰浮者如泡沫，沉者如坠云，日光隐隐如五采绮罗。日东则雨西，日西则雨东；日下则风雨上，风雨下则日上。是皆云之所变怪，非亭午云在山腰来往，不复上绕，罗浮二顶不可得而见。山志云：山高绝处，匪惟人迹不到，即日月亦不曜，烟雾霏霏，四时若雨，故顶以飞云名。

文章简短明快，描绘罗浮山的云彩生动、逼真，没有亲临其境、深入观察，没有高超的艺术技巧是写不出来的。

大均的散文著作，除了《翁山文外》和《广东新语》，还有《四朝成仁录》十二卷（不全），表彰崇祯、弘光、隆武、永历四朝为反抗清兵而死难的烈士，上至殉职尽忠之臣，下至守贞保节之民，靡不录之，惜其未能竟撰。此书对研究晚明的历史，有一定的参考价值。

大均有着强烈的爱国主义和民族主义思想，亲自参加抗清的斗争，并以诗文为武器，教育和鼓舞当时及后代的广大人民，这是清朝统治者所不能容忍的。大均死后，雍正、乾隆两朝迭兴文字狱，大均遗著屡被销毁。然而，野火烧不尽，其诗文仍为世人所喜爱和传诵而流传下来，长留正气在人间。

由于受到时代和出身的限制，大均作品也存在一些落后方面和局限性，但这毕竟是次要的。他那坚定不移的民族气节，炽热的爱国主义精神，发而为诗，发而为文，放射出灿烂的光辉，对后世产生深远的影响，这才是主要的方面。在中国文学史上，屈大均占有光辉的一页。

第六章　陈恭尹

第一节　陈恭尹的生平和思想

陈恭尹（1631—1700），字元孝，初号半峰，晚号独漉子，又号罗浮布衣。生于顺德大良。其先世为安徽铜陵县人，宋末随端宗南下入粤。陈恭尹“性聪敏端重，幼承父训，习闻忠孝大节”（《清史列传》），十二岁丧母，十五岁补诸生。顺治三年（1646）十二月，清军攻陷广州，陈邦彦起兵抗清，留在顺德龙山老家的家属遭清军拘捕。陈恭尹时年十七岁，只身改装逃至增城新塘乡父友湛粹家，匿藏复壁之中。不久，陈邦彦兵败被执，全家遇害，仅恭尹一人幸免于难。身历国破家亡之变，恭尹心灵受到巨大的创伤，决心抗清报国。

顺治五年（1648）5月，清将李成栋反正。不久，永历帝从广西迁回肇庆。恭尹上表陈诉父亲殉难情状，永历朝追赠兵部尚书，并赐以诰命，其中写道：“三千死士，冲突于东西南北之间，一片孤心，照耀于山川星日之表……山林感奋，义勇愿忠。两攻广州，五复郡邑。一妾屠戮，三子丧亡。指挥依然，鬓眉益厉。热肠火烈，壮气云高。却虏西侵，牵之东顾。势有同于破竹，食未免于含沙。慷慨伪庭，强一尸之不可；从容俎上，甘万死之如饴……”恭尹得授锦衣卫指挥佥事之职，给假回家治丧。顺治七年（1650）11 月，清兵再陷广州，昏愦庸懦的永历帝逃到南宁，后又由南宁逃到广西极边的濑湍，恭尹避难西樵山中，从此，与永历王朝失去了联系。

陈恭尹避难西樵期间，无家可归，想到国难家仇，每每痛哭失声，他在《西樵旅怀·序》中写道："二十之龄，客途强半。六年度岁，各在一方。戚日苦多，浮生如寄。西山冬尽，风雨昏昏。追昔伤兹，凄然有作。"反映其愁苦的心情。但作者没有沉沦，依然眷恋着永历王朝："犬马岂能忘旧主，梦魂犹恐负先臣"。（《西樵旅怀》之五）渴望施展抱负，为抗清事业作贡献："孤棹一辞天万里，几回风雨吼吴钩"。（《西樵旅怀》之二）

恭尹心怀抗清报国之志，于顺治八年（1651）秋，辗转入闽。次年春，又由闽而赣、而浙，至金陵。时鲁王败走舟山，郑成功屯兵闽海，军势颇盛。恭尹往来其间三年，试图与这两支抗清义师取得联系，报效国家，但始终未能如愿。不得已于顺治十一年（1654）回广东，到增城与湛粹之女成婚。翌年返回顺德，寄居羊额何绛家，与何绛、蔡嶐读书切磋，关注时局。顺治十四年（1657），归葬先人于增城九龙山。次年与何绛出崖门，渡铜鼓洋，秘密结交遗臣志士，共图大业。其秋，再度远行，打算西走云贵，投奔永历王朝。行至湖南湘潭，因清军严密封锁，只好改道北上，伺机而动，转徙湖北、安徽各地，适值郑成功围攻南京，张煌言进取徽宁，声势大振，恭尹上书郑成功，参与策划。后来，成功败走，煌言间道出海。恭尹入河南，渡黄河，徘徊太行山下。沿途留心观察地形关隘，结合先前在东南沿海所见，绘成《九边图》，以备他日之需。但这时局势已急转直下。翌年冬天，恭尹在郑州遇见平西王吴三桂由云南解送京城的象队，得知南明政权倾覆，永历帝逃亡缅甸，痛心复兴无望，只好悒悒而归。隐居新塘两年。永历帝遇害噩耗传来，他哀恸之余，深知新朝统治已成定局，无意远游，遂携眷移居羊额，与陶窳、梁梿就何衡、何绛家抑志读书，相互砥砺，世称“北田五子”。

恭尹深受其父抗清精神的影响，决心继承父志，抗清复明。恭尹之父陈邦彦是屈大均的老师，陈邦彦起兵抗清，屈大均积极参加。屈大均和陈恭尹有着深厚的友谊，陈恭尹在《寿屈母黄太夫人序》中说道：“屈子大均少及予先君司马公之门，予与垂髫定交，屈子长予一岁，予兄事之。……屈子好为万里之游，出必数年而归，归或不逾时而出。其母黄太夫人恒依仲季以居，东西迁徙，予每就所寓，问太夫人安否，而为道屈子游踪所至……”屈大均的反清思想和行为对陈恭尹也有影响，两人的行藏思想颇为接近。中年以前，陈恭尹以抗清复明为己任，他怀着国破家亡的沉痛巨创，奔走于祖国各地，积极从事反清的活动，虽然由于种种原因，未能与抗清力量联系而效力，但他始终关注着时局，对时局充满着忧愤，如《虎丘题壁》、《崖门谒三忠祠》、《燕京怀古》诸诗，表现了作者亡国之痛，故国之思，要为抗清事业战斗到底的决心。他目睹了清兵入关后奸淫掳掠、无恶不作，农村一派荒凉破败的景象，因而义愤填膺，挥笔写下《海滨何遥遥》、《耕田歌》、《乞食翁》、《缫丝歌》等诗篇，或控诉清廷“迁界”给人民带来的灾难，或揭露清朝官吏掠夺劳动人民的果实，使他们陷入贫困的境地，或反映自耕农破产的辛酸，或讽刺统治者的贪得无厌。有压迫就有反抗，满族贵族入关后，对劳动人民疯狂地掠夺和破坏，激起了汉族等各族人民的愤怒和反抗。当清兵入侵广东时，便有以余龙为首的义兵起于顺德甘竹滩，王兴起兵于花县文安村，还有邓、罗、白、侯四姓起兵于南海一带，他们把反对明朝封建统治的斗争转变为抗击清军的斗争（谢国桢《南明史略》）。特别是王兴，人称绣花针，勇略过人，多次击败清兵，颇为群众所拥戴，最后举家殉难。其壮烈牺牲的情形为时人所传颂。恭尹以其庄严隆重之笔，写下留传千古的诗篇——《王将军挽歌》，这不仅是对王兴烈士的歌颂，也是对所有抗清复明死难烈士的歌颂。作者在《赠樊崑来太史》一诗中还希望烈士们的英雄业绩能载诸史册，永垂千古，具见其爱国深心。

中年以后，陈恭尹锐气逐渐销磨，以诗文琴酒自娱。康熙十七年（1678）秋，因与三藩事件瓜葛嫌疑，被官府拘捕，下狱二百日。经此变故，更心存危惧，明哲自保。晚年筑室广州城南，日夕以诗酒酬世。“贵人有折节下交者，无不礼接。”（冯奉初《陈元孝先生传》）在与清廷官吏交往中，他写过一些诗，与当权者相酬答，其中，与两广总督吴兴祚的唱和最多，如《献大司马制府吴公一百韵》、《献祝大司马制军至三水因记昔游作百韵赠别》等，有人据此疑其前后易辙，朱彝尊说他“降志辱身”，岑徵甚至讥讽他“可怜一代夷齐志，错认侯门作首阳”。这种看法是不公允的。姑且不说吴兴祚在粤有惠政，且工诗，能与恭尹相互唱酬，就当时的形势而言，清朝统治者已经基本扫除各种反清势力，其统治日趋巩固，抗清志士的处境颇为艰难，这从作者的《先友集序》中可以窥见：“然更变乱以来，其间毙于桁杨，仆于草野，逃于浮屠方士者相继；而得毕命王事，自致青史者，亦往往不乏。人各有命焉，要其志皆为不苟矣。伏处无聊，每得其遗文于箧笥，把之叹息，想见其淋漓杯酒，掀髯唱酬，奋袂激昂之日。嗟乎！彼何时也？今一二存者，大抵困饿穷山中，愊恻日暮，有所欲言，咀嚼齿舌间，周视四座之人，而后敢发。”匡复明朝的希望已经十分渺茫，在明遗民诗人中，已有人与清朝官吏交往。恭尹之父英勇抗清，全家罹难，恭尹为保存先人一脉而隐忍全生。“低徊不死缘无子，潦倒何颜复向人！”（《西樵旅怀》之五）这种传统的封建思想是不难理解的。恭尹虽经常与清朝官吏唱和，但始终不仕新朝，自称“独漉子”。独漉是一地名，在今河北涿县。乐府“拂舞歌”有《独漉篇》，为四言体，写为父报仇。李白作《独漉篇》，改为长短句，写为国雪耻，作者是取李白《独漉篇》“雄剑挂壁，时时龙鸣”、“国耻未雪，何由成名”之义，表明他匡复之志始终没有泯灭。他六十多岁时，写过一首诗，诗中云：“人间罔极恩难报，天道无言怨岂知。生我昂藏虚七尺，年年寒食一增悲。”（《春感十二首次王础尘》之四）他感慨自己坎坷的一生，为不能报效先朝而悲痛难言，乃忧郁以终其生。朱彝尊编《明诗综》时，把陈恭尹列为明遗民，后人杭世骏《题独漉先生遗像》也云“南村晋处士，汐社宋遗民”，把陈恭尹当陶渊明、谢皋羽之流看待，能原谅他的心迹，还是持平之论。而陈恭尹晚年自号“罗浮布衣”，与此也是一致的。

第二节　陈恭尹的诗歌

翻天覆地的时代变化，水深火热的民族巨痛，家破人亡的惨痛打击，在恭尹的思想上乃至文学创作上都产生了深刻的影响和有所反映。恭尹诗集中最有价值的部分，是那些反映时势艰难以及诗人感怀身世，追思故国，矢志抗清的作品，如《拟古》之三：

> 射虎射石头，始知箭锋利。居世逢乱离，始辨英雄士。我生良不辰，京洛风尘起。生死白刃间，壮心未云已。猛士不带剑，威武岂得申？丈夫不报国，终为愚贱人！中夜召仆夫，将适赵与秦。方建金石名，安念血肉身？抗手谢俦侣，明日西问津。

这首诗抒发作者奋发向上、抗清报国的炽热的思想感情。

恭尹通过咏怀历史，凭吊古迹，或寄托家国之痛，或揭露清廷的罪恶，大笔淋漓，显示出卓越的艺术才华。他二十八岁时写的《崖门谒三忠祠》云：

山木萧萧风又吹，两厓波浪至今悲。一声望帝啼荒殿，十载愁人拜古祠。海水有门分上下，江山无地限华夷！停舟我亦艰难日，畏向苍苔读旧碑。

厓门是宋将张世杰战败、丞相陆秀夫负宋帝昺投海（标志着宋朝灭亡）之地。厓门附近的三忠祠祀抗元牺牲的文天祥、陆秀夫、张世杰。作者于清顺治十五年（1658）来到此地，凭吊古迹，倾诉了国破家亡的惨痛。全诗郁勃沉雄，不同凡响，历来为人传诵，尤其是颔联更加脍炙人口。清人赵翼曾评价说："此等雄骏句，虽李（白）、杜（甫）、苏（轼）、陆（游）辈，穷尽气力，一生不过数联，而独漉（即陈恭尹）切定其地，不可移咏他处，尤难得。"首联的"又"字暗示当时已经亡国，具有点题的作用；末联的"畏"字刻画作者当时凄凉的心境，十分传神。他的另一首诗《虎丘题壁》是这样的：

虎迹苍茫霸业沉，古时山色尚阴阴。半楼月影千家笛，万里天涯一夜砧。南国干戈征士泪，西风刀剪美人心。市中亦有吹箫客，乞食吴门秋又深。

这首诗写于顺治十年（1653）秋，时作者游苏州古迹虎丘，有感而作。它摆脱历来题咏虎丘诗歌的藩篱，融家国之痛于诗中，声情激荡，意境苍凉，诗传出来后，曾"倾动一时”，引起极大的反响和共鸣。他如《燕台怀古》、《邺中怀古》、《沛中怀古》等，融写景、议论、抒情于一炉，通过对往事的追怀和历史人物的评价，抒发了对明代的兴亡之情，沉郁顿挫，自有一种感人的力量。

恭尹不仅用诗歌抒发自己抗清的激情，而且用诗歌表彰抗清志士的英勇斗争，其中最有名的，要数《王将军挽歌》，全诗八百字，一百六十句，把王兴以孤军抗清，不屈不挠，最后壮烈死节的情况，写得淋漓尽致，令人读之，肃然起敬。其他如《秋日西郊宴集，同岑梵则、张穆之、陈乔生、家中洲、王说作、高望公、庞祖如、梁颙亭、梁颐若、屈泰士、屈翁山，时翁山归自塞上》、《送屈翁山之金陵》、《雨后江阁述怀，同王大化、高望公、屈翁山赋》等诗篇，慨叹抗清志士们匡复无成、飘泊异乡，悲痛之情，溢于言表。恭尹还希望死难抗清志士的反抗精神载入史册，永远流传。他写的《赠樊崑来太史》一诗：

> 董狐之后无良史，千古是非成彼此。诸葛曾蒙入寇名，涑水犹然况余子？缅忆当年天柱折，龙蛇起陆坤维裂。一二孤臣川岭间，泣尽穹苍还继血。只期不负方寸心，宁知姓氏千秋列？与君先世有同符，异地殊功元一辙。凌烟旧画已荒芜，返日琱戈更谁说？君持史笔入兰台，自有鸿文纪前哲。所嗟江左及闽滇，十六年中统三绝。身膏草野几何人？毅魄贞魂总英杰。非无蹈海葬波涛，亦有高栖守岩穴。稗官野乘世有之，益部黔南事多缺。呜呼！天地之立维三纲，斯人之死而不亡，表往所以劝方将，大书特书吾所望，其副寄我山中藏。

诗人希望樊氏能秉笔表彰死难的志士以激励来者，爱国之情，喷薄而出。

在恭尹的诗集中，有不少描写劳动人民疾苦，揭露满洲贵族罪恶的优秀诗篇，如《耕田歌》：

> 耕田乐，耕田苦？乐哉乐有年，苦哉不可言！春未至，先扶犁。霜华重，土气肥。春已至，农事始。鸡未鸣，耕者起。泥汩汩，水光光。二月稻芽，三月打秧，五月收花，六月垂垂黄。再熟之田始有望。三月打秧，六月薅草，一熟之田，九月始得获稻。近路畏马，马食犹寡；近水畏兵，丘刈何名？上官不问熟不熟，昨日取钱今取谷。西邻典衣东卖犊。黄犊用力且勿苦，屠家明日悬尔股！

诗中描写农民全年辛勤劳动的果实被封建政府和军队掠夺而去，最后落得“西邻典衣东卖犊”，有力地揭露清朝封建统治的罪恶。《乞食翁》一诗则是用典型化的艺术手法——通过一个老翁痛苦的自述，描写自耕农破产的辛酸。造成破产的原因不是别的，正是统治者繁重的赋役，它使广大劳苦大众乃至当时的富贵者都陷入苦难的境地。对于清朝统治者的贪得无厌，极尽巧取豪夺的能事，作者义愤填膺地写道：

> 小虫之大小指如，君子之躯七尺馀。镬烹小虫胡为乎？将以为衣荣君躯？君躯长，君躯短，小虫之小丝有限，中心抽尽君未暖。（《缫丝歌》）

诗中采用拟人的手法，模仿蚕蛹口吻，揭露封建统治者对劳动人民贪得无厌的剥削，形象饱满，对比鲜明。

对于清政府的“迁界”政策给人民带来的灾难，作者无比悲愤，他写道：

海滨何遥遥，遥遥三千里。一里一千家，家家生荆杞。空房乳狐兔，荒沼游蛇虺。居人去何之？散作他乡鬼！新鬼无人葬，旧鬼无人祀。相逢尽一哭，万事今如此！国家启封疆，尺地千弧矢；人民古所贵，弃之若泥滓。大风断松根，小风落松子。松根尚不惜，松子亦何有？（《感怀》之八）

清政府为了断绝沿海人民对郑成功的援助，防止人民的反抗，在顺治十八年（1661）下令沿海人民内迁三四十里，所有沿海船只全部烧毁，不许出海，并且派兵强行把沿海人民赶走，任其土地荒芜，不得耕作，千千万万的劳动人民流离失所，苦不堪言。当时，作者正在家乡，目睹这种惨象，因有是作。

恭尹对于满族贵族的骄奢淫逸更是深恶痛绝，他在《所见》里抨击满族贵族的糜烂生活："一饭中人产，千金匹马装。"鞭挞八旗军士兵掠夺百姓财物吃喝玩乐："不知营一醉，乡曲几家贫。"他的《望燕》、《太息》、《增城村居即事》、《行路难》、《早夜》等诗，都是较为深刻地反映人民疾苦，揭露统治者虐政的诗作。

恭尹生长在岭南，对岭南有着一种特殊的感情，在诗集中有许多描绘岭南风物的诗作，这些诗作具有高度的艺术表现力，带有浓郁的地方色彩，读来清新有味，如《木棉花歌》：

粤江二月三月来，千树万树朱华开。有如尧时十日出沧海，又似魏宫万炬环高台。覆之如铃仰如爵，赤瓣熊熊星有角。浓须大面好英雄，壮气高冠何落落！后出棠榴枉有名，同时桃杏惭轻薄，祝融炎帝司南土，此花无乃群芳主？巢鸟须生丹凤雏，落英拟化珊瑚树。岁岁年年五岭间，北人无路望朱颜。愿为飞絮衣天下，不道边风朔雪寒。

这是一首木棉花的颂歌，大笔淋漓，寄托遥深，描绘了木棉花的壮美景象，高度赞扬了它的献身精神。全诗气势磅礴，形象饱满，声情激越，一气呵成。其他如《雨后登楼迟梁器圃不至》、《宿灵洲山寺》、《宿罗浮飞云峰候日出》等，都是描写岭南风物的好诗。作者对岭南风物的描绘，有着高度的艺术概括力，形象鲜明饱满，如写广东的地形特点："五岭北来峰在地，九州南尽水浮天。"（《九日登镇海楼》）写木棉树："拔地孤根自攫拏，排空直干无旋折。"（《南海神祠古木绵花歌》）写罗浮山秋色："碧落歛云峰影满，秋溪凋叶瀑流明。"（《甘竹滩上留别何皇图，即送之罗浮》）等，都是鲜明精确，锤炼功深的佳句。

恭尹诗沉雄郁勃，诗格与杜甫为近，这与他所处的历史时代，自身的经历和艺术修养等分不开。恭尹不拘泥于宗唐宗宋的偏见，而兼采众长，直抒胸臆。他才华横溢，各体俱佳，如五古《王将军挽歌》、《惠州怀何不偕》；七古《木棉花歌》、《崇祯皇帝御琴歌》、五律《次凤阳逢中秋》、《人日新晴即事》等，写来都得心应手，挥洒自如，有着强烈的艺术感染力。诸体之中，以七律的成就最高，如《九日登镇海楼》、《发舟寄湛用喈、天石、钟裴仙》、《赠赵意子》、《怀古》十题等，语意深挚，力透纸背，确非名家所不能道。刘斯奋、周锡䪖选注的《岭南三家诗选》对陈恭尹的七律评价说："既豪迈雄奇，而又蕴藉含蓄，郁勃沉雄，但不晦涩生硬，做到举重若轻，舒卷自如。"这是比较客观、符合作品实际的。

第三节 陈恭尹的散文

除了诗歌，陈恭尹还写了相当数量的赋、序、记、设论、行状、祭文之类的作品。他的赋，行文晓畅，形象生动。如《登镇海楼赋》对广州的人文特征，镇海楼独特的建筑风格及其优越的地理位置做了细致、生动的描绘，词藻华丽。现节录其中描写镇海楼的建筑风格的一段以见一斑：

> ……呈材鸠众，画堵分区，运斤匠石，督墨公输。基则因其故武，制勿侈于前模。庶民子来以不日，鬼神鞭石而先驱。尔乃八维四表，平阶广城，累千柱以相承，列重梯而互陟。檐啄张牙，飞轩比翼，藻棁交驰，荷蕖反植。高窗则阴阖而阳开。雕墙则外杀而中直。三光倒景于暮朝，五纬分层而生克，况夫制作精坚，取裁丽则。不事雕镂，岂荣金碧，榱以石楠，椽以铁力。绮缀交疏，文藤细织，烟云入而莫拒，鸟雀穿而胡得。

他的议论文章立论明确，善于比喻，深入浅出。他的游记别具一格。如《罗浮绝顶观日记》：

> 望天一陲，晃然微光如烛烛墙。或指曰："此东方也。"少焉渐白，煋煋爚爚，东方作矣。有顷，烂然如锦焕虹披，不可得而形容也。烨焉五色相宣，龙文虎变，其奇正不可胜穷也。其下若动摇汹涌，恍惚莫可名物。又久之，则金色千里，夺魄眩视，勃然如耀芒，划然而中开，而日出焉。其出也，初若一线，或没或见，忽如半规，若盈若亏。其末也，跃然若弹丸之脱于弦也，然后辨向之彩

色炫耀者，云气也。其在下而动摇者，海之波涛也，天水交映，远近相错，故其变态无端。及是而后，高下判焉。

这段文字描绘了日出的全过程，特别是日出时的雄伟、壮丽的景象，文笔优美、生动、传神，给人一种奇异的感觉，显示了作者匠心独运的艺术技巧。

文集中收录了十三篇祭文，其中《祭室人湛氏文》最为突出，现摘录其中一段：

予昼而入，则闺闼重扃，虚室风生，萧条泬寥，怵惕忡征，旧绣蝇污，故研苔青，素帷肃肃，白日张灯。予夜而坐，则凉月直下，蛛网横庭，鼠砥余烛，犬捩灵羹。邻人咨嗟而或语，婢仆缩瑟而不行。而今而后，予或有行，则先祀寂寥而谁主？众雏骄稚而谁凭？顾今未出耳，儿之长者十岁，差能哭奠成礼，饘粥及旬，傫然骨立。其小者为四岁，实则二十九月耳，衰绖冠缨，嬉笑灵床之侧，问其母则指棺而对，不哀而伤。

恭尹对湛氏之死充满了悲伤和思念之情，满纸泪痕，难以卒读！盖恭尹之父死于国难，全家遇害，赖妻父湛文简极力营谋，恭尹才幸免于难。恭尹与湛氏结为伉俪后，为了抗清复明，四出奔走，家里靠湛氏独力支撑，而湛氏又是一位有教养的女子，“端慧而婉，俭而有礼”，对丈夫能体贴入微，对儿女能晓以诗书。因此，湛氏之死，恭尹怎能不痛哭流涕，肝肠寸断？该文贵在“真实”二字，它是作者亲身感受，真实感情的自然流露，字里行间，充满着血和泪，堪称祭文的佳作。

值得提出的是恭尹对文学创作有着较为进步的见解，他认为文学创作要随时代的发展而发展，反对盲目仿效古人。他在

《次韵答徐紫凝》一诗中写道："文章大道以为公，今昔何能强使同？只写性情流纸上，莫将唐宋滞胸中……"在《赏奇轩集叙》中写道："夫诗所以道性情，地隔万里，事历千载，而读其诗，使人欲泣欲歌，不能去诸怀者，性情为之也。故常窃谓诗不必计其工拙，但读之终篇，恍若有人立于其侧，音声笑貌如将见之，可谓其诗也已。"在《答梁药亭论诗书》一文中进一步写道："性情欲流，流而不俚；规格欲别，别而不离；词语欲化，化而不佻。"所谓性情的"流而不俚"，就是说，诗歌创作要尽量抒写、流露自己的感情和怀抱，但不要俚俗。规格的"别而不离"，就是说，写诗的体式要变化创新，但这种变化创新又不能完全背离古人的体式。词语的"化而不佻"，就是说，词句要有变化，而这种变化要做到不轻佻，作者主张跳出古人的意蕴、辞藻和体式的樊篱，但又不能背道而驰。作者又提出"当求新于性情，不必求新于字句；求妙于立言，不必专期于解脱"。提出了诗歌创新、自树风格的原则，这是极为卓越的见解，在当时来说，是十分可贵的。他自己的创作实践，也正是遵循着这一原则的。

由于思想的局限，陈恭尹的作品也存在一些缺点和糟粕。总的来说，他前期的作品，思想性和艺术性都比较高；在他四十八岁那年受牵连入狱以后，锐气渐渐消磨，且常与达官贵人来往，空泛的酬唱之作，在《独漉堂集》中占了一定的分量，这是不足称道的。

第七章　明代遗民诗人

清军自康熙三年（1664）入山海关后，长驱中原，远达江南和岭海。汉族人民面对清军剃发易服的压迫，焚烧杀掠的荼毒，纷纷奋起反抗。岭南是当时抗清斗争最为激烈的地区之一，在广东境内，北起韶关，南抵番禺、新会，东至潮州，西达灵山，义军蜂起，竟达数十处之多。其时岭南诗人除参加南明政权，积极挽救危局者外，有些则在家乡组织义军，保卫乡土。但面对强大的清王朝军队，义军实在难以抗御。到了反抗行动一再失败，南明政权最终灭亡，而清朝统治地位已经确立的时候，这些抗清志士除慷慨战死者外，剩下来的便隐遁山林，匿迹乡园，坚持不与清政权合作。更有矢志不挠，暗中进行活动，联络各地抗清力量，以图再起的。有借削发为僧，逃避清政府注意，利用佛寺作掩护，以进行秘密活动的。他们壮志难酬，又不甘屈服，便都以遗民自居。处于清廷空前残酷的高压与杀戮政策下，他们欲语不能，欲默不甘，胸中的牢骚孤愤，便发而为诗歌。这些作品大都有血有泪，“孤清凛冽，幽忧激楚”，在内容上则或追怀故国，或抒写飘泊流离，或描绘战乱中的惨痛，悯念人民的颠沛和灾难，展现了这个大动荡时代悲壮苦难的场景。

这些遗民诗人，为数不少，除屈大均，陈恭尹另有专章论述外，这里选择一些较有成就和特色的诗人来介绍。

第一节　张穆　王邦畿

张穆（1607—1683），字尔启，又字穆之，号铁桥，东莞人。少时倜傥任侠，善击剑，工诗而不屑为儒家章句之学。又好蓄养良马，常饮食坐卧于其侧，熟观马的性情姿态，故又善画马。年二十七，逾岭北游，欲立功边塞。有人推荐他给山海关督师杨嗣昌，因故未果。清军入关后，南明朱聿键称帝于福州，穆入福建谒大臣苏观生，观生摈不录用。赖曹学佺奏荐，奉诏与张家玉回粤，募兵于惠潮地区，招得镇平义军赖其肖部近万人，将有所图。后以粮饷不继，不得不与家玉离去，返回东莞。时苏观生拥立朱聿𨮁于广州，与在肇庆称帝的朱由榔互争帝位正统，最后演变成火拼。穆闻之，叹曰："诸当事不虞敌而急修内难，亡不旋踵矣！"遂退隐于家乡茶山，不复出。

穆尝多次出游衡岳，泛洞庭、湘水，入南京而至江浙。晚年因茶山老家被毁，流寓东安（今云浮县）的石鳞山。常头戴竹皮冠，手拄藜杖，广袖宽衣出行，所至剧谈修炼术。年八十余，犹步履如飞。著有诗集，已佚，穆之同乡、近人容庚先生为搜辑亡佚，编订成《铁桥集》印行。

张穆少时与黎遂球、邝露、梁朝钟等为友，以气节相砥砺。及壮，又与海内名士如朱彝尊、魏礼、屈大均、陈恭尹等结交。其为人，邝露曾有详细的描述："（穆之）短小类郭解，沉深类荆卿，相剑类风胡，画马类韩干。饮不能一蕉叶，而日游于酒人；储不能逾甔石，而好散粟募士；应门无五尺之童，而骏马实外厩；恂恂似不能言，呵笔而千言下。志投笔而擅美六书，薄雕虫而专精绘事。小而径寸，大而方丈，钩圜飞白，咄嗟立办，腕中有师宜官也。解衣盘礴，鬼出电入，灭没权奇，驰骤于纸上，目中有九方歅也。"（《张穆之诗序》）屈大均笔下的张穆则是："十二慕信陵，十三师抱朴，十五精骑射，功名志沙漠。袖中发强矢，纷如飞雨雹。章句耻不为，孙吴时间学。"（《送铁桥道人》）颇能写出张穆的任侠精神和平生志趣。

他爱马、画马，借此寄托他的壮志与豪情：

> 笑我平生痴有托，笔墨豪来风雨搏。兴酣画马如有神，曾谓龙媒经绝漠。春风芳草连天青，駃騠初上黄金嚼。咄嗟一顾万里空，此道寥寥更谁作？龙媒将心妙入神，我笑无心谁堕着！（《画马引》）

而他的许多诗作，大多与抗清斗争有关，表现出他为国驰驱的心情。当南明隆武政权刚在福州成立时，他激于民族大义，立即奔赴福建，希望为救国抗敌贡献自己的力量：

> 乾坤板荡复何言，此日安危敢自怜！暮色满江红蓼外，秋声孤雁白霜天。身名笑我终何事？肝膈如人未必然。闻道明良方励治，敢私岩壑赋招贤？（《留别韩季闲耳叔、林榕溪赴闽行在》）

慷慨赴敌，"身名"二句，正表达了他的决心。在福建，他见到隆武帝迁延不肯北进，军心不整，缺乏良将指挥，不免忧心忡忡：

> 溪头虎帐寂衔枚，城上千灯禁旅开。漫说貔貅雄细柳，不闻骐骥上高台。霞关夜哄私传警，象郡年来已赐裁。四顾更谁连臂指，调剂空负折肱来。（《建宁行在感赋》）

昔年的好友在这场危乱中，或慷慨不屈而死，或忠勇为国，血战连年，牺牲于重围之中，张穆都写了深情的篇章，致以哀悼：

> 三城凋落故人稀，凭吊忠魂渺不归。散帙每从僧壁在，高怀殊怅凤巢非。雨沉残烛痴僧梦，寒暗幽花尚见辉。记得醁醽同校字，乾坤空老复何依？（《哭邝中秘湛若》）

> 昔当壮年万事轻，身骑快马横东城。与兄意气作兄弟，立身每励为人英。世悲叔季各出处，嘉尔献策名峥嵘。文采风流曲江旧，墨渖翻浪如长鲸。一朝群鼠折地轴，两京失陷无长城。身馀黄冠返故里，揭竿斩木随死生。只手独出建旗鼓，虎豹复集如雷轰。呼天饮血冀报国，转战千里无援兵。层城复合得市众，未睹大敌先呼惊。阵移不复淝水固，日暮犹闻钲鼓声。（《哭家文烈》）

前者悼念邝露，结语至为沉痛。后者哀悼张家玉，“只手”二句，写得家玉忠勇义烈，部队士气如虹。结句更隐喻他的精神不死。

然而，张穆虽有满腔热血，力图为抗清事业尽力，无奈南明小朝廷内的党派纷争，举措失当，腐败无能，使他十分灰心，感到恢复难期，个人亦难有作为了。在强大的清军不断打击下，南明政权越发难以支撑，抗清义军相继失败，到了康熙初年，广东的抗清势力已被消灭殆尽。他和一班遗民只有怀着怆痛无奈的心情，偶然相聚在一起，共怀家国之恨，抒发身世之悲了：

> 青山野水各栖迟，世乱相逢喜复悲。地似新亭余草

莽，心随落日向天涯。尊前雨气侵高堞，原上秋风吊古祠。白首壮怀消已尽，谁家明月夜吹篪。(《西郊同岑梵则、王说作、陈乔生、梁药亭、陈元孝集高望公客斋赋》)

偶然遇到劫后余生的故友，执手话旧，人事已非，更是万绪悲凉，哀音如诉：

昔曾为客大梁门，老去怀恩梦里言。门士苦怜存赵武，天涯今忍见王孙。共逢落叶当秋路，莫认荒台似故园。欲叩存亡不能语，满江烟雨咽黄昏。(《惠城逢曹子介，能始先生季子也，感其艰难出死，诗以赠之》)

能始即曹学佺。当年张穆入闽效力，大臣苏观生不肯录用，赖学佺疏荐，始得旨回广东募兵。如今学佺已经战死，自己举义无成，难怪其沉痛至此了。

隐居的生活是清贫的，但他志节不改，并以此与遗民好友共勉，《送高望公还山》表达了这种态度和决心：

相消残垒客言归，剩有青山慰布衣。十载感人同社燕，一朝愁我对春辉。江阴思向垂杨结，天远情牵野鹜飞。言慕鲁连东海蹈，空怀贫食故山薇。

张穆的诗，早年之作如《罗浮杂咏》等，以清雅自然之笔，写岭南山水佳景，风格颇近王维《辋川集》诸作：

坐石拂溪云，山空群籁绝。无心理钓丝，爱此一潭月。(《罗浮杂咏》之二)

过雨濯芙蓉，轻烟散桃萼。曲涧吹古香，流入西窗月。(《罗浮杂咏》之七)

中年以后的作品，则多以抗清的事和人物为主题，抒写家国之恨、遭际之悲，揭示战乱中的民生疾苦，悼念为国献身的志士好友。其风格或苍健深沉而不落于衰飒，或隽朗雅健而精力弥满。今释澹归曾评论张穆的诗云：“有精悍之气，如一线电光发于冷云疏雨中。”是相当形象而恰切的。

张穆抗节不屈，食贫自甘，以遗民终老，志节是高尚的。但他早年与张家玉共赴义师，并肩作战，家玉万死不回，以身殉国，张穆则悄然隐退，后人对此不免稍有微词。然而，张穆毕竟能洁身自处，在乱世中也是难能可贵的。

王邦畿（1618—1668），字诚龠，番禺人。南明隆武元年（1645）举人。绍武帝立于广州，邦畿被荐，任御史。其后永历帝驻肇庆，邦畿与陈恭尹同往任事。及至清军攻陷桂林，南明永历帝出逃南宁，邦畿乃返粤，隐居于顺德县之龙江。以后，入雷峰寺为僧，法号今吼。邦畿虽入空门，而仍写作诗文，士之能诗者皆来与交。时金堡亦为僧，法号今释，为邦畿《耳鸣集》作序云：“余谒雷峰，始识说作。雷峰虽提持祖道，然不废诗，士之能诗多至焉，皆推说作第一手，余亦时为诗，性既粗直，诗亦愤悱抗击，每见说作诗辄自失，以为有愧于风人也。”又与岭南三大家之屈大均、陈恭尹、梁佩兰及江西魏礼为友，甚见推重。

并时诗人对邦畿诗多有好评，常熟钱谦益序其诗集云：“学殖富，意象深，云浮朏流，别出于岭南诸子间。”王士祯《渔洋诗话》则谓：“东粤诗自屈、程、梁、陈之外，又有王邦畿说作、王鸣雷震生、陈子升乔生、伍瑞隆铁山数人，皆有可传。说作句如：‘云低沧海树，潮上夕阳城’，‘曙色寒山外，秋风古渡前’，殊近钱、刘。”士祯所评，大致不错，但仅举出几句而谓其格追唐代的钱起、刘长卿，则犹未能尽得邦畿诗的全貌和深意。试举他的《西风飒然至》：

> 西风飒然至，瑟瑟入长林。木落水流处，孤舟明月心。美人敛颜色，游子罢瑶琴。珍重平生意，前溪霜雪深。

这样的诗，置于唐人集中，当无逊色，但其中的“西风”、“木落”、“明月”、“霜雪”等语，却非寻常景物描写，而是邦畿托物写情，暗寓遗民感慨的讽咏。结联自励，谓前路虽然霜雪深积，亦将奋然前行而不顾。处在清初文网峻酷的环境下，王邦畿为了安全而又能吐露胸中的积郁，只能采取这种隐蔽的写法。他自序其《耳鸣集》说：“耳自鸣也，耳自听也，孰与汝听之。人有不自知其为耳鸣也者，殷殷然如雷也，以为雷也；蓬蓬然如鼓也，以为鼓也。且以天下皆为雷也、鼓也。询之人罔有听者，予之诗亦若是则已矣。十年以前失去不复存，十年以后删去不敢存；其或托微辞以自见，亦自听之，人不得而听也，又何必存。人曰：‘耳之鸣也，不可听也。举天下之人告以耳鸣，莫不默喻所以然，不以耳听以心听也。’予然之，仅存一二，或以待天下有心人。”此话隐约透露了他这样写作的隐衷。后人檀萃很理解邦畿的做法：“大抵粤诗自黎美周、邝湛若而后，变尚西昆，而王说作尤造其极。盖其感慨更嫿，依永成声，言之者无尤，听之者不怒，以庄生悠缪之说，写屈子愤郁之情，所际不同也。”（《楚庭稗珠录》卷四）

邦畿以隐微之词、悠缪之说来写胸中愤郁，这样的诗是不少的，试看下面二首：

朔风劲林木，长陌动烟尘。草野知今日，飘然愧古人。此心空有泪，对面向谁陈？厌著边城柳，春来叶又新。（《丙戌腊末》）

刘郎一去杳无闻，西陆长河竟两分。潮水不圆南浦月，天风空覆北山云。灵旗暮雨疑神女，青翰高秋想鄂君。金锁未销三岁字，尺书何处凤凰群？（《秋怀十首》之五）

前首作于顺治三年丙戌，是年十二月，清将李成栋军攻破广州，大肆屠戮。诗人草野余生，自觉有愧古人“成仁取义”之训，心中空存痛泪，却不能向人陈诉。结句暗指腼颜事敌的败类，有如杨柳，浑不管兵火屠城之惨，抽出新叶以迎春（新的主人）。后首据诗前自序，当作于顺治十八年，其年桂王被杀，明祚告终。《秋怀十首》惟此首约略可知为其事而作，其余九首皆托兴深微，内容迷离惝恍，在可解不可解之间。于此，亦足见邦畿用心之苦了。

当他北游燕京，对景伤怀，更勾起亡国之痛，曾闪现复仇的愿望：

地入幽州白日沉，寒云莽莽水阴阴。亦知匕首无成事，只重荆轲一片心。老马过宫频内顾，高台游客独长吟。朱书玉简先朝物，流落人间直至今。（《燕台怀古》）

战乱所带来的痛苦，诗人难以忘怀，他忍不住要将种种惨状形之于笔墨，广泛地传给大众：

岁维戊子，月建乙卯。饥馑为灾，多食不饱。当胃脘间，如虚若燥。小妇不量，多病又恼。薪贵于玉，人贱于畜。一豕万钱，一妾斗粟。见于陌者，藤形尰足。路有死人，白茅不束。濯濯者山，明星粲粲。吁嗟广厦，雕梁析爨。鸠居鹊巢，主人鼠窜。不能鼠窜，朝夕供飧。虽则供飧，犹怒不繁。束刀入市，夺民之食。驾言行迈，掳民供役。千里不饭，中道绝息。娥娥者妆，罗列成行，几微失意，饮剑以亡。或挞未死，逐出路傍。见者吞泣，不敢匿藏。莫高匪山，莫卑匪履。行行行行，必有终止。民之憔悴，莫甚于此。哀哀苍天，乱何时已！（《戊子歌》）

战乱之后，继以饥荒，官兵还要参与抢掠屠杀，人民受苦之惨酷，难以形容。并时作家亦有类似题材的作品，但如本篇的刻画淋漓、血肉满纸者，却不多见。另外，以隐约之词，揭露清军暴行的还有：

……南无接引阿弥陀，昔时鬼少今鬼多。昔时鬼子多白头，今时鬼子多缺头。缺头持头来，持头续头去。老僧指向鬼子陈：眼前黑面是仁人。（《水陆道场祭幽歌》）

……北风刀气腥，南风刀气青。曾佐帝王子，杀人夺人城。杀人论功不及刀，宝刀尔亦空徒劳。风干人耳一百斤，为君致谢日本人。（《日本刀》）

这两首诗皆社题之作，邦畿借此机会，暴露人民的悲惨遭遇，而不肯作泛泛应题之语。前首谓昔时之鬼皆得终天年，故白头；今时则多刀下之鬼。结语称黑面者反是仁人，语含讥刺，当指清军。次首一刀之功，竟达风干人耳百斤，则屠戮之甚，可不待言。

诗人晚年饥寒交困，仅有的田地已被强行没收。以下二首是他哀苦无告的写照：

天地既如此，人民岂复论？卖田供赋役，买米鬻儿孙。辛苦将谁告？忧思只自存。念予还有姊，饥饿在南村。(《癸巳岁》)

草莽惭无罪，书田亦没官。为言作王圃，不杀已仁宽。身贱寡尤易，家贫免累难。不知将八口，长铗向谁弹？(《没田》)

邦畿一生虽未能抗清到底，但能保存志节，以遗民终老。晚岁食贫，不改素志。他亦以此自慰，对影无惭：

所亲惟是汝，真有古人风。贫贱不相失，悲欢常与同。微霜朝镜里，明月寺垣东。颇喜年来事，无惭清夜中。(《对影》)

他的诗以五律最佳，时入唐人之阈，方驾钱刘：

乡关知不远，渐见石门烟。曙色寒山外，秋风古渡前。潮声归曲海，流水入平田。便欲呼渔父，芦中人尚眠。(《石门晨渡》)

落日荒郊远，高天古渡寒。未潮先候信，有酒且同欢。水白渔灯湿，霜黄海气干。乡心与朋好，去住两情难。(《留别》)

至于《癸巳岁》、《没田》等诗，则又沉郁略似杜甫。七律雅健而有感兴，如前引《燕台怀古》、《秋怀》等，托兴深微，不减五律。古体如《扶胥观日出歌》，笔墨飞动，尤为上佳之作：

> 眼前墨漆天地开，天地开，红日来！扶胥客，临高台。高台俯仰一万里，硃砂弹照半天紫。紫气曈曈大海中，乾坤人事尚冥蒙。吸得光华入肺腑，波间万尾金龙舞。

邦畿之死，遗民多有挽章，梁佩兰挽诗云：“几人泉下路，似汝世间贤”，“地辟词人冢，天沉处士星”。陈恭尹的祭词云：“早宾于王，多士眉目。天工人代，云章玉轴。时移步改，振缨濯足。”语虽不多，足见邦畿志节之不渝。

第二节　方外诗人

函昰（1608—1686），字丽中，别字天然，号丹霞老人。本姓曾，名起莘，字宅师，番禺人。少负才名，明崇祯六年（1633）中举人。十二年，上京应进士试，舟次南康，值道独和尚住持庐山归宗寺，乃诣求削发为僧。十五年，归主广州光孝寺。明亡后，入番禺雷峰寺，旋又转往栖贤寺。此后，更历华首、海幢、丹霞诸寺院主持。清康熙二十四年（1685）卒于雷峰寺。著有《瞎堂诗集》。

起莘以盛年举人，数应进士试，后忽然弃家为僧，时人多感怪异。及明亡，战乱相寻，搢绅遗老有托而逃者，多入其门下为僧徒。于是人们始叹服他有先见。门下多名弟子，如今种（屈大均）、今释（金堡）、今无等。而节烈之士如陈子壮、张家玉、陈邦彦、梁朝钟、黎遂球、金声等，亦与函昰交游颇深。他出家在明末，后清军南下，战乱民危，屠戮四起，对此现状，他自难忘怀。发而为诗，虽然格于清初文网的严峻，词意隐晦，但字里行间，尚可寻绎其内心的悲痛：

帐望湖州未敢归，故园杨柳欲依依。忍看国破先离俗，但道亲存便返扉。万里飘蓬双布屦，十年回首一僧衣。悲欢话尽寒山在，残雪孤峰望晚晖。（《送渐侍者归省》）

“忍看国破先离俗”表白了他出家的原因。“万里”二句隐含感慨万千。他身居雷峰寺，世事却未尝忘怀，时常形诸吟咏：

野寺疏钟接晚笳，蓟门残雪岭南花。十年征战江云断，二月烽烟山日斜。古洞暮猿凄断岸，荒原明月照谁家？越王台上西风急，夜夜哀魂到海涯。（《庚寅二月雷峰即事》）

一帘灯火坐残更，百岁曾无此夕情。忍见新磷流大漠，不闻归客向孤城。(《庚寅除夕》)

诗题的庚寅为顺治七年（1650），是年二月，清军尚可喜所部围攻广州，围城十个月，至十一月，城乃破，清军屠城甚为惨酷。这两首诗曲折写出当时的惨状。顺治十八年辛丑（1661），明桂王被擒于缅甸，明祚至此告终，函昰赋《辛丑闻雁》诗以表达深沉的哀痛：

塞雁何时至？今秋不欲闻。天高江水渺，地阔岭云分。澹影寒塘静，疏林落叶纷。一声随泪下，缭乱不成云。

函昰对于好友抗清死难，为国捐躯，十分伤心，一一作诗悼念，如《金太史正希殉难》、《梁未央死难二首》、《霍觉商父子四人死难二首》等。

> 生平多慷慨，死国在儒林。父子情偏重，君臣义独深。碧潭今日事，明月古人心。俯仰堪谁语，一堂玄对森。
>
> 共明千古节，就义且从容。生死去来际，衣冠谈笑终。草堂云漠漠，寒夜雨溶溶。一片情孤绝，相期入碧峰。（《霍觉商父子四人死难二首》）

写英雄就义，谈笑从容，精神不死，常在碧峰。诗风慷慨高昂，可称佳作。

他的忧世心情，在《遣怀》一诗中表达得很深沉：

> 身前身后路漫漫，满目云山梦里看。零露不凋枫叶尽，哀鸿到处菊花残。田横壮士何年泪，炀帝歌姬旧日欢。惟有老僧与孤客，夜深常觉月明寒。

函昰诗性情流露，清雅为宗。他身经战乱，不免丛集哀愁，眷怀故国。伤时悯乱之作，遂有激楚愤切之音，此则时世所使然，亦清初方外诗人诗作之特色。

函可（1611—1659），字祖心，号剩人，博罗人。本姓韩，名宗騋，明万历间礼部尚书韩日缵之子。宗騋少时豪快疏阔，慨然有匡济天下之志，声名倾动一时。父死后，他入罗浮山道独门下为僧，往来于罗浮、庐山之间。顺治二年（1645），至南京。适逢清军攻陷南京，他亲见明朝士大夫死难及清军杀掠之惨状，纪录为私史。不料被人告发，当局疑其还有党徒，严刑讯问，惨毒不堪。但函可坚持事实，只承认是个人所为。后被解送北京，得免死，发配沈阳。在戍所，他先后于普济、广慈等七大寺院中宣讲佛法。贬谪在彼的清朝官员如左大来、李吉津、魏昭华等仰慕函可的节义文章，和他组织起“冰天吟社”，为诗文之交。诗人吴兆骞被戍宁古塔，路过沈阳，亦往拜谒他，致以景慕。

函可兄弟四人，弟宗骕、宗騄、宗骊皆以抗清不屈死。从兄如琰、从子子见、孀姐和两位弟妇亦在战乱中丧生，可谓一门节烈。而他则远戍白山黑水之间，身世如斯，故其诗多家国悲愁，苍凉激楚。屈大均说他“充戍沈阳，痛定而哦，或歌或哭，为诗数十百篇，命曰《剩诗》。其痛伤人伦之变，感慨家国之亡，至性绝人，有士大夫之所不能及者”。（《广东新语·诗语》）

沈阳是当年明、清两军激烈交战的地方，袁崇焕所筑的营垒犹在，如今袁公已死，朝代已更，函可抚事伤怀，不免勾起他的无限怅惘：

> 卫霍名何减，山头旧扎营。乍闻吹落叶，犹似走残兵。原草缠幽恨，河流带哭声。最愁秋雨后，磷火向人明。

而回望南天，家乡传来的消息，又是那样的沉痛：

> 八年不见罗浮信，阖邑惊闻一聚尘。共向故君辞世上，独留病弟哭江滨。白山黑水愁孤衲，国破家亡老逐臣。纵使生还心更苦，皇天何处问原因？
>
> 长边独立泪潸然，点点田衣溅血鲜。半壁山河愁处尽，一家骨肉梦中圆。古榕堤上生秋草，浮碇冈头断晓烟。见说华台云片片，残枝犹有夜啼鹃。（《得博罗信》）

不仅读者感觉到，函可自己亦承认他的诗是血泪写成的。试看他的《读杜诗》：

> 所遇不如公，安能读公诗？所遇既如公，安用读公诗？古人非今人，今时甚古时。一读一哽绝，双眼血横披。公诗化作血，予血化作诗。不知诗与血，万古湿淋漓！

虽然历尽穷愁悲苦，函可却依然不改志节，期望着投身抗清活动中去。他的“地上多奄奄，地下多生气”之句，正是感喟人们的无所作为，有愧死者。而《自题小影》则直白地表示：

> 衲衣一寸马蹄尘，多难还馀未死身。直看古来横看世，更将此事委何人？

那是什么事呢？只能是他一直关注着的、关系家国命运的抗清行动了。其实，和他同门的函昰，虽远在岭南，却与他潜通声气。函昰门下本多遗民节士，屈大均、梁殿华不远万里到关外探问函可（虽然没有见着），其中原因，是值得寻味的。无奈十载投荒，难酬夙愿，他最后抱恨病死于沈阳。

函可的诗不刻意讲求词藻，不滥用典故，只是使用通俗的语言，直抒胸臆，使人读来只觉真情流露，自有一股感人的力量。另外，他虽身入空门，实际却是位志士，所以诗中并没有僧人们卖弄禅机的习气。可以说，函可的诗正如其人一样，有着自己鲜明的特色。

成鹫（1637—1722），又名光鹫，字迹删，号东樵山人。本姓方，名颛恺，字麟趾，番禺人。生员。明举人方国骅之子，父逝后，奉母避居罗浮山。清军攻入广州后，督学使者传檄诸生应试，否则治罪。颛恺志节自持，不肯应试，遁往肇庆鼎湖山，削发为僧。此后曾住持庆云寺，晚年归广州，为大通寺住持。著有《咸陟堂文集》、《咸陟堂诗集》、《楞严直说》、《金刚直说》、《庄子内篇注》、《鼎湖志》等。

成鹫其人，据李来章访晤所得印象是："至山门，上人曳杖而出，修干如鹤，霜髭盈颏"，"坐定出茶设果，手挥麈尾，谈锋渐吐，卓荦之色，发于眉宇。意其人固豪杰倜傥之流，殆有所托而逃焉者乎？"（《咸陟堂文集序》）后人根据文献和种种迹象，推测他是明清易代之际带有神秘色彩的人物，颇足印证李来章的猜测。时人邓之诚云："（成鹫）集中有《鬻剑诗》云：'尝蓄古剑承景，藏之十年，以待不平。今既平矣，无所用之。'不类出世人语。与陶环、何绛结生死之交。环字握山，绛字不偕。致握山地下书，屡言握山失却出家机会，盖以出家为隐语，即谋恢复再造。环、绛皆熟于海上，奉永历正朔者。故成鹫往澳门主普济禅院，又尝渡海至琼州，踪迹突兀，实有所图。"（《清诗纪事初编》卷二）这些推断是颇可信的，因为当时抗清义士，每每利用寺院作掩护，以进行秘密活动。但奇怪的是成鹫平时不仅足迹不入城市，与人谈论亦不及世事，诗作更无遗民常作的激烈哀痛之语，则可能是所图既大，言行就更为审慎吧。

《咸陟堂集》诗没有僧诗习气，竟是儒生面目。凡所抒写，多为旷达和易之言，绝无怨尤激烈之语。

卢生手抱玲珑玉，目送飞鸿理新曲。日暮乡心归兴催，十指沉吟写幽独。深情远韵谁得知？曰有东林方老师。闻所未闻见未见，此声不似平居时。昨日君心如止水，今似行云日千里。止水清泠有浅深，行云去住无端

> 倪。卢生大笑释玉琴，曰公知我真知心。明朝孤棹乘风去，云水迢迢何处寻？（《送卢雁林归里》）

> 君不见至人有身无四大，乘风稳踞溟鹏背。下览九州如历块，朝发越裳暮燕代。君不见至人善行不任足，驰驱直入蜗牛角。纵横游说蛮与触，三军解甲舆脱辐。斯人人耳无大奇，致虚守静如伏雌。中间真宰微乎微，神出鬼没不可知。去年尽室吴江去，江边欲与鸱夷住。高堂有母生喜惧，自刺扁舟出烟雾。归来重理漉酒巾，黄花彩服参差新。炙鸡秉烛招比邻，黑貂贯过墙头春。兴来起舞醉无力，举觞遍告座中客。此身有母难许国，自作散儒深可惜。深可惜，未忍闻，长歌短曲聊和君。明朝我向泷西隐，世事悠悠勿复云。（《屈翁山归自金陵予将入泷水赋赠》）

前篇意度闲雅，后篇郁律有神，都不似出世人语。他的近体凝炼清切，颇饶高致：

> 与子同枯槁，花时共入林。一枝聊折赠，相视意何深。去住本无著，繁华岂有心？故园春信近，行矣莫沉吟。（《东林折梅送周大尊归里》）

> 峡江如净练，明月近中秋。舍此不肯住，无人堪与游。遣愁凭笔研，借梦宿渔舟。梦起各挥手，白云天际头。（《答关茂才子璿》）

如果细心寻绎，成鹫诗中亦可稍见他与遗民志士的活动有关，比如屈大均的行踪和心迹，他竟能知之甚悉，足见大均亦未视他为外人。他常到澳门普济禅院，亦不无可疑，当时海上联络，似即靠此寺掩护中转。试看下面二首便知：

> 但得安居便死心，写将人物报东林。番童久住谙华语，婴母初来学鸩音。两岸山光涵海镜，六时钟韵杂风琴。只愁关禁年年密，未得闲身纵步吟。（《寓普济禅院寄东林诸子》）

> 高踞层楼瞰十洲，江山如画半沉浮。岛夷计日迟青雀，海客临风盟白鸥。帆到虎头皆北向，水归鳌背尽东流。鲁连去后无消息，莫惜频频上此楼。（《望海楼》）

成鹫在岭南诸方外诗人中，比较突出，诗亦矫然不群。沈德潜尤其给予好评："上人姓方氏，本名诸生，九谷先生弟也。中年削发，不解其故。然既为僧，所著述皆古歌诗杂文，无语录偈颂等项，本朝僧人鲜出其右者。拟之于古，其惟俨、秘演之俦欤?"（《清诗别裁集》卷三二）沈氏不解成鹫突然削发，倒是李来章眼利，看出是有托而逃的。

第三节　其他遗民诗人

陈子升（1614—1692），字乔生，号中洲，南海人。明诸生，陈子壮之弟。明末，与同乡黎遂球、陈邦彦以文章声气遥应江南复社。南明隆武元年，子升由张家玉推荐，前往福州，任中书舍人。不久，奉命回广东征集军饷。事竣而福建陷落，隆武帝为清军擒杀，子升乃改道回乡。及永历称帝于肇庆，子升驰往，被任为吏科给事中，转兵科右给事中。时南明小朝廷内党派互相倾轧，争权夺利，子升守正不阿，遂为忌者所排挤，出任外职。及清军大举进袭肇庆，永历撤退入云南。子升追随不及，遂流落山泽间，辗转多时，才得返回故乡。晚年出游黄山、青原，访旧友熊开元、方以智等，为方外之游。继而入庐山归宗寺，受戒于函昰。回乡后即杜门不出，隐居至死。

子升工诗，著有《中洲草堂集》。性善音律，能作曲，善鼓琴，又擅书画、篆刻。在广东诗人中，号为多才多艺。子升诗学汉魏三唐，格调颇高，功力不弱，其早年所作如《西樵大科峰》、《昌华苑》、《游峡山》、《寄陈仲因》等，气力深厚，风调颇近唐人：

> 轩辕二帝子，弄笛开禺阳。江岸扁舟客，闻钟到上方。仙灵今阒寂，云水空青苍。欲遣愁心去，猿声岭外长。(《游峡山》)

> 樵峰七十二，秀出一峰尊。策杖观朝日，浮澜动海门。孤松生鸟外，片雨落山根。吾欲骖鸾去，凭虚望帝阍。(《西樵大科峰》)

中年历经家难国变，子升的诗遂多黍离沧桑之感，如《野阔》：

> 野阔苍梧云向西，漓江东下楚天低。清秋牧马羚羊峡，落日砧鸢鹳鸽溪。炎峤从来尊赤帝，寒烟几处哭黔黎。可怜旧种桃花客，重问武陵津已迷。

其时南明永历帝自梧州还驻肇庆，子升奔赴行在。这首诗写他途中所见战乱后的民生痛苦，而欲求避祸安身之所，已不可得，感慨深沉，溢于句外。随着战事的连绵，城郭丘墟，故园已空，令人举目生愁。下面二首写出他的复杂心情：

> 尉佗城上春吹角，月暗千门夜可怜。几处惊乌栖未暖，往时词客泪应悬。江山一为迷孤枕，笳鼓何劳媚远

天。无限微吟向明发，晓风吹断越台烟。（《春夜闻角》）

飘零回望故园空，纵入芳菲似梦中。草接尘沙青不得，云离烟火白无穷。岂因万马惊归燕，愁向千家数废宫。寂寂古台南武迹，肯容山褐振春风！（《春日登粤王台》）

他的哥哥子壮抗清牺牲后，清军抄没了他们的家，子升不得不奉母到处逃难，艰危万状，“太夫人又春秋最高，乔生夜则枕席有涕泣处，日则遇人不敢显其戚容。恒不意自全，所以获全者，天也”。（薛始亨《陈乔生传》）这样的经历，更加深了他身世的感怆：

寒江岳气两无穷，海国渔家沸鼎中。罗网法张回献鹊，鼓鼙声急散哀鸿。且邻空舍为孤客，难挟残书命一僮。奔走至今何计是？杳然虚谷待愚公。（《寒江》）

在当时的条件下，遗民的处境是很困难的。陈子升有过深刻的体会，他写道：

世态狂澜倒，何人结古欢？心将日皛皛，行怯露漙漙。荆棘生毫末，干戈起舌端。惟应万峰隐，差可一身安。（《感秋四十首》之五）

但是，不管环境是如何的恶劣，陈子升还是坚持气节，不肯随世俯仰的。直到晚年，他仍是这样坚持，问心无愧：

寸土不污星宿在，四天如梦户庭高。飞腾鸾凤皆云气，变幻鱼龙自海涛。世乱微躯珍晚节，尘空老眼极秋

毫。露虫风叶听沉尽，大块于今正怒号！（《阁夜》）

末二句以写景作结而意在言外。此诗写于康熙年间，其时岭南抗清势力，零落已尽，惟有云南方面吴三桂转而反清，声势甚大，诗人于此是否有所期望呢。

子升的诗，诸体各有擅长。晚年之作，则更“洗尽铅华，波澜独老”。其中以五律最好，沉郁苍健，感时愤世，篇中有血。七律亦沉健，晚年稍稍参入宋诗风格，大抵为身世、时事所使然。沈德潜《清诗别裁》评论说：“乔生诗丽而有骨，原本义山，近代中可俪杨升庵。”是不符实际的。沈氏只执其一二篇章而欲概论其全，实未尝见到乔生诗的真面目，太厚诬作者了。

何绛（1627—1712），字孟门，号不偕，顺德人。布衣。好读书，博通群籍。明亡，慨然揣摩兵法之书，顿得一心运用之妙。顺治三年（1646），抗清将领张名振连络各路义军，于长江一带分屯三十六营，声势甚盛。翌年，清松江提督吴胜兆倒戈，密约张名振等合力进攻南京。事先，何绛预闻消息，疾趋南京。甫至则吴、张已谋泄失败，绛乃沿长江到湖北、河南一带游历。顺治十五年（1658），与陈恭尹结伴为澳门之游，并同渡铜鼓洋，访逃亡于海外的明臣。此后，他又同恭尹北上，向西入湘、沅二水，不得进，乃向东游长江，过黄河，入太行。后来又频繁往来于江苏、浙江间，曾三至天平山涧上草堂访遗民徐枋。徐枋是著名的与清政府不合作的遗民，又很可能是位秘密策划反清的人物。何绛三度相访，当有目的。其后又东至山东，入河北，怏怏无机会，只能周览山川形势，搜访人物而已。后与陶璜、梁琏、何衡同隐居于北田。顺治末，陈恭尹亦来避居，世称“北田五子”。彭士望、魏礼由江西至粤，深慕绛之为人，与五子结为知交。士望《赠北田五子序》

称："不偕英爽慷慨有志，其人沉着刻苦能任事。尝游南北及燕楚，皆为友人扶持患难，而己一无所与。然诺不苟，远近之豪以为质的，曰：此吾党之金汤也。诗宗张曲江、王右丞、韦苏州，所作澹逸幽远。见人谈忠节事，则义形于色。善谐谑，或出言则四座解颐。"可见其为人。著有《不去庐集》。

何绛论诗主张冲淡幽远，其所自作，亦以此见长，如：

> 东岩倚石棱，松际一灯明。云带炉烟起，人争鸟道行。片帆归夕照，疏竹曳秋声。正有林间菊，劳师饷落英。(《宿锦岩东庵呈昱微上人》)

> 弹琴送归客，草草不成音。相见虽非远，终伤离别心。鸟鸣朝树里，人立去帆阴。何以为今夕？闲庭月正深。(《送林山有归冈州》)

就他的平生踪迹来看，既然不畏艰险，南北奔走进行秘密的抗清活动，应该是位深沉雄鸷的人物。不料笔下流露的却是如此淡远的情怀，是很奇怪的。

当然，何绛也有偶然透露自己另一方面感情的时候，那就是写些反映现实，感怀家国的诗篇。虽然数量很少，却具有强烈的感人力量，值得我们注意。如《江门会葬家节生职方》、《哀明死事都督冲汉羽公》、《厓门谒三忠祠》、《挽陈大夫》等。

> 水犀军散士心移。五十馀城渐不支。一死报军闽陷日，孤臣尽节妇亡时。黄麻暂慰重泉恨，碧血长留万姓悲。况有佳儿能继述，直声偏起后人思。(《挽陈大夫》)

这是哀悼陈邦彦抗清死难之作。邦彦妾与二子亦同时被杀，一门义烈。此诗悲壮感人，字字带血。

何绛在风尘仆仆、四方奔走之后，仍无所成。虽然清廷统治与日俱固，反清形势更加不利，但他还是不肯罢休，仍要为实现自己的目标再度北上：

> 堪笑劳劳数尺躯，半生空自有眉须。长吟草莽多新恨，四出梅关尚故吾。西去楚云连七泽，东流漳水下三吴。山川满目皆惆怅，天下何人是丈夫？（《四出梅关》）

末二句有无限感慨。他的论诗和自作走的是冲淡一路，却仍时有苍凉激楚之音，这是时代使然，不能自已的。

从何绛的经历来看，或者是他肩负恢复重任，大事当前，不敢将胸中积愤尽宣之于笔墨，以免惹祸累事。他曾有句云："落魄自应甘胯下，危言安敢向人前?"可见是能忍大辱谋大事的人。倘如是，则何绛不只是位诗人，且是位奇男子了。

何巩道，字皇图，号樾巢，香山（今中山市）人。明末大学士何吾驺子。诸生，入清不仕。顺治、康熙间"禁海"、"迁界"令行，香山亦在限令之内，巩道因之困顿流离，乃徜徉自废，至"迁界"令撤消后，始得归乡。其间屡欲为僧以避世，以母在未果。当吾驺贵盛时，在家乡多营第宅，或有侵渔他人之处。及世乱，遂祸移子弟。巩道后来被冤家乘夜暗杀于路上，或即起端于此。著有《樾巢诗集》。

清初，郑成功屡次反攻浙、闽、粤等沿海省份。清政府为杜绝人民的支持响应，发布"禁海"令，禁止人民出海贸易。顺治十八年（1661），又颁布"迁界令"，勒令由山东至广东沿海居民一律内迁五十里。于是界内良田废弃，屋舍被毁，千里萧条。被迁人民流离颠沛，生计无着。香山濒海，亦饱受迁界之祸，巩道身受目睹，哀时愤世，写下了记述这些惨状的诗篇：

> 日日貔貅拥六街，东南阴气半为霾。红尘扑岸飞阴火，白浪横天泻积骸。燕恋众雏盘旧垒，蜂怜残蜜守空崖。野人不问兴亡事，只觉秋光到处佳。(《日日诗》之一)

清军杀戮之惨酷，可以想见。末二句用反语作结，沉痛至极。

> 日日悲笳海上来，萧条风景暗相催。惊潮打鹤闲犹立，深雨迷花尚斗开。晓出不知心所往，夜吟惟有影相陪。天涯纵得投闲地，庾信江南未免哀。(《日日诗》之二)

第三句谓清军李成栋部袭广州，而苏观生毫不设备。第四句暗指南明绍武、永历两个小朝廷不思共同对敌，还在同室操戈。自己忧思茫茫，难以排遣，唯有哀吟而已。

除了人民的苦难之外，家国之愁，身世之悲也是他诗中的常见内容，如：

> 同是无成力未衰，青铜终日照虬髭。酒曾西蜀炉边醉，箫亦东吴市上吹。血浸眼中飞作泪，愁缠笔底写成诗。粤台烟树萧条甚，不待秋风已共悲。(《怀王楚臣》)

> 雨晴荒县有春灯，照入西山路几层。屋暖渐低鸡树月，石寒犹响马蹄冰。新愁绿酒酣千日，往事红灰化五陵。不用更歌金管曲，十年王谢半为僧。(《元夕坐西山草堂感旧》)

何巩道的诗，钮琇评论说："近时有选岭南五朝诗者，意在胪列时贤，而不在表章前哲，故四朝之诗止三之一，而国朝之诗反居其二。然求其律细词清，则自梁、屈、陈三家而外，惟何子巩道五七律为可诵也。……皇图以贵公子而遭逢离乱，刻意抒怀，音多哀飒。”（《觚剩》续编卷一）。对他的作品反映现实、揭露清统治者暴行的内容未给予重视和评价，显然是不妥的。

张家珍（1631—1660），字璩子，东莞人。张家玉弟。南明永历元年（1647），家珍年十六，随家玉起义师于东莞，抗击清军。他常戴着小金冠，身披紫色铠甲，率领所部骑兵千人，打过一些胜仗，军中称他为“小飞将”。后清军围攻东莞道滘，义军激战不支。家珍跳入江中，备历艰险，始得逃脱。至赤岭，复收残兵六百馀人，赴西乡与家玉会合。此后，他在收复长宁、连平之役中，立功颇多。及家玉牺牲后，家珍与总兵陈镇国拥兵数万于龙门，以图恢复。广州再次被清军攻陷，家珍知事无可为，遂退隐于家乡铁园。从此才折节读书，广事交游。所居房屋不宽敞，而来访宾客常达数十人，自高僧、羁人、剑士皆披肝胆、写意气。家珍或写诗歌、画兰竹，皆伉爽有气。所著有《寒木居诗钞》。

家珍以少年将领，提一旅孤军，与强大的清军周旋，虽明知强弱悬殊，而义无反顾。其人其事，与江南夏完淳遥相辉映，慷慨能诗，亦复相似。屈大均赠张家珍诗说：“伊昔龙门战，君当矢石先。三千勾践士，十四舞阳年。日落苍梧树，云沉涨海天。有兄频殉国，流恨鹡鸰篇。”颇能写出他的生平和怀抱。

归隐后的张家珍，仍然时刻不忘素志，只是由于形势变化，不能再有作为而已。试看他的《梦马诗》：

久失飞黄马，空余血战衣。可怜横草后，不得裹尸

> 归。力尽犹追敌，功高几溃围。年来生髀肉，梦尔泪频挥。

诗前有小序云：“昔余军中得一良马，汗血权奇，陷阵溃围者屡矣。不意死于龙门，埋之小丘，已十年所。今归卧蓬蒿，忽夜梦之，驰驱如前，悲鸣犹恋，觉而为诗以吊之。”这时广东的抗清势力已相继被消灭，清朝的统治已经巩固，家珍寂卧蓬蒿，英雄空老，不免感慨平生。诗写得沉痛激昂，字字从肝膈中流露出来，使人读后亦同其感慨。

他和遗民们还常有联系，如陈恭尹、屈大均、张穆、高俨等，常见之于诗，而《今日僧李正甫还零丁山》一首，尤堪注意：

> 靖康一买钓鱼船，牢落零丁有几年？今夜暂同灯下酒，明朝相望岛中天。山深麋鹿依弘景，海阔鱼龙傍鲁连。莫叹无成当此日，从来贤哲本山川！

李成宪于明亡后削发为僧，隐居于零丁洋中的零丁山，踪迹甚为微妙，似与抗清活动颇有关系。家珍与他往来，潜通消息，互相策勉是有可能的。就诗而论，以深挚语写两人牢落心情和人生信念，十分感人。一结忽转高昂，正气凛然，正是遗民心情的写照。

家珍集中，还有如《登楼怀陈元孝》、《秋怀》、《佗城》等，都深深地寄托着家国之感，痛惜抗清斗争的无成。朱彝尊至粤，曾往探访他，并赠以诗云：“可叹张公子，流离自妙年。身孤百战后，门掩万山前。易下穷途泪，难耕负郭田。平陵松柏在，余恨满南天。”（《曝书亭集》卷三《赠张五家珍》）家珍归隐后的生涯于此可见。

张家珍弃干戈而折节读书，所以他的诗较少文人习气，纯以真朴见长，感情真挚，语言朴实，时露豪健之气。他是曾与清军在战场上搏斗过的诗人，这使他在诸多遗民诗人中显得很突出。

罗宾王，字季作，番禺人。明万历乙卯举人，任南昌府同知。曾请缨北上勤王，卒为同官所忌，辞官归里，与黎遂球、梁朝钟、韩宗騋等为友。清军南下，张家玉起兵东莞相抗，宾王为草倡义檄文。家玉败死，清军捕宾王及其子下狱。后获释，削发为僧，名函骆。著有《散木堂集》、《狱中草》。

当其父子系狱时，曾作《九月十九，父子同日下狱，十一夜，传有令勒余自裁，守牢者将余严禁待命，因篝灯草嘱，并封所著古书付畿儿，续一律》诗：

> 传是将军令，重牢击柝频。暂时犹父子，今夜尽君臣。待命听残漏，封书谢古人。离魂将有去，珍重莫迷津。

临危而慷慨从容，足见其志节。他在狱中作诗，如《狱中同畿儿守岁》、《李定夫下冤狱寄之》等亦都显示了他慷慨赴死的气概。又如《哭陈相国》云：

> 成败由来未足嗔，破家为国岂论身？八千不愧江东士，五百谁为海岛人？抉目不须同伍子，剖心宁肯让三仁！忠魂莫便朝天去，还有重门待命臣。

则以陈子壮抗清死难，义烈所感，自己亦愿随他同去作先朝地下之臣。

宾王血性刚烈，其诗慷慨激昂，真气弥满，不假雕饰而自有强烈的感人力量。

薛始亨（1617—1686），字刚生，号剑公，顺德人。诸生。少与屈大均、程可则同受学于陈邦彦。邦彦死难后，始亨隐居家乡，杜门不出，以种菜卖文自给。朱彝尊南游至粤，雅慕其名，欲相见，始亨始出山一月与相交。后有相招者，不再出。工诗与文，能画，精历代典章经制，著有文集《蒯缑馆十一草》、诗集《南枝堂稿》。

始亨尝遇异人授以剑术，蓄一古剑。平居着深衣大袖，冠网巾，囊琴佩剑。每惬意必饮酒，半酣，拔剑起舞，舞罢又歌。其为人慷慨如此。其诗如《吁嗟行》，写清军铁蹄下人民的惨状和自己的感怀，诗末句云："君不见子房下邳呼孺子，异书获遇桥边叟。又不见吕望海滨曾白首，非彨共载周王狩。国士千秋讵可量，流落当年犹未偶。吁嗟悠悠何足论，狂来且醉高阳酒！"可见他虽已退隐潜身，犹未忘情世事，欲有所作为。

屈大均北游，他曾有《送屈子》一诗，末云："知己重感恩，志士况盛年。我无渐离筑，赠子绕朝鞭。万里策良骥，无为乡曲贤。"他期望大均努力于抗清活动，不要作乡曲之贤，而他自己倒甘愿如此？看来，他二人一动一静，各有所图，而目的可能是一样的。

他的诗古体颇学李白，近体沉健蕴藉。古文更有时誉，刘湘客《行在春秋》评论说："今天下古文辞一派，向有吾师左莱阳梦石（光斗）先生，今更寥寥。刚生史汉深于唐宋，莱阳逊其明快。古人云气节文章，乃今知之矣！"对薛始亨的文章，评价是相当高的。

王鸣雷，字震生，号东村，番禺人。南明隆武元年（1645）举乡试，授中书舍人。清军攻陷广州，与罗宾王同被捕入狱。后获释，乃北游燕、赵、吴、楚。归而题所居曰："穷室。"作《醉乡侯状》以寄意。著有《王中秘文集》、《空雪楼诗集》。

王鸣雷在当时颇有诗名，王士祯《渔洋诗话》卷中说："东粤诗，自屈、梁、陈之外，又有王邦畿说作，王鸣雷震生、陈子升乔生、伍瑞隆铁山数人，皆有可传。"试看他的两首诗：

> 残钟山半寺，僧在隔溪回。问我何方客，能为清夜来。坐禅移漏转，示法举灯开。报道石桥鹿，夜深眠讲台。(《夜投山寺宿》)
>
> 题诗西过襄王墓，记得巴山寺里钟。梦阻细腰思窈窕，水生多叶怨芙蓉。虚无环珮行阴洞，仿佛精灵下碧峰。重到荆州忆王粲，乱山侵草马头东。(《楚宫怀古》)

气格颇近唐人，王士祯称赏的，或许就是这一类的作品。不过鸣雷先是明臣，后为遗逸，况且身经战乱沧桑，他的诗也不免有悯乱伤时的内容。如《白门道中》、《客舍闻蛩》、《槟榔行》等。下面这一首，则反映了遗民们的处境和世路的艰危：

> 戚促，戚促，黄雀啄我屋。为言黄雀勿相逐。北山弩儿开，南山火云暴。沧海故交分，谁者为心腹？拔剑捎网罗，身为知己戮。生不逢凤凰，坐盼双鸿鹄。山长路险与心违，不如薄暮空仓宿。(《黄雀行》)

康熙初年，王鸣雷曾参与纂修《广东通志》。不过，这只是应邀为乡邦文献做点编撰的学术工作，迥非出仕清朝，应不与他的遗民素志相左的。

岑徵（1625—1699），字金纪，号霍山，南海人。二十岁时明亡，遂绝意科名。以后壮游四方，踪迹至广西、湖南、江南、河北等地。晚年贫困，居乡以教书为生，坎壈以终。著有《选选楼遗诗》。

关于岑徵的为人，陈恭尹说："余少与岑子霍山读书七十二峰之间，时边烽日警，四郊多垒，俱不屑屑于经生帖括之言。每酒酣击案，切齿于失机误国之俦，而引断以古今成败。仰天号叹，至为泣下。其壮心热血，亦足睹矣。"（《选选楼集序》）何绛则更有细节的描述："其胸怀磊落，每不欲以诗名。然兴之所及，登山浮海，或过故宫，经战垒，行往哲之遗墟，历狭邪之废里，与夫夜半读书，击缺唾壶，引满灯下，亦必见之吟咏，以写其悲愤。惟与二三知己，放声朗诵数十过，或仰天大笑而继之以泣。泣已，复碎其稿，投诸狂澜烈炭中，故其诗不与俗人见者十常八九。散发山泽间，非其人不友，非其邦不入，非其招辄谢去。饥寒不能易其守，贲育不能夺其操，其苦心危行为何如人也！"（《选选楼集跋》）可见岑徵本是慷慨激昂之士，明亡而抱节成为遗民，心情之牢落悲怆，可以想见。试举他的两首诗来看：

日月开虞代，风声变五弦。牂牁流不返，南狩是何年？瘴雨摧蓠芷，东风怨杜鹃。容华消旅食，泪尽百蛮天。

西风沉落日，惆怅鲁阳戈。欲上重华墓，陈辞荐九歌。山分衡岳雪，水隔洞庭波。憔悴谁相忆？离忧望汨罗。（《苍梧》）

此外，如《大雪山》、《寄怀》、《苍梧旅次柬王明卿时余将有灵渠之游》等，都常寄寓家国、身世之感，哀叹生民之流离苦难。《戚将军剑歌》云："此日莫邪乘运出，不知谁是戚将军？"他盼望有英雄人物出来，驱除异族，再整河山。

陈恭尹评岑徵的诗为："锻炼精纯，沉涵渊谧"，尚未足以尽其诗之全貌。实则就现存诗来看，悲歌以写其牢骚，沉吟以抒其怆痛者不少，更不用说那些被他焚毁的"性情之所注者"的作品了。

屈士煌（1630—1685），字泰士，一字铁井，番禺人。士燝之弟。诸生。兄弟二人曾率义师拱卫广州。及广州再陷，逃入西樵山。李定国统兵入粤，收复高、雷、廉三府，士煌兄弟微服往投，至则李定国已撤兵回贵州。乃改入化州西山。时抗清将领邓耀驻兵钦州龙门岛，闻二屈名，迎至岛上，共图恢复大计。不久士煌兄弟相继到云南，在永历朝廷任职。清军挥师入滇，永历仓皇西逃。士煌兄弟追之不及，闻郑成功正攻入长江，直薄南京，遂决东还，赶往参与。比过大庾抵家，睹家中变故，士煌等俯仰悲酸，欲行复止。士燝旋病死。士煌独力奉老母，以笔墨为生。略有收入，辄匿迹山林，一室偃卧，人罕得相见。以劳瘁之故，须发皓然，乍见之如八十老翁。不久亦卒。士燝著有诗集名《食薇草》，已佚。士煌遗诗八十五首，赖有番禺沙亭屈氏抄本流传，其中疑有佚失，恐非其全了。乾隆年间，士煌从弟屈大均著作遭禁毁，收藏者受株连，士煌兄弟的诗集当亦蒙此影响，以致后人不敢保存而至于此。

他们兄弟的为人和归隐后的生活情状，可从王邦畿《赠屈赍士仪部、泰士职方》一诗中窥见一二：

> 吁嗟漠漠步维艰，不敢安居有愧颜。劳瘁十年双泪尽，飘零万里一生还。禁承母命论时事，爱着僧衣住旧山。兄弟壮年怀并美，风流谁复与追攀？

他间关万里，志图恢复，而最后一切成空，不免慨叹：

乾坤作戏未逢场，人力天心两渺茫。粉黛纵工愁掩袖，菁华如竭忍搴裳。非才论计终投石，短鬓忧时欲见霜。万里麻鞋成底事？悲来无地可佯狂。（《感时》）

当他劫后余生，归老乡园的时候，南明已经覆亡，自己颠连未死，中怀感怆，欲问苍天：

乾坤谁遣又生存？禹鼎消沉日月昏。乌鸟岂知还故苑，芳兰今始避当门。浮生孟浪终惭道，未死颠连恐负恩。乱后故人相念否？高歌谁为作招魂。（《归自滇中呈故园同社》）

士煌的诗直抒胸臆，不为浮泛之语，不滥用典故，而感人至深，颇能表现出遗民的不屈不挠、不避艰险的精神。其诗历劫幸存，虽非完帙，亦良足珍贵。

陶璜（1637—1689），字握山，一字苦子，番禺人。诸生。性孤僻，嗜吟咏。家富足而自奉俭薄，人有急难，每乐资助。当时人谓其体中有三反：俭啬而好施，懦缓而勇于为义，喜著述而不以立名。明亡，与何绛等隐居顺德北田，为“北田五子”之一。宁都魏礼两至广东，与璜结交，甚许重之。归而称述于彭士望。士望赠陶璜序，称：陈恭尹尚不免为人訾謷，璜独超然毁誉之外。著有《慨独斋诗集》。

苦子志节本高，身处明清易代之际，发为孤吟，感慨甚深，《冬草》一首，以美人芳草设喻，写出自己高洁的志尚：

三径经冬掩，飘零对汝时。未充君子佩，徒结美人思。世态看蓬转，孤心感鬓丝。平生抱微尚，不与众芳期。

他虽没有明显的抗清活动，但关心世事，想有所作为的心情，还是在作品中有所流露的，如《和华林杂诗》的“可怜深殿酒，还醉后庭花”。即暗讽南明小朝廷在哀笳四起之中还沉湎逸乐。《秋望》的“忧心满似将圆月，旅鬓疏同避晓星”，则慨叹自己有志济时而年岁已老。而《望零丁洋寄怀友人》，则表明他与李成宪交情甚深，并曾两度出洋探他。李成宪踪迹颇似进行着抗清的秘密活动，陶璜此诗，亦可见其与抗清活动并非全无关系：

> 两年九月此经过，极目沧茫感逝波。穷岛汉槎无限路，秋风禾黍自成歌。忠臣泪带寒潮长，楚客悲逢落叶多。欲寄相思凭去雁，故人归梦杳星河。

陶璜的诗，凌扬藻《国朝岭海诗抄》评谓近柳宗元。实则苦子微吟悲怆，语多酸苦，感慨至为深沉。倒是梁九图《岭表诗传》评云：“苦子诗别有寄托，语语入人心坎。”是最切合的评价。

第八章 明代的词

明王朝推翻了蒙古贵族奴隶主的残暴统治，生产得到恢复和发展，经济日趋繁荣。可是，明代的文学，除了小说、戏曲等方面取得较大的成就外，其余如诗、词等都显得萧条冷落。明代是中国诗歌的衰落时期，词坛更是一片荒芜，当时号称名家的词人如杨慎、王世贞、汤显祖、马洪等，“一味逞才恃博，未免浅露芜杂，于格律亦多不合”，“气骨轻浮，了无新意”。（夏承焘、张璋《金元明清词选·前言》）以曲入词，满纸纤巧仄媚之语，词格也就越趋卑下了。然而，在明词衰落之时，岭南的一些不以词名世的作者，却能摆脱流俗的影响，承袭南宋崔与之、李昴英等词家开创的雅健的词风，写出了不少好作品。

第一节 明代的词人词作

明景泰、天顺年间的学者丘濬，本为诗家作手，其词亦绰有雅音，不作纤巧佻达之语。如他的《酹江月·和东坡韵题〈赤壁图〉》词：

> 黄州迁客，意翩翩、不是风尘中物。一叶扁舟凌万顷，气盖乌林赤壁。孟德雄才，周郎妙算，到此俱销雪。横江一笑，眼中谁是豪杰？　一自两赋成来，山川胜

概，十倍增辉发。鹤梦箫声随水去，只有声华难灭。静对新图，闲歌古句，竖起冲冠发。何时载酒，江心重溯流月？

苏轼“大江东去”一词，千古传诵，而丘词则从苏轼本人着笔，力写他的豪怀胜概，用意便不蹈袭前贤，甚见笔力。

陈献章是有明一代著名的学者，他的小词也写得清雅绝尘。如《渔歌子·钓鱼效张志和体》：

红蕖风起白鸥飞，大网拦江鱼正肥。微雨过，又斜晖。村北村南买醉归。

此词仿张志和《渔父》词的格调，写岭南水乡渔民的生活，语言清丽，色调鲜明，也表现了这位遁迹山林的学者恬淡闲适的心境。张德瀛《词征》评曰：“结响骚雅，使刘后村见之，当不敢嗤为押韵语录。”

这段时期值得注意的词人还有祁顺（1434—1498），字致和，号巽川。东莞人。明英宗天顺四年（1460）进士。授兵部主事，转员外郎。升江西参政、江西布政使。著有《巽川集》。集中的《满江红》词，为作者在成化十一年（1475）奉命出使朝鲜时之作，词中赞美朝鲜壮丽的江山，写出中朝两国人民长期友好交往的情况。词语朴素无华，能表现出词人当时的真情实感：

汉水风光，清绝处、海邦希有。端的是、天生雄胜，地分灵秀。金马郡城传自昔，新罗人物皆非旧。记唐家、都府亦留名，熊津口。　　鸥鹭狎，鱼龙吼。山入画，江如酒。使游人到此，贪欢忘久。佳会合超滕阁上，幽情不在兰亭后。想明朝、一别隔层云，频回首。

明武宗、世宗朝大臣霍韬，词笔刚健，一扫明中叶词坛颓靡的习气。明代边患频仍，瓦剌、鞑靼等北方部族不断南侵掳掠，朝廷战备废弛，无力抗御。霍韬深有所感，写成《水调歌头·古边情》四词，借汉代的边情抒写当时的忧愤，表现了深沉的爱国精神和守边抗敌的决心。词意豪迈激昂，充满浩然之气。如此等作，在有明一代词中尚不多见：

天骄横汉世，戾气眇边关。一任彀弓驰突，赤子若为安？嫚书主臣忍辱，拊髀颇牧兴叹，劲气竟谁还。贾生晁错策，炯然万世丹。　　匡相君，石内史，吻涎残。坐使金戈销铄，战士豢嬉闲。有日阴山胶劲，胡虏南驰马壮，铁甲为谁寒？我也嫖姚后，梦见燕然山。

嘉靖年间的文士霍与瑕（1522—1588），字勉斋，南海人。尚书霍韬之子。曾为慈溪知县，《明史》称其“抗直不谄”。著有《勉斋集》。集中《菩萨蛮·癸亥李太华死事》一词，更为杰出：

南乡坐漱澄湾水，悲歌忽堕天涯泪。秋老落霜枫，村村战朔风。　　朔风摇桂影，金粟冰花冷。深夜羡嫦娥，清光依旧多。

癸亥，即嘉靖四十二年（1563）。是年冬十月，辛爱、把都儿破墙子岭入侵，掠顺义、三河。李太华奉命镇守边关，死于战事。《勉斋集》中有赋二篇、诗二首以悼之。此词写对死难志士的哀悼之情，以萧瑟凄冷的景物烘托气氛，情景交融。明词中如此苍凉悲慨之作，殊不多见。诸家选本均失收之，颇有遗珠之憾。

明代末年，政局混乱，词人感时伤事，留下了不少悲凉慷慨之作。如番禺人韩上桂，参与东北边事，抵御清兵入侵，“居常扼腕时事，忧形于色”。他写的小令，风流蕴藉，颇有美人香草之遗意。如《菩萨蛮·初夏闻莺》：

> 春花已别春风去，春莺犹带春时语。有意苦相招，无情何处飘？　　新愁难具诉，往事成虚度。寄语看莺人，莺啼不忍闻。

词中写的是春归惋惜之情，然所感甚大，用意甚深。不斤斤于字句求工，而于平淡中见真意。

值得一提的是青年女词人张乔（1615—1633），字乔婧，号二乔。广州名妓。明末与南园名士黎遂球、陈子壮等同游。张乔能诗，善画兰，其诗“清丽有风致”。卒年仅十九，葬于白云山梅花坳中，送者数十百人，人诗一章，植花一株以纪念之，号曰“百花冢”。著有《莲香集》四卷。张乔的词大都宛丽可喜，道出儿女心事，而又不流于纤佻轻薄。如《风入松·忆旧》：

> 海棠憨睡晚风时。柳带垂垂。卷帘不语羞英母。任落花、透湿胭脂。戏逐鸳鸯寻梦，更从蝴蝶相期。　　山园春草又芳菲。泪雨凝枝。凭栏细数残红片，乍阴晴、云雨丝丝，只是偶然心事，如何动上双眉？

末二语情态刻画细腻，非个中人不能道。张乔还有另一种沉郁风格的小词：

秋风晚，烟草冷斜阳。凉透天涯云浸碧，山摇縠影镜吞光。孤艇系垂杨。　横水渡，人去笛声长。枕上不知归是梦，衾前空渍泪痕香。萤火照鱼梁。（《望江南·晚泊》）

古来少女词中，很少有这样苍凉悲感的作品。女词人感离伤别，静思身世，眼前的景物都笼罩上一层铅灰色的氛霭，读之令人黯然，可想见一位在社会底层的少女的心境。

明遗民诗人陈子升、陈恭尹、今无等虽不以词名世，但他们的词作或雄直痛快，或要眇幽深，均能反映明清易代之际社会的动乱和人民的痛苦，堪称时代的实录。

陈子升《中洲草堂遗集》中的词，多作于明朝覆亡之前。词人已预感到家国将亡的命运，因而作品感时伤乱，充满了无法消释的牢愁：

江边楼，遥峰极目悬清秋。悬清秋。青牛关上，白马潮头。　风前吹笛悲啾啾，试将檀板调新讴。调新讴。百家村外，九曲江流。（《忆秦娥·客思》）

钟声寂，寒鲸隐动江波碧。江波碧。鳄鱼溪口，凤凰山色。　芦中夜起谁吹笛？川深疑有神仙谪。神仙谪。子牟身在，海潮江逆。（《忆秦娥·潮州作》）

两首词均写客中的情怀。上首“白马潮头”，用伍子胥被谗而死之典。《录异记》载，伍子胥临死时命将遗体投到钱塘江中，以便乘潮来看吴王的失败。据说自此以后，经常有人见到伍子胥乘素车白马在潮头之中。本词用此典，暗伤家国即将沦亡。末句以“九曲江流”喻自己忧思之甚。下首写夜泊潮州韩江的情景，遥思古事，感怀身世。词中以“身在江海之上，心居乎魏阙之下”（《庄子·让王》）的中山公子牟自喻，表达对国家命运的担忧。

陈恭尹《独漉堂诗余》中有一组咏物词，大都托物寄意，表达作者的襟怀和抱负。一般都意象明晰，感情饱满，无南宋以来咏物词中常见的隐晦曲折的毛病。如《传言玉女·咏红芭蕉》：

何处高霞，映我疏篱茅屋？卷帘深坐，见一天新绿。东风着意，叶底深红相续。层层吐焰，重重苞束。　　火树珊瑚，怎似他、闲草木？丹心无限，化作火明烛。山榛隰苓，想见其人空谷。可怜今古，同然蕉鹿。

此词借咏红芭蕉以表现亡国遗民的高尚节操。自己虽如空谷幽人，孤芳自赏，但犹未忘把一片丹心，化作光明之烛，以照亮疏篱茅屋中的穷苦人民。陈恭尹还有一些咏物小令，色彩明亮，带有浓厚的乡土气息。如《南乡子》词十首，分咏丫兰、素馨、榕阴、荔枝、莞香、玳管、藤簟、葵扇、蕉衫、岩砚等物，均为岭南特产。如写榕阴“绝顶垂须旋作根，翠鬣苍虬盘一树”、写葵扇“谁结轻丝裁作月，团团”、写蕉衫“犹带西窗前度雨，潇潇”等，均生新可喜，可作一卷岭南风物志读。

今无（1633—1681），俗姓万氏，字阿字。番禺人。明亡之后，见恢复无望，愤而出家为僧，不与清朝合作。拜天然和尚函昰为师，后任广州河南海幢寺首座。顺治初年，祖心大师函可，因撰“私史”事被告发，发配沈阳。今无徒步万里，出塞访之，相见于冰天雪窖之中，扼腕唏嘘。归时函可赠诗云：“少小不相识，缘师起相思。毅然请独行，随身破衲衣。”可想见古人高谊。今无善诗能书，性情豪宕不羁。著有《光宣台词》，沉郁悲慨，格调颇高：

> 地尽天穷，云寒雪重，月明画角声长。荒鸡塞远，漂泊泪如霜。城旦鬼薪何处？学苏卿、啮雪驱羊。却从来、堪怜节烈，抵死问苍苍。　　长城东去也，沙封白骨，雪打皮囊。更烟流短草，雁起边墙。凄断神州抛撇，氍毹间、箕子佯狂。莫回首，秦淮箫鼓，特地又悲凉。（《满庭芳·出山海关》）

本词为今无为访函可出关所作，悲愤苍凉，回肠荡气，表现出一位志士对家国倾覆和人民遭受苦难的无限怆痛之情。以塞外荒寒的环境烘托人的悲苦心情，并歌颂了函可的气节义烈。像这样带有强烈的反清色彩的作品，决非同时的朱彝尊、陈维崧、王士祯诸大家所能梦到。

第二节　屈大均的词

值得大书一笔的是，在明末清初之际，岭南词坛上出现了一颗辉煌的巨星，那就是屈大均。屈大均身世奇特，曾投身抗清斗争，失败后削发为僧，中年还俗，北走中原、边塞，联络各地志士，力图恢复。在这期间，他写了大量的爱国主义词作。屈大均词，当为有明一代之殿军，其比兴要眇之旨，实与屈原为近。无论其思想内容与艺术上的成就，均超过同时中原、江左的词人。可惜他的集子在清代曾被列为禁书，未得广为流传。王昶《明词综》所录七首（署屈氏的法名一灵），亦非屈词中最优秀之作，未能代表其主要风格。

屈大均著有《骚屑词》，一名《道援堂词》，传本甚稀。武进赵氏曾刊入《惜阴堂汇刻明词》内，刻成，未及刊布，然仅得词一百八十二阕。宣统间上海国学扶轮会本《骚屑词》，存词三百七十三阕，是为最完备者。

屈大均生长于明清鼎革之际，目睹当时社会变乱，故其词多悲慨之音。早年之作，奇情郁勃，表现了词人反抗民族征服，坚持对敌斗争的决心；也流露出对抗清事业屡经挫折、壮志难酬的苦闷。如《念奴娇·秣陵吊古》：

> 萧条如此，更何须苦忆，江南佳丽。花柳何曾迷六代，只为春光能醉。玉笛风朝，金笳霜夕，吹得天憔悴。秦淮波浅，忍含如许清泪！　　任尔燕子无情，飞归旧国，又怎忘兴替？虎踞龙蟠那得久，莫又苍苍王气。灵谷梅花，蒋山松树，未识何年岁。石人犹在，问君多少能记？

此词为屈大均在顺治十六年（1659）北游暂居南京时作。昔日富庶繁华的城市，饱经战乱，只余得一片断井颓垣，词人感怆无限，赋此以记。词云吊古，实是伤今。感情激越，荡气回肠，通过对秣陵往事的追怀，抒发了对故国兴亡的深沉感愤。次年，大均复游扬州，追思南明往事，黯然赋《扬州慢》词：

> 萤苑烟寒，雁池霜老，一秋懒吊隋宫。念梅花小岭，有碧血犹红。自元老、金陵不救，六朝春色，都入回中。剩无情、垂柳依依，犹弄东风。　　君臣一掷，早知他、孤注江东。恨燕子新笺，牟尼旧合，歌曲难终。二十四桥如叶；笳声苦、卷去匆匆。问雷塘磷火，光含多少英雄！

扬州地处长江北岸，扼守通向南京的门户。弘光年间，史可法督师驻守扬州。清兵攻城，扬州军民奋起抵抗，城破后，清兵屠城，惨杀群众数十万，扬州成了一片废墟。本词追怀史可法的殉难，指责了南明君臣的腐败无能，控诉敌人对扬州城的蹂躏。怆怀故国，哀悼英雄，表现了一位志士深切的爱国之情。

屈大均中年时北走秦、赵、燕、代，至塞外苦寒之区，这期间所写的词，充满着身世飘泊、壮志难酬的哀感：

> 恨沙蓬、偏随人转，更怜雾柳难青。问征鸿南向，几时暖返龙庭？正有无边烟雪，与鲜飙千里，送度长城。向并门少待、白首牧羝人，正海上、手携李卿。　　秋声，宿定还惊。愁里月，不分明。又哀笳四起，衣砧断续，终夜伤情，跨羊小儿争射，恁能到、白蘋汀？尽长天、遍排人字，逆风飞去，毛羽随处飘零。书寄未成。（《紫萸香慢·送雁》）

叶恭绰《广箧中词》评曰：“声情激楚，喷薄而出。”词可称屈氏代表作。以归雁自喻，人中有物，物中有人，比兴遥深，余韵无限。其词亦声厉而情哀，明季诸家中，实无与伦比者。上片写北国严酷的环境，朔风千里，烟雪无边，结以苏武作衬，语更沉痛深厚。下片写北雁南飞时的艰险。“跨羊小儿争射”六字，字字血泪；“逆风”二语，怨极恨极，是翁山当时心境。南粤词人作北地酸苦之语，如许出色，亦未曾见。在《骚屑集》中，与此相类的佳作实在不少，如《长亭怨·与李天生冬夜宿雁门关作》：

> 记烧烛、雁门高处。积雪封城，冻云迷路。添尽香煤，紫貂相拥夜深语。苦寒如许！难和尔，凄凉句。一片望乡愁，饮不醉、垆头驼乳。　　无处，问长城旧主。但见武灵遗墓。沙飞似箭，乱穿向、草中狐兔。那能使、口

> 北关南，更重作、并州门户？且莫吊沙场，收拾秦弓归去。

词人间关万里，北行塞上，意欲联络英豪，共干一番事业。可是，一切图谋都落空了，只有那亡国之痛，还在揪系着他的心头。在一个北国严寒的风雪之夜，与战友李因笃（字天生）共宿古关雁门，挑灯夜语，勾起无尽的乡愁。那连绵不断的长城，也挡不住敌人的南进，词人想起英雄的赵武灵王，渴望能使雁门雄关重作并州门户。虽然身处逆境，但也决不向外敌低头，词人准备重拿武器，继续斗争。本词为集中经意之作。叶恭绰《广箧中词》评云："纵横排荡，稼轩神髓。"夏承焘、张璋《金元明词选》云："明代词人，罕有其匹。"严迪昌《清词史》亦云："纯以气韵运转，情溢毛锥。"

屈大均在北国也有过短暂温馨的时候。康熙五年（1666）秋，词人寄居于代州陈上年家中，由李因笃撮合，娶明故榆林都督王壮猷之女为妻，王氏是将门之后，善骑射，能诗画，性情豪迈，与翁山甚为相得。词人为王氏取名"华姜"，自号"华夫"，可见其伉俪之情了。《满庭芳·蒲城惜别》词，写在山西蒲城迎娶王氏的情景，在旖旎温馨中仍透出一股苍凉的情调，如此作迎亲词，千古仅见：

> 金粟堆边，冰蒲水畔，紫骝迢递迎来。月中惊见，光艳似云开。桑落沾人半醉，将长笛，弄向秦台。天明去，鞭挥岸曲，愁杀渡人催。　徘徊。空叹息，桃花易嫁，凤子难媒。和香雨、氤氲飞作尘埃。坠井银瓶永绝。谁复取、仙液盈杯？应知尔，三春绣阁，幽寂委苍苔。

屈大均晚年，蛰居广东，尽管壮志成虚，恢复无望，但国亡家破的深痛巨创，依然留在心中，他凄惋欲绝地悲叹：

绕阑干几曲，记龙驭、此淹留。剩鸩鹊恩晖，芙蓉御气，掩映飞楼。飕飕。冷飞乱叶，似乌号、哀痛惨高秋。多谢宫鸦太苦，土花衔作珠丘。　　梧州，更有灞园愁。西望少松楸。未委何年月，玉鱼自出，金雁人收？啾啾，岭猿个个，抱冬青、泪断郁江流。寄语樵苏踯躅，磨刀忍向铜沟。（《木兰花慢·飞云楼作。楼在端州公署后。已丑皇帝南巡，尝驻跸其上》）

词人以一位遗民的身份，抒发了对故国故君的伤悼之情。词中还有作者自注：“梧州有端皇帝兴陵。”端皇帝，即永历之父桂王朱常瀛，被追尊为兴宗端皇帝。永历二年（1648），李成栋在广东投明后，复迎永历于肇庆，以端州郡署为行宫。本词由端州而想及梧州，由永历而想及端王，用了帝舜“珠丘”、宋陵“冬青”、汉武茂陵“磨刀”及“玉鱼”、“金雁”等有关帝王的典故，揭露敌人侵辱陵寝的罪行，抒发亡国遗民的悲愤。

屈大均词在艺术上达到很高的境界。善用比兴，言近旨远。张德瀛《词征》云：“屈翁山词，有《九歌》、《九辩》遗旨，故以《骚屑》名篇。观其《潼关感旧》、《榆林镇吊诸忠烈》诸阕，激昂慷慨，如蒯通读《乐毅传》而涕泣，其遇亦可悲矣。”况周颐《蕙风词话》尤推重其《梦江南》落叶词，词云：

悲落叶，落叶落当春。岁岁叶飞还有叶，年年人去更无人，红带泪痕新。

悲落叶，叶落绝归期。纵使归来花满树，新枝不是旧时枝，且逐水流迟。

首章“落当春”三字怨极。叶当秋始落，此在春日生发之时而落，故更觉可悲。明亡于三月，南明绍武政权亦亡于正月，皆当春令，故词中以当春落叶设喻。“叶飞有叶”，尚有所冀；“人去无人”，则成绝望了。时南明桂王政权亦已覆灭，故悲感如此。次章“绝归期”三字，与首章“人去更无人”相呼应。以“新枝”之“花”喻清朝，表明自己不愿与清政权合作的态度。末句一“迟”字，有依依不忍之意，含思凄婉。况周颐评云：“末五字含有无限凄惋，令人不忍寻味，却又不容已于寻味。”又如：

红茉莉，穿作一花梳。丝缕抽残蝴蝶茧，钗头立尽凤凰雏。肯忆故人姝。

花梳，即花串。粤中女子绕于髻上为饰。著一“红”字，以喻“朱明”之意，末句亦忆念故明，如况周颐所云：“哀感顽艳，亦复可泣可歌。”评屈氏此组词云：“一字一泪。”当非虚语。这类有古乐府遗意的小词，回环往复，叠句联章，其有一唱三叹之妙，如《潇湘神·零陵作》三首：

潇水流，湘水流。三闾愁接二妃愁。潇碧湘蓝虽两色，鸳鸯总作一天秋。

潇水长，湘水长。三湘最苦是潇湘。无限泪痕斑竹上，幽兰更作二妃香。

潇水深，湘水深。双双流出逐臣心。潇水不如湘水好，将愁送去洞庭阴。

小词格调幽峭，用娥皇、女英二妃及逐臣屈原之典，表达了怀思，表达了怀思故国故君之意。

对屈大均的词，近人评价甚高。朱孝臧其词集云："湘真老，断代殿朱明。不信明珠生海峤，江南哀怨总难平。愁绝庾兰成。"以屈氏冠诸所举清名家之首，并以庾信相比，可见其推挹之至了。

第九章　明代的散文

与活跃的诗坛相比，明代岭南的散文创作要逊色得多。一部《广东文征》，数千篇明文，多为平庸之作，甚至一些故作古奥、佶屈聱牙或道学腐气薰天的劣作也得以跻身其间。即令比较优秀的作家和作品，不论数量、质量，比之中原，也有着较大的差距。

岭南明文不振，其原因是多方面的。总的说来，主要有二：一是明代前期文禁森严，文士噤口，理学盛行，囿人于彀，而朝廷大力推行八股取士制度，更是严重束缚了士人的思想，窒息了优秀散文的生机；二是岭南远离中土，文化基础本来就比较薄弱，唐宋以来古文运动的优良传统还未来得及扎下根，就被为封建统治者撑腰的道学和八股取代了。

尽管如此，明代岭南的散文，比之前代，还是有了较大的发展的。这首先表现在作家和作品数量剧增上面，仅《广东文征》所收录，便达三千余家数千篇；其次，作品的质量也有所提高，其中一些拔类之作，甚至可与同时期的中原作家的佳作相媲美。

第一节　明初的散文

明初洪武年间，忌刻成性的朱元璋推行极权政治，大肆杀戮文人学者，厉行思想禁制。在高压政策下，全国文坛一片萧条，岭南地区自不例外。较著名的作者只有顺德人孙蕡，孙蕡以诗歌见称于世，也写过一些气势开张、格调较高的散文。从现存的《西庵集》九卷看，诗占七卷，文仅得二卷。孙蕡所存文不足十篇，较可观的当为《五仙观记》及《和归去来辞》二篇。《五仙观记》写了广州五仙观的由来及明初火毁后重建之事，有一定的文献价值；但文中多仙家之语，颇不可取。《和归去来辞》乃孙蕡自平原县罢归故里之作。此文在形式和内容上全仿陶潜的《归去来辞》，表现了作者“侣渔樵于山泽，服稼穑于田畴，心淡止水，身如虚身”的闲适心境，颇能写出归隐田园的乐趣。此文因是和作，故押陶潜原作之韵，但读来却无硬凑的痕迹，是颇为不错的。此外，清末吴道镕辑编的《广东文征》，收有孙蕡《夜游栖禅寺纪事诗序》一文。此文记述孙蕡在惠州栖禅寺夜遇苏轼侍妾王朝云魂魄题诗和歌唱的故事内容颇为荒诞，但剪裁精当，富有文采，可作传奇小说读。另一篇《祭灶文》，假托向灶君陈辞，抨击贿赂公行、阿谀成风的世态，抒发个人怀才不遇、遭际坎坷的感慨，表达遗世独立、刚直不阿的品格，文气雄阔，辞锋犀利。开头几段，以坦率的笔触直陈自己的美德才具，连用几个排比句作结：“臣之于读书可谓勤矣”，“臣之于性理亦略通矣”，“臣之为文可谓有成矣”，“臣之于内行可谓无愧矣”，“臣之外貌可谓不俗矣”，“臣之立志可谓寥廓旷绝而不凡矣”。接下来，笔锋一转，历数自己的不幸遭际：

> 然而时命大谬，进退惟谷；图封得黜，献璞遭辱……叨领乡荐，头弯工局；佐令淮阳，尘随马足。一入词林，旋罹斥逐；之官济上，还寻治狱。对款台端，拘挛瑟缩；论输左校，亲忝版筑……馀生幸存，残喘仅续；委顿风尘，颠连水陆……

读来令人为封建统治者压抑贤才，妄罪无辜而切齿。《广州人物传》称孙蕡为文“初若不甚经意，而气象雄浑，兴喻深致骎骎乎魏晋之风”，以此篇，是当之无愧的。

与孙蕡同时的东莞人陈琏，也颇有名于时。陈琏字廷器，洪武二十年（1387）举人，累官南京礼部侍郎。他“以文学受知成祖”，“士夫求为碑记序者不绝于道”。（《广东文征作者考》）但今天看来，他受人称道的文章多为应酬之作，思想性艺术性都不算高。值得注意的倒是那些“记述山川人物、风俗物产”的短文，如《罗浮山志序》、《登泰山赋》，写得都比较清新优美，有一定的可读性。

他的《上舍区公墓表》，记宋末区仕衡事颇详。区仕衡年青时出游钱唐、建康，提出此地非建都之地，应“移跸淮、汝、襄、汉，以图恢复”。后入太学，与刘黻等人上疏论贾似道为相不法，认为“当严斥逐，以为人臣擅专之戒”。元兵渐逼时，又毁家纾难，矢志抗元。陈琏记述以上各事时，笔端常带感情，颇能写出区仕衡正直不阿、关心家国的高尚品格。他的《骢马赋》托物寓意，借骢马“初其未遇，伏于槽枥，与驽骀而并处，虽神骏其谁识……偶绣衣之相逢，赎千金而不惜”，慨叹“物不自贵，以人而贵；物不自异，以人而异”，对人才“遇与不遇”的不同命运，抒发了深沉的感慨。在《石门贪泉记》中，陈琏赞扬了吴隐之清白廉洁的操守，以“日饮贪泉，不能易吾之清”自励。

黎贞是一位学者，世称秫坡先生。陈献章曾云：“吾邑以文行诲后进，百余年来，秫坡先生一人而已。”其《秫坡集》中有文四卷，其诗文“滔滔自胸中写出，无斧凿痕。议论古今治乱兴废与世道得失、人物贤否，类出于己意而多得之”。（黄佐《广州人物传》）黎贞的散文精警峭拔，如《廉说》、《刚辨》，立意颇新。这两篇文章不从正面称赞“廉”、“刚”

的美德，而从反面斥责伪廉、伪刚者的丑恶面目。文章直斥“矫情饰廉”者不是真廉，又指出“奸吏以辨急残忍为刚”，文笔锋利，表现了作者鲜明的爱憎。他的“赠序”一类文章也写得不错，如《崖门送别序》，写戴履安送陈参军秩再于崖门，惜别之情颇为浓挚。又如《渔隐序》，写古冈梁彦明慕严子陵垂钓之风，自号“渔隐”。文中指出，士未遇时“隐于渔樵耕牧”，“实乃上天晦其迹、养其明而坚其志，将降大任于异时也”，颇能写出隐者待时而动的翘盼心态。黎贞有一篇《五羊八景图序》，以简洁的文字描述了元代“羊城八景”的秀丽景象，抒发了“景物富则山川丽，山川丽则人才盛”的感慨，是一篇咏赞古代“羊城八景”的美文，亦具有文献价值。

第二节　明中叶的散文

永乐至成化年间，文禁稍弛，岭南文坛也逐渐有了生气。此时岭南的散文，大体可划分为“台阁”、“理学”两个流派。台阁派可推丘濬和梁储为代表。他们两人都曾先后入阁任宰辅，文风深受当时流行的“台阁体”影响，叙事说理事雍容不迫，四平八稳，迥异于明朝开国文人刘基等人那种纵横捭阖的艺术风貌。

丘濬是个诗人，散文也写得不错，无论说理文，还是小品文，大多旁征博引，文笔优裕。如《长城议》，首先列举历代修筑长城的史实，指出长城的作用：“盖天以山川险隘限夷狄，有所不足，增而补之，亦不为过。”继而指出前代筑城的过失：“然内政不修，而区区于外侮之御，乃至于竭天下之财，以兴无究已之功，是则不知所务矣。”最后作结道：

长城之筑，虽曰劳民，然亦有为民之意存焉。……后世守边者于边塞之地，无山川险阻之限，而能因陒狭之阙，顺形势之便，筑为边墙，以扼虏人之驰突，亦不可无也。但不可速成而广扰尔。

寥寥数百字的一篇短文，有史实，有论辩，词气温厚，而足可服人。他如《本说送沙文远》、《藏书石室记》、《考隶送张正夫》等，也都写得内容充实，才情充溢。

梁储（1453—1527），字叔厚，又字藏用，号厚斋，晚号郁洲，顺德县石硝堡（今属南海）人。成化十四年（1478）会试第一，殿试点传胪。选庶吉士，授编修。历官至吏部尚书，华盖殿大学士，入参机务。嘉靖初罢归故里，卒年七十四岁，谥文康。著有《郁洲稿》。他的散文殷勤恳挚，平和温雅，有长者风。如《送陈文用任潮州推官序》，在友人赴任之际，恳切勉励道：

潮州自韩吏部为刺史之后，易治之俗，至于今是赖。宋有陈尧佐通判，洪天锡司理，亦有德于民者。文用行矣，将仰止韩吏部，继二君而益大之乎？

接下来祝愿友人发扬家风，以平生所学“举而合之于当今之律令，引而伸之于凡物之大情”，明刑慎狱，“以称吾君相之心，以副吾诸友相望之意”。谆谆道来，情深语挚，十分感人。

理学派散文作家以著名思想家陈献章及其弟子湛若水为代表。他们为文多阐述义理，从文学的角度看，常有味同嚼蜡之感。但也写过不少自然超妙、意趣盎然的佳作。如献章的名文《湖山雅趣赋》：

> 丙戌之秋，余策杖自南海循庾关而北涉彭蠡，过匡庐之下，复取道萧山，溯桐江，舣舟望天台峰入杭，观于西湖。所过之地，盼高山之漠漠，涉惊波之漫漫，放浪形骸之外，俯仰宇宙之间。当其境与心融，时与意会，悠然而适，泰然而安，物我于是乎两忘，死生焉得而相干？亦一时之壮游也。迨夫足涉桥门，臂交群彦，撤百氏之藩篱，启六经之关键，于焉优游，于焉收敛，灵台洞虚，一尘不染，浮华尽剥，真实乃见，鼓瑟鸣琴，一回一点，气蕴春风之和，心游太古之面，其自得之乐，亦无涯也。出而观乎通达浮埃之濛濛游气之冥冥，俗物之茫茫，人心之胶胶，曾不足以献其一哂。而况于权炉大炽，势波滔天，宾客庆集，车马骈填，得志者扬扬骄人于白日，失志者戚戚伺夜而乞怜，若此者，吾哀其为人也。嗟夫！富贵非乐，湖山为乐，湖山虽乐，孰若自得者之无愧怍哉？客有张璟者，闻余言，拂衣而起，击节而歌曰：“屈伸荣辱自去来，外物于我何有哉？争如一笑解其缚，脱屣人间有真乐。”余欲止而告之，竟去不复还。噫！斯人也，天随子之徒与？“振衣千仞冈，濯足万里流。”微斯人，吾谁与俦？

情理俱佳，华实并茂，把“自得”的哲理阐发得如此生动形象，足见作者的文学才华。白沙集中颇多信札，均写得朴素自然，如于胸中汩汩流出。

湛若水（1466—1560），字元明，号甘泉，增城县新塘乡人。弘治十八年（1505）进士，选庶吉士，授编修。嘉靖中累官至南京礼、吏、兵三部尚书。他与王阳明交谊甚深，共倡“格物”，以讲学相应和，时称“王湛之学”。晚年致仕后在广东西樵山筑庐讲学，著有《湛甘泉集》。他的散文风格亦颇类其师陈献章，如《琴川记》，在交代了琴川得名的由来之后，写道：

> 吾不知琴，吾居甘泉之洞，泉叟也。盖尝有得于泉之音，推是其亦可以契琴川之义乎——有所泓然如土焉，其宫欤？有所穆然如木焉，其角欤？有所铿然如金焉，其商欤？有所勃然如火焉，其徵欤？有所淅然如水焉，其羽欤？然而为泉一也。推是道也，非特川之琴为然，而吾心之琴可知也已。

接下来，作者阐述"心琴之道"的含义，认为它实质是顺应自然，调谐万物，并进而指出这就是治国平天下之道：

> 故曰："琴音调而天下治。"夫治国家而弭人民，无若乎五音者……是故五弦和平，大小识职。君子法之以自强不息，内以养德，上以辅极，民风其易，物顺其则，政事不忒，八方宣和，四时顺历，天下化中，四灵来格。治之至也。

字里行间充满自然韵趣，堪称隽永超妙。

第三节　明后期的散文

嘉靖以后，各朝皇帝率多昏庸，弊政迭出，明王朝迅速走向衰落。在这黑暗腐朽的时代，岭南文坛却涌现出一批优秀的作家。他们以匡时矫弊为己任，文风大多慷慨激昂，正气干云，表现了当时正直的读书人的志气。其中的佼佼者可推霍韬、海瑞和罗虞臣。

霍韬（1487—1540），字渭先，号渭厓、兀厓。南海人。正德九年进士，累官至礼部尚书。卒谥文敏。有《渭厓文集》十卷。霍韬是一位很有自己见解的政治家，不肯随波逐流，故被讥为“强执谬戾，不顾是非”。他的文章议论纵横，征引繁博，论证严密，多写国家大事、社会发展、民间忧患的内容，真实地反映了明代中后期社会尖锐的矛盾，故亦每被讥为“争辩迫急，异乎有德之言”。（《四库全书总目提要》卷一七六）如其名作《禁讹言疏》，揭露了明代中叶皇帝出巡时对民间的扰害，严厉斥责各级官员利用出巡的讹言乘机搜刮民众的可耻行径，勾画出一幅封建社会的官场百态图。《救积弊疏》力陈明代种种弊政，言辞痛切，使读者怵目惊心，文中还提出可行的方法，表现了一位政治家的抱负。霍韬成名之作是他的《议大礼疏》两篇。时世宗以藩王入继帝位，使礼臣议本生父兴献王的尊号。廷议据封建礼法，主张称孝宗（武宗父）为皇考，兴献王为皇叔。霍韬上疏反对，云：

> 臣以圣贤之道观之，孟子言舜为天子，瞽瞍杀人，皋陶执之，舜则窃负而逃，是父母重而天下轻也。

以“圣贤之道”反对封建礼法，主张以“孝道”为重，其思想比那些争大礼而不惜身殉的迂儒要灵动多了。

海瑞（1514—1587），字汝贤，自号刚峰。海南岛琼山人。回族。嘉靖二十八年（1549）中举，初任福建南平教谕，后升浙江淳安知县。嘉靖年间任户部主事时，因明世宗迷信道教，上疏极谏，被逮入狱。世宗死后获释，复任应天巡抚，历官南京吏部右侍郎和南京右佥都御史，有《海刚峰集》。近人编《海瑞集》二册，为最完备者。

海瑞文如其人，义正辞严。如有名的《治安疏》一文，作于嘉靖四十四年（1565）十月，这篇“骂皇帝”的文章，几百年来流传不衰。文中一开头先赞美世宗“即位初年，铲除积弊，焕然与天下更始”，虚晃一笔，接着即直斥嘉靖“锐精未久，妄念牵之而去”，然后逐一数说皇帝的错过，如迷信道教，大兴土木，不视朝，滥名爵，无君臣父子夫妇之义，违背伦常等等，结果落得个“天下吏贪将弱，民不聊生，水旱靡时，盗贼滋炽”的不可收拾的局面。文章生动地指出：

> 且陛下之误多矣，其大端在于斋醮。斋醮所以求长生也。自古圣贤垂训，修身立命曰“顺受其正”矣，未闻有所谓长生之说。尧、舜、禹、汤、文、武圣之盛也，未能久世，下之亦未见方外士自汉、唐、宋至今存者。陛下受术于陶仲文，以师称之。仲文则既死矣，彼不长生，而陛下何独求之？至于仙桃天药，怪妄尤甚。昔宋真宗得天书于乾祐山，孙奭曰：“天何言哉！岂有书也？”桃必采而后得，药必制而后成。今无故获此二物，是有足而行耶？曰“天赐者”，有手执而付之耶？此左右奸人，造为妄诞以欺陛下，而陛下误信之，以为实然，过矣！

文字的大胆直率，在古来的奏疏中也是罕见的。

海瑞在青年时代写的一篇自警词《严师教戒》，是他一生做人的纲领。他认为人生在世，“有此生必求无忝此生而后可”，无忝此生，就不能被金钱和名心所诱惑：

> 入府县而得钱易易焉。宫室妻妾，无宁一动其心于此乎？昔有所操，今或为恼恼者一易之乎？财帛世界，无能屹中流之砥乎？将言者而不能行，抑行则愧影，寝则愧衾，徒对人口语以自雄乎？……亦奚颜以立于天地间耶？

俯首索气，纵其一举而终己于卿相之列，天下为之奔趋焉，无足齿也。呜呼！瑞有一于此，不如速死！

文章是作者的心声，海瑞一生中所写的奏疏、书牍、序跋，都体现了他立身行事的原则，读之亦令人肃然起敬。

罗虞臣（1506—1541），字熙载，号华原。顺德人。嘉靖八年（1529）进士，历任江西建昌推官，刑部主事、吏部主事。为人尚气节，刚肠疾恶，以触忤权贵，被诬下狱，革职为民。虞臣好学深思，文才敏捷，著有《原子集》（别称《罗司勋集》）八卷。

罗虞臣文章刚劲明快，才情横溢。冼桂奇为他的文集作序，以司马迁拟之。《四库全书总目提要》谓其“平生不屑为诗赋，故集中皆散体之文。自六卷以下，则采录所作《家乘》以足之，惟以《中官传》六七篇参杂其间耳。其文疏快有气，然皆率其才气，纵笔一往，未能范以法度也”。罗虞臣在狱中所写的上皇帝书，陈述自已被诬陷的经过，言辞哀切而不失个人的自尊，表现了岭南文人的骨气。

《辩惑论》是罗虞臣写的一篇反对封建迷信的论文。文中指出当时流行的“风水”之说，是“邪术惑世以愚民”，并列举了大量的历史事实，说明人的吉凶祸福与风水无关：

获庆在人，丘垄无与。诞者不然，闻有富贵之人于此，则归福茔冢，曰“某形”“某征”；闻有贫贱之人于此，则曰“此葬之罪”。信如斯言，多财力足可以肆为不善，及其死，求善地以能免子孙于祸可矣……野俗无识，皆信葬书。巫者诳其吉凶，愚人因而侥幸。遂使擗踊之际，择葬地而希官品。荼毒之秋，选葬时以窥财禄。

作者最后发出“邪说之毒人过于猛兽”的慨叹。在风水术大盛的明代，罗虞臣能不受迷惑，力斥其非，是难能可贵的。

陈绍儒，字师孔。南海人。嘉靖十七年（1538）进士。官至南京工部尚书。有《大司空遗稿》十卷。中有文八卷。《四库全书总目提要》称其“刻画韩、柳，而往往失之粗率”。

张萱（1558—1636），字孟奇，号九岳，别号西园。博罗人。万历十年（1582）举人。历中书，知贵州平越府，未赴，以谗归，筑园榕溪，著述终老。张萱著作甚多，其笔记《西园闻见录》共一百零六卷，杂记洪武至万历间事，如朝廷政务、官员作风、民间生活以及当时文坛韵事，有一定的文学价值。张萱撰的《岭梅盟说》，是一篇关于梅岭历史的考证文章，文中论述梅岭的得名及种植梅花的历史，然文辞清新优美，颇可一诵：

> 余家居罗浮梅花村中，性故嗜梅。计偕往来岭上，尝与山灵为约：弁繻而过，便当如管知军为岭头春色妆点几分。今宦拙矣，凡两度此岭，皆坐困游囊，不能如英州女郎辍俸。因念司马温公居洛，为牡丹会。士人薛君常者，破产植牡丹。此不过以供一时风景耳，而好事者且谈之不置。庾岭之梅，侈称今古，傲雪数枝，临风一嗅，亦南北轩辖所茇而憩也。余官冗曹，无俸可辍。独饘粥之产，尚堪一破。为报山灵，叱驭再来。市梅数百本分植于凌江、梅圃，而以山之僧守之。异日雪中清香，不惟足挽子韶春梦，而先文献尸祝具在，鼎实累累，不可为笾豆一助乎？故稍正其讹舛，核其始末，为梅岭盟以书祠壁。山之灵实共闻之。凌江、梅圃，亦有君常其人者乎？而一时司土群公，为政风流，又皆不减司马。是役也，倘获我心，稍相摄护，毋令往来有逾里折杞之叹，则梅花之国恢复有期

矣。甘棠之荫永垂不朽，此尤管知军所为九顿地下者也，岂余小子实式灵焉。

黄佐是一个成就卓著的学者，人称泰泉先生。学识渊博，贯通今古，一生著述甚丰，他主持泰泉书院，培养了许多人才。“南园后五先生”中的欧大任、梁有誉、黎民表、李时行都是他的学生。黄佐撰有《广东通志》以及《广州府志》、《香山县志》、《罗浮山志》、《广州人物传》等多种大型著述，总数多达二百六十余卷。他亲自编定《泰泉集》十卷。《四库全书总目提要》谓其“在明人之中，学问最有根柢，文章衔华佩实，亦足以雄视一时”。如所撰《周宪使传》，记述明成祖时监察御史周志新一生业绩，举出事例，生动地描绘出一位“弹劾敢言，贵戚畏之”的“冷面寒铁公”的形象。后段写周志新被锦衣卫纪纲诬陷之事，颇似司马迁的史笔：

初，锦衣卫指挥纪纲用事，使千户往浙缉事，多作威福，受吏赇。新时赍文册，如京师遇诸涿州，捕系之。千户脱走，诉于纲。纲乃更诬奏新，专擅生杀。上怒，令驰马逮新，承纲意者。榜掠之无完肤。既至，伏丹陛前犹抗声陈其罪不已，且曰：“按察司行事，与在内都察院同，陛下所诏也。臣奉诏擒奸恶，奈何罪臣？臣死且不憾。”上愈怒，命戮之。临刑大呼曰：“生为直臣，死当作直鬼。”上寻悟其冤，顾侍臣曰：“周新何许人？”对曰：“广东。”上叹曰：“广东有此好人。”称枉者。再后纪纲以罪诛，事益白。

百余字已把封建帝王的暴虐、宦官的横行描出，更突显了周志新“直而不挠”的品格。

与黄佐同时的还有一位文献学家郭棐。郭字笃周，南海人。嘉靖四十一年（1562）进士。初授户部主事，改礼部，尝疏陈十余事，皆见采纳。后任四川布政使，入为光禄寺卿，致仕。棐曾师事湛若水，一生著述甚丰。撰《粤大记》、《岭海名胜志》等尤有功于地方文献。

郭棐《粤大记》三十二卷，内容包括有广东人物传记、历代事件、典章制度等，颇有史料价值和文学价值。所撰《广州太守周公传》，写广州知府周启祥的事迹，摆脱旧史传中常见的冠冕堂皇的言辞，每从小事中可见传主的为人：

> 诸生时，每为人研精，辄以指撚其发，发落若秃。人多笑之，率自如也。

此类文字，颇似后来公安、竟陵一派之语。

南园后五先生皆能文，欧大任、李时行、梁有誉文笔尤佳。欧大任少时参加乡试，瞿景淳阅其卷，惊曰“一代才也!”其为文“颇脱蹶张叫嚣之习”。所著《百越先贤志》四卷，尤有益于地方文献。欧大任文章，论史论艺，皆有见地。其《论股相割肝状》，指出愚忠愚孝者割肝割股，以图救亲于垂死，实则“毁伤灭绝之罪大”，不足为训，并请求严令禁止。又如在《答梁公实论艺书》中批评把文艺视为“雕虫篆刻、壮夫不为”的小技的错误观点，认为诗文是“六艺之绪言，不朽之盛事”。欧大任的记事文亦翔实生动，如《翁尚书传》记述揭阳人翁万达事，写其御敌和戎、擒奸拒贼的经过，皆绘声绘影，有如亲历。

梁有誉《比部集》中文章，清新文雅。如《送钱舜臣出宰晋江序》一文，写钱之选在极其艰难困苦的环境中苦学成才的故事，并发出深刻的感慨：

> 夫处忧患而能立者有三难焉：饥寒困辱，志易颓抑，此限于己也；或志踔矣，负云蒸龙变意，而终身不得摄尺寸之柄，此由于天也；又或志立而遇矣，乃身遭浊世，不能建述以发其所愤蓄，兹古今人所难。

李时行颇有文名，庞尚鹏谓其“所著《驾部集》、《云巢子》、《天求子》、《瘰痛子》，四方传诵，想见其人”。其“文章法汉、魏”，雄深古雅。如《寄田豫阳先生书》、《答文衡山先生书》，均有情致。

第四节　明末的散文

明末，岭南又一次成为汉族王朝最后抗战的战场，许多志士激于民族大义，奋不顾身，参加抗清战斗。在这挽救国家危亡的严酷环境中，产生了不少可歌可泣的热血文章，为岭南文坛增添了异彩。

袁崇焕（1584—1630），字元素，一字自如。东莞人。明万历四十七年（1619）进士。天启二年（1622）单骑出山海关一带，考察地理形势，还京自请守辽。他筑宁远（今辽宁兴城）等城，作好防御措施。时阉党高第任经略，放弃关外各地，独袁崇焕坚守宁远孤城，誓死不肯从命，多次击退后金（清）军的进攻。六年，领导军兵取得宁远大捷，击败后金十余万大军。后金帝努尔哈赤攻城受伤病死。授辽东巡抚。次年，又获宁锦大捷，皇太极大败而去。崇祯初，授兵部尚书，督师蓟辽。崇祯二年（1629），后金设反间计，崇祯误信，捕袁崇焕，磔于市。近人辑有《袁督师遗集》。

袁崇焕能诗文，其文多为奏疏，多达百余篇，虽为实用性文字，然皆深切感人。如崇焕丁父忧，乞假不得，作《遵旨回任兼陈时事疏》云：

> 若闭关而守，无名示弱，臣不能任也。虚恢以逞，失事废时，日日延挨，日日恢复；日日恢复，日日延挨，九宇之物力无多，在边之岁月偏促，老师速祸，臣不能任也。此中锋镝之场，勿以为功名之地……皇上既留臣身，则当用臣言。如以为迂而无当，不如及今允臣回籍守制。若至被谴，求去将去，而伤皇上知人之明乎！抑不去而听此身与封疆之俱坏也。此臣三载深心，二十年僻学，若胸无成算，不敢浪任。一身之死生易了，封疆之得失攸关。

忠荩之情，如见肺腑。又如《祭觉华岛阵亡兵将文》：

> 慨自战守乖方，屡失疆土，天子赫然震怒，调南北水陆舟师，谓尔乘船如马，遂调之来，为进取也。据尔等间关远至，岂不欲灭此朝食，一帆而金复归，再帆而黄龙扫哉！奈未尽其用而敌即来，沍寒之月，冰结舟胶。窘尔之所长，乌得不及于难！……吁嗟！巨浪茫茫，空山寂寂，皆汝等忠灵之所洒荡也。望故乡以何日，即转劫而无期，苒苒游魂，何不相结为厉，歼仇泄愤？在生之志，藉死以伸，则虽死之日，犹生之年也。尔其勉之！

觉华岛水师全军无功而殁，文字颇难着笔，然作者写到，敌人“以十八万而临数千之水卒”，水卒“无计复之，愤然以死，略无芥蒂”，“人之品，至死而定”，揭明大义所在，结处更推深一层，故作激励之语，以慰忠魂，可称声情并茂之佳作。

韩上桂（1572—1644），字孟郁，号月峰。番禺人。万历二十二年（1594）举人。天启间授国子监博士。崇祯间转永平通判。时东北边事日急，清兵攻辽，韩上桂奉命督饷，设法转运，以功擢为建宁同知。居常扼腕时事，忧形于色。崇祯十七年殁于宁远。著有《朵云山房稿》十二卷。

韩上桂能诗词、工度曲。其散文亦豪纵放逸。钱谦益甚赏其才气，称之为“万历间岭南第一才子”（《列朝诗集小传》）。如《五惜》一文，叙其思想活动：“万历丙辰，余春秋四十有五，始以乙榜受一毡于中山……”全文于箴戒之中含有不平之意，深得韩、柳之法。

陈邦彦是明末岭南著名的诗人，散文家。其诗文充满爱国热情和至死不渝的民族气节。《陈岩野先生集》中，现存文数十篇，有奏疏、书信等各种体裁。其中最重要的当数《上中兴政要疏》及《中兴政要书》。

陈邦彦于弘光初年北走南京，上《中兴政要书》三十二篇，垂二万言。“慷慨涕泣，申明大义”；“迄今读之，凛凛有生气焉”（温汝能《重刻陈岩野先生全集序》）。书中指出：

> 夫今日之所急者，兵也，饷也，守也，战也，此盈廷所盱衡而策也。而臣以为有急于此者，何也？人心不固，兵虽多，不能使勿溃也；风尚不清，饷虽多，不能使勿耗也。今日之势，必也联结人心，激发忠义，然后兵饷皆有定画，战守不属空谈，乃谟议而进之，存乎群臣矣；建极而锡之，存乎主德矣。

《中兴政要书》分为“端本”、“肃吏”、“保民”、“励俗”、“制用”、“驭戒”、“固圉”、“讨逆”八篇，每篇分四论，共三十二论。其中如“罢献纳”、“戒朋党”、“壮干城”、“轻赋役”等论，皆切中时事，言之有物。

邝露是一位杰出的诗人，负才不羁，曾弃家走广西，历蓝、岑、胡、侯、槃五姓土司境，为瑶族女首领云弹娘书记。著有《赤雅》一书，共三卷，一百九十七条。卷一记载土司及当地部落的制度、风俗，卷二记山川古迹，卷三记物产杂事，论者谓可与范成大的《桂海虞衡志》媲美。《赤雅》也是一本优美的散文集，文辞瑰丽，曲尽妙处。如《独秀山》：

独秀山，状如巘冕，有王公贵人之象。颜延之出守，读书其中，有五咏堂。西有雪洞，乳名最奇，下临月牙池，山翠尽落。今入靖江王邸，飞楼舞阁，隐出树杪，金碧华虫，绚烂极矣。对之如一幅小李山水图，丽而不俗。

又如《叠彩山》：

桂城北重门夹山，东曰叠彩，西曰西清，状如石城玉叠，山麓曰寿圣寺，寺后有穴，自然生风，丹陆赫而含冻，乌鸢堕而清暑，名曰风洞。风洞左折曰叠彩洞，奇石堆垛，灿若琼珉。其后则尧山蔽天而下，前眺漓水，斗鸡白雉，巨象橐驼，若驮经听法之状。其左一峰曰平越，右一峰曰四望，浮云淹日月，长江亘终古。水落潇湘，寂寞长迈，北人至此，多轸乡情。元常侍构奇云亭其上，志思也。予旅游寡情，乡思已绝，笑读亭记，谓未必尔。有顷，见独秀山金碧辉煌，溪径历历。忆去年残腊，与乔生、宋生同凭一几，看小李将军画，宛然在目。作诗寄之，朗吟之间，不觉落泪。喟然叹曰：古之人不予欺也。于是循岭而下，游混沌岩。明月已举，见蟾鹤于越诸峰，石纹横布，纯为紫黛，真巨灵之鸿彩也，徐步过华景洞，入岩光亭，亭后雉堞四垂，磊砢多石，篆曰“西清宝积山”。闻秦城角声而返，时夜将半。

真是绝妙的写景抒情文字。真如薛寀《赤雅序》所云："他人从故纸揽撷，犹怦怦心动者。"屈大均《广东新语》谓《赤雅》"奇怪若《山海经》、《齐谐》，华藻若《西京杂记》"，可谓的评。

张家玉是一位抗清烈士，其文如其诗，率皆吐虹喷碧之语，尤以书札最能表达他强烈的爱国精神，面对强大敌军的节节进逼，张家玉在《与杨司农书》中，表明自己的心迹：

> 我辈做人，正于患难处做好题目，正于患难处见好文章。譬之雪里梅花，愈香愈瘦，愈瘦愈香；譬之霜林松叶，愈茂愈寒，愈寒愈茂。

此外，黄公辅、林际亨等广东民众抗清义军的领导人，在身陷重围的危殆形势下，断然拒绝清军的招降，表现了坚贞不屈的崇高志节。如林际亨《答黄梦麟书》，指斥对方身本汉人，投为清军鹰犬，"心迹不足白于天下"。际亨凛然宣称："若天命已定，亨即草野孤愤，不忘故主，亦将自蹈东海而没耳。"后兵败投崖，壮烈殉国，实践了自己的誓言。其人其文，自足长存天地。

第十章　明代的戏曲

我国文学史上有作品流传的戏曲形式，最早是元代的杂剧和南戏。北方的元杂剧是否流入了岭南，至今未见记载。从考古发掘来看，潮州明代墓葬出土的元南戏《刘希必荆钗记》是明代宣德七年的抄本，可算是岭外戏曲流入岭南的最早史证。岭南元代无戏曲的论断虽不能下，但明代以前没有岭南人的戏曲作品流传下来，当是没有疑义的。

元末南戏的发展，逐渐形成新的戏曲形式——传奇。文人写戏在当时是一种时尚。明代岭南文士创作传奇作品传世的，有琼山丘濬的《五伦全备记》（按：《投笔》、《举鼎》、《罗囊》三种，传亦丘作，实非），番禺韩上桂的《凌云记》、《青莲记》，蒋鼐的《赤林记》，南海陈子升的《白玉楼记》，新会范农康的《归燕记》、《采薇记》、《双卿记》。丘濬高官显爵，作品得以流传，此外存者唯有韩上桂《凌云记》一种。

岭外其他剧种也在明代流传入岭南。据《南词叙录》载，江西弋阳腔于明中叶后传入岭南的潮州地区。流传在潮州的《珍珠记》，即是弋阳腔的剧本。从国外影印归来的《荔镜记》、《荔枝记》、《金花女大全》、《颜臣》等潮州戏文本，都是岭外剧本在明代已流入岭南的明证，而以发生在潮州的苏六娘与郭继春故事编成的《苏六娘》戏文，则有可能是岭南当地艺人自编自演的剧本。

第一节　丘濬的剧作

丘濬官至太子太保，兼文渊阁大学士参预机务，实际上处于一人之下、万人之上的宰相地位。以宰相而作剧，古来无二，实属不易，他在戏剧史上是应占有一席之位的。

明初到明中叶，剧坛上出现了大量点缀升平和宣扬封建道德的作品，朱有燉的《诚斋乐府》、丘濬的《五伦全备记》，代表了这种倾向。《五伦全备记》虚构了伍伦全、伍伦备兄弟和他一家的遭际，表现了剧中人物如何严格地按照封建伦理教条做人行事。全剧二十九出，通过一系列的事件敷演，宣扬父子有亲、君臣有义、夫妇有别、长幼有序、朋友有信以及父为子纲、君为臣纲、夫为妻纲等封建道德的五伦三纲。

对丘濬及其剧作，论者代有微词。明人徐复祚在《三家村老委谈》中说："《龙泉记》、《五伦全备》，纯是措大书袋子语，陈腐臭乱，令人呕秽，一蟹不如一蟹矣。"祁彪佳《远山堂曲品》云："一记中尽述五伦，非酸则腐矣；乃能华实并茂，自是大老之笔。"吕天成《曲品》将此剧收入具品第七，仅入及格之类，评曰："大老钜笔，稍近腐。"皆是贬多褒少。有清一代迨至近人著作论文，亦多对丘濬不予首肯。唯今人余秋雨在《中国戏剧文化史述》中有所保留地评价："《五伦记》只有从外到内的通体虚诳。稍可首肯处，或许还是它的文词比较本色吧。"在基本否定的前提下微有称许。

确实，《五伦全备》一剧，以伦理概念套入人物形象，其创作是失败的，然而就部分曲词和道白的明捷晓畅而言，还是有一些值得称道之处的。同《荆》、《刘》、《拜》、《杀》、《琵琶记》等前期南戏相比，《五伦记》固然无论在思想上或艺术上均不足数，但我们注意到，在副末开场的一番戏剧宣言中，作者没有宰辅高官的凌人盛气，也没有书生落魄的偏狭意气，而是心平气和地希望借寓艺术的力量去说明道理，感染人心，且特别尊重戏剧本身的一些特殊规律。可以说，丘濬在明初至明中叶剧坛的地位，不在于他创作了《五伦记》，而在于他的一番戏剧理论。

丘濬反对戏剧借古人的姓名、事迹去作不着边际的编造。他在开场中说："每见世人搬杂剧，无端诬赖前贤。伯喈负屈十朋冤。九原如可作，怒气定冲天。"他对《琵琶记》搬演汉人故事和《荆钗记》再造宋人事迹这种借古人以抒己意的创作路子不感兴趣，认为这与古人古事的原貌相去甚远。他认为就戏剧创作的本质而言，应该是虚构的艺术，是经过假托而有所寓意的。"这本《五伦全备记》，分明假托扬传。一场戏里五伦全。备他时世曲，寓我至贤言。"丘濬的主观意向，是认为戏剧应该体现出伦理道德的，而这种体现必须通过剧情剧理自然地反映出来。这与高明"不关风化体，纵好也徒然"的偏激之见相较，是要平和公允得多的。

丘濬戏剧理论的高明之处，还在于他始终重视观众的剧场反馈，尊重戏剧艺术的特殊规律。他提倡戏剧的结构安排要有一定的次序，要"亦有悲欢离合，始终开阖团圆"，以满足观众在感知故事过程中的各种情感需求。他主张少用唱工，多用说白，使观众感受到更加具体生动的形象，"白多唱少，非干不会把腔填，要得看的个个易知易见"。他希望剧场能够带有一种轻喜剧的气氛，为此要调动各种剧场手段，"不免插科打诨，妆成乔态狂言，戏场无笑不成欢，用此竦人观看"，使观众在轻松愉悦的心态下接受剧情，最后受到启发和教育。他还看到"近世以来，做成南北戏文，用人搬演，虽非古礼，皆能通晓，尤易感动人心，使人手舞足蹈，亦不自觉"，"虽是街市子弟，田里农夫，人人都晓得唱念"；看到戏剧那种潜移默化地移情达理的巨大力量，关系着社会风化的移易，因为观众是容易受到剧情感染而把戏境当成楷模的。高儒《百川书志》评《五伦记》说：“所述皆名言，借为世劝，天下大伦大理尽寓于是，言带诙谐，不失其正，盖假此以诱人之观听，苟存人心，必入其善化矣。”此言虽难免有捧场之嫌，但亦是看到了丘濬戏剧观的完整性和合理性的。

《五伦记》开首一段对戏曲通俗作品的肯定，值得重视。它继承高明的风化论戏曲观，并加以发挥，体现了社会由乱到治的时代要求。经过南宋和元代一百多年战乱和异族统治，明朝初年从统治者到老百姓都迫切需要建立安定平和的社会秩序，这是一种乱极思治的社会总心态。元代的窦娥到了明朝就不再被冤杀，《窦娥冤》改成了《金锁记》，王魁与桂英到了明代也重归于好，《王魁负桂英》改成《焚香记》，都是这种心态在剧坛的反映。要达到由乱而治的目的，在没有新的思想意识、道德准则出现的情况下，统治者只能是求助于原有的伦理道德标准，来统一人们的行为。身为宰辅的丘濬，面对这种时代要求，只能担当起理学思想家的重任，一方面从正统的角度去阐述程朱理学，一方面以通俗戏剧的形式，将理学的教义具体化、形象化，务求达到教育的目的。要他背弃统治阶级的思想而说出超越时代的话，是不可能的。就整个历史发展时期来看，封建社会到了明朝已走向没落，丘濬客观上以旧的伦理纲常来维护封建制度的存在，这是对历史潮流的反动；但就某一具体历史时期而言，明初至中叶社会人心思治，时代要求有一种伦理准则来统一社会意识，达到治的目的，而这种伦理准则又只能是三纲五伦。忽视了明代精神的这一特点，就难以持论公允，难免失之偏颇。因为一个时代的精神风貌往往会产生出相应的文学作品，正如汉初社会出现以歌颂王朝声威和气魄为主要内容的汉赋，盛唐诗人那些歌颂强大帝国繁荣气象的诗篇，都是有价值的，不能因为它们歌颂封建王朝而持全盘否定态度。对丘濬《五伦记》教育人们遵守三纲五伦的道德准则，我们也应该作具体的分析。

丘濬身为当朝辅臣，在明初“台阁体”占统治地位的文坛上，对通俗戏曲并不视为旁门小道而加以鄙视、排斥，而是看到它的社会教化作用，并身体力行地去进行创作，这也是非常可贵的。高儒评其剧曰：“或改正前编，或自生新意，或因物生辞，或寓言警世，或歌唱太平，或传奇近事，密异或骇人心，烟花不污人志。盖处贵盛之时，消磨日月，故发此空中音耳。”（高儒《百川书志》）

作为岭南戏剧第一人，丘濬在岭南文学史中的地位是不言而喻的。丘濬的文艺作品，或不止《五伦全备记》一种，传说尚有一本《钟情丽集》，惜已不可见。据《远山堂曲品》附录云：“相传丘文庄之少也，其父为之求配于土官黎氏，黎诮之曰：‘是儿岂吾快婿耶！’不许。公为《钟情丽集》，言黎女失身辜辂。辜辂者，广人呼狗音。他日黎得之，以百金嘱书坊毁刻，而其本已传遍矣。”故而祁彪佳在评到《五伦记》之创作时说：“或谓文庄有《钟情丽集》，自述少年所遇。或有讥之者，遂令门客促成此记，以节孝掩风情耳。”吕天成《曲品》评《五伦记》，也认为“或谓此记以盖《钟情丽集》之愆耳”。身居相位，教人以五伦三纲的丘文庄公，年轻时竟也有这么一段求亲不成而骂人失身于狗的风流逸事，其心胸之狭隘一如《明史》本传所言。可见人皆常人，都有七情六欲，丘濬也是一样，只是社会地位提高以后，故意将其常人的一面掩盖起来罢了。

第二节　韩上桂及其《凌云记》

现存明代岭南人所作传奇《凌云记》的作者是韩上桂。

上桂家贫，幼年读书之余，砍柴种菜以资家用。十六岁为诸生，当时西部数生边患，上桂慨然有投笔从戎之志，于是学击剑骑马，研习天官、兵法、壬遁之书。万历二十年（1592），倭寇攻陷朝鲜，明朝出兵援朝，久无建功。次年，上桂抵京上书，请以奇兵出海道，扼寇路而聚歼之，不为所用，遂还广州。万历二十二年（1594）以贤书第六名举于乡。此后数年间，两赴春试，皆不第。于是放怀诗酒，游咏胜地，著有传奇《青莲记》、《凌云记》和《城坳集》、《四衍詹言》、《鸡肋篇》、《蘧庐稿》等诗文集。万历四十四年（1616）出任定州（今河北定县）学正，撰《定州志略》。次年归母丧，服丧后补易州（今河北易县）学正。天启二年（1622）再赴春试。其时国事日非，山东白莲教势力日壮，朝廷欲得儒生中知军事者往觇形势，未有应者。上桂以学官上书请行，宰执叶向高壮之，加国子博士，参谋州军事。当时有妒忌者罗织其诗文，认为其中有讪谤朝政之嫌，险些因此遭遇不测之祸。上桂请假还乡，遂不为用。其后魏忠贤阉党乱政，上桂未有出仕。

崇祯初年，上桂起任南京国子博士，历任助教、监丞。后摄如皋（今江苏如皋县）县令，有政声，转任永平府（府治在今河北卢龙县）通判。永平的卢龙塞是边防重镇，当时清人入侵形势严峻，明朝驻重兵于辽东御守，卢龙是重要的后方基地。上桂以通判职主漕运，不错升斗，边军赖之得以接济。辽东巡抚方一藻欣赏他的才干，举荐他为福建建宁府（辖今福建建瓯等县）同知，但仍留任主持边饷。上桂已六十七八岁了，当时可能随方一藻赴辽，驻宁远主持辽军饷事，故其后卒于宁远任所。

韩上桂交游极广，钱谦益在《列朝诗集小传》中详述上桂平生意气，称其为“万历间岭南第一才子”。上桂任职南京时，黄宗羲以晚辈相交，上桂曾授以诗法（《南雷诗历自序》)。清顺治时，宗羲《怀旧》诗有云：“邂逅诗文重二韩，当时倡和在长干。上桂谈兵终不试，如璜藏血未曾干。”上桂生当国家步履艰难之时，“十五学古文，二十舞长剑，慕班生之投笔，志往居胥；怀宗懿之长风，神临大壑”。（见《上制府陈如冈公启》）于是弃文墨而习军旅之事，然而终无机会一试所学，所以牧斋、梨洲辈深为之叹惜。

上桂著述颇富。明张茂《蘧庐诗选·序》称，上桂万历丁巳以前“所论著者数十万言，凡十余种，既播诸宇内矣”。今诗文残存者，仅有《朵云山房遗稿》十二卷，为嘉庆刊本，是其后人韩懋林等“零星摭拾，凑缀为编，其遗也，非其全也”。(《校刊朵云山房遗稿书后》）完整的著作，就仅存《凌云记》传奇了。

《凌云记》最早见于明人祁彪佳的《远山堂曲品》著录。现所见之《凌云记》为近人抄本（1974 年罗忼烈校订，香港书业公司出版)。

《凌云记》为上桂早年之作，大抵在万历二十六年至三十三年之间（其时上桂 27—34 岁)，正是他两赴春试不第而放怀诗酒、游咏江南胜地之时。全剧二十出，演司马相如与卓文君故事。情节包括司马相如倦游还蜀，客寓临邛；初见文君而挑动琴心，侍女通情而凤凰于飞；成都当垆沽酒，送别题桥；长安奏赋扬名，长门得金；相如拟娶茂陵，文君白头写怨；相如京邸忆悔，负弩荣归。元明杂剧传奇中谱奏司马相如与卓文君故事的剧本有十余种，除杂剧外，传奇有《题桥记》、《琴心记》、《当垆记》、《绿绮记》、《凤求凰》、《鹔鹴裘》等，都是与《凌云记》前后相近之作。各剧皆是有所侧重地编演相如、文君故事的某些情节，罕有完璧。《凌云记》则是力图求全的，其凡例云：“此记全谱司马相如出处，不专求凰一事，故特举‘凌云’以见概。此记俱依相如本传，间有附会少异者，特取脉络贯通，故不拘泥。”尽管《凌云记》尚不是全美之作，“其为词有芜杂处，而流利觉少”。（《远山堂曲品》）虽未居上品，但在同类故事剧中也足以分一席之地了。

韩上桂生当明中叶以后南曲传奇极盛之秋，南曲传奇至此极盛，亦盛极而衰了。正如祁彪佳认为当时的传奇剧坛是“黄钟瓦缶杂陈，而莫知其是非”。（《曲品叙》）大量的南曲传奇劣作充盈，殊无新意。韩上桂不随时俗，以北曲入传奇，是颇有矫枉振弊之意的。且明人戏曲，多追求声律流美，文字绮丽，正所谓“辞情少而声情多”，往往因虚加文采风物以至生造。上桂作此剧，自订凡例八款，皆针对时弊而言，实属创举。故祁彪佳评曰：“自南辞易谐于耳，而北音亡矣。天游子力返于古，为司马长卿作北曲，词不易宫，宫不易调，入明以来，仅见于此。”人皆趋之而我独避，则上桂之不随流俗，可见一斑。

第一章　清初诗文

顺治年间，广东局势平定后，清政府为巩固政权，一度推行高压文化政策，严禁汉族文人结社，并强迫他们参加科举考试。广东学政李颋曾“驰檄远近，岁例校士。士子一名不到，以叛逆罪罪之，永谢场屋”。（释成鹫《纪梦编年》）在此淫威压力下，一些读书人被迫出应新朝的科举考试；另一些具有较强民族意识者，则只能消极地自保其清节。康熙帝亲政后，采取了一系列安定社会和恢复经济的措施，以缓和民族矛盾和阶级矛盾。国家最后完成了统一，国势日趋强盛。此时，一些原先举棋不定而功名心较重的读书人，眼见恢复无望，也终于走上仕清之途。

在中国历史上，国家兴亡之交，往往是诗人辈出之时。清初的岭南诗坛，也出现了空前繁荣的局面。在众多有成就的诗人中，除抗清诗人和遗民诗人而外，还有仕清诗人、学子诗人，以及生当清朝而不求仕进的布衣诗人。这些诗人身历国家变故，诗或抒发兴亡之感，隐寄故国之思；或反映当时的民生疾苦；或揭露新朝的某些政治黑暗和弊端，表现出一定的人民性倾向。清初岭南诗人一面继续与抗清诗人和遗民诗人往还，一面又与中原仕清诗人交游唱酬，从而对促进岭南诗歌的发展，对岭南诗歌与外地诗歌的创作交流，对扩大岭南诗派的影响诸方面都起了较重要的作用。

这些岭南诗人，除了影响较大的梁佩兰以外，还有以下诸人，可称清初岭南诗坛的佼佼者。

第一节 程可则

程可则（1627—1676），字周量，小字佛壮，又字彦揆、湟溱，号石臞。南海人。十岁能文，人称“神童”。与薛始亨、屈大均同受业于陈邦彦之门。明亡，礼广州海幢寺释函昰为僧，法名今一，号万间。清兵入粤，陈邦彦起兵失败殉难，可则身陷围城中，与其父并被执囚，不得已，而参加顺治八年（1651）广东乡试，以求自免，得中举人。次年会试，名列第一，以磨勘题理，不得参与殿试。既不得意，归居南海西樵山，益发愤，沉酣经史。“又东游吴会，西涉彭蠡，北走燕赵，循太行，观九塞三关之险。”十七年春，应阁试，得授内阁撰文中书，改内秘书院。十八年，奉诏颁赐山东。康熙八年（1669），以户部主事充任顺天府乡试同考官。晋升员外郎。十年，迁任兵部职方司郎中。十二年，出任广西桂林知府，以敏干称。时值三藩乱起，以忧病卒于全州。著作有《海日堂诗文集》、《遥集楼诗草》、《萍花草》。

程可则身历国变，师友多为抗清志士遗民，所受影响甚深，其诗往往借怀古以隐寄故国之思。如：

往读《离骚》作，曾怜泽畔吟。山川过雨雪，祠庙失登临。江阔黄沙起，天寒白日沉。如何非贾谊，流涕亦沾襟？（《汨罗望三闾大夫庙》）

未得江心吊左徒，江乡遥隔郢人都。古今亦自悲山鬼，婵媛犹烦戒女媭。荃壁药房终寂寞，蕙肴兰藉总虚无。千年感慨归今日，岂独长沙涕泪俱？（《午日漫兴》）

二诗都以贾谊自况，借吊怀屈原，伤悼明王朝的覆亡。前诗一“暗”一“沉”，婉曲地烘托出当时的沉痛心情。后诗“终寂寞”、“总虚无”，表达了他茫然若失，无所寄托的伤感。

程可则郁郁不得志于时，“自其试童子时，每冠军，辄有变故废案”。（陈恭尹《海日堂集序》）壬辰会试登魁，又黜不得第。一生蹭蹬仕途，故其诗多感怀身世，哀伤人生之作。如：

> 天地几除夕，吾生无百逢。冉冉三十年，汩汩泥途中。闻道既不早，役世将焉穷？逝当还空山，抱璞守其终。如何复道路，日夕悲回风？（《江上除夕》）

汪琬有云：“予友程子周量，既不得志于时，及其为诗，清婉深粹，盖犹有风人可以怨之遗焉。”（《海日堂集序》）

可则迫于形势，改变初衷，出仕清朝，颇感惭悔。“未能守空山，徒然三复此。……扉履不可留，惭忧渡湘水。”“浮云出岫巅，卷箨下岩表。俱为风所驱，何时返林峤？”（《寄呈本师天然和尚》）他长期游宦在外，心既不乐，而时时怀念家乡，总希望一朝得以归去。其诗集中，怀家之作尤多，格调多哀婉忧伤。如：

> 夜来恒不寐，孤枕听莺声。为客逢春尽，怀家见月明。塞长鸿断梦，天远树含情。缥缈白云外，徒劳思帝京。（《燕京杂兴》）
>
> 江上夕阳尽，孤舟春水生。远山何灭没，寒月未分明。前路渺无际，飞鸿相与鸣。空心视星汉，耿耿到残更。（《江上》）

二诗所写环境不同，而夜月归雁，孤客苦思，情景相类，都写得较为真切动人。

可则《萍花草自序》云：“风雅之事，每有志未逮。然当风雨鸡鸣，忽然兴感，虽未诗也，已有其情。洎乎兵燹相寻，所遇尤坎壈不得志，又当发愤之时。昔者丧匹偶，作《桐秋》；游定山，作《端行小纪》；悼刀俎馀生，作《闻笳》，诗亦往往有之。”他“随事迁情，触物滋叹，浮踪所至，长谣与俱，其殆有飘萍之感”。因此，他的风景诗，也往往结合抒发悲愁之情。如《舟晚》诗云：

> 黄茅峡外滩声急，白土村前日影斜。何处玉箫吹宛转，不知孤客住芦花。

宜兴史承豫有云：“程周量如月下横箫，声多呜咽。”此诗可作注脚。偶尔，其诗也有清快轻松之作：

> 天意存羁旅，春山放早晴。乍看峰影出，真觉马蹄轻。浅水流花过，长亭问柳行。好风吹不尽，已是定州城。(《晴》)

海日诗又有所谓“高情胜气”之作。如《送纪载之备兵肃州》：

> 万古焉支路，迢迢欲上天。送君持汉节，吹角去防边。问俗清西海，题诗赉酒泉。羌戎群下拜，不敢向居延。

此诗表现出康熙间国势上升、国威远振的宏大气象，也隐寄其“一身为千秋”的政治抱负。他如《送杨鄂州职方使安南》、《送家立庵学士册封安南》诸诗，亦被称为“尊崇国体，仁覆无外”的“炜炜煌煌”之作。

程诗颇负一时盛名，与宋琬、施闰章、王士禄、王士祯、汪琬、沈荃、曹尔堪并称“海内八大家”。时流龚鼎孳曾称：“海日堂一编，清英苍健，根柢风雅。”（《海日堂集序》）朱彝尊评曰：“其音和以舒，其志廉以远。”（《海日堂集序》）其他如施闰章、王士祯诸人，亦甚推赏之。湖南毛国翰诗云：“湟溱才思浩漫漫，海日缤纷动紫澜。他日搴旗谁选将，岭南应许共登坛。”（《暇日偶阅近人诗，各系一绝》）沈德潜更云：“湟溱诗俊伟腾踔，声光熊熊，亚于渔洋，品在公戢、玉虬、钝翁诸公之右。称鲁、卫者，惟西樵乎？后之选岭南诗者，只取屈、梁、陈而不及程，何也？”（《国朝诗别裁集》）直隶张云骧亦为抱不平云：“海日堂中曲调孤，声光腾踔隘江潮。如何岭峤称诗选，遗却人间径寸珠？”（《论国朝诗人·程周量可则》）

其实，程诗以感慨个人遭际为多，甚少反映当时的社会现实，格调并不高。其诗源于汉魏，不乏才语，而露仿古痕迹。檀萃《楚庭稗珠录》云：“湟溱诗格调甚卑，出语多率易。”可谓切中其病。何况，程可则名世虽早，而辞世亦早。他在岭南的诗歌创作活动，时间亦甚短。他的诗，无论从成就或影响来说，都是比不上屈、陈、梁三家的。但是，程可则毕竟是清初较早在中原建立影响的岭南诗人。他任京官期间，长期与王士祯、王士禄、汪琬、刘体仁、董文骥、李天馥、陈廷敬、宋荦等名流结社，诗酒往还。又与冒襄、曹溶、龚鼎孳、王庭、宋琬、陈维崧、朱彝尊等诗人交游，把诸岭南诗人介绍给这些诗界名流，对岭南诗人与海内诗人的创作交流活动起了较大的促进作用。他的诗歌，反映了清初仕清文人的矛盾傍徨心态，具有一定的真情实感，不失为清初岭南诗坛一名家。陈恭尹《六莹堂集序》云：“罗司马季作、薛高士剑公、陈给谏乔生、王中秘东村、程桂林周量，皆有当世名，而先民是程者也。”把他看作清初岭南诗坛的开创风气者之一，评价是公允的。

程可则少而能文，其父匪凡亦称其文“笔头颇锐”。后“出兵燹中，弱冠而冠天下，文名大震于当时”（王士祯《海日堂集序》）。然而，《海日堂集》所存的文二卷，“不脱时艺之习”（邓之诚《清诗纪事初编》），较之其诗，“性情之作”实在不多。

诗序《张登子漫游草序》认为游历有助诗文。他历举司马迁、李白、杜甫之例，说明“诗非游不奇，非诗人游，游不奇”。他又强调，“性情”和“寄托”是诗歌的灵魂。他说：“要皆缟纻见其性情，草木不忘寄托，而后诗可风焉。”他批评说：“世儒不达大体，辄阿意谐俗，以为是投桃报李之具，而性情亡，而诗一亡；即偶然有作，不过寻常即事之什，漠然无所寄托，而诗再亡。”持论有可取之处。《屠梦破咏怀诗小序》谓其友人屠梦破所作咏怀诗“萦纡郁闷，多秋声而有遐心”，似“有抑于怀者”。又谓：“太上无怀，下者不能怀，尤不敢怀。若乃屈子《怀沙》，贾生赋鹏，王粲高啸于《登楼》，冯驩微谣于弹铗，梁鸿出关而《五噫》兴，张衡河间而《四愁》作，彼皆挟非常之才，际非常之遇，故遂有非常之怀，见之声歌，形为浩叹，如韩吏部所谓不得其平则鸣者也。”最后他说：“屠子既以梦破自名矣……吾犹欲以屠子之怀，似屠子之梦也。”折射出其本人“有抑于怀”而寻求自我解脱的心态。《岁寒倡和诗引》推称明遗民诗人冒襄的风节。云：“嗟夫！三十年来，草木变易，风雨飘摇，征君之所遭，不知凡几，独以松柏之心峭然岳峙，无几微陨获之色。彼其中之所得力，固不以岁寒或渝，抑惟岁寒而愈有以见征君也。”表达了他对明遗民的较深刻的理解。

政论文《汉高及周武得失论》认为周武王姬发“毫鼎未迁”而“速位号”，以及汉高祖刘邦即位五年方“易田舍翁为天子父”，都是“不可忍”的行为。因此，“古今帝王君臣父子之际”是不可忽视的。《驳〈桐叶封弟辨〉》反驳柳宗元《桐叶封弟辨》一文的观点。认为“柳子谓周公教王遂过”，是“未深察于周家封建之制”。文云：“夫亲亲，教仁也；勿欺，教信也；封其弱者以安强大之未封者，教智也。周公一言而三善备，称臣极者莫加焉，何遂过之与有？”二文所持之论，都以封建礼制的道德纲常为出发点。这些当时的“堂皇严正”之辞，今人则应加以分析批判了。

《射虎说》是一篇短小精悍而富于哲理的杂文。作者通过唐代精通武艺的裴旻一日射杀三十虎而最后受挫于一小虎的故事，说明“虎非有真伪之殊”，而“势力竭”、“意念骄”才是裴旻受挫的真正原因。并以此反驳苏子关于乐毅“胜七十城而败于二城”，“非智力不足，盖欲以仁义服齐民，故不忍急攻而至于此”之论。文章语言简洁严谨，表现手法亦有独到之处。先简述裴旻射虎故事，然后用与人问答的形式，对故事进行议论，逐渐深化其义。最后通过恍然大悟的问者之口去反驳苏子之论，安排紧凑而巧妙。是程文中不可多得之作。

第二节　方殿元父子

方殿元（1636—?），字蒙章，号九谷。番禺人。早年曾与屈大均、陈恭尹、梁佩兰结社同游。康熙三年（1664）中进士，历官郯城、江宁知县。后引疾去官，侨居苏州。家有广歌堂以延名士，酬唱颇盛。著有《九谷集》。

方诗源出古乐府，《九谷集》诗四卷，拟古乐府就占了两卷。其乐府诗苍峭高古，气格不凡，“不必依傍古人，而节拍自古”（梁九图、吴炳南《岭表诗传》），有人评为清初粤人之冠。

方殿元童时经历明清鼎革之变，他的一些诗，表现了较深沉的忧伤时事的感情。如：

> 行行过故里，迷烦无所之。高台尽荆杞，破瓦湮清池。城头画角动，秋至色惨凄。哀风吹枯杨，疑闻旧笙篪。白日欲西沉，鬼火熠已微。髑髅杂长蒿，魂向谁家归？狐狸顾我怒，苍鸥愁我啼。百年就华屋，流窜将何栖？弃置勿复陈，四壁何足私？不见宗周道，长歌悲黍离！（《过故里》）

诗中描写昔日富庶繁华的广州地区，经兵燹后，变得凋敝荒凉的情形。家毁而国亡，尤令人悲怆。诗末二句，隐寄故国之哀。其《端州》一诗，亦有云：“翠华已零落，客子来清秋。日夜西江思，潺湲故国愁。”心情同样是沉重而悲痛的。

康熙十四年（1675），方殿元以母丧去官服阕，时值三藩乱起，“烽火几半天下”，归家不得，作《大江吟十四首》、《六歌》，“聊以写悲”。《六歌》组诗笔触所至，遍及海内东西南北中，或吊古，或感时，并借铺陈崇山大泽的峭绝险恶，蛮溪栈道的荒僻幽森，城市古迹的纷乱残破，以烘托时势的动荡艰难。其中《五羊城》一诗，深刻地反映了广州人民遭受战争浩劫的惨况和诗人的悲愤心情。中云：“南隅地僻昧天意，二王赫怒来专征。城中诸将各留命，百万蒸黎一日烹。家家宛转蛾眉女，尽入王宫作歌舞。妙舞娇歌杂鬼哭，疮痍尚在重翻覆。乱后遗黎又仳离，当日哀嫠更茕独。”以哀伤的笔调，描述百姓所遭受的劫难。又以犀利的笔锋，愤怒地揭露了清军尚可喜、耿继茂二藩王陷广州城后大肆杀戮劫掠的罪行，同时也尖锐地讽刺了南明投降派的苟且偷生的丑态。近人陈融有诗评云："弥弥《大江吟》未尽，《六歌》垂涕写西南。深得古人真古意，流风曲婉用情酣。"（《读岭南人诗绝句·方殿元》）

据说方殿元任官时，力求"以经术饰吏治"，"多施实政"。关心和同情民生疾苦，是方殿元诗歌的又一重要内容。如：

> 残年落日大雪飞，天地闭塞色惨凄。五侯宅里尽琼树，翻使台榭生光辉。都梁香满灼兽炭，钟声沉沉低翠帷。吴姬起舞唱白雪，锦裳飒缅多容姿。讶道高城寒不入，那知邻女织无衣！（《苦寒行》）

严冬之夜，"五侯宅里"暖意融融，洋溢着声色歌舞的欢乐，那些养尊处优、骄奢淫逸的贵族老爷们，正"讶道高城寒不入"，又岂知城中众多老百姓在遭受严寒的侵迫呢！诗人以"那知邻女织无衣"戛然收束，与前面所写"五侯宅"形成鲜明的对比，令人欷歔，引起读者对不合理社会现象的强烈不满。

九谷诗又善于运用传统题材来表现平民百姓的感情。如：

> 怯把金钱卜，春残不道归。昨宵看月晕，还是几重围！（《征怨》）

描写闺人夜里看见月晕多重轮，而忧念征夫，次日便惴惴然急欲以金钱占卜凶吉的心理，甚为细腻动人。又如：

梅花对妾落，已自难为情。何况玉关客，空闻笛里声！（《离闺怨》）

面对落梅，已自伤感，又闻笛奏戍边之曲，而征夫音讯全无，更令闺人不胜其情。凌扬藻《岭海诗抄》有评云：“极直白语，一分轩轾，便深情如许。”

这两首诗都以闺妇怀征夫为题材，而从不同的表现角度着笔，各成佳构。他如《秋夜长》、《久别离》诸诗，亦写得十分感人。

《石城门》诗，反映了当时的战乱造成人民骨肉离散、家破人亡的悲惨境况：

旦出石城门，十马九健儿。一女在中央，颜色光陆离。勉强薄妆束，面上参差啼。上桥逢老翁，骨枯衣累累。急呼叠娇语，不敢便下骑。老翁舍力奔，攀天号我儿。香魂绝欲坠，白马亦踟蹰。马上问我母，“汝母勿复辞！痛汝及汝弟，抱石沉江湄。老命已无家，乞食千里来。何意得见汝，汝弟今何之？”“我弟尚未杀，他家为卒厮。年小怯视马，一日九箠笞。五日分离去，不复知东西。我为容貌苦，求死不得施。挟我向北行，无复相见期。我实令母死，父无痛我为！”父子欲相挽，杂遝怒鞭飞。马嘶忽中断，去去如云驰。老翁跆地哭，助者盈路垂。茫茫章贡水，一半泪漓漓！

诗人通过描写一位儿女遭强抢、老妻自沉身亡的老翁偶遇女儿的情形，以及他们的对话，控诉了清兵野蛮劫掠妇女丁口的暴行。声声血泪，读来令人酸鼻。此诗继承了杜甫三吏三别诗的现实主义优良传统，堪称不可多得的诗史。

九谷近体诗，亦不乏佳作。他的山水诗情景交融，尤为引人入胜。如《青溪夜泛》诗云：

玉箫金管自参差，直接秦淮不断吹。水月桃花三五曲，不知何处小姑祠。

诗写月夜泛舟南京城南青溪寻幽探胜的情景。诗人从当前景物引入传说故事，便增无限韵致，发人遐思。黄培芳甚推赏此诗，评云："出笔娟丽，风神绝世。"（《香石诗话》）又如《夜投山寺早起》：

忽见白云入，方知在岩巅。起寻夜来路，寒色一苍然。山雨连朝日，春花留暮烟。半丛啼鸟响，声乱涧中泉。

描写山间晓景，山雨、朝日互映，春花、暮烟相依，鸟声、泉声交鸣，有动有静，有声有色，富于自然之趣。此诗清新灵动、流畅洗炼，风格颇近王摩诘。

再看他的另一首写夜景之作《金山》：

青翠影悠悠，波声入磬幽。潮高孤岛泛，云驶一峰流。海月兼江色，吴山接楚秋。那堪京口笛，吹动半生愁！

此诗描写海岛大金山的动人夜景。幽远摇曳的笛声，撩动诗人长期游宦生活的缕缕愁思。诗外别有馀意在，耐人吟讽。诗中颔联，尤富动感。

方殿元为清初岭南诗坛一大家。他致力吏治之馀，能在岭南诗人中别树一帜，是甚为难得的。他的诗反映生活，饱蕴感情，故多能感人。伍崇曜跋《九谷集》云："吾粤国初诸老，三家、湟溱而外，恐未易抗手。"近人邓之诚《清诗纪事初编》云："其诗纯以神行，境界甚高。"至于清嘉庆间顺德罗学鹏所辑《广东文献》，以殿元及其二子方还、方朝，并王邦畿、程可则、梁佩兰、陈恭尹，称为"岭南七子"，而摈弃屈大均，则受清朝文字狱影响甚深，不足为据。

方殿元又以能文名。他的《九谷集》，录杂文一卷，又《环书》上下篇附《四书讲语》数则一卷。

《四库全书总目》称方殿元文为"杂家流"，是从儒家正统观念而论的。殿元《示乡里后生疏》一文，以自身经历教予乡里青年治学之道，中云："余九岁学试艺，至十五六便能作宋儒理语，试辄第一。……乡荐后，名颇闻海内。然竟不解《四书》为孔孟教人者。中夜追思，常发大笑。至二十，闻有朱、陆不同，惊曰：'世亦有人敢异朱氏者?'于是取性理书观之。信者半，疑者半，复置之。少时好词文，见蒙庄隐现变化之状，屈、宋比喻托寄流连之思，如身入蓬岛中，不复能出。诸子百家书，汉至唐诗歌，从吾意而短长之，直欲与贾傅、曹王齐班抗揖，几逐江河而忘返也。殆哉！三十馀时，见学三教者相是非，皆浅陋不足听，因取释氏、道家言，探其旨之所在，归而求之吾道，异中得同，同中得异，静思动观，如是者数年。一日有得于格物之义，孟子后无语此者，偶忆宋儒言，向之疑者终不合于吾心，吾心合者是之，不合者不能是之也。继为禄仕，日与事遇，反以自镜，究无出于吾所谓格物者。晚著《环书》，多非前儒所道。乍见者疑。且以俟千载下，谓之无闻不可焉。"可见，他幼习儒学，长学诸子百家，旁及释老二氏，复于世事推究验证，以求真知。所本仍在儒学，而已自成一家之说。其说虽受时代和阶级意识所局限，然而不乏真知灼见。尤其他不拘成说追求真知，较之那些自囿于儒家“经典”之言，而不敢逾越半步的腐儒，他的这种治学精神确实是值得称道的。

方氏既立一家言，文亦自具特色。他的文，尤以政论文为多。顺治康熙之交，他应礼部会试，往来齐、鲁、郑、卫、吴、越间，见民困俗伪，于是考古酌今，作《升平二十书》。其文从实行仁政、改革科举、落实教化、计核征赋、积粮备赈、限制官仆等二十事慷慨陈辞，征引史实经说，复提出新的见解和办法，以作对比，变古通今，立言精严，词锋甚健。其论行仁政有云：“盖后世之所谓仁政者，孟子之所谓仁心仁闻也，非仁政也。今臣敢以仁政为陛下献，能信而行之，十年而吏习不少清，民风不少厚，盗贼不少衰，讼狱不少息者，请正臣以欺罔之罪。三十年而不刑措者，断未之有。”其所言之事或有一定的可行性，但是并未引起朝廷的足够重视。《环书》上篇内容广泛，自然之理而天地、阴阳、寒暑、万物等等，人文之理而社会、历史、哲学、经济、生死、德行、性情、思维等等，一一分析发微。运用比较、类推、比喻、问答、引典、直陈等手法，综论条析。下篇则发挥阐明《易》学之义。《九谷集自序》云：“杂文，（吾）平生之志也。非志不录也。《环书》，晚之适也。不有非之者，将无是之者也。”可见，这些文章正是他生平积学的要旨所在。邓之诚《清诗纪事初编》云：“（殿元）其他文告，留心民事，能知情伪。乃所著《升平二十书》、《环书》，欲以经术缘饰吏治，持论未免过高矣。”方殿元欲以他的学说辅佐君王，经国济世，实在是期望过高了，有点天真得可爱的味道。不过，从中也可看出他积极进取的政治态度。《建德国记》是一篇文学性较强的文章。文中虚拟了一位叫朱衡的“古之友”，他告诉方殿元，曾遇一“神气溢体，不类俗人”之叟。此叟自言曾垂钓南海，有庄周书所言建德国的君主，遣臣艘迎接他前往其国。至则见建德国之民“人皆古貌”，其君亦“葛巾布衣”，“相见笑握手，不大揖让，席地坐”。“此国不好货，不与中国市，人无知者。”“士不贿关节取科第；宦无权奸蛊君毒人；天下关吏遇广州商信，无私匿，不事搜诘；其不出乡者益朴鲁。”“吏多言：‘我不如某，位当在我上。’民多言：‘某有道，愿奉为官。’”“公作而不私藏，不尚工巧，物浮于用，衣食任取，无不给者。”路上有不相识而扶老者，又有为里人哺孩者。文中所述种种，俨然为一朴素共产主义的“乌托邦”。大抵作者对当时社会现实有所不满，而借以寄托他的政治理想，即所谓仁政得行之邦。其政治内涵，较之陶渊明《桃花源记》一文，更为丰富而深刻。至于朱衡其名，是否寓意“朱明恒在”以隐寄对故国的追怀，亦不必去深究了。

《答僚友书》劝止僚友郊谒张真人，以后魏崔浩学道而终受“戮身夷族”之例，运用逻辑学中的反证法，说明道教符咒的虚妄不可信。体现了作者的朴素唯物论观点。

《丹亭诗自序》阐述了“情生于所触，诗表其情”的论诗观点。《广歌堂记》云：“八方之歌诗者，唯广州音韵最工。悠长婉曲，得三百篇温厚和平之意。故广人词赋，多与古近。”他“居于苏，初虑广歌之不传”，而欲后人不忘广语、广歌，故以“广歌”名堂。可见其为诗，是有意识地保持和发扬岭南诗歌的传统风格，并苦心教育儿女辈（其二女亦能诗）“不忘广歌”的。正因为这样，方氏父子之诗，才能卓立于当时诗人济济的江左诗坛。

《神告形文》运用拟人化手法，虚拟精神对形体发语，借以说明二者相依相斥的矛盾统一关系。反映了作者追求“形体虽去，精神长留”的意向。

写于康熙十六年（1677）秋八月的《归与难赋》，运用叙事、描写、抒情相结合的手法，首先叙述自己生当离乱，以亲老无养，出应科举。为官后不久而母逝，羁留于吴，归葬不得；念姐妹诸弟，隔阻天涯不可见，故“临北风而掩涕”。次写登高远望，烽火接南陲。追念故乡昔日之繁盛，“一朝为戮，白骨纵横”，骨肉离散，音讯断绝的情况。最后写欲忘忧周游四方，而见故明南都“禾黍幽幽”，忧终未去。复感怀吴地昔日范蠡、周瑜、李后主等等历代故事古迹，皆令人抚膺泣叹。这篇赋有意仿骚体骚意，末章“乱曰”云：“粤山兮嵚崒，粤水兮旋折。荔枝洲兮荷灼灼，素馨田兮江夜月。临南海兮眺蓬阙，路不遥兮建德国。与君兮心结，奈何兮轻别。”表达了在郁闷徬徨中苦恋故土的感情，幻想往赴“建德国”，以逃避纷乱的世事。此文驰骋想象，铺陈抒写当时遭际感遇，以浪漫手法表现现实题材，自得屈原《离骚》遗意。文中内容，可与其《大江吟》、《六歌》、《过故里》诸诗互为参详。

方殿元文，多能面对当时的社会现实，生活态度亦较为积极。他的政论文取法于先秦诸子儒、法、杂诸大家，议论简明、平实、犀利，说服力较强。偶尔有仿庄、骚之文，想象奇丽多彩，富于浪漫气息。他的文章，并无时文习气，这在当时是尤为可贵的，堪称清初岭南文坛一高手。

沈德潜《国朝诗别裁集》云：“九谷著《环书》，自成一子，欲究天人窍奥，馀事乃作诗人也。然高华伉爽，依傍一空，品不在岭南三家下。”评价是甚高的。

方还，字蓂朔，号灵洲。贡生。方殿元长子，随父居于苏州，所学本于父训。著有《灵洲集》。

方还与其父其弟在吴力倡诗教，性喜宾客，四方诗人来吴，每登门赋诗宴饮，一时称盛。他诗思敏捷而造诣甚深。康熙五十六年（1717）秋，他与沈用济、沈德潜等诗人集于家中广歌堂，仿其父诗旧题，赋七律《旧边诗》。诸人或得一二首，多者四五首，而还已成全诗九首，“辞气腾上”（凌扬藻《国朝岭海诗抄》），“又皆按切时势，同人叹服”。（沈德潜《国朝诗别裁集》）

据说，方还为诗“宗尚甚高，一切西江、剑南、石湖、四灵，诗人所奉为鸿宝者，从未游目”（凌扬藻《国朝岭海诗抄》）。其持论虽有过偏，但观其诗，高蹈不凡，如出古人手。其近体诗气雄格清，颇得唐诗三昧。《镇海楼》一诗云：

独立危城城上楼，层层遥接大荒秋。三条江色来千里，四面山光尽十洲。东海鸡鸣红日拥，南溟鹏徙白云流。试观百粤声名盛，离火文明贯斗牛。

诗写广州越秀山镇海楼的雄伟奇丽景观。气象恢宏，格调雄浑，充满了岭南人的豪迈自强精神。

《金山》一诗，描写江苏镇江名胜金山的夜景：

岷山东来尽，中流一屿孤。潮声连旦暮，山势带荆吴。未雨云充栋，将风树落乌。夜深江月上，疑是坐冰壶。

境象壮阔幽丽，刻画细致逼真。首联、颔联都甚有气势。又如《巫山》：

十二碧芙蓉，森森一望中。雨声添瀑布，云影带秋风。神女归何处，襄王梦亦空。惟闻三峡水，活活尽流东。

诗写著名的巫山云雨胜景，苍茫迷离，引入古时神话传说，更增神秘，引发无限怀古之思。写景结合抒情，运用尤巧妙自然。

其《送友人归黄山》诗，亦甚有特色：

> 秋色满城楼，秋风古渡头。此时一挥手，孤月在扁舟。草折黄花老，天空白露稠。十年还故国，欢喜入新州。

寻常写秋别，语多缠绵悱恻。此诗于一派萧索寥落秋色中，送友还乡而为友“欢喜”，更显得亲切豁达。

《结客少年场行》诗，豪迈放犷，以寄托胸中抱负：

> 生平负奇气，结交遍邯郸。邯郸多年少，相邀重一言。探丸入公府，拔剑洒重冤。一怒震都市，片语折郦樊。昨日羽书至，烽火照边垣。慷慨愿从军，挟矢到辕门。奋身作前躯，所至皆摧残。敌人望旗帜，各各心胆寒。大小三百战，肌肉无寸瘢。旧疆皆已复，露布入长安。天子赐颜色，列土为屏藩。再拜不肯受，大笑归丘园。

此诗塑造了一位豪迈勇敢的少年壮士形象，他慷慨赴国难，奋身作战，屡立奇功，却笑辞功名富贵。主题与古诗《木兰辞》相类，而别有须眉粗豪气概。

又有《少年行》诗云：

> 不解《阴符》与《六韬》，似知名姓五陵豪。此身未识为谁用，慷慨长歌看宝刀。

慷慨而有豪气。王维《少年行》名句“相逢意气为君饮，系马高楼垂柳边”，历来传诵。沈德潜以为方还诗豪气更胜之，评云：“传出聂政、荆轲心事。视‘不通名姓粗豪甚’及‘系马高楼垂柳边’，皆皮肤语耳。”（《国朝诗别裁集》）沈德潜曾谓方还抱负足以有为，非争长于声华物采间者，而惜其以明经终老。这是以功名论之，未必即方还本意。

方朝（1675—1734），字东华，一字寄亭，号勺湖，晚号芬灵野人。国学生。方殿元次子。自幼随父流寓苏州。他幼岁失明，复明时已十三四岁。其父殿元不令习时艺，“文读诸子，诗读汉、魏、盛唐，宋、元以下书均未寓目，故著述无时下一点习气”。（沈德潜《国朝诗别裁集》）与兄方还并称“广南二方”，以侨寓于吴，又称“吴中二方”或“吴下二方”，远近皆推重之，而朝名尤著。著有《勺湖集》。

方朝“性爱闲静，嗜山水”（凌扬藻《国朝岭海诗抄》），写有较多的山水诗。其诗每得古人遗意，而有新致之语。集中尤以五古见长。诗如：

> 沧海云际来，一泻开地轴。嵌岑双屏转，坱轧森草木。仰窥流光短，益觉日晷速。乃知东南天，于此亦不足。鲛宫倚禅房，鱼梁饮麛鹿。帝子去杳然，清光映江曲。维舟探遗踪，云旗想幽谷。（《中宿峡》）

描写广东清远中宿峡的雄奇险绝形势，兼写怀古寻幽之情。意境开阔幽远，气格含浑苍健。沈德潜《国朝诗别裁集》评曰：“起步突兀，东南天亦不足，此景此意，无人道过。”又如：

> 鸡鸣发征夫，驱马万壑黑。仰观参星横，俯怯厓石

昃。峰回溪流转，林密寒光逼。空山鸟吟悲，百里无人迹。安知丛莽中，不有猛兽匿？惊风吹客衣，伫立增太息。

山行宿常迟，白日忽已坠。美人在天末，明霞倩谁佩？总角事远游，夙昔临东岱。中怀念旧丘，极目炎云外。奈何来豫章，咫尺庾关在。明朝乃回车，转欲向吴会。(《由临川北道抵馀干山行》五首选二)

前一首写山川道路的险恶，慨叹时势的艰难。后一首抒写思念亲友故乡的心切，竟以咫尺之隔而未能归，益增感慨。写来皆真切自然，较好地把叙事、写景与抒情融合起来，颇有谢灵运诗遗意，而精炼清新，似又过之。《国朝诗别裁集》评道："老庄告退，山水方滋，昔人以品谢公者，请移赠斯人。以品地风格，略近前贤也。末章已近庾岭，未返南粤，惓惓有故国之思焉。"

方朝的田园诗，亦闲朴清新，隽永可读。如：

仓庚鸣桑林，唤我荷锄子。雨泽一以降，耕作从兹始。黄犊分我劳，葛条系我履。行行石梁畔，涧道多新水。草花纷芳菲，山光无表里。乘间偶流眄，木末春云起。(《力田》)

此诗写来恬淡自然，深得陶诗神髓。还有部分田园诗，反映农家生活的艰辛困苦。如：

西市酒有馀，东皋期竭力。惭愧号老农，向人叹无食。鸡声催曙星，男耕妇操织。秋风伐社鼓，豚蹄思赛德。筑场桑树边，儿曹皆起色。丰岁岂可常，方获心转

惕。(《田父行》)

耕而无食，获而忧饥，若非深入了解农家生活，绝写不出如此真切之诗。张维屏云：“东华五古，浑朴近陶，遒炼近谢，自是高手。”评价可谓甚高。

方朝的七言古诗，高古老健。如：

大江曲，山树秋。天寒日暮，野鸟啁啾，中流激荡风浏浏。北兼汉沔，东下扬州，沧波浩瀚谁能收？江上何所有？芙蓉北渚，葭菼中洲。江中何所有？鲸鱼鼓浪，天吴嬉游。峨嵋雪消春水涨，瞿唐巴峡猿啼幽。奔涛瞬息千里泻，雷霆惮赫日月愁，思欲一济无方舟。美人旌旆云外浮，乍去乍来不我求，青鸟欲语意夷犹。天路险阻怀灵修，白日西驰不我留，长歌徙倚增离忧。(《大江吟》)

句或三言，或四言，或五言，或七言，跌宕顿挫，变化自如。气势奔腾，虚实结合，充满浪漫气息。沈德潜《国朝诗别裁集》有评云：“正则遗音，耐人吟讽。”

与其父方殿元相比，方还、方朝之诗直接反映社会现实的不多，但他们自辟题材，形成自己的独特风格。尤其是方朝，可称为岭南诗人中的山水田园诗人。凌扬藻《国朝岭海诗抄》云：“时论谓蓂朔以雄杰疏快胜，东华以深远古澹胜。”分别概括了二方诗歌的不同风格特点。

第三节　仕清诗人

陈衍虞（1604—1693），字伯宗，号园公。海阳（今潮州市）人。明崇祯十五年（1642）举人。入清后，于顺治十二年（1655）出任番禺县教谕，后迁任广西平乐知县。以老乞归，年九十卒。著有《莲山诗集》等。

陈衍虞"生逢鼎革，多忧生念乱之作"（徐世昌《晚晴簃诗汇》）。其诗蕴藉老成，然囿于儒家"温柔敦厚"诗教，甚少直接反映当时尖锐激烈的民族斗争和重大社会矛盾，而较多抒写乱世中的个人遭际和感受。其诗如：

> 蜃雾腥芳甸，青逵绮树稀。笳喧残月垒，烽火阵云矶。盾鼻徒挥墨，莺梭不织枝。叮咛双舞燕，好觅远林飞。（《伤春》）

反映了明末兵乱不止，社会动荡的情况，也表现了作者远避祸乱的明哲保身思想。

他的诗，有时也婉曲地流露出哀伤故国的隐情：

> 雾净天高万里秋，巍矶巀嶪锁江流。山河代异波声在，麋鹿朝游王气收。旧恨何须同楚泣，雄心且莫问吴钩。月华不管兴亡事，依旧深宵照石头。（《秋夜登燕子矶感怀》）

南京，曾为明朝国都，古人多夜登南京燕子矶赋诗。今山河换主，而波声、月华依旧。波声、月华无情，人岂无情？此诗苍凉悲慨，含浑深稳，尾联尤见沉痛。他如《厓门怀古》，则借吊怀南宋哀悼明朝之亡。

陈衍虞与陈邦彦为同学，有一时瑜亮之称。邦彦抗清殉国，衍虞则改节仕清，其人品自分高下。衍虞之诗，偶尔也流露出对仕清的悔惭：

岂有柴桑米，胡然亦折腰？望麾停击楫，辨色亟乘潮。绕指怜刚化，怀砖岂俗侥？家山松桂好，高隐正须招。

风色飙于火，舟形小若螺。逢人随俯仰，问影自讥诃。牛鼎因鸡热，龙泉为蒯磨。明珠空有价，其奈暗投何！(《舟叹二首》)

这两首诗反映了他矛盾而复杂的心情：既有对自己为不足“五斗米”而折腰的自嘲，也有不甘俯仰，欲归隐故里的衷曲。诗中明珠暗投的慨叹，可见其功名心是较重的。

祁文友，字兰尚，号珊洲。东莞人。顺治十五年（1658）进士，初授安徽庐江知县。康熙三年（1664），任工部主事。六年，管理京畿御道。八年，任江南乡试副主考官，复督修张秋河。以病归，年五十九卒于家。著有《出门草》、《渡江集》、《秋署吟》、《在兹集》。

祁文友是较早出仕清朝的粤诗人，他游宦在外十馀年，希望得如陶渊明那样归隐故乡：

载酒临风问晚芳，登楼长啸倚斜阳。南天又送千行雁，绛叶新飞九月霜。故国茱萸诸弟遍，尘途车马此身忙。吏情未遂陶彭泽，翘首沧洲秋渺茫。(《九日》)

他的二首送别故人之诗，情真意切，感人至深。

腰折微官匝一周，劳劳真叹逝如流。物情依旧催黄菊，时事于人欲白头。北雁不来书断绝，南云归去客先愁。放怀正怕逢离别，况值凄其又感秋。

握手逢君又送君，世缘聚散亦浮云。不堪话别肠应

断，无奈临歧酒易醺。山水中原今古是，干戈南国暮朝分。故园风雨如相念，岭上梅花莫厌频。(《秋日送洪药倩》)

诗极深稳，抒写了对故乡故人的深切眷恋之情，同时透出对清初时局动乱的忧心。

其《过王园看花》诗云：

千株红紫斗芳妍，春到频添酒债钱。任是打门官吏急，公家不税种花田。

选取现实生活中的一个特定角度——看花，含蓄地批判了当时的峻急催科，而无浅露浮嚣之嫌。

怀古之作《夏侯将军墓》，苍凉深蕴，耐人寻味：

往事兴亡感慨中，一抔谁识旧英雄！到来瞻拜题新碣，惟有松杉咽晚风。

写景之作《出郭》，清新可喜：

桃花点点荻抽芽，出郭行吟到日斜。一夜东风吹雨过，满江新水长鱼虾。

王士祯深喜此诗，因念宋朝诗人梅尧臣以《范饶州坐中客语食河豚鱼》一诗，得“梅河豚”之称，而戏呼文友为“祁鱼虾”，成了当时诗坛上的一段佳话。

姚子庄，字瞻子，一字六康。归善（今惠阳）人。明崇祯六年（1633）举人。清顺治十五年（1658）副贡生，康熙间官江南石埭知县。著有《姚六康集》。

明清鼎革后，六康诗间亦流露故国之思：

石门寒日黯秋山，圣水东流去复还。望断诸陵风雨夜，吹残孤碣翠微间。君臣饮恨龙渊折，父老投荒雁塞艰。独有阍人谈往事，白头破衲泪痕斑。

五云宫阙望中过，羽扇星旗旧若何？王气东归雄铁骑，帝图西尽汩铜驼。关山落木情俱切，苑水流澌怨尚多。露静风高何处笛？满城丝锦夜征歌。（《蓟门秋感》选二）

但是，他看待国家的兴亡，有时又如局外之人："壮夫无所失，空叹世情非。"（《出燕门别郑季生姻丈》）故其改仕新朝，也就不奇怪了。

他的《罗浮梅梦》一诗，甚受人称赏。诗云：

欺春寒骨锁莓苔，幻去灵岩别有胎。帘外疏钟迷远寺，灯前流水近荒台。香崖月落魂如醉，雪窖人归影欲猜。昨日相思曾驻马，情深依旧判花来。

写得迷离幽美。梁善长《广东诗粹》称为"刻划精细"之作。

廖文英，字百子，一字昆湖。连州（今连县）人。入清，官江西南康知府。著有《石林堂前后集》。

其《舟次寄胡沂庵汉口》诗云：

驶风移泊白沙头，飞霰飘来撼铁牛。一夜江声摇客梦，两城更漏数离愁。鸡寒叫落蛾眉月，渔罢吟孤剡水舟。寄我龙蛇千丈壁，为他风雨上潭州。

一派冷峭幽旷景象，所用“摇”、“数”、“叫落”、“吟孤”，均是神来之笔。中间二联，尤为工致。邓孝感有云：“昆湖诗多险峭，予独爱其风韵流美之作。”

又如：《回棹金山》：

一啸金山外，飘然五石舟。江声封海口，月色静潮头。偶接同乡语，能消客子愁。片帆归路稳，天水共悠悠。

仍写江声、月色，本为平常之景，然而经下句一“封”一“静”，即觉神味无穷。梁善长《广东诗粹》云：“（五言律）国朝则程石臞、廖昆湖文英、梁药亭、方九谷四家，为清超越俗者。”推重如此。又有称姚子庄、廖文英并程可则、梁佩兰诗为“岭南四家”者，或以四人俱较早仕清，但姚、廖诗名，实远逊于程、梁。

尹源进（1628—1686），字振民，号澜柱。东莞人。顺治十二年（1655）进士，授吏部主事，升考功郎中，掌内外计察，晋太常寺少卿，卒于官。与屈、陈、梁诸名家交游唱酬。曾于广州组织诗会，请梁佩兰、陈恭尹评次，对推动清初岭南诗歌创作发展起了一定作用。著有《爱日楼集》。

诗如：

霞明岸树水明楼，江汉东归海尽收。天险岂分南北限，地舆曾拱帝王州。龙飞日影悬金阙，燕去潮声咽石头。漫向六朝看王气，萧萧芦荻易成秋。(《金陵》)

此诗悲慨苍凉，隐寄对亡明的哀思。他如《桑林寺》、《出清口泊黄河东岸》诸诗，亦颇清逸。张其淦《吟芷居诗话》特称尹源进“诗笔清矫不群”。

苏楫汝，字延逊，一字用济。新会人。顺治十八年（1661）进士，授太康知县，升中书舍人。以亲老乞归。著有《梅冈集》。

新会厓海，为宋帝昺和丞相陆秀夫殉国处，岭南诗人多有诗吊之。苏楫汝亦曾泛舟吊古，并作《厓海秋泛》诗云：

> 西风朝怒号，长江亘阴黑。地势偏南溟，天水相翻拍。奔涛十丈来，孤艇将安适？两厓夹一门，陡壁千馀尺。黯澹古战场，血溅厓犹赤。当时百万军，临危何仓卒。赵氏一块肉，委向蛟龙宅。欲吊三忠魂，停舟向沙碛。萧萧落木寒，荒祠空遗迹。慈元已榛芜，斑花生古额。雄鬼啸斜阳，哀声裂厓石。杜鹃向人啼，愁深悲秋客。飒飒不可留，回首挂帆席。

写得悲慨惆怅，哀愁动人。

邓之诚《清诗纪事初编》谓苏诗“体格健举，意致闲适”，又谓：“（楫汝）《秋月山房杂咏》云：‘竹径萧条过草堂，当门空处补垂杨。经营未了园林趣，亦是闲中一段忙。’置之河汾诸老遗诗中，几不可辨。”

刘裔炫，字嗣昭，号绮园。顺治十七年（1660）举人。康熙二十八年（1689）任山东济阳知县。性爱山水，谢病归里。著有《赏奇轩集》。陈恭尹为作序云：“春州绮园刘先生才名在海内久，比见示其《赏奇轩全集》，大半为山水之奇而作，而解悟之旨，复居其半。”

绮园集中，有与梁佩兰唱和之诗《登阳春城楼》，诗云：

雉楼残树暮云深，一望川原感客心。井里殷繁传自昔，烟村零落叹而今。长闻铁骑听鸡度，又见旌旗映日阴。此际登临倍惆怅，乱鸦栖处动哀吟。

含蕴沉郁，描写康熙前期岭南纷乱未定，阳春城一带凋敝萧条的情景。他如《春州竹枝词》诸诗，写来饶有地方气息。

陈瑸（1656—1718），字文焕，号眉川。海康人。康熙三十三年（1694）进士，授福建古田知县。四十一年，调台湾。历官至福建巡抚，兼署闽浙总督。为官以清廉闻，康熙帝称之为“苦行老僧”。在任屡有德政。卒于官，追授礼部尚书，谥“清端”。陈瑸深研程朱性理之学，亦能诗。所著有《陈清端公集》。

其《登红毛楼》诗云：

量移海外乍逢秋，凭眺依稀古戍楼。烽火惊心成往事，清笳入耳散边愁。盈盈带水孤帆杳，漠漠晴空白日悠。更喜澄清雄镇畔，飞云数忽渡江头。

诗题下自注云：“即赤嵌楼，荷兰所筑也。《台湾府志》云云。雕栏凌空，郑氏以贮火药军器。”昔日郑成功经过浴血奋战，终于驱逐荷兰侵略者。而陈瑸出任台湾时，正值海盗横行劫掠，屡缉不止。追怀历史，诗人不由得意气风发。此诗写得雄阔苍劲，抒发了决心致力于平靖祖国海疆的豪情。其后，他制订了一整套防海之法，实现了初衷。

陈王猷，字良可，号砚村，又号烈斋、息斋。海阳人。陈衍虞次孙。康熙二十年（1681）举人。五十六年任连州学正。雍正三年（1725）任肇庆府学教授。著有《蓬亭偶存诗草》。

蓬亭诗尤工写景。如：

春草青未歇，春水流尚浅。曲折溯清湍，逶迤漾轻艑。出门惬嘉游，旷焉胸怀展。飞鸟时去来，闲云自舒卷。落日生野烟，前溪忽已远。石壁截横江，群峰势回转。眷兹丘壑情，人事惭仰俯，停舟渔火中，明月独相款。(《将游丹霞，由相江进艇，夜泊仁化江口》)

此诗闲适自然，风格近陶。他的另一些游丹霞山诗，风格又有所不同。如：

飞楼倚嵚岑，环回觉路塞。四望穷跻攀，斗绝石痕辟。窥天刚半线，拔地乃千尺。鬼斧凿何年，俨有巨灵跖。雕鹗息羽翰，猱玃罕踪迹。当兹敛形神，直上缓登陟。铁絙右钩梯，手腕参足力。左顾窅然深，澒洞曛以黑。纳趾踵外垂，高尻面内迫。神人御风行，中道尚栖息。况在尘世间，宁有次仲翮？我幸及其巅，置身高岩峉。出险凭虚无，茫然荡心魄。（《由方丈右转上海门山》)

沈德潜《国朝诗别裁集》有评云：“苍茫似杜，镂刻近韩。”徐世昌《晚晴簃诗话》亦盛评陈王猷诗云：“其游丹霞诸诗，模山范水，风力最遒。”

刘世重，字仰山。香山（今中山市）人。康熙二十三年(1684）举人，官行唐知县。与梁佩兰、陈恭尹、吴文炜等名流交游。著有《东溪诗文选》、《振绮堂诗集》。

仰山亲历兴亡离乱，故其集中尤多感发之作。如：

大海号悲风，风吹云叆叇。环海万千村，村村弃如秽。颓壁穴狐狸，居人四奔溃。八口无完生，流亡日相代。累累柏上坟，春秋滋草莱。死生两无依，哀鸣裂五内。冻馁切肌肤，走险何足怪！茫茫大盗艅，填河交赤旆。杀气横荒徼，下民罹颠沛。三时害籽耘，十室九悬耒。怅望城南楼，云何徒发慨！（《杂兴》六首选一）

顺治、康熙之交，为封锁台湾郑成功与大陆抗清势力的联系，清政府在东南沿海实施迁海之令，强迫沿海之民“悉徙内地五十里”，致使百姓“弃赀携累，仓卒奔逃，野处露栖，死亡载道者以数十万计”（屈大均《广东新语·迁海》），为历史上一酷祸。诗人家乡，亦受迁海之累，一家八口，辗转流离，历尽艰难。因有切肤之痛，诗亦特别哀切感人。

其他如“大地方戎马，中原尚甲兵。有生逢乱后，吟望总关情”（《暮春西郊》）、“物力东南已极疲，三城烟火不胜悲。恶溪才下三千旅，黑水横行二万师”（《秋感》）、“玉垒馀兵气，金风有杀机。坐看林外鸟，不敢羡高飞”（《野望》）诸作，亦抒写了诗人在战乱中的悲愁之情。

邓廷喆，字宣人，一字蓼伊。东莞人。康熙二十三年（1684）举人。四十九年考授内阁中书，曾分校会试，又入直史馆。升典籍。五十八年充使安南正使，赐一品服。雍正元年（1723），诏举廉能，阁臣以廷喆荐之，蒙褒赐。后告老归，里居八年而卒。著有《蓼园诗草》、《皇华诗略》。

廷喆从梁佩兰游，知诗法。时人张廷玉云：“其诗和平温厚，得风人之旨。不必钩奇抉异，与夫激昂慷慨之音，亦不屑屑于雕缋涂饰。天然风韵，卓尔大雅。”

其《杂感》云：

春风吹桃李，灼灼吐春华。岂无百卉荣，叹赏独交加。飞盖纷翱翔，掩映成云霞。渌酒溢尊罍，日夕披云牙。芳辰不须臾，美色难久赊。一朝叹摇落，室迩人则遐。骅骝岂复顾，蹊径吹风沙。睇彼南山松，澹然绝矜夸。物外结真赏，青青讵有涯？寄谢采芳人，春华未足嘉。

雍容和雅，寄托深远，颇有汉魏乐府风味。感奋之作，则有《读张文烈公遗稿感赋》，诗云：

芸阁方辞日已昏，独携龙剑整三军。满腔热血孤臣泪，一盏寒灯学士文。秋草尚堪肥战马，朔风谁复扫黄云？可怜报国心徒苦，柴市厓门未敢分。

赞颂明末广东三忠之一的抗清将领张家玉，称其忠节可与南宋三忠文天祥、陆秀夫、张世杰相比。他如《广州谒大忠祠》，为凭吊南宋三忠之作，亦甚悲壮。

第四节　布衣诗人

黄河澂，字葵之，一字葵村。南海人。诸生。幼遭国变，十二岁始入塾，而潦倒名场，以布衣终老。他与屈大均、陈恭尹、梁佩兰等粤中名宿交游唱酬，有诗名。著有《葵村诗集》。

葵村身历兴亡离乱，诗多反映现实生活之作，而又倾注激情，往往感人至深。其《民夫谣》四首，自序云："雇役之法，从来久矣。甲乙之间军兴，时有富者出钱雇役，如九牛亡其一毛。贫者领钱以行，死丧无算，亦痛之至也。故为役者男女之辞。"诗云：

> 挽仓粟兮充军腹，军战死兮鸢啄肉。民何辜兮疲追逐，往而还兮十存六。
>
> 飞茭藁兮喂马匹，马奔死兮虎咬骨。物役人兮理数失，十存六兮仍带疾。
>
> 牵长䌶兮攀峻壁，滩流激兮饥无力。讫欲休兮不得息，向湿灶兮夜炊食。
>
> 负薪归兮逐牛下，日黄落兮照颓舍。君不来兮妾行嫁，盎无粟兮难作寡。

这组诗，对为贫困所迫而受雇服役的民夫的悲惨命运表示深切的同情，而对“物役人”的不合理社会现象抒发强烈的激愤。

梁佩兰《养马行》诗，揭露了清初镇粤藩王以马残人的暴行。黄河澂亦作《说马行》七古，中云：“戊子大兵转南向，边马千群分扰攘。红缨小袖挟弓刀，连马连人高一丈。编入民房住前半，小栈长槽横委巷。其后两年两王到，大马更多兵更暴。一兵名下两三匹，派入田粮纳刍草。”诗写戊子（1648）、庚寅（1650）年间清军先后二陷广州城，“扰攘”百姓的暴行。较之梁作，笔法似更泼辣犀利，批判亦更为大胆尖锐。

他如《泷州作》：

> 轻舟如鹜转葭芦，梅雨岚烟并客途。茅店早喧商到市，酒旗晴挂女当垆。桥收向晚防豺虎，关税逢春及鹧鸪。曾见白头诸父说：“新添官吏旧时无！”

诗以游粤西罗定州城的所见所闻，含蓄而饱蕴感情地控诉了清初藩王横征暴敛搜刮民膏，以各种苛捐杂税鱼肉百姓的恶行，强烈地表达了“苛政猛于虎”的愤怒呼声。风格近杜，可称反映生活的现实主义力作。

黄河澂在战乱中曾携家辗转流离，“诗书离乱贱，衣食异乡难”（《移家》），他备尝艰辛，感慨殊深，其诗在抒写个人遭际情怀之中，时有麦秀黍离之悲：

> 庚寅避兵地，廿载复行游。父老罕复存，壮者已白头。三五里中儿，夙昔展绸缪。趋业今殊途，相视莫能酬。习习营巢燕，飞止恋门楼。主人还屡易，知是旧雏不？夕风动森木，顾望但怀愁。感彼入周人，麦蕲悲墟丘。（《过旧居作》）

兵革之馀，旧居、里人都已面目全非，岂不令人悲从中来？结尾二句，把家愁与国愁联系起来，尤见沉痛。

他的一首《娇女》诗，亦甚有特色：

> 娇女如新月，微光欲照人。眼边频顾汝，掌上更无珍。绀发剪齐额，红衫裁过春。岁华看渐老，欢喜入佳辰。

诗写亲子之情，极尽怜爱温馨。比喻新颖，不落俗套。沈德潜《国朝诗别裁集》评云：“比娇女以新月，不类而类。情至者知之。”《岭南历代诗选》谓此诗较诸左思《娇女诗》、李商隐《骄儿诗》亦未必逊之。

温汝能《粤东诗海》有云：“黄葵村含情凄惋，可称名家。”凌扬藻《国朝岭海诗抄》亦称黄诗“善于言情”。诸家皆以“情”字评之，自是的论。

王隼（1644—1700），字蒲衣。番禺人。明遗民诗人王邦畿之子。七岁能诗。少有羸疾，志栖隐，曾弃家入丹霞山为僧，法号古翼，字辅昙。复至庐山，居太乙峰六七年，始归。结罧庐于西山之麓，为隐士之冠，宽衣博带。妻潘孟齐，通《史》、《汉》诸书，能诗，与偕隐。有女瑶湘，亦能诗。王隼喜琵琶，通音律，每每自度新曲，作昆山腔以寄意，瑶湘吹洞箫以和之。与屈、陈、梁三家交善。其诗宛曲典赡，隐寓故国之思。陈恭尹以“春容富丽”评之。著有《大樗堂初集》等，又曾选编《岭南三大家诗选》、《五律英华》、《岭南诗纪》等。卒后，友人私谥“清逸先生”。

清初战乱未息，王隼长期飘零为客，所作多有感发。诗如：

> 不独嗟离乱，飘零未有涯。客愁连雁影，乡梦落灯花。晓月宁留夜，孤云何处家？茫茫隔烟水，秋色上蒹葭。(《咏怀》)

茫茫烟水，一派秋色。他夜对灯花，思念故乡，感怀身世，忧心时事，满腔哀愁惟有寄言于诗，聊以自遣。

其后归隐西山，而忧思未歇：

> 孤云如美人，窈窕远山角。残月出其中，镜影渐如削。弹琴娱清夜，寒光不可掠。露华湿横塘，芙蓉何娟袅。忆君南浦时，翠带纷若若。佩我同心环，绾我合欢索。佳期难久留，两地相思各。圆缺自有时，离忧岂能却！
>
> 山行入芳林，破寺孤猿坐。阴风殿角吹，门倾拾古锁。金像剥须眉，画檐蛛网大。坏灶穴飞鼯，废井落残果。房暗青磷生，墙缺翠萝补。断碑卧草间，字画苍苔

> 裹。猎人带禽归，入拨冷炉火。沉吟感盛衰，冉冉日西堕。(《西山杂咏》)

二诗或以男女相思之辞，或以破寺落日之语，以隐寄对故明的缅怀，用心可谓良苦。他如：

> 杜门离乱日，麋鹿是吾徒。身贱惭人识，颜衰赖酒扶。寒云飞眼阔，秋叶落心孤。何处寻知己，狂吟向野芜。(《杜门》)
>
> 闲卧月移榻，虫吟聚短莎。致书当路少，入梦故人多。暗泪已如此，明灯无奈何！东邻蚕事密，轧轧响绫梭。(《村居》)

诗写隐居生活及感受，婉曲地抒发了对世事兴亡的感慨与无可奈何的幽怀孤愤。

王隼少时，世乱未平，他曾怀抱匡世之志，然而时势难为，唯有隐忍而已：

> 昔余十五诵诗书，志回桀纣为唐虞。吁嗟此志竟谁量？被褐怀宝守蓬庐。严霜飒飒委芳草，徒伤帝子琼瑶裾。呜呼二歌兮歌声缓，长夜漫漫何时旦？
>
> 我生之初乱方始，我生之后乱未已。风卷营门尽射雕，长城徒哭征人鬼。蹈海何曾见仲连，空馀五百田横士。呜呼六歌兮歌思竭，龙泉罢舞灯光裂。(《拟杜少陵七歌》选二)

“长夜漫漫何时旦？”“龙泉罢舞灯光裂。”此二结语，凝集了无限沉痛、悲愤之情，简直是喷薄欲出了！

有时，他又禁不住抒发胸中的慷慨不平之气：

> 嬴秦虎视霾金镜，羊头都尉相吞并。铅刀用世干将闲，麒麟地上行邪径。鞲鹰敛翮鸺鹠飞，忍使隋珠坠深井！人生冉冉风吹尘，不义富贵如浮云。首阳饿死寻常事，鲁连蹈海宁轻身？终当携手入山去，大啸高峰鸾鹤群。（《失题》）

痛快淋漓地表达了对时政的强烈不满，以及羞事清朝，决心隐居的志向。

王隼生当甲申之变，是生长于清朝的岭南诗人，但他秉承父教，终生保持志节，不屑仕清。梁佩兰称其诗："以凄思苦调为哀蝉落叶之词，致自托于佳人、君子、剑侠、酒徒，闺闱、边塞、仙宫、道观，以写其呵壁问天、磊落扼塞、怫郁侘傺、突兀不平之气。"并赞扬道："王子蒲衣所著诗，神明造姿，孤隽表骨，学问酝酿，能极其思，左右变化以出之。"（《大樗堂初集序》）较中肯地概括了王隼诗的思想内容和艺术特色。王隼生前即有诗名，王士祯曾称誉他和梁无技为"岭南二妙"。

易弘（1650—1722），字渭远，号秋河，别号坡亭、云华子。新会（其里后划入鹤山县）人。其父易奇际、兄易训，均为明遗民诗人。易弘承父兄之教，闭户读书，立志不仕新朝。吴兴祚任两广总督，雅好文学，礼遇文士，粤中屈大均、陈恭尹、梁佩兰等名宿，皆与交游唱酬。易弘少工诗，以《赠惺和尚》诗，大受吴兴祚赏重，延为幕客。康熙二十八年（1689），吴兴祚以鼓铸不实去官，徙古北口都统，邀易弘同行。次年动身，弘遂随往，北极穷边，东逾宁台，西出雁塞，五岳得登其四，所至与文人学士游，尤与赵执信交善，诗益进。康熙三十七年，吴兴祚卒后，易弘返粤，无家无子，晚年寓居肇庆法轮寺，谢绝人事，以著述自娱，竟卒于寺中。所著有《云华阁诗略》、《坡亭词抄》等。

《云华阁诗略自序》云："予也风云为骨，月露为怀。每寄心有恨之人，而兴哀无情之地。时于山巅水涯，丛林破冢，荒墟古庙，残城废苑，战争之场，歌舞之地，吊遗香于夜月，哭旧垒于秋风，辄为徘徊不能去。……有所阅历，诗以纪之。"易弘生于清朝，明朝故事多闻于前辈。他自小受国家民族大义的教育，而明清易代的残酷战争所留创痕尚可得见，清初兵乱和当时的民族压迫亦自亲历，故其诗充满兴亡之感，悲慨沉挚，深刻动人。如：

> 门掩西风水一涯，故宫犹锁旧烟霞。千年有恨悲黄屋，六诏无因返翠华。浩浩风涛秋涨急，萧萧禾黍夕阳斜。行人莫上崧台望，满眼兴亡对落花。（《崧台怀古》）

南明桂王曾都肇庆，建立永历政权。以清军追迫，移驾云南六诏。后入缅甸，被缅酋执献吴三桂，遭绞杀。易弘览故明遗迹，而兴禾黍之悲。他哀悼南明灭亡，而怕对落花，尤觉凄惋感人。

岭南抗清诗人黎遂球等率义师坚守赣州城，屡败强敌，终因敌我兵力悬殊，城破殉国。易弘仰慕先烈，慨然以诗赞颂悼念他们：

> 孤忠力共城池尽，古庙人同感慨多。入地定能成碧血，哭天真欲挽银河！贞魂合作睢阳厉，正气空馀信国歌。外史有天留后死，尚馀青简在岩阿。（《赣州五忠祠》）

诗以唐张巡、宋文天祥作比，谓黎遂球等英雄业绩必将永垂青史。写得激扬遒劲，悲壮凛烈。

借吊古以伤今，是易弘诗歌较多采用的表现手法。如：

> 十万精灵沉黑水，百年天地泣黄昏。山河有恨铜驼殁，华夏无归玉玺存。风急银涛飞伍浪，月明瑶瑟吊湘魂。南朝合付金牌哭，莫向厓门洒泪痕。(《厓门吊古》)

易弘乡邑新会之厓门，为南宋最后灭亡之地。他往吊古迹，而念古今之事正有惊人相似：昔宋高宗信谗言，以十二道金牌召回抗金名将岳飞，并杀害之，终致宋亡。今不远明崇祯帝亦中反间计，误杀抗清名将袁崇焕，自毁长城，而致明亡。还有古时中谗遭贬的伍子胥、屈原，悲剧一次又一次重演，令诗人悲愤叹息。诗中深意，耐人寻味。

易弘游迹甚广，所至多留题咏，每借名胜古迹抒发胸中不平之气。如：

> 潇湘合浦在零陵，千里奔流注洞庭。三户人烟迷野黑，九疑山色渡江青。云行岭上空朝暮，瑟鼓波中自窅冥。故国愁心遥有寄，好随明月照柴扃。(《登潇湘烟雨楼》)

战国时秦灭楚，楚人有“楚虽三户，亡秦必楚”之谣。诗人所盼望的“亡清复明”之“三户”今又在何方呢？他思念故国，一片苦愁迫切的心情，自然流露出来。

易弘飘零在外九年，终于倦返故里，自有一番感慨：

> 世路风尘欲息机，九秋曾作断蓬飞。邯郸梦散故人

远，华表云深独鹤归。厓截海门银作浪，台高圭岭玉成围。江山有恨雄心老，便拟移家入翠微。（《春日归冈城作》）

久客他乡而归，城郭依旧，而人事全非。空抱故国之恨，而雄心已老，无奈只好遁迹归隐。反映了他归隐前抑郁感伤的心情。

因为易弘诗多写故国之恨，人多以明遗民诗人目之。但他既非生于明朝，又曾出山充当清朝达官的幕僚，与拒绝同清朝合作的明遗民有别，称遗民诗人似有不妥。从易弘其人其诗看，称之为较有民族意识的布衣诗人，似更合适。

前人对易弘诗评价颇高，东莞陈伯陶曾曰："清丽芊绵，间作苍凉沉郁之句。时谓诸名辈中，弘诗可称秀绝。"（《胜朝粤东遗民录》）

第五节　其他诗人诗作

清初岭南诗坛，还有一些诗人，他们虽然参加了清朝的科举考试，并取得了生员或举人等资格，但又未踏入仕途的，其中较著名者有：

罗宁默，字仲恭。顺德人。贡生。家多先人藏书，宁默手不停披，尽窥其奥。与同里李文灿、苏士许并擅才名。著有《偶然斋集》。

仲恭诗尤工古体，邬庆时、屈向邦《广东诗汇》称为"古朴浑穆逼真，汉魏人手笔"。颜鹤汀云："国初吾粤乐府，如梁芝五、陈独漉、方九谷、罗仲恭，皆存古风，而仲恭更峭兀不羁。"其《行路难》诗云：

叶莫缀高树巅，家莫临大道前。高叶先风落，大道多兵行。兵行强捉人，鸡狗不闻声。大男走上屋，幼男路旁啼。索母不复见，但见邻家阿父色惨凄，左持升粟右只鸡。诉云："子孙死亡尽，飘零独有灶下妻。"长官怒如虎："老命不活汝！我刀杀人九十九，所争汝一驴头耳！况乃军役轻，牧马与负矢。去去不须辞，人生无两死。"老翁忍气驱就道，老妪眼枯却绝倒。

这首诗描写战争时期官军强拉民夫的暴行，以及百姓家破人亡的惨况，与杜甫《石壕吏》诗题材相类，而手法却有创新。诗中"阿父"与"长官"对话，一哀一怒，反衬鲜明，令人欷歔。"鸡狗不闻声"句，尤见荒凉凋敝之甚。罗宁默诗多能直接反映时事，较好地继承了杜甫诗歌的现实主义传统：

去年懒不种虾须稻，今年耕不拔牛筋草。五亩湖田大半荒，芦花夜落青霜老。大儿远从军，生死望断秦关云。小儿应州役，鞭扑肌肤不自惜。乡园果又十树九树枯，军饷追迫无时无。一限牢系二限诛，长官怒气连虬须。上有大僚督促之飞书，下有半生不死之刑馀。天乎，天乎！何当雨金又雨粟，公廪私囊尽沾足。竟挽天河洗甲兵，官家醉卧黄金屋。(《悯农谣》)

凌扬藻《岭海诗抄》有评此诗云："聂夷中《田家诗》，悱恻极矣，然犹属平时也。此则重以乱离，如诵《板》、《荡》、《桑柔》之什。"梁善长《广东诗粹》则云："置之杜集难辨。"他如《东渚获稻》诗，亦极言清初战乱及催科之酷烈。

《佘前民白衣庵置酒》一诗，又别具风格：

> 入林且缘径，不知身在山。豁然上空绿，一刹如云闲。万峰次其前，樵声相往还。折竹落霜粉，长萝垂烟鬟。故人肯相待，展席青葱间。高秋带静色，百虑早自删。我何欲为异，临风共颓颜。

闲澹旷逸，颇得谢宣城山水诗之笔意。

罗宁默生前即有诗名，梁佩兰云："仲恭诗出脱古人，不肯规模古人。其孤处似云，空处似秋，香处似梅，净处似雪。泠然如山出泉，皎然似潭贮月。寂然枯禅，呟然古铁。体体起雷造冰，字字刳心沥血。"温汝能《粤东诗海》更推誉道："罗仲恭最称奇杰，诗品如空潭写春，古镜照神，不在湟溱、药亭下。"

刘祖启（1630—?），字显之。东莞人。康熙二十九年（1690）岁贡生。淹通经术，设帐义学，从学者数百人。著有《留稚堂集》。

刘祖启的诗，颇多感触时事之作。《悲哉行》云："想君亡国泪，胶结真胸臆。"借杜鹃啼血旧典，隐寄对亡明的伤悼。又云："戴天之耻未得雪，而乃骨肉争朝餔！"对南明小政权之间不顾大体，同室操戈的行径至为痛心。《望厓山》则借古讽今，含蓄地表达了怀念故国和反抗清朝的隐衷。

《兵后入故里》诗云：

> 不到家乡久，今来事却非。苍茫三径在，耆旧几人归？乱草侵残雨，荒池带落晖。秋风吹短鬓，愁绝倚柴扉。

浑朴苍凉，生动地描写出兵乱后故里的荒凉景况和诗人的哀愁心情。又如：

> 草色满阶除，君来独慰予。人当离乱后，交在死生馀。冒雨沽村酒，冲泥得野蔬。共谈身世事，款款月来初。（喜钟翀是至）

诗写离乱后喜晤友人的情景，真挚动人。陈恭尹甚推重刘祖启的诗，有云："其五七古、乐府坚朴如东汉人。近体取法杜陵，得其风骨，而去其矜气。论断今古，感触时运，含映甚远。"（《刘显之诗序》）留稚堂近体诗沉郁含浑，确实得杜诗遗意。

其七古诗《山海民歌》序云："皇师入粤，张文烈首倡义兵，邑山海民应者数万，诛而复起。陈文忠、陈司马继之，遂布岭外。将军李成栋心动，卒启戊子之事。"诗云：

> 世间忠义长不死，山海一呼万人起。今日诛屠明日聚，蹀血横尸莫可止。留将百折不回心，能使将军愧尔民。翻手挥戈从此始，惜哉日入无功勋。将军尔事虽不集，我民之信亦已立。

清顺治四年（1647），"广东三忠"张家玉、陈子壮、陈邦彦起兵抗清，时有数万东莞山海人民响应张家玉义举，参加战斗，一时震动。故明降清将领李成栋亦为之心动，翌年遂反正抗清。显之此诗，慷慨激越，字字铿锵，句句锋芒，热烈地歌颂了前仆后继勇赴国难的山海爱国人民。还有《安将军歌》、《张广文歌》、《林参军歌》、《邓、陈二生歌》、《陈义士歌》等，亦一腔热血地讴歌以身殉国的起义抗清军民。《袁督师歌》力斥世之诬词，对前明抗清将领袁崇焕的蒙冤被害深表不平。

刘诗取材广泛，能从多方面反映当时的社会生活。其

《江上行》云：

宝安城头朝噪鸦，野猪入城城欢哗。黄头老狐白额虎，三村五村跳日斜。杨风吹暗春二月，东兵西兵恰交发。城外抚丁三百人，乘乱呼群起仓卒。莞江汀上列楼船，豪宗应之良可怜。一朝得众至数万，横行井市无人烟。丈夫走藏儿女哭，踉跄共望军来速。新军到此何所为？索酒要钱更劈屋。白昼城门闭不开，道路梗塞空尘埃。此时仆卧江村上，远听鼙声如轰雷。高牙大纛满山海，刲羊宰牛气百倍。赤帜白帜两纷纷，牺牲境上将谁待？

清初战乱期间，"乱丁"与"豪宗"狼狈为奸，趁火打劫，宝安人民饱受劫难。诗人满怀义愤，强烈地控诉了官军团残害百姓甚于土匪的暴行。

他如《告斗曲》，借告祭北斗为辞，以沉重的笔调，写出当时社会"豺虎纵横二十年，饥冻厉疾哀相连"的惨况。《祭幽歌》则以祭灵的形式，深切伤悼战争期间死于兵革馁冻的无数亡灵。

张其淦《吟芷居诗话》云："显之读书甚多，积理甚富。故所作诗言皆有物，运以奇辟之思、警策之笔，可谓名副其实。"自是确当之论。

刘祖启晚年虽出应清朝的岁贡生，但淹蹇困顿，不多久即病卒。

吴文炜（1637—1696），初字仪汉，后改名韦，字山带，又字虎泉。南海人。十岁能诗。与梁佩兰同家塾，唱和日数十篇。康熙三十二年（1693）中举人，三十五年赴京会试，卒于途。著有《金茅山堂集》。

陈恭尹谓吴诗“初效李长吉体，矜奇嗜险，吐弃凡近”，后而“孤迥名贵，以自然灵妙为宗”。（《独漉堂集·吴山带诗序》）以下二诗，可以窥见吴诗的风格：

金庭县万壑，飞翠落缤纷。萝薜微开月，衣裳冷湿云。独来双峡暮，高揖二禺君。羽盖虚无极，哀猿竟夕闻。（《宿峡山寺》）

一舸中流月，凄清弄夕辉。苹风衣领薄，苇露发光微。夜久寒潮上，江空独鹤归。平沙军垒后，渔唱至今稀。（《泊木棉渡）

吴文炜为人萧散闲远，性爱山水，其诗亦多为山水之吟，如：

烟屿淡夷犹，西风鸣鹤舟。苇干闻远岸，槎静见中流。天际多空水，人间几素秋。兴来忘处所，沿月驾牵牛。（《秋航》）

经冬不过西园寺，春半还登望气楼。槛外自流云际水，石门江树几归舟。（《过灵洲不值敏公题壁》）

观察细致入微，意境幽远空灵，语言奇丽新颖，在岭南诗人中可谓独标一格。

吴文炜童年遭鼎革，其诗间有故国之叹。如：

破庙春山里，斜阳立未回。兴亡今古似，天辇几南来。丹嶂悬江燕，画衣生雨苔。先臣银榜字，零落总堪哀。（《登珠贝山三忠废祠，祠额“浩然沛乎沧溟”六字，为先简讨手迹》）

偶尔，亦有慨然自豪、意概不凡之作：

郡阁岧峣远思劳，阑干一一落曾皋。烟消绛树三城小，晴入青天五岭高。秦令霸图非此日，粤台秋色自吾曹。酒阑舞袖向空掷，暮卷西风飞海涛。（《早秋登镇海楼》）

他的一些歌谣体诗，饶有岭南风味：

沙暖滩头风日新，横滩小姑不畏人。如霜两足踏双桨，向夕解唱江南春。（《甘竹滩词》）

顺德甘竹滩，为西江著名险滩。诗中疍家少女行舟江上，却悠然自如，充溢着清新气息。可称情词并美之作。

时人甚推许吴诗，梁佩兰云："山带（诗）则神明默运，钩入玄微；涤荡既深，澄莹自见；别裁妙绪，泽以矜琢：率自抒其孤往之性。"（《金茅山堂集序》）王士禛云："南海吴韦山带诗，颇清逸。"（《北归志》）其诗如：

要津非此地，独木少人过。细路通禾黍，回流映薜萝。溪头成独立，山色满前坡。复值林僧语，烟波奈暝何！（《板桥》）

闲逸之外，别有寄意，耐人吟讽，颇能反映出吴诗的孤往清逸风格。

梁无技，字王顾，号南樵。番禺人。贡生。梁佩兰族侄。十一岁以咏风筝诗知名。东莞尹源进曾组织诗会，请梁佩兰、陈恭尹评次高下，无技诗被评为第一。“会城诗社率数千百人，糊名第甲乙，王顾屡居首。”（张尚瑗《南樵二集序》）梁无技性纯笃，狷介自持，潜心力学，杜门著书。晚年主粤秀书院讲席。年八十卒。著有《南樵初集、二集》，又选编《唐诗绝句英华》。

其《癸未上巳与调夫弟登小浮山》诗云：

欲共采兰去，行吟古涧边。数峰青到地，一水绿浮天。径转流云曲，池开养月圆。还疑凿空手，灵鹫挟飞仙。

诗写岭南名胜罗浮山中的浮山，意境幽美，辞气闲雅，颔联尤清丽警拔。又如：

落叶不可扫，风吹满前川。因思白云友，高咏秋风前。曲罢月沉阁，酒醒人在船。何时策潭竹，来棹一江烟？（《答蒲衣子秋夜南湖泛舟见怀》）

南塘落花路，送子涉河桥。树色晓窗月，溪声残夜潮。断吟留雨续，离梦倩云招。一曲菱歌散，朱颜镜里销。（《江馆送刘陵石》）

这两首五律都是赠答之作，写景或萧远，或凄清，而皆超妙脱俗，真情内蕴。人谓无技五律诗“秀劲细闲，出入高、岑、王、孟”，而《岭表诗传》更推为“一时独步”。

其七律，亦不乏佳作。如：

何处堪消望远愁？轻风吹上郡城楼。天遥北阙通诸岛，地入南溟截九州。帘卷数重山翠出，窗开千里海霞

> 收，登临莫听铜龙漏，一滴能催万古秋。（《夏日登拱北楼》）

雄健旷远而饶有韵致。其他如《陆贾祠》、《望气楼》、《抗风轩》诸作，亦都写得遒劲深秀。

他的《珠江竹枝词》二首，散发着浓郁的南国水乡气息。其中一首云："珠江江水绿如烟，拣得芦花夜匝船。明月满船风水静，珠娘还唱《鹧鸪天》。"甚有诗情画意。

南樵诗较少直接反映社会现实，七绝《杜鹃花》二首有云："旧时望帝啼残泪，染作愁红几树繁。"其中隐寄故国之哀。

又有愤世嫉俗之作，如：

> 秋风一夜山桑落，雨雀晴鸠飞绰绰。鹌鹑飞不越藩篱，弋人山半张罗幕。得鹑贵雄不贵雌，铁喙金眸知善攫。携笼下山索价高，少年争市出东郭。少年买鹑不惜钱，要与王孙赛金橐。手把金笼夜不眠，啖以粒粟频跳跃。鹌鹑养就处囊中，放之即出争剥啄。氍毹铺向华堂间，无端贵贱纷相搏。鹌鹑斗死人心平，不惜千金酬一诺。鹌鹑负，少年呼；鹌鹑胜，少年乐；鹌鹑兴阑，少年寂寞。少年不治家人产，平生生计鹌鹑托。吁嗟风俗争效尤，孔孟诗书如败箨。子衿佻达满城隅，鹭羽飘零散西泽。君不见斗鸡走狗五陵儿，姓名岂上凌烟阁！（《斗鹌鹑歌》）

此诗讽刺了那些不事生产，专以赌斗鹌鹑为生的市井少年和民间陋俗，颇有警世劝世之意。

时人张尚瑗评无技诗云："冲融隽远，得右丞左司之神韵。积绚烂而臻平澹，非时月所能轻造者。”

陈遇夫（1657—1728），字廷际，又字交甫，号雨村。新宁（今台山）人。康熙二十九年（1690）广东乡试解元。以垂老，不仕。淹贯群书，致力儒学，亦能诗。著有《涉需堂诗文集》。

其《岳王墓》云：

> 不定湖光柏影蟠，背痕还似未曾干。一抔已掩忠臣骨，三字长摧义士肝。天地有盟山色老，英雄无泪水声寒。可怜德祐迎降日，地下犹应发指冠。

屈向邦《粤东诗话》谓此诗“沉痛刻骨”，为“卓然可传”之作。

杨锡震，字宝生，号勉庵。香山人。康熙三十二年（1693）举人。与岭南三家等名宿交游。著有《露香阁稿》。

勉庵当时较有诗名，江苏顾有孝云：“宝生沉酣典籍，陶铸子史。赋序诸体，皆以灏瀚之才锤炼出之。游览赠答，绘物肖形，舒情缱绻，淡宕飘忽，离奇精警，自辟疆畛，不苟杜撰。”其实，杨诗题材较为狭隘，所谓精警之作绝少。其《听夜泉》诗云：“泉声微到枕，缕缕历千岑。清切空山夜，常关静者心。”尚称幽细可玩。

陈阿平（1651—1721），字献孟，号云士，别号钵山居士，晚号愚溪。东莞人。诸生，年六十馀，方由廪膳生充岁贡。学诗于梁佩兰、屈大均、陈恭尹。著有《钵山堂诗集》、《愚溪集》。

献孟的咏古诗，论古道今，往往有精到的见解。其《匡门》诗云：

> 少帝祚移穷海国，孤臣力尽共山河。千秋明月丹心并，一夜悲风血泪多。魏绛策成终有误，杜邮剑赐竟如何？可怜缅甸苍茫路，不及厓门一片波。

此诗借凭吊厓门古战场，批判了屈辱求存而误国的主和派，并以战国时大将白起有功于秦国却被赐死为指，说明宋之杀害岳飞、明之杀害袁崇焕，都是导致亡国的重要原因。他又认为，畏敌如虎，望风逃跑，而最终成为清军囚俘的南明永历君臣，其行径是远不及抗元失败而壮烈殉国的南宋祥兴君臣的。陈阿平虽生于清朝，但其祖父陈象明为抗清捐国的故明大臣，岳父郭青霞亦为抗清志士，其本人对故国亦当怀有感情，故此诗之论尤为沉痛愤激。

又如《端州》诗：

> 传闻此地钟王气，犹忆当年作帝州。岂有蟠龙兼虎踞，曾无玉垒与金牛。崧台已见乘黄屋，南海何劳缀彩旒？堪笑边防俱不守，调师终日自相求。

古端州肇庆，南明永历政权曾建都于此，而绍武则抢建帝号于广州。此诗尖锐地讽刺了这两个南明小政权置外敌于不顾，同宗之间争权夺利，兵戎相向，致使两败俱伤，终于身死国亡的丑陋愚蠢行为。

陈阿平的山水诗亦较有造诣，梁佩兰曾评其游罗浮诗云：“较载《钵山集》前时所游之作更高浑。能刊落群言，妙思神理，如有造化酝酿于其间。予诗不能及也。”《四库全书总目提要》则云：“其古体劲直而少酝酿。五言律诗如‘东风归故国，孤烛对高楼’、‘明月又将满，秋风吹别离’诸联，颇有风味，惜不多得耳。”

周大樽（1652—1720），名匏，以字行，一字冷泉。南海人。康熙四十一年（1702）举人。居石门山中，以文行著称。“别具胸次，如孤云野鹤，随心去留，人莫测也。”曾游吴越楚地，四年不归。从学于屈、陈、梁三家诗人。著有《乳峰堂集》。又辑集兰湖诗社诸人唱和诗，成《法性禅院倡和诗》。方朝曾为其作《周乳峰传》。

其《市海打鱼歌》（五首选一）云：

> 朝船出海晚船归，鱼网鱼罾晒夕晖。月上参差还复出，野凫江鹜不停飞。

较生动地描绘了市海渔归的优美景致，颇有渔歌风味。

乳峰堂诗以酬赠和吟咏景物之作为多，内容较为单薄。温汝能《粤东诗海》云：“周乳峰亦清稳有致，但以追薛（始亨、起蛟）、黄（河澂）尚差道里。”可谓确当之论。

偶尔，乳峰诗亦有针砭时政之作。如：

> 麦苗枯尽尔无哀，寡妇锹头有草荄。大吏恐贻忧圣主，不徇小吏报为灾。（《曲周杂咏》九首选一）

> 雨自霏霏雪自匀，羸农竖子点更频。官兵养锐时坚壁，野盗穿墙暂杀人。（《看更》二首选一）

前诗讽刺“大吏”不恤民困，禁止上报灾情，以邀圣意的行径，后诗揭露匪盗常常劫杀平民，而官兵龟缩不敢出来的丑态。二诗均含蓄地表达了诗人对社会黑暗的不满，可惜这类作品并不多。

陈励（1673—?），字士皆，号东轩。顺德人。陈恭尹之次子。康熙三十八年（1699）举人。十四五岁即能为古文、诗歌，所学得自家传。著有《东轩诗略》。

其《厓门》诗云：

> 风浪犹疑战气缠，翠华南幸几回迁？亦知天定终难胜，忍使人谋有未全！一旅乾坤归海岛，千秋正朔在楼船。不须板荡嗟王业，青史依然帝昺年。

写得悲壮遒劲。诗人吊古抒怀，为厓门宋军之败深深叹息，又以宋虽灭亡，但祥兴君臣的不屈精神却长垂青史而自慰。

又，《崧台》：

> 行宫犹见锁浓阴，弓坠乌号不可寻。八桂东流愁并远，苍梧南狩恨俱沉。何年帝子来高峡，终日猿声出暮岑。莫向馀黎问遗事，烂柯峰外即云林。

登临肇庆星岩崧台，一览形胜，却见前明永历帝的行宫已成故迹，西望苍梧，又为帝舜南巡身死之地。西江峡岸，猿声哀绝，撩人愁思，而往事更令人不堪追寻。此诗幽深宛曲，抒发了诗人悼念故国的难言之恫。

梁佩兰《东轩诗略序》云："士皆（诗）则如崇兰在谷，令人闻而知其香。更流连景物，善摅雅怀，皓月冰池，玄云朱阁。说者谓其托体义山，而不知其得力徐、庾。"

第二章 梁佩兰

第一节 梁佩兰生平、思想及其诗

梁佩兰（1629—1705），字芝五，号药亭，晚号郁洲。南海（今广州市）人。他是清初具有全国性影响的著名诗人，与屈大均、陈恭尹并称“岭南三大家”。著有《六莹堂集》。

梁佩兰的生平和诗歌创作活动可分四个时期：

二十八岁（顺治十三年，1656年）以前，为身历兴亡离乱时期。梁佩兰生于明崇祯二年腊月，幼年聪颖，能“日记数千言”，自小接受儒家思想的系统教育，长而通晓经史百家之学，素有才名。他生长于经济繁荣的广州城，成童时尚可得见省城一带“声名文物之盛”。十六岁时遭甲申之变，十八岁时清兵入粤。兵燹过后，疮痍满目，哀鸿遍野。他经历易代之变，诗中多带麦秀黍离之哀。如：

> 百尺崧台两高峡，端州形胜正当中。鱼龙海国成行殿，冰雪幽燕已故宫。天运不堪沉草昧，野人偏喜见华虫。于今只有牂牁水，一气西流直向东。（《端州》）

登高赋怀，临江吊古，本为文人雅事。但梁佩兰在星岩崧台峰顶眺望端州形胜，却另有一番感叹：眼见明朝中央政权，南明弘光、隆武、绍武政权，以及曾建行宫于此的永历政权，一一都成故事。面对滔滔东去的西江水，“逝者如斯”，能不惆怅欷歔？“天运不堪沉草昧”句，尤见沉痛悲慨。

目睹清军肆虐，更激起他的满腔义愤。其名作《养马行》，就写于顺治七年（1650）清藩王耿继茂、尚可喜入粤之时。其诗并序，对藩王贵马贱人的暴行和百姓人不如马的惨况予以深刻的揭露：

> 庚寅冬，耿、尚两王入粤，广州城居民流离窜徙于乡，城内外三十里所有庐舍坟墓，悉令官军筑厩养马。梁子见而哀焉，作《养马行》。
>
> 贤王爱马如爱人，人与马并分王仁。王乐养马记苦辛，供给王马王之民。马日龁水草百斤，大麦小麦十斗匀。小豆大豆驿递频，马夜龁豆仍数巡。马肥王喜王不嗔，马瘠王怒王扑人。东山教场地广阔，筑厩养马凡千群。北城马厩先鬼坟，马厩养马王官军。城南马厩近大海，马爱饮水海水清。西关马厩在城下，城下放马马散行。城下空地多草生，马头食草马尾横。王谕：“养马要得马性情，马来自边塞马不轻。人有齿马，服以上刑！”白马王络以珠勒，黑马王络以紫缨，紫骝马以桃花名，斑马缀玉缫，红马缀金铃。王日数马，点养马丁。一马不见，王心不宁。百姓乞为王马，王不应。

这首被沈德潜称为“前无所承，后无所继”，“独开生面”的七言古诗，开首二句似为赞颂藩王的“仁政”，但通篇并无一处写“贤王”如何“爱人”，而尽力渲染“贤王”如何“爱马”，以及“扑人”、“刑人”，诗末以“百姓乞为王马，王不应”戛然收束，形成了强烈的讽刺。梁佩兰敢于以诗触犯当政，这在当时，不能不说是勇敢难能的。

对生活在兵荒马乱中的百姓的困瘁愁苦，梁佩兰在其诗中表示了深切的同情。如《采珠歌》，描写一位采珠老人为生计所迫，冒着生命危险入海捞采珍珠的血泪生活。《采茶歌》通过描写一位勤劳、朴实而漂亮的采茶姑娘由于害怕沉重的夫役拆散家庭而不愿嫁人，以批判当时的严酷社会现实。这些诗歌较好地继承了杜甫、白居易诗歌的现实主义优良传统，甚受人们称诵。

不停的战乱，迫使梁佩兰携家辗转逃难，他忧心时事，渴望社会的安定：

> 乱离无计存妻子，一月移家住两乡。归燕亦知寻旧垒，飞蓬终欲转何方？身常善病怜春老，心为忧时识夜长。但得水边茅屋稳，此生甘作捕鱼郎。（《自芙蓉移居三山复入平洲感赋》）

为了避祸，据说他还一度出家为僧。比起那些抗清志士，这是消极的明哲保身行为，但也说明他具有一定的爱国心和民族自尊心。

二十九岁（顺治十四年，1657 年）中举至六十岁（康熙二十七年，1688 年）中进士，为坎壈仕途时期。梁佩兰功名心较重，曾云："男儿在世无所倚，安得功名耀闾里？"（《赠族弟景》）顺治十四年（1657），他终于参加了清朝的广东乡试，一举夺取解元。

"会当射策对天子，安能踯躅坎壈悲途穷！"（《送贾生归襄陵》）梁佩兰决心通过科举出仕清朝，然而仕途淹蹇，三十年间六次会试皆下第。中间十年，因三藩乱起，道路不靖，未能赴考，而闭门读书。还曾避地小漫山，自号漫溪叟。他时感

怀才不遇，慨叹“驽马驰，骏马悲。骏骨朽，驽马肥”，并愤而呵问：“燕昭王安在哉？”（《金台吟》）

他的足迹遍及京师齐鲁吴越，历览名山大川、形胜古迹，从而拓展了眼界，使其诗气象更雄阔，意境更深远，笔力更老健。闽人林昌彝有诗评之云：“足迹燕齐更楚吴，名山啸傲又江湖。诗篇伉爽商声近，《易水歌》来起夜乌。”（《论本朝人诗一百五首》）七古《黄河》，就是此期所作：

> 黄河与天地不息，走遍中原还气力。日月东西有落时，黄河万古无停刻。天地本混沌，盘古为之开，黄河又界破一线从天来。昆仑山高二千五百里，逶迤乃折轩辕台。奔流星宿鱼龙骇，要与天地驱尘埃。我从彭城乘两马，白日河声撼城下。波涛卷起如丘陵，眼底风雷惊叱咤。吕梁飞瀑胡足言，瞿塘虎须此其亚。平生履险百不忧，何必拔剑投璧兼沉牛？至诚祷告自有应，扬舲击汰横中流。河神收风浪犹起，舟人语我老爷水。舍舟登岸为柳泉，白草绕岸通人烟。高天万点鸦归树，马蹄踏踏犹行路，回望洪流漭沆沉云雾。

诗人以奔放淋漓的笔墨，绘画出黄河气吞万里，奔腾不息的磅礴气势。若非亲临其境，是写不出如此好诗的。

对赴考途中所见的社会黑暗面，他也以诗歌揭露。如《舟发閶水至饶阳道中作》，以在江西途中见闻，揭露一支从西南边境与南明军队作战后凯旋的清军大肆掠夺妇女财宝的贪暴行径。《滁州店中夜雪即事》，通过描写在滁州客店半夜犹闻邻舍少妇在严寒中“蚕绩”不绝一事，表达了对民生疾苦的关切与同情。

梁佩兰多次北上，得以广交朱彝尊、王士祯、顾贞观、陈维崧、宋荦、吴绮、查慎行等诗界名流。尤其是康熙二十一年（1682）和康熙二十四年（1685）在京结诗社，与朱彝尊等同主坛坫，更使他蜚声海内，成为当时公认的诗坛宗匠。朝中宰辅明珠之子、著名词人纳兰性德，因慕其名，特修书邀他共同选编词集。纳兰性德卒前七日，还与他和姜宸英、顾贞观、吴雯饮宴赋诗。

同时，梁佩兰继续与抗清志士和明遗民往还不绝，他自称为陈邦彦的私淑弟子，以诗表达了对这位抗清名将的倾心仰慕和沉痛悼念：

> 大节平生事，文章复不刊。墨痕犹似渍，碧血几曾干？自得乾坤正，谁知事势难！草堂灯一点，霜气迫人寒。
>
> 至今亡国泪，洒作粤江流。黑夜时闻哭，悲风不待秋，海填精卫恨，天坠杞人忧。一片厓山月，空来照白头。（《秋夜宿陈元孝独漉堂，读其先大司马遗集感赋》）

他与陈邦彦之子陈恭尹，以及屈大均、张穆、陈子升、王邦畿、何绛、陶璜、岑徵等粤中抗清诗人和遗民诗人，皆有深交。与外省的志士遗民如彭士望、魏礼、高兆等，亦有较深的交谊。并常以诗歌表达对这些志士遗民的理解和同情。

康熙二十七年（1688），梁佩兰考取进士，并入选翰林院庶吉士，成为清皇帝的文学侍臣。南海颜君猷诗云：“领解才名三十秋，《租船》《咏史》剧风流。朱查联句雄坛坫，得入承明尽白头。”（《论岭南国朝人诗绝句》）写的就是梁佩兰的这一段故事。

六十一岁（康熙二十八年，1689）至七十四岁（康熙四十一年，1702），为还乡闲居时期。梁佩兰仕途屡屡受挫，至成进士，年已六十，对宦情已渐渐看得淡薄。入翰林院后，他仍感大志难酬："纵使生成廊庙百尺材，不若放浪江湖五石瓠。"(《赠谢可南》) 他表示："一官何足恋，我亦想岩阿。"(《送黄忍庵予假还吴》) 已萌退志。为寻求精神上的寄托，他时时耽于佛老之学。

登第次年，梁佩兰终于乞假南还。他在粤一住十四年，生活闲适恬淡："十年闭户常寡出，自筑仙湖一茅室。满床书卷杂道梵，绕膝稚子觅梨栗。生来性情少计校，但得饱饭馀愿毕。"(《登罗浮诸峰，寄钱蔗山明府》) 他早年曾与一批诗友结社于广州西郊，称西园白莲诗社。假还后，复召集旧时诗友，并组织后进诗人，于法性寺重开兰湖白莲诗社。据《清史列传·韩海传》云："是时岭海文社数百人，推梁佩兰执牛耳。"可见当日诗社盛况。

梁佩兰喜扶掖后进，有持诗文就教者，往往披衣倒屣，讲论不休。每有诗会，更为后学指评优劣，序次高下，善言勉励。粤中一些较有才华的后辈诗人，如王隼、梁无技、陈阿平、韩海、女诗人王瑶湘等，都曾从其学诗。外省诗人如高孝本、方正玉等，亦慕名前来就教。

梁佩兰此期诗歌，多为唱酬之作，数量虽多，思想内容却比不上前期所作。梁佩兰喜游览，粤中山水名胜如南海西樵山、惠州西湖、肇庆七星岩、博罗罗浮山等处，都曾留下其足迹，所至多有吟咏。这些诗较之前期更深稳工致，却无突出之作。值得注意的，是一些带有浓郁岭南乡土气息的田园诗。如：

亦知松柏耐冰霜，争似春来草尽芳。东望白云郊外去，一齐同看打牛忙。(《迎春词》)

鹁姑飞过野塘西，水暖菖蒲叶渐齐。迟日待寻田父

去，学骑秧马试扶犁。（《早春柬王蒲衣》）

这些诗清新轻快，表现了诗人对农事的关心和对生活的热爱。

七十五岁（康熙四十二年，1703）至七十七岁（康熙四十四年，1705）辞世，为去官归老时期。康熙四十一年岁末，以翌年三月清帝玄烨五十寿辰，诏敕庶吉士久在外者赴馆供职，梁佩兰遂复北上。抵京不一月，例值翰林院散馆考试，梁佩兰等三十人以不习满文，被革翰林职，归进士班用。他不肯赴选知县，亦不愿请留内阁中书，自谓："骑驴一踏蓟门春，便拟抽身作隐人。"（《答佟声远次原韵》）而京中无论识与不识者，因慕其诗名，都争欲求见，梁佩兰诗未脱稿，就已传诵远方。达官贵人争相设酒征歌邀请，留于幽园别墅中，不使他人得见，而以独得名士自矜。

康熙四十二年（1703）深秋，梁佩兰与诗人沈用济结伴南下，途中吊古抒怀，吟赏唱酬，写下大量诗作，表现了旺盛的创作力。《南归杂咏》，是其中的一组诗。往往寥寥数笔，便涂抹出一幅生动传神、韵趣天成的归途小景，显示了诗人善于在寻常景物中捕捉形象特点的卓越本领：

沿洄村岸傍河漘，驴放秋田啮草新。一缕水烟林影外，打鱼人唤买鱼人。

朦胧星月浸秋烟，风起舟行未曙天。却使飞禽翻向后，看人骑马几能前。

次年春，梁佩兰抵粤。又逾年而卒。卒后，友人私谥"文介先生"。

梁佩兰一生的思想行为较复杂：他既怀念故国；又对抗清

斗争持观望态度。既揭露批判清朝统治者的残暴剥削压迫和新朝的某些政治黑暗、弊端；又回避重大的社会矛盾，甚至为清统治者歌功颂德，粉饰太平。既与故明志士遗民往还不绝；又与清朝的达官贵人，尤其是名士骚人交游几遍。既热衷功名，充满儒家“入世”的强烈欲望；又时时流露出释老“出世”思想，不愿受功名羁系，要归隐故里。他就是这样一个充满矛盾的诗人，也是清初岭南仕清诗人中的一个典型人物。由于其生活局限于士大夫阶层的圈子，他的才力也就受到了限制。在岭南三家诗人中，他的诗所反映的社会生活的广度和深度，都较逊于屈、陈二家。

梁佩兰论诗，一是主张自抒性情。他说：“诗以自道其情而已矣。情之所至，一倡三叹而已矣。物莫不因乎其所触。触之于目，接之于耳，贯之于心，而其人其地其事当乎吾前。吾从而往复周环，密视精审，而有以得其所以然之故。性情勃焉而兴，跃焉而出，激发焉而不能自禁。故夫天地、日月、风雨、露雷、山川、草木、动植，鸟兽飞走，鱼龙变化，无一而非吾性情之物。而吾之喜怒哀乐，或则言笑，或则歌舞，或则感慨，或则幽咽，一一见于讽咏之间，而诗成焉。此天地之真声也。”（《金茅山堂集序》）他反对明代前后七子的文学复古主张，说：“返观明代前辈，优孟汉唐之衣冠，而性情不属。”（《中洲草堂遗集序》）可谓切中其弊。二是主张不囿门户，多所殖学。他在《大樗堂初集序》中，批评“末世崇饰虚名，人鲜殖学。甫就捃摭，便尔扬诩”的现象。他提出：“诗论时代，自三百篇，迨汉、魏、六朝、唐、宋、元、明，以至今日，气运升降，体格因之，不综贯，无以为诗。”（《金茅山堂集序》）这些主张，可看作是对杜甫“别裁伪体”、“转益多师”的诗论的发扬。在今天看来，仍有可取。

梁佩兰为诗，初从汉魏入，其后不拘门户，唐、宋、元，以至明、清，兼取诸家之长而自成变化。时人张尚瑗云："药亭之为诗，名理于《庄》，旨趣于《骚》，而筋力于《选》，固不犹依傍宋唐门户者。然其少作，间亦驰骤于十子、七子之间。晚年与新城、商丘诸先生游，则时时瓣香韩、苏，示能兼长。"又云："今药亭之诗，可以为唐之初盛，可以为中晚，可以为宋元，随时迁改，而名理旨趣筋力之所在，要自有所为。"因此，他认为："六莹堂之诗，卓然成一家言。"（《六莹堂集序》）

梁佩兰的诗，继承了岭南诗派的雄直诗风。其早期诗才气横肆，慷慨激发，锋芒逼人；中年渐增阅历，所作意境开阔，亢爽雄健；晚期诗雄直气稍减，而更添俊逸闲适，声律辞句更细密精琢。时人方中德有评云："（药亭）诗凡数变：少年才思奇特，辟语惊人；一变而浑含包举，意概恢宏；再变而骨净神融，体舒气静；今则洗涤烹炼，广博澄涵，神骨声色，皆备之矣。"（《六莹堂集》附《评词》）

梁佩兰一生致力诗歌，各体诗均有佳作。所作七古超迈恣纵，变幻奇谲，尤为人所称重。《养马行》、《采珠歌》、《日本刀歌》、《采茶歌》、《金台吟》等，是其七古诗中的力作。

梁诗疵病，主要表现有二：其一，某些诗深蕴不足，过于浅露。梁佩兰曾自称："予诗多坦直，少纡徐。"（《金茅山堂集序》）谭献《复堂日记》，则称其诗"意尽句中"。其二，某些诗过于恢张。朱庭珍有评云："往往失于奔放，堕入空滑一路。"（《筱园诗话》）《木瓜上人打鼓歌》，是二者兼有之的失败之作。

第二节　梁佩兰的文章

梁佩兰以诗名世，又善文。二十九岁中解元，"制艺喧传都下”。时人曾誉其诗文为“宇内之诗文”。然而，《六莹堂文集》今已散佚，中山大学出版社1992年版《六莹堂集》校点补辑本，仅搜辑补入其佚文二十馀篇。

梁佩兰论文，与其论诗的观点是一致的：他主张作者必须重视平时的学殖，师法古今，师法社会，师法自然，师法百家，化为胸中学问，而发为文章，则能体现性情和见解。他说：“若夫文人学士，以著述为事，则必其平时学殖，搜罗百家，牢笼万有。纵观古今之大，细察品物之盛。见夫山川之流峙，草木之动植，鸟兽虫鱼之飞走吱喙；更通乎天人消息之微，阴阳动静之机，造化往来之数，鬼神屈伸之状。悠然畅然于中，而有以得其所为文也者。”（《杨大山文集序》）他反对复古派刻意模拟古人章句的做法，提倡要弄清古人文章中的底蕴精华之所在，有所批判取舍，既能“入之”，复能“出之”：“读书只学守章句，古人糟粕而已矣。大儒学问有根本，一事必欲窥其始。……古人大言与小言，入之出之尽原委。”（《沂儿送予至禺阳，不忍遽回，临别留一扇索予书。舟次韶石，灯下作长篇寄之》）他又提出自己的文章标准：“文，欲其静以正也；又欲其奥以博也。静以正，则其体严；奥以博，则其用广。”（《杨大山文集序》）他认为，文章应力求气格闲雅纯正，内涵渊深博大，才能结体严正，功用广远。

现存梁文，按其内容可分为几类：

政史之文，《南海县志序》略述志书的要旨、内容，以及南海县的历史沿革。抨击清初催科之弊，并吁请整肃县学以利造就人才。《清忠堂奏疏序》主张“人臣事君，苟有利于天下国家，宜无不言”。他称述朱弘祚抚粤政绩，谓其奏疏能思爬剔丛弊，易旧作新。尤赞其“更定鹾政，豁吴川、澄迈、临高荒粮，除土豪，减屯税，改折芽茶白蜡”诸措施，为体恤民瘼，“大有造于吾粤”之举。《田公去思碑记》批评广东英德县旧任县令或平庸怠惫，不恤民困；或奔走钻营，敷衍待迁。而赞许即去任县令田从典“缓正供，省杂征，重教化，兴县学，赈饥民”等利民实政。这些文章，或指摘时弊，或关心民瘼，或为民请命，都有可取之处。文中论古道今，放收自如。叙事极有条理，而错落有致。议论词锋犀利，观点鲜明。文笔平实畅达，扬善贬恶，直书不隐。

诸诗序、文序等，阐发有关诗文之论。《大樗堂初集序》谓：“夫诗者，思也。人情有所感于中而不能散，则结而为思，而诗名焉。”《五律英华序》批评明代高棅《唐诗品汇》、李攀龙《唐诗选》、钟惺《唐诗归》，虽“煌煌昭人耳目”，“然《品汇》味似和雅，而失之平。《诗选》志在声调，而失之板。《诗归》意主清矫，而失之佻薄委琐”。《中洲草堂遗集序》指出明代复古派之诗，是“优孟汉唐之衣冠，而性情不属”。《金茅山堂集序》谓：“诗以自道其情而已矣。”又谓历代之诗，气运升降，体格因之，不纵贯，则无以为诗。《南塘渔父诗抄序》云：“士夫生钟岳渎之秀，饱读古今之书，含英咀华，发为文章，必思有以自见。”《题陈献孟游罗浮诗序》云：“文人胸中，突兀排奡，造冰起雷。非名山大川，无以发其奇杰之气。”又云：“夫人目不睹方隅，足不逾畛域，衣带巾舄，不一身染苍翠，此瓮牖之士，无与于昭旷之观也。”《东轩诗略序》批评时人偏奉一代一人之诗，而不顾其他。又提出“诚以诗之高在标格，远在神韵，精在骨髓”的看法。《杨大山文集序》较有系统地提出自己的论文观点。梁佩兰平生浸润诗文，故此类文章写来尤为得心应手。或叙或议，纵横开阖，多有真知灼见，且颇具个性和革新精神。在《与王瑶湘女史书》中，他谆谆教导青年女诗人王瑶湘如何读《庄子》、《礼经》、《离骚》，以扶掖后学为乐事。时人钮琇称之为“精深雅丽”之文。

梁氏嗜释老之学，与方外多有交游。其《放生池序》极言儒佛之道相合。“佛言慈悲，即吾儒之仁也。言喜舍，即吾儒之义也。言持戒，即吾儒之礼也。言定慧，即吾儒之智也、信也”，并数引儒典、佛典以说明法性寺所筑放生池，为“本其生物之心而实之以事”，“殆与吾儒之仁合”。《离六堂诗序》云：“夫诗非道也；而道总众妙，诗在其中。”古时采风之诗，“性情最真，可与见道”。又谓释大汕能以其诗传其道。《复潘稼堂书》自称：“佩兰少慕清净，喜奉佛，凡方外无不与交。窃见古人如陶靖节之于慧远，韩昌黎之于大颠，苏子瞻之于参寥，黄山谷之于黄龙晦堂，张无尽之于兜率，皆彼此往来，不废文字。故于赞叹佛乘之文，无不乐为。”这些文章反映了梁氏的宗教思想，对研究其生平及思想甚有参考价值。

论人之文，《选选楼集小序》推称故明遗民诗人岑徵，谓“其生平高风亮节，在屈（大均）、陈（恭尹）二公之上”。《前锦衣卫指挥佥事私谥贞谧先生独漉陈公行状》追述诗人陈恭尹生平志节，叹其“正当日落虞泉，而犹欲遂其鲁阳之志”，“才大而不得生遇其时”，以致隐忍终老。《与谢霜厓书》盛赞故明旧臣谢元汴诗文皆如其人，可“与白日同不落”。从这些文章，可见梁佩兰对抗清志士和故明遗民，是较为理解同情的。《祭成容若文》追忆与满族著名词人纳兰性德的交谊，缅怀其人品才华，痛悼其英年早逝。梁佩兰以待人真率闻，这些文章，可称为“情至文至”之文。

梁文风格，短文如其近体诗，清丽明快，简洁洗炼。好像一泓清泉，澄澈可爱。长文如其古体诗，跌宕顿挫，酣畅淋漓，喜用一气呵成的多重复句和排比句，以增强气势。如同长江大河，滔滔不息。时人樊庶曾譬之“如韩潮苏海，浩渺洸洋，莫可涯际”。

梁佩兰《南塘渔父诗抄序》云：“幸而操五色之管，侍天子之侧，赓卿云之颂，续喜起之歌，表彰盛业，鼓吹休明。词章之用，莫此为著。”这种政治上和文学上的偏见，以及梁氏某些文章中所表现的消极宗教思想，是梁佩兰士大夫阶层思想意识的反映，也正是梁氏文学成就之所以逊于屈大均、陈恭尹二家的思想根源。

第三章　岭南诗派

第一节　岭南诗派的形成

岭南诗歌历史悠远，长期以来，它以独特的风格，在中国诗坛上别树一帜，引人瞩目。汉代杨孚所作《南裔异物赞》，文辞优美生动，典正雅健，为现存最早的岭南诗歌。正直贤明的唐代宰相张九龄，以清淡深远、刚健遒直之诗，力纠齐梁绮靡风气，为开创有唐一代诗风作出了突出贡献。刚正不阿的北宋名臣余靖，为诗清劲幽峭、质朴疏朗，一洗西昆铅华，与张九龄并称岭南二诗宗。南宋崔与之、李昴英，身当危亡之秋，竭智尽忠，所写诗苍劲高昂，亦称名家。在此以前，岭南诗坛虽时有名家名作，却未出现有较大影响的诗人群体，未能引起海内诗界的足够重视。逮南宋末年，岭南作为抗元斗争的最后据点，在民族危难之际，涌现了一批爱国诗人，如赵必瑑、陈纪、何文季、李春叟等，他们的诗作表现出深沉的爱国主义热忱，沉痛苍凉、悲慨动人，形成独特的风格，实开岭南诗派之源。元末明初，诗人孙蕡、王佐、赵介、李德、黄哲结社于广州南园抗风轩，称“南园五子”，诗或高浑清丽，或沉着深致，或刻厉奇崛，或静穆淡远，或清劲警拔，力矫元诗纤弱委靡风气，声气轶视中原，万历间浙人胡应麟在《诗薮》中，始称之为“岭南诗派”。明中叶的丘濬、陈献章、黄佐，以学者之笔为诗，或严谨雅丽，或自然超妙，或雄奇恣肆，各有法度。嘉靖间，“南园后五子”欧大任、梁有誉、黎民表、吴旦、李时行，同出黄佐之门，为诗或雄阔高华，或清新婉约，或沉着深远，或俊逸秀雅，或高昂幽苍，粤诗至此，声势大盛。可惜，他们颇受当时文学复古风气影响，创作上未能有更大的突破。万历年间，区大相“力祛浮靡，还之风雅”，其诗内容充实，感慨深沉，摆脱了明七子的影响，岭南诗人翕然宗之，而粤诗得嗣正音。崇祯间，陈子壮、黎遂球等十二位诗人，复集南园结诗社，号“南园十二子”。明末，广东再度成为汉族人民抗击少数民族征服者的最后主要据点，岭南又产生了大批的爱国诗人。十二子中的几位诗人，以及同时的陈邦彦、邝露、张家玉、张家珍诸诗人，慨然投身于壮烈的抗清斗争，不仅以饱含激情的诗笔，且以血肉之躯抒写了一篇篇充满凛凛正气的爱国主义诗章，而长流诗史。在明代诗歌受拟古习尚影响而普遍衰落的情况下，岭南诗歌却迅速而健康地发展，为清初岭南诗歌的再次振起奠定了基础。

清初顺治、康熙年间，经过一段时间的休养生息，社会经济迅速恢复和发展，国势空前强盛，促进了文学的繁荣。此时，岭南诗歌亦呈现盛极一时的局面。众多的抗清诗人、遗民诗人，以及仕清诗人、布衣诗人，如同争辉的熠熠群星；而号称“岭南三大家”的屈大均、陈恭尹、梁佩兰三位诗人，尤为耀人眼目。他们气象雄阔、沉郁勃发的诗作，令人耳目一新，堪称清初岭南地区继往开来的诗坛领袖。

岭南诗人好结诗社。屈大均《广东新语》载：“叶石洞云：东广好辞，缙绅先生解组归，不问家人生产，惟赋诗修岁时之会，粤人故多高致乃尔。”诗人们自发地联吟酬唱，以诗会友。自宋代以下，结社之风愈来愈盛。这对岭南诗歌的发展和岭南诗派的形成，无疑是起了重要作用的。宋元之交，赵必瑑、李春叟、陈纪等一批故宋遗民，隐居于东莞乡间，结吟社以抒发亡国之痛、离乱之苦。至明季，前后五先生和十二子，先后结南园诗社于广州。还有王渐逵、伦以训等人的越山诗社，郭棐、王学曾等人的浮丘诗社，陈子壮等人的诃林净社，以及东莞的凤台、南园诗社，都是粤中声气较著的诗社。至于各地大大小小的诗社，更是不胜枚举。清初，虽然政府一度严令禁止结社，但岭南文人仍继续私下组织诗社。青年时期的三家，亦与张穆、高俨、陈子升、王邦畿、梁梿、何绛、王鸣雷、陶璜，以及程可则、方殿元、尹源进、吴文炜等粤中名宿和后起之秀，在广州城西结西园白莲诗社，为诗寄托故国之思。此后，三家还在广州先后主持组织过越台诗社（在西禅寺）、东皋诗社（在东门外东皋别业）、浮丘诗社（在浮丘古石）、探梅诗社（在东郊黄村）、兰湖白莲诗社（在法性寺），吟咏唱和，交流切磋，品评高下，引掖后学。曾从三家学诗而后来较有名气的青年诗人，有王隼、梁无技、陈阿平、周大樽、邓廷喆、徐璿、韩海，以及女诗人王瑶湘等。一些外地入粤诗人，如吴绮、赵执信、潘耒、严绳孙、周在浚、徐釚、张尚瑗等，亦参与唱和。据说，诗社曾达数百人。一时盛况，可以想见。岭南三家交游甚广，早在青年时期，即负海内诗名。广东抗清斗争失败后，屈、陈二诗人曾分别北上，联络志士，览察山川，力图恢复，并由此结识了一批外地的遗民诗人。屈大均足迹历荆楚、吴、越、燕、齐、秦、晋之地，所结交的杜浚、钱谦益、李因笃、顾炎武、傅山诸人，均为诗坛名宿。这些诗人，对屈诗亦极为称赏。江西诗人彭士望、魏礼，则尤重陈恭尹之诗。梁佩兰七次赴京应试，成翰林后乞假归里，逾十四年复赴馆供职。多次北游燕、齐、鲁、吴、越，一时朝野诗人，交游几遍。如陈维崧、顾贞观、汪琬、宋荦、蒋景祁、纳兰性德、姜宸英、高士奇、查慎行、孔尚任等人，都是诗坛名士。康熙二十一年（1682），京师文人结诗社，推梁佩兰、朱彝尊同主坛坫，更令岭南诗派为海内所重。号称南北二诗宗的朱彝尊、王士祯，均与三家交善。对三家之诗，亦极为推重。由于三家诗人与中原、江浙诗人的广泛交游，不仅促进了岭南地区与这些地区诗歌的交流，亦提高了岭南诗派的声誉。

岭南诗歌自唐代张九龄开创风气，北宋余靖益其神骨，后世诗人皆奉为正宗。至南宋诸子，以雄直诗风为主调的岭南诗派初步形成。明初南园五先生鸣盛于海内，渐为世人瞩目。南园后五先生、南园十二子嗣响其后，已开岭南诗派规模。清初，岭南三家力扫复古之风，以性情洋溢、气势雄迈、韵致深雅、风格鲜明之作，开创一代诗风。一时诗界无人不知其名，成为公认的诗坛宗匠。而岭南诗派之目，自此崭然崛起于海内。闽人林枫有诗云："岭南诗派屈梁陈，一代风骚鼎足身。"（《论诗仿元遗山体》）三家的诗歌、诗论，以及他们的创作交流活动，对岭南诗派的最终形成，并确立其在国内诗坛的地位，作出了重要的贡献，是岭南诗歌发展的一个里程碑。对后世岭南诗歌的发展，亦产生深远的影响。

第二节 岭南三家对岭南诗歌的贡献

岭南三家诗人生于明代崇祯年间，甲申明亡之时，梁佩兰、屈大均、陈恭尹分别为十六、十五、十四岁。陈恭尹为抗清名将、学者、诗人陈邦彦之子，屈大均为陈邦彦的学生，梁佩兰亦自称为陈邦彦的私淑弟子。他们早期受陈邦彦等岭南抗清诗人的影响甚深，而身历变故，为诗多兴亡之慨。如屈大均《塞上曲》、《壬戌清明作》，陈恭尹《端州阅江楼》、《九日登镇海楼》，梁佩兰《端州》、《封川》诸诗，皆感慨深沉，隐寄故国之思。屈、陈为抗清志士，屈大均早年曾直接参与抗清军事行动，其诗如《读陈胜传》、《同杜子入秦初发滁阳作》、《从军曲》等，悲慨激昂，充满强烈的反抗斗争精神；陈恭尹全家被难，只身逃免，亦曾积极奔走，力图恢复，后事不可为，遂隐居终老，他一生屡遭厄难，诗如《虎丘题壁》、《拟古》、《留别诸同人》等，雄浑苍凉，深沉悲慨中透露出拳拳报国之心。梁佩兰没有参加过抗清斗争，清兵陷粤后，据说他曾一度逃禅以作消极的反抗。对抗清斗争，他是较为理解同情的。其《秋夜宿陈元孝独漉堂，读其先大司马遗集感赋》六首，表现了对以身殉国的抗清将领陈邦彦深深的敬仰和由衷的颂扬。三家诗人还以诗歌揭露当时的社会黑暗，反映人民生活的困苦。如屈大均的《菜人哀》、《猛虎行》、《大同感叹》，陈恭尹的《乞食翁》、《村居即事》、《感怀·海滨何遥遥》，梁佩兰的《养马行》、《采珠歌》、《采茶歌》等诗，都是感情充沛的写实之作。由于岭南三家的诗歌能够充满激情地反映当时的社会现实生活，故具有震撼人心的感染力，引起读者的共鸣。屈、陈二家之诗，以含强烈的反清思想，屡遭清朝政府的严厉禁毁，然而，不少人还是冒死保存，使之终于得以流传。可见二位诗人以其品格之高、作品之精，真正赢得了广大读者之心。至于梁佩兰，早期也曾写了不少充满激情、反映现实的好诗，但他热衷功名，后期出仕清朝，囿于士大夫阶层的生活圈子，为诗多酬赠吟咏之作，思想性也就不如前期所作了。因为他的诗反映社会生活的广度深度都不及屈、陈二家，故成就亦自逊于屈、陈。

昔时文人，往往视岭南为文化落后的“南蛮之乡”，而贬岭南诗派为“偏方之音”，由来已久。岭南地区北枕五岭，南廓涨海，自古百粤杂居，交通困阻。作为华夏南徼，历被中原文化熏陶。作为对外贸易的门户，又率先接受海外文明的影响。由于独特的自然环境、社会状况和风土人情的影响，岭南诗歌也表现出有异于中原、江左的地方特色。“岭南三家豪杰士，蛮乡特立作诗人。”（江苏陆继辂《杂题》）生长“蛮乡”的三家诗人，为诗亦具浓郁的乡土气息。南国人文风物，人而浮丘安期、尉佗梅铜、稚川惠能、曲江武溪、白沙甘泉、绿珠素馨，地而楚庭越台、韶石梅岭、罗浮星岩、丹霞西樵、白云珠水、鹅潭花田，物而红棉古榕、荔枝龙眼、丹橘蕉子、鹧鸪鹦鹉、仙蝶嘉鱼、端砚莞香，一一取而入诗。虽为诗人雅体，而富于岭南风味。粤俗自古好歌，三家浸润其间，亦颇重视采风入诗。如陈恭尹《江上曲》、《东湖曲》十首，梁佩兰《粤曲》二首、《罗浮曲》等。尤其屈大均，更以大量民间歌谣入诗，如《罗浮曲》二首、《雷阳曲》九首、《民谣》十首、《瑶歌》、《渔者歌》二首、《打蚝歌》二首、《蛋家曲》、《乌蛮滩谣》四首、《罗定民歌》二首、《珠人曲》六首、《广州竹枝词》七首、《连州滩谣》等等。这些经过诗人采集加工的歌谣，意境优美而土风醇厚，语言清新活泼，亦雅亦俚，堪称情词俱妙的佳作。因为三家的诗作具有鲜明的地方色彩，随着他们诗名的远播，而一扫昔日认为岭南鄙陋无文的偏见，扩大了岭南诗派的影响。山西张晋有诗云：“瘴雨蛮烟海尽头，岭南三老尽风流。”（《仿元遗山论诗绝句》）浙人吴衡照亦云：“海上烟云致足夸，岭南三子各名家。”（《冬夜读诗偶有所触，辄志断句，非效遗山论诗也》）鲜明的南国特色，正是三家得以领一代风骚的重要原因之一。

自明代前后七子倡起文学拟古运动，至清初而馀波犹劲。明末公安派、竟陵派力主性灵说，发起反拟古运动，然其为诗，或流于浅率，或堕入幽僻。清初王士祯标举神韵说，趋同者甚众，究亦失之空寂。清初诗人又喜言宗派，或宗汉魏三唐，或宗宋元，各执一端。岭南三家论诗，则去各派偏执之言，而力倡革新，自成一派之说。梁佩兰曾云：“夫人各具有胸中，其从事风雅，浸淫岁月，亦必有以自信而后发，而为诗确然可传。此岂屑为雷同之习耶？盖尝与独漉、翁山论诗，谓吾粤人人自成面目，不在天下风气之内。”（《东轩诗略序》）“岂屑为雷同之习”而“自成面目”，正是三家诗开创风气的思想基础。陈恭尹、梁佩兰早期都曾写过拟古题乐府诗，尤以梁氏所作为多。然而，他们的古乐府诗具有鲜明的个性风格，不仅内容能借题发挥，或感念时事，或抒写情怀，词章亦能有所创新。与前后七子不重视思想内容，而刻意模拟剽窃古人章句的肤廓之作自是不同。梁佩兰后来也曾作反思与批判云：“返观明代前辈，优孟汉唐之衣冠，而性情不属。”（《中洲草堂遗集序》）一针见血地指出七子的弊病所在。他又鲜明地提出了“诗以自道其情而已矣”（《金茅山堂集序》）的论诗观点。梁佩兰曾与陈恭尹论诗，提出“性情欲流，规格欲别，词语欲化”的主张，陈恭尹为作注语云：“夫情性欲流者，欲其跃动也，欲其酣畅也，欲其呈露也……规格欲别，词语欲化者，欲其不板滞也，欲其不陈腐也。”（《答梁药亭论诗书》）可见，他们都颇重视诗歌内容方面性情的体现，以及形式方面体裁词章的化用创新。大抵陈、梁为诗，皆自汉魏入，而博采三唐宋元诗之长，不拘一格，而自成家。陈恭尹有诗云：“文章大道以为公，今昔何能强使同！只写性情流纸上，莫将唐宋滞胸中。”（《次韵答徐紫凝》）在诗歌的宗法问题上，梁佩兰提出为诗要多所“殖学”（《大樗堂初集序》）又云：“诗论时代，自三百篇，迨汉、魏、六朝、唐、宋、元、明，以至今日，气运升降，体格因之，不综贯，无以为诗。”（《金茅山堂集序》）他们这些论诗观点，无论从当时或今天来看，都是十分可贵的。屈大均论诗，倡言“家三唐而户汉魏”（《广东文选自序》），认为“诗莫丑于宋人”（《书淮海诗后》），又称：“诗之衰，至宋元而极矣。”（《荆山诗集序》）当今某些文学史作者由此归之为尊唐派，似乎过于武断。屈氏所倡学三唐以上诗，是取其“气、格、韵”的天然高蹈，并非拟古派衣冠木偶式的模拟章句。与陈、梁二家一样，他亦提出为诗要“自有其性情，而不使其性情为人所有”（《见堂诗草序》）的观点。屈大均认为，诗歌的生命力在于变化革新。他曾说：“易道尚变，诗亦然。”（《书淮海诗后》）又云：“吾尝欲以《易》为诗，颠倒日月，鼓舞雷风，奔五岳而走江淮河汉，使天地万物皆听命于吾笔端。神化其情，鬼变其状。神出乎无声，鬼入乎无臭，以与造物者同游于不测。其才化，而学亦与之俱化。”（《六莹堂集序》）在他看来，只有达到“情状才学俱化”，才是诗歌创作的最高境界。屈大均为诗多取法楚辞、汉、魏、盛唐，尤仰慕屈原、李白，其诗的气、格、韵亦与之神似，高古雄深而自抒胸臆，并无模拟痕迹。正如陈恭尹所云：“（翁山）意不专主一家一代，自达其意而已。”（《屈翁山文钞序》）岭南三家论诗不囿门户，批判复古，创作注重性情而努力创新。在他们的大力倡导下，清初粤诗遂得以健康发展。闽人郭曾炘有诗云：“王李钟谭变已穷，岭南江左各宗风。六家诗继三家起，盛世元音便不同。”（《杂题国朝诸名家诗集后》）他把屈、陈、梁与号称“江左三大家”的钱谦益、吴伟业、龚鼎孳，并称为清初开风气的两诗派的宗主，推誉颇高。

清初诗人潘耒有诗评岭南诗派云：“地偏未染诸家病，风竞堪张一旅军。”（《羊城杂咏》）由于地域的僻远，岭南诗歌甚少受海内某个时期流行诗风的影响，而有其自身的发展道路。陈恭尹谓：“吾粤作者，自张曲江而下，源流相接，代有其人，矩矱不远。”（《岭南五朝诗选序》）由张九龄开创的雄浑遒直诗风，历来为岭南诗人所宗，成为岭南诗派的传统诗风。屈大均云：“推诗风之正者，吾粤为先。”（《广东文选自序》）并非自高之词。后来浙人谭献亦云：“岭南文学，流派最正。”（《复堂词话》）岭南三家之诗，自具粤人雄迈质直性情，且各有特色。陈恭尹《六莹堂集序》谓屈诗如“味醇而洌”的“江河之水”，梁诗如“味洁而旨”的“瀑布之水”，而己诗如“味澹而永”的“幽涧之水”。时人王煐《岭南三大家诗选序》，对三家诗亦各有喻词。比喻之言，或不尽妥切，然而，三家之诗确能“发摅性灵，自开面目”。观三家诗，屈大均雄奇高浑，慷慨超迈；陈恭尹沉郁苍劲，精警隽永；梁佩兰伉爽排宕，深稳雅健，都充溢“雄直”之气，又各具鲜明的个性风格，自成一家。三家诗名体均有佳作，而又各擅胜场，屈之五律，陈之七律，梁之七古，尤见功力，时人推为“三绝”。其实，三家诗之“绝”，并不仅仅表现在体裁、词章、手法的运用上，更重要的是体现在题材的选取和主题的升华上。三家身世、遭际、个性、抱负不尽相同，然同处国家变革、民族危难的多事之秋，又均能以饱蘸激情的诗笔去吊怀故国、哀伤离乱、颂扬英烈、揭露黑暗、抒泄不平，故其诗意境雄阔，气势劲健、格调高昂，呈露出一种“阳刚”之气，撼人心魄。这正是安“升平”之世、蛰蜗闭之室的文人所难企及之处。岭南三家诗洋溢着岭南诗派“雄直”之气，并以此扬名于海内诗坛。洪亮吉有诗云：“药亭独漉许相参，吟苦时同佛一龛。尚得昔贤雄直气，岭南犹似胜江南。”（《道中无事，偶作论诗截句二十首》）沈汝瑾亦有诗云：“珠光剑气英雄泪，江左应惭配岭南。”（《国初岭南江左各有三家诗选，阅毕书后》）他们都是江苏诗人，可谓绝无乡曲之见者。浙人杨际昌则云：“岭南诗追琢唐音，体尚苍凉，情多感慨，音节最擅场，韵致稍减。”（《国朝诗话》）“缺少韵致”、“粗率浅露”，是以往中原江左某些文人指贬岭南诗派之词。然而，杨际昌却甚赞赏陈恭尹、梁佩兰的一些诗，称为“稿中别调”，

“厥旨甚微”。他认为陈、梁不仅具有岭南诗雄健发露的传统特点，而且饶有韵致。其实，这也正是三家诗得以卓立清初诗坛的重要原因。

第三节　中原等地区对岭南文学的影响

岭南地区自商、周以来，就与中原商、周王朝，以及长江流域的吴、越、楚等国，有了日趋频繁的经济文化交往。而作为岭南文化的一个重要方面的岭南文学，也很早就与中原、吴越、荆楚等地区的文学有了交流。梁佩兰《岭南五朝诗选序》引史载云，周武王时，“越裳入贡，陈诗观乐以归”。则早在三千年前的西周，岭南即已产生了可供中央王朝“采风”的诗歌，并以“陈诗”的方式与中原文学进行交流。西汉惠帝时，南海人张买“侍游苑池，鼓棹为越讴，时切讽谏”。晋时南海人王范“搜罗百粤典故，为书名曰《交广春秋》”，“事赡词工”，于“（武帝）泰康八年表上之，订述该核，众见之称服，自是名动京师”。梁朝曲江侯安都所为五言诗“声情清靡”，“数招聚文士，如阴铿、张正见之流，命以诗赋，第其高下”。这是文献中较早的记载。其后的文学交流，就更是不胜列举了。

在长期与中原等地文学的交流中，岭南文学不断地受到这些地区的文学的影响。毋庸讳言，在古代相当长的一段时期内，岭南地区的经济文化发展是相对落后于中原等地区的，需要吸收这些地区较先进的文化教育来充实和发展自己，而岭南文学亦然。即使到了明清时期，岭南地区的经济文化已经有了较迅速的发展，并率先进入资本主义的萌芽阶段，岭南文学也渐次成为“领天下风气之先”的重要流派；但岭南文学还是继续接受岭北中原等地区文学的巨大影响，从而加快自己的发展步伐。

中原等地区的文学对岭南文学的影响，首先是通过书籍传播来实现的。尽管岭南僻处南荒，地理上存在相对的封闭性，但其语言、文字等文化因素，都属纯粹的华夏文化系统，与祖国中原等地区的文化从古至今就是密切不可分割的，而书籍则是不同时期、不同地域的文学交流的最好载体。诸如先秦历史散文和诸子散文、楚辞、汉魏乐府、唐诗、宋词、元明戏曲、明清小说等大量文学精品，主要就是靠书籍流入岭南，传播影响的。自隋朝起，中国封建王朝实行科举取士，考生必须熟习规定的儒家经典。诸经中的《诗》、《书》、《左传》等，本身就文学味道甚浓，士子们朝夕攻读，则终生受其影响。唐宋间，科举更是以诗赋取士，读书人必须研读大量的文学典籍，以提高文学素养，客观上也促进了岭南文学的发展。正是由于书籍的传播，而使岭南文学与海内各地文学的发展大体上保持着同步。

其次，中原等地文学还通过文士们的文学交流活动来影响岭南文学。一方面，岭南文士北上，与岭北文士作风雅之交，不断取彼之长，为我所用。如汉代陈元、杨孚，唐代张九龄、邵谒，五代孟宾于，宋代余靖、崔与之、李昴英，明代南园前后五子及丘濬、陈献章、湛若水、黄佐，清代程可则、岭南三家、方殿元父子、宋湘，近代张维屏、陈澧、黄遵宪、康有为、梁启超、黄节等岭南文士，或游宦岭北，或就读太学，或投师访友，或历览山川，多曾涉足中原等地，结交文友，多方切磋，尤善于学习，广收并蓄，而成为学问渊深、名重海内的名家。

另一方面，中原等地区历代众多的文学名家，他们或赴官，或遭贬，或作战，或避乱，或迁居，或投亲，或访友，或游览，而来到岭南。他们的身世遭际不同，文学水平也不尽相同，但都对推动岭南文学的发展发挥过或大或小的作用，是值得多书一笔的。

早在秦汉间，真定人赵佗（？—前137）为南越王，其《报文帝书》“词甚醇雅”，遒健雄迈，对岭南文风有较大影响。赵佗后来定居岭南，故近人吴道镕所编《广东文征》列其为粤文之始。古时岭南交通困阻，荒凉僻远，往往被作为罪官放谪之地。三国时吴国馀姚人虞翻（164—233），以忤孙权，被贬徙至粤。“虽处罪放，而讲学不倦。门徒尝数百人。又为《老子》、《论语》、《国语》训注，皆传于世。”（黄佐《广州人物传》）粤人曾设庙祭祀他，可见对其尊敬感念之深。东晋丹阳句容人葛洪（约282—343），辞官居岭南罗浮山，炼丹研道，采药行医，著书立说，所著《抱朴子》中有文论数篇，在文学史上有一定影响，后粤人多有诗文吊怀他。又东晋鄄城人吴隐之（？—413），任广州刺史清廉自守，他的《酌贪泉诗》，人传诵之。粤人重其风节，为刻诗碑。

唐宋间，许多中原文士被贬谪到岭南，其中最著名的是唐代韩愈（768—824）和宋代苏轼（1036—1101）。韩愈于唐宪宗元和十四年（819）被贬任潮州刺史，在潮七月，大倡文教，重振州学，以平生所为文授当地进士赵德，命为邑人之师。赵德编为《昌黎文录》六卷，并为作序，当时潮人传习之。为纪念韩愈的政绩，潮人改名潮州鳄溪为韩江，东山为韩山。苏轼于宋哲宗绍圣元年（1094）被贬惠州，后转琼州、昌化军，所至多有赋咏，敷扬文教，当地粤人甚敬重之。韩、苏诗文感情充沛，气势磅礴，意境宏阔，雄健浑厚，有“韩海苏潮”之称，豪迈放旷的粤人多效法之。明代岭南香山学者黄佐为诗“体貌雄阔，思意深醇”，被称为“粤中昌黎”。清代钦州冯敏昌少时为诗，亦学韩愈笔格。而清代顺德黄丹书诗宗苏轼；嘉应宋湘之诗，亦时有东坡笔意。可见，韩、苏诗文对岭南文学的影响是深远的，尤其对岭南诗派雄直诗风的形成，更起了推波助澜的作用。

唐宋以前入粤的岭北文士，较著名的还有南北朝的谢灵运，唐代的杜审言、宋之问、沈佺期、刘禹锡、李绅、李德裕、李商隐，以及宋朝的寇准、包拯、苏辙、秦观、米芾、朱敦儒、李纲、赵鼎、陈与义、李光、胡铨、杨万里、刘克庄等，对岭南文学都有不同程度的影响。尤其是南宋爱国名臣文天祥，他赤胆忠心，慷慨节烈，在粤率领官兵对元军进行殊死的抗战，一生可歌可泣。他在戎马倥偬之馀，与岭南诗人赵必瑑、李春叟等人交往唱和，写下了不少壮怀激烈而十分感人的诗文。其高风亮节大大地激励了宋末岭南爱国主义诗人，从而对宋末开始形成的岭南诗派给予直接的较大的影响。

清江范梈（1272—1330），为元代“四大家”诗人之一。其入粤诗自然隽永。咏岭南山水诸篇，饶有南国韵味。

明清间，广东单独设立行省，经济文化发展速度较快。由于交通运输的开发，与中原等地的联系也更密切。明代海内诗文普遍衰落，入粤名家有汪广洋、李东阳、汤显祖等，但对岭南文学影响不太大。清初，号称南北二诗宗的朱彝尊（1629—1709）和王士祯（1634—1711）分别入粤，与岭南三家等粤中诗人交游唱酬，岭南风雅一时称盛。清代的一些官府大员，本身就是风雅之士，在维护和加强清朝统治的同时，或与里中文人交游唱和，或创办学堂，搜拔培育人才，或刻印文学典籍，客观上对岭南文学的发展作出了一定的贡献。如，康熙间两广总督吴兴祚（1632—1698），奉天人，雅好文学，时与岭南三家等粤中文士作诗文之会。康熙、雍正间任广东学政的惠士奇（1670—1741），吴县人，学问渊博，注重实学。官粤六年，拔广东知名士数十人。其中何梦瑶、劳孝舆、罗天尺、苏珥、陈世和、陈海六、吴世忠、吴秋时几位粤中名士，并称“惠门八子”。乾隆间三任广东学政的翁方纲（1733—1818），顺天大兴人，生平深于学问，勤为著述之外，又以宏奖风流为己任，广东著名诗人冯敏昌、张锦芳、赵希璜等，俱出其门下。嘉庆、道光间任两广总督的阮元（1764—1849），江苏仪征人，为国内一位“淹贯群书，精研经籍”的学术泰斗。在粤时对广东的军事、经济、文化诸方面都有重大贡献。文化方面，首先是兴学教士，创办学海堂，聘请粤中饱学名流担任学长，培育了大批俊彦。道光、同治间粤中文学名家，如张维屏、吴兰修、熊景星、陈澧、桂文灿、谭莹、曾钊、林伯桐等，均为学海堂专课生出身，对岭南文学影响甚大。其次，他主持以学海堂名义校刊丛书，传布海内。所刊印的广东文献尤多。再有就是主修《广东通志》，为地方搜辑了大量的政治、经济、文化史料，至今尤为粤人称道。道光间任两广总督的伟大爱国政治家林则徐，在粤严禁、销毁鸦片，并发动、率领广东人民屡屡反击英国殖民主义者的武装挑衅。所作诗词慷慨激昂。其功德文章给粤中爱国诗人张维屏、梁廷枏等以极大鼓舞。晚清时任两广总督的张之洞（1837—1909），直隶南皮人，是一位评价有褒有贬的人物。在粤任内，他也做了一些甚得粤人好感的事。在中法战争中他是主战派，战争结束后大办洋务，办了不少实事。他又大倡文教，兴办广雅书院，请著名学者梁鼎芬、朱一新主持院事，为广东培养了大批人才。还创办广雅书局，出版广雅丛书，对保存文献、传布文化具有较大的意义。

几千年来，岭南文学主要就是通过书籍传播和文人交流活动的形式来接受中原等地区文学的影响，以助于提高和发展自己的。

此外，作为综合艺术的广东四大剧种粤剧、潮剧、琼剧和广东汉剧，综观其历史，则是通过民间传播的形式，由外来曲艺和剧种传入并同广东民间曲艺相结合，而逐步形成并日臻成熟起来的。至于岭南近代小说，则除了受到国内古典小说影响外，还受到西方小说的影响，而得到迅速的发展。

可以说，岭南文学的历史，就是一个除了自身不断进取和创新外，同时不断地学习和融入外来文学的精华，而使内容更丰富，形式更完善，特点更鲜明的成长发展过程。

第四章　廖　燕

第一节　廖燕的生平和思想

廖燕（1644—1705），原名梦醒，字人也，后改单名燕，字燕生，号柴舟，韶州曲江（今韶关市）人。廖燕工诗善文，又能戏剧，擅草书，是清初岭南著名文士。他幼而聪颖好学，敏捷多思，长而厌弃科举，不满现实，“因屏去时文，筑室武水西，额曰‘二十七松堂’，闭户不出，日究心经史，蔬食断烟，澹如也”。（曾璟《廖燕传》）他终生未仕，留下《二十七松堂集》文十八卷、诗六卷和传奇一卷。

廖燕与清王朝同年诞生，到他懂事时，天下已然大定。清初统治者深谙笼络人心之道，一面征召明朝的遗老逸少，一面恢复科举考试制度，天下的文人学子，又重新在读书求官的道路上蠕蠕爬行。廖燕本应像一般文人学子一样去求功名富贵，但他一生只在十九岁时考了个诸生头衔，其后可能仍有参试，但皆未能中。到二十五岁那年，他忽然放弃了这条或许会碰上好运的道路。他后来回忆说：“予弃制举业，而专攻诗古文词，历三十载于兹，今已五十有五。”（《鱼梦堂集题词》）他没有当过明朝的子民，不会有遗民的大悲大恨，更不会觉得在清朝当官有什么失节和丢脸。不过他在《作诗古文词说》中曾提到科场的弊端，第与不第完全取决于考官的贤愚，“其权在人而不能必之于己”，要碰上好运实在有如赌博，因考官之愚而耽误了自己的“功名”，很不值得。

廖燕对“功名”有自己的认识，并非只有科举及第才算功名。他说：“功盖天下曰功，名传万世曰名。”“专攻制义，只可谓之读八股，算不得读书”，“得登贤书，擢上第，只可谓之举人进士，算不得功名”。（《辞诸生说》）他还一针见血地指出：“明太祖以制义取士，与秦焚书之术无异，特明巧而秦拙耳，其欲愚天下之心则一也。”（《明太祖论》）儒生们在八股、科举面前那种“靡不竭精敝神以求合其法，惴惴然惟旁趋是惧”（《横溪诗集序》）的情态，廖燕觉得十分可怜可卑可憎。他是一个自行其志的书生，自视异常高美，以追求广及天下万世的功名为己任；他性格疏放，不拘俗礼，不善钻营巴结，也不愿改变自己傲然狂简的个性。他说，人不狂简，“则为天地间之废物”，“乌得人”！（《狂简说》）个人性格的独异和对科举弊害的认识，是廖燕与科举毅然决绝的原因。

廖燕既想建功立业，又放着眼前科举道路不走，而希望通过异常途径被人赏识，受到破格提拔和重用，他相信有才能就总有被慧眼发现的一天。他崇尚古代“士”的生活，“上可与天子为宾，而下亦不失为匹夫者，非士也欤哉！士之位甚卑，而士之品制则甚高，虽天子亦不得而易视之”。（《与韩主事书》）但他既没有遇上吐哺握发的周公，推食解衣的刘邦，也没有鲁仲连、李太白的际遇。在封建社会后期科举制度走向腐朽、科举考试成为统治者唯一取士途径的时候，廖燕企图“摆脱世网”、“自行其志”的希望是太天真了，而天真的代价往往只能是命途多舛，一生坎坷。

廖燕早年立志著述，家中藏书不足，就远赴广州，寄居藏书者家中读书。生活无着，他靠教书糊口，还自学医术，替人治病。康熙十五年（1676），吴三桂等制造“三藩之乱”，韶州数罹战火，廖燕以三十二岁的壮年投笔从戎。戎马军中，却仍未放弃学业，“无书可读，因就石板作书，数月板为之穿。……与同侪赋诗逆旅，苦吟至呕血不已，笃志之极，虽性命了不顾”。（《上某郡守》）然而数年烽火，妻逝儿亡，廖燕只剩孑然一身。但他并没有在生活的打击面前屈服，只要稍得安稳，便又埋头著述。战乱平息后，廖燕孤身一人在城东租茅屋住下，靠种菜维持生计。菜地皆瓦砾，“蔬植其中，则短细苦涩不可食，余每大嚼不厌”。（《小品自序》）如此清苦数年，到康熙二十一年（1682）春天，《二十七松堂文集》刻成问世。

廖燕勤奋写作，呕心沥血，让自己的才气充分地流涌迸泻。他充满自信，但又清醒地知道自己身处僻壤，见识有限，“故欲走齐楚燕赵，观洞庭昆仑，出蛮彝边塞苦寒之地，一览山川之奇，风俗人物之变，结交古侠异人”（《上某郡守》），从而打开眼界，增长阅历。然而一个为衣食尚且奔忙不迭的穷书生，哪有条件“遂其遨游之志”呢？于是他上书知府陈廷策，希望能得到资助。陈廷策是一个懂得爱惜人才的官员，他给了廖燕很大帮助，既帮助廖燕刻集行世，又资助廖燕搬家入城，以便就近照顾。康熙三十五年（1696）春，陈廷策离任进京朝见，欲将廖燕推荐给朝廷，极力邀他一同北上，此时廖燕已五十二岁了。

这是廖燕一生中唯一的一次踏出岭南。这次旅程是走赣州下赣江，沿江到达南昌，再沿长江东下，直抵金陵。廖燕到金陵后便病倒了，只好留下来治病，陈廷策先行北上，给他留下三十两银子作盘缠。陈廷策到京不久就病故了，廖燕的旅费又被人骗光，深知无力再北，只好寄居寺庙庵堂，等待家中寄来回归路费。他在愁途逆旅中，仍不放弃交游和写作。他以苏州为中心，展开学术交往和社会调查。

此次北上对廖燕影响极大。一路奇山异水得以纵览，陶冶了他的性情，使他的诗文得以营造开阔的意境。他此时创作的长篇歌行，恣肆横奇，达到前所未有的艺术境界。结交吴楚名流学士，增长了他的见识。特别是亲身实地采访了金圣叹的事迹，深为金圣叹的才高遭忌而慨叹："斯人不可再，知音尚俟谁!"（《吊金圣叹先生》）把金圣叹引为知音。他写的《金圣叹先生传》，堪称妙手奇文。

北上前后一年时间，这在廖燕的一生中是具有转折意义的。北上前他还希望能通过地方官的推荐，得到最高统治者的赏识，从而一展怀抱，但现实却给了他当头一棒。这一棒使他猛醒，才发现此路不通。南归后的第三年（1699），学使按察韶州，他呈上一首《辞诸生诗》，要求辞去诸生的名号。诗中说："四十年前事既非，那堪还着旧蓝衣。年来著述心徒在，老去功名愿已违。四海浪平龙独卧，一天云净鹤高飞。须知富贵非吾分，愿抱琴书伴钓矶。"廖燕清醒地看到，自己四十年来以文章劝世而"泽及生民"、"死而不朽"的抱负是无法实现的了，因为没有谁会看上他这个老诸生。与其去追逐那份外在的功名富贵，倒不如做个抱琴书伴钓矶的田舍翁。

廖燕辞去诸生的行动，是他对封建科举制度的最后一击，尽管其冲击的力量是渺小的，却表现了他为人为事的高昂气概。敢于采取这种断然行动，堪称难得。

从此以后，廖燕归隐山居，不再抛头露面。"自后当道至者，莫不往访，然罕见其面矣。吴太史韩尝奉命来粤，造其庐，叹息不置。"（曾璟《廖燕传》）看来，他确实与封建官场一刀两断了。

廖燕的晚景是很凄凉的。他大约在三十五六岁时重组家庭，生有三儿一女。一儿一女在康熙三十二年（1693）病亡，康熙四十二年（1703）次子又被人殴打致死，身边只有长子廖清。两年后，六十二岁的廖燕孤寂地死在家中。

第二节　廖燕的散文

廖燕是一位具有强烈异端精神的思想家，他的创作和评论，在某些方面冲刺着封建统治的罗网，但一直湮没不彰。他曾自拟将所作取匣盛之，为冢于名山之颠，“大书其上曰：‘曲江廖某不遇文冢’。因酹酒而祝之曰：‘千百年后，有如廖某其人者，将欷戏感慨而凭吊之，庶几稍慰吾文耶！’”（《自题制义》）身受压抑却不求谐合于当时，而期望知音慰藉于渺远的后世，字里行间，既寄寓着深沉的悲愤，也表现出相当的坚强。他对自己著作的价值有相当的信心：“不遇之文，其文必佳，盖其抑郁之气，尽发而为文故也。佳者必传，是天将传吾文也。”在阴霾弥天的时代，黄钟毁弃，原属当然，而他那种违世抗世的感情倾注于文中，却正使其文章闪耀着不朽的光芒。

在廖燕的文章中，处处可见其对官方哲学——程朱理学的叛逆和批判。他将自己的经书解释冠以“私谈”之名，摆明了与正统学术针锋相对的态度，而他的解释孔学，实际上也是“借纸上之陈言，论吾胸中之妙理”（《续师说》），借以阐扬自己的新观点。他以抒发愤懑、推翻旧说、更定是非为快事。例如他的《汤武论》借《易经》革卦“汤武革命，顺乎天而应乎人”之说，认为：“有汤武之为君，虽篡弑勿论也。”公然对君主专制时代所谓大逆不道的弑君、篡逆加以肯定。《狂简说》对孔子以至朱熹认为不合中庸之道的“狂简”态度加以礼赞。《傅说论》一反数千年陈说，揭露统治者“以梦愚天下后世”的伎俩。《孟浩然论》对孟浩然的作品和为人别有会心，他从孟浩然因诗中“不才明主弃”句被唐玄宗放逐不录，以及因饮酒而不赴采访使韩朝宗之约的两件事，看到孟浩然具有鄙薄权贵、傲岸不驯的性格，故敢于对皇帝当面顶撞，发泄不平之鸣。这显然与“父子君臣，天下之定理，无所逃于天地之间”（《二程遗书》）的理学思想壁垒分明。廖燕对历史事件和历史人物的评价，大都推翻了前人的传统论点，表达了自己的独特见解。清初进步思想家王源评价廖燕的文章说：“其文卓荦奇伟，矫矫绝依傍，议论发前人所未发。……其人品学术，性情神态，磊落浩然之气，毕露于行间。”（王源《廖处士墓志铭》）这个评价是不会过誉的。

廖燕对科举制度和八股文的批判更是直戳根源，认为那是统治者用以愚民的手段。他将明太祖以制义取士和秦始皇焚书坑儒作对比，得出的结论是：

> 吾以为明太祖以制义取士，与秦焚书之术无异，特明巧而秦拙耳，其欲愚天下之心则一也。(《明太祖论》)

他认为秦始皇取得天下后，为了传之万世，而对百姓实行愚民政策，以为天下只要无书可读，断绝了知识之源，也就断绝了智谋之士祸乱天下的根源，于是采取了焚书坑儒的强硬手段。然而这种做法却适得其反，不到几年工夫，秦朝就灭亡了。其实“诗书者，为聪明才辩之所自出，而亦为耗其聪明才辩之具”，汉唐宋以来，历代统治者都以文取士，引得人们为了功名利禄而耗尽智力。但相比之下，明太祖最得其法，他规定只以“四书一经”测试，除此之外，别的书都束之高阁，不暇接目。如此一来，“天下之书不焚而自焚矣”。《明太祖论》文末更饶有兴味地说：“使天下皆安心而听治于一人，而天下固已极治矣，尚安事使其知之而得以议吾之政令也哉！”这显然是对皇权政治的绝妙讽刺。

廖燕对科举八股进行了深刻批判。他指出，搞八股取士的根本原因，是封建专制统治者实行愚民政策。他对当时知识界竞逐科名、不学无术的鄙风陋俗，毫不留情地予以针砭。他自己则明确表示，不受这种愚民术的羁勒与驱使。《重刻光幽集序》说：

> 且夫世之所称为文章事业者，果何谓也哉？文章不必尽于制义，而事业亦不必限于科举。士固有宁终身不富贵，而必不肯不用奇自豪；宁受人之谤讥，而必不肯以固陋自处。盖将以经天纬地为文章，辅相裁成为事业，彼视一技一艺之能者，曾不当其一盼，岂肯区区株守，及甘心出于其下，而听其轩轾进退者耶？

他立身处世的风貌，建功立业的雄心，著作文章的豪情，于此跃然可见。廖燕如此猛烈地抨击科举与八股，表现了一种砸碎枷锁的愿望与气概，而他的崇尚“奇”“豪”，则不只有追求个性自由解放的因素，还怀着为社会作出有益贡献的理想。他极力推崇战国文章的切合事功以及当时社会士气的轩昂，认为后世在科举考试重重压抑下，不可能再产生这样的文章。他在《书战国策后》说：

> 《战国策》一书，……予独喜其文章即事功，事功即文章，文可为武，武可为文，无异途错出之分，尤为千古独绝也。此岂无所致而然乎？士莫重乎气，……战国之士，类皆俊伟瑰奇，以一布衣揖让人主之前，折冲俎豆之上，非其智谋独绝也，其气有以盖之矣。呜呼！自糊名易书之法行，而绳检防范，使士皆囚首垢面以应朝廷之举错，其始固已丧天下士之气矣，尚可复望其昂然振起，抵掌而谈天下之事也哉！

廖燕在封建专制和八股制义严厉钳制思想言论的社会现实中，疾呼文章之用世，布衣与人主之平等，明显地闪耀着民主性思想的光辉。

廖燕的论辩杂文，最大特点是富有批判精神，思想敏锐、言词辛辣，且文风犀利明透，新颖痛快。如他的《明太祖论》，就被魏禧叹为“绝世奇谈”。又如他的《高宗杀岳武穆论》，直指宋高宗是杀害岳飞的“首恶”、“主谋”，秦桧不过是高宗手下一个“刽子手”而已。“其欲杀武穆者，实不欲还徽宗与渊圣也；其不欲还徽宗、渊圣者，实欲金人杀之而己得安其身于帝位也。然则虽谓高宗杀武穆，即弑父弑君可也!”论析深透，凿凿可信。其《傅说论》、《汤武论》、《诸葛武侯论》、《张浚论》、《续师说》、《习八股非读书说》等重要篇目，都显示出一种无可反驳的力量，令人读后警醒欣奋，拍手称快。正如廖燕在《选古文小品序》中所设之喻：“匕首，寸铁耳，而刺人尤透。”其论明太祖、宋高宗诸文，正像匕首般直刺统治者的要害，把他们的险恶用心昭揭于天下。这些杂文是清文中精妙之作。

廖燕写的人物传记共有二十多篇，所传者有慷慨死节的南明忠臣，有战功赫赫的满族将军，有千古奇才金圣叹，还有剑侠、烈妇和亲朋故旧。廖燕笔下的人物，无论着墨多少，往往都能准确地把握人物特点，写出最有光彩的一面，使其精神气质可感可触。传后每附一段倾注作者满腔感情的评赞，更是画龙点睛。《金圣叹先生传》和《吴子光传》，堪称廖燕传记的双璧。前者是一幅封建时代倜傥高奇、潦倒失志文人的画像，后者则为一位剑侠奇盗鸣发心中不平。且看《吴子光传》全文：

> 吴子光，不知何许人，大抵剑侠流也。传其盗漳州戴

某家，事为甚奇。某家颇富饶，一夕忽尽失其所有。某天明欲起，觅衣物不得，始知被盗，遍视窗棂户壁，扃钥如故，惟四犬僵毙在地而已。及启户，则失物与盗俱在，盗即吴子光也。时陈斯征为漳州郡丞，奇其才，特列其状闻于当事，且荐其才可大用。子光语人曰："吾为此举，不过偶尔游戏，使天下人知有吴子光而已，宁欲以此博一官耶！"遂遁去，不知所终。

寥寥150余字，由述吴子光盗术之奇，进而表现其胸臆之奇。廖燕在评赞中，借此事引申发挥，抒写世上奇才异士埋没草莽、难展大志的愤闷。文章在艺术上将小说的传奇性和古文的简洁性熔为一炉，笔墨中流溢出作者的同情、悲怆和不平。从某种意义上说，它也是欲以奇自见的廖燕自己心迹的写照。

廖燕的山水游记，风格俏隽，以二三百字的短篇为多，《游野圃记》、《韵轩种竹记》、《山中集饮记》、《游碧落洞记》等是其代表作。这些作品，或写景言情，或写景论理，皆注意景与人合，自抒怀抱，使作者人物性情跃然纸上。

廖燕的小品散文，大都饱蘸情感，简短透快、精瘦险仄。行文纵横自如，不受任何牵制。无论是八股的框格或桐城的"义法"，在他的作品中都找不到丝毫痕迹。他的文章在当时是一种独特的存在，犹如他的思想、行事、性格迥别于众人一样。

第三节 廖燕的诗

《二十七松堂集》共收入五、七言诗五百五十首。廖燕青年时与澹归和尚等抗清义士有交往，其诗中常流露出强烈的民族感情。其《粤王台怀古》诗云："粤峤犹存拜汉台，东南半壁望中开。命归亭长占王业，人起炎方见霸才。日月行空从地转，蛟龙入海卷潮回。山川自古雄图在，槛外时闻绕电雷。”诗人登上粤王台，凭吊归汉的赵佗，盼望南方再出“霸才”，把明朝的乾坤重新挽回。他向往槛外的雷电，希望它能劈出一个新天地。诗的境界高阔，音节嘹亮，如王源所说：“新警雄逸”（《道援堂集序》），没有遗民诗那种感伤情调。诗集中也有像“山穷地轴华夷合，潮撼天门日月残”（《九日登白云山怀古》）一类正视国家统一的歌吟，气魄颇为宏大。

廖燕诗歌是自身经历的记述和情感的宣泄，很少应酬之作，多是抒写怀抱，不事雕琢和摹拟。“轩冕岂不愿，折腰非我情。……嵇阮以为师，忧乐一时并。”（《饮酒》）“半百年同怜短鬓，二三友在羡身贫。”（《赠朱藕男》）“豺狼满道路，奔走还多惊。官军岂盗贼，恣掠莫敢撄。”（《横溪行》）这些诗句，是他沉郁苍凉的心境和贫困生活的写照。

廖燕的山水诗数量较多，有的气魄雄浑，意境开阔；有的格调高奇，自然洒脱。特别是他晚年游历江浙期间所写的山水长篇，恣肆纵横，开阖自如，真正是抒情时“慷慨淋漓，激宕情处”；写景时吞云吐月，气势恢弘，达到了他一生诗歌创作的最高境界，其中以《滕王阁玩月歌》、《上十八滩》、《下十八滩》尤为出色。

廖燕的写景绝句写得清新活泼，例如：

薄暮西郊外，扶筇过野塘。闲看归客急，匹马向斜阳。(《薄暮》)

落日白云外，残霞相映红。西山衔未尽，犹照两三峰。(《落日》)

这些篇什，有静景也有动景，一首诗就是一幅优美的画图，体现了作者较高的艺术修养。

廖燕生活在社会的最底层，直接体验到民众的生活情趣，风土人情。他将这些内容，谱入了自己的诗篇。

遇仙桥下水澄鲜，遇仙桥上路通天。谁信神仙容易遇，遇郎难似遇神仙。

河西万室绕溪斜，男得闲游女作家。汲水溪边都跣足，樵妇插得满头花。(《曲江竹枝词》二首)

采青时近甚繁华，几处弓鞋趁月斜。同伴不知心底事，怪奴只采合欢花。(《羊城竹枝词》)

荔阴覆屋傍清渠，藤髻新梳十五余，同坐莲舟娇不语，口中红唾污郎裾。(《珠江杂诗》)

这类诗篇，散发出岭南特有的生活气息，语言浅白通俗、轻松流畅，充满浓郁的民歌风味。他以民歌笔调写成的抒情短诗，言浅意深，宛转动人，例如：

芳草离魂两欲迷，宫桥柳覆小亭低。行人忍向春风别，多少流莺不敢啼。(《送别》)

竹管萧疏起夜凉，行看秋月满轮霜。殷勤好照今宵梦，一路遥飞到故乡。(《祝月》)

这些诗歌，读之言有尽而意无穷，给人一种抒情诗特有的美感。

廖燕的诗歌也存在着缺憾。就其内容而言，所反映的生活面比较狭窄，较之与其同时的岭南诗人如屈大均、陈恭尹、梁佩兰等似有不如。这主要是他的阅历不够丰富造成的，同时也与清初实行文化专制制度有很大关系。特别是面对很多人因文字狱而被杀害的残酷现实，廖燕就觉得无谓因直露不满而作出流血牺牲。他看到朋友林草亭作诗“不平时复露”，很为他担心。在给林草亭的答诗中，廖燕一方面肯定他的幽愤情深，一方面也委婉地劝他“清气防尽舒，释卷踏芳圃”。他觉得胸中的“幽事”，和朋友共诉就可以了，写在诗歌中，刊行出去，就会“声出篱难护”，招来祸患。就其艺术性而言，廖燕诗歌的语言过于浅白直露，显得幽深含蓄不足，这也使他最终没能进入当时诗人的最高层次。

廖燕还是岭南少有的剧作家之一，写有《醉画图》、《镜花亭》、《诉琵琶》三种杂剧。从剧本表现的那种不屈于贫困，穷而益坚，努力上进的精神看，是他青年时期的创作。廖燕剧作的一个显著特点，就是以自己作剧中的主人公。他将自己的思想感情，通过剧中人的嬉笑怒骂表现出来，谐趣横生，收到诗文等正统文学形式所不能收到的效果。

廖燕一生的行事和著述，充满独异于世的传奇色彩。他以一介布衣的身份，与封建科举制度进行不懈的抗争，他对科举制度进行的揭露和批判，其尖锐和深刻的程度，远远超过了前辈及同辈中所有的人。他凭真才实学赢得了声誉，受到地方官的重视，但又没能够使最高统治者认可，最终还是堵塞了他“泽及生民，死而不朽”的途径。他有中国传统知识分子渴望知遇，渴望建功立业的雄心，但又并非局限于一个目标。他种田、教书、行医、经商，诸事皆为，并不孤从一业。他甚至认为：“吾辈不得志，则当为郭解、朱家之为，其次莫如货殖，亦足以财自豪也。……不得已而见其末于货殖，势使然耳，然亦安能长贫贱，为守钱虏所笑也！”（《读货殖传》）得志则为政，不得志则行侠、经商，可见他首先是追求人的价值体现。

廖燕的文学创作，直接继承了晚明公安派、竟陵派的风格。日本汉学家盐谷世弘在《刻二十七松堂集序》中说：“盖明季之文，朝宗为先驱，冰叔为中坚，而柴舟为大殿矣。”将廖燕视为明末文学的后殿，此论诚有见地。廖燕强调作家对社会生活的直接体验，强调作家“性灵”对创作的主导作用，强调“发前人所未发”的独创精神，使他的作品朴实真挚、眼光独到。但由于他僻处岭南，出身低微，生活面不宽，交游有限，又使得他的作品内容尚嫌狭窄，语言亦未免较为偏激尖刻，缺少雍容大度。然而瑕不掩瑜，作为清初岭南文坛的奇士，廖燕越来越为研究者所重视。他应在岭南文学史上占有较高的地位。

第五章　清中叶诗文

清代雍正、乾隆、嘉庆时期，是所谓的“太平盛世”，国力强盛，社会繁荣，人民生活也比较安定。但在文化领域里，清王朝统治者却加强高压统治，大兴文字狱，诗人们在民族压迫的淫威下，或是噤若寒蝉，或是讴歌盛世。沈德潜倡言“格调说”，主张“温柔敦厚”、“怨而不怒”的创作态度，拟古主义、形式主义的诗风一度泛滥诗坛。稍后的袁枚又提出“性灵说”，主张抒写性情，其末流则陷于浅薄庸俗。清中叶的诗文，不再有清初那样的现实主义精神和豪迈气概了。

可是在岭南地区，由于地处僻远，诗人们师友相承，少受中原、江左习气的影响，所为诗亦具有鲜明的地方特色。乾、嘉年间，冯敏昌、黎简、宋湘这三位优秀的岭南诗人，能摆脱主张神韵、格调、性灵的“诗坛盟主”的羁绊，沿着张九龄以来逐渐形成的、由南园前后五子和岭南三家加以发扬的岭南诗派的道路前进，卓然自树旗帜于中国诗林中。这时期的重要诗人还有罗天尺、林明伦、吕坚、胡亦常、张锦芳、黄丹书等。

第一节　张锦芳　冯敏昌

张锦芳（1747—1792），字粲夫，号药房，又号花田。顺德人。乾隆五十四年（1789）进士。官翰林院编修。张锦芳少时居乡读书，诗名已颇大，与冯敏昌、胡亦常合称“岭南三子”，又与黄丹书、黎简、吕坚号为“岭南四家”。与其弟锦麟自小切磋，刻苦问学，精究诗歌体律。中举后久居粤中，遍览岭南名胜，又能书善画，喜金石文字，博学多才，其诗能取精用宏，魄力甚大。四十三岁中进士后，留居北京，与一时名流交往，“京中人罔不知有药房者，钦其品，重其学，不第以诗也”。（凌扬藻《国朝岭海诗钞》）翁方纲对他尤为器重。

张锦芳早年的诗多写岭南风物，气韵流动自然。如《村居》诗：

> 生理朝来问旧乡，年华物色共相徉。熏人市有糟床气，近水门多茧簇香。桑叶雨馀堆野艇，鱼花春晚下横塘。新丝新谷俱堪念，力作端能补岁荒。

写珠江三角洲水乡人家的生活，小艇载桑饲蚕，在池塘中放养鱼苗等，都是本地特色，移作他处不得。此外如“乍熟沉云黑，新尝压蔗甜”（《谢李南涧黑米酒》）、“户以花为业，村将酒占名”（《陈村》）、“扑地棕梧影，沾衣烟雨痕”（《宿大通寺》）等，皆有浓厚的乡土气息。

张氏七言诗力学苏轼。时人谓其“诗宗大苏，上溯韩、杜，卓然树《骚》、《雅》之帜”（刘彬华《玉壶山房诗话》）。他的七言古诗，汪洋驰骛，牢笼百态，而又不失于粗豪率易，比起清代颇多学苏的诗人来，可算是善学的了。如他的名作《将出都门寄石鼎》诗：

> 寸珠尺玉不胫走，樵夫声名满人口。或言襆被来金台，一夕归鞭又南斗。或言宿昔梦见之，山肩双竦衣穿肘。怪君杜门居瘴乡，传来水墨皆擅场。井西道人得笔

法，一树一石无披猖。墨痕颇近大涤子，云霾雨蚀收遐荒。得非江村来往饱烟景，亦如荒山乱石穷苍茫。卧游四壁古亦有，宇内名山待君久。黄河万里写胸怀，五岳真形倩谁剖。即今东阁奇士多，遨游辇毂肩相摩。结交侨、札盛意气，谭诗沈、范相经过。匠斤成风待一斫，连城价重须切磋。星芒虹采不可以久闭，期君不来愁奈何。我今射策惭决科，蹇驴席帽行蹉跎。君应招隐我劝驾，矛盾或被旁人诃。鸟还云出事一致，泉清泉浊理则那。归来茅屋共商略，只恐拔剑斫地烦悲歌。

此诗一出，传诵都下。微嫌不足者，其语言风格太似东坡，倒不如《铜印歌赠石鼎》、《常州道中寄怀黄仲则，时西行未回》等诗较有自己的面目。

张锦芳极珍惜朋友交谊，对黄仲则尤为爱重，如《常州道中》一诗，如与挚友握手晤语，娓娓不倦。又如《送合浦李文颖游大梁》一诗：

昔闻合浦叶，飞入洛阳城。君去沿江汉，何时达汴京？天涯师友谊，壮岁别离情。到日吹台望，浮云但北征。

浅语深情，一气盘旋而下。黄培芳《香石诗话》载，冯敏昌在李氏扇上见到此诗“以为妙绝一时”，在歌席上独展扇子俯首微吟。此外如《哭胡同谦》诗“意长数有尽，质化忧难蕴”、“可怜穷愁际，交勉意未歇”等语，皆极沉挚。

冯敏昌（1747—1807），字伯求，号鱼山，钦州（旧属广东）人。以拔贡选入国学，乾隆四十三年（1778）进士，授编修。大考，改户部主事，调补刑部河南司主事。平生好游历，足迹半天下，遍游名山大川后归粤，先后主讲端溪、越华、粤秀书院，学者称鱼山先生。著有《小罗浮草堂诗集》。

冯敏昌得山川之助，开阔胸怀，故其诗意境雄阔，气势豪迈。冯氏又是一位学者，胸罗万卷，故其诗内容广博，功力极深。他少年时即为学使翁方纲所赏拔，在诗歌创作上也受到翁氏“肌理说”的影响，注重义理和文理，根柢于六经，要求诗歌内容充实而形式雅丽。他认为：“诗者，心声也，高下抗坠，单缓焦杀，各有一偏，惟天地之中声，流于人心，而发于诗。有中声必有元气，诗者，元气所为，非区区格调之谓，能知元气之鼓万物，此谓大家。”（引自《国朝诗人征略》卷四五）所以他的诗学韩愈、黄庭坚而上追李白、杜甫，贯穿诸家，自成面目，在当时岭南诗坛上有很大的影响，被称为是“弁冕百余年来风雅群英”（刘彬华《岭南群雅》）的大家。冯敏昌的诗名远播中原，钱载对岭南诗派素存偏见，认为“岭南自曲江（指张九龄）后，诸子或存偏方之音”，但独倾倒冯敏昌，称他能“力追正始”。（黄培芳《香石诗话》）《粤东诗海》更谓“至冯鱼山出，笼盖群英，直追往哲，无体不备，无美不臻，可谓至矣”。清代人对冯氏的诗，多推重其古体长篇，七古如《登落雁峰仰天池》、《孟县谒韩文公墓》、《祝融峰顶观云海歌》，五古如《至偃师谒杜少陵先生祠》等诗，向为选家所录，认为这类高华之作才是大家风范，其实冯氏诗中，感人至深的还是那些朴素自然而又饱含感情的作品：

> 回忆出门时，匆匆寡行色。小女更牵衣，室人抱之入。离别亦已屡，惆怅复何益？挥袂出门去，乃亦至今日！（《高廉道中寄晚堂弟》）

此诗语语直道心事，不加修饰，真所谓“不求工而自工”者，末语尤为沉挚。又如《寄书》诗："家人断来书，客子含远泪。滴泪写作书，寄以为亲慰。书归人不归，别感他日说。兄归弟不归，此恨何时绝！"诗人在广州从学于翁方纲，接到三弟的噩耗，"不得归，哭痛常彻心"，写了十多首诗哀悼。何藻翔《岭南诗存》评云："骨肉至情，以白话写之，字字从心坎中流出，用不得粉饰门面语。此种诗佳作甚多。"

冯敏昌久客他乡，诗中每多故土之思，情致深美。如《客怀》："一江春水渺无涯，垂柳风长片席斜。归去故园应有意，深篁寒雨梦梨花。"《醉后书所见》诗："梦中见尔犹言别，醒后怜余尚未归。不论江风与江雨，拚着离愁只管飞。"

冯氏集中多登览之作，境界阔大，名篇甚多，七古如《海螺峰》、《铜鱼山》、《铁冠峡》等，气势磅礴，但终嫌有杜、韩的痕迹。其描写山水的作品中，当以《天马山》一诗最有特色：

> 群峰离合海云同，天马独起如云龙。鼓鬣西行十余里，远揽积秀凌虚空。云滚雨泄千万丈，虽有变化无终穷。极知造化鼓铸力，不数分寸人间功。大石骑危已磐磐，万木枕股何濛濛。连嶂崩腾首尻见，阳崖豁敞明心胸。晨朝景气一澄霁，交人以南钦以东。五岭南来入于海，当复赖此司其雄。惜哉谢公屐折齿，几欲马匹羞同蒙。繄余生长好游览，每望河渭思华嵩。山川悠远意萧瑟，归来拥蔽蓬蒿中。岂谓山林落吾手，久已斧凿烦神工。穷幽探秘馀惝恍，欲语绝景诚何从？猿猱呻吟鬼悲啸，松下但有斜阳红。因欲脱屣骑鲸鱼，飘然巨海浮天风。

这种诗就是作者所谓的"元气之鼓万物"之作。冯氏的写景诗“瑰奇怪特，盘郁崒嵂”（徐世昌《晚晴簃诗汇·诗话》），如写山峡的幽奇：“危崖忽豁得真赏，嵌窦架屋惊奇观。玲珑窾窍窗户揭，宛转形势堂庑宽。白蝠鸦腾乳兽立，苍苏甲脱藤蛇蟠。深坳似闻虎腥热，积黝下宅龙身安。火铃流照气先摄，金镜在掌神为寒。当时坐觉万象迫，过眼岂特飞烟残。”（《铁冠岩》）写龙门的险峻：“想像昆仑万里导源至此逼搒不得出，丰隆列缺乃驱应龙画地鼓翼掉尾扬其颏。崖开巘豁奚迟回？山口一石门还阂。谁令千丈势忽断，真见当时指麾万众雷辊电激轰钳锤。河流怒喷风回埃，建瓴一泻无垠垓。长澜千里更东下，高掌万仞从西摧。”（《河津观龙门歌》）如此等诗作，真合李白、韩愈为一手了。其五律名作《游龙门谒大禹庙》诗：“万年欣禹力，千仞睹龙门。山束峰峦壮，河惊气势奔。晴雷冬亦奋，白日昼应昏。感激为鱼叹，真看洚洞源。”虽亦学杜，但一股雄直之气，仍是岭南诗派特色。

鱼山诗中亦有明秀幽淡之作，表现闲适的心情。如《篆溪》诗：“小园之傍北一里，一水潺湲弄清泚。沙圆石小苔发明，影乱风篁声亦似。海中自鼓成连琴，挐舟相从劳我心。但使纡流菜畦里，亦能息机同汉阴。”小诗中蕴含深刻的哲理。小溪在菜地中自由自在地盘旋，也可使人悟得汉阴丈人守拙息机之心，不一定要像成连、伯牙那样到大海之中才能移情悟道。

第二节 雍正、乾隆年间的诗人

雍正、乾隆年间，清王朝统治者采取了镇压和怀柔的两面手法，读书人几乎都把参加科举考试、进入仕途作为唯一的出路，在文字狱的淫威下，中国诗坛响起了一片铁铁锵锵的“盛世元音”。反抗民族压迫、揭露社会矛盾的作品，比起顺治、康熙年间来是大大减少了。在岭南地区，由于远离封建王朝的统治中心，诗人们在创作时就不那样畏首畏尾，所以还有不少反映社会现实的佳作。

何梦瑶、苏珥、劳孝舆、罗天尺四人，青年时曾同学于督学惠士奇门下，大受赏识，称“惠门四子”。他们活跃在雍正、乾隆初年，为沉寂的诗坛增添了一些活气。

何梦瑶（1693—1764），字赞调，一字报之，号研农，又号西池。南海人。雍正八年（1730）进士。出任广西岑溪县令，为官廉洁，后迁奉天辽阳州，竟贫不能具舟车。梦瑶多才多艺，精算术、医学，平生著述极多。其诗当时颇具盛名，罗天尺称其“炼不伤气，清不入佻，中藏变化，不一其体”（《匊芳园诗钞序》）。

何梦瑶有不少反映社会现实生活的佳作。他是位医生，经常到乡间替百姓看病，对下层人民的疾苦有深切的了解。如这首《丁未纪事》：

> 暮从竹径归，行经深湾侧。村老四五人，对语泪垂臆：“饥妇弃儿去，从朝以至夕。呱呱丛薄中，半日声渐寂。未知生与死，欲视不敢逼。荒岁命难存，十室九乏食。恐当及此儿，同作沟中瘠！”闻言亟往观，奄奄馀一息。见人急欲就，匍匐苦无力。遽前抱之起，如卵得覆翼。畏我复舍去，牵衣不肯释。以指纳其口，吮咂声唧唧。为乞薄糜至，三哺乃下嗌。其母居邻村，物色因便得。抱儿往见母，僵卧面向壁。转身持儿号：“已判死床席！期汝有人收，岂料更相觅？终当抱儿死，忍再相抛掷！”母哭儿更啼，四邻尽悲恻。“哀哉母勿悲，周急敢吝啬！青蚨三百文，斗米聊可易。西江尚当借，先用资涓滴。”作诗告仁人，釜庾应勿惜。安得天雨粟，珠粒遍苍赤？

此诗作于雍正五年（1727），时广东大旱，即如珠江三角洲一带富饶之地，亦饿死人无数。何梦瑶亲自下乡救护灾民，并写出这样声泪俱下的哀歌，可见其仁者之心。本诗明白如话，不假修饰，自以至情感人。

何梦瑶善七律，深受陆游诗的影响，“名贵卓炼”，但未具个人面目，不如其清新可喜的七绝：

> 看月人谁得月多？湾船齐唱浪花歌。花田一片光如雪，照见卖花人过河。

此诗是《珠江竹枝词》之一，为学使惠士奇“观风”而作，神韵独绝。

罗天尺（1668—1766）字履先，号石湖。顺德人。少年时在省学就读，惠士奇手写其《荔支赋》、《竹枝词》以传之，声名大起。乾隆元年（1736）中举后不再应试，在乡中石湖别业讲学终生。罗天尺曾组织南香诗社，学诗从宋人入手，为矫清初竞尚神韵的流习，骨力特重。惠士奇评价他说：“诗与为赝唐，不若真宋，精求于韩杜，而佽助以眉山（苏轼）、剑南（陆游），是惟吾子。”（劳孝舆《瘿晕山房诗抄序》引）诗作辑为《瘿晕山房诗抄》十卷。罗天尺晚年还写了《五山志林》一书，记录了顺德地区从明初至清代的大量史料，对地方文献整理工作作出贡献。

罗天尺《小除夕花扬镇阻风》诗云：“行役真无定，花扬久泊船。鱼龙争拜浪，风雨蹴浮天。任运心忘险，思乡梦有权。何堪饥馑地，皖口送残年！”注云：“时江北饥。”花扬镇在安徽、江西交界处，地志作“华扬镇”。诗中所写的不光是羁旅之感，还流露出对民生疾苦的同情。又如《君臣冢》诗：

流花桥北蔽蒿莱，孰向荒原酹酒杯？一死未惭俘缅日，九原休羡伯齐才。钟山空有遗民泣，宫树谁为内监哀？不道白云兵燹后，孤坟犹得傍朝台。

君臣冢为南明绍武帝朱聿𨮁及苏观生、梁朝钟等殉难君臣15人的葬处。绍武政权尽管庸懦昏瞀，但清兵攻陷广州后，朱聿𨮁被俘，不食，说：“我若饮汝一勺水，何以见先人地下?”投缳而绝，苏观生也在城破后自杀，君臣数人毕竟还保留了一点民族骨气。本诗以弘光、永历的可悲下场作陪衬，对绍武君臣作出了较为公允的评价。诗歌骨力遒劲，格调颇高。

林明伦（1723—1757)，字穆安，号穆庵。始兴人。乾隆十四年（1749）进士。官翰林院编修，出为衢州知府，廉洁爱民。著有《穆庵诗集》一卷。林明伦诗，以《吊五人墓》一首最为出色：

西市繁霜日，南躔贯索中。歌诗忧板荡，占象叹屯蒙。国柄归旁落，刑馀蔽主聪。衣冠婴赤族，屠狗叫苍穹。竟触貂珰怒，谁怜骨鲠忠？捐生片语易，仗义五人同。道直心宁悔？名存死不空。招魂堤水上，葬骨武丘东。墓草侵阶绿，山鹃带血红。要离三尺土，千古共英风。

诗歌赞美明末为反抗阉党而牺牲的义士，采用五言排律的形式，体格严整，沉郁深厚，颇近李商隐《有感》二首的风格。沈德潜《清诗别裁集》特选之。凌扬藻《国朝岭海诗抄》评云：“安重端严，如平原（指颜真卿）书法。”

陈昌齐（1743—1826），字宾臣，号观楼。海康人。乾隆三十六年（1771）进士，改庶吉士，授编修。历官河南道御史、兵科给事中、浙江温处道。著有《赐书堂集》。陈昌齐是一代学者，馀事为诗，亦多可观。如《寄冯鱼山编修》诗之二：

> 何处鸡声晓梦馀，思量世事转愁余。彰身有具麒麟楦，抵掌能谈鹦鹉车。久结尘缘难了却，强看胜境更纷如。三千白发频临镜，二字行藏问碧虚。

颔联二语，既是自嘲，也是讽刺清代“无德而朱紫”的虚有其表的官僚们。另一首《都中除夕》诗：“腊尽复春回，匆匆岁事催。论文犹有社，避债竟无台。舌在诚何用？酒酣姑莫哀。田园芜未了，好与赋归来。”诗人已厌倦京城中百无聊赖的生活，盼望能回到故乡躬耕田园。

胡亦常（1743—1778），字同谦，一字豸浦、豸甫。顺德人。乾隆三十六年（1771）举人。少时已有诗名，与冯敏昌、张锦芳合称“岭南三子”。著有《赐书楼诗集》二卷。胡亦常英年早逝，而其诗功与学力均极深厚，钱晓征谓其“妙悟天成，能于南园诸子外自成一家”。（凌扬藻《国朝岭海诗抄》引）《粤东诗海》亦称其诗才“敏妙高超”，在诸体中尤以五言为杰出。如《孙典籍》：

> 乱定知真主，书成解阻兵。功疑拜陆贾，狂乃死祢衡。文字宁奇祸？君王尚圣明。如何鼍鼓后，始得见平生？

孙典籍，指明初岭南诗人孙蕡。诗中赞美孙蕡的文章功业，并为他的无辜被杀表示深深的惋惜。颈联二句，意婉而讽。“如何”一问，把朱元璋的喜怒无常、残忍虚伪的专制君主嘴脸揭露无遗。

胡亦常的小诗尤佳。如《定情曲》云：“妾身是浮山，合与罗山住。风雨吹能来，风雨吹不去。”真有古乐府遗意。罗浮两山，层岚叠翠，云气往来，据民间传说，风雨时则两山相合，天晴则两山相离。诗中巧用此说，并赋予新的象征意义，以罗山与浮山喻夫妇，谓纵使雨雨风风，也不能使两人分散，写出恋人定情的矢志不移，可与明人罗亨信《古意》诗相媲美。张维屏《国朝诗人征略》引胡亦常《踏车曲》云：“海远于岸，中间转灌。水上天半，一半人汗。”评曰：“语极质朴，而人力之劳已见。”

胡亦常擅于写景。龙廷槐评其诗“虽极镂心刻骨，出之自然，而一种苍深雄浑之气，直欲俯视一切”（《赐书楼诗草序》）。《游圭峰》一诗可证：“群山乱几重？天半矗圭峰。泉饮千岩石，云吞万壑松。南溟奔绝岸，朝日起孤筇。不觉一长啸，空潭吼卧龙。”

还有一位布衣诗人吕坚（1742—1813），字介卿，号石帆。番禺人。一生居于乡中，家贫甚，生性兀傲，落落寡合，唯与好友黎简等数人往还。著有《迟删集》六卷。吕坚诗幽艳陆离，奇情郁勃，不肯作一寻常之语。周士孝《迟删集序》称其“诗笔奇古，岸然自异”。

吕坚长于黎简五年，其诗歌的特异风格对黎简诗当有一定的影响。吕坚诗取法李贺、黄庭坚，上追杜甫，功力深厚。如《鲟江官廨书楼漫成》之一：

家国心何壮，蹉跎二十年。霆声浑地奋，山色倚天圆。海阔都悬水，林疏旋补烟。青衫惭起舞，垂手一苍然。

诗人在乾隆三十九年（1774）客游潮州时作此。组诗原四首，写封建时代下层知识分子失意的感慨，在悲凉的情调中仍有诗人特具的郁勃之气。吕诗多苦吟，句雕字琢，有时甚至晦涩生硬，难以卒读，但也有些经千锤百炼而渐趋自然的佳作：

如油新水镜新磨，苔绣萍花逼软莎。白昼有人冲雨立，碧天无际奈春何。那知浮世成翻覆，莫有高情与荡摩？好句江湖寄朋旧，能言何处不风波！（《春日塘边即事》）

此作语言虽稍平易，中仍觉其兀傲不平之气。中间二联看似不经意，其实皆锻炼得之（黎简诗亦每有此等句法）。末二语以世路风波作结，感慨深沉，与起二句恰成强烈对照，自有耐人寻味之处。吕坚长期居住在乡中，诗歌多写南国水乡的景物，如《沙洲即事》：

两岸夹田船贴沙，隔江烟树隐农家。掬来水暖宜捞谷，怪底春寒不养花。野性入洲娱雁鹜，诗名到处长鱼虾。暮年不作相如渴，呼取姜盐一点茶。

珠江三角洲河网交错，番禺在珠江出口处，沙洲甚多，土人在洲上种稻捕鱼为活。此诗景真情切，写出诗人对乡土的热爱。起二句所写的确是三角洲中常见之景，一经作者拈出，便觉妙手天然。

青年诗人张锦麟（1749—1778），字瑞夫，号玉洲。顺德人。张锦芳之弟。幼聪慧，十岁能诗，少时以“碧天如水雁初飞”句得名。与其兄并为翁方纲所赏识，有“双丁两到”之目。锦麟于乾隆三十三年（1768）中举，会试下第后，兼务考据之学，诗境亦日进，深受时贤赞赏。凌扬藻《国朝岭海诗抄》云：“钱辛楣称其诗标新领异，不拾人间唾余。李南涧谓其清峭绝俗。”张维屏《国朝诗人征略》亦谓“玉洲诗骨格清苍，情韵绵邈。”张锦麟卒时年未三十，诗作辑为《少游草》，仅一百八十首。

张锦麟诗以七绝为最佳。名作如《湖心亭》：

湖光如雪静无波，绿酒红亭倚醉歌。三面青山四围水，藕花香处笛船多。

此诗“风流自赏”，诗人以此而得“张藕花”之名，与祁文友“祁鱼虾”同例。又如《七夕》诗：

雨余闲听叶辞条，久客羁心不自憀。独倚檐前望牛斗，秋风秋月可怜宵。

宛然黄仲则之语。无怪仲则击赏其才：“如栝柏豫章之蟠大地而摩青苍也，如鹍鹏雕鹗之负长风而击秋旻也。”

乾隆年间岭南诗人颇多，较著名的还有黄丹书、刘步蟾、潘有为、赵希璜等。

黄丹书（1757—1808），字廷授，号虚舟。顺德人。以诗、书、画名世，时人誉为“三绝”。刘彬华《玉壶山房诗话》称其诗“清新妥帖，取法髯苏（轼）”，为时人所重。著有《鸿雪轩诗抄》八卷。黄丹书是书画家，故其论书画的诗也写得很有见地。如《为何葭洲画竹，葭洲用东坡题晁补之所藏文与可竹三首韵见赠，次韵奉答》诗之一、二：

坡仙曾有言，野竹如幽人。古来画竹者，说法皆现身。我幸无俗骨，与竹相知新。祙材倘萃我，乐此宁疲神。

书画同一源，变化靡不有。君看铁钩锁，法本元和柳。我爱夏太常，笔挟风雨走。若以古书论，亦是欧虞手。

诗中指出，画家的人格与其作品的风格是一致的，作为画家应有高尚的艺术趣味，才能真正进入画的境界。作者又精于书法，深通“书画同源”之理，故有颇精到的艺术见解。

潘有为（1744—1821），字卓臣，号毅堂。番禺人。乾隆三十七年（1772）进士。官内阁中书。有《南雪巢诗》。潘有为与张锦芳、冯敏昌、赵希璜齐名。其诗多咏岭南风物，亦多题画之作。如《自题芙蓉赠沈大云》等：

花光如转劫尘多，拂拭依然醉欲酡。十四年来秋梦老，不禁风露意如何?

咏物中寄寓个人宦途失意之感。其《咏侍御滩》诗颇为人传诵：

咽石奔流急，滩声昼夜哀。千篙齐屈铁，双耳震闻雷。涉险乃前定，思归将再来。如何当暑月，霜气逼乌台。

侍御，即御史，掌监察举劾。乌台，即御史台。诗中从滩名引起联想，颈联二语，有无限意味。

刘步蟾（1756—1835），字雨樵，一字羽桥。三水人。诸生，屡试不第，所为诗多愁苦之语，颇似同时黄仲则之作。《茶村诗话》谓其“少年时工绮语，三十以往，沉郁顿挫，卓然成家”。著有《天地一沙鸥吟舫诗钞》。

粤诗崇尚雄直，不好作绮语，故粤人集中恋诗颇少，佳制尤为罕觏。刘步蟾失意无聊，唯于红粉中寻求知己，其《本事诗》十首，委曲缠绵，一往情深，虽情事难以细考，辞意自足动人。下录其一：

> 背立偷窥镜展函，嫣然四顾笑微含。淡妆不着红裙艳，要称词人白夹衫。

刘步蟾为粤中著名学府学海堂生员，堂中时有学课，编成《学海堂集》，收录刘步蟾不少作品，如《续天随子渔具咏》十五首，分咏珠江三角洲水乡渔民的渔具，均天随子（陆龟蒙）、皮日休所未见者。如《跳白》：

> 两板雪镜光，一艇瓜皮小。艇自转侧行，光向左右绕。纤鳞易惊怪，望影殊战掉。少跃便入船，榔鸣来未了。

跳白为一种渔具，以白板二块悬于渔艇两侧，渔人用力击之，使鱼惊跳入船。此诗写捕鱼情景如画，很有地方特色。学海堂诗课中每多此类题材，亦可见清代岭南重视实用的学风。

赵希璜（1746—1806），字子璞，一字渭川。长宁（今新丰）人。乾隆四十四年（1779）举人。知河南安阳县。少时读书罗浮山，时人谓其“嘘吸云烟，变换肌骨，故其诗绝无尘土气”。（刘彬华《玉壶山房诗话》）洪亮吉《北江诗话》亦云：“赵大令希璜诗如麋鹿驾车，终难就范。”名作如《松风亭》诗二首之一：

小亭起得傍东城，摵摵松吹夜半笙。风景于今传北宋，寒涛竟日咽唐庚。落花黄满无人扫，瘦叶青垂有鹤行。忽化虬龙斗雌霓，爪牙碧血看交横。

末二语忽发奇思，咏松风诗，前人未道。赵希璜擅五律，咏物写景，生新优美。如《彩云轩晚眺》：

雨色围春住，龙孙解箨肥。当轩崖仄立，搏石水斜飞。嫩绿生新草，残红送落晖。山家饶乐事，花外掩柴扉。

咏物之作，如《雁》诗：

红叶满沧江，寥天雁一双。秋澄黄荇月，梦醒碧萝窗。古渡片帆落，疏钟何处撞。虫声还泣露，凄绝对残缸。

以秋夜之景烘托，月窗萝影，古渡钟声，皆极幽峭之致。

赵希璜颇与中原人物交往，有声于世。其《四百三十二峰草堂诗抄》，亦为时流所赏。赵氏在黄仲则殁后为其刻全集，亲任校雠，足见其朋友交谊之深挚。

第三节　清中叶的散文

清初岭南文章，有屈大均、陈恭尹、梁佩兰三大家主持坛坫，廖燕、王隼、陈遇夫等均力学能文。及至雍正、乾隆年间，岭南文士虽多，而能称为名家者甚少，较著者有林明伦、温汝能、邵咏、吴应逵等。

何梦瑶与劳孝舆、罗天尺、苏珥皆为学使惠士奇门徒，合称“惠门四子”。四子皆能文，何梦瑶著有《匊芳园文抄》、《移橙余话》等。《清史列传》谓“国朝二百年来，粤人论撰之富，博极群书，精通艺术，未有逾梦瑶者”。

劳孝舆（1698—1747），字巨峰，一字阮斋。南海人。雍正八年（1730）参与《一统志》修纂工作，主持修《粤乘》，学问赡博。著有《阮斋文抄》四卷。又有《春秋诗话》五卷。

罗天尺是乾隆间著名诗人，四十五岁时应聘参加《广东通志》纂修工作，后留意搜集地方文献，写成《五山志林》八卷。书中着重阐述顺德及珠江三角洲一带的人文掌故、风俗物产，娓娓道来，颇富知识性和趣味性。如《三松处士》：

> 曾与公游罗浮，宿阿耨池，公令人多伐竹，至夜积火岩口煨之，烨爆有声，群峰响应。余初以为戏，既乃知公智也。曾有游者，置裹粮石上，猿忽窃去，遂至饥，几不能下山云。煨竹所以令野兽远遁。

寥寥数语，记述山中野宿的生活，语言亦简朴生动。《清史列传》谓《五山志林》“其博核足媲《广东新语》”。

苏珥（1699—1767），字瑞一，号古侪。顺德人。一生在乡中著书教学，撰有《安舟杂钞》等。苏珥精书法，为文长于序记。

林蒲封，字桓次。东莞人。雍正八年（1730）进士。改翰林院庶吉士，授编修。升侍讲学士。公余之暇，闭门著述。著有《鳌洲诗文集》。蒲封文章典雅庄重，然稍乏情致。

林明伦是一位学者，著有《学庸通解》二卷、《读书迩言》一卷、《穆堂遗文》一卷等。林明伦好韩愈文，风格亦力效之。如《答朱梅崖书》云：

> 前书云：为上官者待属吏宜恕己及物，不可过于操切，此语以之责他人则可，非所施于明伦也。自念居平接物，惟以至诚相与，遇小黠者，但令事办，原未尝过于苛察。而上官日忧其无驾驭之能，而督促之不已。今番被劾，其端委难以一言尽，然迂腐无能之处，未始不由乎此也……州县虽果难做，然地方之事，一已可以自专，下不与百姓为难，上不为上官所怪，亦未尝不可久处也。惟伯母年高可念耳。

朱梅崖后来评此文曰："于失职后，辞气安定，用意曲到如此。知穆庵不以外物扰其灵台。"穆庵文，真是穆如清风，随意写来，恬和自在。在《答关桥孺书》中，论及岭南诗派中衰之事，尤有见地：

> 吾乡自梁药亭三家后，学者甫离句读，便束书不观，竞为浮诡靡曼之诗，妄意得嗣三家之风流。不知屈、陈二公所遭之世，与今不同，故其为诗，人不能学，学之则同于不哀而哭，不病而呻，虽工亦伪。药亭之诗，虽若英艳可爱，然其为人，流荡无检，不可为训。后进浸淫入于骨髓，不知其非，此盖由正学不明，人之聪明无所用，遂沦溺于此，可悯也。

文中论及岭南三家之优劣，并对梁佩兰作了严肃的批评，亦可见作者"有志于圣贤之学，于义利之介，确乎如黑白不可淆"(陈在谦《国朝岭南文钞》）的思想。

温汝能，字希禹，号谦山。顺德人。乾隆五十三年（1788）举人，得官中书科中书。后辞官归里，从事地方文献搜集工作，编成《粤东诗海》、《粤东文海》两部大型集子刊刻行世，对保存广东诗文颇有贡献。温汝能亦能诗文，著有《谦山文抄》。其《粤东诗海》、《粤东文海》序言，概述广东历代诗文的发展情况，并对一些主要作者作出较为恰当的评价，可供文学史家参考。其《粤东文海自序》云：

> 粤东濒大海，宅南离，山禽水物，奇花异果，如离支、木棉、珊瑚、玳瑁、孔翠、仙蝶之属，莫不秉炎精，发奇采，而民生其间者，亦往往有瑰奇雄伟之气，蟠郁胸次，发于文章，吐芬扬烈，或为入告之嘉猷，或为谈道之粹论，自汉迄今二千余年，寖昌寖炽，诚辑而编之，可以黼黻朝廷，炳烺宇宙，伟哉！岭海之奇观也……余故网罗散失、旁搜于山陬海隅，凡馆阁之英、山林之彦，其言语文章，有义理法度可观者，悉采辑而论次之，书成，名之曰“海”，并有并包之象也……

温汝能编辑《诗海》、《文海》，均重视“瑰奇雄伟”的艺术风格，以使读者“能奋发有为，浩然独立于万物之表”，可见其志尚。

邵咏，字子言，号芝房。电白人。乾隆五十七年（1792）优贡。宣韶州训导。擅古文。《广东文征》谓其“古文义法精严，风格在南丰（曾巩）、半山（王安石）之间”。其弟子辑有《种芝山房集》一卷。

邵咏文存世不多，然皆可诵。如《存杜轩记》：

> 吾堂之东，有斗室，虚白洞然，余兄弟所游息也。甲

> 子之秋，吾弟子京亡矣，余方抱痛，厌接人事。每至此，惝恍而不怿，因名曰“存杜轩”。忆子京之病足也，常居于此，日作画糊墙壁间。余每外归，与子京相燕笑。檐鸟窥人，忘其为日之夕也。嗟乎！曾不转瞬，子京之迹随履而没，所画者尽除而藏之箧。丹黄笔砚，犹狼藉几案间，檐鸟飞鸣，下啄庭树，而向者坐对之人，已杳不可得。悲夫！子京长往矣。顾余目之所存，心之所属，梦之所接，堂阶燕寝，竹树花药之间，无一不与子京遇，而斯室为子京所习处，尤无时能忘子京也。嗟乎，人生百年，何非泡影，子京虽往，余不啻或左而或右之，谓长存可也。子京一字杜洲，故以名。噫，可伤也已！

文章意味，直逼归有光《项脊轩记》，而沉痛过之。吴兰修评曰：“至性之文，悱恻沉挚，余方感逝，不觉泫然。‘丹黄笔砚’数语，读之令人神伤。”

吴应逵，字鸿来，别字雁山。新宁（今台山）人。乾隆六十年（1795）举人。著有《雁山文集》。姚鼐编《国朝文录》，于广东只录吴应逵一人，可见吴氏有名于当时。陈在谦《国朝岭海文钞》称其文“瓣香永叔，表扬诸节烈，动色惊心”。如《书谢里甫太史二烈妇传后》一文，记述叶氏妾卖身助夫得官后自缢之事，虽极意表彰，终觉寡情乏味。倒不如一些信手写来而又真意弥满的文章：

> 余三视君疾，见君日就羸瘦，心窃忧之，而勉作笑语，谓：“事到眼前，总须一切放下，妻妾子女，造物自有位置，此时正见学问。”君亦笑语如平时，谓：“可惜辜负一春好木棉耳。”此言类知道者。然余窃窥君，实则未能尽脱然也。呜呼，死生亦大矣，岂不痛哉！今者具只

鸡斗酒，哭奠于君，余亦勉尽一觞，无异与君生前酬对时也，而泪注于酒杯中矣。(《哭杜雪斋文》)

此等文字，至性至情，全从肺腑中流出，故感人至深。张维屏评曰：“雁山文真气喷薄，安得不传。”征此可见。此外如《劳莪野先生传》、《赠劳需大序》等，则情辞并茂；《白沙学出濂溪说》等文，则有理有据，皆足传世。

第六章　黎　简

第一节　黎简的生平

黎简（1747—1799），字简民，一字未裁。顺德弼教村人。因爱罗浮（又名东樵）、西樵二山之胜，故自号二樵。其所居名为五百四峰堂，乃取罗浮四百三十二峰与西樵七十二峰合称之意。黎简以诗、书、画三绝驰名于世，且擅长篆刻及园林设计，可称多才多艺。他与钦州冯敏昌同时，同为清中叶岭南诗坛的大家，对岭南诗歌的发展，起过积极的作用。又与顺德张锦芳、黄丹书及番禺吕坚交游密切，时相酬唱，人称“岭南四家”。

黎简于乾隆十二年（1747）出生在广西南宁。他的曾祖父和祖父都是国子监生，但却没有考取什么功名。父晴山，为米商，寓居南宁，能诗，曾结“五花洲吟社”，与朋友彼此唱和；黎简亦以后辈参随。在这样风雅的环境熏陶下，天资聪颖的黎简，很快便表现出他过人的文学艺术才能。《顺德县志·黎简传》称他“少慧悟，十岁能为诗，工缪篆摹印。每取肆具范铜，父亲禁之不予，则独游蛮洞，得其起伏势，便能泼墨作山水烟云”。稍长，博观群籍，肆力学问；随父往来东、西粤间，遍览桂林山水。后又一度与友人西入云、贵，北游湘、鄂，饱览壮阔奇丽的风光，深得山川灵气的陶冶，诗艺大进。

二十七岁回家乡后，从此“足不逾岭”，再也没有离开过广东。他经常来往于顺德弼教村、大良镇和广州府城之间。曾在佛山住过三年，又先后到过番禺、肇庆、香山（今中山市）、新会等地。罗浮、西樵、鼎湖、七星岩这些名山胜景，自然留下他寻幽探胜的大量足迹。他三十二岁中秀才，四十三岁选为拔贡。正拟北行赴试，后因父丧而罢。此后便无意科名，靠当塾师及卖画卖字来维持生活。中年以后，其诗名、画名远播中原，不少著名的诗人、学者，都以未能与他一面为憾；有的梦见和他交游，有的请他自写小照相赠，有的传他曾入都一宿而去。翁方纲、王昶、李调元、黄景仁、李文藻、奚冈等人，都与他有诗歌唱酬或文字往来，对他十分器重。黄丹书《明经二樵黎君行状》称道：“君足迹不逾岭，海内名士，想望风采，咸以不获一见为恨。钜公来粤者，皆折节下君。”足见二樵名声之大。黎简性耿介，不慕名利。登门求书画者，意稍不合，虽巨金亦必挥去。世人目之为“狂”，他亦自署“狂简”，更刻印曰“小子狂简”，以此为荣。黎简一直都过着自食其力的清贫生活。虽然每日里来向他“求笔墨”的人“户履常满”，但生活却并不富裕。到了晚年，更常要为米价担心，甚至连药钱也应付不了。嘉庆四年（1799），悄然病逝于弼教村中，卒年五十三岁。

第二节　黎简诗的思想内容

黎简生前，曾手订付刻《五百四峰堂诗钞》二十五卷，死后由番禺汪兆镛辑刻《五百四峰堂续集》二卷，存诗近二千首；以抄本流传的“集外诗”及题画诗，尚未计算在内。

在黎简的存诗中，以关心民生、揭露黑暗的作品最有价值。《五百四峰堂诗钞》编年成集，始于乾隆三十六年（1771），此时黎简二十五岁，正由粤入桂，居于南宁。黎简这段时期的诗歌，就有不少是反映水灾与饥荒的。其中《有叹》一诗，是诗集中最早触及水灾的一首。此诗在诗题下注明是写“邕州（今南宁）八月之涨”，诗中“盘涡翻大树，缺岸陷孤城。觅屋馀墟社，逢人问死生”等句，充分写出当时水势猛烈、人屋遭殃的惨况。直到二十年后，他在《邕州亭子村下岸，往时涨必崩，今者人来说其崩状》一诗中，还清晰地记得当年八月水涨，涨至“女墙可濯手，潦痕城上横”的惨状。当时两广连年荒歉，民不聊生，黎简在诗中多有反映。如“地迥风云急，年饥气象黄”（《郭外》）、“身稳几无梦，年荒欲废吟”（《客楼》）、“饥年过去还思痛，青眼遥天汝白头”（《寄潘振之邕州》）等句，深能写出饥荒之年草木枯黄，诗人无心吟咏的境况。即使饥年过去，他也还痛定思痛。在大饥之年，富豪大户勾结地方官吏囤积居奇，市面粮食奇缺，百姓苦不堪言。在走投无路的情况下，饥民们只得走上反抗的道路。乾隆四十三年（1778）春夏之交，广州发生饥民抢米风潮，官府随即镇压。黎简目睹此状，愤而写下《四月二日》一诗。诗中写道：“四月二日日向西，官差如牛市中走。是时樵夫（黎简自称）始籴米，米市仓皇告无有。……归来惊怪不得坐，出门已见郎当锁。短衣赤拳众健少，沮色胁间持米裹。重城内外负郭村，属县大市齐争传：同时空尽市中米，法以示靖止沸然！……湖南米船接续至，米价尚自不肯平。乡中大户藏旧谷，不出谷，贿吏目。大吏安知小吏奸，小吏不及里正顽。譬如私囊自固闭，伸手还借他人钱……”诗中谴责了官绅勾结，囤积居奇，祸害百姓的罪行，对因抢米而被镇压的饥民表示了同情。此诗《五百四峰堂诗钞》没有收，疑是定稿时恐触犯时忌删去。黎简反映饥荒的作品不少，在《过渡书事》一诗中，有“传闻平粜开四厂，践踏饥人死中路”句，谈的是佛山大饥，官府开厂平粜，践死饥民事；另有《官放仓》一诗，亦谈官府开仓平粜事，但诗中“仓吏居上头，饥人畏如虎”及“乡米倍于官，土豪狡如鬼”等句，痛斥“仓吏”及“土豪”的凶狡，对广大饥民表达了深切的同情。乾隆五十二年（1787）秋，广东经过三年大旱之后，又连续降雨，变成涝灾，给成熟的庄稼带来极大危害。黎简面对此情，沉痛不已，写下《秋雨叹五首》，以抒感怀。其第一首写道：

> 云中飕飕鸣落木，水气作云低压屋。三年不见十日雨，一雨偏当九秋熟。苍天作意何太酷，不令人喜令人哭。水田要使禾生耳，草食真无苋充腹。君不见垄头白骨夜有声，路傍白骨行无肉！

黎简家乡顺德素称“鱼米之乡”，尚且出现遍地白骨的惨象，其他贫瘠之地更是可想而知了。

在黎简大量反映民生疾苦的作品中，要算《田中歌》写得最为感人。此诗继承了唐代“新乐府”的优良传统，运用白描的手法，满怀同情地叙述了孤苦无告的寡妇母子的悲惨遭遇，真是一字一泪，感人肺腑：

> 饥鹰叫风野日白，田鼠仓皇乱阡陌。田头背立泣寡妻，拾穗盈筐人夺得。自言一日劳，可得三日食。十日刈获了，可储一月积。今年三日皆空还，明日重来复何益？出门时，儿已饥。入门时，儿拽衣。娘得谷，换米归。儿食粥，娘啖糜。娘空还，儿哭啼。儿勿啼，娘心悲。向屋后，望菜畦。天寒雨瘦菜不肥，篱疏畏逐强邻鸡。闭门抱儿劝儿睡，明日娘有饭，娘自有较计。北风入夜吹破屋，上有明月照人哭。人哭不闻声，但闻儿寒就娘声瑟缩！

此诗饱蘸感情，如泣如诉，催人泪下。清人凌扬藻在《国朝岭海诗抄》中评道：此诗“义则变雅，音则乐府，满纸皆愁惨之声”。所谓“变雅”，是指《诗经》的《大雅》、《小雅》中反映周政衰乱的那部分作品。黎简诗中有“变雅”之义，是对“乾隆盛世”的一个讽刺。在《夜将半南望书所见》一诗中，作者更透过一场火灾，提示出广大群众在荒年中啼饥号寒、转徙沟壑的悲惨处境：

> 乍冷初冬密云黑，忽惊万丈曙霞红。远知何处中宵火，低拜前头北海风。五岭三年千里内，多时十室九家空。已怜泪眼啼饥尽，更使无归作转蓬！

此诗前四句写夜半火灾的可怖情景，后四句则由火灾而思及饥荒，表达了作者对灾民悲惨命运的关切。其中“五岭”一联，言简意赅，深刻沉痛，撕下了“乾隆盛世”的华丽彩衣。黎简即使在带有田园牧歌式的作品中，也不忘带上讽刺的一笔。如《村饮》一诗，写农民在春社之日，家家凑钱饮酒，醉倒在篱边树下，恰似一幅栩栩如生的农村风俗画。但在这幅风俗画中，却夹有“谷丝久倍寻常价，父老休谈少壮年”两句，写物价飞涨，今不如昔，在恬静的牧歌中添上愁惨之声，足见“盛世”的可疑。凌扬藻称誉“谷丝”二句为“绝妙”。

除此之外，黎简还写了大量与农民苦乐息息相通的有关农事的诗篇。如《西潦三首》、《一雨数日，喜甚同于农夫，作诗示二三知己》、《西潦涨甚即消，喜其大助田壤，晚丰可知》、《开春连日暄妍，丰年之象，欣然有作，惘然有忆》、《十九日雨，滂沱之馀，油油若酥，有秋之喜，同于农夫》、《后园摘蔬作三首》、《和区鮀滨咏稻花》、《偶出见春田未犁，望雨有作》、《忧涨三十四韵》等诗，光看题目，便可见作者对农业生产和农民生活是何等的关注了。他在《和区鮀滨咏稻花》一诗中写道：

> 岭南初夏稻花明，映日行云白雨横。凉合江光分野色，低濛村岸出紫荆。幽芳甘露茫茫重，静气祥风裔裔轻。便话晚禾同一致，却宜秋夜雨香清。

此诗写岭南早稻扬花的情景，清新明丽，字里行间，洋溢着丰收在望的喜悦。末二句由早禾遇白撞雨而思及晚禾最好也遇上夜雨；因为两者俱能杀虫，其理一致，故有此翘盼之思。诗中的自注如“早禾宜白雨”，“粤中晚禾贵夜雨，二造之性如此，反是皆致虫”等语句，深能表现出作者对农事的熟悉。在《连日暖，可禪夹》一诗中，黎简由入冬后气温偏高，而联想到明春“早禾秧冷万人忧”的境况，表现出他对民生疾苦的关切和忧念。他在这句诗后的注释：“粤农谣：‘大寒暖多，冷煞早禾。’”也同样可见他对农事是并不陌生的。

黎简既是出色的诗人，又是造诣精深的画家，因此他的诗写景如画，能以细腻的笔触，鲜明的色彩，勾画出别具特色的南国风光，给人以美的感受，前人说他“诗中有画”，便是指这一类作品而言。如《春江吟》：

> 雨酿浓青柳醉天，一弯愁黛暮山圆。船头花影垂垂簇，亲见饥鱼嚼紫烟。

诗中十分注重色彩和造型的美，末句以“紫烟”喻水中的花影，极饶神韵。又如《江堤桃花四绝》之第一首：

> 江上青山江绿波，碧瑶新莹镜新磨。镜中一簇桃花

影，照水燃山成绛河。

此诗通过光和色的对比，烘托出江堤上桃花盛开的美艳形象。“照水燃山成绛河”一句，深能写出红桃怒放时灿然夺目的明丽色彩，给人留下很深的印象。

黎简长期居于乡间，熟悉农家生活，田园诗写得很好。如《细雨》诗：

淑风深送暖，春日浅含情。细雨光犹暗，孤花冻益明。林攒远峰立，云重暮沙平。村路香泥滑，烟蓑试早耕。

写初春时节，农民冒雨开耕，景色如画。又如《小园》一诗，写乡居的恬静境界，使人读之心旷神怡：

水影动深树，山光窥短墙。秋村黄叶瓦，一半入斜阳。幽竹如人静，寒花为我芳。小园宜小立，新月似新霜。

由于黎简是个杰出的画家，因此他在诗中描绘景色时，对色彩的浓淡、深浅以及画面的动静、远近，都很讲究配搭。如下面《写景》一首，色泽鲜明，大有画意：

春云去地三四尺，云头深黑云脚碧。烟绵芳草湿酣青，重染晴云作天色。春江漠漠静如织，浅白分明见沙石。鲤鱼饥吸不畏人，之折桃花作鱼食。

黎简擅长写景，在《五百四峰堂诗抄》中，此类佳作，触目皆是。其中尤以五古的铺陈描写，最见功力。如《铁垆顶》、《白马角》、《鼓涌滩》、《龙门滩》、《飞龙滩》等诗，写滩行奇险，森列目前。《白马角》一诗，写五六月间西潦大涨时，“长河怒一折，赤浪攒万岳。涡盘大江回，芥掷巨艘弱”，气势极为骇人。黎简甚喜罗浮之胜，故在诗中一再咏及，如《华首台后至洗衲石》、《白鹤观登五龙潭上玉女峰》、《水帘洞》、《延祥寺至宝积寺》等诗，写罗浮山壁立千仞，古洞云封，飞瀑流泉，喧声激耳，极饶胜概。其中《水帘洞》一诗，最受人称誉：

> 千百石矗迸，汇此一帘水。清寒先迎人，去此尚一里。悬雪薄不破，奋雷伏难起。静极入山客，云水劳未已。想见洪荒来，坌涌遂至此。崖藤老尽力，石树冻半死。棉裘凛棱铁，骨战及吾齿。投暄出阳阿，回颜有生理！

此诗一开头便有寒气逼人的感觉，人离水帘洞尚有一里之遥，便已感到一股清寒之气，扑面而来；中间十句则极力描写水帘洞瀑布的气势和此地环境的凄冷；末二句以走到温暖向阳的山坡，才能回复容颜生机，说明水帘洞一带确是凛冽难耐的。丘炜萲在《五百石洞天挥麈》赞道：“二樵诗心，刻意苦炼，与其所游境界，同具有古洞层阴，悬崖飞瀑之观。……《水帘洞》一首，极脍炙人口，盖集中五古之最警者。”给予极高的评价。

黎简以画家之眼，观察自然景物，善写难状之景，时能别开生面，故其山水田园之作，甚得人们推重。李慈铭在《越缦堂读书记》中说：“二樵以绘事名，诗中皆画境也。”黄培芳在《论粤诗绝句十首》中亦说：“田家风景推储祝，山水登临擅谢公。吟到二樵叹双绝，嶕峣万古寂人踪。”黄诗以善写田园、山水诗的储光羲和谢灵运比黎二樵，并在诗后注称“黎二樵山水田家诗尤推独绝”，赏誉可谓备至。黎简不仅善于点染山水田园的美景，而且也长于风土人情的刻画。如《歌节》中之第一首：

> 春衣白夹骑青骢，浅浅平芜淡淡风。蜡髻蛮姬斗歌处，四山纯碧木棉红。

诗写广西瑶族妇女在歌节斗歌的情景，风调极美，颇有“歌仙”刘三姐的丰采。末句以“四山纯碧木棉红”作衬景，更能突出岭南的地方特色。又如《戏为绝句八首》之第三首：

> 剪纸斑斓兽样灯，蜡烟光曳小轮绳。费他闺性劳儿女，笑舞春墀唤不应。

此诗写春节期间玩花灯的情景，颇能写出顺德农村的新春风俗。此外，如《乙巳五日舟中》写端午赛龙船，《放鸽引》写信鸽竞翔，《玉荷包歌》及《己酉龙眼诗》写岭南佳果荔枝龙眼，《雨中杂述寄城西诸君十绝句》中第九首写广东疍人（水上居民）喜穿薯莨绛衣等，均能生动地再现岭南地区多彩多姿的民间习俗和地方风物，散发出浓郁的生活气息。

第三节　黎简诗的艺术成就

黎简诗以境新、句奇、意深、情真而独树一帜。王昶在《蒲褐山房诗话》中称其诗“峻拔清峭，刻意新颖，言人所不能言”，为当时岭南诗人之冠。洪亮吉在《北江诗话》中亦赞其善于“造境造意”，能“拔戟自成一队”，所存之诗“足以睥睨一世”。王、洪二人均甚推许黎简的诗，而对他的力辟异境，自成面目，尤其称誉。黎简也自言写诗“刻意轧新响”。所谓“新响”，指的是新的词汇、新的手法、新的意境、新的形象。他务去陈言，力避平熟，反复锤炼，刻意生新，意境字句，均极新警。如“明澜闻水鸟，暗叶定风萤”、“林暗山亭夜，城光野水秋”、“海雨留鱼气，潮田起鸟群”、“潮送竹扉月，雨留花亩云”、“一枕春寒阁乡梦，千家人语入江声”、“吴趋歌者谁相识，楚些魂兮不待招”、“苍凉日色沉沙树，悲壮江声入水村”、“排闼柳花吹酒店，飞空山影压渔竿”、“霜粘雁背菰蒲白，村少禽声稏稏黄”、“溪云曲曲三篙水，浦树沉沉一桁山”等句，王昶就誉之为“未经人道语”。又如“湖上秋光阔无着，约束结成明月团”、“刀色抱人不见人，人乃声出刀中央”、“长狐啸血成碧苔，一丝冷梦寻不回”等句，张维屏就称之为“清奇”、“雄奇”、“幽奇”之句，并谓“语皆匪夷所思”，表示十分激赏。黎简的诗歌确是境新句奇，无论从语言、句法、意境、形象各方面看，都很有自己的特色，故在当时和后世都获得很高的声誉。

黎简诗之所以能“刻意轧新响”，这与他善于向传统学习，并能有所变化和创新，很有关系。他的古体诗受李贺的影响较深，深得其炼字琢句之妙。如《昨梦李昌谷弹琴》、《金花庙仿李长吉》二诗，便通首酷似李贺的风格。又如“黄昏碧火行木客，阴洞雄狐拜金马”（《忆昔行》）、“秋机不轧犬不吠，魂去风中晓无迹”（《秋风引寄二三故人》）等句，遣词运意，都是神似李贺的。他在《批点李长吉集题记》中说：“余幼好长吉，非长吉诗不读，且学为之，甚肖也。”可谓自道其实。他的七古除有李贺的幽峭奇诡之外，还以杜甫、韩愈的雄劲为骨，故他虽学李贺，却能摆脱李贺的“鬼气”。如下面一首《寄黄药樵》，就兼有李贺的幽峭和杜、韩的雄劲，写得峻拔清峭，格新句奇，很有特色：

墙头暮鸦飞不起，鸦背松声冷于水。如山北风压破屋，拍枕大江浮两耳。窗竹偃蹇欲折棂，急雨落瓦寒有棱。饥鹘嚆嚆状啸鬼，纸窗琅琅如裂冰。风头愈大雨点重，松子逾时尚跳动。灯危在壁寒不明，心战如波静还涌。我忆滇山西远征，冰天苦月寒峥嵘。两奴争被静一哄，独马恋人悲自鸣。身劳归惜妻孥苦，裘敝倏惊年岁更。煌煌肥马从朋友，跕跕飞鸢阅死生。生还喜尔情过绝，以病示人无病骨。明日梳头视青镜，今夕苦吟得白发。莫思广厦庇众寒，少陵诗翁古迂拙！

此诗写冬夜的一场急风骤雨，引起诗人对当年艰苦万状的云南之游的回忆，抒发颠沛困顿的失意之慨。末句以牢骚语出之，尤见悲愤之意。邱炜萲盛赞此诗“通体总不肯出一易语。篇首飘忽而入，突兀可喜，错落有神，如巉岩皴法，如雨山点法。想见兴酣落笔之致，要为篇后蓄势，寄所怀人。……若夫奇警，至不可思议，令人目遇而眩，耳遇而悦，又尽在平日炼字炼句之功”，堪称黎简力作之一。

黎简的近体诗以杜甫、黄庭坚为宗，劖刻奇崛，跌宕沉郁，并能博采众长，自辟蹊径，很有自己的面目。如《浴日亭观雨》：

东南虚地势，风力揭重溟。远色敛低雨，万涛趋一亭。奋雷山趾动，沉鼓水宫灵。幽怪宜兼夜，咸潮看浴星。

此诗别出心裁，不写观日而写观雨，不写浴日而写浴星，构思新颖，一洗前人咏浴日亭诗的俗套。又如《大夫冈怀石帆》：

> 大夫冈头落日黄，海流东去作沧桑。我家一曲雁田滘，君近万山狮子洋。尘埃风浪移今古，离合身名有短长。对此伤心兼望远，雨蓑烟艇梦苍凉。

此诗能以轻淡清新之笔写苍凉悲慨之情，不假雕饰，恳挚动人。何藻翔在《岭南诗存》中评此诗时说："七律至今已难着笔，二樵能自辟畦径者。"这"自辟畦径"，正是黎简诗"刻意轧新响"的一种表现。

《五百四峰堂诗抄》中有几首论诗的作品，自道学诗甘苦，很能说明黎简诗的"新响"与传统的关系。黎简认为，要创新，首先要下力气向传统学习。要学到几可乱真的地步，才能变化生新，自成面目。他在《与升父论诗》中说："士生古人后，宁有不践迹。始则傍门户，终自竖棨戟。裨校转渠帅，挥叱赴巨敌。一身数生死，百战资学识。绝境无坦步，高唱有裂笛。"这说明"裂笛"之音来得并不容易，要经历一个"始傍门户"、"终竖棨戟"、在"绝境"中崎岖迈步的艰苦过程。他在《批点李长吉集题记》中又指出："作诗须从难处落手，不嫌酷肖，到此时生出面目来。见今人朝学古人，暮欲立一格，动畏优孟之讥，必致濩落无成，入于野体而已。"他认为学古人时要先求酷肖，但又不能墨守成规，一成不变。待到对传统技法已能熟练掌握，融会贯通时，就要有所突破，自立一格。他在《过周肃斋赠二子（立规立矩）》中指出："诗家重理律，要在空篱藩。"又在《寄周肃斋明府》中豪迈表示："壮夫挽天河，当自引别派。"显示出一个有出息的诗人学古而不泥古的创新胆魄。他在《答友书来所问》一诗中，更明确地宣称他作诗“我自用我法”。洪亮吉以“拔戟自成一队”誉之，是非常恰当的。

黎简诗除了境新句奇是其突出的特点外，情真语切是他的另一个特点。他曾在后辈诗人李遐龄的《勺园诗钞》上题词，谈及作诗的门径，说：“年来唯得‘老实’二字诀耳，此即太白不珍绮丽而贵清真之旨也。”他认为好诗应“字字皆本性情而出”，反对虚情假意，无病呻吟。他在《亦甥罗秀才扶大（起潜）问学诗，以此答之》一诗中写道：“为歌为哭准于情，多读多吟贯以诚。”更强调写诗应以“情”、“诚”二字为准。这“情”、“诚”二字，与前面所提的“老实”二字诀，是一致的。《五百四峰堂诗钞》中写亲情、友情的作品不少，情意深挚，纯从肺腑流出，故很能打动人。如“不胜今昔亲垂老，如此风烟我再来”（《邕州》），写感怀双亲；“两地发肤趋老大，在天弦望各风烟”（《甲寅生日寄海樵先生》），写忆念兄长，均出自真情，感人至深。黎简有一个妹妹，死于广西大饥之时。他哀痛不已，写下《寒夜忆亡妹邕州》、《亡妹生日》、《雨夜坐忆邕州亡妹》、《甥子往邕州修亡妹之坟，予以不得躬畚一抔为恨。因感秋风，哀彼短命，乃不知其为诗也》等诗，一咏再咏，情见于词。如《亡妹生日》一诗：

> 死后尚生辰，生辰哭死人。死长生趣短，生近死年新。边冢邻饥鬼，南魂眷老亲。沧江断云下，挥泪雨青春。

真是一字一泪。诗中“死”、“生”二字反覆出现，人却不嫌其重复，反觉其情真。今人钱仲联在《梦苕庵诗话》中，以“泪痕血点沾胸臆”称誉此诗，正是赏其感情真挚，凄婉动人。黎简自有句云：“情真使人醉。”此诗足以副之。

黎简与妻子梁雪相依十八载，甘苦与共，情意甚笃。二人于贫病中相濡以沫，彼此慰藉。“相怜遂同病，同病更相怜。枕共花檐雨，房分药鼎烟。苦心长短夜，瘦影十余年。”（《病》）寥寥数句，便道尽了二人病中相依的深厚感情。后来梁雪不幸病故。黎简于痛定之后，写下长诗《述哀一百韵》，追记其生前情事。此诗十分之九篇幅，以梁雪口吻写成；如泣如诉，哀痛之极。黎简在诗的小序中说：“甲辰四月廿一日，妻梁氏死矣。向来护病，继以伤心，未尝有诗。至今七月六日，感神仙夫妇之说，乃饮泣勉述此篇。情至无文，不知所云而已。”“情至无文，不知所云”八字，是蕴有很深的哀痛的。紧接此诗之后，他写下《不眠》一诗，倾诉长夜难眠的悲痛情怀：

> 不眠复何梦，积望以成悲。握手斯须内，此生无此期。故人惟有老，新鬼尚应知。回首秋篁晚，归魂冻袖垂。

一年后，他在《小女》一诗中又写道：“汝哭能言梦，娘愁到汝边。鬼知今隔岁，爷尚不成眠。”依旧未能忘怀，难以入睡。他有一组怀念亡妻的诗，写得极其深挚；一看其长长的标题，便已十分感人，标题如下：“二月十三夜，梦于邕州江上，因友人归舟作书，寄妇梁雪。百端集于笔下。才书‘家贫出门，使卿独居’八字，以风浪大作，触舟而醒。呜呼！梦而不见，不如其勿梦也，况予多病少眠，梦亦不易得耶！辄作诗纪之，得五绝句云尔。”稍后，他又写下另一组怀念诗句，标题依然是深情无限的：“四月八日夜梦与故妻别曰：‘自今珍重，与卿此别，又费几年矣！’相视泣下久之。作三绝句纪怀。”这两组诗的标题，是两则情深隽美的散文，与诗句构成一个有机的整体，强烈地抒发了作者的哀思，催人泪下。

黎简作品除了亲情深挚外，友情也十分浓烈。《五百四峰堂诗钞》中，甚多咏怀友朋之作。如吕坚（石帆）、黄丹书（虚舟）、张锦芳（药房）、苏膺瑞（其詹）、黄鲲（药樵）、李文藻（南涧）、谢霭（荩臣）、谢景卿（云隐）、袁堂（升父）、周士孝（肃斋）、邱学敏（东河）、周永年（书仓）、孙尔准（平叔）、许宗彦（周生）等人，都在诗中一再咏及。其中李文藻为潮阳令时，曾慕名访他，许其诗必传，并有诗相赠。黎简大有知遇之感。李文藻病逝后，他哀痛不已，写下《李南涧哀词，寄肃斋、药房、石帆、虚舟》、《南海神庙怀亡友李南涧》、《检李南涧手札》等诗，以表怀念。一次他冶铜印，夜梦李南涧来索观，甚称赏。醒后他写诗抒情，有“生死感不远，此奇今未闻”、“应同挂墓剑，不敢负徐君”之句，表示要把铜印献到李的墓前。直到数年之后，他翻阅李文藻的遗稿，追怀前事，还写下“涕泪羊昙哀死友，老成庾信失吾师”这样沉痛的诗句。黎简与黄景仁（仲则）素未谋面。当日，冯敏昌（鱼山）南归时，曾携黄景仁诗一卷寄示黎简。后来，张锦芳（药房）北行应试，黎简便托他带一诗给黄景仁，表达倾慕之意。诗中有“鱼山昨南归，忆我病在床。纡回寄君诗，三十残三章。……支床一览竟，天水生清光。化作海上峰，三十三剑铓”之句，对黄诗极表推重。他痛诋一味修饰外表、内容空洞、感情贫乏的神韵派末流诗人，称他们是“务为时世妆”的“灶下姬”，而盛赞黄景仁是“巨刃摩天扬”的大手笔。在诗的末尾，他更以“时时吹天花，飘堕空中香。愿因西北风，吹落我衣裳”数句，希望以后能常常读到黄景仁的优美诗篇。黄景仁病故后，他写下《检亡友黄仲则手书》及《读翁学士所辑黄景仁仲则诗集》等诗，深致怀念之意。诗中有道："寄我入关书，狂简谬称引。夫子隔天末，气通共肝肾。"又道："或言君厄才，仅得樵与班。君才挞万象，樵也小黠顽。"二人境遇相似，诗笔各具特色，惺惺相惜，彼此推重。虽然只是神交，但由于"心气可遥通"，所以交情是并不浮泛的。黎简的寄友怀人之作，大多出自真情，有感而发，甚少"应酬味"。如"梦迷上已浑风雨，节感中年忆死生"（《雨中作寄吕秀才石帆（坚）》）、"已将饥饿遗家事，未免朋侪负夙襟"（《问药樵遗诗》）、"直以病躯萦老友，勉安慈母誉娇儿"（《答其詹见怀》）、"入画山川如写梦，对君吟咏自忘愁"（《与黄秀才虚舟（丹书）》）、"今年风雪期相见，为汝摅怀为我悲"（《寄怀平叔》）、"忧患以来生有命，饥寒争与病劳身"（《示袁睫巢》）、"君今忆我旧多病，我昔比君今更狂。出门乞米入门笑，宅边柳树花如霜"（《江亭寄罗海韬》）、"我忽不乐呼虚舟，一哭未破十日愁。茶尔疲役过半百，汗下底事能千秋"（《长歌行赠虚舟》）等句，写己写人，或悲或喜，均感情真率，纯从肺腑流出，毫无矫揉作态之意，这与他"为歌为哭准于情"的诗歌创作主张是完全一致的。

黎简诗的第三个特点是意蕴深邃，含蓄隽永。无论是写景、抒情或议论，都没有浅俗平庸的毛病。如"去家无百里，入梦有千端"（《去家》），写刚离家即入梦的思乡情怀；"艰危疑造命，微贱益增才"（《三十》），写人到中年安贫乐道的旷达乐观；"酒欢悲醒客，梦断续离愁"（《武缘县斋二首》），写酒醉梦醒前后悲欢相接的愁绪，等等，都含意深刻，耐人寻味。又如"短长道路供离别，少壮交游半死生"（《望仙坡最高楼》），上下两句，各以时间纵横交织而成，抒发了伤逝怀人的深沉感慨；"关河霜雪朋侪旧，溟渤鱼龙窟宅宽"（《独夜》），上句写老朋友冒着霜雪闯荡关河，为前程而奔走，下句以鱼龙在大海里游息，比喻自己安于在乡间生活。"短长"

与“关河”二联，均一句数层，凝炼警策，是广为传诵的名句。黎简虽然诗名画名远播，但一生都在困蹇之中。如《开镜》一诗，写他揽镜自照，叹惜岁月流逝，生计艰难，思乡之情，黯然而生：

掩书开镜入中年，白日黄河急鬓边。哀乐以来常梦鬼，死生无着转疑仙。忍饥回首思香国，不饮何心望酒泉？早晚鲥鱼学张翰，绿蓑风起皱江天。

诗写得跌宕沉郁，感慨甚深。何藻翔在《岭南诗存》中评此诗道：“起超警极矣！收不用‘鲈鱼’，故佳。”可见此诗工于起势，能化用熟典，不落俗套。

在谈到黎简的诗歌特点时，要特别提到他的题画诗。在《五百四峰堂诗钞》中，题画诗占了不少分量。这些题画诗，有题前代画家的作品的，也有题自己的画作的；有对画面的细致描绘，也有对绘画艺术的评论，深能看出他的艺术见解和鉴赏能力。如《画山水歌寄何勤良》、《徐天池怪石松树歌》、《范宽画山水歌》、《林以善画鹰》、《五龙潭山水图歌》、《题梅花道人墨竹》、《自题楚山清晓画图》、《林良画独鹤图歌》、《吕纪画五鸬鹚图歌》、《芦湾渔笛题其詹小影图》、《寄冯编修鱼山敏昌奇人绝壁图系以长句》、《补题云隐所藏予江乡春色图》等五古、七古长诗，写景、议论、抒情，纵横恣肆，酣畅淋漓，允称佳构，非深于画者难以有此笔力和境界。如《范宽画山水歌》：

古壁崿落险欲摧，一展范宽山水生惊猜。斑斑裂绢作墨色，石角渍上红莓苔。一松轴末势横出，气态直上枝垂回。一松鳞爪上搏攫，意欲绝地扬鬐腮。根虚似有化迹

> 伏，叶黑岂无灵雨霾。松中泉飞云横走，石梁冠松连两厓。梁头二童子，挈榼琐碎罗山杯。梁腰一仙人，曳袖邋遢行涧雷。梁尽一落欹石台，台有三叟旁仙孩。目光所到如有语，谓何夷犹行不来？背列数株树，一叶不着成秋柴。中林幽风静不见，但见仙者襟微开。树背平圆一坡起，寒绿细草齐如裁。坡侧双峰削玉立，颠重于趾危不颓。峰坳秋林对冥密，林杪远插三蓬莱……

诗中对范宽一幅山水画的画面，描绘得十分细致，如树石、云泉、人物都一一写到，其中对两株松树，刻画尤为逼真，从树势写到树根、树叶，以至树间的云涌泉飞，都一气而就。由于黎简能画，因此对画中的色彩、远近、布局、衬托都颇为注意，描绘起来得心应手，使人读诗如同看画，一幅优美的范宽山水图便活脱脱地出现在目前。

黎简以诗、书、画三绝驰名，尤以诗画成就最为突出。他的诗，在当时和后世都获得很高的评价。除了前面提到的王昶、洪亮吉，对他称誉备至之外，一些诗坛的后起之秀，如广东的张维屏、黄培芳，浙江的许宗彦、钱仪吉，江苏的刘嗣绾、孙尔准，福建的伊秉绶，江西的吴嵩梁，都对他表示钦仰。张维屏盛赞黎简诗"由山谷（黄庭坚）入杜（甫）"，并能博采谢灵运、韩愈、李贺、李商隐、孟郊、贾岛诸家之长，锤凿锻炼，自成一家（见《听松庐文钞》）。不少人都尊他为岭南三大家后第一人。以撰写《射鹰楼诗话》著称的林昌彝，更认为他的诗歌成就比梁佩兰高。温汝能辑编《粤东诗海》时，在其"例言"中盛赞黎简诗"微妙精深，巉岩峭削，镂肝雕肺，摄魂勾魄，……无笔不到，无韵不稳，无声不谐，格虽奇而实平正"。丘炜萲在《五百石洞天挥麈》中，亦称誉他"刻划物情，幽思奇语，几疑前无古人"。足见黎简不但在生前得到前辈和同辈的赞赏，身后也深受后辈的景仰。

黎简工诗、精画、善书，作品独树一帜，是广东有成就，有影响的文学家和艺术家。但由于他生活在相对比较稳定的“乾隆盛世”时期，而且又长期“足不逾岭”，生活面比较狭窄，因此他的作品缺乏气势磅礴的历史风云纪录。这是时代与经历所限，未可苛求于前人的。黎简的诗歌创作，从李贺、韩愈那里得益甚多，诗笔奇崛劲峭，但同时也受到二人的消极面的影响较深，某些篇章措辞失之险，命意失之晦，显得深曲费解，增加了阅读的困难，这是比较明显的缺点，是无须讳言的。至于少数恭颂皇朝“圣德”、敌视农民起义的作品，就更是诗中的糟粕，必须扬弃的了。

总之，黎简的诗歌，境新、句奇、情真、意深，很有自己的面目，对后世的诗歌创作有一定的影响。黎简冲决藩篱，独辟蹊径，可说是诗歌改革的先驱者，而在诗歌艺术的形式上，擅长造境造意，又开了清末“宋诗运动”的先河。

第七章　宋　湘

乾隆、嘉庆年间，中国诗坛上盛行着拟古倾向。这时岭南涌现出三位杰出诗人：冯敏昌、黎简、宋湘。他们卓然自树，不为“格调”、“性灵”两派所牢笼，仍然继承岭南诗派的传统，形成自己的风格。其中宋湘则以其豪放雄健的作品，进一步继承并发扬了岭南诗派的雄直诗风。

第一节　宋湘的生平

宋湘（1756—1826），字焕襄，号芷湾，嘉应州（今梅州）人。少年聪慧，九岁即学为文，下笔颇有奇气。及长，凡八应童子试，始得取为生员。其后，他为求得到更好的学习环境，只身来到省城广州，入粤秀书院读书。院中所作课艺，常被贴堂，同学惊佩其才。偶然亦卖文以为生活之资。乾隆五十六年（1791），宋湘被广东学政陈桂森聘为幕宾。翌年，他参加了广东乡试，获中解元。

乾隆五十八年，成为举人的宋湘赴京应进士试，不第。他不想返回广东，适粤秀书院的业师陈鹤翔其时正任直隶三河县知县，三河就在北京附近，乃招宋湘到县署居住读书。嘉庆元年（1796），宋湘再应进士试，仍然落第。鉴于陈鹤翔生活清苦，他不欲再住三河以相扰，遂在京考取镶黄旗官学教习，暂以维生，过着清贫的生活。嘉庆四年，宋湘终于获中进士，选翰林院庶吉士。这年十月，他请假南归，结束了第一次为期八年的京华生活。

嘉庆六年，惠州知府伊秉绶邀宋湘担任丰湖书院山长。西湖为苏轼昔年被贬居的地方，宋湘课余徜徉湖山，追寻先贤的遗迹，心灵相应，诗思泉涌，写下了大量反映当地民情风俗、山水秀色的诗歌，结集为《丰湖漫草》和《丰湖续草》。他一家八口随任，生活过得清苦，甚至要典当衣物才能过年，其困苦可见一斑。

嘉庆八年，宋湘转回广州，担任粤秀书院讲席。九年冬，他要回京参加例行的庶吉士散馆考试。结果考得二等，被授为翰林院编修，开始了他长达九年的第二次京华生活。其中除嘉庆十二、十三年先后被派往四川、贵州担任乡试主考外，过的是翰林院的清闲生活，或文酒雅集，结交高朋；或登山临水，游赏应酬，与前度的京华生活相比，全然不同了。

嘉庆十八年，宋湘被外放为云南曲靖府知府。此时他已五十八岁，骤然离开翰林清要之职，垂老而为万里之行，不免自怨自艾，“龙钟一老向洱海，纵当成佛非生天”。但他一走出京城，来到河南，便亲眼见到大灾荒所造成的惨剧，写了《河南道中书事感怀五首》，惊愕叹息之余，深感社会矛盾的尖锐，民生困苦的加深，决心到任后要做个好官。

到云南，他除任曲靖知府外，又先后护理广南、顺宁等府知府，担任过迤西道、迤南道道员，计在云南供职十三年，躬行素志，颇施善政。如在曲靖时，所属的马龙州地瘠民贫，宋湘便捐俸购买木棉一批及纺车五百架，教妇女纺织以解生活之困。在广南府则主持开浚城外东、南、西、北四塘，使人民得以恢复灌溉养殖。在迤西道时，适值大饥荒之后，继以疫病流行，死者无数。宋湘捐钱买药，分派患者，活民甚众。又祈祷于点苍山凡七昼夜，以期消灾降祥。他大力提倡造林，购买松子三石，使人民遍种于点苍山下，数年后皆郁然成林。在永昌府则建立书院，以提高当地文化。云南是个多民族的地区，宋湘对少数民族并不歧视，倒是很关心他们，如眼看少数民族对待疫症病人的迷信和残酷的处理方法，他认为“尤伤化理，再三告谕”，要他们改掉这一恶习（见《疫鬼哭》）。论及过去的民族关系，宋湘对唐代玄宗时期欺压南诏，张虔陀、鲜于仲通等惹起战祸，涂炭生灵的不义行为加以谴责（《观南诏碑有感》）。宋湘在滇不辞劳苦，是位亲民的好官。他自喻为一位操劳的主妇，“好女老适人，日习渐忘羞。早夜论家计，黾勉如有求。岂不喜歌舞，操作无时休。上念堂上欢，下念儿女愁。旁念逮鸡狗，风雨亦绸缪”。（《之广南道中述怀四首》）“自作滇南吏，生涯可说无。貌同民共瘦，心与月齐孤。”（《自作三首》）然而，在封建时代里要做个好官亦实在不容易，若要进而展布建树，更是困难重重。宋湘曾自叹说：“谈天容易做人难，我是何人何等官？多少书生心里事，不曾做得与人看！”（《书愧》）

道光五年（1825），宋湘升任湖北督粮道，离开云南。翌年，他又以七十之年，仆仆于长江、运河航道上，押解粮食进京。道中劳累，加之感受暑气，抵京而病。十月，回到湖北任上。十一月二十五日病终。

宋湘的确是位好官，《云南通志》把他收入《循吏传》。但他亦仅仅是位循吏而已，当人民对统治阶级有所反抗时，他便要加以反对。如惠州的陈亚本、福建的蔡牵，以及云南的少数民族有所反抗时，他便加以咒骂；当他们的行动失败了，他又情不自禁地作诗表示庆颂，在他思想深处，只希望老百姓严格遵循封建社会的秩序，等待朝廷施行仁政，却绝不能容忍他们对命运加以抗争。这不能不说是宋湘思想上的局限。这种局限使得他没能创作出更多、更深刻反映现实的作品，则是十分可惜的。当然，在那样的社会条件下，能够做一名循吏，毕竟也是难能可贵的了。

第二节　宋湘诗的内容

宋湘的诗是随着他的生活经历而有不同内容，呈现出多姿多彩的变化的。少年时的作品经他删去不存，中年后之作，大致可分四个时期来加以区别，每个时期的作品都带有他生活、思想的印记，各自具有特色。

第一时期是他的京华生活七载。这时期所创作的诗收入《不易居斋集》。这时期他欲以功名自显而屡考不第，加之生活清贫，心情拂郁，故诗的内容多集中于抒写个人的感伤与苦闷：

> 树雨残留滴，林风远递生。无霜灯壁冷，有字草虫清。顿挫名心死，峥嵘病骨鸣。难孤山外月，蹩躠绕阶行。[时方脚疾]（《山斋秋夜四首》之一）

> 久客名何在，奇穷骨奈骄。百思唯睡好，一枕得春饶。惜字留残刺，倾家赎敝貂。天寒日更短，庭树亦萧萧。（《支离四首》之三）

穷而兼病，老大无成，使得他的心头，重阴郁结，境况至为凄凉：

> 骨发秋风入，山猿咳嗽如。聒邻疑老大，废业负居诸。高枕年无赖，垂头月有余。可怜成底事，四十此寒㮚。（《肺病》）

在《不易居斋集》自叙里，他概述了那段时间的痛苦心情：

> 坐客无毡，种花度日，实唯此时。而中宵抱疚，八十老亲尚操砚田以活不肖之妻若子。仰天刺心，不可告人。每一搦管，愁苦森发，爱我者见辄戒之，而不能知予心之所自来也。

第二个时期是他中进士并被选为庶吉士，南归广东在丰湖任教时期。这时期他功名如愿，暂时告别了为客远方、贫病交侵的生活，心情萧散自得，笔下亦一改作风，变得冲融淡远。他教学之余，徜徉湖山，创作以田园山水诗数量为多。这类作品显出他功力湛深而自成家数，杰作之多，直可雄视岭南诗坛：

> 水划东城断，城根水拍门。路才分一艇，人已住西村。僻舍联樵牧，余毡护犬豚。读书更垂钓，沙鸟此乾坤。
>
> 夜雨湖沙没，春风岸草遥。罾支三板艇，柳慢六堤桥。沽酒记前渡，看花还几朝。等闲分岁月，深竹卖饧箫。(《湖居十首》之一、六)

有时他怀古思贤，追寻苏轼寓居的遗迹，心灵相应，往往发为吟咏：

> 古瓦千年在，奇才一相难。半生多请郡，万里此镌官。有德邻聊卜，无邪思自看。客心私淑地，一过一凭栏。(《白鹤峰东坡先生故居后六首》之一)

湖上的一山一水以及花草树木，常常是他诗中的题材，借以寄寓他此时的心境和襟抱：

丹魂拍拍气熊熊，倔强虬龙烛烧空。人到海头才眼孔，花真汉后得英雄。越王台上春初日，广利祠前夜半风。万道虹光掣南斗，为谁名压荔枝红。

历落嵚崎可笑身，赤腾腾气独精神。祝融以德火其木，雷电成章天始春。要对此花须壮士，即谈芳绪亦佳人。不然闲向江干老，未肯沿街卖一缗。（《木棉花二首》）

到了要离别丰湖，依依之情，悉见于《湖上五别诗》中：

故人不别我，我别故人去。今夕湖水上，明日知何处？欲将旧钓丝，结在湖心树。湖树吹且长，钓丝理如故。（《别湖风》）

湖月出湖东，落亦湖西边。知我在湖上，只照湖水间。寂寞夜复夜，寸心时往还。安得结湖屋，人月无关山。（《别湖月》）

第三个时期，是他返京后，供职翰林院时期。他优悠京师九年，与上一次的郁郁京尘的生活迥然大异。翰林院是个清闲的衙门，编修亦是个闲散清高的官职，除了例行公事外，他们便以文酒高会、交酬唱和来打发日子。正如宋湘自己说的“十载朝官诗一卷，三分花事七衔杯”（《即事》），所以他自己亦不予重视，仅存得《燕台剩沈》一卷，在卷首《自记》中说：“所有恭纪朝廷大典礼诗歌无一足存，其余酬应文字，心自薄之，了事即不复省览。间遇登山临水与夫交游唱和书画题词之事，性不耐烦，多不起草，清酒三升，振笔挥扫为快。他日有传其句为笑为诵者，余多不知为余语也。此若干首乃从友人案头录记者，攫之以归，因题曰《燕台剩沈》，盖千百中之十一，聊以志一泥一爪云尔。”九年之作，他仅录存诗五十余首，则所弃者实不少。其中偶有咏物之作，仍可显现他的诗风与功力：

摩挲剩墨玉庚庚，想见夷齐万古情。国既无人焉问卜，臣犹有母此埋名。从容岂愧文丞相，流落曾闻玉带生。同是山头一方石，人歌人哭至今并。（《查大理淳家藏谢文节桥亭卜卦砚属余为诗》）

礼烈亲王箭，传观血尚浓。乾坤方失鹿，风雨正飞龙。霹雳掣天一，飕飗穿甲重。当时萨尔浒，此物最摧锋。

七叶传孙子，河山纪尔庸。凌烟大羽箭，洛诰古功宗。世守刀同赤，言藏弓自彤。还闻有战马，曹霸亦遭逢。[王又有所乘战马图]（《奉题礼烈亲王骹箭图应教》二首）

第四个时期是他出守云南直至去世。这一时期由于他广泛接触了社会现实，视野开阔了，因而诗的题材多样，诗的内容显得丰富深厚。其中有揭露社会矛盾，反映民生困苦的：

十日河南路，年荒不忍看。青苗收藁易，黄土葬人难。不雨自何日？有田同一叹。草根能几把，过客亦登盘。

亦知死不远，且复望生逃。道路无人哭，春犁有梦

操。乞钱中妇踶，贱卖小儿号。恨不冥闻见，人间竟尔曹！（《河南道中书事感怀五首》选二）

有反映官压民、民畏官的不平现象的：

官船过处人环目，老妇幼儿排簇簇。直教看杀老东坡，彼自殷勤我感恧。当年我亦看官来，非仙是佛心疑猜，金银灿灿雾中座，箫管冥冥云际台。前导金童后玉女，世间何物贵如许？我生亦是好男儿，官今如虎人如鼠。吁嗟乎！好僧不在金佛身，好道不在华阳巾，名士不在善骂坐，好官不在能怕人。我今前去滇南守，知是豺狼是父母？竹马无情呼不来，车乘翘翘畏我友。（《感兴》）

此外如《买鱼叹》、《记过》等，都是反映官如虎、民如鼠的不合理现象，这是他在此前的诗作中所缺乏的题材。

云南边陲奇异的山川风物，高峡、急流，以及漫山的茶花、奇险的铁索桥等，带给他特别的感受，一一成为他这个时期所作诗歌的描写对象：

江山到处我题诗，况是登楼放眼时。此水自从闻汉帝，昔人谁实见滇池？碧鸡金马今黄土，段诏蒙酋古覆棋。欲唱竹枝三百首，遍传骑象带花儿。（《题昆明大观楼壁二首》之一）

君不见杜鹃开，一株一株烧春来。又不见杜鹃飞，一声一声不如归。举头看杜鹃，低头听杜鹃。杜鹃时节愁人天，客子安得开心颜。我今买花一万朵，置之庭中照如火。但得花开红近人，不许鸟啼悲到我。花间置酒邀春风，可真花是染来红。千年望帝啼何益，万古青山细雨

中。(《杜鹃花盛开堆满庭院作歌》)

其他如《观南诏碑有感》、《永昌道中度澜沧江铁索桥谒武侯祠作》、《疫鬼哭》等，则既写出殊方风物习俗，又表现出他对民族关系的正确态度。

在云南，他是亲民之官，与早年未仕以及虽仕而官居闲散时不同，心境亦异。故早年之作大抵以抒发个人郁闷与不平为主，入滇以后，则一心一意躬理政事，并关注民生，诗的题材与内容均大为扩阔。例如《之广南道中述怀四首》、《卸迤西道事别苍山洱海》、《大计北上驿馆述怀》、《自作三首》等，都反映出他关注人民的态度。第四时期的作品，无疑是更具积极意义的。

第三节　宋湘诗的艺术特色

宋湘诗歌的艺术特色，与他的性格及诗歌理论有着密切的关系。他性格豪迈真率，笔下真情流露，常常表现出慷慨雄直之气。“雄直之气”本是岭南诗派的传统和特点，清初的屈大均即以其横肆雄直之作，成为当时岭南诗坛的冠冕。宋湘继承这个传统并加以发展，形成自己的特色。在诗歌理论方面，他主张“我诗我自作，自读还赏之；赏其写我心，非我毛与皮”。(《湖居后十首》)认为模唐范宋，师守一家门户的创作方法，只是舍本逐末，毫无意义的：

涂脂傅粉画长眉，按拍循腔疾复迟。学过邯郸多少步，可怜挨户卖歌儿。

学韩学杜学髯苏，自是排场与众殊。若使自家无曲子，等闲铙鼓与笙竽。(《说诗八首》选二)

他以中国诗歌的伟大典范《诗经》作例子，指出唯有抒写自我，才能创作出好作品来：

三百诗人岂有师，都成绝唱沁心脾。今人不讲源头水，只问支流派是谁。(《说诗八首》之一)

豪迈的性格、抒写自我的艺术主张，形成他诗歌的沉雄豪快的风格，这是他的作品的主要艺术特色。这样的作品在宋湘诗集中，随处可见：

两日停桡鹦鹉洲，接天波浪打江楼。灵风尚带三挝怒，芳草难消一赋愁。从古异才无达命，惜君多难不低头。秋坟莫厌村醪薄，何处曹黄土一抔？(《鹦鹉洲》)

东诸侯长朝天子，百谷王门走大江。天起风云扶气力，地开吴楚出旗幢。无愁儿女沙淘尽，有恨英雄浪打降。谁奏铜弦铁绰板，万山明月入船窗。(《大江》)

如此慷慨豪宕的情怀，雄浑苍莽的格调，正是“笔大如椽，浩气弥满”，成为宋湘作品的重要艺术特色。他不肯规规于前贤的格调，而要求脱去依傍，“我生作诗不用法，纵横烂漫随所之”。(《答李尧山詹簿寄画竹》) 下面这首是最典型的例子：

噫嘻乎！伯牙之琴，何以忽在高山之高，忽在流水之深？此曲不传劳人心。噫嘻乎！子期知音，何以知在高山之高，知在流水之深？古无元解直至今。是耶？非耶？相逢在此。万古高山，千秋流水。空谷题诗吾去矣！(《伯牙琴台题壁》)

此诗句式参差历落，变化多端，音节跌宕而纯任自然，的确如他自评己诗那样："哀乐无端，飞行绝迹。"在与他同时代的岭南诗人中，还未有人能如此放开笔墨，纵横随意到这样地步。他的一些七古，写到淋漓痛快处，还杂入散文句子，完全不管篇章的结构与体式，而任由笔锋的驰骋：

朝拜文忠祠，夕治文忠屋。惆怅山头百尺井，殊池墨沼春芜绿。千夫荷锸来，顷刻天光开，一夫忽拄手，片石生疑咍。土花中斑坦四角，昆明古劫无此灰。匹夫怀璧古有罪，献之太守明其材。太守首为点，吁嗟砚兮何来哉！方广四寸袤九寸，手爪剔刮窥奇瑰。是何制古质理细，覆视砚背增惊猜。古印四字戴一字，其一字显四字埋；一字行书书曰轼，手笔了了锋棱偕。亟汲古井瀹印出，渐见诘曲蛇盘隈，分明德有邻堂篆，对此却感无邪斋。白鹤之峰江水涯，村舂邻火皆蒿莱。绍圣年间公过岭，始开此堂高以崔。此堂此砚不寂寞，和遍陶诗浮一杯。有时亦或赋江月，有时亦或题岭梅。兴阑爱看墨蛟舞，隔篱呼取翟秀才。秀才亦复心所敬，何必唯我独也正［"唯我独也正"，公思无邪斋铭句］。壁后匡衡不点灯［公过翟秀才句］，聊将此砚寄此印。独疑此砚周旋久，未应草草非我有。天风浪浪渡海南，一匣如何不在手？堂中诸孙亦可儿，为谁掷向池之湄。一置高山一流水，公莫有意藏蛟螭？乱吾书者董仲舒，得吾璧者汉钟离。不然庭珪墨、诸葛笔，到处毡包席裹出。平生爱砚亦可怜，子石澄泥纷作述。文章忠义费研磨，出水穿云总胶漆。今日付君君信美，前身莫是东坡子？次律从来过去僧，佐卿原是鹤归耳！延平失剑或无心，羊祜寻镮宁非理？假如衣钵付卢生，人生得此亦豪矣！虽然砚乎砚乎听我再拜致一言：自砚之守此堂也，蛮烟愁兮昔昔，瘴雨暗兮年年。山元卿鸿文不召，蔡少霞奇字空妍。砚既不及陪玉堂之视草，曾不见撤烛于金銮；徒使写山月、吟江烟。夫诚不如太守之左提右挈，草河清一颂，制乐职千篇。君不见春烟洒洒春风前，墨花作雨东南天。(《德有邻堂砚歌为墨卿太守作》)

此诗前段，句子本已参差历落，到了后段，索性杂入散文句子，似乎显得过于随意。实则由于气势豪纵，笔势横溢，突破了体裁束缚之故，何藻翔《岭南诗存》在评论此诗时指出："芷湾七古痛快淋漓，不衫不履，时近于老笔颓唐。要其落想超，出笔老，运典切，造语豪，故能独往独来，目空一切。"所评是很见眼力的。不过，他并非只有豪纵的一手，有时他又能收敛笔锋，以沉厚郁炼的面目出现：

澜沧江，戒金齿，天上明河落地底。万山盘束不得舒，阴风浊浪无终始。铁索桥，如虹长，截空架造天茫茫。古来飞鸟仅得过，至今职贡通遐荒。七擒孟获在何处？行人能指烧兵路。万古云霄庙一区，莫漫驰驱过桥去。过桥去，重回头，洪涛亚木啼猿猴。中原尚有未了事，此间岂住武乡侯！武侯艰难古莫比，武侯事业斜阳里。谁识当年苦用心？呜呜尚有桥边水。吁嗟乎！"开博南，通兰津，渡澜沧，为他人。"开边之谣痛如此，莫把武侯比余子。(《永昌道中度澜沧江铁索桥谒武侯祠作》)

宋湘又善于运用夸张的手法，以创造出奇特的艺术形象，让读者感到新鲜，得到美的享受：

天下茶花无甚奇，云南茶花亦迷离。入寺突兀见此本，九州万古空春姿。高火伞，低摩尼；红者玉，紫者泥；十万灶，一军麾。日亦不敢出，月亦不敢窥。朱霞青天，雷电齐飞。何年所植何物为？花叶不到处，精焰犹交驰。才大有如此，独立隘两仪。世人纷纷说少态，蚍蜉撼树真群儿。吁嗟乎！种花须种一千载，看花须看一千枝，饮酒须饮一千碗。君不见挥刘伶，斥李白，云安寺里人题诗。（《云南会城外西南隅云安寺［俗呼定光寺］茶树一本，大可合抱，高五六丈许，千枝球放，万朵云酣，一楼一院，垂覆皆遍，不见天日。予引巨觥对之，心魄俱振，遂题诗于壁，见者或以为醉，或以为狂，殆退之所谓“予虽悔，舌不可扪”也》）

这里他使用夸张比喻的方法、长短参差的句子、跳荡活跃的节奏，成功地渲染出茶花盛开的奇丽景象。笔腾墨飞，酣畅淋漓，是他豪快诗风的另一种表现。

正如他论诗时所主张的那样，在格律谨严的五七律诗创作中，他常常表现得超脱，注重意兴而不斤斤于琢句与对仗，从而使得整篇作品大气流行，化尽笔墨痕迹。例如：

飘然顾我飘然去，来不呢喃去不辞。世上葛藤须快剑，心中风雨有深卮。客除消渴犹苓术，节近端阳始荔枝。明日湖山深处去，潮生月落挂帆时。（《留赠李尧山》）

笛声吹裂大江流，天上星辰历历秋。黄鹤白云今夜别，美人香草古来愁。我行何止半天下，此去休论八督州。多少烟云都过眼，酒杯多置五湖头。（《黄鹤楼题壁》）

中联不求对仗，纯以神行，极具浑灏流转之美。

杰出的诗人，常常是艺术创作上的多面手，其作品呈现出风格的多样化。宋湘的山水风物诗便是别有面目，他不用慷慨豪迈的笔调，而换了一种清隽冲淡的风格去写出他的心境和眼中的山水风物：

岁月去如电，磨牛迹陈陈。扫却湖上雪，再看湖上春。春来今几日？湖草俱已新。新草续旧草，今人续昔人。人在天地间，岂不如草根？一鸟从东来，啄啄庭树皴，侧睇似相识，似笑湖居民。去年湖居民，今年湖居民。

破晓披衣出，出省屋后山。山光照旧绿，湖色亦依然。回看手种树，既喜还自怜。昔我种树时，树才及我肩。今我来看树，我不齐树颠。树年长一年，人年老一年。一年犹自可，年年何可言！（《湖居后十首》之一、二）

此等诗朴淡闲远之中，矫然有宕逸之气，正是宋湘山水诗的特色。结处数语，尤其出人意表，是作者不事结撰，纯任自然而饶有意蕴的表现。

又有淡静自然，随意挥洒而自得意趣者，则尤为其山水抒情作品中的杰作：

渔翁汝何来？何来复何去？一网出白鱼，歌声入红树。樵夫汝何去？何去复何来？担头有白云，草香花尚开。而我同住湖，惭愧呼曰儒。龂龂几个字，以自白其须。公等我不如，请就尽一壶！（《湖居后十首》之五）

民歌风格是宋湘近体小诗的显著特色。他生长于山歌之乡的梅县，自幼深受民歌艺术的熏陶，遂得撷其精华，以为自己诗歌艺术的借鉴。在《红杏山房集》中，民歌的影响随处可见，七绝尤富民歌风调：

东江水长西江落，南堤北堤有水关。生小西湖撑艇子，不愁风浪只愁闲。

西新桥下水苏苏，三月风吹白饭鱼。郎罩桥南妾桥北，两头莫放一头虚。

半径人家半卖樵，下郭人家养鱼苗。黄塘人家半耕种，城里人家来造桥。(《西湖棹歌》之一、五、七)

老屋柴门树打头，青山屋后水门流。受书十日九逃学，恨不先生命牧牛。

世间何物是文章，提笔直书五六行。偷见先生嘻一笑，娘前索果索衣裳。(《忆少年七首》之一、二)

在岭南的众多诗人中，受民歌影响并吸取其精髓以丰富自己创作的，当以宋湘为最突出。其后则又有他的乡人黄遵宪。在这方面，宋湘无疑是位先导者。

宋湘的诗歌艺术主张，虽然反对模拟古人，但绝不反对向古人学习和借鉴。他自称喜欢李白、杜甫、韩愈、苏轼的作品，也曾深受过他们的影响。但他对于这些前贤，并不亦步亦趋，而是遗貌取神，化为我有，显出自己的面目。宋湘诸体皆工，大体说来，五古遒炼沉厚，七古笔力纵横，淋漓豪宕，五律雅整，七律慷慨豪迈，真气流行，在诸体中尤见突出。

当然，也不免有人看不惯宋湘的艺术风格，而加以非议的。于是，“或疑其槎枒太甚者”（《楚庭耆旧遗诗》前集七）、“人骤读之，不知其妙，或漫以粗豪目之者”（《五百石洞天挥麈》卷一），这些人恰恰把宋湘作品的优点当成了缺点。原因很简单，他们囿于时习，看惯了圆熟流美，恪守成法的乾嘉风格之作，对于宋湘这种突破藩篱，陶写自我的诗篇，自然惊诧而反对。但宝石的光芒终究是淹没不了的，宋湘得到的是同时及后世的赞叹和极高的评价。他的作品对其后的岭南诗坛，也产生了深远的影响。

谢章铤《岭南杂诗》谓“三家最胜屈翁山，后起无如宋芷湾”。何藻翔则认为：“冯（敏昌）黎（简）后，芷湾允推大家。”（《岭南诗存》）宋湘在岭南诗坛的地位，于此可见。

第八章　嘉庆、道光间诗文

清代乾隆、嘉庆年间，中国诗坛上弥漫着拟古主义的倾向，“格调”说、“性灵”说风行一时，趋之者众。而岭南的冯敏昌、黎简、宋湘三位优秀诗人，卓然自树，不为此股风气所牢笼。他们的创作实践，为后来的嘉庆、道光初众多作家提供了典范，推动了这个时期的诗歌创作。

嘉庆、道光初岭南诗人辈出，李黼平与“粤东三子”的谭敬昭、黄培芳、张维屏雄踞诗坛，带引着一批诗人，为发扬岭南诗派的优良传统而继续努力，这当中有谢兰生、颜检、钟启韶、林伯桐、黄乔松、黄玉衡、李光昭、李士桢、倪济远、黄钊等。他们的创作成就使岭南诗坛光耀生辉，推动着岭南诗歌创作迈向新的繁荣阶段。

第一节　李黼平

李黼平（1770—1832）字绣子，又字贞甫，号著花居士。嘉应州（今梅州）人。幼聪颖，年十四即通乐谱。及长，治汉学，工考证，兼擅诗文。嘉庆三年（1798）举人。十年，中进士，选翰林院庶吉士。其间曾请假南归广州，主讲粤华书院。逾年回京，散馆授江苏昭文县知县。在任施政以宽和慈惠为主，廉洁自持，案无余牍。公余则手执书卷诵读，民间因有“李十五书生”之称。在任三年，以漕运亏空公款，系狱六年。出狱后，被江苏巡抚陈桂生聘为幕宾，直至嘉庆二十四年（1819）始返广州。时阮元任两广总督，素重黼平学问，乃聘为学海堂学长，又延之入督署教授诸子。其后黼平患头风疾，离开阮府。阮元荐往东莞任宝安书院山长。道光十三年，卒于书院。所著有《易刊误》、《毛诗䌷义》、《文选异义》、《读杜韩笔记》，诗集有《著花庵集》、《吴门集》、《南归集》，后人将这些集子编成《绣子先生集》。

黼平于诗工力甚深，作品多经磨琢而出，光色精奇。他最擅长的是古体，气格沉凝，精整雅饬，尤以七言古体为然。试举下面这首为例：

> 雁寒嗷嗷度居庸，居庸迢迢云万重。乘风一夜到幽朔，征人不来双泪落。塞上秋正深，雪霰何褵褷。寄书百无语，但道久栖迟，栖迟关外从头说，石路崚嶒马蹄裂。寒烟古树不见人，乃是统幕蒙尘之故辙。沙场折戟供摩挲，乌鸢衔肉愁云多。风声乍吹独石水，雨色不见温汤河。云山连联接上谷，多少英雄下鸡鹿。汉将朝为虎落屯，胡人夜上龙堆哭。丈夫不遇蓬藁行，枉叹胸怀逾甲兵，飞书驰檄有不用，却与畿尉相逢迎。边城蒲桃酒夜煮，当歌几回亲摘鼓。豹房伎学黄额妆，马市儿能白题舞。回飚数声闻夕葭，座中低头苦思家。独依北斗望京国，每到燕然山月斜。燕然山月金台色，故人好在长相忆。残衫破帽及早归，鸡黍留君共君食。（《得南垣宣化书》）

雄放劲健，风格颇近高适、岑参。他的七古有多种面目，大致均取法盛中唐名家，而自出机杼，除上引这一首外，如《邯郸客舍闻美人唱歌》，婉转流畅，杂以偶句，颇近白居易。下面这首《枞阳口守风作歌》，则颇似韩愈集中一部分雄峻畅快作品的风格：

马当山前风快哉，轻帆饱挂穷双桅。雷池一步顷刻过，树石反走山西回。盘涡彀转浪倒涌，舟人绝叫颜如灰。襜舻盖舳迭摇兀，趁势一泻趋湾洄。枞阳小港暂维系，尚听歕欲声相豗。摊钱三老窃言语：且住未可将头开。昨升柁楼见箕舌，簸扬糠核迷烟埃。四天云垂九日晦，水怪百种将为灾。同舟闻之色沮丧，性命立待幽都催。东船西舫更无赖，梦涉大水歌琼瑰。我时跃起声如雷：君等录录非奇材。雕弓脱弸箭拔鞬，为公一发银山隤。兴酣却蹋琉璃堆，只手锁献支祁来。湘妃汜人出婉娈，许送明月光珠胎。仰天大笑仍呼酒，何似当年射蛟手？诘朝稳下牛渚矶，管取龙鼍不能吼。

下面这首则是学韩愈奇险排奡那类风格的：

古藤矫矫当莲池，有客一日三来窥。深山蟠根蔓纠结，此本入世尤支离。巴蛇就屠巨骨弃，荦确远自潇湘移。不然蹄涔困黑骊，起陆一睡盘躨跜。苔缠藓绣极斑驳，日光照灿鳞之而。显形夜妨赤帝醉，含景昼畏苍精知。人言保州十日雨。汝或窃化穷游嬉。六丁下遣雷电索，速拔根本惊无遗。天生神物必正直，肯作民害同妖螭。君看溽暑坐蒸甑，攒条布叶丰茸垂。高棚阴森铺簟卧，羲和疾走回西嵫。便人宁体肌骨爽，顿觉夏令吹秋飔。玉真昔年临水湄，身依凤皇翳华芝。纤花细草亦生色，赏心正对红芙披。汝时攫拿若朝舞，驾六为七腾而驰。世间奇材勿嗟怨，黄图万古邀恩慈。(《莲花池古藤歌》)

此诗纵横变化，笔力夭矫，是黼平七古诗中颇能代表其风格的作品。另外，他又有独辟町畦，以老重之笔，写成奇警横肆的篇章。

> 靖康丧乱如奔波，泥马仓皇初渡河。中兴若拟少康起，二姚不娶馀戈过。乘舆到处开行殿，寇警遥闻色皆变。江上瑶华月戴奔，天边秾李风吹散。飘荡偏依珠水滨，东官小家曾结邻。窥来玉叶金枝色，羞死浓蛾盛鬋人。其时黄屋尚东巡，临安作都信未真。贵主还宫定何日，山重水复多烟尘。蹇修去作民间妇，裙布荆钗信嘉偶。光阴瞬忽历三朝，留书遣子闻朝右。光宗览之为恻然，诏赐十顷妆奁田。却因南海合欢日，转忆东京罹祸年。平顺驿前徽圣宿，云鬟送酒吹横竹。钦慈族妇魏王孙，自叙流离泪千斛。落花飞絮云中府，有客相逢似相熟。瞥见宣和旧日妆，愁闻按出新翻曲。一种璇宫帝子家，谁令流落俱天涯？彩凤飞随白颈鸦，犹胜玉貌摧风沙。狮岭云横松柏墓，千秋人识埋香处，赵家块肉葬神山，五夜凌波赴朝去。（《狮子岭宋姬墓下作》）

此等咏怀古迹的题目，古人诗集中颇多，一般来说，它很易敷衍成篇，而未必能有佳处。黼平遇此等熟题，却能逞其才力，写得横肆奇警，笔力甚重。尤其能于沉郁感慨中，兼有深婉之致，更属难得。

他又有以清苍之笔，写山水胜概、个人感怀的作品，笔意略参苏轼的风格，颇见健逸：

> 城陵山前霜月高，江潮欲上鸡初号。舟人夜语起捩

柁，但觉枕底生风涛。粘天洞庭乘水入，余亦起从帆下立。三江杳杳宿鹜迷，五渚苍苍老蛟泣。巴邱邸阁波浪间，到眼突兀横编山。芦中渔火尚未灭，空际梵音殊自闲。绕湖周遭几百里，湿烟一堆层叠起。倒影俯临明镜看，却是君山青插水。二山宛在湖中央，南北苕亭势可望。不知蓬瀛定谁到，对此辄欲褰余裳。斯须斗转星亦沉，群真出入地道深。龙女遥归碧海岸，湘君正依斑竹林。湖山虚肃褭褭久，小别京华亦回首。洛阳少年济时才，上书那遣长沙来！（《夜渡洞庭》）

李黼平认为岭南诗歌在明代已可自成一派，与其他诗派相抗衡。逮至清代，岭南诗人辈出，他自己亦隐然以岭南诗派的健将自期。对于曾对岭南诗坛产生深远影响的南园诗社，他深致景慕，写成《南园诗社行》：

大雅久亡风委草，后生望古伤怀抱。朝阳未放节足音，蝉蟋嘶吟元末造。孙、王欻起五管中，力挽隤纲无限功。一时声律谐九奏，象箾胥鼓追姬宗。百馀年间孰继轨？欧、梁、黎、李连翩起。琼琚玉佩放厥词，籍甚才名仍五子。有如邶、鄘续周、召，不比永嘉闻正始。文宴翰林兼子墨，丹青偶为丛祠饰。《国殇》、《山鬼》送迎神，岂料铜驼徙荆棘！厓山波浪犹未灭，黄屋南来如一辙。取日难回壮士心，垂虹迥喷孤臣血。一代兴亡何处见？抗风轩里诗三变。蒿薤吟成气慨慷，松桐谣起声凄恋。文章忠孝两臻绝，词人到此开生面。星移物换速奔蛇，春入南园千树花。罥户游丝穿乳燕，拂檐垂柳噪栖鸦。此地谁还盟玉敦？此时谁更飞银槎？惟余火齐天香曲，翻作夷歌唱晚霞。

黼平的五古，不如七古的奇崛多姿，却以幽秀奥折见胜，缺点是变化较少，局面亦狭，不及七古的纵横开张。

山中昨夜雨，芳草滋浅碧。园芳新绿稠，庭华故红积。良辰寡俦侣，忽念越乡客。幕燕营此身，逵鸿矫其翮。遥怜一樽酒，访古谁与适？榆露暧远村，桑烟淡长陌。苏碑辨讹字，韩碣寻遗迹。倘下湘子桥，予心寄潮汐。(《春日有怀元甫》)

云峰东南起，松黛西北献。渐觉地形高，实与山势远。修途苦跋涉，瘦仆厌登顿。舍车步犹蹉，支策筋忽健。严飙截道出，悬溜向客喷。耳目生烟霏，裙帽谢尘坌。但夸神马逸，不比跛羊困。终日循坡陀，攀天阻萝蔓。焉知林下眺，顶踵不盈寸。寻源杳前期，即事谐夙愿。暝投崮山宿，明从石间饭。玉女下九垓，笑把流霞劝。(《潘村是入山第一程》)

黼平的律诗，五律清淡平衍，没有明显的个人特色。七律数量最多，佳作纷呈，骨格坚苍，出笔老重，语必磨琢，不肯稍作熟滥浮泛之语。五律如：

层轩面积水，一望碧荷深。胜地更清赏，故人兼素心。野风凉欲晓，山月澹将阴。晏坐未能去，悠然把叶吟。(《白莲同齐峰金若》)

凉月重关夜，西风半榻身。疏帘闲自度，与我冷相亲。用晦同居此，馀明屡借人。飞回风月白，有路上天津。(《萤》)

七律如：

> 东来风景与心违，到处惊蓬卷地飞。泺口夕阳红照水，华山秋色翠生衣。故人弹铗歌同和，此际停骖计恐非。明借名泉洗尘士，真珠十斛溅霏微。（《泺口待渡同石亭》）

此诗笔力沉健，清苍中带有逸淡之致。又如：

> 回首罗阳落照残，萧晨风物尽相看。烟迷鹤观荒荒碧，水抱鹅城浛浛寒。万古文章雄海外，一生事业寄江干。停舟无限遭逢感，也拟林婆酒盏干。（《惠州》）

> 京口苍茫月未升，春江罗袷冷如冰。人同水鸟梦残夜，我与海龙吟一灯。陡觉怒潮冲铁瓮，便催孤艇入金陵。简书可畏轻行役，惭愧栖霞白足僧。（《京口候潮》）

前者写自己途经惠州，放眼山水，不禁联想到曾贬于此的苏轼，追慕昔贤，感怀今古，陡生遭逢之感。“万古”二句沉郁悲慨，笔力特见雄健。后首写寒江舟夜，旅况凄清，而身为官事所驱，情怀更恶。“人同”二语力写此际心境，造语拗折，意境幽峭生新。

黼平的古体和五、七言律诗，大抵以骨韵坚苍、笔力蟠深为特色，而间为七绝小诗，却又风致不同，面貌迥异：

> 沔鄂云山忽倦游，布帆商略下江州。无端又向潇湘去，要乞骚人一段愁。（《发江夏》）

> 京口春寒客思纷，潮来江上已斜曛。布帆却背金山

转，行到扬州月二分。

香尘夹道斗游车，火树灯楼出万家。谁识竹西歌吹里，有人通夕梦梅花。(《十五夜抵扬州二首》)

因漕粮亏空而系狱数年，是李黼平一生中最大的打击。清代县官收漕，本来就弊病滋多，加以工作繁琐，吏胥又从中翻覆其手，作弊侵吞。黼平以一介书生，骤对此等繁剧，自然穷于应付。而且家用不节，乃至亏空陷狱。他有《即事》二首，盖即记其此时凄凉境况：

三年飞挽备辛勤，为负官缗拟赴军。蚕室漫嗟桑叶尽，燕巢已被艾香薰。星移贯索愁中没，风掣银铛梦里闻。一个错成难再悔，故人曾动北山文。

西窗月暗雨淋淋，酒冷灯残感旧吟。对簿吾宁从牍背，探弦人自辨琴音。远招翁伯来耕玉，近向王阳学铸金。妄念未消钟撼起，依然身在八寒阴。

两诗词旨哀怨，似有难言之隐。杨钟羲《雪桥诗话》卷十一记其事云："故岁收漕，奸民倚为衣食薮，（黼平）惩治之，则饰诉于上官。搢绅以寡交往，故视之漠然也。会交代，以亏空免官。"从这一记载里可知，黼平由于不善与当地士绅勾结，又不肯纵容胥吏舞弊而反惩治之，终于陷入困境。其中冤诬之情，容或有之，故黼平诗中才有此凄苦怨抑之词。

黼平颇以古大家自期，但作品在当时却未能得到人们的重视和好评。他曾说："生平以诗示人多不喜，惟故友叶石亭解元及方伯吴蠡涛先生知之。"石亭即叶钧，蠡涛即吴浚，两人是他所谓"知己论诗友，平生叶与吴"者（《秋日有怀铁君》）。所以出现这种情况，是与时世风尚大有关系的。这时正是乾嘉风气弥漫诗坛的时候，对黼平的作品，自然格格不入，正如浙江钱载之不为时人所重一样。而岭南诗坛方面，则向来崇尚雄丽一路，稍下则求能清雅。对于黼平的风格沉凝，以锤炼蕴酿为工者，便亦赏音不多了。直到清末谭莹，才对他的诗给予重视和好评。近人王伯沆则更评论他为“不特粤中之冠，直有清二百年风雅宗主也”。能够得到江左名士倾倒至此，亦足见黼平诗之过人处。

第二节　谭敬昭　黄培芳

谭敬昭（1774—1830），字子晋，一字康侯，阳春人。年十三，即以诗赋受广东学使曹仁虎赏识。及长，淹博群籍。时顺德黎简以诗名海内，敬昭赋《鹏鹤篇》投献。简读后叹为异才，答诗有“鹏则吾弗能，鹤则与君同轾轩”语，其为老辈所重如此。后来翁方纲为广东学使，称赏其诗，把他与张维屏、黄培芳合称“粤东三子”。敬昭于嘉庆二十二年（1817）中进士，官户部主事。性廉退不争，非公事不谒上官，公余之暇，则手执书卷，萧然自得。因此栖迟十余年未得升迁，最后病卒京邸。所著有《听云楼诗钞》、《听云楼词钞》。友人黄乔松曾将谭、张、黄三家诗选辑为《粤东三子诗钞》。以后黄玉阶在此书基础上补辑三家后期作品，仍沿用乔松原书名，于道光二十二年（1842）再刻成书。

敬昭最擅长的是乐府，并以此体称雄粤中诗坛。早在道光十年时，冯敏昌招同辈名士吴应逵、黄培芳等登临粤秀山，敬昭赋乐府一首以呈，敏昌大为赏识，谓其“独出冠时”。同辈中亦公认他的乐府最好。黄培芳评他：“天才超越，深于乐府、六朝及三李，如朱霞天半，又如姑射神人。诗品之妙，不可多得，于吾粤海雪山人之外另树一帜者。”（《香石诗话》）

刘彬华亦认为其诗“风格清超，飘飘有凌云之气”。试看下面这两篇作品：

升重霄，蹑奔月，仰手搴白榆，繁星落如雪。鹤背风泠泠，电光瞥过芙蓉城。银河凌空走西海，耳畔但觉波涛声。瑶池桃花蕊宫树，恍惚曾经旧游处。千龄一瞬能几时，汗漫人世多狂辞。天人窈窕顾我笑，碧云一去归何迟。归来归来兮，云中君兮知未知！（《升天行三首》之一）

铜仙立送青鸾飞，竹宫露冷秋梧稀。云谣风听来天上，笛擪霓裳谱新样。十二灵虬咽水壶，渴龙下采青珊瑚。石帆阴森撑海月，海波夜卷彤云热。神光飞电烛金天，银台玉女工数钱。河鼓沉沉入营室，碧湾不系横天船。吹笙人蹑山河影，鹤背天风梦方醒。千年桃实隔瑶池，十丈莲花低玉井。(《天上谣》)

我们可以清楚看到，前者是六朝乐府面貌，后者则逼肖唐代李贺的风格。这样的作品不能说它没有功力，不能说它不是正宗的乐府，无奈以摹拟为能，没有了自己的面目。当然，这些只是敬昭早年之作，其时他僻处阳春乡间，师友无多，切磋为难，惟有以揣摩古人名作作为学习途径，久之遂陷于摹仿而不自知。其后他东来羊城，得与贤豪长者游，濡染名家，切磋同辈，诗境乃大进。这时他的乐府作品，已与前期不同，而有自己的发展与取向了。例如：

水清莲叶瘦，水浊莲叶肥，水急莲叶稀。贫儿三日长苦饥，五陵年少金缕衣。

城上蒿，八月九月风萧骚；空谷兰，凝阴岁晏恒苦

寒。人生自非青松枝，那能长作三五二八年时。（《杂谣五首》之三、五）

百年可怜，酒酣仰天。白日出入，星稀月圆。［一解］高风凄凄，忽焉自西，崇台飞楼，上与云齐。［二解］幽幽鸣丝，情多音悲。临风相思，君当知之。［三解］携手遨游，一日千秋。不愿升天，骖驾龙虬。［四解］累累荒坟，何无达人？丰肌劳骨，同为灰尘。［五解］喧呼歌谣，霰下云飘。往古遥遥，暮暮朝朝。［六解］（《短歌行》）

敬昭的古体诗，佳作颇多，成就实亦不在乐府之下。如《张南山松石把卷图》、《梦游罗浮歌题黄香石粤岳观日图》、《次韵答彭春洲见寄》等篇，句法参差跌宕而全章气脉贯注，于劲健中时露飘逸之气。何曰愈《退庵诗话》评敬昭诗为“超脱浏亮”，当亦包括这类作品在内。现举其中一首如下：

昨从西江来，飞梦罗浮东，明月照孤影，散落千芙蓉。罗浮四百三十有二峰，俯视一气青蒙蒙，须臾月落众山黑，泉声百道飘虚空。灵笙仙乐曲未终，海气上烛云霄红。碧波万顷熔赤铜，蛟螭蜿蜿随金龙。山中山下烟霞封，上方倒景开房栊，天门荡海色，绛节朝青童。天风吹衣忽千仞，海水去人方一弓。铁桥明灭飞采虹，石楼离合摩苍穹。仙人招我铭新宫，五色云日当心胸。银台玉宇光曈珑，飞电一笑天改容。仙之人兮，云车风御来相从，扶桑天外生长风，拂袖归来闻晓钟。我闻朱明洞，下与地天通，自有日月出其中，妙合造化天无功。何况蓬莱左股来神踪，祝融沐浴时相逢。六合外内无终穷，青霄万里回双瞳。泰山衡山谁为雄，［泰山衡山五更见日，独罗浮日出

子夜］我从梦游心神融。君从屐游窥化工，相视而笑将毋同。(《梦游罗浮歌题黄香石粤岳观日图》)

这首诗笔势骞腾，景色壮丽，疑仙疑幻之间，写尽罗浮壮观。但古体中最能显示他的功力的，还有下面这首《冼夫人歌》：

梁陈岛夷偏安分，杨隋二世同亡秦。中原置君弈棋若，况南粤隶南海滨。罗州刺史冯使君，高凉天配贤夫人，天生智勇万人敌，处子剑术男儿身。诚敬两字贯日月，终始三代扶鸿钧。瑶僮儋耳杂千峒，指挥不异牛羊群。锦山再整阵云烂，铜柱一洗蛮烟昏。惟时不少反侧子，曰李欧阳王赵陈。眼中英雄陈高祖，嗟尔竖子何纷纷。雕戈所指自惊溃，播弄股掌清妖氛。大开幕府置官属，胙以茅土酬崇勋。而翁而夫与子孙，以夫人功朱丹轮。石龙大郡转谯国，襁褓小侯封阳春。赐汤沐邑千五百，椒宫驿致分殊珍，列布中庭示来世，以忠义训为人臣。楚南岭西赣水北，奄数千里连齿唇，纛旗铜鼓张绣幰，想象麾下趋雷云。木兰不用尚书郎，一十二载徒从军，铭功钟鼎著竹帛，夫人盛烈古未闻。后来惟有吴越王，钱氏忠孝追后尘，其馀巾帼加冠巾，么麽南汉奚足云！明初保障推何真，亦复婢子羞效颦。嗟哉夫人谁与伦？嗟哉夫人无与伦！

冼夫人是南朝、隋初岭南少数民族女首领，贤明而多智略，威望极高。她在南朝、隋初一段长时间里，和辑百越诸部，保持境内安定，一生维护祖国统一，反对分裂，平定了多起叛乱。她是千多年来深受岭南人民赞扬尊敬的巾帼英雄。本诗深刻反映了冼夫人的品格和功业，热情歌颂她的高风大节。全诗一气呵成，笔力遒劲，其间杂以散文句法，拗折劲挺，颇近韩愈七古的风格。

由于以乐府成名，敬昭的近体诗似较少受人注意，其实佳作也不少，比如下面这首：

> 飞将下天来，横戈瘴雾开。南交见铜柱，东汉失云台。裹革平生志，攀鳞不世才。如何伤薏苡？千载使人哀。（《铜柱》）

高浑颇肖盛唐作品，足见他早年近体取法所在。张维屏谓："此诗可称太白气息，老杜骨头，非功夫气候到此地步者不能为也。"（《国朝诗人征略》二编）就诗论诗，所论尚无不可，但它仅以气格见胜，内容并无新创，则不足以为敬昭增誉。能显出敬昭艺术特色的，倒是这样的作品：

> 乌鹊送云軿，双双上问天：钟情偏俗物，薄命到神仙；相别去还去，相思年又年；年年今夕月，多半未团圆。
>
> 天使语双星：天长亿万龄，银河常会合，红粉几飘零；不死方情种，浮生只泛萍；人人争乞巧，痴梦可曾醒？（《七夕作二首》）

七夕这类题目，本是古今诗歌熟题，众多作者都极力想变出新法来写，但结果都难有大的突破。本诗内容不见得有太大的创意，但它以一问一答的形式构成，一首全是问话，一首全是答语。如此构思巧妙，令读者耳目一新，而"相别去还去"以下四句，以乐府语融入律体，又可见其创新与特色了。

在敬昭的近体诗中，最值得我们重视的是一些抒写风土人情的小诗。它们充满生活气息，自然凑泊，清新可喜：

珠海珠江是妾居，柳阴停棹晚船初。水头潮长卖花去，水尾潮来人卖鱼。

桥东桥西人踏歌，濠北濠南人踏莎。一江春水绿于染，江水绿烟吹柳波。(《珠江竹枝词》之三、五)

西濠是广州城里一条主要的下水道，它向西流经永宁桥一带，注入柳波涌，最后流入珠江的白鹅潭。所经之处，人烟稠密，小桥骈接，是西关地区的繁华地方。诗中描绘出如画的风光：江上卖鱼，桥头踏歌，柳漾烟轻，潮来潮去。城西胜景，在他的笔下显得如此的美。“一江”二句，风致嫣然，不减唐人佳处。

写闲情野景，敬昭亦时有妙笔，如《登楼八咏》即曾为陈融所赏。下面这首五律，可作为代表：

不知江畔月，先我到亭边。宿鹭方惊棹，垂杨又系船。竹风低夜火，草露歇春烟。一路吟诗去，归家人未眠。(《河亭夜归》)

写来恬淡而有韵致。最能显示敬昭近体水平的，是这两首：

江上青山山外江，远帆片片点归艭。横空老鹤南飞去，带得钟声到海幢。(《粤秀峰晚望同黄香石诸子二首之一》)

浏漓独出冠群芳，紫佩骖鸾足颉颃。芍药蔷薇小儿女，东风南国大文章！三山不改云霞色，百宝平分日月光。彩笔可曾干气象？越王台畔去堂堂。(《木棉二首之二》)

前一首写远帆缓归，老鹤远去，钟声悠扬，是登高所见，写得境物清美，尤其末二句笔力老劲而有远韵。后者写木棉，本亦粤人较多赋咏的题目，一般都用浓重笔触，渲染它的特色。本诗却不斤斤于木棉繁花伟干的描绘，而是以酣畅淋漓的笔墨，一气流行，烘托出木棉卓尔不群的形象。笔力豪迈劲挺，末二语以气象胜，托意尤佳。

敬昭小诗又时有飘逸之致，如下面这一组诗，颇为时人传诵：

珠江潮长暮禽呼，水宿闲鸥树匝乌。想见越王台上月，照人飞梦度仙湖。

苍峰回合碧连环，芦苇萧梢一水间。八幅寒林供画本，家家团扇买秋山。

二樵五百四芙蓉，茅屋秋云第几重。我亦蓬莱斥仙子，何时同上上三峰。(《秋日寄怀黎二樵三首》)

他的集中绝少欢愉之语，常常表现出郁郁寡欢的心情，则可能是由于他素性恬淡，宦途碌碌，少有可以开心畅言之事吧。

岭南诗人专精乐府的并不多，敬昭所作早年虽稍病模拟，毕竟中规中矩。中岁以后，自具面目，以飘逸见长。前人称他以乐府独步岭南诗坛，自是当之无愧的。

黄培芳（1779—1859），字子实，香山（今中山市）人。因出生于石城县（今廉江县），故又字培芳，取籍贯香山而出生石城之意，培芳为明代著名学者黄佐八世孙，门地儒雅，学有渊源。他少即能诗，曾师事番禺诗人田上珍。上珍赏之，谓其诗笔至佳，赠以诗云：“三家五子音寥落，嗣响他年幸有人。”期许殷切。年二十，入读广州羊城书院，从刘彬华受业。继又为冯敏昌所器重，遂以诗名。嘉庆九年（1804）副贡，肄业太学，考取武英殿校录官。此后他屡应进士试，不第，乃南归广东，改就教职，先后任乳源、陵水县学教谕。道光十五年（1835），获保升知县，先补肇庆府学训导。十八年，受聘任学海堂学长。二十一年受命襄办夷务。二十三年获内阁中书衔。二十五年选授大埔县学教谕。培芳著述甚丰，然多散佚，其主要者有《岭海楼文钞》、《岭海楼诗钞》、《香石诗话》、《粤岳草堂诗话》、《虎坊杂识》等。

培芳自幼禀承家学，性情纯雅，襟期洒落。又性好山水，一闻登临览胜，辄神动色飞。既心神契会于山水之间，其诗遂以清微淡远见长，如下面这首：

> 山堂饭罢意萧然，古榻凝寒独不眠。起听风涛在群木，坐来星斗散长天。安期已往三千载，洞府潜通四百巅。闲对月明诸品静，夜深还试九龙泉。（《白云山纪游》之二）

此诗心与境会，泠然有山水清音。培芳诗集中像这类作品，为数颇多。他的五律则格调甚高，大抵取法中唐诗人钱起、刘长卿。如下面这二首，可见一斑：

> 渐闻溪水响，转转入云林。万木参天出，群峰折径深。钟声穿树杪，亭影落崖阴。但挹湖光绿，轩辕不可寻。
>
> 磴尽空青落，危岩一瀑飞。风声增洒荡，云气共霏微。万虑应全涤，何年始息机？我行二樵遍，幽境认依稀。（《同友人游鼎湖山即柬品清上人》之一、二）

香石耽情山水，尝六上罗浮山，于其绝顶筑粤岳祠，以观日出。又与张维屏、黄乔松、谭敬昭、林伯桐、段佩兰、孔继勋等在白云山建云泉山馆，时常徜徉其中，领略景物幽胜，吟咏山水以为乐，时有“七子”之称。故培芳诗集中，此类山水清游的诗篇尤多，其中佳作自亦不少。他素性恬静，宦情淡薄，自知非作吏之才，所以宁就教官之职，得享山水之乐。从他的《山中咏云》一诗中，便披露了他这种生活旨趣和态度。诗云：“爱尔无心出岫闲，有时飞去到人间。从龙未易为霖雨，舒卷何如在碧山。”

培芳的小诗精雅，写自然风光，或奇丽、或幽雅，并时带逸气。试举出二首：

乱松吹送海涛风，尽日看云拉远公。［谓澄波上人］青壁万寻溪一曲，桃花开向水声中。（《罗浮山行杂咏》之一）

有客轻舟云水边，空濛载入蔚蓝天。珊瑚影逐春流乱，十里清溪放木棉。（《金溪即目》）

诗人心与境会，即目成咏，自得溪山佳意，绝非刻意雕镌、务求造语惊人的作品所能比拟。

培芳的山水小诗另一特点是冲淡和雅，不事雕琢。他曾表示过自己的观点：“大道本至情，六经讵雕饰。”（《夏日杂诗》）“正声千载足相师。”（《门人辈录余诗合张南山、谭康侯为一编，漫赋一律》）因此，他的作品里没有浮滑、世故、矫情一类恶劣习气，却只是纯任自然地抒写自己的情怀。但是，我们也不要因此误认他仅求平实，那只是表面。他要追求的是这样一种境界：

收拾云烟画里闲，平泉幽石竹林间。千峰万壑胸中起，下笔依然远淡山。(《自题画》)

他会绘画，画理与诗理本有相通之处，既已知作画当如此，作诗自亦参照其理。故颜崇衡题香石诗集云：“解道风骚有正声，最平实处见纵横。此中妙悟谁收拾，香石先生五字城。”即能透过表面看到培芳诗的深层特色。我们试看他的一首很有此种特色的作品：

墨翟悲丝染，苍黄事可伤。世人原直道，之子岂佯狂！萧艾纷何益？兰荃折亦芳。赠怀何所切？言念有高堂。(《怀刘三山》)

诗题的刘三山，名华东，番禺举人。嘉庆二十年，新会洋商卢观恒以财赂当局，将其父入祀乡贤祠。士林哗然，刘华东与陈昙首起发难，上书总督反对。继又著《草茅坐论》，揭发这一丑闻。事闻于清廷，派员查办，终因钱可通神，仅以卢父神主被撤出乡贤祠了事。而刘华东因此得罪广东巡抚，无辜被革去举人头衔，乃佯狂玩世，自称“奉革举人”以示不满。培芳原亦参与其事，虽未受牵连，但也深为刘华东不平。此诗深愤是非颠倒，对华东致以恳切的慰问规勉，语言平实而深寓悲慨，正是“最平实处见纵横”的表现。

培芳的压卷之作，是下面这首：

三辅扼雄关，苍茫秋色间。风高碣石馆，日落蓟门山。塞马平原牧，居人古柳环。寒衣刀尺急，词客几时还？(《燕郊秋望》)

风格高浑，笔力沉厚，李文泰《海山诗屋诗话》称它直逼盛唐，“四十字中无一弱字”。允为香石集中代表之作。

培芳素性淡泊，有志于学术而少宦情，又事母至孝，出来做官，不过是为了求俸禄以养母。所以他两度入京供职，都为时不久，便即南归。他较为喜欢的倒是教职小官，因为这一职务事简而责轻，既可解决生存问题，又能教士育才，馀暇还可著述。他最后的职务是海南岛陵水县学教谕，其地在岛之最南端，为黎族的聚居地。海涯瘴土，荒僻自不待言，而培芳欣然就道，奉母赴任，并不以此为苦。在任三年，讲学、会友、访问村农，他的诗集中写到这些活动以及记述当地风土人情的作品达数十首，竟无一点嗟老伤贫之辞、厌恶悲哀之语，反而优悠自适，感到十分宽慰：“万卷随身身侍母，冷官翻乐在炎乡。”（《至海堂晓咏》）如此澄明广阔的胸怀，真有仁者的风致。在那里，他也作了好些好诗，例如：

> 大海南临复控东，天开奇甸谁能同？风摇翡翠飐椰叶，霞罥珊瑚交刺桐。五指成峰太古上，四州环岛蓬莱中。行经港门看日出，瞥见万里扶桑红。（《琼岛》）

此诗以古风入律诗，音节皆拗却有一种遒炼之美。香石晚岁功力更深，诗笔苍练，进而能自如变化，这诗是个很好的证明。在海南岛，他还有描写黎族风土人情，颇具浓烈地方特色的诗篇。下面这首可以作为代表：

> 终岁炎风蔚峒溪，狉榛遗俗见岐黎。荒山岚瘴黄麖出，深树人家谢豹啼。土物幸通重海北，巢居多在乱云西。宝停伐木增城戍，隐隐寒烟静鼓鼙。（《咏陵水黎境》）

广州是帝国主义经济和军事侵略的首冲。培芳自陵水卸任北归时，鸦片战争的阴霾已经临近。他不是个完全游离世外、只知耽情山水的人。面对日益严酷的现实，深重的危机感也盘桓在他脑中，挥斥不去。试看他的《道光庚子腊月感事六首》中的二首，便可见他对现实的关情：

> 海氛烽火阵云屯，落日荒荒大虎门。将士可怜沉白浪，妖星争欲蔽丹阍。空令反间来夷逆，岂有忠诚奉至尊？母老不堪为世用，书生洒泪向平原。
>
> 何堪上下总相蒙，虚实无由达圣聪。干羽雍容偏梗化，鲸鲵跋扈要交攻。恬嬉积习知兵少，财赋须筹御寇穷。远虑浙中刘子政，先几不愧大臣风。

鸦片战争最终以清政府官员颟顸无能而致失败，培芳以深婉含蓄的手法，揭露清军将领的无能和虚夸，《北城曲》云：

> 通侯本不识楼船，炮击珠江浪拍天。马上正谭堪百战，夷兵已度北城边。

这明显是指讽杨芳。杨芳一向统领马军，在镇压起义群众中多次“立功”，封侯爵。鸦片战争中，他被调到广东御敌。但他只会空谈马战的经验，对付英侵略军的现代化海军，毫无认识，终致英军从城西泥城登陆，攻陷广州。本诗讽喻所指，已不限于杨芳个人，而是隐隐对清政府的举措有所不满了。道光二十一年（1841），两广总督祁𡎴邀培芳入署襄办夷务，但残局难收，他大概亦无法尽其能力，有所作为。下面两首诗可见他当时的心情：

三十六江水，滔滔珠海流。东逝下虎门，空俯百尺楼。胡为纵犬羊，遂遗今日忧。生民苦涂炭，徒盟城下羞。莫谓秦无人，适不用吾谋。(《杂感》之一)

外患谁与攘，纷纭日多故。帷幄岂有谋？偶然及毫素。起来览青天，西园展幽步。鸟影渐归山，斜阳在高树。(《西园》)

西园是两广总督衙门的后院，从诗中可知他已感觉到时事日非，自己在此亦难有展布，渐萌归意了。

培芳诗笔秀健，各体均有佳作。平生钟情山水，描写大自然的诗篇颇多，且不乏佳构。从这点上说，他应是岭南诗坛上最杰出的山水诗人。

第三节　其他诗人诗作

谢兰生（1760—1831），字佩士，又字澧浦、里甫，别号理道人。南海人。乾隆五十年（1785）恩贡，五十七年举人。嘉庆七年（1802）中进士，选翰林院庶吉士。以父年老，不愿离开，故未赴京参加翰林院散馆考试。迨父殁后，遂绝意进取。先后任广州的粤秀、越华、羊城书院和肇庆端溪书院山长，受业弟子甚众，其著名者有徐荣、谭莹、陈澧等。道光初，两广总督阮元督修《广东通志》，聘兰生为总纂。后又纂修《南海县志》，条例皆其手定。

兰生以书、画名世，又与黎简为画友，论粤画者每称誉之。绘事之外，他又能诗、文。其诗主学苏轼，尝自刻“师事大苏”小印，以志景慕之情。间又略为变化，稍出入于杜、韩二家而得其厚重。他的作品以纪游诗与题画诗居多，内容常含画理、画境，意境俱佳，从而形成自己的特色。古体尤其

“大气磅礴，老笔纷披，不屑绨章饰句”。（《楚庭耆旧遗诗》前集卷十二谭玉生语）如《夜渡鄱阳湖》、《与同舟诸子登天门山》、《夜过黄茅峡宿峡口不寐》、《东江阻风》等，试举其中一首如下：

旗尾一掷驰风轮，开头浩浩天无垠。当中挂席东北向，直前问道云汉津。瘦蛟双斗雹迸乱，饿鸱狂叫雷殷辚。大孤小孤渺何许，彭郎康郎避逡巡。眼花眩转风掠耳，咫尺不辨昼与昏。须臾金鲸一掉尾，紫水变黑愁瀹沦。天光水色久摩荡，一珠捧出定我魂。冰夷击鼓竞出舞，江斐斜睇仍含嚬。庐峰侧面立积铁，石梁倒影镕作银。中宵一放几百里，其上定有分风人。昔乘大舸泛蚝镜，时逢皓魄临海门，茫茫夷岛现穷发，隐隐仙乐来轩辕。神山一会久绝响，水调重按高入云。龙堂贝阙岂知夜，圆灵水镜恒留春。空中五老亦招手，与我前后迎送频。吾帆余勇尚可贾，一气追及骑鹤宾。（《夜渡鄱阳湖》）

不难看出，这些作品都风格甚近苏轼，学苏而外，稍出入于韩愈、黄庭坚之间。

兰生的近体小诗数量最多，尤其受重视的是题画小诗。他以画家的角度去审视：

屋深云不知，石瘦路逾古。野叟独吟来，如共幽禽语。（《自题与李芸甫合作画》）

一气烟云喷薄来，嫣红新绿湿成堆。至今纸上花村雨，犹傍春堤黯不开。（《题二樵画春雨小幅》）

酒气海风吹不醒，墨痕山雨洒偏浓。凭空画出无来

> 径，道是蓬莱第一峰。（《自题画障》）

诸诗皆天然凑泊，描绘美景如在目前。“非得画家三昧者不能道。”（《楚庭耆旧遗诗》前集卷十二《茶村诗话》评语）尤其最后一首，可想见其下笔时的得意情态，亦隐然有自负不凡之意。

兰生既负重名，晚年书画写作，应接不暇，暇虽片刻，则静坐明心。嘉道以还，岭南风俗侈靡，虽丧葬亦习为豪奢。兰生遗命子孙告亲友来奠者：惠素食四簋，多则不受；挽辞书纸绢者则受之，以外洋呢绒为祭幛者，于书院大门外焚之。盖其志趣超旷，彬彬然师儒之风，为时人所钦慕。

颜检（1755—1833），字惺甫，一字耘圃，连平人。拔贡生。历任礼部郎中、吉安知府、云南盐法道。嘉庆七年（1802）任直隶总督。十年，坐事降职，旋又以其他事故革职发往乌鲁木齐效力。十三年，释回。再历浙江巡抚、直隶总督、漕运总督等职。著有《衍庆堂诗稿》。

在中国诗坛上，达官能诗者，本较鲜见，颜检历官督抚，不独能诗，且并无纱帽气，则尤属难得。他的诗主要学陶渊明，以五古最为擅场，冲淡绝似陶、韦。下面举出这首诗，可略见其风格：

> 春雨洒我庭，好风吹我衣。云影留微阴，日光淡余晖。雁阵来玉门，嘹唳长空飞。修翎度雪岭，回顾嗟天涯。同此声嗷嗷，遗音胡不悲？湘水非故土，良时早旋归。（《春雁》）

张维屏《国朝诗人征略二编》评颜检诗谓：“公诗十一卷，以五言为最，其中有淳朴质实者，于陶诗可称具体而微。后见

《集陶》诸篇，妙造自然，知公平日寝馈于陶集者深矣。”这评论是很恰当的。不过颜检除学陶之外，有时又稍加变化。黄培芳《粤岳草堂诗话》说：“大司马诗澄淡和平，五言古体雅近陶公，又好白傅、坡翁。皆学焉得其性之所近。”他学的是白居易和苏轼风格中淡雅晓畅的那一部分，如《送酒至兴隆寺作歌柬树崖》、《过岳阳楼》等诗便是。现举出其中一首：

山云浛浛山风微，雪花点点如花飞。笑君无事抱膝坐，风生几席云生衣。豁达胸襟溢眉宇，皤皤其腹丰其颐。豪兴于此正不浅，何堪藜藿充朝饥。故人赠我春酿酒，烹鲜更佐冰鱼肥。吾侪山居任啸傲，还同野马无缰羁。好景在眼杯在手，酩酊痛饮复奚辞！命我仆，捧君卮，瓶已罄，再酌之。但期耳热情胥怡，此味何必他人知？雪如不止山路欹，君其醉矣无须归。（《送酒至兴隆寺作歌柬树崖》）

颜检被发放到乌鲁木齐效力，是他一生中的最大波折，从而亦影响到他的诗歌创作，引起风格的变化。一路上的山川险阻，大漠的浩瀚奇观以及塞外少数民族的风习，无疑使他的诗作从冲淡和平的风格转向峻爽劲健，面目为之一变。

背郭岭嵯峨，环城海不波。镇西新府治，拱北旧沙陀。事纪唐贞观，碑留汉永和。裴公遗迹在，悔未一摩挲。(《巴里坤》)

到此名城，不免联想起汉唐名臣的功业，隐然有自励之意。万里赴戍，并无忧戚之言，全诗气势雄伟，用语平直而劲健在骨。

> 支分成华岳，脉远接昆仑。北极星芒并，西陲地势尊。三峰入霄汉，众岭总儿孙。万古山中雪，高寒压塞门。(《博克达山二首》之一)

博克达山是天山山脉东段的高峰，这首诗以磅礴的气势，写山形的奇伟，雄视众峰，寒压塞门。岭南人士诗集中，写塞外风光的作品甚少，颜检的这些篇章，雄峻劲爽，别有一种塞外情调，是十分难得的，亦足为岭南诗坛生色了。

钟启韶（1769—1824），字琴德，一字凤石，新会人。乾隆五十七年（1792）举人。性洒脱不羁，喜吹笛。尝言放船珠海，吹笛作水龙吟，少焉月出如鲛宫晃漾、骊龙吐珠，以为至乐。因又自号笛航生。著有《听钟楼诗钞》。

启韶的近体诗取径晚唐，虽时不免有轻俊语，而大体则蕴藉含蓄。他的好友徐良琛曾作诗规劝："未除绮语西昆累。"而启韶则认为西昆亦骚雅之遗，未可厚非："不劳删绮语，骚雅被西昆。"（《晚春写怀十四首》）正是对徐良琛批评的自辩。谭莹对此，却有中肯的评论，他说："孝廉（指启韶）诗造诣极深而结响未纯，间沿俗调。西昆未足为孝廉病也。"后来伍崇曜选刻启韶遗诗，属谭玉生负责编选，择取较严，故《听钟楼诗集》中，俗调者少，大抵恰如刘彬华所评："诗饶风韵，蕴藉宜人。"下面两首可见其风貌：

> 记得苏台夜泊船，锁窗银烛擘红笺。楼头花气风前笛，君到枫桥月正圆。(《武林赠伍东坪四首》之一)

> 野桥徐步爱芳菲，近郭林邱似此稀。作雨东南风浩浩，迎人高下燕飞飞。古槐深柳尽情绿，浴鸭游鱼相斗肥。幽绝莲花满塘月，只应来照薜萝衣。(《桥南得句》)

他的古体却是另一副笔墨，不专主一家而于宋诗为近，如下面这首《渡黄河》，写客途经历及远客心情，历历如绘，语言简净而颇矫健：

> 徐州河声吞吐里，千家围住河堤底，堤东一塔出高寒，影插黄河半天水。我向徐州问官渡，棹上河声上流处。是时北风刮河堤，芒砀山色迷东西，欲雪未雪天云低，惊沙拂水马鬣齐。立马满船风里嘶。驿程更指荒村口，驻马河边一回首。符离迢递接彭城，只隔江南数行柳。逢人借问荆山河，春水未上桥不波。挥手去矣吾颜酡，大河以北春风多。

此外，启韶的近体小诗，则显得更具个人的特色。这类诗篇往往能描画出他生活于斯的风物和情致，充满生活气息，清新可喜，韵味特佳。试看下面这两首：

> 一桨花船春浪微，隔江晴雨杂烟霏。朝朝摇出大通滘，饱看三城山色归。(《花埭二绝句》之一)
>
> 沿岸成球苦楝子，满天打旋红蜻蜓。过河晓日村妆靓，横水渡头山影青。(《秋窗即事二十二首》之一)

他又到过澳门，写下《澳门杂诗》十二首。这块被葡萄牙人霸占已久的地方，风光与内地殊异，习俗亦显得离奇。凡此皆收入诗中，读来颇有特殊的感觉，其笔力亦清健可喜。

启韶诗集中最引人注目的是古体长篇《西濠曲》。广州城内的下水道系统称为六脉渠，西濠即其中之一脉。它由太平门迤西流入西关一带，所经皆繁盛市廛。此诗详写西濠流经地段的故迹，脉渠通塞演变的经过，别有一格。这是岭南诗坛上从未有人涉笔过的题材，诗中自注颇多，很具文献价值。

林伯桐（1775—1845），字月亭，番禺人。嘉庆六年（1801）举人。赴进士试不中，乃家居读书，授徒自给。道光六年（1826）受聘为学海堂学长。两广总督邓廷桢闻其名，延请其教授己之二子。道光二十四年（1844），选授广东德庆州学正。到任仅十个月，即病故。生平著述甚多，有《毛诗通考》、《人家冠昏丧祭考》、《修本堂稿》、《月亭诗抄》、《古诗笺》等。

伯桐以经学称于时，著述亦以关于经史者为主，但偶作小诗，却每有情景兼至的作品，不逊于同时代的诗人。例如：

> 豆花棚外稻花稠，绿野青山一片秋。诗思渺然人独立，夕阳林外看耕牛。(《秋日》)

秋气本来肃杀，但岭南之秋，绿意犹存，生机满眼。因此，诗人笔下这片晴秋野景，恬静悠远，并无萧瑟之意，怨叹之词。又如：

> 天远江平水不流，群山万木一扁舟。森森风露催华月，闪闪星河近素秋。万里行途真野雁，谁家清梦到沙鸥？吟成不敢燃犀照，或有神龙夜出游。(《舟中夜起》)
>
> 远水通淮冻渐消，风流往事付寒潮。二分明月开珠箔，一路垂杨到板桥。昼静有人方顾镜，夜阑无客不吹箫。竹西亭外春如梦，合为寻诗拨画桡。(《扬州》)

前首写客途中的感受，孤舟独夜，而无愁怨，反而写得夜景清美，恬静宜人。后者淡雅自然，写扬州春色而不落俗套。

黄乔松（1776—?），字鉴仙，一字苍崖，番禺人。贡生，候选云南盐课提举。著有《鲸碧楼岳云堂诗钞》。少与刘彬华同学，后为家计改从事盐业经营。暇则究心经史之学。家无儋石而坐客常满，同时诗人如李光昭、徐青、陈湜、邓泰、郑棻等均为他家常客，有“荠菜孟尝君”之称。又喜为寒士刊刻诗稿，俾以传世。

乔松喜谈经济，又雅好山水，曾与张维屏、黄培芳等共筑云泉山馆于白云山中，吟咏泉石，为“七子诗坛”中之一人。他“诗笔清俊，逸情云上”。（刘彬华《岭南群雅》）尤以山水之作，最能表现其特色。如：

> 飞出悬崖端，走入深树罅。飞崖走树两无定，旋看天外神龙挂。我初遇之叹奇绝，眼前有景写不出。霜痕陡划殷红缺，烟光横界空青截。奔腾趋下成激湍，激湍撞石石欲裂。非徒绘影兼绘声，顿令石破天亦惊。风风雨雨时离合，瞰涧松篁远周匝。隔断松篁只有云，神龙出没谁能分？神仙本是吾家事，绀宇琼宫一天地。空山葱郁云常住，定有仙人相笑语：何不骑龙且归去？（《游黄仙洞坐磐石上观瀑布》）

他的五律如《浮山十咏》、短章如《云泉山馆二十二境》等，写幽淡静远之境，颇多佳作，现举其中的二首为例：

> 林暗疑欲雨，花香飞过山。不知花落水，吹入几重湾？樵响峰腰出，渔歌谷口还。连朝杜鹃放，人住彩云间。（《暗花溪》）
>
> 人行云亦行，人住云未住。杳然不见人，但见云来去。盘旋入层云，人声落空翠。（《穿云径》）

前首以清峭摇曳的笔致，极写山水的幽深。末二语忽见繁花丽彩，更映托出前六句景致的幽渺。作者构思之妙，于此可见。后首只着眼于人与云的一静一动，相映成趣，自然凑泊，一气贯注，力写“穿云”之意。

乔松亦有古体之作，风格颇学汉魏六朝，但缺乏创新和特色。刘彬华谓其“诗笔清俊”，大抵指其近体而言。

黄玉衡（1777—1820），字伯玑，一字小舟，号在庵，顺德人。黄丹书长子。嘉庆十二年（1807）举人，十六年进士。任翰林院编修，授浙江道监察御史。著有《安心竟斋诗集》。玉衡笃志力学，以后官居清要，风骨峻卓，侃直不阿。公馀惟拥万卷图书，终日不释于手。嘉庆二十五年，由北京回粤省墓，途次江西信州病逝。赖同行诗友黄钊扶柩归羊城。镇洋盛大士与玉衡交稔，道光间将其诗与谭敬昭、林联桂、吴梯、张维屏、黄培芳、黄钊的诗作合辑为《粤东七子诗》。

玉衡久任京官，在粤时间不多，以故粤人知之较少。徐世昌《晚晴簃诗汇》评其诗曰：“在庵诗学受自庭训，复早岁通籍，与当世文章巨公游，学识益上。诗瓣香坡翁。古体或闳肆清苍，或冲淡窈峭，或沉郁排奡，逼近杜韩。近体则雅润为本，清丽居宗。粤中诗人，父子济美者首推黄氏云。”他的古体确有逼肖韩愈者：

> 阴森巉层崖，窔窴列峻陛。溟溟乱云合，豁豁苍壁启。岩泉散珠帘，山骨濯天醴。初从月窟落，渐与山根抵。高下纷奔腾，涟漪自传递。巨石古雪寒，怒湍青兕抵。坐卧时俯流，坦率偶露髀。小鱼见人影，潜身伏石底。藻脚长如绳，霜根清若洗。薄游空道心，爽气豁尘眯。及此半日闲，不负山僧徯。振衣下坡陁，归路风泚泚。（《濂泉寺》）

濂泉寺是广州城北白云山的名胜。此诗用奇字险韵，极意摹写山水动植，风格确近韩愈。只是内容单薄，气势无法与韩愈作品相比。

至于他的近体，却是另一种风格，表现为清新妥帖，颇似其父：

> 南郭行吟去，江天月一痕。清秋何处笛，红叶几家村。云气凉生袂，溪声曲到门。主人迎我笑，画理得深论。（《过吕子羽上舍（翔）乐潜山庄》）
>
> 雨气净群绿，花香霏一庭。清瓯浮淡月，凉几卧繁星。灯影独摇碧，虫声深隐青。明朝拟联骑，霁景眺江亭。（《晚晴》）

这两首诗雅丽温润，表现生活的闲静恬适。徐世昌说他诗学苏轼，则可以下面这首为代表：

> 屋角晴云吹不动，小院无尘立深冻。一痕琼屑泻盘明，几派涛声隔窗送。玉洞金山空复寻，天教妙品供清吟。重帘乍卷香风散，缕缕寒烟过竹阴。（《烹雪》）

玉衡供职翰苑，继任谏官，长期在京城生活，无怪其诗多写身边琐事，风温月凉，花鸟娱目。但当他离开都门，接触广泛的社会实际，笔下的表现便又不同：

> 百里膏腴地，伤心付劫灰。连山烽作戏，中泽雁流哀。一月舂粮去，千艘赎水回。似闻邻妇哭，爱女不归来。（《江城六首》之一）
>
> 冲寒几日到齐都，登陟真怜我马瘏。赖有良朋同逆

> 旅，未须长路叹羁孤。采风欲访田何宅，遍地惊看郑侠图。索米长安曾不易，朅来谁料更如珠。［时山东大饥］（《南归杂纪十首》之一）

此两诗前者写珠江口海洋大盗张保扰掠顺德等县的惨况，后者则是骤从京师出来，在山东境内便见到严重灾情。末二语正是他真实感受的写照。

他晚年经历宦海风波，为诗遂多感慨，大与前时风格相殊：

> 寒柝沉沉几度过，红灯影里起悲歌。人如落月聪明减，交到中年感慨多。共识扬雄文似者，其如李广数奇何？著书自是名山业，莫任流光付逝波。
>
> 襟期落落更谁亲，风雨孤灯笔有神。北野几人悲伏骥，南溟无地寄修鳞。难将大药回玄鬓，但恃群书忍赤贫。寸寸挽强真不易，艰难吾亦百年身。（《与吴秋航夜话感赠》之一、二）

秋航是诗人吴梯之号，他与玉衡同乡同入学塾，为三十年文章性命之交。他乡相对，感慨平生，不免满纸苍凉，欷歔难禁了。

李光昭，字闇如，一字秋田，嘉应州（今梅州）人。诸生。抑郁不得志，怡良任高州知府，邀为幕僚。其后怡良改任桂林知府，光昭又随往。幕僚之职，未能展其长才，时顺德温汝能方拟纂辑《粤东文海》、《粤东诗海》，乃邀光昭襄助其事。自著有《铁树堂诗集》。

光昭自言少日为诗崇尚奇诡风格，既而悔之，将诗稿悉数焚毁。今存的诗集，是后来所作的。那时他由家乡来到省城广州，得与省会人士相接。寓居黄乔松“万花围屋”，枕藉百十名贤诗稿，而后其诗体乃稍变。但拗折奇诡之迹，犹依约可寻。刘彬华评其诗云：“真意沉郁，健笔峻嶒，卓然独树一帜。”盖亦指此而言。

光昭为人甚为自负，尝自题其诗卷云：“文有奇气，道自中行，诗杂仙心，我以禅悟。”曾作《诗禅吟示同学》长篇，谓宋代严羽《沧浪诗话》以禅喻诗，所主张者为妙悟，但那是下乘禅。而他亦以禅喻诗，不过不是靠妙悟，而是如禅之从苦行修炼，参透玄机得来，非如镜花水月之可骤悟而得之。

他的写景小诗，能有新意，如：

宵愁雨声喧，晨起日色烛。海虹十丈长，射破僧窗绿。摇曳翠旗阴，一双红蝙蝠。(《红蕉》)

写雨后晨霁，景色瑰奇，末二句转入墙阴清景，与前面相映成趣。而以红蝙蝠作衬，新景独创，最见巧思。他的七律有以拗折清劲见长的，如：

未得渭川万千亩，也须庾园三两竿。乞取邻家绿个个，植之花圃青盘盘。不疏不密不凌乱，宜风宜月宜秋寒。呼童缚帚四围扫，无使尘叶伤青鸾。

天寒日微碧云起，恨少亭亭美人倚。青猿子规啼藓花，云梦潇湘隔窗纸。此中寒碧摇玲珑，使我离忧满江水。明朝抱瓮滋灵根，但得平安我欢喜。(《种竹二首》)

这是以古诗之法作律诗，中二联不斤斤于对偶，句拗语健，一气盘旋到底。作律诗而能不受格律束缚至此，可以见其功力。光昭自言“文有奇气”，观此可知其非泛语。

光昭诗早年曾学李贺，后又好杨铁崖。他的古体诗常表现出这种学习的痕迹，如《安期岩》、《滴水岩》、《九龙泉歌》、《摩星岭感赋》诸篇，便隐约可见。试看《滴水岩》这首：

无风疏疏响楸枰，有风急雨鸣松棚。无人露珠结不坠，人来空际投琼英。人行深洞静悄悄，岩上倒作拖鞋声。积流成池鉴人影，须发下数条条明。仰视孤崖铁壁立，旁有万仞天梯横。我穷泉源到其顶，一桥飞压岩岩平。久闻石钟不见钟，何有人至铿然鸣。惟我长啸震林木，岩下客作风雷惊。岩泉想亦乱飘洒，客袂淋漓寒不行。

光昭的古体大抵都真意沉郁，笔力劲健，稍存学习前人之迹，而能自有面目，则亦可称健者了。

李士桢，字广成，号东田，番禺人。少负诗才，为广东巡抚朱珪所赏，赠诗以慰勉之。嘉庆六年（1801）拔贡。家贫，游幕四方为生。与黎简游，简视为畏友。著有《青梅巢诗钞》，所作自序称："予持破砚觅食，精神耗于缝裳代嫁者多矣。朱文正公抚粤，偶见拙唱，目为异才，始获扬诩游庠。旋充选入北。计三十年来，开口笑之日无几，得间则含毫伸牍，蹋壁而高哦，甚恐作诗真种子坠落。"案牍劳形，抑塞寡欢，亦可见其生平之牢落，而诗才亦因不得专注而限制了发展。

士桢近体颇沉炼精整，如：

水碧沙明处，青山露一层。乱枫围马栈，孤艇晒鱼罾。问渡去何急，买田归未能。遥知林际寺，闲煞白云僧。(《绿兰塘》)

古戍石岧峣，羁心积一宵。近家情转怯，去国梦难

消。马色见残月，鸡声闻怒潮。神丛有风力，凭尔送归桡。(《早发黄鼎》)

客路羁愁，归家情切，借眼中景物一一传出。以下二首七绝，清丽自然，则又别异于士桢的其他作品：

一棹三山十里馀，三更将入二更初。零烟漠漠秋蒹绿，月色江声闻打鱼。(《舟泊三山》)

室在茹藘占石田，草薰溪碧养花天。鹧鸪满翅红霞影，一发青山看木棉。(《东郊晚立》)

前者写珠江三角洲水乡风物，不假雕饰，清新幽美。据说此诗为“丘东河所赏，黎二樵亦每为人书之”。（黄培芳《粤岳草堂诗话》）后者所写亦岭南特有景色，末二句虽脱胎于古人名句，却确是诗人眼前所见之景。黄培芳谓“东田诗才奇艳，不作凡近语”，并举此诗以为“别饶风趣”。

士桢集中亦有别调，与上述诸作迥然不同者，如：

登高四望山烟碧，独立一年池柳黄。古人为客竟白首，今我寄书非故乡。曹公鼓吏能作赋，孙权钓台堪举觞。生平壮心苦未已，记室寂寞西风凉。（《七月三首》之一）

句句音节皆拗，不依格律，但依然流畅，自具一种特殊的节奏之美。风格上则已逼肖北宋黄庭坚。加上所写的是他游幕作客的郁结心情，就更为峭健感人了。

倪济远（1786—1833），字孟杭，号秋槎，南海人。少时即以诗文著称。家无藏书，于是昼则在友人处借观，夜则下帷背诵，其力学如此。嘉庆二十二年（1817）以解元联捷成进士。以知县任用，历官广西北流、恭城、荔浦、贺县。在任颇关心民困，廉洁自持。但素性倜傥不群，又不习惯处理地方官事务，常与上司龃龉，以致浮沉县职十余年，不获升迁。道光十三年（1833）以俸满铨叙，入京引见，归途病逝于湖南。所著有《味辛堂诗存》。

济远诗初学王士祯、吴伟业，晚年则致力学习李白、杜甫。集中以七律为多，亦以此体作品最佳，大抵表现为风骨坚凝，沉炼幽峭。下面举出几首为例：

> 秋入蛮垓杂雨晴，天低如墨海云生。烟花好梦愁难续，丝谷新谣感易成。几次看山迟席帽，有人支枕话莼羹。膝前双玉休官计，台笠东灾待课耕。(《立秋》)

他关心民间疾苦，但又萌生归计，是什么原因呢？试看下面两首七律，便透露出他时常郁郁寡欢，厌倦而怀去志的心情：

> 落日高楼一笛凄，子云比舍问诸黎。故人消息秋江远，薄宦襟怀夕照低。喜瘈要防华氏狗，不啼翻羡会稽鸡。酒徒懒缚衣冠射，听鼓趋晨信马蹄。(《客感》)

> 水枕云窗骤减欢，仙城书札到江干。年来白屋亲朋老，秋入荒畦雁鹜寒。谁绘流亡希郑侠，拟论盐铁仗桓宽。霜天袖手萧条极，摘得园蔬不忍餐。(《得羊城诸友书感事却寄》)

从这里可以看出，他在任上常要提防别人的留难和攻击，惟有尽力忍让。而民生多艰，谁能拯救？自己官微力弱，无从展布，心情拂郁，只有从诗中宣泄了。《仰屋四首》更是他痛苦心情的集中表现，诗中感慨横生，沉忧莫释，仰屋兴嗟，都成纸上哀音。让人读后，也为之不欢，对他的处境与心情，不免一洒同情之泪：

> 身前身后感茫茫，耗尽雄心仰屋梁。脉望几时超羽豸，钦䲹从古误鸾皇。口无邹衍谈天辨，耳熟樊侯种黍方。纸上论兵真易事，看渠匹马度沙场。
>
> 绝交书报满城喧，鹤盖无阴昼掩门。灭烛鬼尤憎叔夜，买丝人让绣平原。力追跛鳖风尘老，身隐犹龙道德尊。竟达空函君且恕，渔矶依旧饿王孙。
>
> 叱咤曾经万马喑，年华弹指去骎骎。庸才例好谈经济，大局谁当铸古今？堕地生天来世劫，卖浆屠狗少时心。簪裾可是磨人物，磨到微尘一样沉。
>
> 决计东归咏考槃，四年孤负惠文冠。头原未白身先废，眼不能青世肯宽。抚剑高楼烧烛短，著书遥巘逼衫寒。雕虫篆刻成何事，终胜劳劳恋栈官。

庸才而好谈经济，怎能不误尽苍生？富贵功名竟是何物？到头来只是销磨尽有用的人才罢了！张维屏《听松庐诗话》说："秋槎壮年登第，三任县官，虽非显达，亦非奇穷。乃其为诗于声为秋，于味为苦。然运思必深，造语必警，肥浓甜熟中，见此自觉警心动目也。"这评论是十分切当的。

倪济远的古体虽不如七律之引人瞩目，但亦有特色，有许多好的作品。谭莹曾读过济远早年的部分初稿，对他的古体还未有很高评价。济远死后，谭莹得读他的遗稿四大册，才发觉"其古体有痛快淋漓，沉郁顿挫，与杜陵相视而笑者。何论东坡、遗山也"。(《楚庭耆旧遗诗》后集卷五）对此，张维屏却大不谓然，说"秋槎诗有书卷，有性灵。过誉者乃谓与杜陵相视而笑，阿私所好，每至声闻过情，近日誉人者多有此病”。(《艺谈录》卷下）平心而论，济远的古体未必能超越苏轼、元好问，更难与杜甫相提并论。但他的古诗有多种面目，造诣亦颇不凡。其中如：

南宋不报金源仇，湖山歌舞耽杭州。中兴五论著酌古，永康崛起陈同甫。钱塘衰耗不可都，环视目已无西湖。阜陵震动众交沮，待命十日徒区区。奇才祸触深文网，拜妓杀人疑狱上。大臣又欲斩陈东，天子终然爱种放。文中之虎人中龙，览观遗集开心胸。谈兵缅缅霸王略，惜哉身殒时初逢。状元南渡亦有数，龙川经济文山忠。一月四朝节稍贬，处人骨肉辞从容。当时及身自论定，阵法堂堂旗正正。要期雪耻罢金缯，岂在凿空谈性命！庆元党禁不久出，故相衔冤修撰绌。道山归去更全名，推倒千秋余健笔。文人迍邅少遇时，后来尚有刘改之。(《读陈龙川集》)

显得议论纵横，笔力老健。而另一首七古长篇，却表现出另一种风格：

东望苍梧野，南望越裳关，北望潇湘云，西望滇黔山。秦时明月夜飞出，照尽终古蛮天蛮。天风浪浪送江水，吹裂玻璃一千里。低头笑吸江光寒，忽见须眉落波底。举杯招月如可呼，汲瓶贮月看已无。沙禽梦熟不知处，容城城外青山孤。苍茫回首漓江路，险绝溪山历无数。鸢堕蛇盘白日昏，竹僵沙语黄云怒。散发今坐天边船，似超罗刹成飞仙。关河两戒一烟点，摄向白玉盘中圆。越王台上歌诗客，看月今宵几游迹。欲骑黄鹤入青冥，归种菖蒲卧吹笛。可怜两地遥相望，僮花犵鸟心魂伤。祖龙遗迹亦安在，姮娥绿鬓生秋霜。谈深萤火上衣冷，渐见红霞起西岭。捕鱼一艇过江来，露湿松明淡无影。(《容城江上望月》)

此诗写江上望月熟题，能够不作寻常感喟，不用甜熟套语，机杼自出，笔力驰骤。在风格上显然是学习李白、李贺两家的。至于《正月廿一日夜雪》、《邀同人重游金芝寺消夏》等篇，则又是颇学韩愈风格。古体能写到这样的境地，已足矫然立足于诗坛上了。张维屏所著《艺谈录》，其中誉人而有溢美者，似非鲜见。不知何以对济远的评论，不平若是，观于上面所举作品，可知他的评论未为恰当。

济远的七律称雄当时，在嘉庆、道光间的岭南诗坛上，几乎无人可与抗手。降及咸同之际，求其能希声嗣响者，似亦寂无几人。惜乎才士多厄，世道不平，年及壮盛而逝，未免是诗坛的一大损失了。

黄钊（1787—1853），字香铁，一字谷生，镇平（今蕉岭）人。嘉庆二十四年（1819）举人。官内阁中书。道光六年（1826），家乡水患，庐舍被毁，乃南归。入惠潮嘉道杨振麟署中为馆师，授杨诸子读书。历四年，以修金所得，归乡重建家居，筑一楼名铁耕，以志为笔耕所成。道光十六年（1836）选授潮阳县学教谕。晚年以教学为生。著有《读白华草堂诗集》、《诗纫》、《石窟一征》等。

他早岁与张维屏、黄培芳、盛大士、黄玉衡交善。为人“性极亮直，辩论是非侃侃不阿。至于朋友骨肉死生契阔之际，心贯金石，历久不渝，盖古史独行传中人物也”。（盛大士《粤东七子诗抄》卷六）嘉庆二十五年，黄钊与黄玉衡自北京南归，同舟至江西信州，玉衡病殁。黄钊为经纪丧事，复崎岖千里，独力扶柩返广州，治丧完毕，始返镇平。其义行为一时所称。

黄钊才力雄放，意态豪迈，顾乃浮沉微官，郁郁不得志：

> 秋霜两鬓叹蹉跎，惯学王郎斫地歌。五斗亦知为贫耳，百年如此奈愁何！监门图绘流亡众，同谷诗篇涕泗多。空向名山论著述，匡时经济坐销磨。(《舟过淮阴与子履剪灯夜话得诗四首》之三)

诗中蟠胸感慨，喷薄满纸。他的七律颇多此种风格。五律则能以健笔写清苍之致：

> 崖黑篷先掩，江昏酒未沽。见灯船影并，闻雨客心孤。此境偏长夜，吾行出畏途。明朝盼晴霁，宿鸟暗相呼。(《夜泊将军峡下雨声竟夕不寐间作》)

有时近体偶作浏亮的面目：

> 马狗衣鹑去住违，卅年蓬转此栖迟。鸿泥旧迹看诗本，杨柳春光感鬓丝。见事每当残局后，怀人多在独醒时。箧中燕将传新录，惆怅樽前杜牧之。(《蓬转》)
>
> 烟火帆樯夕照馀，东川门户限南徐。月华洗树栖乌鹊，风信传冰上鲫鱼。千古英雄争此地，一时名士读何书？楼头吹下梅花笛，醉倒洲前老捕渔。(《鄂渚》)

后首为怀古之作，用典不着痕迹，清健中最见自然之致，风神颇似其乡先辈宋芷湾。

黄钊的古体一气旁魄，跌宕淋漓。而其学习前贤的地方，则或韩或苏，如《苏文忠昌黎伯韩文公庙碑》，神似韩愈，《三月十六日李香雨生辰赋柬》，仿佛苏轼。下面这首，则稍能脱去依傍，自具特色。

> 旧居合江楼，新居白鹤峰。首尾势相顾，蜿延如翔龙。双城断要脊，玉带桥联虹。新居旧有亭，肃公坐其中。乌云间红日，明月当清风。旧居近新焕，江楼复祠公。灵鳌夙奠极，磨蝎初移宫。我来值中秋，天水摇清空。公如照须眉，定为百坡翁。渔火见深夜，三五明星红。谯楼睡老卒，棋院醒青童。神仙自多情，应在丰湖东。(《八月十四夜舟抵惠州登合江楼拜坡仙像作》)

末数句极见思致。结语尤淡宕有余味。

盛大士谓黄钊“才力雄骏，生气满纸，跌宕淋漓，动与古会”。观于上述所引作品，知非虚誉。乃因早年长居京华，晚年僻处潮梅一带，遂少为粤人所知。

陈昙（1784—1851），字仲卿，番禺人。诸生。早年曾受伊秉绶、曾燠的赞赏，称之为“凤雏”。嘉庆二十年（1815），友人刘华东揭露新会洋商卢观恒以巨资赂当道入祀乡贤，昙亦参与揭发声讨。后虽撤祀，而华东却被革去举人，昙亦遭薄罚。晚年出为澄海县学训导。著有《海骚》、《感遇堂诗集》、《感遇堂文集》、《邝斋杂记》等。

陈昙秉性伉直，志存高远，而豪狂兀傲，与人交，落落寡合。加以屡试不第，郁郁寡欢，幽怨之情，时时在诗中表露。他的诗风骨伉爽遒健，古体尤显见此种特色，如：

> 春阴压屋吹不开，门前积雨生莓苔。蓬莱仙客仰天笑，呼童酌进流离杯。一杯复一杯，忧怀从中来：有姐双

> 作陈死人，有兄孤客黄金台。有师因处蓬荜下，有友远隔西城隈。人生作事少快意，别离存殁俱可哀。看朱成碧已沉醉，醉时忽下伤心泪，请看从古英豪人，赚得青缃数行字。兵子难共语，刘巴何处求。狂生祢正平，岂从屠酤游。馀子碌碌不入眼，且与金童玉女天际相遮留。我身乘天风，下界青濛濛，齐州九点烟，一口吸入胸怀中。道逢安期生，要我寻赤松。仙人之事岂真有，惟有神清骨秀即可下视一切皆凡蒙。吁嗟乎！生前赫赫王与公，死后寂寂蚁与虫。至人守独外生死，函关老子其犹龙。诗成掷笔复大笑，谪仙与我谁英雄？(《放歌》)

句法参差历落，笔势腾矫，后半虽作放达语，而难掩其内心的幽愤与痛苦。这正是陈昙内心矛盾的写照。

曾燠曾为《海骚》题辞云：“交广故楚庭，讴吟多楚声，工愁复善怨，无过陈仲卿……吾于千载人，独不解长吉，本无骚人遇，而有骚人笔。怀古何绵绵，伤时何戚戚，前贤万行泪，尽向锦囊出。仲卿将毋同，吾劝君不必。”事实上，他怀才不遇，又处事不肯逐流随众，满怀悲郁，时时在诗中流露，例如：

> 春秋佳日闭门过，飒飒西风冷辟萝。旧事回思真乱梦，故人相见总悲歌。平生大有江湖想，他日其如岁月何。帐底秘书休自省，床头宝剑好重摩。(《闭门》)
>
> 渺渺愁初起，悠悠岁已阑。聪明为学误，贫贱结交难。酒冻肠偏热，灯红影尚寒。悬知陈孺子，此际鲜追欢。(《有感寄陈孝廉大经》)

他作品以《寄伯兄》最被传诵：

无端又度九秋天，书与飞鸿竟渺然。亦有传闻来岭峤，只言摇落滞幽燕。五羊梦隔关山远，万里心同日月悬。堂上老人思汝甚，黑头今已变华颠。

以平实语写情，弥见深挚，而一气转折，浑融无迹，自当为杰作，《岭表诗传》谓为“数百年来不多见之作”，亦可见获誉之高了。

昙诗无俗调而有风骨，潘飞声《在山泉诗话》评云：“二百年来吾粤诗家能自成一家面目者，惟黎二樵简、宋芷湾湘、陈仲卿三人。二樵以奇峭胜，芷湾以雄大胜，仲卿以幽怨胜。馀子不能及，亦古人之所无，乃可谓独开生面，自造一境也。”这段评论，见解恰当，陈昙诗确有其特色，但似未能与屈、黎二公并论，容有溢誉，读其诗当能知之。

第四节　嘉庆、道光间的散文

嘉道年间，岭南诗风甚盛，文章名家亦复不少。诗人谢兰生、李黼平、黄培芳、吴兰修，均能文，其余如凌扬藻、陈在谦、曾钊等，更专以文名于世，张维屏、梁廷枏、朱次琦等，更为一代大家。

谢兰生长期任各地书院山长，讲授经史古文，又为《广东通志》总纂，其文章每多典章堂皇之制。兰生是诗人、画家，亦有清新可喜之文。

谢兰生有《常惺惺斋文集》，中如《乡饮记》一类文章，仅如陈在谦所云“沉实浑厚，具有典则”而已，缺乏感人力量。较佳者如《定湖笔谈序》，略云：

> 定湖尚气谊，善谈论，所至屈其座人，人乃乐闻其谈不为憾。今老矣，豪兴顿减，又两耳重听，无所激触，谈不畅然。身世之所阅历，耳目之所闻见，时若有郁于中而未吐者，不得已舍其舌之鸣，而以笔鸣。数年来累为一帙，每一篇成，辄携示予，相与共读称快。近又以为未足，续撰数篇，或至夜分不寐，而两耳重听加甚。予曰："笔谈可以止矣！"

一位胸中有不平之气的善谈者，不得已而以笔谈代替舌谈。文中既写出了朋友交谊，又略带幽默感，令读者发生会心的微笑。又如《袁致堂小传》：

> 与论天下事，高议飙发，有所争执，面发赤，声震屋瓦，犹不肯休。予尝步出城西门，有言："今日一富豪，道上被一伟男子扼其颈如牵羊，豪奴五六辈，揎袖欲殴，伟男子厉声一叱，奴惕息不敢动，豪被牵急，唯唯伏罪乃已。"予不审为何许人，一客曰："豪乃富商某，伟男子，袁致堂先生也。"

一位意气风发的读书人，如见其状，如闻其声，此等文字，较其"古雅"之作要胜多了。

李黼平文章体格甚高，重视义法，颇近桐城一派。阮元重其学行，曾延请课诸子，并评定学海堂课艺。黼平自视甚高，他在《渔石初稿续稿序》中说："虽然，宇宙大焉，奇侠非常之人，州列郡居，而谓无能识渔石文者，何轻量天下若是？"字面上是为渔石抱不平，实际亦夫子自道。

黼平本以诗人自命，他在自序其《著花庵集》时说："维时（按：指明代）天下之诗派有三：河朔为一派，江左为一派，岭南诗自为一派。盖其才力排奡，声调高张。足以起衰式靡，彬彬乎其盛也。而世之论者，又或以粗厉猛起少之，则诗乐分而南音之亡久矣。圣代右文，远迈前古，风教所暨，极于幽遐。生文明之区，仰中和之建，著述之士，飙起云集。然则心声所发，含宫嚼羽，期与象箾胥鼓相应，南乐之复，在此时也。予盖未之逮也。是集本曰《志南》，著花庵者，明结习之未尽也。犹初志也。”很明显，他隐有振起南音，为岭南诗派中骨干的期望。又以世人看不起岭南诗派粗厉猛起的风格，故他自己的作品乃沉酣书卷、酝酿深邃，然后以光色精奇的面貌表现出来。《著花庵集自序》一文，可作岭南诗派的宣言来读。

吴兰修多才多艺，工诗文，善倚声，兼通算学，尤精考证。其《石华文集》中的文章，融汇古代名家，自成体势。《广东文征》云：“其文学六朝者得其韵，学八家者得其法；论事之作，尤通达治体，切中事情。”

吴兰修所撰《邝湛若传》，记述明末一代畸人邝露的事迹。为邝露撰传者颇不乏人，明末清初薛始亨作《邝秘书传》，已详细记载邝的生平，而吴氏此传，则别出心裁，从另一角度去介绍传主：

> 然其言曰：先王建国，必因山川审远近，故建瓴之势立，指臂之义顺。势立则内强，义顺则外服，然后霸王之业可成也。若割两江，东包廉、钦、浔、郁，以北尽乎宜、柳，属之南宁，使自为牧镇，则两江溪峒可驰尺版而服，即用两江之兵，南略交阯，此指臂之义也。桂林，故衡湘地，形势袤延，首起衡岳，腹盘八桂，尾达苍梧，湘、漓二水分绕其下，桂林据其上游，若屋极焉。割衡、永、郴、道诸郡，并隶广西，封略伟矣，此建瓴之势也。

《国朝岭海诗钞》录此文，曾钊评曰："世人多以文士目湛若，此叙其才略可用处，独具只眼，可称千古。"温训评曰："文亦轩轩霞举，与海雪意气相若。"

《登云山人文稿序》，亦为吴氏得意之笔。登云山人，即诗人温训。文中先介绍其自号的来由，接着写山人的妙语奇行：

> "每薄晓，云气如炊，缕缕从石罅出，肤寸而合，弥漫无际，耕者樵汲者与鸡犬常在云中，造访者非云去不得途也。"余家去此二百馀里，山人常贮云赠之，出囊如絮，尚有苔石气云。

"赠云"一事奇甚，其实是为了突出温训的文章："山人故健甚，穷幽造极，云之所到，足必及之，故其为文清峭幽折，各出生面，境使然也。"最后再借云来发议论：

> 夫六合之内，山匪一形，一日之间，云不一状。天下之文，犹山也，一人之文，犹云也，作者且莫测其变之所极，而况于学者哉！

全文如云气舒卷自如。此等文字，可与中原、江左诸名家媲美。

凌扬藻（1760—1845），字誉钊，号药洲。番禺人。是嘉道年间广东知名学者，为一时所宗仰，人称药洲先生。一生从事著述。为文原本经史，具有根柢。所著《蠡勺编》四十卷，论者谓不亚于赵翼的《陔馀丛考》。工诗，有《药洲诗略》六卷。选《国朝岭海诗钞》二十四卷，搜罗广博。又有《药洲文略》十六卷、续编十二卷。

凌扬藻文章时有新意，发前人之所未发。如《书柳子厚〈童区寄传〉后》一文，谓区寄杀贼，非器识之异，而是“势之所值有以激之”。并谓：“夫人当履夷处顺，溺乎所便安，末由激发其志气。惟临艰厄，遇事变，巅跌撼顿而奋生焉。充其类可以至仁人，次亦不失为慷慨激昂之志士，故知其所当行，无或转念，天下事不足为也。”强调艰危能激发人的志气，意味深长。

黄培芳文章雄伟畅达，颇如其诗。《记汪瑚事》一文，写“草泽间奇材异能之士”，如汪瑚，如麻城豆腐翁，皆有非常的才能，但因国家“承平”日久，“湮灭殆尽，即有，何所用哉！”作者深致惋惜。

《临溪文集序》一文，培芳为其兄黄大干的文集作序，尤见真性情：

> 兄以为举子业、取科第外即无用，而自古兴亡成败之迹，人心世道之得失，非古文不足以发之，于是为文数百篇，删存数十篇……兄年来卧病，贫亦日甚，万事俱废，独乎古文一编不辍。昔人谓诗能穷人，岂文亦能穷人耶？抑造物故为抑塞，使穷而后工耶？又乌从而测之？

张维屏评曰：“萧澹悲凉，此真古文！”

温训（1788—1851），字伊初，长乐人。道光十二年（1832）举人。著有《梧溪石屋诗钞》、《登云山房文集》。温训文章有奇气，深为陈澧所赏。所作游记，短小精悍，如《游灵峰洞记》：

> 取间道入洞，洞三成，初成得悬瀑一丈，石峭甚，跃而跨其背，则再成矣，高初成五之，余以力竭告。二子则

> 攀崖扪藤，登三成矣，余奋勇从之，壁削千尺，古干捎其根，望之云滃滃然，瀑从云中飞下，其裂山腹也，如蕢鼓，如石雷，如颓雪，如坠雹，有石突然矗其腹，间厕幽隐，殆不类人间世也。

写攀灵峰洞三层的经过，简括无枝蔓。陈在谦评其“却似柳州诸记”。

《记西关火》一文，才二百字，记述道光年间广州西关的一次大火，毁街七十馀，房舍万馀间，焚死者数十人。收处云：

> 粤故踞海，通夷舶，珠贝族焉。西关尤财货之地，肉林酒海，无寒暑，无昼夜，一旦而烬，可哀也已。粤人不惕，数月而复之，奢甚于昔。

吴兰修评云：“陆离古奥，逼似周、秦。一结悚然，尤非苟作。”宋湘《致温伊书》亦谓温训诗文“不失为唐、宋大家裔派”。

曾钊（1793—1854），字勉士。南海人。道光五年（1825）拔贡。官合浦教谕，钦州学正。后为学海堂学长。曾钊为道光年间粤中名儒，专治汉学。尝筑面城楼，藏书数万卷，自为之记。有《面城楼文存》。

曾钊为广东一代文章大家，“根柢既深，气息自厚”（《国朝岭海诗钞》），所为文出自周、秦，兼学韩愈。其撰《归熙甫先生文抄序》谓韩文“奇而能醇，雄而能敛”。这也是曾钊文的特色。其《与马止斋书》一文，所论尤为精到：

> 观望溪先生文，最爱其《读孟子》、《书柳文后》、

《左忠毅公逸事》三篇耳。其文大抵以理法胜，才力似有未到。故简淡者便佳，至传志多用纪言体，亦所谓善用其短也。窃谓文字当从难入，难故有力，力所以负其气。韩公自言，其初为文，陈言务去，戛戛难之。今观《谢上表》、《平淮西碑》、《曹成王碑》、《送郑尚书序》、《石鼎联句序》、《与孟尚书书》等篇，笔笔见气，句句见力，所谓从难字过来者。

特提出一“难”字，以使文章达奇崛之境。然曾钊自为文章，亦非全以“难”见胜。如《榕阴习静图序》、《思源桥记》等，写景抒情，亦新美可喜：

海幢僻在河之南，周数十亩，廊径迂曲，斋舍百数，独惜阴轩为最幽。地僻而幽，又荫古榕，束山茶以为干，百尺郁芊，昼而阴，夏而凉，风而愈寂。轩之右为镜空堂，堂右为楼，望远数十里，树烟山岚，皆在衽席下，而收视返听，得静者趣，率不如轩。(《榕阴习静图序》)

自安期岩右出数百武，闻潺湲声，为滴水岩，岩上桥焉，曰思源。思源者，思濂泉之源也。滴水积为泉，而发蒙则自桥始，故曰源焉。桥横乱石间，广六七尺，怪石出其底，旁罗数卷，如画家平台然，四五人可坐，中刓尺许，层叠而下，如刀斧劈状。泉流其上，薄如纸垂，最洼者潴为湖，深尺，广三之，清可见底。新泉注之，点点成珠琲。有小鱼数尾，逐流游泳，如悬明鉴中，窥者须眉与鳞鬣了劘石上，其外无丛木遮翳，放目远览，群山扑地上，树露其半，如小儿立，真奇境也。(《思源桥记》)

此等文字，何减桐城、阳湖诸老！

第九章　清代的词

清代是词的复兴时期，岭南词也有了长足的发展。据叶恭绰编纂的《全清词抄》所录，有清一代岭南词家多达一百四十余人，远过于宋、明各代。

清初岭南词人，仍明季遗风，每多家国之痛。明遗民如屈大均等，一直活动到康熙年间，对清初词风起了一定的影响。清中叶词坛一片颓靡，此时岭南尚有一些诗人以余事为词，创作了不少好作品。嘉庆、道光年间，吴兰修、仪克中两位词家颇为中原词坛所重。清代女词人也远较前代为多。

第一节　清初的词

活跃在顺治、康熙年间的岭南词人，最为杰出的如屈大均等，多是明代遗民或是虽生长在清代而不愿与清政权合作的人，而其余众多的词人都没有取得较大的成就。如陈衍虞、梁佩兰、梁无技、易弘等，本为诗家，以余事为词，始终未臻极诣。

陈衍虞，有《连山诗馀》一卷。如《南乡子·别友》一词，可窥见作者的词品与人格：

鸥外碧波宽。远树依微露翠湾。一棹冲寒天际去，潸潸，好把萍踪问懒残。　　匝地起烽烟，柔橹轻舟甚处安？何似松阴眠藉草，翩翩，绿屿澄潭有钓竿。

陈衍虞身处乱世，忧患飘零，在遍地烽烟之中，他向往的是江湖闲适的生活。“一棹冲寒”是眼前不得已的处境，而“阴眠藉草”才是词人的夙愿。

梁佩兰，著有《六莹堂诗馀》。梁词绵邈幽峭，风格遒上，自是清初粤词名家。词人身遭国变，进退维谷，既不能忘情于故国，又欲出仕于新朝。他中年时的作品中，充满着矛盾和痛苦：

> 高峡云愁，清湘水咽。龙吟夜半飞寒铁。孤舟独钓四茫茫，红衫几点沾残雪。　　斑竹萧骚，黄芦凄切。江楼梦到关山月。关山月苦照何人？闺人泪作燕支血。（《踏莎行·江上闻笛》）

此词当为作者北上应试途经湖南时作。独处江中，四顾茫茫，何处是自己的出路？只有那无情的明月，在照着寂静的关山。词中流露出作者心中的悲凉感慨。其名作《山花子·湘妃庙》词，也有相似的情怀：

> 水阔潇湘见二妃，江空露下少人知。一望渚烟迷到处，暗灵旗。　　太息雅琴成绝调，并弹瑶瑟寄相思。奈有九峰遥对起，至今疑。

蒋景祁《瑶华集》及王昶《国朝词综》皆选入此作。词境缥缈，词旨迷离，当用以寄托对故国的怀思，而非徒发思古之幽情的。南明桂王在顺治年间据有广东、广西部分地区，即古代苍梧之地。明末遗民如屈大均、王夫之等，亦每借舜帝南巡及湘妃之事以况桂王，而梁词特为宛曲，自有难言之痛。谭献《箧中词》仅评其“善学唐人”，恐未能解领作者的深意。

《点绛唇·送友人》三首，为梁氏力作：

> 蓟北归帆，江乡直溯秋潮去。玉鲈肥处，饱听菰蒲雨。　一度春来，邓尉山中住。梅花侣。吴姬笑许，斜倚吴箫语。
>
> 白舫青帘，双江记忆乘流去。墨云围处，纂纂跳珠雨。　忽谩相寻，客舍城南住。同欢侣。灯边共许，酒后琵琶语。
>
> 月下清淮，思君夜泛吴船去。征人归处，点点珠湖雨。　蝴蝶飞来，邀我还山住。轩辕侣。罗浮寄许，书报长安语。

梁佩兰中年以后，多次北游，遍交中原文士，并结识了满族词人纳兰性德。纳兰有《点绛唇·寄南海梁药亭》词赠之：“一帽征尘，留君不住从君去。片帆何处？南浦沉香雨。　回首风流，紫竹村边住。孤鸿语。三生定许，可是梁鸿侣?”梁氏三词，当为步纳兰韵之作。小词能作曲笔，层层折叠，画面转换跳跃，极见作者功力。严迪昌评其“促拍跳荡，有爽劲韵味”。（《清词史》一〇一页）岭南三家词中，屈大均以情韵胜，陈恭尹以气格胜，而梁佩兰则以用笔胜。梁氏注重文字技巧，专在字面细微处见工，而气魄则逊于屈、陈二家了。

易弘，著有《坡亭词抄》一卷。吴虎文跋语谓其“怵心沥血以厉其思，海涵地负以博其气，而缠绵旖旎以成其声，拟以秦、柳何让焉”。吴跋虽嫌过誉，而《坡亭词》亦自有其佳处的。如《踏莎行·客恨》：

> 目断天涯，魂销故国，回头往事真成错。昨宵一梦入罗浮，醒来不见梅花落。　　雨湿重帘，香飘绣幕。当时尚怯罗衫薄。风风雨雨几多情，如今风雨思量着。

词中直点出“故国”之思，无情风雨，往事成非。词人像一位注定要终生漂泊的游子，永远也找不到自己栖身之地，忆旧伤离，兴亡之感，跃然纸上。又如：

> 春来如织，满地和烟碧。肠断王孙何处觅？目断天南天北。　　东风已遍园林，故根有恨难禁。一任烧痕灰尽，谁怜未死芳心？（《清平乐·春草》）

此词感慨深沉。当时清王朝统治已成定局，但词人始终不能忘怀故国。词中伤悼那一去不返的“王孙”，而对“故根”却无限留恋，即使被烧成灰烬，而春草之心依然未死。也许在词人的内心深处，仍存着恢复的希望吧。

易弘词中还有不少用意难明的作品，字面上缠绵旖旎，而内里似含着甚深的用意：

> 宿雨初消日未红，冷吟声在落花中。云皆近海终为水，叶已辞枝只任风。　　从别后，忆相逢。几多春恨上眉峰。无端溢起蓬莱水，似隔仙源几万重。

近海之云，终化为水，似暗示自己无法摆脱的命运；辞枝之叶，飘转随风，亦表现了当时身不由己的悲惨处境。集中如《满江红·金陵怀古》等词，则又感喟苍凉，格调颇与屈大均词相近。

梁无技，其《南樵集》中附词。梁氏青年时多与明遗民同游，思想也受到他们的熏染，集中颇有愤世嫉俗之作。其词语意沉郁，笔力颇重，如《金缕曲·寄蒲衣子》：

不见蒲衣子。叹无端、残春已过，鱼书难寄。听说相如多病后，四壁空悬绿绮。算世上、知音有几？努力加餐高卧稳，想人间、埋恨终无地。离别久，饱憔悴。　幽兰露写相思字。问年时、西陵苏小，同心绾未？犹忆南湖秋月夜，几度兰桡共倚。怅一霎、抟沙散易。莫度王郎《金缕曲》，恐芙蓉、一夜愁红死。魂梦远，绕江水。

蒲衣子，即王隼，是一位有节概的诗人。词中写出对朋友的一片挚情，句句从肺腑中流出。蒲衣既贫且病，然终不改其孤高自赏的品格。无技是蒲衣知己，故怀人之作写得真挚哀感，亦可看到清初在严酷的民族压迫下人们的心境。

康熙年间艺术成就较高的词人还有李继燕。

李继燕，字骏诒，号参里。东莞人。拔贡生。曾官江苏吴江知县。著有《榻花亭词稿》。李继燕词，以写山水见长。常着意渲染一种缥缈幽深的气氛，以寄托词人超尘绝俗的奇思异想。如《荔支香近·涠洲珠池》：

欲访蓬莱何处？天四倚。尽日碧浪沉沉，江上春寒起。孤帆网得珊瑚，尚渍鲛人泪。遥望、的皪华星晓相对。　行更远，似隔断、三千水。倒影楼台，却是海中灯市。宝马争驰，不觉归来堕香珥。冷浸水晶盘里。

涠洲岛，在今雷州半岛西大海中，为古代产珠之地。涠洲以北海面，旧名珠母海，又名珠池。此词写涠洲景物，奇情丽采，炫人眼目。楼台海市，海上的珍珠与天上的明星互相辉映，疑真疑幻，意莫能明。

又如《调笑令·响水塘早行》：

> 蛮石，清溪侧。马上轻衫寒恻恻。模糊一片烟光白。浅水淙淙数尺。小桥尽处青山隔。惊起鹧鸪千百。

写岭南山水，清新如画。虽无深意，亦足动人。李继燕的写景词意境幽峭，实开陈澧的先河。如《隔浦莲近拍·新兴界中，峭壁寒潭，孤舟夜悄，时闻野花，便觉人迹罕到》：

> 红泉摇动翠岭，缥缈非凡境。少个桃花片，渔人来棹烟艇。沙岸虫语静。开妆镜，鹭立鱼跳影，素光迸。
>
> 幽篁阻日，黄昏依约初暝。香篝未稳，梦绕百花芳径。孤鹤横江，又唤醒清兴。一规圆月山顶。

新兴，县名。在广东省西部、西江支流新兴江中游。境多山岭林木，风景佳绝。此词写舟行新兴江中所见，清幽绝尘。

第二节　清中叶的词

在顺治、康熙年间一度繁荣的词坛，到了雍正、乾隆、嘉庆时又渐失生气。朱彝尊开创的浙西词派和陈维崧开创的阳羡词派，争镳竞逐，左右一时词风，“嘉庆以前为二家牢笼者十居七八”（谭献《箧中词》二），特别是乾隆年间，中原词坛几被浙派诸子所垄断，“家白石（姜夔）而户玉田（张炎）”肤廓饾饤，流弊益深，“降至乾隆中叶，颓靡更甚，一片荒芜”（叶恭绰《全清词钞序》）。岭南亦有部分词人，如何梦瑶、卢作梁、黄德峻等受到当时流行词风的影响，纤仄芜滥，格调不高。但仍有特立独行之士如张锦芳、黎简、黄丹书等，为词峻爽豪迈，一扫词坛上庸滥之风。

何梦瑶有《匊芳园诗余》。梦瑶亦浙派附庸，生长于清代“盛世”，生活平庸单调，故其词的形式及内容均未能沉郁深厚。如《绛都春·秋萤》：

莎庭穿过。共零落素秋，疏星流火。旋转露台，小扇轻纨、随风堕。瑶琴寒枕檐边卧。逗冷色、荒磷青破。建章何处，颓垣夜永，井栏添个。　　谁和？沧江杜老，赋霜鬓看汝，短衣频坐。暗想去年，骑省悲秋，愁无那。笼纱分得宵灯课。并钗脚、玉虫低亸。空怜影拂香裙，画楼暮锁。

此词咏秋萤，仍白石之风骨，写幽冷的意境，中间插入悼亡之意，感情尚为深切。梦瑶词整体法度精密，格调高雅，但毕竟立意不高，取景不远，自未能臻宋人之境。又如《月华清·秋蛩》：

霜冷铜铺，风沉银箭，枕函添得凄楚。吊月钩栏，似绎鸣螿愁缕。写清商、声咽桐丝，啼坠叶、响分蓉露。如诉。记灯昏红壁，西堂曾赋。　　芳草王孙何处？正梦断秋英，绕篱吟絮。薜荔窗虚，更着淡烟笼住。叹穷檐、机杼都空，恨逆旅、岁华将暮。休去。问红钤月额，闲堂秋圃。

写逆旅闻蛩的感受，凄切动人，然学古的痕迹太露，未能有个人的风格。

这时期较佳的还是诗家以余事所作的词。张锦芳、黎简、黄丹书、谭敬昭等都不以词名，但其词均有特色。

张锦芳与黎简、黄丹书、吕坚合称“岭南四家”。张氏著有《逃虚阁诗馀》，一名《南雪轩诗馀》，善写眼前景物，抒发词人的乡土之情，完全摆脱了浙派的笼罩。如《满江红·木棉花》词：

> 十丈晴红，高照彻、尉佗城郭。浓绿外，数株烘染，驿楼江阁。一簇晨霞标乍起，九枝海日光齐跃。似炎官、火伞殿前张，飘丹壑。　　龙衔烛，行寥廓。鹃啼血，巢跗萼。经百花飞尽，东风犹恶。歌舞冈铺云锦乱，扶胥潮动珊瑚落。纵吹残、尚得一回看，翻阶药。

木棉，是南国的异树奇葩，历代诗人，吟赏不绝。锦芳此词，极力烘染木棉花的奇情壮采，色泽鲜秾，笔势纵横，尤善于设喻，以晨霞、海日、烛龙、鹃血等不同形象，绘成一幅奇丽的广州木棉图。另一首《卖花声·本意》词：

> 河畔即花村。花气潮痕。一声江面止销魂。引得香风穿绮陌，妆阁先闻。　　逐队过西园。笑语微喧。唤回残梦出重门。小立枣花帘子下，月澹黄昏。

广州向有花城之号，珠江南岸诸村，如庄头、隔山、瑶头等村皆以种花为业，每日清晨，花农驾小舟载花出城，卖花姑娘即沿江叫卖。小词写广州的“卖花声”，是一幅很美的风俗画。

黎简是位杰出的诗人、画家。著有《药烟阁词钞》。黎诗曲折幽深，奇峭警拔，而其词却写得较平淡自然：

> 南浦风烟，五湖写就，六桥荒迹。范蠡扁舟何处觅？

> 只见是、苍苍山色。古渡头、秋苔衰柳情无极。陈隋故事何人识？一帧图画，寒云澄汉空凝碧。　　白蘋水动雁初飞，相思无限遥相忆。好趁江潮挂帆席。闲云野鹤难相值。湍濑月明时，剩水残山，梦中历历。（《海天秋·题画》）

前人说黎简“诗中皆画境”（李慈铭《越缦堂读书记·文学》），所以他题画之作也能以细致的笔触勾画出优美的境界。此词以古风的体势写来，自有一种特殊的情调。

黄丹书亦能写诗词，工书画，有《胡桃斋诗馀》一卷。其诗力学苏轼，词亦豪迈峻爽，不染乾嘉词坛庸滥的习气：

> 焰焰烧空，谁载遍、水村山郭？人道是、祝融行处，牙旗参错。赤羽一行摇白日，彤云万朵扶青崿。笑纷纷、桃杏斗春妍，都纤弱。　　黄湾外，斜阳薄。粤台畔，狂飙作。似乱霞铺地，晓虹沉壑。野烧连冈烟欲上，清霜夹岸枫初落。尽画家、渲染有燕支，应难着。（《满江红·木棉花》）

黄丹书是位画家，对木棉绚烂的色彩有特别深刻的感受，故在词中用淋漓大笔渲染到极致。

生活在嘉庆和道光初年的词人，身处“承平”之世，而在艺术上却力图新变，各擅胜场。较具特色的有吴荣光、梁信芳、谭敬昭、黄位清、黄志超、黄子高、倪济远等。

吴荣光（1773—1843），字殿垣，一字伯荣，号荷屋，晚号石云山人。南海人。嘉庆四年（1799）进士。官至湖广总督。有《筠清馆诗馀》。吴荣光是书画名家，精鉴金石，常以考据作诗材，其词亦多题咏之作，如《清平乐·题清湘老人金陵十景册》：

> 繁华无限，都付云烟眼。一老江头春畹晚，写到旧时台馆。　　可怜剩水残霞，瞢腾鸥梦渔家。名士美人何处？六朝芳草天涯。

清湘老人，即原济，号石涛。明宗室之后，为清初著名画家，以诗画寓亡国之痛。吴荣光题其画册，则纯是发思古之幽情，轻微的感喟，淡淡的惋惜而已。

卢作梁，字秋寥。东莞人。诸生。有《陟山堂稿》，附词。作梁擅小令，在乾嘉年间词坛竞学南宋的潮流下，他与黄德峻等岭南词人却取法五代、北宋，其成就虽不高，但亦可算是别开生面了。如《少年游》：

> 沙平草软马蹄骄，随意骋金镳。十里莺花，一堤杨柳，遮映酒旗摇。　　当欢且莫辞沉醉，春恨最无聊。才过清明，又逢上巳，禁得几魂销？

又如《青玉案·送燕》词："芦花淅沥西风暮，吹彻天涯禁薄纻。燕剪双寻秋草渡。寒霜冷雾，关山如许，问燕归何处？　香泥营就捐将去，荇叶横塘空细雨。斜卷湘帘犹待汝。明年春至，栖谁庭宇？应念旧门户。"借物抒情，力写一"送"字，表示对远行者关切和期望。收语意味深长。

黄德峻，字景崧，号琴山。高要人。道光二年（1822）进士。官福建泉州知府，署福建粮道。有《三十六鸳鸯馆词》，中多言情之作。琴山词当时颇负盛名，《粤东词钞》录入竟多达 88 首。率皆纤巧仄媚，风格不高。其中较佳的如《菩萨蛮》词：

阿侬生长珠江侧，春风未许闲人语。一树绿梅花，花边侬住家。　　问年娇不语，暗把筝弦数。那管惹相思，低抛红豆嬉。

此词写珠江少女的娇痴情态，有天然风致。纵观黄氏全集，多似郭麐、王时翔一路，圆转轻捷，颇有情趣，但亦不免“浮滑”之诮。如《醉花阴·独步梅花下作》一词，可代表琴山的整体风格：

春风吹梦江南阔，酒醒翻愁绝。小步绕回廊，花影参差，筛碎玲珑月。　　种花人去芳筵歇，寂寞花时节。独自撚花看，花也怜人，瘦减三分雪。

鲍俊（1797—1850?），字宗垣，号逸卿，别署石溪生。香山（今中山）人。道光三年（1823）进士，选翰林院庶吉士。改刑部山西司主事。晚年主讲凤山、丰湖书院。鲍俊多才多艺，工书善画，能诗词。著有《倚霞阁词钞》。

鲍俊擅小令，笔力较重。青年时常与潘伯临、招子庸等雅集珠江河畔，写画作词：

入夜榕塘花气重，香风徐透疏棂。梅窗月堕梦忪惺。响闻鱼唼水，影觉树筛星。　　灯炧商量明日事，莲须阁畔携瓶。牡丹遗韵戛珑玲。问谁吹玉笛，和我护花铃。（《临江仙·榕塘即事》）

此词写岭南春夜小景，清幽独绝，“响闻”二语，仿佛贾岛、姚合佳句。莲须阁，为明末广东诗人黎遂球的书室名，黎以咏黄牡丹诗知名于世，后投军抗清，兵败殉难。莲须阁成为清代文人游赏之地。鲍俊北上入都，沿途游览历代名胜，其《桃源忆故人·秦淮》一词，语意沉郁，在嘉、道年间词坛中尚不多见。词云：

> 秦淮旧是笑蓉阙，为问六朝金碧。不见后庭花发，红粉销陈迹。　　几株衰柳垂残叶，斜拂酒帘凄绝。今夜管弦声歇，空剩南朝月。

当时犹是所谓天朝上国承平之世，鲍俊竟作这样的哀怨之音。衰败的秦淮，也就是中国封建社会没落的缩影。一首小词包蕴着丰富的内容，不可以寻常的发思古幽情的作品目之。

陈其锟，字吾山，号棠溪。番禺人。道光六年（1826）进士，官礼部主事。后归粤中不复出，主讲羊城书院垂三十年，门弟子甚众。有《月波楼琴言》三卷。吾山词风骨较劲，格调颇高，在嘉道词家中，不失为一作手。如《水龙吟·红蕙》：

> 质幽偏爱燕支，此花解得灵修意，湘波写艳，吴霜染鬓，光风细细。剪露为根，裁霞作朵，流馨眼媚。待题诗寄与，红绡点点，还道是、骚人泪。　　不恨幽芳无主，恨栖迟、夕阳身世。丹心未改，朱颜难驻，树犹如此。试吊三闾，重寻百亩，可怜憔悴。更何人痛饮，高歌楚些，酹他沉醉。

此词沿《楚辞》一脉，借“香草美人”寄意，感叹个人身世的寂寞，表现了封建时代知识分子无所作为的悲哀。换头“不恨幽芳无主”数语，如怨如慕，情韵俱深。又如《绮罗香·浃旬苦雨，春事阑珊，渺渺予怀，寄音短竹》：

润到莺帘，凉生鸳甃，人在小楼深处。窗外芭蕉，滴碎愁心几许。看流尽、新绿无多，更吹得、落红无主。一声声、恼乱吟魂，杜鹃枝上泪如注。　西园曾约载酒，惆怅踏青过了，芳期都误。门掩梨云，入夜此情尤苦。那堪是、几点空街，带几点、断钟零鼓。拥寒衾、梦也难凭，剪灯听雁语。

春残听雨，勾起了词人落莫的情怀，“杜鹃枝上泪如注”，为全词点睛之笔，感喟无穷，不知词人何事忧伤如此！

吴弥光（1789—1871），字章垣，号朴园。南海人。吴荣光之弟，道光十四年（1834）举人，有《芬陀罗庵词》。吴弥光家学渊源，其所为诗词，每作豪迈旷放语。如《满江红·赤壁夜泊》：

莽莽江声，流不尽、英才雄略。想当日、舳舻衔结，旌旗闪烁。豪气临江宵酹酒。高歌对月人横槊。到如今、赤壁剩嵯峨。仍环郭。　前一度，南飞鹊，后一度，东来鹤。奈到眼、山川犹昔，烟云非昨。万叠波涛愁路远，双崖风月和帆泊。算千秋、两赋有坡仙，难重作。

苏轼前后《赤壁赋》，豪情胜概，千古犹在。词人至此，赞叹山川的雄阔，追怀绝世英才，认为只有坡仙的词赋，才有资格与山川同垂不朽。

梁信芳，字孚万，号香浦、芗浦。番禺人。嘉庆十三年（1808）举人。有《桐花馆词钞》。梁氏词如其诗，雄健有势，颇见学力与才情：

一尉开南武。但闲看、中原逐鹿，自娱歌舞。燕蹴鸿翩更迭奏，响彻琼楼玉宇。凭展眺、万家烟树。敢恃偏隅耽宴乐？早三关、准备军如虎。名花谢，霸才古。　章华台圮阿房灶。想当年、风流魋结，海天雄踞。一片笙箫围锦幄，映带连冈回互。问遗迹、而今何处？莫讶臣佗饶智略，好长篇、文字西京祖。花月事，且休数。（《金缕曲·歌舞冈》）

此词语势甚劲，一气呵成，追怀当年南越王赵佗开发岭南的业绩，意气豪上，颇近陈维崧的格调。

谭敬昭是嘉庆年间著名诗人，与黄培芳、张维屏合称“粤东三子”。著有《听云楼词》。粤人诗词，多以雄直雅健为宗，少作侧艳之语，而谭敬昭词中却时有婉丽清新之作，如《浣溪沙·春怀》：

流水行云合又离，晓风残月是耶非？一双红豆种相思。　绕树鹧鸪留客住，穿花蛱蝶傍人飞。春心摇曳似游丝。

此词写情人别后的相思，极恍惚迷离之致，摇人心魄。张德瀛《词征》称谭词“如野桃含笑，风趣独绝”，观此可见。

黄位清（1774—?），字瀛波，号春帆。番禺人。道光元年（1821）举人。官国子监学录，有《松风阁词钞》。黄位清词劲直痛快，如《沁园春·憎蚊》词，描述那些“由虫而化，响都成雨；以人为炙，声尚如雷”的蚊子，借以讽刺封建社会中的丑恶现象。

黄志超是位诗人，诗学宋体，多慷慨悲凉之语。其词格亦近之。笔力雄健，而无叫嚣率露之病。如《贺新郎·除夕光孝寺寓斋作》：

问岁归何处？远迢迢、天涯万里，欲寻无路。断鼓零钲纷聒耳，料也留伊难住。况银箭、频催天曙。买钝赊呆吾未厌，但穷愁、乞汝都将去。再莫个、将人误。　　风车云马行毋遽。笑客边、无多薄饯，冷淘寒具。修竹平安松健在，莫叹美人迟暮。且祭我、一年诗句。虚牝黄金知枉掷，奈消除、岁月非无故。祝岁岁、诗盟与。

清初阳羡词派，后继乏人，如郑燮、蒋士铨辈，亦失之粗率肤滑，而岭南词家，适情而写。挥洒自如，切近现实生活，富有地方色彩，当可自树一帜。如倪济远《茶嵋精舍词钞》中，此类新警自然之作不少。如：

嫩凉半臂蘋风小，楚天照人如画。茗事试新篝，约邻翁闲话。柴关无客打。银床畔、鹿卢交亚。暮雀秋虫，一依萝幔，一吟瓜架。　　筝笛记清欢，黄昏后、船泊漱珠桥下。水影绉衫痕，傍鱼罾疏挂。画师烦汝写。安排个、竹篱茅舍。隔烟燠霭过江人，认阿侬归也。（《徵招·中伏夜纳凉》）

此词拗调，而以顺笔写之，流畅生新，声情一致，表现了词人闲适的心境，是一幅清代中叶广州城郊风俗画。又如《西江月·十五夜坐感怀》：

锦裤仙城挟弹，白头官舍闻钟。人生马耳过东风。坐对霜娥说梦。　　此梦而今已醒，樽前唤起蛟龙。相随海外冷笑蓉。醉眼江山如瓮。

词意豪隽放达，颇似苏轼词的格调。这是生长于“乾嘉盛世”

的才人的愤激。胸怀壮志而无所施用，只能在醉眼蒙胧中求得暂时安慰而已。

道光年间广东最重要的词人当数张维屏。

张维屏为嘉、道年间广东诗坛领袖，以诗入词，无纤靡之态，气格自是不凡。著有《听松庐词钞》三卷，中有《海天霞唱》二卷，《玉香亭词》一卷。

张维屏词，走苏、辛一路，与当时词坛上的浙派末流完全异趣。其词集中有不少写岭南风物的作品。如《东风第一枝·木棉》：

> 烈烈轰轰，堂堂正正，花中有此豪杰。一声铜鼓催开，千树珊瑚齐列。人游岭海，见草木、先惊奇绝。尽众芳、献媚争妍，总是东皇臣妾。　　气熊熊、赤城楼堞，光灿灿、祝融旌节。丹心要伏蛟龙，正色不谐蜂蝶。天风卷去，怕烧得、春云都热。似尉佗、英魄难销，喷出此花如血。

此词写出木棉顶天立地的堂堂正气，象征岭南人民不畏强暴、敢于抗争的精神，是一曲英雄的赞歌。

张维屏中年时游宦南北，诗词里每写客途中的感受：“九江城外雨如烟，九派茫茫送客船，不听琵琶已黯然。水连天，一夜江声人未眠。”（《阑干万里心·九江阻风赋此拨闷》）写阻风船中，此望长江，自伤身世，一夜不眠。宛似唐人七绝的风调。又如《满江红·道经广陵，维舟信宿，古怀肮脏，黯然有词》：

> 水冶山秾，远望见、绿杨城郭。问多少、酒船灯舫，画阑珠箔，空里琼花随雨散，梦中歌吹和潮落。剩雷塘、

几个草根萤，光如昨。　　迷楼外，刀兵恶，青楼上，烟花薄。叹锦帆禅榻，同归萧索。但愿寻常浮绿蚁，底须十万骑黄鹤！过平山、一勺醉翁泉，清凉药。

词中借怀古以抒发自己的感慨，笔力遒劲，句健字响，虽稍嫌粗率，毕竟胜于时流的靡靡之音。

张南山论词，认为“词家苏、辛、秦、柳，各有攸宜，轨范虽殊，不容偏废”；又谓“以情胜者恐流于弱，以气胜者恐流于粗”。而论者则谓“南山词豪宕自喜，盖有意苏、辛而不至者，尚不能自践其言”（谢章铤《赌棋山庄词话·续编三》）。其实南山以诗入词，气胜于情，似更近于东坡。其《天仙子·春暮出游怅然有咏》云：“黄屋英魂犹在否？清明寒食无杯酒。夕阳红上越王台。携翠榼，整金钗，人自百花坟上来。”慨叹世人只眷眷于古代名妓，而南粤王赵佗的遗迹却冷落凄清，无人凭吊。又如《西地锦·舟中午日》：

曾历燕齐邹鲁，有满身尘土。长河水浊，长淮水绿，又满天风雨。　　万里此行何补？惹离愁千缕。清明过了，端阳到了，听异乡箫鼓。

纯是苏轼词的气格，较诸同时馀子的靡靡之音要胜多了。

第三节　吴兰修　仪克中

嘉庆、道光初年，广东诗风甚盛，诗家多以馀事为词，重视气格笔力，然颇失传统词的阴柔之美的特色，故不为中原正统词坛所认可。丁绍仪对粤中词家颇有微词，曾批评谭莹、张维屏的词学见解，谭莹推崇屈大均，谓足以抗手朱彝尊，张维屏服膺郑板桥、蒋士铨，丁氏均认为“同似门外人语”（《听秋声馆词话》卷二〇），而一再说：“粤东词家甚少，近日嘉应吴石华、番禺仪墨农，始以词名”，“余所见粤词，近推吴石华、仪墨农为最。”吴兰修和仪克中，可以说是粤词中的“别派”，而接近江南浙派诸子，他们自然也受到正统词家的称赏。

吴兰修（1789—1839），原名诗捷，字石华。嘉应州（今梅州）人。嘉庆十三年（1808）举人。曾任信宜县学训导。吴兰修长于考史，富于藏书，是一位典型的学者。他自己立志做一位经史家，著有《南汉纪》、《南汉金石录》、《宋史地理志》等多种著述，并曾愤愤然说过：“唤作词人，死不瞑目!”可是，使他能名留后世的始终还是那一本薄薄的《桐花阁词》。陆以湉云：“《桐花阁词》，清空婉约，情味俱胜，可称岭南词家巨擘。”（《冷庐杂识》）

岭南一代文宗张维屏激赏吴词，谓其“南唐北宋，出以天然，词笔天生，一时无两”。石华曾入京应礼部试，途经江南，新词流布于南京、扬州，为一时名流所重。如《减字木兰花》：

> 春衫乍换，几日渡江风力软，眉月三分，又听箫声过白门。　　红楼十里，柳絮濛濛飞不起。莫问南朝，燕子桃花旧板桥。

此词轻清流丽，虽有感触，却不甚深沉，颇似王士祯《衍波词》的格调，梁绍壬谓“酷爱诵之”。（《两般秋雨庵随笔》）同时的江苏词人郭麐为《桐花阁词》作序，极称吴词“跌宕而婉，绮丽而不缛，有少游之神韵，而运以梅溪、竹山之清真”，即指此等词而言。谢章铤《赌棋山庄词话》盛称吴词，谓其“短调绝佳”，引《黄金缕·春夜听仪墨农琐语》：“温柔见惯寻常事，约笑裁欢，珍重三分媚。看到热怀凉似水，真真地久天长意。忆曾检得双文纸，写了鸳鸯，小注卿侬字。不许侬看生隐避，那知侬又牢牢记。”并评云：“一杯在手，孤灯相对，循环雒诵，诚不知作几许销魂。”在《花阁词》中，这类情辞深婉的小令占了很大的比重。如《黄金缕·寄内》词，尤为时人所欣赏：

一春欢意何曾纵？似怕春寒，又怯寒衣重。不做情天长似梦，雨丝织得愁无缝。　　药炉茗碗成清供，病亦无多，只是酸心涌。欲寄尺书情万种，平安一半将伊哄。

以白描直写性灵，无一丝一毫做作的痕迹，其抒情特点与郭麐《灵芬馆词》很接近，这也是吴、郭两人惺惺相惜的原因。石华小令中最为人传诵之作当数《卜算子》：

绿剪一窗烟，夜漏知何许？碧月濛濛不到门，竹露听如雨。　　独自出篱根，树影拖鞋去。一点萤灯隔水青，蛩作秋僧语。

小序云：“园绿万重，月不下地，夜凉独起，冰心悄然，惜无闲人同踏深翠也，辄倚横竹写之。时甲戌七月十三夜。”甲戌，即嘉庆十九年（1814）。夏承焘云：“读这首词，如同读一幅园林秋夜图。”（《金元明清词选》）又评云：“作者用目见的‘绿剪一窗烟’、‘萤灯隔水青’和耳闻的‘竹露’、‘蛩语’等句子，烘托出极其迷人的秋之夜的幽静。”词中写出凄冷寂寥的秋夜景色，也寄托了词人幽独无聊的情怀，真可与苏轼《记承天寺夜游》同读。

吴兰修的慢词也写得很出色。如《台城路·秋叶》：

> 寒林渐做伤心色，零星又逢秋景。乌桕村湾，丹枫驿路，几树凉蝉催暝。斜阳略剩。照点点微黄，瘦偎鸦影。属付西风。好教留取画疏冷。　　黄昏还更悉索，柴门深掩处，吹满三径。尽给茶炉，半堆棋院，清绝有谁同听？萧萧夜静。正梦绕阑干，打檐惊醒。看雨开门，月痕如水净。

咏物长调，层层写来，丝丝入扣，具见工力，格调虽仿张炎一路，然参以周邦彦的句法，疏密相间，脉络分明。收处意境清绝，全词便觉一片明净。徐世昌谓吴词“宗白石、玉田，婉约轻灵，天然雅韵”（《晚晴簃诗汇》），于此词可见。

《水龙吟》一词，为石华词中长调压卷之作。词云：

> 笛声吹上银蟾，山河影里秋无际。溶溶一色，楼台着处，都成寒水。水气浮烟，烟痕罥树，荡为空翠。正人声断尽，西风料峭，听几许，疏钟起。　　难得乘槎客至，爱青山、露华如洗。荒台古甃，再休重问，汉时遗事。黄鹤招来，碧云无恙，梦圆千里。正潮平海阔，珠光隐隐，有骊龙睡。

小序云：“壬辰九月十五夜，同仪墨农陪程春海祭酒登越王山看月。”壬辰，即道光十二年（1832），时程恩泽被派为广东正主考，广泛结交当地名流，故很受粤中人士的尊重。兰修此词，写越秀山初秋之夜，清幽绝尘，炼字炼句，一归于纯雅，远胜于当时同游诸人所赋。“溶溶”三句，写俯瞰广州城中楼台，在月色下都化成一片寒水。景极清美。“乘槎客”指程恩泽。作者自注云：“先生于前岁梦游珠江，至是果以典试来也。”词中亦写程氏如仙人之乘鹤而来，实现了千里南游的好梦。收数句以骊龙之珠隐喻粤中的人才，希望程氏能在典试中荐拔。

《桐花阁词》中，也有一些浑厚沉郁之作，如在浅斟低唱中忽闻变徵之声，给读者以全新的感受，如《台城路》：“西风忽断骚人梦，江声最怜凄绝。半壁残山，经年战鼓，往事那堪重说？金瓯易缺。更玉带飘零，剑花同蚀。月落枫青，暮猿隐隐听呜咽。　　当年犹记草檄，叹槐封哭醒，谁吊寒雪？地老天荒，海枯石烂，鹦鸪也应啼血。销磨瘦铁。问几度沧桑，梦痕明灭？谱入阳关，竹声吹又裂。”这首词是为陈邦彦的故物雪声堂砚而作。词中追怀陈氏抗清往事，谓其砚也经历劫难，仿佛其中也含着哀悼烈士的血泪。全词感慨苍凉，可隐见吴兰修的民族思想。

仪克中（1796—1838），字协一，号墨农，别号姑射山樵。番禺人。道光十二年（1832）举人。少有奇气，好读书，过目成诵，精研金石，工诗善画。为粤督阮元所赏识，聘教学海堂。中举后，入广东巡抚幕，多所策划。卒年仅四十二。撰有《剑光楼词》一卷。

仪克中是一位真正的艺术家、词人。聪明善学，感情敏锐，生长于道光初年的“太平盛世”，一生遭逢不偶，唯有以文艺寄托内心的抑郁苦闷。其词深美闳约，名重一时。仪克中早年的词风受浙派的影响，规模南宋诸家，尤以张炎为近。如《南浦》：

夜雨隔篷听，乍成眠、却又啼莺催晓。坠梦觅江浔，东风软、况是闲愁难扫。垂杨夹岸，断烟浮出青山小。目送流红何处去？魂醉王孙芳草。　　心头无限江山，向声声橹里，等闲过了。新恨未分明，销凝候，蓦地旧愁都到。回眸望渺，而今燕语鸥盟悄。一片归云留不住，窗外夕阳多少？

小序云："篷窗听雨，坠梦如云，尽日怜春，闲愁似水。用玉田生词韵赋之。"南宋张炎《南浦》咏春水一词，被推为"绝唱古今"，人以"张春水"目之。步古人名作原韵，每易坠窠臼，难成佳什，然仪克中此词却游刃有余，别出新意，具见作者的功夫学力。换头"心头无限江山"一句，笔力甚重，境界甚大。"无限江山"，是想象中的广阔河山，而在柔橹声中等闲过了的是眼前的山水，把想象与现实融汇起来，便露出思归的本意。

仪克中写岭南风调的词，幽婉新美。如《水龙吟·判春园纳凉》：

凉云飞度双堤，柳梢楼阁帘初卷。江乡好景，隔年重到，落花如霰。波涌津亭，天浮浦树，晚霞多变。向乱蝉声里，苍烟起处，隐约见，孤帆转。　　渐觉芰荷风远，又盈盈、暮潮将半。谁家擪笛，一回断续，一回凄惋？月上三更，阑凭几曲，冷吟都倦。记前宵、末丽开时，人在试香深院。

题为"纳凉"，通篇不见一暑热字样。从所见之景，所闻之香，所听之乐，烘托出岭南夏夜的清美。结处追忆前宵与女子相见的情景，笔触一转，便添无限韵致。

墨农词技巧纯熟，于声律尤为讲求。其《寿楼春》词云：

云关开春晴，控苍龙一脊，盘上孤青。漫道三峰如削，削都难成。仙掌拊，天绅攖。泛藕船、金波方澄。指箭栝车箱，杯河芥渭，衔碧夜窗清。　　寒犹甚，朝飞霙。正悬崖挽度，断磬流声。搔首谁将天问，料天还惊。呼玉女，披明星。叩薜扉、香风泠泠。磬盆露挥毫，归途似闻调玉笙。

小序云：“登太华，信宿西顶，跻落雁峰而还。留题明星玉女祠壁。”以一极险极拗之词调，写此极险极奇之景物，如御未驯的烈马，行峭壁栈道，在险处更见骑手的功夫。在道光初年，墨农词技巧当不逊于江左诸大作手，然其僻处岭南，名位不显，这是很可惜的。

第十章　清代的女作家

清代对妇女来说，是一个非常严酷的朝代。清朝统治者对女子的贞节的要求已到登峰造极的地步，“女子无才便是德”的传统观念深入到了社会的每一阶层。尽管这样，仍压抑不了妇女的文学才华，清代妇女的著作比历代都多。施淑仪所撰《清代闺阁诗人征略》，载有事迹的闺秀达一千一百六十三人，补遗一百零三人。冼玉清撰《广东女子艺文考》，计得书一百零六种，作者凡百家，几乎全为清人。清代广东女诗词家的数量和创作质量虽比不上江南，但也不乏名家佳制。

第一节　清代的女诗人

清代的岭南诗坛，出现了不少有才华的女诗人。她们有些生前已有诗名，有些当时并不太有名气。这些女诗人的诗集存者不多，而见于各选本的单篇散帙，则不乏佳作。

王瑶湘，番禺人。清初诗人王隼之女，太学生李仁之妻。其父嗜音乐，常自度曲，李仁倚而和之，瑶湘吹洞箫以赴节，听者有月笙云璈之想。仁卒，瑶湘守节，喜读《庄子》、《离骚》，自号逍遥居士。著有《逍遥楼集》。

其《送人归东溪》诗云：

孤雁飞残雪，梅花带雨时。寒云何处断，流水结澌漸。南浦回兰桨，西山绕梦思。那堪湖上柳，折尽别离枝！

又，《拟送别》诗云：

孤舟暮归去，别路江南树。烟外有钟声，故人在何处？

二诗均为送别之作，一在幽冷之雪天，一在渺远之暮天，写景各臻其妙，曲尽款款之情，实在不让唐人佳作。他如《越台吊古》、《秋琴》、《秋日》、《独夜》诸作，亦饶有情韵。

谢方端，字小楼。阳春人。雍正元年（1723）解元谢仲埦之女，贡生刘宗衍之妻。通经史，工诗。著有《小楼吟草》。

小楼之诗《自海口渡海至梅菉》云：

一派沧溟阔，洪涛直逼城。风帆回港影，沙浦乱潮声。蜃气通波渺，鸢飞逐浪轻。白云斜卷处，山色绕堤横。

意境开阔寥远，雄健处当不让须眉。

又如《崖州署中偶作》：

竹屋穿林古驿西，衙斋冷落似山栖。晓看黎母烟中树，夜听占城雨外鸡。蕉叶大时堪避暑，榴花开处每分题。故园姊妹无消息，杜宇椰阴日日啼。

抓住景物特色着意描绘，富于海南热带风味。追念昔日闺中之谊，亦深挚感人。

梁文娴，阳春人。为谢方端闺秀时的同学。其《江村夏晓》诗云：

奇峰云起树苍苍，雨过前村水满塘。渔艇鸬鹚飞舞去，晓烟冲破藕花香。

清丽隽拔，寥寥数笔，就简洁明快地涂抹出一幅生动传神的夏日江村清晓小景。

王微，感恩（今海南东方）人。王仲贤之女。所作《昌化道中》诗云：

返照烟溪树影斜，千山含翠暮云遮。年来已自多愁绪，古道无人更落花。

通过描写夕照、烟溪、树影、群山、暮云、古道、落花等景物，构成一派凄迷萧凉的意境。以黄昏古道的幽静，反衬出诗人旅途中的失落孤愁之感。用笔之工致，可与马致远《天净沙·秋思》媲美。

又《秋日集石湖》诗云：

云罨湖山远树苍，鸡鹊飞破藕塘香。月明处处添秋色，一束芙蓉正洗妆。

此诗以女诗人特有的细腻笔触，有声有色，动静相交，远近映衬，描绘出月色荷塘的幽美景致。

还有《探梅》五绝：

故人辞我去，期我梅花时。昨夜偶相念，起看庭树枝。

迫不及待，急欲重晤故友的心态，跃然纸上。可称性情之作。

林兰雪，东莞人。林蒲封之女。自幼能诗，著有《小山楼诗草》。林氏生于书香世家，及长，嫁与御史邓大林为妻，生活平顺，然其诗每有孤寂抑郁之感。如《冬夜词》：

铁马声多风渐逼，冷气森森入窗隙。惊鸟初定寂无喧，中天冰月犹悬壁。院道萧萧绣幕寒，残灯掩映无颜色。不奈铜壶点滴狂，重衾难梦夜偏长。回首兽炉烟欲断，起呼侍女再添香。

陶馀，字秀菘，番禺人。家贫，尝应学海堂学课，得以养母。其诗为学海堂学长陈良玉所激赏，有《爱菊芦诗》二卷。陶馀善画，尝作韶州九成台秋眺图，自题诗于其上：

旧日闻《韶》地，千秋尚有台。山川留胜概，猿鹤至今哀。北望雄关险，西瞻武水回。茫茫今昔感，都入画图来。

笔力颇健，不似闺中人语。

吴尚憙（1808—?），字小荷，一字禄卿。南海人。吴荣光之女。撰有《写韵楼诗词抄》。小荷词名藉甚，其诗亦多高韵。冼玉清《广东女子艺文考》颇采其诗，评为“俱有家法”。如《寄怀》诗：

别时容易见时难，回首关山泪暗弹。欲写相思何处寄？满天风雪路漫漫。

小荷诗笔稍弱，似不及其词之健举。

丘掌珠（1799—1844），字匊月。顺德人。幼随其父丘士超学，六岁能琴，并习丹青。嫁后设帐里中，教授生徒，安贫守俭。撰有《绿窗庭课吟卷》，诗人黄香石为序。掌珠诗清雅可人，可以《梨云小榭与诸姊赏梨花》为代表：

邀月梨云榭，梨花淡可人。飘来帘外雪，清入瓮头春。妆靓花无色，筵开月满身。溶溶迷院落，虚白照西邻。

许小蕴，番禺人。道光年间，嫁与秀才张熊光，越七年而夫死。所著《柏香山馆诗》，存一百三十四首，多哀痛之辞。如《悼张锡卿夫》十一首之一：

九原路杳绝飞鸿，幽思离情梦不通。黄鹄惊分头未白，紫鹃声咽泪啼红。江山千古留馀恨，顽石三生少化工。谓问昔言君忆否？此时惆怅更何穷。

又如《感事》诗：

无限春光好，蓝田日正暾。不图花并蒂，忽遇雨倾盆。造物犹招妒，何人独负恩？千秋儿女泪，化作杜鹃魂。

真是字字血泪，悲切感人。

马雪妹，字梅雪。南海人。家本士族，十五岁能诵《诗经》全部。好画梅花，年二十六卒。撰有《梅雪轩诗草》。《画梅》一首，强调画梅要“真”，要画出精神：

画梅须画梅魂魄，魂魄不真梅不白。画梅须画梅精神，精神愈出梅愈真。

叶璧华（1841—1915），字润生，又字婉仙。嘉应州（今梅州）人。曾应张之洞聘任家庭教师，后于家乡创办懿德女校，自任总教习。叶氏诗词俱佳，撰有《古香阁全集》二卷，上卷为诗，下卷则诗词赋文并录。黄遵宪为作序，谓“其诗清丽婉约，有雅人深致，固女流中所仅见也”。词人叶衍兰亦深赏其诗词，称为“煮梦仙姝”。

叶璧华是咸丰、光绪年间饮誉岭南诗坛的女诗人。丘逢甲题其《古香阁全集》，有“翩翩独立人间世，赢得香名饮粤中”之句，可作女诗人的真实写照。叶璧华少年时代正处于两次鸦片战争期间，粤中又是烽火连天的战场，这对女诗人一生影响甚巨。她少年时的诗作中，已流露出对国家深重灾难的忧虑：

天涯踪迹叹萍浮，十二年前上此楼。今日登临重眺览，满天风雨使人愁。(《岐岭旅舍题壁》)

此诗作于咸丰八年（1858），诗人才十八岁。其时英法联军攻陷广州，并向北京进犯。“满天风雨”一句，所感甚深沉。后来她在《留别广州诸同人》诗中写道：

河山久壮蛟龙气，风鹤旋惊草木传。听到鸣鸡一洒泪，中流谁着祖生鞭？

这些诗歌完全可以跟秋瑾笔调雄健、感情奔放之作相媲美。

在一些登临怀古的作品中，诗人也表现出“剑光辉牛斗”的气概：

千古巍巍气象雄，登临人立夕阳中。淋漓一卷批鳞语，巾帼今朝拜下风。(《蓝关谒文公庙题碑》)

即使一些写景的小诗，也表现了女诗人不同凡俗的思想与才气：

何忮复何求？闲乘一叶舟。青山应似我，终古不低头。(《舟行杂咏八首》之一)

叶璧华是客家人。客家女子倔强的个性、自立自主的精神，在《古香阁诗》中随处可见：“清癯久傲神仙骨，澹泊能舒天地心。”（《咏梅》）“身缘病久医都懒，诗到穷时骨更清。”(《病起》）但女诗人毕竟是女诗人，很难想象一位女诗人的集子中没有情诗：

纳凉曾共步中庭，乞巧图开细细评。知否今宵花影里，凭栏独自看双星？(《七夕寄蓉舫夫子》)

她的丈夫李蓉舫，多次出游应试，均铩羽而归，叶璧华曾作诗慰之，有“奋鬣旋看破壁飞”之句，又有《送蓉舫夫子之粤西》诗云：

把酒送君去，落花三月深。襟怀秉圭璧，行李重树琴。旧梦圆梅岭，高风壮玉林。摩霄应展翮，珍重别离心。

叶璧华中年丧夫，孀居数十载，后期诗作，多山林澹静之意，如《古香阁即事》二首之一诗：

一角蜗庐小隐宜，诗囊剑箧当家赀。萝牵茅屋留云住，琴罢花台待月迟。课子偶书林下叶，呼童亲补竹间篱。消闲且酌葡萄酒，世事由来似弈棋。

课子读书，以遣馀年："奇书读罢不求解，小鸟啼来偏好听。"（《山居》）在中国历代众多的女子中，叶璧华的命运也许是有代表性的吧。

与叶璧华同时的还有一位黄芝台，新会人，自幼随父游宦江南，嫁后又随夫入都供职，所至皆有诗以纪。撰有《凝香阁诗抄》，录诗百馀篇，多为七律、七绝。其佳者亦颇有气概：

孤峰异样似花妆，雨洗岩头浥瓣香。一带衣中怀孔孟，五坡岭外感兴亡。水边精卫苌弘血，天末栖霞少保堂。合与厓门同俎豆，蘋蘩产遍石莲傍。（《海门莲花峰文相国公祠》）

梁霭（1861—1887），字佩琼，一字飞素，南海人。潘飞声之妻。梁霭诗风韵绰约，为时贤冒广生所赏。卒后，其夫为刊《飞素阁遗诗》一卷，共六十四首。屈向邦《粤东诗话》云："飞素之诗，以幽曲纤峭胜……女诗人中之杰出者也。"徐世昌《晚晴簃诗汇》录梁诗多达十七首，中以《读离骚》二绝最为人传诵：

陈辞敷衽太忉忉，《天问》翻怜《九辩》劳。千古蛾眉招众嫉，美人心事易《离骚》。

鶗鴂鸣时失众芳，婵媛犹称芰荷裳。春兰秋菊伤零落，欲补梅花殿楚香。

二诗宛曲幽深，似有无限难言之隐。飞素与其夫潘兰史，时称嘉偶。《池上书寄兰史》诗云：

永日作清游，爱此一湾玉。五月怯薄寒，微风动疏竹。白荷吹雪入晶窗，挹露烹茶注玉缸。落花欲涨池塘晚，帘外鸳鸯飞一双。

“白荷”二句，写景甚妙，末句意在言外。梁霭亦能作长诗，集中有题为《兰史自署蝴蝶洞主，制印置闺中，言将偕隐罗浮也。为赋长句，用东坡〈松风亭下〉韵》诗云：

罗浮山麓梅花村，十载结想萦梦魂。麻姑仙蝶出深洞，双栖万古晨与昏。夫子前身句漏令，拟寻丹灶如家园。移家即在白云里，上界那复如寒温。三峰夜弄铁桥月，五更晓看扶桑暾。种秫讵劳客辟谷，补萝可呼鹤守门。柴桑陶、翟本仙侣，丹砂葛、鲍参名言。头衔相觅足清绝，祝君展卷开瑶尊。[家有《罗浮图卷》]

第二节　清代的女词人

“诗庄词媚”，似乎词这种体裁是带有某种女性特色的，女词人的数量远比女诗人为多。“闺秀词”在文学史上应占一个不可忽视的地位。

妇女词人大抵来自两个截然不同的社会阶层：一是出身名门世家，父辈是官宦或文士，自幼即受传统文化的熏陶，长大后门当户对地结了婚，一生过着较为安定闲适的生活的；一是出身下层社会，沦落青楼，其色艺才华为达官名士所赏识，为之揄扬，或被纳为侧室，因而侥幸为世人所知者。

古来的女词人亦多因其父其子方能刻集传世，出身于中下阶层的女词人词作被湮没的定当不少。王鹏运《小檀栾室汇刻百家闺秀词序》中曾指出："诚以女子善怀，其缠绵悱恻，如不胜情之致，于感人为易入。"但由于女子"生长闺闱，内言不出"，纵有作品，"其传亦不能远，更无人焉为辑而录之"，这是非常可惜的。

一般来说，女词人的作品不免题材狭窄，内容单调，风格纤巧，脂粉气味较浓。可是岭南的女词家由于身处僻远，遭际特殊，其词的内容风格往往与中原、江左有异，这是颇值得研究的。

康熙年间的女词人梁善娘，番禺人。诗人梁真祐之女，幼承家学，作小词婉丽可喜。如《蝶恋花·本意》：

> 蝶为花忙花怨蝶。故趁春阴、乱落如红雪。和蝶和花飞不歇，教人错怪东风劣。　　细雨才催寒食节。谁料寒多、半路将春截。梦被酒醒闻百舌，画屏飞去罗浮月。

写暮春时节花飞蝶舞的丽景，抒发幽闺少女独处的闲情。末二语意境颇佳，全词为之振起。

吴尚憙，字禄卿，一字小荷。南海人。为湖广总督吴荣光之女。吴荣光有很高的文化修养，精鉴金石书画，工诗文。嘉庆年间，吴小荷随父宦游，纵横万里，眼界大开，在父亲指导下攻习诗词书画。撰有《写韵楼词》一卷，刊入《小檀栾室汇刻闺秀词》中。况周颐《玉栖述雅》颇称许吴小荷词，云：“轻灵为闺秀词本色，即亦未易做到行间里。纤尘累累，失以远矣。南海吴小荷尚憙《写韵楼词》，《南柯子·暮春》云：‘荏苒馀春驻，依微嫩旭晴。绣帘人静午风轻，一片絮花吹坠到窗棂。　　几处双飞燕，谁家百啭莺？游丝摇漾系门庭。门外朱幡绿野、正催耕。’……皆以轻灵胜者。”小荷为名门才媛，一生过着安适的生活，可是在她的内心深处，总是难以宁贴，我们听到她愤愤不平的呼号：

> 一晌清凉，西风起、吹来帘幕。恰又是、蛩鸣四壁，虚澄小阁。怪底秋风偏着耳，窗前淡月还同昨。叹年来、何处寄愁心，腰如削。　　乡梦远，浑难托。琴书案，全抛却。但销磨羁旅，壮怀牢落。百岁韶华弹指过，鸿来燕去岂飘泊？问襟期、原不让男儿，天生错！（《满江红·秋夜感怀》）

小荷才高志广，长大后嫁同邑叶应祺，长期作客他乡，其写韵楼有“随父从夫宦游十万里”之印。她朦胧地意识到男尊女卑这一社会不平等现象，但又无法解决，心中充满着牢愁。又如《踏莎行·遣怀》词：“绣幕慵开，雕阑倦倚。金钗难绾夫容髻。也知点检怕愁来，愁来浑不由人意。　　身似蓬飘，人如匏系。壮怀空有须眉志。羡他懵懂胜才能，从来物巧招天忌！”况周颐评云：“此阕后段，渐近沉着，视轻灵有进矣。”小荷词中多客途思亲之作，很见性情。如《鹧鸪天·甲辰秋次全州寄怀李凝仙姊》词：“冷怯西风扑鬓丝。寒砧画角雁声迟。试观皎洁天边月，又向篷窗照别离。　　思寄语，劝添衣。嫦娥应亦笑人痴。梦魂未隔三千里，已转柔肠十二时。”况氏云：“何其情之一往而深也。惟有真性情者，为能言情，信然。”

道光年间女词人张秀端，字兰士。番禺人。张维屏的次女。工诗词。撰有《碧梧楼诗抄》四卷、《香雪巢词抄》二卷。张词多写闺阁闲情，虽无深意，亦自楚楚可人。如《菩萨蛮》：

> 梧桐苑落清秋夜，星光晢晢明河泻。独自倚胡床，池荷来暗香。　　竹深闻坠箨，风响花铃索。何处小楼头，箫声有别愁。

道、咸年间，番禺隔山乡居氏一门三代，皆善书画，能诗词。如居巢、居廉、居仁等均一代名家。居巢侄女居庆，字玉征，撰有《宜春阁吟草》，其《自题绯桃扇面》诗云：“点染绯云写折枝，绛浅步立瑶池。水滨风日春如海，似品司空绮丽诗。”可作其诗词之自评。居庆之词，闲澹幽雅，如《摸鱼儿·题倪耘劬野水闲鸥图》：

> 任栖迟、草堂幽绝，一泓秋水如镜。浮沉自有忘机乐，到此俗尘俱净。清梦稳。喜朝来、昂头举笏青山近。安排吏隐。试笑问山灵，水泉清浊，可有白鸥省？　　名区好，难得词人管领。天然觞咏佳境。方城才调蓝田趣，消受波光云影。吟眺永。聊偃息、神仙称尉风流甚，焚香试茗。算高咏溪山，闲谈风月，此外总休问。

此词不似出于女子手笔。居庆是位女学究，工书善画，写花鸟草虫，能传家学，而诗词则不喜作寻常脂粉语。所居番禺隔山乡，风景清绝，颇得林泉之趣，故其《宜春阁吟草》中，亦多写闲居之乐。居氏一门女子皆能诗画，居庆之妹居文，字瑞征，所作《眼儿媚·为倪耘劬题珠江夜泛舟图》：

金樽檀板泛青翰，璧月漾微澜。胜游传遍，诗留烟墨，图写霜纨。　　而今风景沧桑异，剩向画中看。海珠何处？平铺湘水，铲却君山！

倪耘劬即倪鸿，曾宦游广东，作《珠江夜泛舟图》，一时名俊如陈澧、梁廷枏等皆有题咏。居文题此图时，已是英法联军入侵广州之后，昔日繁华富庶的广州城，今已满目疮痍，故词中不胜沧桑之感。

光绪年间海南岛琼州（今海口市）人吴小姑（1825—1852），是别具一格的女词人。她长期居住乡中，所作《唾绒词》一卷，特具乡土风调：

竹外有梅，柳间有月。况兼泉涧流声活。更携鸦嘴掩柴门，好把唐诗教稚孙。　　灯影机声，茶香松韵。商量明日开香酝。夫君家塾说书回，好是多陈蔬果共传杯。（《踏莎美人·村居乐》）

词中写劳动妇女的生活，白天携着鸦嘴锄下地，晚上还要坐在织机前织布，工作虽然辛劳，但生活还是充满了情趣。与闺秀词中常见的无病呻吟之作相较，吴词纯朴开朗的风格是不可多得的。又如《法驾导引·随金门夫子渡琼海》词：“珠帆挂，珠帆挂。碧海蹴银涛。漫说湘灵能鼓瑟，天风不藉紫檀槽。龙女兴尤豪。”写扬帆破浪的气势及天风海涛的澎湃，表现了女词人渡海时的豪兴。更值得一读的是《满江红·梁山谒谯国冼太夫人庙》词：

巾帼英雄，擅两世、忠贞威烈。想当日、锦幢宝幰，灵旗猎猎。铜鼓声传儋耳峒，银刀影冷骊龙穴。到而今、奇甸仰鸿慈，留旌节。　　千载后，钟豪杰。迎香火，平山贼。算功成告庙，雷轰电掣。都督非常谁早识？岭南奠定华夷悦。咄彼哉、将帅畏仇雠，空咋舌。

此词热情地赞美南朝时俚族（即越族）女首领冼夫人的业绩，表现了作者对这位“忠贞威烈”的女英雄的敬仰之情。

叶璧华，撰有《古香阁词集》。丘逢甲《题叶婉仙女史古香阁集》：“滴粉搓酥绮意新，溶溶梅水写丰神。桐花阁外论词笔，更遣香闺作替人。”认为叶璧华可作吴兰修的“替人”，“滴粉搓酥”四字，概括了“古香阁词”柔媚的特色：

鹤睡琴停夜气清，炉烟缭绕出花屏。流云如水澹疏星。　　独把冰纨罗晕薄，薇香和露滴钗轻。一痕凉月碧无情。(《浣溪沙·秋夕小坐中庭》)

小词写凉夜清幽的景色，表现了女词人闲淡的心情，末语微露怀人之意。叶氏当时名气虽大，但词作仍不脱闺阁习气，佳制不多。

清末民初杰出的女词人当数伦鸾。伦鸾字灵飞，番禺人。天资聪颖，少时已熟诵《楚辞》、古文、唐诗、宋词，年十五即任教师，后在桂林女学讲授国文、舆地、算学。著有《玉涵集》。况周颐《玉栖述雅》评其词“尤清婉可诵，气格渐近沉着，不涉绮纨纤靡之习”。朱孝臧亦盛称其词“雅近宋人风格”。如《满庭芳·暮秋游半淞园》词：

疏柳鞶烟，残荷擎雨，楼台近水寒侵。尘氛偶避，结伴一行。吟指半淞帆影，天涯路、无限秋阴。斜阳外，画船箫鼓，犹作盛时音。　　幽寻。增怅惘，平芜。凭阑久，乡关何处，回首碧云深。

此词抚今追昔，眷念乡关，如况周颐《玉栖述雅》所评：“矜持高格，浚发巧心，进而愈上，何止与琴情阁（按，当为琴清阁。江苏杨芸词集名）、生香馆（江苏李佩金词集名）分镳平辔而已。”又如《百字令·寄怀桂林诸亲友和鹿笙外韵》词：

昔游如梦，正乍寒天气，纹窗清寂。柳外楼台清似水，得似漓江风日。滩咽桃花，路遥芳草，别话长相忆。盛筵应再，浮云世事何极！　　犹记咏絮帘栊，浣花时节，胜友如云集。异地更思山水好，何日重寻苔迹。此际江南，梅花初着，谁为传消息？赠言犹在，箧笺珍重收拾。

此词为灵飞客居上海，怀念桂林山水之作，虽为和韵，而流畅自然，感情深挚，笔调清新，在闺秀词中当属上乘。

第十一章　清代的小说

岭南小说，清代以前的传世作品仅唐代韶州人刘轲一篇《牛羊日历》传奇。此作的“牛”指牛僧孺，羊（杨）指杨虞卿、杨汉公兄弟。小说描述他们谋夺李愿宠妓真珠的经过，讽刺他们的卑劣伎俩为“太牢（牛）笔，少牢（羊）口，南北东西何处走”，与韦瓘的《周秦行纪》一样，同以排陷唐文宗宰相牛僧孺为目的，是“牛李党争”的产物。此后，近千年间，岭南小说一直寂寂无闻。迄至清代中叶，在新的社会条件及文坛风气的推动下，明中叶以来感时而为、发愤而作的优良传统才重新在小说界复兴，向来不以小说见称的岭南地区，也产生了两部颇有特色的章回体作品：黄岩的《岭南逸史》和庾岭劳人的《蜃楼志》。二作取材新颖，文笔流畅，对社会黑暗面多有暴露，问世以后，多次翻刻，远播中原，具有一定的影响力。

第一节　黄岩及《岭南逸史》

《岭南逸史》是第一部反映岭南地区少数民族斗争生活的小说，全书二十八回，成书于乾隆五十九年（1794）。作者黄岩，字耐庵，号花溪居士，嘉应州桃源堡（今属梅州市桃尧镇）人。生于乾隆十六年（1751）或稍后，卒于道光十年（1830）以后，年寿在八十以上，黄岩是一位有时望的医师，曾在广州开业，著有《医学精要》、《眼科纂要》等行世。他早岁热衷功名，而屡困场屋，大约中年以后才获选贡生。平生工于诗文，作品辑为《花溪草堂诗文稿》，无力刊刻，身后大半散佚，存世仅得光绪年间张芝田编选、黄遵宪作序的《梅水诗传》中所收的十八首诗歌，编选者在小传中称其风格“苍老”，“纯乎唐音”。黄岩四十岁上，感于功业无成，遂搜集瑶区传闻遗事，托诸稗官，写成《岭南逸史》，意在“阐微显幽，褒贬予夺以垂不朽”。

作品故事大意云：晚明万历年间，潮州府程乡县（治所在今梅州市）少年才士黄逢玉携二仆往从化县探望姑母，道经罗浮山梅花村，救了隐士张秋谷一家，秋谷感其恩义，将女儿贵儿许配给他，约定探亲归来迎娶。入从化县境后，逢玉为嘉桂岭女瑶王李小鬟诱上山寨。小鬟文武全才，曾大败官军，刺伤巡抚缩朒。逢玉相见之下，深为爱慕，同结百年之好。婚后，逢玉得知姑母已迁往德庆州，辗转前往探望。行至紫嶂山，被天马山瑶兵掳去。天马瑶是罗旁诸瑶最强大的一支，瑶王梅英之姊梅映雪貌美而武艺高强，钟情于逢玉，强行招婚。小鬟得知消息，率兵前来夺夫，不敌败走。逢玉乘乱逃到惠州，得知张贵儿一家被火带山土匪掠去，遂向巡抚缩朒控告，不料缩朒公报私仇，反诬逢玉为天马奸细，关进南海县狱。映雪闻讯起兵相救，破肇庆，下三水，进攻广州，但中伏被困白云山，不得已潜往嘉桂岭，央得小鬟出兵解围。逢玉出狱后，劝服两路瑶王归顺朝廷，并率领瑶兵讨平火带山、南岭、磜头一带的土匪。在战事中，足智多谋的张贵儿与女友谢金莲倾力策应，助了一臂之力。至此，逢玉苦尽甘来，受封为东安侯，娶贵儿为妻，小鬟、映雪、金莲为妾，生养六子俱登高科，享尽荣华富贵之后，与四位夫人白日飞升仙界去了。

作品构思不脱才子佳人小说窠臼，主角黄逢玉的际遇，投影着作者渴慕功名富贵的庸俗思想，影响了全书的格调。但值得注意的是人物形象和取材角度比较新奇，几位佳人都不是柔弱娴静的深闺小姐，而是有胆有识的女中英杰。故事情节也突破花前月下的旧框框，将波澜壮阔的社会生活场景收摄卷中，着力反映了晚明的腐败吏治、官府对瑶民的盘剥欺压以及瑶民的英勇反抗，这就使作品具备了通常才子佳人小说所不具备的艺术风貌和思想意义。书名“逸史”，当有补正史荒略之意，从作品的内容看来，这目的是达到了的。

小说作者对贪官酷吏显然有着切肤感受，笔下鞭挞可谓不遗余力。他借作品人物之口骂这些人是“真强盗”，甚至比强盗更可恶：

> 被劫之家，告官缉捕，差役书吏索勒差礼、房礼，动要数百，又还要什么票礼、行脚礼、散福礼，贼尚未见面，而所剩田园已卖个干净，被盗不过劫财杀命，盗去自宁，告官要死不得，要生不得，使了银子还要常年累月拖累在衙门，呕尽苦气。

小说中的两个“父母官”——广东巡抚缩朒和南海县令洪一夹，都是蠹国害民的奸佞之徒，他们私心滔滔，贪鄙无能，阴险毒辣，形同恶棍。小说对缩朒着墨尤多，他身为封疆大吏，不但不保境安民，反而处心积虑，激反李小鬟，以达构陷异己的卑鄙目的。他指使巡瑶观察使杨杰“见了瑶人头目须示以威严，多勒犒赏，切勿假以颜色”，结果一次就向瑶人勒索“千金有余”。另一方面，他又是一个不折不扣的大草包，荔子坡一战，二十万官军被三百嘉桂女骑冲得七零八落；德庆之役，被天马瑶兵杀得“弃了冠袍，杂在败军中而逃”；对磜头山寇，他畏敌如虎，直至皇帝震怒，才战战兢兢前往征讨，

“闻得炮声，不顾军士，跣着足跳上无鞍马，望归路而逃”。在一系列富于漫画色彩的描绘中，充分流露了作者强烈的憎恶之情。清代官场自康熙后期起便日趋黑暗腐败，《岭南逸史》的描述，当有借古讽今之意。

小说以显著的篇幅描述了瑶民起义。岭南地区自宋代以来，瑶人起事不绝，晚明尤其繁剧，官修史志和笔记野史，无不诬指为“猺贼”、“猺匪”、“猺乱”，官府屡屡兴兵镇压，斩首动辄数万。《岭南逸史》的作者能够摒弃偏见，指出他们造反完全是官府欺压所致。书中的瑶人头领，如梅映雪姊弟、李小鬟、苻硙、邓彪、盘摩罗，无不忠勇义烈，率直可爱，与缩朒、洪一夹等官僚恰成鲜明对比。其中梅映雪的形象尤为生动感人，她言语爽快，敢作敢为，爱得热烈，恨得分明，一派巾帼草莽英雄本色，显然继承了古代白话小说中顾大嫂、唐赛儿的血脉，并为后来川楚农民军齐王氏、太平天国洪宣娇的出现显示了文学先兆。至于瑶民利用崇山峻岭伏击歼敌、游击扰敌，总结出“官有万兵，我有万山；官来我去，官去我还”十六字作战口诀，早见于清初屈大均《广东新语·人语》，小说据此作了生动形象的渲染，从中可见我国游击战术深远的历史渊源。

小说对世风的针砭也相当着力。如孝廉叶名春为了逃避何足像的报复，竟贿赂饶有嫁祸张秋谷全家；孝子黄让为了赎回父母遗骸，向亲朋借钱，“才一开口，这个说穷，那个说苦，推得干干净净……更有一样，闻着个借字，连人儿也不肯一见，茶儿也没有一杯吃，乌龟般缩在壳里，只使着老婆在门缝里传出言来：当家的不在家，大叔别处去借罢”。寥寥数语，把炎凉世态道得淋漓尽致。一些次要人物，描绘得也很有特色，如目不识丁的暴发户何肖，误人子弟的“没天理”教书先生饶有，招摇撞骗的庸医“活阎王”，以及毛面脸、两头蛇等流氓地痞，着墨不多而维妙维肖。

但是，作者用力并不均匀，黄逢玉、李小鬟、张贵儿、谢金莲等几个主要人物都没写好，缺乏性格刻画和心理描写，血肉干瘪。不少情节失之杜撰、牵强、夸张过分，人物语言也不够通俗，与现实生活有较大距离。此外，迷信色彩较浓，津津乐道荒诞不经的故事，如禅师赠咒、仙人送药、仙女托梦、神尼算卜、白日飞升等等。这些，都在不同程度上损害了作品的价值。比之稍后出现的《蜃楼志》，《岭南逸史》显然要逊色得多。

《岭南逸史》在文学史上有重要意义。

首先是小说史意义。黄岩创作这篇小说，试图揉合历史演义、才子佳人小说等不同小说类型的题材，他的这种尝试表明了清代章回小说家的一种新的创作风尚———打破题材畛域，混合多种题材。明代小说《三国演义》、《水浒传》、《西游记》和《金瓶梅》相继问世标志着历史演义、英雄传奇、神魔小说和人情小说四大章回小说流派已经发展成熟。而从题材的角度看，无论是历史上的政治、军事斗争，还是江湖豪侠和绿林好汉的生活，无论是想象中的仙、鬼、怪的世界，还是普通人的日常生活，都已进入章回小说的领域，发现和运用新的题材的可能性已经不大了，在这种情况下，章回小说作家将采取什么样的方式以取得突破呢?《岭南逸史》的创作采取了打破题材畛域的途径，将不同类型的题材混合在一起使用，对清代云封山人《铁花仙史》、李百川《绿野仙踪》、褚人获《隋唐演义》等是一种启示。《岭南逸史》混揉了历史演义的军事斗争题材、才子佳人小说的爱情题材，以及英雄传奇的绿林好汉题材，甚至还杂揉了神魔小说中的一些妖术、妖法。《岭南逸史》的这种做法虽然不十分成功，有生硬之处，但是它在中国小说史上作此探索应该是有意义的。

其次是在英雄儿女小说史上的意义。作为较早出现的一部英雄儿女小说，《岭南逸史》的小说史意义应该值得关注。它塑造的英雄儿女形象以及描写的男女遇合故事，对后代小说特别是英雄儿女小说有较深刻的影响。《儿女英雄传》中的侠女十三妹即受到《岭南逸史》中梅映雪的影响，十三妹起初久居山林，见义勇为，抑强扶弱，豪爽侠义中带有一种粗蛮野性，但她后来恪守闺训，变得温柔和顺，这都可以从梅映雪身上找到影子。《岭南逸史》的某些情节也被后世小说所借鉴，如第二回写黄逢玉“酒中闻大盗弄法驱凶”的情节就被《蜃楼外史》采用；张贵儿女扮男装为强盗头子蓝能强招为女婿也为《英云三生梦》所效仿。《岭南逸史》作为一种新的小说类型——英雄儿女小说，虽然它的思想性和艺术性不是太高（这自然影响它在小说史上的地位），但是它的开创性不容忽视。

再次是客家文学史上的意义。《岭南逸史》的作者黄岩是地道的客家文人，其家乡程乡县即属今天的世界客都梅州。根据西园老人、醉园狂客、张器也的序言和《梅水诗传》所收的诗作，可知黄岩是一个人生不得意却具有民族思想、性情耿介峻洁的客家文人。他以客家人的身份写作《岭南逸史》，实际写出了一部客家人的“逸史”。小说记叙了客家人的爱情生活，也写出了客家人相互斗争以及融合的生活。客家才子英雄黄逢玉与火带山等强盗的斗争，以及他与瑶女李小鬟、梅映雪的结合，得二疍女（渔民）的搭救并“畅鱼水之乐”的情节，生动地反映了客家民系形成的真相：“客家民系的组成是多元的，其主体是唐末五代两宋时期自中原和江淮一带移入赣闽粤交界地区的汉族人民，但也包括与南迁汉人融为一体的大量土著种族。”《岭南逸史》塑造的黄逢玉、张贵儿、梅映雪、谢金莲等形象，成为客家文学人物画廊中光辉的影像。《岭南逸史》的情节设置也值得称道，在小说篇末，竹园评曰："起伏照应，回环相生，错综以尽其变，摇曳以生其姿，可谓尽态极妍。"刘松亭总评小说有"大主脑"、"大线索"、"大关钮"，并说："或顺伏，或逆擒，或倒插，或旁衬，或一篇完结一人，或数篇完结一人，皆部中之波澜也。"罗可群先生在《广东客家文学史》中称《岭南逸史》为"客家小说的滥觞之作"。《岭南逸史》作为早期的客家小说使得它在中国小说史上有着特殊的意义。在区域性、地方性的文学创作中，某一具有开创性、成功的作品势必对当地的文学创作造成明显的推动作用。《岭南逸史》对客家小说的形成和发展影响深远。并且，《岭南逸史》作为客家小说，为中国小说这座百花园增添了一朵异葩。

《岭南逸史》记载了古代客家山歌近 20 首。例如第九回的："黄蜂细小螫人痛，油麻细小炒仁香。敢好娘儿郎不爱，郎心敢是铁心肠！"第十回的："云在水中非冒影，水流云动非冒情。云去水流两自在，云何负水水何萦？"第十五回的："岁晚天寒郎不回，厨中烟冷雪成堆。竹篙烧火长长炭，炭到天明半作灰。"这些山歌很有客家风味，萧相恺先生在《珍本禁毁小说大观·稗海访书录》中评价道："格调颇高，决不亚于民间文学史上很有地位的吴歌'挂枝儿'。"《岭南逸史》还保留了大量的客家方言俗语，使客家人读起来特别亲切。由于《岭南逸史》这些成就，它在客家文学史上具有重要的地位，"在客家文学史上起着前驱者的作用"。《岭南逸史》"最大的特色，就是形象地、典型地反映了客家历史文化的斑斑陈迹"，因此，《岭南逸史》对研究客家文化也提供了许多鲜活的资料。

第二节　《蜃楼志》

《蜃楼志》或称《蜃楼志传奇》，二十四回，成书于嘉庆前期。现存最早刊本为嘉庆九年所刻，卷端题“庾岭劳人”说。别本题“禺山老子（一作老人）”编，卷首有“罗浮居士”序。作者的真实姓名及生平事迹未详，但“庾岭”、“禺山”、“罗浮”俱为粤属山名，序言亦明谓“劳人生长粤东，熟悉琐事，所撰《蜃楼志》一书，不过本地风光，绝非空中楼阁也”，兼以书中描写广东山川形势、风土人情纤毫不爽，可断为粤人无疑。此外，据首尾两回作者自道性质的《鹧鸪天》、《西江月》俚词，从中可约略窥见其生平：

> 提襟露肘兴阑珊，百折江湖一野鹇。傲骨尚能强健在，弱翎应是倦飞还。　　春事暮，夕阳残，云心漠漠水心闲。凭将落魄生花笔，触破人间名利关。
>
> 心事一生谁诉？功名半点无缘。欲拈醉笔谱歌弦，怕见周郎腼腆。　　妆点今来古往，驱除利锁名牵。等闲抛掷我青年，别是一般消遣。

其人显是一位困顿世途的落魄者，已经上了年纪，回首往事，不胜感慨，涉笔著此书以自遣。

在中国小说史上，《蜃楼志》是仅有的一部描写早期洋商和海关官吏的作品，对于认识中国近代史序幕拉开前的社会状况，有着不可多得的价值。惜因杂有秽亵描写，屡遭禁毁，致使长期没没无闻。郑振铎在《中国文学研究》中说他于20世纪20年代在巴黎国家图书馆无意中一读之，“真是欣悦无已”，并慨叹“《官场现形记》诸书在世上流行至广，此书则绝少有人提起，名作之显晦，真是也有幸与不幸之分的！”戴不凡《小说见闻录》更推崇说：“就我所看过的小说来说，自乾隆后期历嘉、道、咸、同以至于光绪中叶这一百多年间，的确没有一部能够超过它的。如以‘九品’评之，在小说中这该是一部‘中上’甚至‘上下’之作。”

小说托言前朝嘉靖故事，反映乾隆末、嘉庆初南方沿海城乡的社会生活。大要叙广州十三行商总苏万魁被粤海关新任关差赫广大敲诈凌辱，复遭盗劫，惊悸而死。赫贪虐骄奢，荒淫无道，因祈子心切，招引假扮番僧的匪首摩刺入府。摩刺拐走赫府姬妾财物，勾结“洋匪”（海盗）袭取潮州，自封“大光王”，成为一方大害。苏万魁之子苏吉士复遭赫广大逼害，出走避祸，得业师李匠山介绍，结识义士姚广武。不久，姚见贪官酷吏逼死无辜，奋起打抱不平而遭监禁，被迫越狱率众起义，占领海陆丰，屡次打败官军，劫富济贫。后由苏吉士持李匠山书信劝说，接受招安，剿平摩刺。朝廷下旨嘉奖有功军将，吉士不愿赴京，以中书职衔家居，李匠山则大笑飘然而去。

作者选取粤海关与洋行这一独特的视角来展开故事，是富有新意的。广州自古为中国南方对外贸易的重要港口，早在宋代，便有海关及市舶司之设，清康熙中叶重开海禁后，更成为全国最大的海上贸易中心，“海关贸易，内商涌集，外舶纷来”，“一切货物，都是鬼子船载来，听凭行家报税发卖。三江两湖及各省客商，是粤中绝大的生意”。（第一回）贸易繁华带来了巨额的资本积聚，产生了中国第一代买办资本家，也招来封建势力的肆意侵渔。小说中的广州洋行商总苏万魁和粤海关关差赫广大，就是这两个阶层的代表人物，他们的人物形象和彼此之间的矛盾冲突，带有鲜明的近代色彩，为其他小说所从未着墨。

苏万魁是第一位进入中国文学人物画廊的买办资本家。他为人狡狯、精明，靠洋场经纪人创业，执十三行进出口贸易牛耳，是不同于封建模式的新型资本积累者。他虽为广州“绝顶富翁”，“花边番钱（银元）整屋堆砌，取用时都用箩装袋捆”，并用捐纳得到一个“从五品”的空头官衔，但在政治上仍然没有地位。一个官阶仅相当于六部郎官一级的海关监督，随便找一个名目，即可把他传到海关大堂，令衙皂当众掌他二十下嘴巴，重重敲去一巨笔竹杠，以致不得不辞去“商总”职务，把金钱转用于捐纳官职、广置田产、大造别墅，由不受尊敬和保护的资本家蜕变为从事封建剥削的地主，而无法如西方早期的资本家那样，向工商业投资，使家产继续增值。苏万魁的悲剧，形象地表现了中国封建主义的掘墓人如何在封建势力的打击下，又倒退回封建主义的营垒。苏万魁的艺术形象，此后一个相当长的时期再没被别的作家捕捉到，迄至茅盾的《子夜》出，始以更清晰的眉目呈现在读者面前。

由于广州口岸外贸的地位重要，粤海关的权力随之增大，海关监督多由宗藩贵胄担任，其飞扬跋扈、贪得无厌自不待言。赫广大的形象，即凝聚着这一特定的历史内涵。赫原为京官，夫人为工部侍郎之女，家中姬妾成群，因羡粤东富艳，花钱打通关节，谋得粤海关监督的肥缺。为填补谋职花费，下车伊始，就借口十三行经纪人“蠹国肥家，瞒官舞弊”及“欺鬼子之言语不通，货物则混行评价；度内商之客居不久，买卖则任意刁难”，出了一纸告示，一次就敲掉苏万魁等人三十万两银子入了私囊。“扑通通放了三声大炮，乌森森坐出一位关差”，其气焰之煊赫，手段之狠辣，确实非比寻常。接着，这位关差大老爷又加二抽税，多索规例，逼死口岸榷税书办，硬逼署盈库大使赔垫，四处搜求民间美女，穷极奢华淫靡。赫的恶行很快触动公愤，有人冒险在海关照壁题诗嘲讽：“新来关部本姓赫，即爱花边（指银元）又贪色。送了银子献阿姑，十三洋行只剩七。”连油水肥足的十三行洋商也纷纷辞职不干，足见其人贪酷之甚。他被抄家时那张籍没清单，比之抄没和珅以及抄没严嵩的《天水冰山录》，并不逊色多少。这样一个罪不容诛的家伙，由于一线通天，到头来仅以“酒色糊涂，不能约束下人，以致商民受累”论罪，“着看守祖宗坟墓，改过自新”。封建季世吏治的黑暗腐败，于此暴露无遗。

至于苏万魁之子苏吉士，则是贯穿全书故事的中心人物。他从一开始就对经商和读书都兴趣不大，继承家业后也只是维持现状，收租收债而已。他年轻英俊，感兴趣的是男女风情。他在温盐商家读书时，就与温家两个女儿幽会调情，并不断地拈花惹草。到小说结尾时，已娶有一妻四妾。这个人物形象性格独特，苏万魁被赫关差讹诈时，他的心理活动是：“我父亲直恁不寻快活？天天恋着这个洋行弄银子。今日整整送了这十余万，还不知怎样心疼哩！到底是看得银子太重，外边作对的很多，将来未知怎样好。”后来强盗临门，万魁惊厥，吉士又想道：“我父亲一生原来都受了银钱之累。”基于这种看法，他在父亲去世后，决心处置乡间银账和陈欠租项，计本利七万，田地一万二千六百亩，佃户共欠粮二万五千五百石，择日唤齐债户，当众宣布：“穷苦的本利都不必还。其稍为有余的还我本钱不必算利，这些抵押之物烦众位挨户给还，所有借券概行烧毁。”董书办被摩刺勒逼自缢后，其遗孀及子女分文俱无，吉士慨然馈赠三百银洋。此外，对几个朋友，更不时解囊周济。这些举动，都颇有资产阶级开明派的色彩。后来，他为逃避摩刺逼拶出走时，在外乡遇见高才的卞如玉，作者又从另一个角度描写他的心理：“我的功名未知可能成就？若要像卞如玉的才调，我是青衿没世的了。”又想道：“我要功名做什么？若能安分守家，天天与姊妹们陶情诗酒，也就算万户侯不易之乐了。”这就是他淡泊功名的思想性格与“寻快活”的生活特点。吉士的俊秀相貌和年龄都与贾宝玉相似，某些言谈举止和温和性格也与宝玉如出一辙，但他只是一个有着自己性气的洋商子弟，而缺乏宝玉的叛逆精神和深刻见解。他厌恶经商，不喜欢读书，只是为了贪享欢乐，喜爱轻松写意的生活。曹雪芹在贾宝玉身上表现出来的批判锋芒，反映了一个艺术家洞察生活和思想异端的光辉，而庾岭劳人只是摭拾宝玉的富贵气、脂粉气加以渲染铺排，以致削弱了对这个稀有形象的刻画及其意蕴的挖掘。

作品在反映封建官僚与洋商之间的矛盾同时，还广泛暴露吏治的黑暗腐败，揭示了政治昏乱、民不聊生的根源。读者看到，猖獗敛财的不仅仅一个赫关差，地方官吏亦“职愈小，性弥贪”——海丰知县公羊生“为人贪财”、“生平嗜酒”，处理政事徇私糊涂；牛巡检贪赃枉法，鱼肉乡民，擅作威福，形同恶霸；河泊所官乌必元贪鄙无耻，不惜强迫亲生女儿色事上司，以邀官固宠；钱典史强买寡妇为妾，不遂贿通恶吏断做奸情当官发卖，逼死两条人命……而“做官认真”、“武艺出众”的姚协镇，却因“与督抚不甚投契”而无辜被诬为“私通洋匪”处斩。在贪官酷吏的统治下，良民百姓无法安生，被迫揭竿而起，匪徒亦乘机纠聚为祸，而朝廷千日养聚之兵，一旦临阵，却是那样不堪一击。这一连串描述，深刻地揭示所谓“康乾盛世”已经衰竭，社会现实矛盾交织，更大的动荡正在酝酿之中。小说结尾借李匠山之口说“天下的事，剥复否泰，那里预定得来？……我们再看后几年的光景”，正表达了这一认识。数十年后，鸦片战争、太平天国革命果然联袂而至，清王朝的统治从此一蹶不振，证实了作者的预见。在这方面，《蜃楼志》显然继承了我国古典小说批判、揭露现实的优良传统，开了晚清《官场现形记》、《二十年目睹之怪现状》等谴责小说的先河。

可惜的是，作者对重要事件的内在联系开掘未深，而受晚明以来猥亵小说的影响，把笔墨大量花费在苏吉士的风流韵事和赫广大、摩刺、乌必元等人的渔色纵欲的描写上，“以性为爱，以欲为情”，“只见云雨，不见风月”，既损雅道，亦喧宾夺主。此外，若干情节摹仿痕迹过于明显，如李匠山师生重阳宴集、施小霞粪浇乌岱云二节，显然从《红楼梦》宝玉、薛蟠等冯府饮酒行令和王熙凤捉弄贾瑞的情节套来；吕又逵打虎和姚霍武等羊蹄岭聚义，分明因袭了《水浒》中武松打虎和梁山英雄聚义的故事；摩刺制云雨二床摧残少女的描写，也与《隋炀帝艳史》的某些关目毫无二致。这些，都在不同程度上影响了小说的价值。

尽管有这些瑕疵，但从整体而言，这部小说在艺术上还是成功的。首先，作者能够从现实生活出发，真实反映眼前的社会面貌，而并非如当时流行的才子佳人小说那样陈陈相因，陷入老套子中不能自拔。叙事状物很少陈词滥调，较多具体刻画；文笔如行云流水，清新自然，富于生活气息。同时，还注意了素材的剪裁和提炼，不像后来的谴责小说那样乐于重复一些大同小异的“话柄”，所写的各式各样的人物，大小官吏、洋商、古董商、大户小户人家的女儿、门第不等的少爷、帮闲、师爷、土棍、相士、猎户、游汉……大多各具个性面目。因之，“无意于讽刺，而官场之鬼蜮毕现；无心于谩骂，而世人之情伪皆显”（郑振铎语）。在结构方面，以苏氏父子为主线，姚霍武、摩刺为副线，贯串起全部故事情节，反映了广阔的生活场面，头绪虽繁而不散漫，节奏缓急相间，“无甚结构而结构特妙”（罗浮居士《序》）。其随事见人、事过留影和似散复合、错落有致的章法，对晚清谴责小说联缀诸事、伸缩自如的格局颇有影响。结尾更打破大团圆的常规俗套，以不结作结，意味深长，显示了灵活娴熟的技巧。

《蜃楼志》并不是一部谴责小说，然而作者在叙事中所夹杂的对于清中期海关以及官场的叙述，却让人们对清中期的海关腐败官场黑暗有着形象而生动的认识。而这部小说在结构、语言等方面都对后代的谴责小说影响极大。书中的人物都在一定的故事情节中，通过自己的言论、行动表现他们自己。作者如同在和朋友说故事一般，不动声色、娓娓道来，在客观的讲述中，不下任何褒贬之语，却妍媸自现。

《蜃楼志》的结构就在“无甚结构而结构特妙”，叙事处处自然，不落斧凿之痕，看上去虽然头绪繁多，由苏吉士的情恋以及他的乐善好施，引出其恋人乌小乔，并自然地将赫广大及摩刺的暴淫、洋匪的猖獗及摩刺的造反因由依次揭示了出来。又写其业师李匠山与姚霍武的相识，再到姚霍武的被逼造反，乃至苏吉士为朝廷招安姚霍武，讨平摩刺，看似枝杈纷繁，但作者却处理得有条有理，并不杂乱。这种结构也启示了后来的谴责小说的写法。比如说《官场现形记》所采用的是由若干相对独立的短篇故事蝉联而下的结构方式，同样也是人物众多、内容驳杂。在安排人物的出场，作者借鉴了《蜃楼志》自然的叙事方式，由一个人物带出另外一个人物，这样就显得比较有条理了。

郑振铎先生评价此书“无意于讽刺，而官场之鬼蜮毕现；无心于谩骂，而世人之情伪皆显”、“他的文字，是信笔写来，如行云流水之行止无定；他的结构，是‘无甚结构而结构特妙”。这些特点对后代谴责小说影响极大，直接影响着《官场现形记》、《二十年目睹之怪现状》等书。此评可谓中肯。

第十二章　清代的戏剧

可能由于语言方面的隔阂，从元代以来，岭南文人从事戏剧创作的很少。明代的丘濬、韩上桂等杂剧作家，由于长期生活在岭外，受到南杂剧的影响而写出一些传奇作品。专业戏剧作家大批涌现的清代，岭南作者亦寥落乏人。虽然廖燕、黎简、梁廷枏等人也写过一些杂剧，但多是文人偶尔为之，聊供案头把玩而已，没有很突出的成就。不过他们都有较高的文学修养，文字技巧纯熟，故其剧作亦有可观之处。

第一节　廖燕的杂剧

廖燕是岭南少有的几个有剧作的作家之一。他写有《醉画图》、《镜花亭》、《诉琵琶》三种杂剧，这些剧作，属于清代案头剧之类，是不适宜在舞台上演出的。

廖燕写剧本有一个绝不同于他人的特点，那就是以自己作主人公，剧中小生的道白，总忘不了自我介绍一番："小生姓廖名燕，别号柴舟，本韶州曲江人也。"剧中人的言语及戏剧情节，或是反映他理想中的情景（如《镜花亭》），或是说他亲身的经历（如《诉琵琶》第一出），剧中人的思想情感、嬉笑怒骂，活脱脱就是他廖燕其人。

《醉画图》写的是对四位古人的画像劝酒，四图是《杜默哭庙图》、《马周濯足图》、《陈子昂碎琴图》、《张元昊曳碑图》，廖燕之所以要面对这四位古人饮酒，是因为“搔首踟蹰闲思想，个事横胸傥。生平志激昂，满腹牢骚座对谁人讲。且自酌壶觞，醉乡另辟乾坤样”。（《步步娇》）他是要到“醉乡”去倾诉满腹牢骚的。剧中的廖燕为怀才不遇、落第而归的杜默解闷，他唱道：“你与我名流同党，抱经纶泥涂久藏。偏逢主试冬烘样，不由人不恼恨难当。”（《玉枝交》）他为适遇明君的马周贺喜，羡慕马周以布衣上书的千古奇遇；他为碎琴赠诗长安街头的陈子昂敬酒，赞扬他“行间溜出金声响，字里冲出剑气芒。堪夸奖，蓦将佳句，博得名扬”。（《解三醒》）他还为负才不见用而远走他邦，最后功成名藏的张元昊敬酒，称赞他是志在四方的英雄。最后廖燕对书僮说：“你哪里知道我饮酒的意思，知道我的除非是壁上画的这几位相公。”以古人为知己的同时，也反衬出他的寂寞不群。这个剧表现了廖燕对自己才能的自信，以及希望施展抱负、建功立业的思想。

《镜花亭》写的是廖燕游水月村，与水月道人及其女儿文倩谈诗题字的故事。剧中那一对隐居深山的父女，老翁善良好客，少女聪颖过人。剧中的情节，使人读之有重入“桃花源”之感，展示了作者才情的另一面。

《诉琵琶》是廖燕剧作中唯一分出的戏，全剧共三出。第一出《乞食》，写廖燕贫病交加，典尽家什仍无可为活，只好去乞食，但又羞于开口，于是编了一段陶渊明乞食的唱词，到朋友黄少涯家去唱，想要“托他将这几曲词儿当作一篇募疏，传到各位知己家去，或者有肯周急的亦未可知，省得自家开口不雅”。黄少涯果然不愧为知己，听出了他的心事，慨然答应相助，并安慰他一番，于是高兴地告辞。

第二出《逐穷》，廖燕一上场便说：“自家廖柴舟，曾因困乏，编就琵琶新调求济诸友，虽承周济，岂是长谋？皆因穷鬼作祟，以致如此。前曾托诗伯与酒仙二位知己去驱逐他，不知事体若何。目下想有好消息，且去书房坐着等他便了。”接着是诗伯与穷鬼的一番论辩，诗伯无法战胜穷鬼，而穷鬼见酒仙远远而来，立即逃走，诗伯则躲起来，想看看酒仙如何惩治穷鬼。

第三出《悟真》，酒仙上场，见穷鬼逃走，即约诗伯来见廖燕。三人把酒相贺，猜拳酬唱，正酒酣兴浓时，太上真人自天而降，劝廖燕“不可因诗酒二字忘却本来”，然后赠诗一首，飘然离去。廖燕读完诗叹道：“我岂是迷于诗酒的人，只是平生未逢知己，不得已借此糊涂。莫说做诗饮酒不是真的，就是适才乞食、逐穷亦是借来游戏，世人哪里知道！”

《诉琵琶》三出前后的连贯性很明显，其间有过渡，最后也有照应，是个不可分割的整体，刘大杰先生在《中国文学发展史》中把二、三出作为《续诉琵琶》与第一出分割开来，是缺乏依据的，至于他认为“《诉琵琶》写陶渊明乞食”，则是未看清原著的缘故。新《辞海》说廖燕有杂剧“《醉画图》、《诉琵琶》等四种”（见《辞海》廖燕条），可能也是受刘先生影响之故。在此加以说明，意在避免以讹传讹。

《诉琵琶》是廖燕剧本中思想性较强、艺术性较高的作品，它曲折地反映了作者不屈于贫困，穷而益坚，努力上进的精神，集中表现了青壮年时期廖燕的思想和生活。这个剧本在表现手法上真假虚实相结合，显得轻松活泼。第一出里的人物事件全是生活中的真人真事，表现了作者的真实生活，第二、三出则不是真人真事，表现的是作者的真实思想。这个剧本的语言嬉笑怒骂皆有，读来谐趣横生。例如廖燕自我介绍说：“人道我身轻似燕，骨瘦如柴，富贵亦何难”，把自己的名和号拿来开玩笑，幽默滑稽；而诗伯介绍身份和穷鬼自述宗谱的对白，则能令每位读书人禁不住要发出会心的笑。

廖燕的杂剧，在他的全部作品中所占的比例很小，属于游戏之笔，但它们又确确实实产生了诗文等正统文学形式所不能达到的艺术效果，这大概可以从作者个人才气的角度去解释吧。

第二节　黎简的杂剧

黎简除写诗作画之外，尚撰有曲本《芙蓉亭乐府》二册。此为黎简早期客居邕州时所作。整个曲本共二十套：一泛舟、二荷亭、三卖扇、四巧会、五情楫、六伏谎、七猜艳、八谑盟、九生别、十前判、十一病诀、十二寻婚、十三冥诉、十四幻摄、十五后判、十六还生、十七咤女、十八订婚、十九闺诀、二十情悟。内容大意是：荆州沈玉，才多貌美，精擅丝竹，因春夜携笛游湖，遇见游学至此的金华钱芳，一吹一送，订交而别。钱芳十分仰慕沈玉才貌，便在仲夏时节携众妓游湖，希望再遇到他。此时正好沈玉乔装为女，抱琴泛舟。钱芳见了，惊为天人，正痴慕间，沈玉的游船已消失了。一日，沈玉访妓女杜素琴，在她那里看到新买的扇画《南湖泛舟图》。画意诗心，都成绝诣。扇画为钱芳所绘。沈玉惊其才调，极欲相见。适素琴昨已约卖扇人今日至。沈玉便与素琴彼此换装，以待钱芳到来。钱来到，见素琴男装，沈玉女装，三人或吹或唱，各尽其欢。乔装为女的沈玉，佯称自己是其妹沈飞鸾。钱芳信以为真，不知受骗。后来钱芳往南湖探访沈玉，沈玉便邀她在家中共读。共读期间，沈玉又乔装为其妹飞鸾，逗弄钱芳。请侍婢传书，密约钱夜半至芙蓉亭相会，指天盟誓，私订终身。不久，钱芳迫于父命，回乡应试，因终日思念飞鸾，一病身亡。钱芳死后，到阴间向阎王投诉，说沈玉恃艳姿，弄揶揄，致令自己枉死。阎王摄沈玉魂来，责其风流罪过；又命抬出“三生镜”来照看，查得沈玉来世当嫁钱芳。于是判钱芳生还，而变沈玉为女子，嫁给钱芳，让有情人终成眷属。这个曲本故事，扑朔迷离，情节怪诞，颇为奇诡曲折，极似一篇传奇小说。末尾以“大团圆”作结局，是甚合一般读者的口味的。

在阎王判钱、沈二人的情案之前，还写了“前判”一场戏。这场戏写冥府十殿总制召申生、屈原、荆轲、王嫱四魂来判。冥官赞申生为孝，赐以金笏，命其打世上不孝之人；判屈原为忠，赐以金如意，命打世上不忠之人；以荆轲为义，赐以龙泉剑，命打天下负心之人；赐王嫱姻缘簿，命管领人间恩怨。这场“前判”，与整个《芙蓉亭》故事关系不大，虽然“姻缘簿”一事有些沾边，但也可略去不写。不知黎简当时何以会添此“蛇足”？实是怪事。

《芙蓉亭乐府》，一称《芙蓉亭》院本，作于乾隆三十七年（1772）黎简客居邕州时，时年二十六岁。有研究者认为，黎简年青时曾对一邕州女子有所眷恋，《芙蓉亭》故事就是按这一段恋事铺陈而成的。苏文擢《黎简先生年谱》指出：“吕石帆《迟删集》卷五，有《游近邕州，因忆邕州生秦娥小传，即寄黎二樵》诗云：‘千里飞花一瞬情，小词还唱柳耆卿。板桥古渡无寻处，西水漫漫坐碧城。’据此邕州生秦娥小传，疑即《芙蓉亭乐府》之本事。”吕坚（石帆）为黎简的知交好友，大概知其情事，故有此诗之作。黎简诗中忆及邕州时，也常有情意缠绵之句。如《柳絮词》：“梦断秦娥近十年，别时种柳瘴江边。前年我渡邕州水，柳也飞花打我船。”又如《和荩臣种柳词六首》之五：“廿年种柳古邕州，五载重来可系舟。天末春风吹死别，倚栏飞絮入秦楼。”诗中反复出现“秦娥”、“秦楼”，颇为惆怅。黎简思念邕州的诗，常写到“柳”，这一特定之物，在《芙蓉亭乐府》中也常常写到，估计当与黎简年青时的恋事有关。再有黎简曾自刻“邕州生”印章一方，可与吕坚诗题中的“邕州生秦娥小传”相应。凡此种种，都说明《芙蓉亭乐府》故事，很可能与黎简客居邕州时的恋事有关。这个早年曲本，并不是全然虚构的。对于这个早年曲本，黎简颇有感情。多年以后，他还在《寄上元朱征君照邻》及《度曲，听娄五唱〈芙蓉亭〉，凄然有咏》等诗中谈到它。可见这个曲本，在他心中是颇有位置的。

《芙蓉亭乐府》有抄本传世，惜曲本内文，未有系以曲牌。这些曲牌，大概被抄者略去了。《寄上元朱征君照邻》一诗的自注有云：“朱善词曲，予所谱曲尝为点定。”既云“谱曲”，自必有曲牌。由于抄者的失误，这些曲牌现今都难以寻到了。

第三节　梁廷枏的杂剧

梁廷枏是作为戏曲家，尤其是作为戏曲理论家出现在文坛的。作为戏曲家，他创作了《江梅梦》、《圆香梦》、《昙花梦》、《断缘梦》等四种杂剧，合称《小四梦》。另有传奇《了缘记》一种，为其少时剧作，未见流传。作为戏曲理论家，他有《藤花亭曲话》五卷传世。

岭南人极少有作剧论曲者，梁廷枏少年能此，除了他幼喜读曲，长而成癖之外，尚有家学渊源。廷枏有族父梁森，乾隆时在浙中为官。乾隆第五次南巡，梁森奉檄恭办梨园雅乐。先期命下，即以重币聘王梦楼依即地即景填造新剧九折，并慎选当时演艺最佳的伶人扮演，在西湖行宫里演出，深得褒赏。（见《曲话》卷三）可见梁森是戏剧的内行，对剧本的优劣，演技的高下颇具眼力，且将当年盛事引为幸举，告知后辈，以致廷枏每每“重披法曲，犹仰见当年海宇乂安，民康物阜，古稀天子省方问俗，桑麻阡陌间与百姓同乐”的情景（见《曲话》卷三）。廷枏曲学，当是受到梁森的影响的。

杂剧《江梅梦》写的是唐玄宗梅妃江采苹的故事，取材于《新唐书》、《旧唐书》及唐人所撰之《江妃传》。全剧四折，叙梅妃被选入宫，初邀殊宠，后为杨妃所谮，遂遭弃置，于是作《楼东赋》进呈，欲回玄宗之心。（第一折）玄宗阅赋有感，此时番使进贡珍珠，于是密封一斛赐梅妃。梅妃以寂寞长门、珍珠无用而不受。玄宗不忘旧情，乃偷幸梅妃于翠华西阁。（第二折）安禄山起兵犯长安，且声言欲得杨妃。杨妃已随玄宗西奔蜀地，剩梅妃冷守孤宫。禄山涎于梅妃美貌，欲强之，梅妃不从，遂遭杀害。（第三折）玄宗为太上皇，还宫后眷念梅妃，梦神乃引其梦中相会。梅妃告以殉难时被禄山草葬于温泉旁的梅林，乞予改葬。上皇于是命高力士到梅林掘出遗骸改葬。（第四折）历来演天宝遗事，杂剧有《梧桐雨》，传奇有《彩毫记》、《惊鸿记》、《长生殿》，皆以杨玉环为主，除《惊鸿记》外，皆不涉及江采苹，殊为一憾。梁廷枏《江梅梦》一剧，着眼梅妃，给人耳目一新之感。在展开情节、刻画人物方面，也堪称《小四梦》之首。

《圆香梦》杂剧写书生庄达与名妓李含烟的故事。庄达偶游平康，与珠江名妓李含烟相恋。时庄生须赴京应礼部试，李姬设筵饯行，并告以其兄自潮阳来信，邀返家园，此后相见无期，唯有誓以身守待生归。生亦答允以场完即当南归，决不相负。（第一折）庄生惘惘出门。一夕梦李姬已玉殒香消，求其作传，并赠以连环香坠。庄生心情沉重，悒然欲归。（第二折）庄生南归，果得李姬死耗。即延请灵彻和尚设坛追荐，李姬果然超生众芳花国。（第三折）七夕之夜，杨卿草、咏烦伯与庄生扶乩请仙，庄生求与李姬相见。众芳国主欲提醒庄生，于是让李姬告知，死后已变成黑海夜叉，形骸丑恶，并非昔日红颜了。庄生骇然，痴念遂绝。（第四折）此剧有龚沅序，畸农跋。《藕香水榭订谱讫起》云：“曲绚烂极矣，而声律复谐，《四梦》外别张一帜。（‘四’字疑是‘三’字之误）第一二折宾白熔铸庄生所作《李姬传》，可称天衣无缝。余间以粤管方言，从粤人口吻，于例无讥。至洋洒万言，两日而稿脱，敏捷之才，所未闻也。”评价甚高。

《昙花梦》是为毛西河之妾曼殊而作。曼殊姓张，初名阿钱，江表人。父为丰台花匠，曼殊随父来燕，年十六归媵西河。有夙慧。后名为陈其年改定。一日曼殊梦神召其归家，醒后心病，自恐不能永年。（第一折）曼殊以梦告西河，感伤涕零。乞为画《留视图》，遍征题咏，使世知有曼殊其人曾侍西河先生。曼殊又讽西河母驳斥朱熹太甚。（第二折）毛夫人自乡来京，性奇妒，西河虑及家庭多事，于是迁曼殊于坟园。西河之师冯老中堂深恐曼殊受磨折，乃劝其改适。曼殊不从，痛哭气绝，后得葛医生用药治愈。（第三折）曼殊不治身亡，任辰旦、周清原、尤侗、陈维崧合聚毛宅，商量分作诗词传赞以挽曼殊，并题其《留视图》。曼殊之婢金绒儿殉主而死，众议附葬。（第四折）梁廷枏自序该剧云：“毛先生文字之及曼殊者，有《葬铭》、《别志》、《书砖》及《回生记》。廷枏乃取其本事，略为陶铸，撰成此剧。情真事当，可免添演之弊。惟末折南北合套，南词向不押入，今纯用入韵者，噍杀之音，非此不达。”

《断梦缘》杂剧是梁廷枏最后一本杂剧。剧首自序云：“先是借他人酒杯撰《江梅梦》、《园香梦》、《昙花梦》三杂剧，业师李太史谓宜更添其一为小四梦，诺焉未即作。秋赋新返，有所感忆，辄为斯剧，师命汇附于所著书后。”该剧叙岭南高仰生偶得其梦，于烟波深处遇女子陶四眉，且一月中梦凡数次，款洽备至。二人皆有地久天长之想。（第一折）高仰生梦别经旬，茫无消息。四眉乃买舟往访，不料去后高仰生适来，遂成参商。（第二折）四眉去后，嘱闺友李月虚、刘云懒代其守家，并谓高生到时，必留之以待其归。高仰生果然来到，因四眉外出寻彼，乃即归家，希望能够会面。（第三折）梦王查知陶、高二人梦里互相寻觅之事，欲点醒之，于是召二人相见，彼此见面亦不认识。梦王乃告知梦情是幻缘，恩情既遂，缘分渐疏，及至夙债偿清，梦缘亦断。所以彼来此往，两下难逢。不仅梦中之梦再见无由，就是当面相逢亦自家错过。可知缘为情生，情随缘灭。自此消除孽障，解脱情丝，两念皆空，彼此同觉，陶高二人遂警然醒悟。（第四折）该剧作于《曲话》之前一年，时廷枏二十八岁。

《小四梦》属清代案头杂剧之列，均未能在舞台上搬演，但从剧中可领略到作者成熟的戏剧创作技巧。梁廷枏的杂剧，情节发展线索清晰，连转照应挥洒自如，布局排场开阖有致，唱词说白自然流畅。《小四梦》的创作，可以看作是梁廷枏戏剧理论的具体实践。

第十三章　清代的文学批评

岭南的文学创作，至明代而盛。但文学批评则比创作慢了一步，清代才有较多的标举文学见解的文章出现。这类文章并非出自专门的文学理论研究者之手，而大多是作家们偶然地对文学发表的见解。因此，对于理论的深入探究和详细阐述，都是不够的，并且多侧重于诗歌方面的批评。他们不满明代优孟汉唐衣冠的弊病，主张诗歌的创作要以性情为本，发于心而形之于歌咏。在创作方法上则要求认清本源，以诗经的优良创作传统为旨归。他们的理论没有祧唐宗宋的习气，尤其不赞成刻意祖袭前人某一家或某一时代面目的作法，“只写性情留纸上，莫将唐宋滞胸中”。（陈恭尹《次韵答徐紫凝》）这些见解，和人们所说的岭南诗风是很有关系的。

清初“岭南三家”是有较高成就的诗人。他们的诗歌理论，大抵均持性情为本之说。如陈恭尹就主张“性情者，诗之泉源也；气骨者，诗之鼓籥也；境物者，诗之高深夷险也”。（《梁药亭诗序》）梁佩兰认为：“且夫诗者，思也。人情有所感于中而不能散，则结而为思，而诗名焉。”（《大樗堂初集序》）由此得出结论：“故夫情之不真，非诗也，团土刻木而已矣。”（《金茅山堂集序》）屈大均稍有不同，他虽也认为诗以言志，却主张“从三百五篇以学易，以易为正，以诗为奇”。“故夫以诗言性与天道而与易相表里，诗之圣者矣。”（《翁山诗外自序》）“吾尝欲以易为诗，使天地万物皆听命于吾笔端，神化其情，鬼变其状，神出乎无声，鬼入乎无臭，以与造物者同游于不测。”（《六莹堂诗集序》）古人本已有易与诗有密切关系之说，认为易可以“类万物之情”，大均的理论即在于进一步申阐此说。

廖燕是位很有见解的人，他的集子中谈及文学批评的文章每有精到之见。比如说：“凡事做到慷慨淋漓激宕尽情处，便是天地间第一篇绝妙文章。若必欲向之乎者也中寻文字，又落第二义矣。”“世人有题目始寻文章，余则先有文章偶借题目耳；犹有悲借泪以出，非有泪而始悲也。”“题目是众人的，文章是自己的，故千古有同一题目，无同一文章。”（《二十七松堂集》卷七《山居杂谈》）其所着重的是个性和真情。继后的诗人宋湘虽没有专门的文学批评文章传世，却有不少论诗论文的诗篇，标举自己的文学论点，如著名的《说诗八首》中的几首：

> 三百诗人岂有师，都成绝唱沁心脾。今人不讲源头水，只问支流派是谁。
>
> 学韩学杜学髯苏，自是排场与众殊。若使自家无曲子，等闲铙鼓与笙竽。
>
> 读书万卷真须破，念佛千声好是空。多少英雄应下泪，一生缠死笔头中。

他的创作论是：“我诗我自作，自读还赏之；赏其写我心，非我毛与皮。”（《湖居后十首》）“我生作诗不用法，纵横烂漫随所之。”（《答李尧山詹簿寄画竹》）持论与清末黄遵宪提倡的“我手写我口，古岂能拘牵”的宗旨是一脉相通的。

除了诗歌、散文方面的论述之外，还有一部重要的戏剧理论著作，即梁廷枏的《藤花亭曲话》五卷。作者对戏曲文学特性进行探讨，提出了自己的见解。

清代岭南人写诗话之风颇盛，一直到清末民初，还有人从事撰述，其中有不少是颇具岭南特色的著述。

第一节　廖燕的文学主张

廖燕主张文学创作应该抒写性灵，表达个人的愤郁，强调要真实地表现自然风貌与人情物态。他反对模仿，力主独创，提倡向客观世界学习，注重文学的批评和战斗作用。

廖燕认为："从来著书人，类皆自抒愤懑，方将是其所非，非其所是以为快。况以燕之疏慵放诞，而下笔主论，尚有肯效学究家区区诠释字义而已耶？必不然矣。何不进之于庄周、嵇、阮间也？"（《与黄少涯书》）这是司马迁"发愤著书说"的继承和发展。他自许与庄周的"剽剥儒墨"、"汪洋自恣"，嵇康、阮籍的"感怀"、"幽情"、豪放不羁为伍，并以这种精神来指导创作和评论作品。他称自己"作古文则必在患难后、病后、贫无立锥后，此三后者，固文章之候也"。（《与澹归和尚书》）游览山水风景，一般人都是抒写旷怡的心情，而廖燕却认为雄奇伟丽山水的形成，本是大自然不平之气的发泄，故而写作山水诗，也自应是发泄这种"愤气"。他说："吾以为山水者，天地愤气之所结撰而成者也。天地未辟，此气常蕴于中，迨蕴蓄既久，一旦奋迅而发，似非寻常小器足以当之，必极天下之岳峙潮回，海涵地负之观，而后得以尽其怪奇也。其气之愤见于山川者如是，虽历今千百万年，充塞宇宙，犹未知其所底止。故知愤气者，又天地之才也。非才无以泄其愤，非愤无以成其才，则山水者，岂非吾人所当收罗于胸中而为怪奇之文章者哉！"（《刘五原诗集序》）这段文学批评，可见作者的无限愤懑之气郁勃笔底，汹涌澎湃，真有

“心事浩茫连广宇”之慨。

廖燕在评论文学作品时，以独创为美，反对模拟、抄袭和因循。他认为：“天下古今之书，任他至奇至妙，读得烂熟，到底是别人的，唯能评论古今，发抒胸臆，方是自家文字。”（《山居杂谈》）他极强调文章要是自己的，感情也要是自己的，作文章“须从三十三天上发想，得题中第一义，然后下笔，压倒天下才人；又须下及一十八重地狱，惨淡经营一番，然后文成，为千秋不朽文章”。（《五十一层居士说》）他崇尚陶潜、杜甫的诗歌，认为它们各有各的性情，不能彼此移易。他批评明代拟古主义者王世贞、李攀龙等模拟抄袭的文风，对唐代韩愈、欧阳修等的成就也感到不足，认为救敝起衰，应是自辟境界，迈越前人。他在《与魏和公先生书》中说：

> 自李于鳞、王元美之徒以其学毒天下，士皆从风而靡，缀袭浮词，臃肿夭阏，无复知有性灵文字，非得如韩、欧之人之文，谁其正之？
>
> 虽然，韩、欧之人之文，则亦有说。欧文纡徐澹折，为文中之圣，然不善学之，则未免失之弱；昌黎见道未彻，《原道》、《原性》诸篇，肤浅已甚，要之起衰救敝，则其文不可诬也。八代之文敝，韩、欧起而救之，今日之文敝，吾党起而救之。救之当必有出于韩、欧之上，推而极之于三代太古，皆可自我另辟一天地，浑浑然，噩噩然，而为质奥奇峭淹博之文，使学韩、欧者尚不得望其涯涘，况王李耶？

廖燕肯定韩愈、欧阳修在散文发展史上的功绩，同时指出韩文思想内容缺乏深度和学欧文不善者未免陷于柔弱，都是有识见的。廖燕的批评，是有感而发的。明清文家不满拟古派

“文必秦汉”之犯艰涩，往往改而取径唐宋的韩愈、欧阳修，明代的王慎中、唐顺之、归有光以及清初的汪琬、方苞等都走此路。他们的文章有文从字顺的优点，但一般内容较空，风格较弱，且未完全跳出模仿的窠臼。廖燕的话，无疑洞中他们的缺失。廖燕注重性灵与创造，是公安派思想的继续，然而他揭示“质奥奇峭淹博”的标准，要求文章内容与艺术风格既朴素又深刻、既新奇独造又丰富博洽，这境界也非公安、竟陵派所能企及。当然，廖燕自己的文章也没能达到这个标准，他只是在努力追求那种境界。

廖燕非常重视向客观世界学习，他认为先有天地万物而后才有文章。他说：“窃尝论文莫大于天地。凡日月星辰云霞之常变，及夫雷电风雨、造化鬼神之不测，昭布森列，皆为自然之文章，况山川人物与鸟兽鳞介、昆虫草木之巨细刻画，在人见之以为当然，不知此皆造物细心雕镂而出之者。虽以圣人之六经，视此犹为蓝本，况诸子乎？故善文者，岂惟取法于圣人、诸子，并将取法于天地。”从天地万物中获得真知，领略真情，然后把自己的真实认识，强烈感受尽情地刻画抒写出，才能产生出好文章。

他提出“读无字书”的著名观点。他在《答谢小谢》中云：

> 燕昔者亦尝有学矣，于古人书无所不读，然皆古人之糟粕，无所从入。退而返之于心而有疑焉，意者其别有学乎？然后取无字书而读之。无字书者，天地万物是也。古人尝取之不尽而尚留于天地间，日在目前而人不知读，燕独知之，读之终身不厌。其后穷困益甚，涉世愈深，所读愈多，虽仇家怨友皆为吾师而靡不取益焉，然后知学之在是也。此岂学文而然欤？抑学道也。……故以文为学，则

> 文虽至班、马，犹不免拾人唾馀也。以道为学，则文虽未至班、马，亦不失性情之真也。性情真而文自至，又何多求乎哉。

廖燕所谓“天地万物”，是指大自然与整个社会，所谓“道”，是指对各种世情物态的认识和感受。文章反映这种认识与感受，才会有“性情之真”。对客观社会的认识是没有止境的，作者遭遇越艰苦，越深入社会，认识与感受就愈真切。“贫则多忧，贱则多辱，忧辱甚而动忍备，其于道不知近乎远乎？然退而返之于心而不复有疑焉。”（《答谢小谢》）这段话，将欧阳修“诗穷而后工”之说阐述得更具体、更详尽。他还认为：“诗尤为性情之物，故古诗三百篇，多出于不识字人之白，然又非识字人所能措一词，则其故亦可思已。”这证明了生活的体验是多么的重要。

中国古代文论中主张“明道”、“载道”说者比较注重文章的社会作用，但其“道”往往是封建教义。自明李贽的“童心说”以至袁宏道的“独抒性灵”，都注重个性与真情，却相对忽视了社会性。廖燕论“道”而强调对“天地万物”的认识，论“性情之真”而联系到生活实践的作用，并将二者结合起来，是对文学批评的贡献。当然，他宣称“性情真而文自至”，确有矫枉过正之处，因为事实上掌握文章技巧还必须经过艰苦的努力。他就曾这样描述过自己的创作过程：

> 时方搦管构思，不无惨淡经营之状，似亦有时而不乐者矣。及其得意疾书，便觉鬼神与通，造化在手，不难取天地宇宙山川人物区画而位置之，虽天地宇宙山川人物之大且繁，亦不得不默然拱听，退而就我之范围也。况此时我之为我，无父兄师友督责于其前，又无主司取舍荣辱之

> 虑束缚于其后，惟取胸中之所得者，沛然而尽抒之于文，行止自如，纵横任意，此其愉悦为何如者耶？（《作诗古文词说》）

没有临文构思的“惨淡经营”，就不会有创作时的“得意疾书”，挥洒自如。从廖燕把世界上山川风光与各种人物形象收罗于笔底的造诣看，具有很高的写实要求；从他自抒怀抱、摆脱束缚的态度看，又是具有浪漫精神的。廖燕尤其强调创作要真实地再现客观事物与作者本人的精神面貌，作品即是作者语言、情感、形象的再现。他说：

> 笔代舌、墨代泪、字代语言，而笺纸代影照，如我立前而与之言，而文著焉。则书者以我告我之谓也……而我不书乎？书不我乎？以我告我，宜听之而信且传也。（《二十七松堂集自序》）。

这种高度重视真实性的态度，是廖燕一生创作的指导思想。在这种思想的指导下，廖燕的创作都力图表现自我的独异性，同时也因为他个人经历的局限而导致了作品思想内容的狭隘。

在封建社会的重重精神枷锁束缚下要表现独异的思想感情，是需要有顽强的战斗精神的，廖燕认为，小品文是最适用于批判和战斗的锐利“匕首”。小品散文自中晚唐到宋代产生了不少优秀的创作，如韩愈、柳宗元、皮日休、陆龟蒙、罗隐、苏轼等人的作品，或以犀利精悍的笔调针砭时弊，或以清新洒脱的语言抒发豪情。到了晚明，小品文得到很大的发展，表现出一种新鲜活泼的文风，但其内容却较多地侧重于描写作者个人的生活情趣。廖燕对小品文的作用别有见地，他在

《选古文小品序》中说：

> 大块铸人，缩七尺精神于寸眸之内。呜呼！尽之矣。文非以小为尚，以短为尚。顾小者大之枢，短者长之藏也。若言犹远而不及，与理已至而思加，皆非文之至也。故言及者无繁词，理至者多短调。巍巍泰岱，碎而为嶙砺砂砾，则瘦漏透皱见矣；滔滔黄河，促而为川渎溪涧，则清涟潋滟生矣。盖物之散者多漫，而聚者常敛。照乘粒珠耳，而烛物更远，吾取其远而已。匕首寸铁耳，而刺人尤透，予取其透而已。大狮搏象用全力，搏兔亦用全力，小不可忽也。粤西有修蛇，蜈蚣能制之，短不可轻也。

这篇序文，总结了小品文这一文体的特殊功能，尤其强调它的语言必须精炼而含意深远，批判要透辟有力。这反映了作者对文学战斗性的重视，较之公安派、竟陵派对小品文的认识更为深刻。全文短短一百八十七字，连用七个比喻、无起无结，却形象地把对小品文的精辟见解阐述得清清楚楚，语语中的，本身就是一篇奇文。

对于文学批评以及评点之学的作用，廖燕给予了很高的评价。在我国古代文学批评的丰富遗产中，对文学批评本身意义的论述却不很多，主张“文以载道”或“作文害道”的一派卫道士，往往视文艺为“闲言语”，将艺术评析则更看得等而下之了。在一些文学理论家中，则往往把宋明以来兴起的评点之学看作不登大雅之堂的雕虫小技。廖燕作《评文说》，首先指出“孔子删述《六经》，遂开后世选文之端”，“《论语》称《关雎》‘乐而不淫，哀而不伤’，非诗评耶?”把孔子作为文学批评的开创者指出来，一下子堵住了理学卫道者贬低文学批评的信口雌黄。该文接着指出，后世评点之学的兴起，是文学批评的重大发展，对宋苏洵的“批点《孟子》”和谢枋得的“评《檀弓》”以至明清茅坤、钟惺、金圣叹的评点工作作了肯定，认为“无不批窾导窍，须眉毕露”。廖燕认为，通过编选评点，分析作品的美丑优劣，揭示作者的行文用意，表现评论家的眼光手法，可以启迪读者的欣赏领会，指点写作的门径变化，起到师友、父兄的训导切磋作用。他说：“以吾之手眼，定他人之文章，而妍媸立见，非评不为功。故文章之妙，作者不能言而吾代言之，使此文更开生面。他日人读此文，感叹其妙，而不知评者之功之至此也。……故予尝谓评文有师道焉，巧亦能与，何况规矩；有友道焉，以笔代舌，而即收文会之功；有父兄道焉，句批字释，不难取古人而生活之，使子弟有以知其用笔之意，则可以神明而无难。”这是对文学批评的任务与功用的一种有力肯定。

廖燕对金圣叹的高度评价，也反映了他对文学批评和评点之学的极力推崇。他在《金圣叹先生传》中说：“予读先生所评诸书，领异标新，迥出意表，觉作者千百年来，至此如开生面。呜呼，何其贤哉！”对于金圣叹在议论中所表现的反传统和独创精神赞叹备至。文章还指出，像金圣叹这样毫无顾忌地发表评论，难免要遭到统治势力的忌恨，他虽被迫害致死，但其开发前人文章奥秘，启迪后学心灵智窍的业绩是不朽的。廖燕评曰：“说者谓文章妙秘，即天地妙秘，一旦发泄无馀，不无犯鬼神所忌，则先生之祸，其亦有以致之欤？然画龙点睛，金针随度，使天下后学悉悟作文用笔墨法者，先生力也，又乌可少乎哉！其祸虽冤屈一时，而功实开拓万世，顾不伟耶！”

这里将金圣叹当作为文学批评事业而献出生命的先驱者加以热烈的歌颂，其意义已超过了对金圣叹本身的评价。金圣叹因哭庙案被杀，其原因比较复杂，并不一定是反对清廷，但廖燕这篇评传写在金圣叹遭到杀害不久，其面对屠刀敢于挑战的胆识，确是难能可贵的。

第二节　梁廷枏的戏剧理论

梁廷枏的戏剧理论，集中在《藤花亭曲话》五卷中。该书卷末有甲申腊尽自记，谓是年“上秋游顶湖，阻风肇庆，孤篷悄坐，辄杂忆而随记之。了无伦次，归乃补缀成帙”。甲申为道光四年（1824），是年廷枏二十八岁。《曲话》初刻为四卷本，道光《藤花亭十种》刻本五卷，《曲苑》本五卷。第五卷为后增，主要内容是评论《西厢记》，并将初刻本卷末甲申腊尽自记移至卷五之末。卷一为著录作者所知的元、明、清各朝杂剧、传奇的作家作品；卷二论曲的作法，间有考据，并摘出古今曲本之同题材者加以比较；卷三为历代名曲名剧的批评与欣赏；卷四论曲律曲谱及曲之音调。

梁廷枏的《曲话》，论及戏剧艺术的多个方面。他认为戏剧与其他文学形式不同，有它本身的特点。“诗词空其声音，元曲则描写实事，其体例固别为一种。”戏剧作为叙事文学，它的源头是古代情节完整的叙事诗，“《毛诗·氓之蚩蚩》篇综一事之始末而具言之，《木兰诗》事迹首尾分明，皆已开曲伎之先声矣”。戏剧既是叙事文学，又是表演艺术，梁氏就其情节结构、布局排场、说白曲文等特性进行探讨，提出了一些有益的见解。他要求剧情发展线索要分明，“通部细针密线，其穿穴照应处如天衣无缝，具见巧思”。“布局排场，更能浓淡疏密相间而出”，并“于极细极碎处皆能穿插照应，一字不肯虚下”。梁氏认为戏剧语言不应是“各逞新词”的“文章之事”，作家要代剧中人立言，语言应与剧中人物“尽合口吻”。要注意说白和曲文之间的照应关系，“以白引起曲文，曲所未尽，以白补之”。梁氏还具体评述了元明清的一些剧作，其论剧的态度和方法，独具匠心，尤值得我们珍视和研究。

梁氏论剧首重公允，而要在评论时褒贬扬抑适度，就必须根据作家作品的实际具体分析。梁氏主张“自元、明暨近人院本、杂剧、传奇无虑数百家，悉为讨论，不党同而伐异，不荣古而陋今，平心和气，与作者扬榷于红牙、紫玉之间，知其用力于此道者邃矣”。（李黼平《曲话序》）李黼平是梁廷枬的业师，他的话道出了梁氏评剧的一个显著特点，那就是不以古今异同评高下，不以个人好恶定优劣，当是则是，当非则非，平心和气，一视同仁。

梁氏对元杂剧冲破传统旧文学的束缚而异军突起，给予了肯定的高度评价，并认为元剧的优良艺术传统对后代剧作家产生了深远的影响。梁氏对清代著名剧作家万红友（万树）极为推崇，认为他的作品“庄而不腐，奇而不诡，艳而不淫，戏而不虐，而且宫律谐协，字义明晰，尤为惯家能事，情、理、音三字，亦惟红友庶乎尽之”，而万树的成就，却是因“寝食元人，深入堂奥，得其精髓”的结果。梁氏高度评价元剧，但他并不认为元剧就是那么完美无缺，他在肯定的同时，也有许多尖锐的批评。他指出元人曲白之间的关系就大多没有处理好，“此作曲圆密处，元人百种多未见及”。元剧的语言追求本色，是其长处；但往往却流于过分的浅露与俚俗，梁氏对此也毫不讳言，他说：“言情之作，贵在含蓄不露，意到即止。其立言，尤贵雅而忌俗”，而“元人每作伤春语，必极情极态而出”，且往往语出无状，不合人物身份，“大抵如此等类，确为元曲通病，不能止摘一人一曲而索其瑕也”。他还针对元剧存在的程式化、雷同现象提出批评，指出“元人杂剧多演吕仙度世事，叠见重出，头面强半雷同”。“《灰阑记》、《留鞋记》、《蝴蝶梦》、《神奴儿》、《生金阁》等剧，皆演宋包待制开封府公案故事，宾白大半从同；而《神奴儿》、《生金阁》两种，第四折魂子上场，依样葫芦，略无差别。”他甚至认为“后人每事胜前人”。这种矫枉过正的看法固然未必适当，但元曲确非十全十美，后人也确非事事不如前人。梁氏这种不荣古陋今的态度，无疑是有胆有识的。

梁廷枏认为，“作曲者各得其性之所近，阅曲者亦嘉其性之所近”，各有各的偏爱，不应在论曲时依自己的好恶而褒贬，“倘必胶一己偏执之见，辗转讥弹，各求必胜，亦古人之不幸也”。所以他对戏曲作品的批评，始终本着具体分析的态度，持论平允，极少那些一好俱好，一差俱差的绝对化的评语。即使是对戏曲史上成绩卓著的大作家，他也不是盲目迷信，以为其字字珠玑，无可挑剔。如对《汉宫秋》的评价，他认为该剧“写景、写情，当行出色，元曲中第一义也”。但并非完美无缺，“中有可议者：尚书劝元帝以昭君和番，驾唱云：‘怎下的教他环佩影摇青冢月，琵琶声断黑江秋?’明妃死于北漠，其葬地生草，后人因以‘青冢’名之。未出塞时，安得有此二字？且其第三折昭君跳死黑龙江，番王明云：‘就葬此江边，号为青冢者。’此白又与曲自相矛盾矣”。再如评《桃花扇》，梁氏认为该剧“笔意疏爽，写南朝人物，字字绘影绘声，至文词之妙，其艳处似临风桃蕊，其哀处似着雨梨花，固是一时杰构。然就中亦有不惬人意者：福王三大罪、五不可之议，倡自周镳、雷演祚，今《阻奸》折竟出自史阁部，则与《设朝》折大相径庭，使观者直疑阁部之首鼠两端矣。且既以《媚座》为二十一折矣，复加入《孤吟》一折，其词义犹之‘家门大意’，是为蛇足，总属闲文”。以上指出二剧的疏漏处，堪称独具慧眼，即便起作者马致远、孔尚任于地下，大概亦会对此论心悦诚服的。对那些二三流的作家作品，梁氏却又能发现其中珠玉的闪光。吴昌龄在元剧作家中的地位并不高，然地位不高的作家并非没有好作品，梁氏认为“吴昌龄《风花雪月》一剧，雅驯中饶有韵致，吐属亦清和婉约。带白能使上下串连，一无渗漏；布局排场，更能浓淡疏密相间而出。在元人杂剧中，最为全璧，洵不多观也”。依我们之见，《风花雪月》在元剧中并不一定配有那么高的评价，然就该剧的情节安排和语言技巧来看，梁氏是言之有理的。再如他认为“《倩女离魂》通剧中无甚出色，在元曲中可列中等。惟末折《喜迁莺》云：‘据才郎心性，莫不是向天公买拨来的聪明?’二语灵心慧舌，其妙无对，较之‘小姐多丰采，君瑞济川才’，真霄壤矣”。又如他既批评《墙头马上》全剧言情出语浅露，又具体指出《鹊踏枝》一曲“情在意中，含蓄不尽，斯为妙谛”。他既讥笑《荐福碑》套四书语入曲是“笨伯”所为，又对其第一折《寄生草》曲称赏备至，认为“此虽愤时嫉俗之言，然言之最为痛快。读至此，不泣数行下者，几希矣”。他既指出“《楚昭公》剧第一、二折，曲词平易，尚无大出色处”，又看到“第三折以下则字字珠玑，言言玉屑。自尾倒尝，渐入佳境”，并因而认为“论者谓元人杂剧至第四折为强弩之末，未尽然也”。阅读《曲话》一书，这类具体分析作品的言论很多，其持论之平允而精到，往往使读者折服。

强调作者的创新意识，反对雷同，这是梁廷枏论曲时褒贬的一条重要标准。艺术的形成是发明创造的过程，没有独创，就没有艺术。作家如不能发前人所未发，就等于是扼杀了自己的艺术生命。梁氏对剧作家的任何创新，都给予热情的肯定，而对那些缺少新意的雷同之作，则表现出极度的憎恶和蔑视。

梁廷枏对清代剧作家蒋士铨的《藏园九种曲》给予了很高的评价，他认为在蒋氏的剧作中，“其至离奇变幻者，莫如《临川梦》，竟使若士先生身入梦境，与四梦中人一一相见，请君入瓮，想入非非；娓娓清言，犹余技也”。这是从构思离奇，别开生面的角度加以肯定的。“《香祖楼》、《空谷香》两种，于同中见异，最难下笔……使出自俗笔，难免雷同，乃合观两剧，非惟不犯重复，且各极其错综变化之妙，故称神技。”这是从错综变化，难中取胜的角度加以称赏的。“《四弦秋》因《青衫记》之陋，特创新编，顺次成章，不加渲染，而情词凄切，言足感人，几令读者尽如江州司马之泪湿青衫也。”这是从独辟蹊径、推陈出新的角度加以褒扬的。“《雪中人》一剧，写吴六奇，颊上添毫，栩栩欲活；以《花交》折结束通部，更见匠心独巧。”这是从自出机杼、匠心独巧的角度加以提倡的。尽管肯定的角度不同，但其赞赏艺术独创的态度，则是贯穿始终的。

梁廷枏在极力提倡艺术独创精神的同时，并不是一概地反对作家对前人的艺术经验加以继承与借鉴。他对汤显祖的评价即是持这种态度。他认为“《还魂记》云：‘转过这芍药栏前，紧靠着这湖山石边。’通曲已脍炙人口，而实不知其以乔梦符《金钱记》‘我见他恰行这牡丹亭，又转过芍药圃蔷薇后’数语为蓝本也”。“汤若士《邯郸梦》末折《合仙》，俗呼为‘八仙度卢’，为一部之总汇，排场大有可观，而不知实从元曲学步。”汤显祖向前人学习与借鉴，远不止于此，但从此数语的肯定中，能够看到梁氏并不否认剧作家可以对前人的传统进行必要的继承。

然而继承与借鉴，并不等于沿袭和模仿。对那些内容陈旧雷同，表现手法墨守成规的作品，梁氏都毫不客气地作出剖析。他指出：“元人杂剧多演吕仙度世事，叠见重出，头面强半雷同。马致远之《岳阳楼》，即谷子敬之《城南柳》，不惟事迹相似，即其中关目、线索，亦大同小异，彼此可以移换。其第四折，必于省误之后，作列仙出场，现身指点，因将群仙名籍，数说一过，此岳伯川之《铁拐李》、范子安之《竹叶舟》诸剧皆然，非独《岳阳楼》、《城南柳》两种也。”同一内容的反复咀嚼，无疑是创造力贫乏的反映，而同一表现手法的反复应用，则是艺术才能枯竭的结果。梁氏就四部元杂剧的表现手法作分析：“《渔樵记》剧刘二公之于朱买臣，《王粲登楼》剧蔡邕之于王粲，《举案齐眉》剧孟从叔之于梁鸿，《冻苏秦》剧张仪之于苏秦，皆先故待以不情，而暗中假手他人以资助之，使其锐意进取；及至贵显，不肯相认，然后旁观者为说明就里。不特剧中宾白同一版印，即曲文命意遣词，亦几如合掌。”这种“同一版印”、“几如合掌”的惊人相似，已足以窒息创作，而那种整剧刻意的沿袭和模仿，简直就是近于剽窃了。梁氏对《㑳梅香》作了非常精彩的分析，指出其与《西厢记》的二十个相同点，他认为《㑳梅香》如一本小《西厢》，前后关目、插科打诨，皆一一照本模拟。一个剧本模拟前人竟达二十处之多，尽管它在曲词上尚有可观处，其命运也只能如过眼云烟，稍现即逝，不可能像《西厢记》那样众口皆碑，历千百年而传诵不绝。

梁廷枏评剧，善于使用比较的方法。他往往通过把不同的或相近的剧作家和作品相互比较，评定其中的优劣得失。同一题材剧作的比较和对照，以对洪升《长生殿》的评论最为突出。梁氏认为，《长生殿》无疑“为千百年来曲中巨擘”，但他并不孤立地阐述论点，而是将几部同题材的剧作摆在一起比较。《长生殿》“以绝好题目，作绝大文章，学人、才人一齐俯首。自有此曲，毋论《惊鸿》、《彩毫》空惭形秽，即白仁甫《秋夜梧桐雨》亦不能稳占元人词坛一席矣。如《定情》、《絮阁》、《窥浴》、《密誓》数折，俱能细针密线，触绪生情，然以细意熨贴为之，犹可勉强学步；读至《弹词》第六、七、八、九转，铁拨铜琶，悲凉慷慨，字字倾珠落玉而出，虽铁石人不能为之断肠，为之下泪！笔墨之妙，其感人一至于此，真观止矣！”它的出现，使传世已久的《惊鸿记》、《彩毫记》黯然失色，连《梧桐雨》这样脍炙人口的剧作也相形见绌，这就自然烘托出作品杰出的成就，给读者极为清晰明了的印象。他还对孔尚任的《桃花扇》和顾天石的《南桃花扇》进行比较，指出“《桃花扇》以《余韵》折作结，曲终人杳，江上峰青，留有余不尽之意于烟波缥缈间，脱尽团圆俗套。乃顾天石改作《南桃花扇》，使生旦当场团圆，虽其排场可快一时之耳目，然较之原作，孰劣孰优，识者自能辨之”。一个是有意打破传统俗套，一个是极力迎合世人口味，仅此一摆，其中优劣也就不言自明了。

通过比较，不仅能分辨出作家作品的优劣高下，还能体味出艺术个性和艺术风格的不同。梁氏比较了张漱石《怀沙记》和尤侗《读离骚》，这两部剧作同是描写屈原的事迹，但《怀沙记》“依《史记·屈原列传》而作，文词光怪。全部《楚辞》，隐括言下。《著骚》、《大指》、《天问》、《山鬼》、《沈渊》、《魂游》等折，皆穿贯本书而成，洵曲海中巨观也”。而“《读离骚》不然，不屑屑模文范义，通其意而肆言之，陆离斑驳，不可名状，至云‘便百千年难打破闷乾坤，只两三行怎吊尽愁天下！’发千古不平于嬉笑怒骂中，悲壮淋漓，包以大气”。两者经过比较，风格的差异立现，一庄一谐，“立意不同，然固异曲同工也”。梁氏还就吴炳和万树作比较，万树是吴炳的外甥，亲承其舅教诲，以至“论者谓其渊源有自”，梁氏则认为：“其实平心论之：粲花三种，情致有余而豪宕不足；红友如天马行空，别出机杼。”他们之间的风格还是有差别的，各有所长，各有特点，梁氏似乎更看重万树。在《曲话》中，这样评定优劣高下，辨认风格流派，揭示师承渊源的例子比比皆是。梁氏堪称运用比较方法进行戏剧批评的高手。

梁廷枏一生中从事文学活动的时间集中在三十岁以前，此后除了少量价值并不高的诗歌以外，已无作品留下。他在文学上的贡献是戏剧，他少年多才，既能创作，又能评论，而他的评论又远胜于创作。他在评论戏曲时具体分析、公允平和的态度，反对雷同、注重创新的意识，以及娴熟运用比较方法的评论技巧，卓然有大家风范，在岭南文学史中难有相匹者，即便是放在中国古代曲论史中，也是足以占一席之地的。

第三节　清代的诗话

作为中国传统文学批评的特殊形式的诗话，至宋代而盛，明清两代，作者日多，数量益丰。岭南人撰述诗话起点较晚，最早的论著当为明代东莞人邓云霄所撰的《冷邸小言》（其论大抵以严羽为宗，尊王孟而及陶谢），至清代相继有作，并呈蓬勃之势。先后计有近三十种，兹举出下面几部以见大概。

《香石诗话》四卷，黄培芳撰。

本书开卷即标举“诗言性情，所贵情馀于语”的主张，进而指出“作诗以真为主”，“诗贵独造”，“贵酝酿于胸，淋漓于手，不徒推敲句调之间”。他认为“诗之源在三百，无迷其途，无绝其源”。而继承诗三百篇传统的办法是“外异中同”，就是说骨子里是诗三百篇的传统，但表现出来的面目却可以各异，是因各人性情、风格不同而不同。

书中评骘清人为多，他深不满于袁枚，讥其诗为“轻浮聪俊”、“矜新斗捷”。对于一代宗匠的王士祯，他也有自己的见解，认为“阮亭固正宗，而失之在套，不在薄”。

培芳的论诗虽没有什么突破，但立论颇有中肯的地方，且时有个人独特解会。本书可算是岭南诗话中的佳作。

《国朝诗人征略》初编六十卷，二编六十四卷；《艺谈录》二卷。两书均为张维屏撰，体例相同，所收列述评的都是清代诗人。以人为条目，包括有四部分内容：一，其人的字号、里贯、生平；二，诸家文集、诗话、志乘、说部中的有关评论和轶事；三，维屏自撰的《听松庐文钞》、《听松庐诗话》、《松轩随笔》、《松心日录》中的有关评述；四，该诗人的佳句佳篇摘录。这种体例为维屏所创，特点是以人系诗系事，收录资料丰富，所收诗人数目颇大，《征略初编》收入的在千人以上。《二编》有部分有目无文，盖未暇完成，计其成者亦数百人。由于便于翻检，可以“增广闻见，陶冶性灵”（自序）颇得时人好评。

由于体例的关系，维屏在本书中只就每位诗人作简略的评述，而没能提出他的系统的诗歌理论。不过，综观那些零星的品评，仍可看出他的论诗宗旨是以性情为宗，而要求以蕴藉风华出之。故尤推重王士祯、查慎行、黄景仁等人。其中的一些评论，颇可略窥其见地，如评王士祯云：“阮亭先生诗，同时誉之者固多，身后毁之者亦不少。推其致毁，盖有两端：一则标举神韵，易流为空调；一则过求典雅，易掩却性灵。然合全集观之，入蜀后诗骨愈苍，诗境愈熟，濡染大笔，积健为雄，直同香象渡河，岂独羚羊挂角。识曲听真，要当分别观之。”以后在《艺谈录》中，更进而评曰：“渔洋诗，一曰正宗，二曰典雅，三曰神韵。具此三长，众论以本朝诗坛第一坐推之，似亦当之而无愧。至其病处，则蒋心馀二语切中其失。蒋论渔洋诗云：‘唐贤临晋帖，真意苦不足。’余谓真意者，骨髓也。无真意则所谓正宗、典雅、神韵皆属皮毛。”评黄景仁云：“众人共有之意，入之此手而独超；众人共有之情，出之此笔而独隽。如芳兰独秀于湘水之上，如飞仙独立于阆风之巅。夫是之谓天才，夫是之谓仙才。”

《艺谈录》为维屏晚年之作，是在《国朝诗人征略》的基础上，择要而成，间有所增删。分上下二卷，上卷述评广东省外诗人，下卷则纯述省内人士。其中多为维屏的先辈、同时诗友或后学，故中多其亲见亲闻的轶事和评骘，正如维屏在卷下的自识所说："兹编虽以少为贵，然穗城之耆德，梓里之旧闻，山川景物之瑰奇，人情物理之繁变，皆可于此见之。勿徒以诗话观之。"因此，它亦为岭南诗史的重要史料。

《十二石山斋诗话》十卷，梁九图撰。

九图字福草，顺德人。曾官刑部司务，后闲居以著述自娱。著有《紫藤馆诗钞》、辑有《岭表诗传》等。《十二石山斋诗话》以述事论人为主，但在尚论古今人中，时会透露其诗学见解，如云："诗本性情，自然流露，一日可得数篇，数月转不得一字，其来无端，非可以程期限也。"他重唐轻宋，持论不免于偏，如云："前明七子规模汉魏盛唐，未免太似，故转授轻薄者以口实。然变而为抱苏守陆，斯取法愈卑矣。"至于评论蒲松龄，谓其诗笔甚清，又谓孙渊如夫人王采薇的诗胜于渊如，亦可见眼力。

《退庵诗话》十二卷，何曰愈撰。曰愈字德持，号云畡，香山人。官至四川会理州知州。著有《玉帐狐腋》、《存诚斋文集》、《余甘轩诗集》等。

《退庵诗话》卷一集中地提出作者的论诗主张，卷首即开宗明义地指出："诗发乎性情而不尽主乎性情，若无理以运之，则如隋李谔所云：'连篇累牍，不出月露之形；积案盈箱，尽是风云之状'矣。试观李青莲、杜少陵、张曲江、韩昌黎、白香山、苏子瞻、陆放翁诸公所以称大家者，正以其忠君爱国、言关风化耳。欲学大家，须从穷理体道起。所谓穷理体道者，非如老学究拥皋比谈经义之谓，乃人心风俗之谓。孔子曰：'诗三百，一言以蔽之，曰思无邪。'则诗之义可想矣。"这不过因袭传统旧论，无所发明。他又十分欣赏严羽"入门须正，立意须高，以汉、魏、晋、盛唐为师，不作开元、天宝以下人物”的见解，故极称盛唐，推尊李杜，则亦循前人之说而已。但对“近世诗人播弄性灵，好奇立异”深致不满，却是有感而发的。

除卷一而外，其余各卷，大多为对清代诗人的评论，同乡诗人尤多论及，评骘之外，兼有表征之意。又因服官云南，于川、黔的同时作家，亦有评述。

《海山诗屋诗话》十卷，李文泰撰。

文泰字小岩，吴川人。同治九年（1870）举人，官主事。喜交游，见人诗集，辄持去尽读，惬心者即录之，久而成此书。故所称述者均为同时代诗人。文星瑞序其书云：“前人诗话如孟棨《本事诗》、王昶《蒲褐山房诗话》多论时人，文泰此书，即本其例。”

文泰在书中自言，清人诗他最爱者为王士禛、施闰章、宋琬、朱彝尊、陈维崧、查慎行、吴伟业、陈恭尹、梁佩兰、袁枚、黄景仁诸家，而没有提到顾炎武、屈大均、吴嘉纪等，可见其论诗的趣尚。他又说论诗“不喜苛求前人疵瑕”，故所录多为时人的雅言雅事，而毫无指摘与批评。但因收录范围较广，巨细不遗，一些声名不出闾里的作者，其人其诗也赖本书得稍存鳞爪。则其作为清代诗歌文献来说，亦自有一定价值的。

《辑雅堂诗话》二卷，潘衍桐撰。

衍桐字菶庭，号绎琴，南海人。同治七年（1868）进士，翰林院编修。任浙江学政时，以提倡风雅，表章文献为己任。本书即其在学政任上记述浙中文人及门弟子诗文、学术之作。书中每人一则，述事兼及品评。所录均为浙江人氏，岭南人诗话中，专论一省诗坛诸英而不及里人者，唯此一种。但时有因人存事，其事与诗歌评论无关者，则冠以“诗话”之名，不过取其大较而已。

《在山泉诗话》四卷，潘飞声著。

飞声字兰史，号剑士，番禺人。诸生。中年参加南社，以诗名。撰有《说剑堂集内诗》、《说剑堂词》等。

《在山泉诗话》是他晚年旅居香港时追忆生平诗友及其作品而作，间亦论及古人。飞声少年时酷好邝露、黄景仁、陈昙三家诗，濡染既深，自作亦以清丽为宗。《诗话》凡所采评，大抵亦以此为标准。故虽未特别标举论诗之旨，而其宗尚则约略可知了。

总的来说，岭南人所著诗话，持论多主“诗本性情”、“自然流露”之说，不务立新创奇的理论。除后来梁启超的《饮冰室诗话》外，也未出现什么突破性的理论或见解。不过，众多的岭南诗话，毕竟可见出粤人对诗歌的认识和风气，保留了许多岭南诗人的创作生活的写照，因而仍有它的客观价值。

第四节　清代的词学著作

与诗话相比较，岭南的词学著作就逊色得多了。直到清末，才有学者撰写词论。最重要的词论家当数张德瀛、潘飞声和陈洵。

张德瀛（1860—?），字采珊，号山阴道上人。番禺人。光绪十七年（1891）举人。能诗善画，工词，著有《阮俞笛谱》、《空中语》、《画禅外篇》、《击剑录》、《纫兰剩稿》各一卷，辑为《耕烟词》五卷。

《耕烟词》中有题为《读本朝诸家词·各赋小令识之》组词，分别品评清代朱彝尊、纳兰性德、曹贞吉、黄仲则等词人词作，以词评词，尚未见有超卓之论。张德瀛重要著作当为《词征》六卷。前三卷以研究词的体裁、音律为主。从词的源流、正变、句法、用意等方面一一考证，用功甚勤，但没有独特之见。卷四论自五代至明之词集，考核版本，可供学者参考。卷五评论唐、宋词人词作。于唐词则标举李白、张志和、温庭筠三家，认为“壁立千仞，俯视众山”。于宋词则标举苏轼、辛弃疾二家，称其“不用之时全体在，用即拈来，万象周沙界”，并称赞南宋学辛诸家，录引其佳句，谓“皆所谓拔地倚天，句句欲活者”，可见作者的词论倾向。特别值得注意的是卷五“南宋辛体”一则，中引陈定父《沁园春》：“刘表坐谈，深源轻进，机会失之弹指间。”注：“定父，字伯大，名经国。潮州海阳县人。有《龟峰词》一卷。《词综》未详，《粤东词钞》未收，曾端伯以此词为廖明略作者，误也。”并于卷四载：“《龟峰词》一卷，宋陈经国撰。闽刻本。”所考陈经国其人其词，有功于岭南文献研究。卷六评论金至清词，其中“评嘉道以还词”一则，品评当时著名词人七十余家，其中粤人有吴荣光、张维屏、黄培芳、吴兰修、黄位清、谭敬昭、倪济远、鲍俊、黄景崧、仪克中、陈其锟、叶英华、汪瑔等十三家，均以八字括之，如评谭敬昭词云“野桃含笑，风趣独绝”；评汪瑔词云“樾馆秋声，自含虚籁”，均形象生动。又如“评屈翁山词”一则云：“屈翁山词，有《九歌》、《九辩》遗旨，故以《骚屑》名篇。观其《潼关感旧》、《榆林镇吊诸忠烈》诸阕，激昂慨慷，如蒯通读《乐毅传》而涕泣，其遇亦可悲矣。”评骘准确。

潘飞声著有《粤词雅》一卷，分论五代、宋代岭南词家黄损、崔与之、李昴英、刘镇、赵必瑑、陈纪、葛长庚等，均得要领。如论崔与之《水调歌头》词，谓“雄壮极矣，虽苏、辛亦无以过之”；论刘镇词谓“用意摛藻，宛转浑雅，总不轻下一笔，真是大家手笔”；论赵必瑑《琐窗寒》词，谓“词中意匠经营，节拍流利，逼肖清真，此境实不易到”，均是能解个中甘苦之言。潘飞声为词家，词人论词，更能扑入深处。

陈洵著有《海绡说词》，分“通论”、“宋吴文英《梦窗词》”、“宋周邦彦《片玉词》”、“宋辛弃疾《稼轩词》”四部分。

“通论”部分有十二则：本诗、源流正变、师周吴、志学、严律、贵拙、贵养、贵留、以留求梦窗、由大几化、内美、襟度。其持论最要之点是提出一个“留”字。如“贵留”则云：

> 词笔莫妙于留，盖能留则不尽而有馀味。离合顺逆，皆可随意指挥，而沉深浑厚，皆由此得。虽以稼轩之纵横，而不流于悍疾，则能留故也。

又谓“留”字应“以命意运笔中得之”。此论对近代广东词家影响颇大。如朱庸斋《分春馆词话》提出的“留”字诀解释：“所谓留者，是一层意境未尽，又另换一层，意未尽达，辄即转换。所谓笔笔断，笔笔续。”